世紀神探

Sherlock Holmes

福爾摩斯經典全集 下

● 亞瑟・柯南・道爾 原著　● 丁凱特 編譯

推理小說的里程碑，傳奇偵探的傳奇一生

一百多年來，倫敦市區的貝克街二二一號之B，總是源源不斷地收到來自世界各地的信件，要求屋主為其解決疑難雜症，或是商談個人隱私；這幢不起眼的公寓，一年到頭聚集了來自四面八方的旅行者，爭相目睹一位傳奇人物的丰采。這個人就是夏洛克·福爾摩斯——一位英國作家亞瑟·柯南·道爾筆下的推理怪傑，百年來人們心中的「偵探」代名詞。

一八八六年四月，亞瑟·柯南·道爾受到偵探小說家愛倫·坡的影響，以及自己從事醫學研究的啟發，利用業餘時間構思出一篇故事《血字的研究》，一位舉世聞名的大偵探就這麼誕生了。這個「登在雜誌太長，連載又太短」的故事起初並不受重視，甚至屢遭出版社退件，一八八七年底才終於在聖誕年刊上出版；一八九〇年第二篇故事《四簽名》問世，但仍未獲得廣大迴響；直到一八九一年，柯南·道爾開始在雜誌上連載福爾摩斯的短篇偵探小說（即本書中《冒險史》），名聲才如爆炸般水漲船高，並迅速成為倫敦市民最喜愛的人物之一。

儘管只是作家筆下的一名虛構人物，夏洛克·福爾摩斯對眾多讀者來說，卻逼真地彷彿確實存在一般。他的形象鮮明，既擅長科學邏輯的理性思維，又隱藏著凡人不及的體貼柔情。面對案件的罪證線索，他一絲不苟、絕不讓步；遇到令人同情的罪犯，卻能將心比心、網開一面。他精通化學、心理學、解剖學、數國語言，善使兵器與搏擊術；但同時也非完美無瑕的聖人。他的生活雜亂無章、行事放蕩不羈；他待人冷漠、刻薄，時常對伙伴華生的失誤嚴加批評；他嗜抽煙斗、雪茄，為了刺激思考，更有注射毒品的習慣。然而，也正是這些人格上的小瑕疵，讓夏洛克·福爾摩斯在讀者心中更加地有血有肉、栩栩如生。

故事中，福爾摩斯大量運用了自己發明的演繹法，解決了無數令警方束手無策的懸案。委託他辦案的人從王室貴族到平民百姓，遍佈社會各階層；案件內容從凶殺竊案到婚姻醜聞，無奇不有。過程中不時穿插著愚鈍的雷斯垂德警長、智慧與他不相上下的兄長邁克洛夫特、反派的莫里亞蒂教授、以及他長年的重要伙伴華生醫生等人物，更為故事本身增添了幾分趣味。同時，劇情中記述的科學知識、人物心理、風土人情，更生動地呈現了十九世紀末英國的社會背景，讓這部小說不僅是文學創作，更是重要的歷史紀錄，並隨著時間流逝而歷久彌新。

隨著夏洛克．福爾摩斯的故事風靡全國，作者亞瑟．柯南．道爾的內心卻產生了極大的矛盾。偵探題材的成功使得他在冒險、文藝等領域的其他著作無法得到應有的關注，他開始厭惡自己創造出來的這位名偵探；一八九一年，他在寫給母親的信中提到：「我考慮殺死福爾摩斯，把他永遠的結束掉，他佔據了我太多時間。」終於，他在一八九三年的《最後一案》中，讓夏洛克．福爾摩斯與死對頭莫里亞蒂教授一同葬身於瀑布底下（詳見本書《回憶錄》），並排除了各種生還可能性，判了這位名偵探死刑。

沒想到，《最後一案》在雜誌上發表後，亞瑟．柯南．道爾並未如預期般從福爾摩斯的故事中得到解脫，反而陷入了這名貝克街亡靈無止盡的糾纏。數不清的書迷紛紛來信表達抗議，並在帽上繫了黑紗帶，將棺材抬上街頭，表示對夏洛克．福爾摩斯的哀悼。終於，拗不過讀者的請求，柯南．道爾在一九〇二年發表了新的續集《巴斯克維爾獵犬》，重新讓這位名偵探活躍於紙上；並在隔年的《空屋》一案中讓福爾摩斯死而復生，並解釋了福爾摩斯失蹤期間的遭遇（詳見本書《歸來記》）。之後柯南．道爾又陸續寫下了數十篇故事，直到一九二七年正式結束連載；福爾摩斯則在《最後致意》一案正式退隱，作者不再交代他的死亡，讓這位名偵探永遠的活在讀者心中。

迄今為止，本作已被譯成五十七種語言流傳全球，廣受大眾喜愛，「福爾摩斯」儼然成了名偵探的代名詞，他那獨特的性格與出類拔萃的才能，百年來令千萬讀者津津樂道，閱讀此書的熱潮更未曾消退。本書遵循並延續了原著的精神，講求結構與邏輯上的嚴謹，以及生動的情節處理，改良了他社譯本在文意上的謬誤與生澀，並彙整了亞瑟・柯南・道爾原作的所有內容，絕對是最值得典藏的福爾摩斯全集。

《福爾摩斯》系列共包含了四部長篇、五十六則短篇。四部長篇分別為《血字的研究》、《四簽名》、《巴斯克維爾獵犬》、《恐怖谷》，五十六則短篇分別歸入《冒險史》、《回憶錄》、《歸來記》、《最後致意》、《新探案》；全系列共分大九章節。本書忠於原著的排序與分冊，並按照歷史上的出版年代排列，是最正統、也最具象徵意義的排法；同時，標註了重點提示訊息，讓讀者也能享有最原汁原味的解謎樂趣。礙於文字量龐大，我們將全系列分為上、下二冊出版，上冊收錄了《血字的研究》、《四簽名》、《冒險史》、《回憶錄》、《巴斯克維爾獵犬》五部，包含福爾摩斯初次登場到死於瀑布的內容，是柯南・道爾前期的創作；下冊則收錄《歸來記》、《恐怖谷》、《最後致意》、《新探案》四部，記述了福爾摩斯死而復生到晚年歸隱山林的經過，是柯南・道爾決定重新執筆後的創作，讀者也可以藉由上、下二冊，比較柯南・道爾在這個轉捩點前後的寫作風格變化。

在此，我們誠摯的邀請各位讀者，與我們一同進入這位名偵探的推理世界，體驗柯南・道爾筆下的日不落帝國，並收藏這套百年不朽的傳世經典。

CONTENTS 目錄

The Return of Sherlock Holmes

歸來記

The Valley of Fear

恐怖谷

His Last Bow

最後致意

The Case-Book of Sherlock Holmes

新探案

歸來記

1903～1904

The Return of Sherlock Holmes

福爾摩斯歷劫歸來
他是如何自仇敵手中逃出生天？
貝克街偵探傳奇再續
看推理奇才大顯身手
破解黑幫暗號
調查離奇凶案
並協尋失蹤機密文件
拯救大英帝國脫離戰爭陰影

Sherlock Holmes

1 空屋

那是一八九四年的春天，整個倫敦都籠罩在一片恐怖的氣氛之中，尤其是上流社會，更是感到驚魂不定。這一切都源於倫敦震驚一時的羅納德·阿戴爾命案。雖然警方採取了強力調查，掌握了充足的證據，但在公開案情時，仍有許多重要細節遭到省略。警方認為起訴的理由非常充分，沒有必要公布全部的案情細節。這本是一個奇特的、極不尋常的謀殺案，尤其是那戲劇性的結局引人深思。在我看來，這已相當吸引人了，只是在十年後的今天，一種神奇的力量驅使著我完整敘述此案，以給讀者充分的想像空間。雖然，我記述過許多的奇案、要案，但這樁案子的結局尤其令我驚奇不已，而且有一種不可思議的感覺。很久以來，我都無法擺脫那些奇異環節帶來的恐懼感，每當我仔細思考這個案子各個環節的聯繫時，案情中那些撲朔迷離、險象環生的情節就讓我驚嘆、徘徊、興奮、疑慮……一種莫名其妙的複雜心理，久久地纏繞著我。我的心中頓時會湧起一股想像的激流，有時澎湃不已，有時執迷不悟，有時抑鬱沉重，有時悲歌高亢……我想我已經被那些不尋常的事件迷惑了，它讓我失去了理智。不過，我的讀者朋友，早在案發當時，我就希望與你們分享這種心情，因為那時我已經知道全部曲折離奇的故事了。如果不是他曾親口下令，禁止我採取這種不明智的方式，我想，那種複雜的感受早就在讀者心中烙下了印痕。實際上，這項禁令是在上個月三號才被取消的，從此我才獲得記述一個完整故事的自由——

在我和我的朋友夏洛克·福爾摩斯漫長的合作歲月中，我耳濡目染了各類刑事案件，也就漸漸地對偵探這一行產生了興趣，我不自覺地關心起各類懸疑案件，每當見到有重大的疑案或奇案時，我總會非常投入地去閱讀它，並且自然地運用起福爾摩斯的推理方法來，我雖不只一次地使用這種方法，去分析案情的疑點，卻都無法得到圓滿的結果。這更讓我懷念那位偉大的偵探福爾摩斯先生，如果他沒有失蹤，那麼這樁轟動了倫敦城的羅納德·阿戴爾謀殺疑案，便能水落石出了。尤其當我讀到這樁案子的審理過程，由於提出的證據不足以判決某個人或是某些人蓄意謀殺之罪名時，我立刻意識到了法官的荒唐。福爾摩斯的遇害給社會帶來了不可估量的損失，如果他還活著，當他讀到此案中的幾處疑點時，他想必又會陷入一片沉思，憑著他敏銳的觀察能力、過人的推斷能力、獨特的反應能力，一定會很快弄清各個情節的相互關係，找出犯罪的動機，彌補警方的不足之處，他依然是歐洲最負盛名的刑事偵探。幾天來，我一直回想著這樁案子，雖然我也沒能找到最合適的解釋，然而我仍然希望能告訴我的讀者，將審訊結束時已公布的案情敘述一遍，儘管聽上去會像一個陳舊但離奇的故事。

羅納德·阿戴爾的父親是澳大利亞某殖民地的總督，也就是梅努斯伯爵。伯爵的妻子從澳大利亞返回英國做白內障手術，現在她和自己的兒子阿戴爾、女兒希爾達一同住進了公園路四二七號。幾個月前，阿戴爾與愛迪絲·伍德利小姐解除了婚約，因為雙方感情並不深厚。年輕的阿戴爾常出入上流社會，生性冷漠，他的大部分時光都消磨在一個狹小保守的生活圈裡，他不習慣那種變化不定的生活，喜歡墨守成規且一成不變的生活方式。在上流社會裡，他沒有仇敵，也沒有沾染上任何的惡習。可是在一八九四年三月三十日晚間十點到十一點二十分之間，這位悠閒懶散的年輕人突然遭受了最奇特的滅頂之災。

羅納德·阿戴爾原是鮑德溫、卡文迪西和巴格特爾三個紙牌俱樂部的會員，他平時最喜歡玩紙牌，可以連續不斷地玩上好幾場，他們還為此設下了賭金，但賭注從不會大到有失他的身份。即使在他遇害的那個晚上，他也還在卡文迪西俱樂部玩了一場橋牌。下午，他與莫瑞先生、約翰·哈迪爵士和莫蘭上校玩的也是橋牌，不過阿戴爾輸了五鎊。對於一個擁有豐厚財產的年輕人來說，這種輸贏算是稀鬆平常。他是位牌迷，而且出牌謹慎，很少有失誤，在大多數的時候，他總是一位贏家，幾乎可以說，要是他不在這家俱樂部玩牌，就一定能在其他的俱樂部找到他。不過，調查報告中有段關於他幾個星期以前的證詞：當時他和莫蘭上校聯手，共同贏了戈德弗雷·米爾納和巴爾摩羅勳爵四百二十鎊，這可不是一個小數目！

在遇害的當晚，阿戴爾從俱樂部返家時已是晚上十點整，女僕聽到他進入二樓起居室的腳步聲，那時，阿戴爾的母親和妹妹拜訪親戚還沒有回家；屋子裡早已生上了火，窗戶開著。梅努斯夫人和女兒回家時已是深夜十一點二十分，她們進屋時，整間屋子顯得格外沉靜。梅努斯夫人興致勃勃地走到兒子的那間起居室，想對他說聲晚安，可是房門卻從內側鎖上了，於是母女二人高聲大喊，但沒有回應，她們又使勁地敲門，還是沒有反應。她們著急了起來，便叫僕人來撞開了門，於是一幅可怕的慘狀呈現在她們面前，令母女二人當場昏死過去。這位可憐的年輕人，正躺在一張桌子上，他的腦袋已被一顆左輪手槍的子彈打中開花，腦漿四濺，恐怖極了，但現場沒有發現任何行凶的武器。桌上擺放著兩張十鎊的鈔票和總計十一鎊十先令的金幣與銀幣，這些錢井然有序地排列成十小堆，數目各異。錢的旁邊有一張紙條，上面寫著一些莫名其妙的數字，還有幾個俱樂部朋友的名字。警察推測，在他遇害之前，他還在計算著打牌的輸贏情況，或者其他帳目。

警方立即對現場進行了仔細的搜查，但是並不能對這些現象作出合理的解釋，反而使案情變得更加撲朔迷離。首先，年輕人為什麼要在屋裡上鎖？也許這是凶犯所為，行凶後跳窗而逃。可是他們也仔細地檢查了窗口、附近地面以及距此三十呎遠的花壇，除了盛開的番紅花以外，花叢和地面什麼都沒有，並不像被人踩過。他們還巡查了房子和街道之間一塊狹長的草地，結果什麼也沒有發現。如果說是年輕人自己上了鎖，那麼即使是凶手用左輪手槍從窗口外面向他開火，要造成這樣的致命打擊也是不容易的，除非凶手是一位神射手。再者，周圍沒有人聽到槍聲，公園路的大道上總是人來人往，在距出事地點不到一百碼處，就有一個馬車伕常停留在此，那麼，為什麼一顆像鉛彈般能讓人腦袋開花的手槍子彈會擊中年輕人，而且把他打得血肉橫飛，卻沒有一個人聽到槍聲？甚至連家裡的僕人也沒有發現任何的異常。警方在調查公園路的這樁奇案時，並沒有查出阿戴爾有過任何的仇敵，屋裡的財物也都原封不動，警察怎麼也找不出犯罪的動機，因此這件命案就越來越離奇了。

我想警察對此是束手無策了，如果福爾摩斯沒有失蹤，要找出這樁案子的犯罪動機會是多麼容易！這些天來，我一直想著這樁案子，企圖找到這些事件之間的聯繫。如果能利用我朋友那些絕妙的推理方法，找到一個可以解釋一切的理論，那將能做為一個極佳的突破點。一天傍晚，我悠閒地穿過公園路，前往牛津街的盡頭，當時已是傍晚六點，一群遊手好閒之徒正在人行道上逗留，他們抬起頭，望著那扇窗戶，也就是阿戴爾遇害的地方。於是我停下來，仔細地瞧著他們，有時也看看那所房子。我盡量靠近這群人，其中有一位戴墨鏡的瘦高男人，正津津樂道地談論著自己的推測，也許他是一位便衣偵探。不過他們的議論聽起來實在是荒謬極了，我有些鄙視地離開了他們，當我轉身時，正好撞到一位殘疾老人，他手裡抱著的書散落一地。我向老人表示了歉意，彎腰幫他拾起這些書，其中有一本書名叫《樹木崇拜的起源》。儘管我已表現得非常內疚，可是老人卻仍憤怒地罵了我幾句，才轉身離開。我想這個窮老頭大概是位藏書家，收集了幾本名不見經傳的書，但這幾本書對於它的主人來說非常珍貴。我望著那位老人，直到他彎曲的背影和灰白的連鬢鬍子漸漸地在我的視線內消失。

我在公園路四二七號的努力似乎無助於解決問題。這座房子距大街之間只隔著一道矮牆，約有五呎高，矮牆的一半由柵欄圍成，任何人都有辦法進入花園。而房子的窗戶較高，一般行人站在地上是搆不著的，並且牆外沒有可以攀附的東西，牆面上至今也沒有任何的異樣。我越想越覺得茫然不解，最後不得不返回肯辛頓。我進入我的書房，開始陷入一片沉思，過了五分鐘，女僕告訴我外面有人等著求見，才剛說完，一位古怪的老人走了進來，那不是別人，正是我不久前撞到的那位藏書家，他灰白的鬢髮中露出一張瘦削、輪廓分明的臉，他的右臂仍夾著十幾本舊書。

「沒想到是我吧，先生。」他用一種像是喝醉般的聲音說道。

我承認的確是這樣。

「嘿，我也是有自覺的，當我一跛一跛的跟在你後面，並在無意間看到你走進這間房子，我就想到，我應該進來看一下這位好心的紳士，並告訴他我當時的舉動沒有惡意；甚至，我還很感謝他幫我把書撿起來呢！」

「沒什麼大不了的。」我說，「不過，你怎麼知道我是誰？」

「這個嘛，這沒什麼值得驚奇的，我一直是你的鄰居，你一定在教堂街的轉角看過我開的小書攤，我也常常看見你呢！這些書是你自己收藏的吧，先生？有《英國鳥類》、《卡圖盧斯》、《聖戰》……全是些便宜貨！你應該再買五本書，把書架第二層也填滿；它看起來挺亂的，不是嗎？先生。」

我也轉過頭看了看那些書架，但當我又轉回來時，卻看到夏洛克．福爾摩斯站在桌子另一側對著我微笑。我跳了起來，難以置信地盯著他看了好幾秒鐘；這大概我人生中第一次，也是最後一次嚇得暈了過去，我的眼前出現一片昏花，當我回過神來後，我發現我已經解開襯衫的扣子，喝著白蘭地使大腦冷靜，福爾摩斯正拿著酒瓶替我斟酒。

「親愛的華生，」一個十分熟悉的聲音在我耳邊響起，「我真該好好跟你道個歉，沒想到會把你嚇成這樣。」

我突然抓住他的手臂。

「福爾摩斯！」我叫了出來，「真的是你嗎？難道你真的還活著？你怎麼可能從那個萬丈深淵中爬出來？」

「你先別急，」他向我說道，「我不確定你現在是否適合討論事情，畢竟你已經被我戲劇化的現身嚇得魂飛魄散了。」

「我很好，福爾摩斯，不過說實在的，我幾乎不敢相信自己的眼睛，老天！你忽然就這樣出現在我的面前！」我再次抓起他的袖子，感受裡頭那一隻手臂傳來的脈搏，「嗯，不管怎麼說，還好你不是鬼，」我繼續說道，「親愛的老兄，看到你真是太高興了！坐下吧，告訴我你是怎麼從那個可怕的深淵中撿回一條命的。」

他在我的對面坐下，漫不經心地點燃一支煙。他身上裹了一件破舊的書商常用長外套，桌上擺著一堆白色假髮與舊書。福爾摩斯看起來比過去更加消瘦和憔悴，他蒼白的臉色透露出過去這段時間過得並不健康。

「很高興終於能鬆一口氣了，華生，」他說道，「要一名高個子連續幾小時把身高縮短一呎可不是鬧著玩的！現在，我的朋友，先把這些事情擱在一旁，如果你願意協助我的話，我們今晚還有一件十分困難且危險的事要做。至於那些經歷，我想還是等辦完正事再告訴你。」

「我非常好奇，我寧願現在就知道。」

「所以你晚上願意跟我走了？」

「你希望的話，當然沒問題。」

「哈！簡直就像回到過去了一樣。出發前我們還有時間吃一頓大餐。嗯，至於那個深淵，要爬出來其實沒什麼困難，因為我從來就沒有掉進去過。」

「你沒有掉進去？」

「當然，華生，我從未掉進去。我留給你的字條實在是太高明了！當我看到莫里亞蒂教授那陰險的身影堵在狹窄的小徑上時，還以為我的生命已走到盡頭了，我從他灰色的眼神中看出了堅定的決心。我與他交換了條件，他答應讓我寫下留給你的那張字條，我寫完後把它塞在煙盒裡，與手杖一起留在原地，然後就頭也不回地沿著小路走去，莫里亞蒂教授一直跟在我的後面，當我們走到狹路的盡頭後，手無寸鐵的莫里亞蒂教授忽然朝我撲了過來，他知道自己完了，只想在最後與我同歸於盡。我們在瀑布旁扭打起來，幸虧我懂一點柔道，之前還常在與歹徒的搏鬥中派上用場；這次我也如法炮製，成功地從他的兩臂中掙脫出來，而莫里亞蒂教授隨即發出了可怕的慘叫，他的雙腳在空中發瘋地亂踢了幾下，兩隻手也拚命地亂抓著，然後就失去了平衡，直接跌下懸崖。我探頭看時，他剛好撞在一塊岩石上，隨即又被彈了出去，落入了萬丈深淵。」

福爾摩斯一邊抽著煙一邊作出了令我萬分驚訝的解釋。

「但是腳印——」我叫了出來，「我親眼看到了！有兩行腳印朝小路走去，但沒有任何一行返回！」

「是這樣的，當莫里亞蒂掉下去後，我才意識到自己竟然幸運地逃過一劫。我知道莫里亞蒂不是唯一想置我於死地的人，至少還有三個人想找我報仇，他們頭目的死只會增加他們的復仇欲望，這些人都是危險人物，遲早會找到我。另一方面，假如全世界都相信我死了，他們就會打消這個主意，而我則在這段時間採取行動，將他們一網打盡。到那個時候，我就可以向全世界宣布我還活在這塊土地上的消息。莫里亞蒂還沒掉到萊辛巴赫瀑布底下，我的腦海就已經立刻浮現出這樣的主意。」

「我站了起來，並檢查了我身後的石壁。當我在數月後讀到你寫的那些東西，我發現你曾斷言那面懸崖非常陡峭，絕對無法攀爬。這樣講不完全正確，上面其實有幾個立足點與突出處。雖然沿著這面懸崖向上爬似乎是不可行的，但沿著原來的路回去一樣不恰當，當然，我可以把鞋子倒著穿，就像我之前經常做的那樣；但這麼一來就會留下第三個人的腳印，人們只要一經細想，就會明白這是場騙局。總而言之，冒險往上攀爬是最好的一條路，但這可不是一件愉快的任務。華生，別再大驚小怪了，我不是一個異想天開的人，我彷彿聽到莫里亞蒂的聲音在瀑布底下尖叫著，隨便一個失足就能要了我的命。我小心的往上攀爬，不止一次，我沒有握住岩縫中的草，或是腳踩到溼滑的岩石缺口，我以為我完了。索性最後，我到達一塊僅有數呎寬的長滿草的岩石上，終於可以在不被看到的情況下躺著休息，並伸展一下四肢。然後，親愛的華生，你趕到了現場，用那套同情且笨拙的方式觀查出一番死亡的假象。」

「你們在經過調查後，都認為我們在一陣打鬥後雙雙跌進了深淵，接著就帶著錯誤的判斷返回了旅館，留下我一個人待在岩石上。我以為從此就能高枕無憂了，沒想到，又發生了意想不到的事件，一塊巨石轟隆地從天而降，在我身邊擦過，正好砸在那條小徑上，然後又滾進了深淵。我還以為是從山上自然落下的，我順勢朝上望去，一個人頭忽隱忽現。接著又有一塊石頭砸了下來，正好落在了我躺的地方，離我頭部不到一呎。我立刻爬起身，本能地躲避這場謀殺，我意識到，莫里亞蒂早已安排了許多爪牙一直監視著我們，至少在我和莫里亞蒂搏鬥的過程中，這個爪牙就已隱身在峭壁上，等待時機向我下手；他直到我躺下後才開始行動，可見這個傢伙有多麼陰險。他一直躲在那兒，親眼目睹了我們決鬥的結局：莫里亞蒂墜崖而死，而我幸運逃脫。可是他一直沒有曝露自己，悄悄地攀上了崖頂，等待向我報復的最佳時機，現在，他終於動手了。」

「就在第二塊石頭砸下來以後，那個人從崖頂探出一張冷酷而木然的臉，他不停地向下張望，預示著馬上就要投下另一塊巨石。我迅速地向小徑方向爬去，雖然無法確定自己能否逃過一劫，可是我只能這麼做了。往下爬比往上困難千百倍，但我已別無選擇，一種求生的欲望使我忘了危險的存在。當第三塊巨石投向我的時候，我的身子正在半空中懸吊著，一雙手正攀住岩石的邊緣。聽見上面一聲巨響，我的身子忍不住發抖起來，但我仍然保持冷靜，等我下到一半的地方，忽然手腳一空，上帝保佑！我掉在了原來的那條狹路上，滿身傷痕。我爬起來，不顧一切地摸黑亂竄了十哩。一個星期後，我去了佛羅倫斯，這場殺身之禍才漸漸遠離了我。」

「那之後，除了我最信賴的哥哥邁克洛夫特知道我的行蹤外，沒有人發現過我。我的朋友，請接受我的道歉，我的目的是讓全世界的人以為我在決鬥中喪生了。我也希望你也這麼想，並且深信不疑，要不然你是寫不出那篇催人淚下又有說服力的文章的。在流亡的三年裡，我曾多次想寫信告訴你實情，可是我擔心你對我的關心反而會將秘密洩露出去，那樣的話，我所做的一切都將前功盡棄。今晚，我們偶然相遇，你把我手中的書撞掉了，當時我只能裝得憤怒並避開你，要是我的身份被揭穿，處境依然會十分危險。假如你那時認出了我，並表示出極度驚訝而大喊或者擁抱我，那肯定會引起旁人的好奇或注意，我又會再度成為別人關注的焦點，後果不堪設想。之所以把實情告訴邁克洛夫特，是因為我必須從他那裡得到維生的資源。」

「在倫敦的時候，我一直非常關注莫里亞蒂組織的情況，雖然倫敦法院對此案進行了公開的審理，可是它卻漏掉了兩個異常危險的人物，他們至今仍逍遙法外，而且隨時準備向我復仇，我一直小心地提防著。後來我去了世界屋脊——西藏，在那兒與拉薩的大喇嘛一起消磨時光，非常自在，悠閒地生活了兩年之久。你想必讀過挪威人西格森的文章，他描述了西藏旅行的經歷，那可是一份出色的西藏考察報告。你知道嗎？那正是你的朋友福爾摩斯出色的佳作！我非常留戀那裡的生活，大自然美極了，又極富於挑戰性；之後，我經過波斯，去了聖城麥加，又轉往喀土木拜訪哈里發，我還將這次成功的訪問經過通知了外交部。這次長途旅行給我留下了深刻的印象，令人回味無窮。當我到了美麗的法國後，我開始對研究煤焦油的衍生物產生了興趣，法國南部的蒙皮立有一個像樣的實驗室，我在那裡一待就是好幾個月。我對研究成果感到非常滿意，這時我又開始關心莫里亞蒂組織核心成員的情況，據說，與我不共戴天的仇人只剩下一個了，他現在正在倫敦，為了弄清楚狀況，並迅速除掉他，我決定返回倫敦。」

「這時的倫敦，四處都在談論著公園路奇案，越聽越感到離奇而複雜，它深深地吸引了我的注意力。我預感我的機會又來臨了，於是我回到了倫敦貝克街的家裡。哈德森太太一看到我，竟嚇得大呼小叫，她也從來沒有想到我會回來。邁克洛夫特將我的東西原封不動地保存著。今天下午兩點，當我獨自坐在那把舊椅子上時，我想，如果我的朋友華生也坐在他習慣坐的那把椅子上，那該有多好啊！」

這就是倫敦四月的那個晚上所發生的事。我聽著福爾摩斯講著他的歷險記，依舊對還能見到他那高大的身軀、敏捷的反應與思維感到不可置信；他知道了我正處於喪偶的悲傷中，因此表現出了誠摯的慰問。

「努力工作吧，工作的喜悅能讓你忘掉悲傷，抹去傷痕。」他解釋說，「我們今晚還有更精彩的事要做，這次非成功不可。只要結束它就能得到慰藉。」

「那是什麼，能說得更明白嗎？」我問道。

「天亮前你就會知道了。」他回答道，「我們有三年份的往事可以討論，不過就聊到九點前吧，因為我們馬上就會經歷另一場特別的歷險。」

時鐘敲響了九下，我和福爾摩斯坐上一輛雙座馬車，一路上我們一言不發，我不時摸摸口袋裡的手槍，感到有些緊張；福爾摩斯卻鎮定自若，雙眉緊鎖，閉目沉思。透過路上的昏暗街燈，我發現他的面孔十分嚴肅。不知道車伕要將我們帶向何方，倫敦的夜晚到處是罪犯，我身邊這位狩獵高手究竟要捕捉什麼呢？我看了看他的表情，比剛才更加陰沉且鬱悶，並不時露出一絲譏諷的笑容，這預示著我們的行動凶多吉少，我不知不覺冒了一身冷汗，並意識到，我們將遭遇很大的危險。

福爾摩斯對倫敦的偏僻小道瞭如指掌，我們行進在一條獨一無二的路線上，終於在卡文迪西廣場的轉角處下了車。福爾摩斯四下張望，確定沒有被人跟蹤，於是迅速地穿過數條僻靜的小巷和馬廄，這些地方是我從前沒有到過的。我們最後來到一條小路上，兩旁是陰森森的老房子。福爾摩斯在前面帶路，不久走到了曼徹斯特街，然後又步入布蘭福特街。我們在此稍作停留，又四處張望，確定沒有別人，接著才快速轉進一條小巷，越過一扇木柵欄，從門外進入了無人的宅院。他取出鑰匙，打開了房屋的後門，我們一起進了屋，然後將門反鎖。

房子裡一片漆黑，但明顯是一所空屋，沒鋪地毯的地板在我們的皮靴下吱吱作響，我把手一伸，正好碰到牆面，牆上糊的紙已裂成碎片向下垂著。這時，福爾摩斯伸出那雙冰冷的大手，迅速抓住了我的手腕，把我拉往一條長長的走廊，我摸索著來到一個扇形的窗口。他突然向右急轉，進入了一間正方形的大空屋，四角昏暗，遠處的街燈透過窗口射進空屋的中央，依稀有些亮光。窗戶蒙上了厚厚的灰塵，不過，藉著微弱的光線，勉強能分辨出彼此身體的輪廓。

福爾摩斯靠向我，將一隻手搭在我的肩上，然後在我旁邊耳語道：「你知道這是哪裡嗎？」

「看得出來，是貝克街。」透過模糊的窗玻璃，我依稀能看見貝克街的建築物。

「一點都沒錯，這裡是肯頓宅邸，就在我們住所的對面。」

「來這裡幹什麼？」

「因為這裡擁有不錯的視野。我可能得麻煩你靠近窗戶一些，盡可能的不曝露行蹤，然後看看我們的老房子——你筆下那些冒險故事的起點。看看三年來我讓你大吃一驚的功力是否退步。」

我輕輕地靠近窗口，透過玻璃向我熟悉的那扇窗戶望去。窗內的一幕情景把我驚呆了，窗簾已經放下，屋子裡亮著燈，窗簾布上清晰地映著一個人影。他正坐在桌旁，從他頭部的姿勢以及肩膀的輪廓和體形來看，可以肯定那的確就是福爾摩斯本人，絕不會錯。根據我多年來對福爾摩斯的瞭解，尤其是投影上那半轉過去的臉形，跟福爾摩斯本人簡直一模一樣。我開始懷疑身邊的福爾摩斯是否真的存在？我急忙伸手去抓住他，可是他笑得全身都顫動了起來。

「如何？」他輕聲問道。

「我的天！這太神奇了！」

「我相信我的創造力並未因時間的流逝而枯竭。」他自豪地說道。從他的這些談話裡，我發現了這位善於應變的藝術家正為自己的傑作感到洋洋自得。

「那很像我，是吧？」他繼續說道。

「我幾乎能發誓那就是你。」

「這個功勞還得歸於格勒諾貝爾的奧斯卡．莫尼耶先生。屋子裡的是一座蠟像，他花了好幾天才完成了這尊模型，今天下午，我又在貝克街的家裡重新進行了佈置。」

「但是，為什麼？」

「因為，親愛的華生，我希望讓別人認為我在屋子裡。」

「所以你認為有人在監視屋子？」

「我確定他們一直在監視著。」

「誰？」

「一群死對頭！華生，莫里亞蒂手下的那群傢伙，也是唯一知道我還活著的人。他們相信我回到了貝克街，並且在今天早上發現了我。」

「你怎麼知道？」

「當我佈置房間的時候，我偶然抬起頭朝窗外望去，一眼就看出有人正在監視，就是那個以殺人搶劫維生的猶太口琴家帕克。其實那傢伙沒什麼可怕的，但我害怕的是派他來監視的那個最陰險狡猾的惡棍，他是莫里亞蒂的知心好友，也和教授一樣的心狠手辣，難以對付。華生，他就是那位在懸崖上面向我拋石頭的人。今晚他正加緊佈署，試圖捉住我，可是這個蠢蛋卻沒料到，我也剛好想逮住他。」

我明白了福爾摩斯拉我來此的目的，他正在佈置一個周密的計畫，他引出了他要追捕的人，監視他的人反而被他監視，試圖追蹤他的人反而被他追蹤了。我們都明白，窗簾下那瘦削的投影正是為獵物準備的最佳誘餌，而我們則是獵人。我們靜靜地待在空屋中，注視著匆匆來往的行人，福爾摩斯繃緊神經，只要目標一出現，他就會立刻作出反應。這是一個寒冷的夜晚，刺骨的寒風呼嘯著掠過大街，讓人忍不住打顫，福爾摩斯在那裡一動也不動，一雙警覺的眼睛正搜尋著自己的獵物。大街上行人絡繹不絕，因為天寒地凍，每個人都裹上了大衣與圍巾，匆忙地趕著路。這時，有兩個衣著相同的行人重複出現在我的視線裡，他們似乎在附近一間房子的門口避風，然後又在此徘徊逗留。我懷疑這兩人就是他的宿敵，並提醒福爾摩斯，可是他非常不耐煩地應了一聲，兩眼又直直地緊盯著街上。我發現他開始著急起來，時而挪動一下腳步，時而用手指輕敲牆壁，或許正懷疑自己的計畫是否完全周密，又或許敵人的行動並不如他預期。到了午夜時分，街上的人漸漸少了，福爾摩斯已經控制不住自己的情緒，變得焦躁不安，他在屋裡來回踱步，有時停下，有時嘆息，我正想安慰他使他冷靜，就在此時，我朝外頭瞥了一眼，隨即驚訝地抓住福爾摩斯的手臂，手指向對面的公寓。

「影子動了！」我叫了出來。

屋內的影子已從側面變成背向我們。

看來這三年並未改變他的脾氣與耐性，尤其是面對一個智力與推斷力不及他的人。

「它當然會動！」他說道，「我有那麼笨嗎？華生，我會擺出一個不動的假人，然後指望那些狡猾的傢伙被騙得團團轉嗎？我們已經在這裡待了足足兩小時，我曾經告訴過哈德森太太，請她每十五分鐘就移動一次蠟像，其實，她已經移動八次了。她從前面轉動它，就可以不露出自己的影子，明白了嗎？」隨後他長長地吸了一口氣，我們又在空屋裡待了一段時間，福爾摩斯仍處於高度緊張，在微弱的光線裡，我看見他把頭向前探去，全身的肌肉都繃緊了似的。這時寒風呼嘯，彷彿在怒吼，外面的大街早已空無人煙，那兩個我曾見到的人似乎也蜷縮在門道裡，因為天寒而不想鑽出來，我也就沒再看見他們了。

倫敦的夜晚，萬籟俱寂，加之刺骨的寒風肆虐，使這裡的氣氛如死亡一般的恐怖。我又朝窗外看去，空曠的大街上什麼也沒有。然後，我聽見了福爾摩斯在極度興奮狀態下發出的細微笑聲，他猛地拽住我，然後用力一拉，我們一同退到了最黑暗的屋角。他用雙手捂住我的嘴，我感覺到他的雙手不停地顫抖，同時仍然激動不已，這可是我從未遇過的情形。

我立刻意識到，他肯定察覺了什麼異樣。我的猜測立刻被證實了，隨著一陣輕輕的腳步聲傳入耳裡，我明白，新的危險迫近了，這聲音正是從空屋後面傳來，越來越逼近我們。一扇門被打開了又關上，走廊裡便響起了輕微的腳步聲，要不是夜裡的死寂以及空屋的回音，沒有人能察覺到如此微弱的聲音。福爾摩斯反射性地緊靠牆根蹲了下來，我也學他蹲下。這時，恐懼正向我襲來，我不禁緊握住手中的左輪手槍。很快地，有一個黑影悄悄地潛入了門口，由於外面伸手不見五指，我只能透過貝克街那邊射來的微弱光線，依稀看到一個不清晰的人影。他在門口停留了片刻，似乎在猶豫，又像在等待，然後他彎下了身子，悄悄溜了進來，這姿勢令人害怕，彷彿在威脅我們一般。此時這個黑影離我們不到三碼遠，我做好了反擊的準備，如果他向我們撲來，我只好立刻向他射擊。後來我才明白，他根本不知道我們躲在這裡，因為他從我們身旁經過，輕輕地靠近了窗戶，然後無聲地將窗戶向上推開半呎，讓它半掩著。外面的燈光頓時射了進來，他跪在窗口前，興奮得忘我，兩眼閃閃發光，面部卻不停地抽搐。他的表情在街燈的光亮下依稀可辨，我靜靜地觀察著這位上了年紀的老人，他的鼻子尖而瘦，微禿的前額高聳，一撮灰白的大鬍子彷彿懸在空中一般，一張臉又黑又瘦，兩眼射出凶光，滿臉皺紋，一頂折疊式的大禮帽歪戴在後腦勺上。他手裡似乎有一根手杖，因為他將手杖放在地板上時，發出了金屬的鏗鏘聲。雖然天氣寒冷，他依舊解開了外套，露出了晚禮服的白前襟，接著，他從外衣口袋掏出一大塊東西，把玩了好一陣子，最後發出咔噠一聲。他仍舊跪著不動，然後彎下腰來，竭盡全力像在推壓什麼槓桿，接著是一陣旋轉和摩擦聲，最後又發出咔噠一聲巨響。這時他才直起腰來，原來他手裡握著一支槍，而且槍托很特別。我們屏住呼吸，靜靜地盯著他，只見他又拉開了槍膛，向槍內裝進了什麼東西，然後啪地一聲蓋上槍栓。他伏下身子，把槍管架在窗台上，一雙機敏的眼睛閃爍著凶惡的光芒，對著瞄準器，然後用右肩抵住了槍托，接著發出一聲嘆息，彷彿表明了內心的滿足。這時，貝克街黃色窗簾內的目標已完全曝露在他的射程以內。他興奮不已，噭噭地叫著，然後扣動了扳機，貝克街那邊隨即傳來一連串清脆的玻璃破碎聲。福爾摩斯猛地跳到了射手背後，他頓時臉朝下摔倒了。不過，射手很快地爬了起來，使盡全力緊掐住福爾摩斯的喉嚨，我毫不猶豫地用槍柄猛敲他的頭部，他當場昏了過去。我撲過去將他按住，福爾摩斯吹響一聲刺耳的警笛，人行道上立刻傳來腳步聲，兩名警察和一名便衣偵探闖進了空屋。

「是你嗎？雷斯垂德。」福爾摩斯問道。

「是的，福爾摩斯先生，我親自過來了，很高興看到你回倫敦，老兄。」

「我想你們需要一些非官方的協助。一年裡有超過三件謀殺案破不了可就不妙了，雷斯垂德。不過，你在莫爾西一案中表現得不大尋常，應該說，表現得真不錯。」

我們站了起來，那名罪犯還躺在原地喘著粗氣，兩名警察正一左一右地按著他。福爾摩斯上前關上窗戶，把簾子放下，雷斯垂德則不慌不忙地燃起了兩支蠟燭，兩名警察也點燃手中的提燈，這時我才鬆了一口氣，激動的情緒暫時得以控制，然後上前仔細地瞧瞧我們這個獵物的真實模樣。

那是一張不尋常的面孔，精神飽滿又透著陰險，有著哲學家的前額與酒鬼的嘴臉，這個人想必有著亦正亦邪的一面。不過，仔細觀察他那下垂又略帶譏諷的眼瞼，便可感到他一向自勢甚高；再加上那雙冷酷的藍眼睛透出的凶光，十分咄咄逼人。我又看了他鼻子和額間一對倒立的濃眉，那是個危險的信號。他的嘴裡不停嘟噥著，一雙眼睛緊盯著福爾摩斯，對其他人則不屑一顧，眼中充滿了復仇的欲望。「你這個魔鬼！」他拚命咒罵著，「你這個卑鄙、卑鄙的魔鬼！」

「哈，上校！」福爾摩斯一邊整理著自己的衣領子說道，「有句古話：『冤家路窄』。自從你在萊辛巴赫瀑布上對我一番『款待』之後，我也不是那麼想要看到你啊！」

上校依舊狂亂地盯著福爾摩斯，嘴裡不停罵著：「你這狡猾、狡猾的魔鬼！」

「我還沒介紹呢！」福爾摩斯熱情地說道，「這位紳士，就是塞巴斯欽·莫蘭上校，曾任女王陛下的印度陸軍中隊軍官，而且是東帝國的重量級射手，他在獵虎方面的紀錄至今還沒人能突破，沒錯吧？上校。」

這位面目猙獰的老人一言不發，他瞪著一雙充滿怒火的眼睛，看上去有如一頭勇猛的獅子。

「不過，我卻好奇這麼簡單的圈套怎能引你上鉤，」福爾摩斯繼續說道，「你對這應該非常熟悉才是；你不也曾在一棵樹下拴了一隻小羊，自己卻拿著來福槍躲在樹上等老虎中計嗎？這間空屋就是那棵樹，而你則是老虎。我想你也預留了其它的槍以對付其他老虎，不過，這回你卻反而被獵物給吃了，」他指了周圍這些人，「他們全都是我的槍。」

盛怒的莫蘭上校掙扎著想往前衝，但被兩名警察拖了回來，那張陰森的臉恐怖極了。

「不過你還是令我嚇了一跳，」福爾摩斯說道，「我沒想到你會利用這間空屋，以及那扇方便的窗戶，我以為你會在大街上行動，我的朋友——雷斯垂德和他的伙伴們早已在那裡等著了。除此之外，一切都在我的掌握之中。」

莫蘭上校將頭轉向了這位官方偵探。

「不管你們有沒有逮捕我的理由，」他說道，「先讓我面前的這位老兄閉嘴吧！我現在仍受法律保護，一切都得依法來！」

「嗯，很有道理。」雷斯垂德轉頭說道，「走之前還有什麼要說的嗎？福爾摩斯先生。」

福爾摩斯早已撿起那把威力強大的空氣槍來，並仔細地研究它的結構。

「真是一件稀有又神奇的武器，」福爾摩斯說，「無聲而且威力強大，我知道這是盲眼技師凡．赫德為莫里亞蒂教授製造的，多年來我一直沒有機會拜見它的真面目，還有那些子彈，我想你一定也大開眼界了吧？雷斯垂德。」

「你可以安心的把它們交給我們保管，還有什麼要提的嗎？」雷斯垂德問道。眾人一邊談論著，一邊向房門口走去。

「最後一個問題，你打算以什麼罪名控告他？」

「什麼罪名？怎麼了，想也知道，企圖謀殺福爾摩斯先生啊！」

「不對，雷斯垂德，我可不打算出庭作證。而且這一次的功勞全歸你所有，雷斯垂德，是你靠著一如往常的智慧與膽識抓到他的，恭喜你了！」

「抓到他！抓到誰啊？福爾摩斯先生。」

「抓到全警方一直抓不到的傢伙——塞巴斯欽．莫蘭上校，也就是上個月三十號，以空氣槍射殺公園街四二七號二樓的羅納德．阿戴爾的凶手，這就是他的罪名，雷斯垂德。現在，華生，如果你能忍受從破窗吹進來的風的話，我想我們可以回書房抽著香煙閱讀半小時的書。」

三年來，我們的老住所一直由邁克洛夫特監視，並由哈德森太太管理，整間屋子非常整潔，一改原來雜亂無章的面貌，但房間裡原有的標記卻保存了下來，這個角落是福爾摩斯以前進行化學實驗的地方，放著那張早被酸液侵蝕的松木桌；一旁書架上仍是滿滿的參考書，以及記錄過去經歷的大本剪貼簿，這些剪貼簿存許多倫敦人心中猶如魔鬼般的存在，他們一直想把這些東西拿去燒了。房裡的其他地方依然擺放著掛圖、煙斗架、提琴盒、波斯拖鞋，這一切將我們又帶回了昔日的生活氣氛中，使我想起過去曾在這裡製造的那麼多富有傳奇色彩的故事。

當我們進屋時，哈德森太太笑臉相迎，而房間裡那個毫無表情的蠟像，還披著福爾摩斯從前的一件舊睡衣，外表看上去非常逼真，我猜我的朋友在蠟像的設計上可說是費盡心思，他把一切做得那麼維妙維肖。如果從外面的大街上望去，那簡直就是福爾摩斯本人了。

「我相信你把預防措施都做好了，哈德森太太。」

「我是跪著移動蠟像的，先生。」

「好極了，你做得非常好，相信你一定看到子彈是從哪裡進來的。」

「是的，先生，我恐怕那顆子彈已把你的蠟像毀了，它穿過了蠟像頭部，蠟像就這樣朝牆壁砸去然後扁掉了。我從地毯上撿到它，就在這裡。」

福爾摩斯伸手接過子彈。

「一顆鉛頭子彈，正如你所預料，華生。這也是他的天才之處，有誰會想到它竟是從空氣槍中射出的呢？好了，哈德森太太，我得感謝你的幫助，現在我要和華生討論一些話題。」

福爾摩斯從蠟像上取下了灰褐色的睡衣，然後換下自己身上的舊禮服大衣，他看上去親切極了，我們彷彿又回到了從前。

「子彈不偏不倚地射入後腦中央，不愧是印度最優秀的射手，我想倫敦已經找不到像他一樣的高手了。你聽說過他的名字嗎？」

「不，沒聽過。」我回答道。

「嘿，嘿，這就叫名氣！不過，我相信你應該沒忘記詹姆士．莫里亞蒂，這個國家最聰明的人之一。請遞給我那本傳記索引，就在你背後的書架上。」

他斜靠在椅子上，懶洋洋地大口吸著雪茄煙，屋裡升起了一陣陣的煙霧。

「我收集在M條目內的資料都非常有用，」他翻開書說道，「莫里亞蒂真是一個出眾的名字，它幾乎和所有的罪犯都畫上了連結。這是下毒犯摩根，這是大惡人馬里杜，還有馬修，他在一次搏鬥中打斷了我左邊的犬齒，就在查林十字廣場的診所裡。最後，這是我們的朋友——」

他把書遞給我，我把上面的內容讀了出來：

塞巴斯欽．莫蘭上校，無業，前印度班加羅爾工兵。一八四〇年出生於倫敦，前大英帝國駐波斯公使奧古斯都．莫蘭爵士之子。畢業於伊頓公學、牛津大學。曾多次參加戰鬥，經歷過喬瓦基、阿富汗、查拉西阿布、舍普爾、喀布爾等戰役。著有《西喜馬拉雅山的大獵物》（一八八一）、《叢林中的三個月》（一八八四），這兩部作品吸引了眾多的讀者。現居水管街。參加的俱樂部有：印度英國人俱樂部、坦克維爾俱樂部、巴格特爾紙牌俱樂部。

最後是福爾摩斯在頁面最下方加的註解：

倫敦第二號危險人物。

「這就奇怪了，」我把書還給福爾摩斯，「他原本是個體面的軍人。」

「的確是，」福爾摩斯回答道，「某方面來說，他算是個硬漢，他冒著生命危險與掉進溝裡的吃人虎搏鬥的傳奇故事至今還在印度流傳著。不過，有的樹木在成長到一定高度時，會因為某種原因而突然變得奇形怪狀，這一點與人性也有相似之處。我曾經多次證明，人在成長的過程中，或多或少會重現他祖先的發展過程，有傑出的，也有骯髒的。他可能突然由好變壞，也可能由壞變好，從而呈現他家族中根深蒂固的遺傳與影響。

這個人似乎也重現了他的歷代家族史。」

「這可真是荒誕不經。」

「嘿，我無法反駁你，無論如何，莫蘭上校已經徹底地墮落了，這一點是肯定的。他在印度的時候沒有什麼劣跡，可是卻無法再待下去。他退伍後回到了倫敦，變得更加聲名狼藉。就在他開始走向墮落時，莫里亞蒂教授選中了他，因此一度成為莫里亞蒂的參謀長。莫里亞蒂手中有大筆金錢，可以讓莫蘭任意地花費，不過，莫里亞蒂只讓他做了一兩件普通罪犯的心理無法承受的大案。一八八七年勞德的史都華太太遇害的案子，我猜幕後黑手就是莫蘭，這只不過是我用那種特別的推理法得出的答案，因為至今仍找不出一點證據。上校在此案中，將自己十分巧妙地隱蔽起來，即使在我們破獲了莫里亞蒂集團犯罪案後，也找不到指控他的證據。在後來的行動中，你應該發現到，那次我一進你家就急著把百葉窗關上，正是為了防備上校空氣槍精確的射擊，我想你不會忘記的。也許你當時認為我膽小怕事，或者多此一舉，無論如何，這是一個嚴酷的現實。因為我已經意識到了危險，而且也知道他有這麼一支獨特的槍，而使用這支槍的卻是世界級的神射手莫蘭上校，稍有疏忽就可能遭遇不測。當我們還在瑞士的時候，他和莫里亞蒂就一直緊緊的跟著我們。萊辛巴赫懸崖那驚險的一幕，便是這位上校先生沒能得逞的周密計畫中的一部分，這得感謝上帝，給了我生存的機會。」

「我們在法國時，你就注意到了我特別喜歡看報，手裡常常有許多份不同的報紙。當時，我就在設法制伏這個傢伙。只要他繼續逍遙法外，在倫敦為非作歹，我便不得安寧，也是最不稱職的偵探。他的魔爪整日纏著我，讓我無法悠閒生活，而且還面臨巨大的危險，可是我一直找不到反擊的機會。如果我向他開槍，那反而會被送上法庭，求助任何人也是白費心機。很久以來，我對此一籌莫展，無能為力。不過我深信終會有擊倒他的一天。因此，我一直留意著報上有關犯罪行為的各種報導，希望找到能擊敗他的線索。直到羅納德．阿戴爾凶案發生後，我明白新的機會來臨了。透過對此案的詳細瞭解，種種跡象都表明，除非是莫蘭上校，否則沒有任何人能製造出這種奇案來的。他先是和可憐的阿戴爾一起玩牌，後來便尾隨在他身後。等阿戴爾回家後，他就從窗口瞄準了不幸的阿戴爾。華生，你想想這種威力強大的子彈，加上這位優秀的射手，阿戴爾當然難逃一死。這足以將上校送上絞架，可是當我回到倫敦時，就立刻被發現了。這個情報當然也會傳到上校那裡。聰明的上校馬上將我的現身與他的罪行聯想在一起，並感到惶恐不安，設法除掉我，一勞永逸。我猜出了上校的心理及準備採取的行動，他必然使用這種獨特的武器來對付我。因此，我以蠟像為誘餌。引他出來，並請求蘇格蘭場的協助，然後思考逮捕他的地點，那時我推測他會在外面採取行動。而警方早已作好了埋伏，一等他出現便將他逮捕。出乎我所料的是，他恰好也選中了我認為萬無一失的空屋，並在我們選定的監視點對屋裡的蠟像實施了射擊，親愛的華生，這是多麼危險的計畫呀！」

「是啊！」我嘆道，「你知道莫蘭上校謀殺羅納德．阿戴爾的動機了嗎？」

「哈！親愛的華生，這已超出了我的推理範圍，即使是邏輯思維最強的人也會出錯的。每個人都能根據證據作出一套結論，我相信你推測的應該跟我一樣。」

「所以，你也心裡有數了對吧？」

「我想這不難解釋。我從證詞中得知莫蘭上校與年輕的阿戴爾合伙贏得了一大筆錢，顯然，是靠著莫蘭慣用的作弊手段贏來的。我早就知道這件事，我相信正直的阿戴爾當天一定發現了莫蘭的作弊行為，他私底下威脅莫蘭，要他退出俱樂部或是不再賭錢，否則就要揭發他。這反而激怒了莫蘭，對於靠著出老千維生的莫蘭來說，退出俱樂部等於切斷他唯一的生路，於是他謀殺了阿戴爾。那個年輕人死前還在計算應該退還多少作弊贏來的金額呢！他鎖上門是為了避開母親與妹妹，免得她們問起他正在做的事，或是那些人名和硬幣的由來。這樣對嗎？」

「我毫不懷疑事實就是如此。」

「一切都會在法庭的審判中獲得證實的，要不就是正確的，要不就是錯誤的，讓事實說明一切吧！值得慶幸的是，莫蘭上校不會再找我們的麻煩了，他應該沒有機會了。我反而比較關心凡．赫德那支設計一流的空氣槍，如果將它展示在莫蘭上校博物館裡，想必會增色不少。那麼，福爾摩斯終於可以安心地生活了，並對那些發生在倫敦的錯綜複雜的有趣事件自由地展開調查。」

2 諾伍德的建築師

「對於許多刑事專家來說，自從莫里亞蒂教授死後，他們變得無事可做，倫敦在一夜間變得乏味起來。」福爾摩斯說道。

「你這種觀點恐怕很難得到多少市民的支持。」我反駁道。

「哈！哈！我不該這麼自私，」福爾摩斯笑道，一邊將椅子推回早餐桌，「他的死對這個社會百利而無害，那些生活在暗處的邪惡勢力從此撤出倫敦了。但對於那些專門從事犯罪研究的專家，這或許是一個錯誤，他們不再有最新的獨特犯罪材料可供研究了，整天只能閒著無事可做。可是你知道，在莫里亞蒂還活著的時候，專家們成天緊繃著臉，試圖尋找每一個極其重要的線索，你還可以從每天的早報中搜索大量的資訊或是案例分析。如果能獲取一點線索，哪怕是最微不足道的，或是一些模糊的跡象，就足以讓我弄明白那可惡的罪犯在哪兒；我們可以從這張犯罪網上略窺一斑，就如同蜘蛛網的某個地方稍有顫動，就能使你立刻意識到潛伏在網中央的那隻可惡的蜘蛛。這樣我們就能推斷出這個可惡的魔頭在何處行動，以及他們的作案目的、手段等。只要我們能抓住一條主線索，對於其他一切小型的偷竊或暴力行為的動機就能一目了然。關鍵是要發現主要的線索，將它們有邏輯地合併起來分析。我可以斷言，如果想要有系統的深入研究歐洲上層社會中的黑暗勢力，首選地應該是倫敦，它具備了黑社會活動的各種條件。可是，現在的情形——」福爾摩斯有些無奈地說道，他對自己歷經艱辛徹底剷除了莫里亞蒂集團深感不滿，或者說，至少也感到了某種遺憾。

那時，福爾摩斯剛結束他的流亡生涯，返回倫敦不過幾個月。他要求我變賣自己開設的診所，重新搬回貝克街的舊公寓。儘管我開價很高，一個叫凡納的年輕醫生毫不考慮地買下了我在肯辛頓的小診所。幾年後我才知道，凡納原來是福爾摩斯的遠房親戚，而買下診所的錢正是由福爾摩斯贊助的。

我們又開始了新的合作關係，日子有時驚險而離奇。因為在文檔記錄中，那段時期曾發生過前總統穆里羅的文件案，以及後來荷蘭輪船「菲士蘭」號奇案，這樁輪船案幾乎讓我們喪命，至今回憶起來仍心有餘悸。我的朋友福爾摩斯一向沉著冷靜，他不像別人那樣喜歡得到公開表揚，以滿足虛榮心。他嚴格要求我保密，對於福爾摩斯本人的情況，包括他的為人、他的推理法、他的愛好，以及在偵探事業中所取得的成就；總之，有關他的一切都不能告訴別人，我也自願的遵守了。這項要求最近才被收回，關於這一點，我已經在前面交代過。

現在我們沒有什麼重要的事可做了，福爾摩斯一邊發表著奇怪的言論，一邊悠閒地往椅背上一靠，翻閱著當天的早報。這時從門外傳來急促的敲門聲，似乎有人正用拳頭捶打著門，這引起了我們的警覺。隨後，有人發瘋一般地從玄關跑過走廊，伴隨著咚咚的上樓聲，我們的門忽然被撞開。一位臉色蒼白、頭髮散亂的年輕人衝進房間，迅速地掃了我們一眼，他全身顫抖，控制不住自己憤怒的情緒，在我們驚異而嚴肅的目光下，他才意識到自己的失禮。

「我很抱歉，福爾摩斯先生！」他叫道，「但不能怪我，我快瘋了！福爾摩斯先生，我是倒楣的約翰．海克特．麥法蘭！」

福爾摩斯兩眼直盯著他，雖然這個年輕人已經作出了某種解釋，但我朋友的臉上卻毫無反應；事實上，我們根本就不知道發生了什麼，也不清楚他無禮地闖入是為了什麼，他的名字並沒有引起我們太多聯想。

「抽根煙吧，麥法蘭先生，」福爾摩斯說著把煙盒遞了過去，「我確定我的朋友華生能對你的症狀開出一帖藥方，最近天氣可真熱！現在，如果你感覺好多了，我希望你坐在那張椅子上，然後簡短的告訴我們你是誰，需要什麼幫忙。雖然你報上了姓名，但我除了看出你是單身漢、律師、共濟會會員以及氣喘病患外，就什麼也不知道了。」

年輕人聽了福爾摩斯這番議論，驚得目瞪口呆。我瞧了瞧這位年輕人，他不修邊幅、拿著一疊法律文件、擁有特殊的錶鏈，以及不尋常地喘著氣；我立刻明白福爾摩斯是根據什麼特徵得到那些結論，不過我們的客戶仍然不可置信地盯著他。

「沒錯，你說的都很正確，福爾摩斯先生，但還有一點。我是倫敦城裡最不幸的人，看在老天的份上，別拋棄我，福爾摩斯先生！如果他們在我講完故事前就來逮捕我，請你求他們多給一些時間，讓我把故事講完！到時我才能安心的走進監獄。」

「逮捕你！」福爾摩斯嚇了一跳，「這真是太有趣——我是指太奇怪了，他們憑什麼逮捕你？」

「他們認為我謀殺了下諾伍德的強納斯．奧德克。」

我的伙伴露出一副同情的表情，我隱約能從那表情中看出一絲滿足感。

「老天，」他說道，「早餐時我才在跟我的朋友華生議論，說報紙上很久沒出現重大刑案了呢！」

年輕人顫抖著抓起了一份放在福爾摩斯膝蓋上的《每日電訊報》。

「先生，如果你看過這份報紙的話，你就能明白我為什麼要來找你了，我想，現在全倫敦應該都在談論我的不幸。」他將報紙翻開到某一頁，「就在這裡，如果你允許的話，我現在就把它唸出來。你聽聽看，福爾摩斯先生，新聞的標題是『下諾伍德奇案，著名建築師離奇失蹤，研判為縱火謀殺，罪犯的線索』。我知道他們就是用這條線索找上我的，我從倫敦橋站就被跟蹤了，而且我很確定，他們已經準備好逮捕我。但我不想讓我的母親傷心，她肯定會難過得生病的！」年輕人講話的同時，身子不停在椅子上晃動，他竭力想控制住自己的情緒，卻無法壓抑內心極度的恐懼。

我好奇地看了看這位年輕人，他面目清秀，衣著舉止端莊，有著淡黃色的捲髮，看上去不過二十歲，可是精神極度疲乏，兩眼驚魂不定，談吐間顯得優柔寡斷。他的淺色夏季外衣口袋裡露出一卷簽名過的證書，說明了他目前的職業。

「我們必須把握時間，」福爾摩斯說道，「華生，請你唸一唸我們剛才討論的那一段內容吧。」

我便根據委託人的提示，將一段帶有暗示性的敘述唸了出來：

下諾伍德發生了一起意外事件，警方研判為犯罪行為，犯案時間尚未推斷出來，疑似是昨天深夜或是今天清晨，警方正展開調查。強納斯．奧德克先生曾從事建築業多年，住在倫敦的郊區，是當地頗有名氣的富人。

他今年五十二歲，至今單身，性格怪僻孤傲，沉默寡言，不擅長社會交際。他現居深谷莊，位於席登罕路盡頭。雖然他已經退出建築業多年了，但住宅後方仍有一個大木料場。就在昨天深夜，大約是十二點左右，木料場突發生大火，消防車迅即趕往現場，可是火勢凶猛，無法撲救，整堆木料很快化為灰燼。警察隨後展開調查，起火原因可能是巧合，但在意外發生的當時，主人卻不在家裡，這引起了警方的注意。經查證，主人已經失蹤，這起事件屬於重大犯罪。後來立即搜查了主人的臥室，床沒有人睡過，室內散落著許多重要的文件，保險櫃已被撬開。最後還在屋裡發現了少量的血跡和一根橡木手杖，杖柄上亦沾有明顯的血跡，這表明現場曾發生過激烈的格鬥。不過，關於這根手杖的來歷已經獲得證實。當夜有一位客人帶著手杖造訪了主人，奧德克在自己的臥室裡接待了他。這位深夜訪客是本市的年輕律師約翰．海克特．麥法蘭先生，是葛拉漢&麥法蘭事務所的合伙人，公司地址在中東區的葛萊珊大樓四二六號，警方聲稱已取得了有力證據，能證明犯案的動機，並會在近期作出重大進展。

最新消息指出，警方已準備逮捕麥法蘭先生，正是他殺害了強納斯．奧德克。可是就在拘捕令發出後，案情又有了突破。新的線索表明，在建築師住所樓下的寢室裡，除了打鬥痕跡以外，還發現法式落地窗敞開著，有笨重物品曾從室內移至木料堆裡，地面上留有痕跡，警方意識到這是一件不利的證據。後來，他們又從大火後的灰燼中發現了燒焦的屍體殘骸，這個消息已獲得證實。根據對諾伍德展開的調查推斷，這是一樁有預謀的凶殺案，受害人是在室內被重物擊倒而死，凶犯搶走了貴重文件，然後將屍體移至木料堆旁，縱火焚燒以毀滅罪證。在調查此案的過程中，蘇格蘭場的雷斯垂德表現出了超人的智慧，現在正全力調查並追捕凶犯。

福爾摩斯聽完我的閱讀後，雙手交叉，開始閉目凝思。

「這樁案子有幾處值得注意，」福爾摩斯提醒道，「麥法蘭先生，報告上說有足夠的證據逮捕你，那為什麼你至今仍逍遙法外呢？」

「福爾摩斯先生，我平常都和父母一起住在布萊克希斯的托林頓公寓裡，昨晚我應強納斯．奧德克的要求前去拜訪，並住進了諾伍德的一家旅館，辦完事後就搭火車返回了。我在車上看到了這篇新聞，才明白諾伍德發生了謀殺案。我本能地意識到，我的處境已經十分危險，必須趕緊來找你，福爾摩斯先生，希望你能幫幫我。如果我回到自己家裡或是待在辦公室，那一定會被逮捕的。當我從倫敦橋車站下車時，就發現有人正在跟蹤我，我非常清楚——我的天！那是誰！」

一陣門鈴聲響後，樓梯上又傳來咚咚的腳步聲。沒過一會兒，雷斯垂德果然出現在房門口，還有兩名穿著制服的警察緊隨其後。

「是約翰·海克特·麥法蘭先生嗎！」雷斯垂德吼道。

這位不幸的委託人站了起來，臉色蒼白。

「我以疑似謀殺下諾伍德的強納斯·奧德克的罪名逮捕你！」

麥法蘭轉向我們，絕望地比了個手勢，然後又沮喪地跌坐在椅子上。

「等一下，雷斯垂德，」福爾摩斯對著警官說道，「給我們半小時應該沒關係吧，這位先生還有一些關於本案的有趣事情要講，那也有助於我們釐清案件真相。」

「我想已經沒有東西需要釐清了。」雷斯垂德冷笑道。

「就算是這樣，如果你同意的話，我還是希望聽完他的陳述。」

「好吧，福爾摩斯先生，我很難拒絕你的要求，因為你曾幫了蘇格蘭場不少忙，我們還欠你人情，」雷斯垂德解釋說，「話雖如此，我必須留在犯人的旁邊，提醒他，他說的每一句話將成為呈堂證供。」

「我不會要求更多了，」委託人說道，「我只要求你們聽我把全部的事實說出來。」

雷斯垂德看了看錶，說道：「就給你半小時。」

「首先我要解釋的是，」麥法蘭說道，「我完全不瞭解強納斯·奧德克這個人。雖然好幾年前我就聽過他的名字，因為他認識我父母，但後來他們就疏遠了。案發當天下午三點，他突然出現在我的辦公室門口，讓我嚇了一跳，他向我說明來意後，讓我更加吃驚。他的手裡拿著幾小張從筆記本上撕下的單頁紙，上面寫滿了難以辨認的潦草文字。你們看，就是這些，當時他將這些紙放在我的桌子上。」

「『這是我的遺囑，』他說，『現在，麥法蘭先生，我希望你按照法定格式把它抄下來，我在旁邊等你。』」

「我開始按他的要求抄寫遺囑。內容規定，除了保留上面特別標記的遺產外，其餘的全部歸我所有，當我抄寫到這裡時，感到十分驚訝。我不知道這是為了什麼，我忍不住抬起頭看著這位似曾相識的訪客，那雪貂似的臉上掛著雪白的眉毛。正當我疑惑地望著他的時候，他那雙銳利機智的小灰色眼睛望向了我，看上去顯得很輕鬆，像是要表達什麼。當我宣讀他的那份遺囑時，終於愣住了；但他解釋說，自己是一位單身漢，沒有什麼親人，他年輕時就認識我父母，後來，他聽說我非常值得信賴，因此放心地把錢交給了我，當時，我不知道該說什麼才好。就這樣，由我作為法定證人，在抄好的遺囑上簽了字。所有的文件都在這裡，這張紙條是草稿，藍紙就是那張簽了名的遺囑。奧德克後來又讓我看了他的租約、房契、抵押契據、臨時憑證等契約。最後他告訴我，要我晚上帶著這份遺囑去他在諾伍德的家裡，把所有的事情處理完，他就徹底放心了。他堅持說：『別忘了，別對你母親提起一個字，因為一切都還在處理中，等我們全部都安排好以後再告訴他們，他們一定會十分驚喜的。』我答應了他的要求。」

「老實說，我當時無法拒絕他，只想到如何才能完成他的遺願，以表達對他的謝意。後來我藉故發了一封電報給家裡，說今晚有許多重要的事需要辦，不知道什麼時候會回家。另外，奧德克先生囑咐我，一定要趕在晚上九點前吃晚飯，但是，他住的地方太難找了，所以我趕到他家的時候，已經九點半了。這時，我發現——」

「等一下！」福爾摩斯喊道，「是誰開的門？」

「一位中年婦女，我猜是他的女管家。」

「而她知道你的名字，是嗎？」

「是的。」麥法蘭說。

「繼續說下去。」

麥法蘭臉上肌肉顫抖，他又開始講述這段故事。

「這位女士領我進了一間會客室，桌上早已擺好了飯菜。吃過晚飯，強納斯．奧德克先生把我帶到他的臥室，並從保險櫃裡取出了一大疊文件。我仔細地閱讀這些文件，大概在十一點到十二點之間才讀完。這時，我起身準備回家，他叮嚀我不要打擾到女管家，請我從那扇開著的法式窗戶翻了出去。」

「窗簾是放下的嗎？」福爾摩斯提醒道。

「我不確定，但我猜只放下了一半。沒錯，我記得他當時為了開窗，順手捲起了窗簾。慌忙中我找不到自己的手杖，他安慰道：『放心吧，我的孩子，我會將你的手杖保管好的，你下次再來拿吧！但願我能經常見到你。』我離開時，臥室裡的保險櫃還是開著的，分過類的幾小包文件仍然放在桌上。當時夜已深了，我想應該來不及回布萊克希斯，就在附近晃了一下，最後在安諾利．阿姆斯旅館住下。直到今天早上我打開報紙，才驚覺昨晚發生了可怕的事，這讓我害怕極了，我幾乎快瘋了。」

「還有其它問題嗎？福爾摩斯先生。」雷斯垂德問道，他在年輕人說話過程中不時皺起眉頭。

「在我去布萊克希斯之前沒有了。」

「你是說要去諾伍德？」雷斯垂德說道。

「哦，沒錯，我的確是這個意思。」福爾摩斯露出一貫的高深莫測的笑容。雷斯垂德一向明白，福爾摩斯就像一把鋒利的尖刀，能剖開任何看似堅不可摧的事物。他以好奇的表情盯著我的同伴。

「我想你應該有了一些結論，福爾摩斯先生。」他說道，「現在，麥法蘭先生，你最好和我的兩個警官上車，外面的馬車會帶你到應該去的地方。」這個驚魂未定的年輕人立刻起身，無奈地望著我們，好像在祈求著什麼，但最後還是走出了房間，走之前又回頭望了我們一眼。不過，雷斯垂德卻留在原地。

福爾摩斯顯得非常興奮，他的手裡拿著那幾頁遺囑的草稿。

「你從遺囑中看出什麼特別之處嗎？雷斯垂德先生。」福爾摩斯一邊提醒著這位警官，一邊將草稿遞了過去。

「我可以看到開頭幾行、第二頁中間幾句，還有這結尾的一兩行；這些字就跟印刷的一樣清楚，」他說道，「但其餘的部分就寫得很淺了，有三個地方我無法辨識。」

「你對這些有何看法？」福爾摩斯嚴肅地問道。

「哼，還是先聽你有何看法？」

「這是在火車上寫的。清晰可辨的部分表明火車當時正停在站內，不清晰的部分表明火車正在行駛。最不清楚的幾處地方，是火車經過岔路時寫的。一位有經驗的專家就能發現其中的秘密——這列火車當時行駛在郊外的鐵路上，在接近大城市時便接二連三地碰上了岔路。如果我們設想整個旅程中他都在寫這份遺囑，那麼可以推斷這是一趟快車，因為它在諾伍德和倫敦橋之間只停留過一次。」

雷斯垂德大笑了起來。

「你總是愛東扯西扯，福爾摩斯先生，」他說道，「這些跟案子有何關連？」

「嗯，因為它證實了年輕人所講的故事，並且指出強納斯．奧德克是在昨天的旅程中擬下遺囑。這很奇怪，一個人為什麼要在那種場合寫下這麼重要的文件？因為他覺得那並不重要，因為他不把這份遺囑當成一回事，所以才會這麼做。」

「也就是他為自己寫下了死亡證明書，是嗎？」雷斯垂德隨口答道。

「哦？你是這麼想的嗎？」

「不然呢？」

「嗯，的確有可能，但這件案子對我而言還不夠清楚。」

「不夠清楚？哈！要是這樣還不夠清楚，那怎樣才叫清楚？很簡單，這位年輕人突然獲知一位老人要讓他繼承一大筆遺產，而他希望老人早點死亡，最好立刻就死。於是年輕人找了一個藉口，在當晚上門拜訪他的委託人，他把這件事隱瞞起來，不告訴任何人。當天晚上，他等到屋裡的其他人熟睡後，才伺機在臥室裡將委託人殺害，然後把屍體移到木料堆裡焚燒，並迅速逃離現場，跑到了附近的旅館。臥室裡和手杖上的血跡很少，所以他認為不會被發現，只需要把屍體焚毀，就能讓一切看起來天衣無縫，但這一舉動反而曝露了自己的罪行。這還不夠明顯嗎？」

「的確明顯，雷斯垂德，真是一個明顯的玩笑，」福爾摩斯接著他的話說道，「你擁有各種長處，唯獨缺乏了一點想像力。想一想，假如你是那位年輕人，你會在立下遺囑的當天就去犯案嗎？你不覺得兩件事發生的時間太接近對你十分不利嗎？另外，傭人來幫你開過門，知道你在屋內的事實，你會在這種情況下犯案嗎？最後，你會大費周章的把屍體焚毀，卻把手杖留在現場作為犯罪證據嗎？好好想想吧！雷斯垂德，這些都是不可能的。」

「關於那隻手杖，福爾摩斯先生，你也知道犯人在作案後常常會感到慌張，並且害怕回到案發現場。現在，再提出另一個原因說服我吧！」

「我可以給你一百個原因，」福爾摩斯說道，「舉個例吧，這是最有可能的一個解釋，也是我送給你的禮物。那個老人出示的文件有著非凡的價值，一位路過的陌生人剛好從窗外看見這一切，於是心生歹念。當律師離開後，那名陌生人就潛入屋內，他拿起留在現場的手杖打死了奧德克，然後毀屍滅跡，離開現場。」

「這名陌生人為何要燒毀屍體？」

「同樣的道理，麥法蘭有什麼理由這麼做？」

「為了湮滅某些證據。」

「想必陌生人不會希望有人知道發生了謀殺案。」

「那他為何什麼都沒拿走？」

「因為那些契約是無法轉讓的。」

雷斯垂德搖了搖頭，但我看得出他已不像稍早那麼堅持。

「夠了，福爾摩斯，你就慢慢找你的陌生人吧，找到之前我們都不會釋放那名年輕人。時間將會證明誰是對的，記住這一點，福爾摩斯，據我所知那些契約都沒有動過，而那名嫌犯是世界上唯一的法定繼承人，這些東西遲早歸他所有，他當然沒有必要拿走。」

福爾摩斯似乎被這段話重重打擊了一回。

「我的確無法否認，目前的證據對你們的推斷十分有利，」他說，「我只是想說，這並不是唯一的可能，就像你說的，時間會證明一切，再見！我想我該去諾伍德一趟，看看你們在那裡得到了些什麼。」

福爾摩斯送走了偵探，開始興致勃勃地籌劃這一天的工作。

「我的第一步呢，華生——」福爾摩斯一邊穿上他的長外套，一邊說道：「是去布萊克希斯。」

「怎麼不是諾伍德？」

「因為這件案子裡有兩件怪事。警方錯在他們只專注於第二件，因為它是很容易看到的犯罪事實。可是，一旦深入地研究這起案子，你會發現要找出解決問題的關鍵，還得從第一件怪事著手，也就是那份奇怪的遺囑，這是引發本案的根源。為什麼這份遺囑草擬得那麼輕率，而且還選了一位奇怪的繼承人？這個問題能將案件簡化，不，親愛的伙伴，我不認為你幫得上忙，這件案子沒什麼危險，不然我不會願意單獨出門的。我相信晚上見面的時候，將能提出一份有利於那名不幸年輕人的調查報告，他正等著我的辯護呢！」

那一夜，福爾摩斯很晚才回來。他滿臉憔悴、焦急不安的樣子，使我意識到他原來的計畫落空了。他走到他的小提琴旁邊，希望借助低沉的琴音排解內心的失落感。他拉了大約一小時，才慢慢平靜了下來。最後他忽然扔下小提琴，開始向我講述他的遭遇。

「我全猜錯了！華生，全猜錯了！雖然我在雷斯垂德面前據理力爭，但我的內心卻意識到，也許這回我錯了，他才是對的。我的直覺是一回事，實實在在的證據又是另一回事。恐怕大英帝國的陪審團沒有聰明到相信我的推斷，而不承認雷斯垂德提出的證據。」

「你去了布萊克希斯嗎？」

「當然，華生，我去了，而且我很快就發現，死去的奧德克簡直就是一個大惡棍！現在，麥法蘭的父親正四處打聽兒子的消息，他的母親仍然待在家裡。她是一位矮小肥胖的無知婦人。她的內心充滿了恐懼與不安，雙手不住地顫抖。她深信自己的兒子絕對不會殺人，但她對於奧德克的遇害絲毫不覺得驚訝，也不覺得遺憾。每當她談及奧德克這個人時，總是控制不住內心的憤怒。她的這種表情間接證明了警方提出的假設，因為，如果年輕的律師在聽到母親談論奧德克後，自然會萌生出憎恨與殺機。『他簡直是個畜生！一個十惡不赦的雜種！』她罵道，『他年輕時就如此可惡了！』」

「『你當時就認識他了？』我問道。」

「沒錯！我很瞭解他。當時我們都很年輕，他是第一個向我求婚的男人，謝天謝地！我當場就拒絕了他，與一位比他窮卻更善良的男人結了婚。我曾跟他訂了婚，福爾摩斯先生，但我後來聽說他曾將一隻貓放進了鳥舍裡，這個殘酷的傢伙讓我感到害怕，於是我就離開了他。』這個女人從抽屜取出了一張女人的照片，臉部已被小刀劃得支離破碎。『這是我的照片，』那女人繼續向我說道，『就在我結婚當天上午，他把它寄給了我，想用這種方式詛咒我。』」

「『我明白了，』我補充道，『不過，至少他還是原諒了你，他不是背著你們把全部的財產都留給你的兒子了嗎？』」

「『我和我的兒子都不會接受強納斯．奧德克的任何一分錢，不論他是死是活！』婦人鄭重地強調，『上帝果然是公平的，福爾摩斯先生，祂懲罰了這個畜生，同時，祂還會證明我兒子的手上沒有沾染他的任何一滴血。』」

「我曾試圖從她那裡獲得一些情報，但都徒勞無功。她告訴我的事實和我原來的假設完全相反，最後，我只好獨自一個人去了諾伍德。」

「深谷莊是一座現代的大別墅，用紅磚瓦蓋成，屋前寬大的庭園裡長著一叢叢的月桂樹。草坪的右邊是木料場，離大路有些距離，幾天前已被人縱火焚燒一空。我將那裡的情況全記在筆記本上了，這些簡圖能讓人一眼搞懂地形。圖形左邊標示的這間房就是奧德克住的，從外面的大路上可以直接看到屋內，情況就是這樣。我去的時候，雷斯垂德剛好不在，由他的警長接待了我。他們一直在灰燼中搜索著，除了燒焦的屍體殘骸外，他們還有了一個重大發現，那就是幾個已變色的金屬小圓片。我認真地檢查了這些小圓片，原來是男褲上的幾顆鈕扣。在經過反覆辨識後，我發現鈕扣上印著『海曼』，也就是奧德克的裁縫師的姓。意外之餘，我又開始重複搜索草坪，希望能發現新的印痕或腳印，結果什麼也沒有發現。因為長期的乾旱使這裡的一切都變成了土塊，無法留下痕跡。但從小草的壓痕來看，可以推斷有一具屍體或一捆東西經水臘樹的矮籬笆向木料場拖了過來，這和官方的推斷非常吻合。我頂著八月的大太陽，在草坪上逗留了大約一個多小時，結果什麼也沒有找到。」

「院子裡已經找不到更多的東西了，於是我便進屋，對死者遇害的房間進行檢查，幾處血跡淺淺的附著，但還沒有褪色。手杖已被人動過了，上面沒有多少血跡，它的確是麥法蘭的東西。地毯上只印著他與奧德克的腳印，而警方的推斷似乎更有說服力了，於是我感到一種沉重的壓力，一切該從何著手呢？」

「我原來所有的希望似乎都落空了，但我仍耐心地檢查了保險櫃裡的東西，它們已被警察取出來扔在桌上。那些文件還裝在封套裡，但警察已拆開了一兩袋進行檢查。也許這些東西根本沒什麼價值，我們從銀行的存摺上發現奧德克並不富有。可是我有一種預感，並非所有的證據都在現場，像那些契約就特別值錢，現在卻不知去向。如果我能證明這一點，我想，雷斯垂德的論點就站不住腳了。難道是被偷走了嗎？這本是年輕人不久以後便能繼承的東西。」

「後來，我又檢查了其他地方，同樣什麼都沒有發現。我不得不把注意力轉向他的女管家，她叫做萊克辛頓太太，是一個矮小且沉默寡言的人，一雙眼睛流露出多疑的目光。她斜視著我，緊閉雙唇，就像一尊蠟像。她說，九點半時她開門讓麥法蘭進屋後，十點半就回房去睡了。她的房間在另一頭，離現場有一段距離，聽不見那裡的動靜。麥法蘭將他的帽子和那根手杖放在了門廳裡。後來外面的火警把她驚醒了，她後悔不該讓這個可惡的人進來，她相信她的主人是被謀殺的，至於他生前有沒有跟人結過仇怨？嘖，誰沒有敵人呢？但是奧德克先生平素不喜歡與人往來，除了那些找他談工作的人。她拿起那些鈕扣，並證實那正是來自他昨天所穿的衣服。這裡乾旱已有一個月了，所有的東西都容易著火，何況是乾木料堆？這次大火把一切都燒得一乾二淨，她趕到木料場時，火燒得正旺，但什麼也沒有發現，那些救火的人和她只聞到燒焦屍體的味道。她從不過問奧德克的私事，對那些字據一點也不瞭解。」

「好了，華生，這就是我失敗的經過，但是，但是——」他忽然緊握雙拳，又從低落的情緒中找回了自信，「雖然我明白自己大錯特錯，但我確信還有一些線索沒有掌握，那個女管家一定還知道什麼，我能從她憤怒的眼神中感覺到，那是隱含著罪惡感的眼神。不過再說下去也沒意義了，除非我們夠幸運，否則諾伍德的這樁案子無法成為我們的又一筆輝煌戰功，儘管那些有耐性的大眾遲早會諒解的。」

「我想，」我回應道，「那年輕人的言行能給陪審團一個好印象吧？」

「這可是個危險的想法，華生，還記得一八八七年時，那位叫伯特．史帝芬的謀殺犯希望我們為他脫罪的事嗎？那可是個像兒童一樣天真無邪的年輕人呀！」

「的確是。」

「除非我們提出更可靠的假設理由，不然麥法蘭一定會被宣判有罪。但是，從目前的調查情形來看，沒有任何一絲希望。如果我們依照現在的假設展開調查，很可能適得其反，最終把這位年輕律師推向被告席。不過，我覺得那些字據仍有些疑點，如果我們從這裡著手又會如何呢？我在翻閱銀行的存摺時，發現戶頭上的餘額已所剩無幾了。因為在過去一年內，曾開了幾筆大額支票給柯尼里亞斯先生。那麼，柯尼里亞斯是什麼樣的人？他為什麼和這位建築師有這麼大筆的交易？如果能查明他和這樁案子有關係，問題就能迎刃而解了。也許柯尼里亞斯只是個掮客，因為我們沒有發現這幾筆巨額交易的付款票據。現在還沒有任何線索，我們只能請求銀行幫助我們，查詢那位兌現支票的人究竟是誰。只是，親愛的伙伴，我擔心蘇格蘭場會獲勝，雷斯垂德最後還是會把我們的委託人送上絞刑架。」

那晚，福爾摩斯難以闔眼，在床上翻來覆去。第二天吃早餐時，他臉色蒼白，愁容滿面，只有那雙發亮的眼睛，依然慎重地審視著周圍的一切。他的椅子附近地毯上滿是煙頭，地上還堆著凌亂的報紙，有一份電報攤在餐桌上。

「你猜這是什麼？華生。」福爾摩斯把電報遞給了我。

這是一份從諾伍德發來的電報：

根據最新獲得的證據，麥法蘭的罪名已經成立，勸你放棄這件案子。

雷斯垂德

「事情似乎變得很嚴重。」我說道。

「這只是雷斯垂德的自吹自擂而已。」福爾摩斯露出淡淡的微笑，「現在放棄還太早了，不論雷斯垂德拿到什麼重要證據，我不認為他能贏得最後的勝利。好了，現在先來吃早餐，如果可以，我希望你能陪我出去看看，現在的我真是毫無頭緒，如果你能給我的精神一些鼓勵，那我就感激不盡了。」

那天早上，福爾摩斯什麼也沒有吃。雖然他的胃口向來都很好，但一有重要事情壓在心頭，就會變得食欲全無。因此，他常會由於過度失望，加之濫用體力，造成身體不支而暈倒。「我現在沒有胃口，也無力消化這可惡的食物。」當我從醫生的角度勸他保重身體時，他總會以這種習慣的語言來回答我。在我匆忙吃完早飯後，他空著肚子和我一起去諾伍德了。一群好奇的人正圍在深谷莊外，這是一幢漂亮的郊外別墅。雷斯垂德滿面春風，得意洋洋地走出來迎接我們。

「嘿，福爾摩斯先生，準備好說服我是錯的了嗎？找到那個陌生人了嗎？」雷斯垂德語帶嘲諷地說道。

「我還沒作出結論。」福爾摩斯應了一聲。

「不過我們昨天作出了，而這個結論已經被證明是正確的，你得承認這一次我們的確超越你了，福爾摩斯先生。」

「看你的神色，太過於自信了吧！」

雷斯垂德哈哈大笑起來。

「我瞭解你不喜歡輸給我們，但總不能指望事事都順你的意，是吧？華生醫生。請過來吧，先生們，就讓我證明約翰．麥法蘭的罪行給你們看！」

他引著大家穿過走廊，進入那間昏暗的門廳裡。

「這裡就是年輕的律師在犯案後試圖來取回帽子的地方，」雷斯垂德說道，「現在請看這裡。」他突然充滿戲劇性地劃亮一根火柴，照出沾在白灰牆上的一小點血跡。他將火柴靠近牆面，我看到了不僅有血跡，還有一個人的大拇指紋。

「不用你的放大鏡看嗎？福爾摩斯先生。」

「嗯，我正打算這麼做。」

「你很清楚，沒有兩個人的指紋是完全相同的。」

「我略有耳聞。」

「那好，請你將牆上的指紋和警方今天取得的麥法蘭右手拇指紋對照，一切就會真相大白了。」對照之下，我們發現這的確是兩個完全相同的指紋印。這一項最新的重要發現，再次證明警方的推斷，同時將那位不幸的委託人推向了死亡的邊緣。

「這是決定性的證據。」雷斯垂德滿意地說道。

「是的，決定性的證據。」我不由自主地附和道。

「決定性的證據？」

福爾摩斯的語調十分奇怪，我忍不住轉頭望向他，從他臉上看到了極端的變化，他的雙眼正發著光，一副拚命地想憋住大笑的表情。

「好啊！好啊！」福爾摩斯大聲說道：「嘿，好吧，有誰會這麼想呢？誰能不被這種假象欺騙呢？真是個了不起的年輕人哪！這次事件給我們上了一課，就是不要過於相信自己的判斷，對吧？雷斯垂德。」

「沒錯，我們之中就有人過於相信自己，福爾摩斯先生，」雷斯垂德輕蔑地說道。

「如果我們假設這位年輕律師在從鉤上取下帽子的時候，把右手大拇指按在了牆上，而血跡正好沾到了這裡，雖說可以說是偶然，但也算是合情合理。」福爾摩斯說完這些話時，彷彿輕鬆了許多，但仍看得出他抑制不住內心的興奮。

「順便問一下，雷斯垂德，是誰發現了這個指印？」

「是女管家，萊克辛頓太太，她告訴了守夜的警官。」

「那位警官當時在哪裡？」

「他留在案發的房間，確保物證完好如初。」

「但是，你們昨天卻沒有看見這個指印。」

「這個嘛，我們沒有特別的理由去檢查那面牆，再說那面牆也不是很顯眼的地方。」

「是啊，是啊，的確是不顯眼。當然，這枚指紋昨天一定也在了？」

雷斯垂德望著福爾摩斯，對他有些任性的行為感到不解。我站在那裡觀察了很久，對於福爾摩斯的言行也感到驚奇和疑惑。

「你該不會認為麥法蘭從戒備森嚴的監獄中跑出來，然後在牆上留下這些不利的證據吧？」雷斯垂德繼續解釋道，「我可以請世界上任一個專家來證明這是他的指紋。」

「這一點倒是沒什麼爭議。」

「那就對了，這項證據就足夠了，」雷斯垂德哼了一聲，「我是個實事求是的人，福爾摩斯先生，而我已經找到實實在在的證據了。如果你還有什麼意見，就到書房來找我吧，我要先去寫調查報告了。」

福爾摩斯忍不住笑起來，雖然已不像剛才那麼激動，但仍努力地克制著自己的情緒。

「老天，這真是個不幸的開端，親愛的華生。這樁案子裡有些疑點，不過也同時給了我們的委託人一線希望。」

「真高興聽你這麼說，」我衷心地附和道，「我還以為他這下完了。」

「親愛的華生，我能斷定，我們的朋友那所謂的重要證據其實存在極大的瑕疵。」

「真的！福爾摩斯，是什麼？」

「簡單來說，我昨天檢查那面牆時並沒看到指紋。現在，華生，我們還是到外面曬曬太陽吧！」

我和福爾摩斯離開屋子，走到了花園裡。我的思緒很亂，心中卻為我們找到了最後的一點新希望而感到慶幸。我的朋友開始津津有味地對這幢別墅進行全面的檢查，直到他認為滿意後，才引著我又回到了屋裡。從地下室、閣樓以至整棟建築，都進行了仔細的搜查。大多數的房間並沒有陳設家具，但他也不放過，試圖發現一些什麼。最後我們來到了頂樓的走廊，福爾摩斯被這裡的三間空房吸引住了，他開始忙個不停。

「這是樁很獨特的案子，華生。」福爾摩斯對我說道，「現在該去找我們的朋友雷斯垂德了，他剛才狠狠地嘲笑我們，現在輪到我們回敬他了，我的判斷果然是對的，很好，很好！我想我知道該怎麼做了。」

這位蘇格蘭場的探員正忙著寫他的報告，福爾摩斯打斷了他。

「看得出你正在寫調查報告。」福爾摩斯說道。

「是的。」

「你不覺得你的報告還少了些什麼嗎？我猜證據還不太足夠。」

「你是什麼意思，福爾摩斯先生？」

「你沒發現，本案有位非常重要的目擊者。」

「你能找到這個人嗎？」

「我想可以。」

「那就去找吧！」

「我盡力，你帶了多少警員來？」

「三個。」

「好極了！」福爾摩斯說道，「他們都身強力壯，嗓音洪亮嗎？」

「那是當然的，雖然我不懂他們的嗓門大小跟這件事有什麼關係。」

「我會讓你明白的，或許還能告訴你更多事實，」福爾摩斯說道，「請叫他們過來吧，我要先測試一下。」

不到五分鐘，三名警官已排列在大廳裡。

「屋外有一大堆稻草，」福爾摩斯用手指了指說，「請你們扛兩捆進來。我想讓這兩捆稻草幫我引出重要的證人，謝謝。華生，我想你口袋裡應該有火柴吧？現在，雷斯垂德先生，請你們跟我到屋頂的平台上去。」就在我剛提到的三間空房外面，有一條寬闊的走廊。我們所有的人都集中在走廊一頭。三名警員咧著嘴笑，福爾摩斯卻和往常一樣，看上去像一個變幻莫測的魔術家。雷斯垂德時而驚奇，時而譏笑，時而又表現出期待的神情。

「請你派一名警員提兩桶水來，然後將稻草放在這裡，注意別靠著牆。好了，一切就緒。」

雷斯垂德滿臉漲得通紅。他有些氣憤難平。「我不曉得你打算幹嘛，福爾摩斯先生。但是如果你有了新發現，可以直接跟我們說，用不著玩這些小把戲。」

「我向你保證，雷斯垂德老兄，我有十足的理由這麼做。你應該還記得，幾個小時之前，你在我面前逞足了威風，現在輪到我開個小小的玩笑也不為過吧？華生，幫我打開窗戶，然後把火柴丟到稻草堆裡。」

我照做了，下面立刻冒出了火焰，伴隨著劈啪作響，一股白煙被風吹得四處瀰漫。

「現在就等著看我們能不能幫你抓出那位目擊證人吧！雷斯垂德。等我數到三，就請各位幫忙高喊『失火了』，準備，一、二、三——」

「失火了！」我們齊聲大喊。

「謝謝，現在請再喊一次。」

「失火了！」我們又喊了一次。

「最後一次，先生們，全部人一起喊。」

「失火了！」我們的喊聲幾乎傳遍了整個諾伍德。

一瞬間，怪事發生了。走廊盡頭的一堵牆原本是非常平整的，突然間卻開啟了一道小門，一個矮小、乾瘦的老頭衝了出來，一副驚魂不定的樣子，猶如一隻矯健的兔子從地洞裡蹦出來一般。

「好了！」福爾摩斯氣定神閒地說道，「華生，往下澆一桶水吧。如你所見，雷斯垂德，讓我為你介紹這位失蹤的目擊證人——強納斯．奧德克先生。」

這位警探滿臉疑惑地望著那位不速之客，那個人瞇著眼睛，看了看屋外冒著煙的草堆，又看了看我們。那是一張凶狠、奸詐的臉，充滿了邪惡的犯罪感，那雙淺灰色眼睛機警又多疑地閃著光，令人生厭。

「好吧，這是怎麼回事？」雷斯垂德變得暴躁起來，「你這段時間到底在幹什麼？」

奧德克看著官方偵探那滿臉憤怒的表情，不自然地笑了笑。

「我可沒傷害任何人。」

「沒有？你差點害一位無辜的年輕人被絞死！要不是這位聰明的先生在場，你的陰謀就要得逞了。」

這個惡人開始害怕起來。

「我發誓，警官，這只是我的一個小小玩笑罷了。」

「哦！小玩笑是嗎？我會讓你再也笑不出來，我跟你保證！逮捕他，帶到房間裡！」警員押著犯人離開後，他轉身說道，「福爾摩斯先生，雖然在其他警員前難以啟齒，但我不得不承認，你又完成了一件最出色的事，雖然我還是不懂你如何發現真相的。你救了一位無辜者的生命，也避免了一件可能會讓我身敗名裂的警界醜聞。」

福爾摩斯坦然地笑了笑，然後拍拍雷斯垂德的肩膀。

「你不會身敗名裂的，老兄，反而會因此聲名大噪，只要把報告中的內容稍作修改，所有人就會明白，要騙過雷斯垂德警官是多麼困難的一件事。」

「你不希望名字出現在報告中嗎？」

「一點都不想，工作的過程就是對我最大的獎勵。或許在遙遠的將來，我的名字會被一位熱心的歷史學家記上幾筆——呃，華生，讓我們瞧瞧這個老鼠洞裡究竟有什麼。」

距離走廊的盡頭約六呎處，曾用抹過灰的板條隔出一個小洞來，而隔牆卻巧妙地裝了扇暗門。房間裡只有從屋簷縫隙中透進的微弱光線可以照明，裡面存放了水、食物、書籍、報紙，還有幾件家具，這真是一個精明的設計。

「他不愧為一位建築師，可以獨立打造這樣的一間密室——當然，除了他的女管家。我想你應該不會漏掉她吧？雷斯垂德。」

「我會聽從你的建議，但你是怎麼發現那間密室的？」

「一開始，我就認定他藏在屋裡。當我第一次走過這條走廊時，意外地發現這條走廊比樓下短了六呎。難道這還不夠明顯嗎？因此我施展了小小的魔法，我相信，在遭遇火警時他絕不會無動於衷的。如果這樣還是行不通，我們也可以直接進去逮捕他，但還是引他自己出來更有趣些。除此之外，警官，在你早上揶揄我一番後，我也忍不住想開你一個小玩笑。」

「好吧，我們算是扯平了。但你怎麼知道他一定還在屋子裡呢？」

「那個指紋！雷斯垂德，你說那是決定性的證據，我同意這個說法。可是前一天我仔細搜查過，你也知道我十分重視細節，我檢查了整個大廳，非常確定牆上沒有指紋，因此，那個指紋是夜裡按上去的。」

「怎麼印上去的？」

「很簡單，當他們把小包封口時，強納斯．奧德克要麥法蘭用大拇指把某個封套上的軟蠟壓緊，整個過程既快速又無破綻，我敢說甚至連那個年輕人都沒有印象。也許奧德克一開始並沒有打算利用他的指紋作為罪證，後來在密室盤算著如何陷害麥法蘭時，突然想到可以在現場製造出麥法蘭的指紋。其實，要做到這一點並不難，只要取下封套上的蠟模，再用針刺出一些血塗在模子上，然後再由自己——或者由他的女管家，把指紋按在牆上就行了。這種小把戲怎能騙過我的眼睛呢？我相信，只要對密室裡的那些文件進行檢查，一定能發現那留有指紋的蠟模。」

「太神奇了！」雷斯垂德嘆道，「太神奇了！你把一切都解釋清楚了，但這場騙局的動機是什麼呢？福爾摩斯先生。」

這位自負的偵探忽然一改過去的姿態，就像一個孩子向老師請教一樣問了許多問題。

「哦，這或許很容易解釋。奧德克是位心胸狹窄、性情惡劣的人。要解釋他的動機當然不難，不知道你是否也聽說過麥法蘭的母親曾經拒絕他的求婚？我早就提醒你，必須先去布萊克希斯，可你卻先去諾伍德，而錯過了一個最好的機會。由於麥法蘭的母親拒絕了他，從此在他邪惡的心靈裡埋下復仇的種子。他一生都在設法報復她、折磨她，可是找不到合適的機會。就在最近的一兩年裡，他的處境每況愈下，一切都對他不利——也許是他從事的投機生意失敗。他越來越憎恨這個世界，當然更容不下麥法蘭的母親。他決定採取手段，對他所有的債主進行欺騙，為了達到這個目的，他開給一個叫柯尼里亞斯的人大面額的支票。這只不過是一個化名而已，可能就是他本人，因為我還沒有去追查過那些支票的情況。根據我目前的推測，這些支票已被他用化名存進了小鎮上的某家銀行。而奧德克卻扮演著雙重的身份，並時常來往於那個小鎮。他計畫在事情過後，從此隱姓埋名，並用這筆錢去其他地方展開新生活。」

「嗯，很有可能。」

「他忽然想到，這場騙局能同時幫他達到復仇的目的，只要讓她知道自己被她唯一的兒子所殺，她肯定會痛不欲生。他像一位魔術師般策劃了一切，在這個計畫中，麥法蘭有足夠的行凶動機。他還讓麥法蘭瞞著自己的父母，在現場留下手杖作為犯罪證據，又佈置了臥室裡的血跡，以及木料堆中的動物屍骨和鈕扣，製造出命案現場——這一切都是精心設計的結果，他設下圈套，讓年輕的律師一腳踩進去，也騙過了警方。雖然這樁假案設計得天衣無縫，可是他畢竟天賦不足，不知何時該見好就收，為了讓受害人順利被定罪，反而做出了畫蛇添足的舉動。我們下去吧，雷斯垂德，我還有一兩個問題想請問他呢！」

這個邪惡的傢伙坐在自己的房間裡，兩邊各站一名警員。

「那只是一個小玩笑，尊敬的警官，一個小玩笑而已！沒什麼大不了的，」他不停地向警官解釋說，「這只是為了隱藏身份罷了，你該不會以為我想傷害可憐的麥法蘭先生吧？」

「這將交由陪審團作出定奪，」雷斯垂德輕蔑地說道，「無論如何，就算判決不是蓄意謀殺，我也能告你密謀殺人。」

「而且你或許會看到債主們請求銀行凍結柯尼里亞斯先生的帳戶。」福爾摩斯說道。

奧德克猛地一驚，凶惡地瞪著我的朋友。

「那我應該感謝你才是，」他惱羞成怒地說道，「總有一天我會把債還完的。」

福爾摩斯毫不在意地笑了笑。

「我想，未來幾年你想必會過得非常充實，」福爾摩斯說道，「順便問一下，除了你的褲子，你還丟了什麼東西在木料堆裡？死狗？兔子？還是其他東西？不肯說是吧？哼，真是個頑固的傢伙，如果我有一對兔子，就能解釋那些血跡和燒焦的骨灰了。華生，如果你打算把這件案子記錄下來的話，標題就定為『兔子』吧！」

3 跳舞的人

屋子裡瀰漫著惡臭的化學藥味，我的朋友夏洛克．福爾摩斯已做了好幾個小時的實驗。他彎著瘦長的身子，默默地工作著。當我抬起頭看他時，他活像一隻又長又瘦的怪鳥，全身裹著深灰色的羽毛，唯有冠毛是黑色的。

「也就是說，華生，」他突然問道：「你不打算投資南非證券了，是嗎？」

我感到困惑，雖然我早已習慣福爾摩斯的好奇心，但對於自己深層的想法被猜測出來，仍感到莫名其妙。

「你怎麼可能會知道呢？」我吃驚地問道。

他從圓凳上轉過身來笑了笑，一雙深陷的眼睛依舊銳利，他的手裡還握著一支正在冒氣的試管。

「嘿，華生，你承認自己嚇了一大跳吧？」

「是啊。」

「我希望你在紙上簽名存證。」

「為什麼？」

「因為五分鐘後你又會說這沒什麼難度。」

「我發誓我絕不會那麼說。」

「你知道的，華生，」他把手中的試管慢慢地放回架子上去，然後像一位教授面對他學生般開始長篇大論，「建立一連串的邏輯推理並不難，因為其中的每一個環節都取決於它前面的一個結論。但是，如果我們將中間的推理過程省略，只讓聽眾知道起點和終點。那麼推理越長，其結論就越會令人感到驚奇、嘆服，從而達到虛誇的效果。現在，不難從你左手的虎口看出，你並沒有將那一小筆積蓄拿去投資金礦。」

「我看不出兩者之間的關連。」

「我想也是，但我很快就能告訴你它們的關連，連結這些環節的步驟是：第一，你左手食指與拇指上的粉筆灰說明了你昨晚去過俱樂部；第二，打撞球時總會在那個部位塗上白灰以穩定球桿；第三，你只會跟薩斯頓一起打撞球；第四，四週前你曾告訴我，薩斯頓有購買某項南非產業的特權，一個月內就會到期，他十分希望與你分享這個機會；第五，你的支票簿放在我的抽屜裡，但你並沒有拿過鑰匙；第六，你不打算去南非投資。」

「這實在是太簡單了！」我高興地叫了出來。

「沒錯，」福爾摩斯顯得有些不耐煩，「任何問題經過這樣解釋後都變得簡單了。不過這裡有一個無法解釋的問題，看看你能從中發現什麼，華生。」福爾摩斯遞給我一張紙條，然後就又陷入一片沉思之中。

我驚訝地看著紙上那些怪異荒誕的符號。

「怎麼了，福爾摩斯，這不是小孩的塗鴉嗎？」

「哦？這只是你個人的看法。」

「不然還有什麼特別的？」

「這正是希爾頓・丘比特先生急於弄明白的東西。他住在諾福克郡的萊丁村莊園裡，這封信是由早班車送來的，而他本人計畫搭第二班火車趕來。門鈴響了，我想一定是他來了。」

從樓梯傳來了沉重的腳步聲，過了一會，只見一位高大強壯的紳士出現在門口。他的臉刮得很乾淨，面頰紅潤，雙目炯炯有神，這表明他生活在一個遠離貝克街霧氣的地方。從他進來時的神情，似乎還可感受到少許東海岸的清爽氣息。他與我們一一寒暄過後，目光迅速落在那張畫著奇異符號的紙上，它剛才被我隨手扔在桌子上。

「哦，福爾摩斯先生，你對這些符號有何看法？」他大聲喊道，「有人告訴我，你對這些怪異的事很有興趣，我想這世上沒有比這更怪異的事了。我把信提早寄過來，因為我希望你能在我抵達前先看過一遍。」

「這的確是件奇怪的玩意兒，」福爾摩斯回答道，「乍看之下，就像小孩子的惡作劇，紙上橫著畫了一排正在跳舞的小人。你為什麼會這麼重視這件奇怪的東西？」

「我不重視，福爾摩斯先生，但我妻子卻很重視，這東西快把她嚇死了，雖然她什麼也沒說，但我能從她的眼神中看出恐懼，這也是我十分在乎這件事的原因。」

福爾摩斯伸手去取那張畫，讓太陽光從紙面透過來，那是一張從記事本上撕下來的紙，而上面卻用鉛筆畫了一些跳舞的人，它排列如下：

福爾摩斯仔細地研究著，用一種審視的目光看了又看，似乎想作出某種推斷，最後他小心翼翼地將紙折疊了起來，放進了他的皮夾裡。

「這也許是最不尋常但也最有意思的一件案子，」福爾摩斯似乎在作出某種預言，他繼續說道，「你的信已經告訴我一些細節了，希爾頓．丘比特先生，不過我還是希望，你能將詳細的情況跟我的朋友華生醫生重新說一遍。」

「我並不善於講故事。」這位客人向我們說道。他那雙肥大的手，在說話間神經質般的時而緊握，時而放鬆，非常地不自然。「如果我有說不清楚的地方，請儘管問我。這要從我們去年結婚的時候談起，我必須先聲明，雖然我不是有錢人，但我們家族在萊丁村已生活了五個世紀，諾福克郡沒有比我們更遠近馳名的家族了。去年，我到倫敦參加維多利亞女王即位六十週年紀念時，住在羅素廣場的一個公寓裡，碰巧我們教區的帕克牧師也住在那裡，除此之外，還有一位美國來的年輕女士，她叫做派翠克——艾爾希．派翠克。我很快地愛上了她，並瘋狂地展開追求，來倫敦不到一個月，我們就墜入了愛河。沒多久，我們結婚了，在登記完後便回到了諾福克。在別人看來，我一個名門後代，竟然這麼輕率地娶了一位來歷不明的美國女孩，簡直是難以置信。其實，只要你們見到她並多瞭解她的話，一定能夠理解的。」

「艾爾希是一位率真的女孩，我特別喜歡她這一點。她給了我一些時間，要我想清楚自己是不是真的想娶她。『我有一些不太愉快的交友關係，』她說道，『我希望能徹底忘掉這些。我從不想回憶起過去，因為它們讓我感到痛苦，如果你娶我的話，希爾頓，你將會得到一個無愧於你的女人。但你必須答應，讓我對過去的一切保持沉默。如果你覺得這太困難的話，那就回諾福克去吧，然後把我一個人留在我們相遇的地方。』我只考慮了幾天，就決定跟她結婚了，我同意照她的話做，後來也一直遵守著這個約定。」

「我們結婚已一年了，生活相當美滿。就在大約一個月前，也就是六月底，烏雲第一次籠罩在我們頭上。那一天，我的妻子收到了一封從美國寄來的信件，她頓時臉色慘白。當她讀完信時，立刻感到恐懼起來。她把信扔進火裡燒掉了。我十分擔心，但她很快鎮靜了下來，從此我們再也沒有提起這件不愉快的事。從那以後，她的情緒變化無常，整日生活在恐慌中，好像預示著不幸即將到來。她應該相信我的，她會發現我將是她最好的伙伴。然而，除非她先開口，否則我什麼都不能問。我必須說，她是一個誠實的女人，福爾摩斯先生，而不管過去發生了什麼，那絕不是她的錯。雖然我只是一個諾福克的鄉巴佬，但我敢說自己是全英國最以家族為榮的人，早在結婚前她就知道這一點了，我認為她是不想為我們家族帶來任何汙點。」

「嗯，現在來講講整個故事中最奇怪的部分；大約一週前——也就是上個星期二，我在窗台上發現了一些用粉筆畫的跳舞人，就像信裡的一樣。我感覺有些不對勁，便去問馬伕是誰畫的。馬伕發誓說，他根本不知道這件事。這代表這些滑稽的跳舞小丑是在夜間畫上去的。於是我決定用白灰把它刷掉，然後把這件事告訴了我的妻子。令我意想不到的是，她將這件事看得非常嚴重，並且乞求我，假如再出現這種情況，一定要讓她看見。我開始警覺起來，可是，一個星期過去了，什麼都沒有發現。就在昨天早晨，我在花園的日晷儀上又發現了這張紙條，我把它拿給艾爾希看，她竟然當場昏了過去。從那之後，她就變得神智不清，眼神中時時透著恐懼與緊張。我感到難過極了，在無奈之餘，只好寫了那封信，連同那張畫一起寄給你，福爾摩斯先生。我無法跟警方說明這件事，因為他們肯定會把它當成笑話，但我相信你會告訴我該怎麼做。雖然我不富有，但只要有任何危險威脅了我的愛妻，我會不惜一切來保護她。」

他是一位在英國本地成長的英俊男子——率直、坦誠、優雅，擁有一雙誠實的眼睛和一張清秀的面龐，神情裡流露出對妻子深深的愛戀和信任。福爾摩斯在聽完他的敘述後一言不發，開始沉思起來。

「你不覺得，丘比特先生，」最後他說道：「最好的辦法就是直接詢問你的妻子，請她跟你分享她的秘密？」

希爾頓．丘比特望著福爾摩斯，然後搖了搖頭。

「約定就是約定，福爾摩斯先生。如果艾爾希肯告訴我的話，她一定會這麼做的。假如她不肯，我又何必強迫她呢？但我會用自己的方式解決的，我一定會！」

「那麼我會盡可能的幫助你。首先，你曾在家附近看過任何陌生人嗎？」

「從來沒有。」

「我猜那一定是個寧靜的地方，任何陌生人的存在都會引起議論？」

「附近的確是這樣，但不遠處有幾個水源區，常有人在當地農家留宿。」

「這些畫顯然是某種暗號。如果只是隨筆之作，那就不可能去解讀它；另一方面，如果它是有系統的符號，我相信遲早能夠解讀出來。但是這串暗號還是太短了，我無能為力，而你所說明的事實也不足以讓我們展開調查。我建議你立刻返回諾福克，並密切關注事態的發展，如果又出現了新的跳舞人，就立刻抄下來交給我。可惜的是寫在窗台上的那些畫被洗掉了，沒能留下樣本。還有，你必須留意附近所有的陌生人。當你有了任何新的線索，就來找我。這些就是我的忠告，希爾頓．丘比特先生，如果諾福克發生了最新的進展，我隨時都會趕過去。」

福爾摩斯在遇到這樣一樁奇案後，一連數天都沉默不語，我總是看到他從筆記本中取出那幅畫，靜靜地研究著，希望找出解讀這種古怪符號的方法。在多數的時間裡，我們相安無事，他也不曾提起這些古怪的東西。又過了兩個星期，一天下午，他叫住了正要出門辦事的我。

「你最好留下來，華生。」

「為什麼？」

「因為今早我收到了希爾頓·丘比特發來的電報，還記得丘比特先生跟他的跳舞人吧？他會在一點二十分抵達利物浦街，隨時可能會上門。我從他的電報中瞭解到，肯定發生了一些最新的重要事件。」

沒多久，這位來自諾福克的紳士便滿臉沮喪地趕來了，他走出了馬車，顯得非常焦急，他的目光呆滯，額頭上佈滿了皺紋。

「我快被惹毛了，福爾摩斯先生，」他走進了屋子，頹然跌坐在扶手椅上，「當你發現自己被某個看不見也不認識的人監視著，這種感覺真是夠糟的。我可愛的妻子經不起打擊，一天一天地消瘦下去，我心裡痛苦極了，這該怎麼辦呢？」

「她還是什麼都沒說？」

「沒有，福爾摩斯先生，她什麼都沒說，雖然她多次嘗試吐露一切，但最後還是無法鼓起勇氣，我曾設法幫助她，但總是弄巧成拙，反而把她嚇壞了。她曾提起我的古老家族、我們在郡內的聲望，以及我們自豪的純潔榮譽，當我想把話題引到重點上時，最後總是功虧一簣。」

「不過你應該發現了一些東西？」

「很多東西，福爾摩斯先生，我帶來了幾組新的跳舞人要給你檢查，而且，最重要的是，我看見那傢伙了。」

「什麼？那個畫圖的人？」

「沒錯，我看到他正在畫圖。不過我想還是按照順序來說明好了。上次來訪之後，隔天早上我就發現了一組新的跳舞人，它們被人用粉筆畫在工具間的門上。工具間正對著前窗，靠近草坪處。我依照你的吩咐複製了一張。」這位紳士取出一張疊好的畫紙，然後把它在桌面上展開。這就是門上的跳舞人：

「非常好！」福爾摩斯稱讚道，「非常好！後來呢？」

「當我抄下這些圖案後，我就把它們擦掉了，但是，兩天後的早上，又出現了一組新的圖案，我一樣複製了一張——」

福爾摩斯高興地看著，一邊沉思，一邊揉搓著手背。

「這下我們的線索就多了起來。」他說道。

「三天後我發現一張畫了訊息的紙條，它被用卵石壓在日晷儀上，就是這些。如你所見，這些小人跟上次的完全一樣。我決定埋伏以待，我準備好左輪手槍，躲在書房裡，透過窗戶眺望著花園與草地。我一直在窗前等到了凌晨兩點左右，外頭仍然一片黑，但我聽到身後傳來了腳步聲，原來是我的妻子穿著睡衣來求我回去睡覺。我堅持一定要找到那個戲弄我們的人，但她卻解釋說那只是個惡作劇，根本不需要太過在意。」

「『那件事讓你很心煩，希爾頓，我們可以去作一趟旅行，就你和我，遠遠地躲開這些煩人的事。』」

「『什麼！被一個惡作劇的傢伙嚇得落荒而逃？』我冷笑道，『何必呢！那樣全鎮的人都會笑話我們的。』」

「『好吧，先回床上吧，我們可以明天再討論這件事。』她說道。」

「正當我們談話途中，我發現妻子的臉在月光下變得紙一般蒼白，她緊抓住我的肩膀。忽然間，我看見了一個漆黑的人影晃動，他悄悄地從牆角跑過，在對面工具間的門前蹲了下來，我本能地握緊了手槍，正想一口氣衝過去，不料卻被妻子使勁地抱住了。儘管我用盡了全力試圖掙脫，但她還是緊緊地抱住我不放。等到我終於掙脫她，拚命地跑過去時，已經看不到任何人，那傢伙逃了。但是他又在門上畫了一行新的跳舞人，圖案和前兩次完全相同。後來，我又在院子裡四處搜尋，也沒有發現那個可惡的人。於是我一樣將門上的兩行怪異符號畫在紙上。最讓我吃驚的是，這個惡人並沒有逃走，因為當我隔天早上起床再次檢查那扇門時，又發現了一行新的跳舞小丑，這就令我有些害怕了。」

「你把新的那行畫下來了？」

「畫了，雖然內容很少，但我還是複製了一份，就在這裡。」

他再次拿出一張紙，新的跳舞人就像這樣：

「告訴我，」福爾摩斯興奮地說道，「這一行是接續前一次的圖案畫的，還是另外重畫的？」

「這一行出現在另一塊門板上。」

「好極了！這對於我們的調查相當重要，它給了我不少希望。現在，希爾頓．丘比特先生，請繼續你有趣的故事吧。」

「我已經沒什麼想說的了，福爾摩斯先生，只是那天晚上我妻子抱住我不放，讓我沒辦法逮到那個混蛋，這一點令我十分生氣。她後來告訴我，那麼做是為了怕我受傷，我的腦中瞬間閃過一個念頭，或許她擔心的其實是我會傷害那個傢伙，她搞不好知道對方是誰，而且還知道那些符號代表的意思。但我從她的聲音，以及她那疑惑不安的目光中，看得出她確實很擔心我的安危，福爾摩斯先生。這就是整件事的經過了。現在，你覺得我應該怎麼辦呢？我的想法是從我的農場找來五六個年輕人，埋伏在灌木叢中，等那傢伙再次上門，就把他抓起來教訓一頓，讓他再也不敢靠近。」

「恐怕這傢伙沒那麼簡單，」福爾摩斯提醒道，「你能在倫敦停留多久？」

「我今天就得趕回去，我不能放著妻子一個人在家過夜。她一直神經緊張，出門前還叮嚀我趕快回去。」

「這麼做才是對的，但如果你能多待一會，或許一兩天後我就能跟你一起回去。還有，這些紙條暫時放在我這裡，過幾天我會去拜訪你，然後替你解答一些難題。」

這位紳士辭別了福爾摩斯，等他高大的背影從門口消失後，福爾摩斯便迫不急待地開始行動。他十分興奮，將所有圖畫攤放在桌子上，然後開始認真地分析。他研究了將近兩個小時，將桌上的跳舞人和寫了字母的紙條來回不停地排列、組合，幾乎忘了周圍的一切。我在一旁靜靜地觀察著他，當他略有進展時，就吹起口哨或唱起了歌；但在某個問題上陷入困境時，他又愁眉緊鎖、目光呆滯。終於，他滿意地大叫一聲，隨即從椅子上跳了起來，我明白他已經有了新的突破，他在屋子裡來回踱步地思考著，時而望向窗外，時而看著桌上的這些紙條，還不停地揉搓著雙手。又過了三個小時，福爾摩斯提起筆，在一張電報紙上寫了起來，很快便完成了。

「如果回電中有令我滿意的答案，那你的案件簿又能再多一筆記錄了，華生，」他轉身告訴我說，「我預計明天就去諾福克，然後替我們的朋友解答這困惑他許久的難題。」

我承認我對此案一樣充滿了好奇，但我相信福爾摩斯會用他自己的方式，在適當的時機告訴我事情真相，所以我一直耐心的等待他開口。

然而，那封電報遲遲沒有下文，兩天過去了，只見福爾摩斯隨時焦躁不安地側耳聆聽門鈴的動靜。隔天晚上，我們收到一封希爾頓·丘比特寄來的信，他提到自己一切安好，但是早上又在日晷上發現一行很長的跳舞人，他同樣複製了一張，就像這樣：

福爾摩斯坐在桌旁，仔細地辨認著信中那些怪誕的圖案，他思考了良久，然後猛地站了起來，臉色十分難

看。他沮喪地驚呼道：

「我們已經放任這件事太久了！」他喊道，「今晚還有到北沃爾沙姆的火車嗎？」

我迅速翻開了火車時刻表，發現最後一班車早已開走了。

「那我們明天得提早吃完早餐，然後出發，」福爾摩斯說，「他們非常需要我們，呃！回電終於來了，稍等一下，哈德森太太。裡頭一定有我要的答案──糟糕，果然跟我預料的一樣，我們有必要馬上告訴希爾頓．丘比特事態的嚴重性，這位諾福克的紳士已經處在十分危急的境地之中了！」

果然，之後的發展正如福爾摩斯所說，這個看來幼稚可笑的古怪故事，其實是那麼地令人恐懼。對於希望瞭解全部真相的讀者來說，那可是一個不幸的結局。由於事件的古怪離奇，使這樁案子在全國引起了轟動，「萊丁村莊園」也一度成為全英國人熟悉的地名。

我們匆匆忙忙地趕到北沃爾沙姆，然後向站長打聽了目的地的方向。

「我猜你們就是從倫敦來的偵探了？」

福爾摩斯的臉上露出了焦慮的表情。

「你怎麼會這麼想？」

「因為諾威奇的馬丁警長剛剛才離開。還是說你們其實是醫生？那個女人還沒死──應該說還不會死。你們還來得及救她，雖然她遲早會被送上絞刑台。」

福爾摩斯的臉上浮出一陣陰影。

「我們正要去萊丁村莊園，」他說，「但我們還不知道當地發生了什麼事。」

「那可是一件慘劇哪！」站長搖頭道，「丘比特夫婦兩人都中槍了，她朝丈夫開槍後，又對自己射擊，如今她的丈夫死了，她也性命垂危。老天，我的老天！那可是諾福克郡最古老、最高尚的一個家族啊！」

福爾摩斯一言不發的跳上馬車，大約走了七哩路。這期間，我的朋友一直緊繃著臉，從沒有開過口，他非常地沮喪且哀傷。當我們從倫敦出發時，福爾摩斯的心情顯得異常沉重，他心急如焚、憂心忡忡。當他在車上閱讀早報時，這種表情就已經引起了我的注意，他原來擔心的最壞情況現在都成真了，這沉重的打擊讓他喘不過氣來，他兩眼茫然無神，氣憤難平，一個人坐在位子上怔怔地思考著。這個令他也感到離奇怪異的故事，結局是那麼地令人憂傷。

馬車繼續行駛著，此刻正穿過一個獨一無二的英國鄉村，從四處分散的幾間農舍可以看出，聚居在這兒的人並不多。村莊的四周隱約可見方塔形的教堂，矗立在一片片蔥綠的平地上，透過古老的高塔，可以感受到昔日東盎格魯王國的繁榮景象。漸漸地，我們可以看到淺藍色的北海，它展現在諾福克綠色原野的盡頭。這時馬車伕猛地揚鞭，順著鞭子所指的方向，古老磚木結構的山牆從一片叢林中露了出來，這就是我們要趕往的萊丁村莊園。

當我們抵達帶門柱的前門後，我立刻注意到了前方網球場外的黑色工具間與日晷儀。一個短小精幹、留著鬍鬚的人正從另一輛馬車上走下來，他介紹自己是諾福克警署的馬丁警長。當他知道眼前這個人是福爾摩斯時，露出了吃驚的表情。

「我的天！福爾摩斯先生，這件案子凌晨三點才發生的，就連我也是剛剛得知，遠在倫敦的你怎麼有辦法這麼快獲得消息？」

「我預料到事情會發生，我原本希望能阻止它。」

「那麼，想必你握有相當重要的證據了，警方目前還一無所知，他們明明是一對非常恩愛的夫妻呀！」

「我只有一堆怪異的跳舞人，」福爾摩斯補充道，「我稍後會解釋給你聽，同時，既然我無法阻止這樁悲劇，那我一定會利用手邊的情報抓出凶手。你現在是要協助我呢？還是要讓我單獨行動？」

「我很榮幸與你合作，福爾摩斯先生。」警長誠懇地說道。

「那麼我希望立即聽取證詞，展開調查。」

馬丁警長非常明智，他讓我的朋友充分發揮自己的特長，而自己則在一旁等待最終的結論，這樣，他不用花費任何力氣就可以獲得成果了。當地的一名年老的外科醫生，正從丘比特太太的臥室裡走下樓來，他說她的傷勢雖然很嚴重，但不會有生命危險。子彈從她的前額鑽了進去，要讓她甦醒過來還得花些時間。然而，這位外科醫生並不能判定這是自殺還是他殺造成的。現場只留下一把槍，裡面的子彈發射了兩枚，一發射穿了希爾頓．丘比特先生的心臟。左輪手槍正好掉在夫妻兩人之間的地上，這表明有可能是丘比特首先射中了他的妻子，但也有可能是他妻子首先開槍朝他射擊的，現在誰也無法證明哪一位才是真正的凶手。

「有人移動過屍體嗎？」

「我們只移走了那位女士，她傷的很重，我們不能讓她趟在地板上。」

「你來這裡多久了？醫生。」

「你什麼都沒碰吧？」

「四點就來了。」

「還有其他人在嗎？」

「是的，警察也在。」

「是的。」

「你考慮得很周到。是誰請你來的？」

「這間房子的女僕，桑德斯。」

「也是她去報警的嗎？」

「她跟廚師金太太一起去的。」

「她們現在在哪？」

「大概在廚房裡吧，我想。」

「那我們最好聽一下她們怎麼說。」

這間有著橡木牆板以及高聳窗戶的古老大廳頓時成了臨時調查庭，福爾摩斯坐在一把傳統式樣的椅子上，面色陰沉，一雙閃閃發亮的眼睛機敏地審視著周圍的一切，我可以看出他已決心為他無法挽救的委託人報仇雪恨。那位儀容端正的馬丁警長、白髮斑斑的鄉村醫生、一個笨手笨腳的鄉下警察，以及我，彷彿成了調查庭上的陪審團。

兩位婦人清楚地回憶起發生的事。當晚她們被一聲巨大的爆炸驚醒，第一聲響完幾分鐘又傳出了第二聲；她們住在兩間相連的房裡，金太太立刻跑到了桑德斯的房間，然後兩人一起下了樓。當時書房門敞開著，桌上燃著一支蠟燭，透過暗淡的燭光，她們看到了十分恐怖的一幕：她們的主人臉朝下倒臥在書房正中央，他似乎已經死了，而他的妻子則蜷縮在窗戶旁，頭部靠著牆壁，她傷得很重，半張臉都被血染紅了，她辛苦地喘著氣，已經沒辦法說話。走廊和書房裡充滿了濃烈的火藥味，窗戶關著，從裡面上了閂，關於這一點，兩位女士都非常肯定。她們立刻去報警並找來醫生，然後又請馬伕幫她們把重傷的女主人抬回臥室。事發當晚，女主人穿著她的衣服，而男主人則在睡衣外還套有睡袍，書房裡的東西都沒有被動過。這一對夫妻一向恩愛，從來沒有吵過架。

這就是兩位女僕所陳述的重點，她們還回答了馬丁警長的問題，證實門窗都從內側鎖上了，沒有任何人從屋裡逃走。接著福爾摩斯也詢問了兩位僕人，她們表示當她們從樓頂跑下來時，的確聞到了強烈刺鼻的火藥味。

「我認為這一點值得注意，」福爾摩斯對警長說道，「現在該去調查那間書房了。」

這是一間非常整潔的房間，面積不算大，三面牆都擺放著書櫃。在那扇正對花園的窗口下，橫放著一張寫字台。屋子的正中央躺著這位不幸的紳士，他四肢攤開、臉部朝下，子彈正好從正面擊中，他是當場倒地死亡的，沒有任何痛苦。他的便袍手上都沒有火藥的粉末痕跡，而根據鄉村醫生所說，他的妻子臉上有痕跡，手上則沒有。

「沒有痕跡並不能說明任何事，有痕跡的話就不一樣了，」福爾摩斯不假思索地說道，「除非這種子彈非常特別，射擊時火藥會朝後面噴出，否則，無論你怎樣開槍射擊，都不會留下火藥的痕跡。我建議先把丘比特先生的遺體移走，醫生，我猜你應該還沒把女士傷口裡的子彈取出來吧？」

都還在。」

「那需要進行一番複雜的外科手術。不過左輪手槍裡還剩四發子彈，加上被射出的兩發，因此所有的子彈

「似乎是這樣，」福爾摩斯補充說，「也許你會把射中窗框的那發子彈也算進去？」

他忽然轉過身去，用他細長的手指指著一個小洞，它從窗框下部穿過，離底部僅有一吋。

「老天！」馬丁警長叫道，「你是怎麼發現它的？」

「因為我一直在找它。」

「太神奇了！」鄉村醫生也附和道，「你說得對，先生，也就是當時曾經開了第三槍，所以肯定有第三者在場，但那個人會是誰呢？他又是如何逃出屋子的呢？」

「這也就是我們要解決的問題，」福爾摩斯說道，「還記得吧，馬丁警長，那些女僕曾說過，她們剛跑出房間就聞到了火藥味，我剛才應該提醒過你這很重要吧？」

「是的，先生，但老實說我還是不懂。」

「這代表開槍的當時，門窗全都是開著的，要不然，為什麼才開完槍，樓上馬上聞到了火藥味呢？書房裡肯定有風吹過。不過，門窗只敞開了一下子。」

「你怎麼知道？」

「因為當時蠟燭還沒有融化。」

「厲害！」馬丁警長讚美道，「太厲害了！」

「我相信慘劇發生時窗戶是開著的，所以肯定有第三個人在場。他站在屋外朝裡頭射擊，屋內的人也還以顏色，卻打中了窗框，那個痕跡就是當時的彈孔。」

「但是窗戶後來又是怎麼鎖上的？」

「那位女士的第一個反應就是將窗戶關上並上鎖。可是——嘿！這是什麼？」

那是一只用鱷魚皮製成並鑲有銀邊的女用手提包，非常精美別緻，它仍放在桌上。福爾摩斯伸手拿起它，

將裡面的東西倒了出來，他發現裡頭裝有一捆英國銀行的鈔票，面額五十鎊，共有二十張，以橡皮筋捆在一起，除此以外就沒有其他東西了。

「這玩意兒可有用了，它能作為一件有用的證物，」福爾摩斯將包包交給了馬丁警長，「現在最重要的是設法解釋第三發子彈，這很明顯是從屋內射出的。我應該再見一次廚師金太太——金太太，你剛說過，你是被一個巨大的爆炸聲吵醒的，這麼說的意思，是不是代表第一次比第二次還要大聲？」

「呃，先生，當時我剛被驚醒，無法分辨哪一次比較大聲，但那的確是很大的一響。」

「你不覺得那一響可能同時包含了兩發射擊嗎？」

「我不確定，先生。」

「我相信就是這樣沒錯。馬丁警長，我認為屋內已經沒有多餘的線索了，如果你願意的話，我們可以去花園找找看新的證據。」

一座大花壇正對書房的窗外，當我們到達花壇時，忍不住驚呼起來。花壇裡滿是腳印，花也被人踩扁了。福爾摩斯仔細地檢查了花壇的情況，這是男人的足跡，腳掌很大，腳趾也很細長。福爾摩斯在現場不厭其煩地搜尋著，時而鑽進草叢裡，時而爬到小樹下，猶如獵人般尋找他喜歡的獵物。突然，他驚叫一聲，高興地拾起一個黃銅製的小圓筒。

「我就知道，」他興奮地說道，「那支左輪手槍安裝了噴射器，而這就是第三槍的彈殼。馬丁警長，我認為這件案子已經偵查完畢了。」

馬丁警長驚訝地看著福爾摩斯快速調查完，一開始他還偶爾會穿插自己的觀點，現在卻已讚嘆得說不出話來，毫無怨言地聽從福爾摩斯的指示。

「誰是凶手？」他問。

「待會再說，因為我還有幾處疑點無法作出圓滿的解釋。現在已經有頭緒了，我打算照自己的方式採取行動，將整件案子了結。」

「一切都按你的意思，福爾摩斯先生，只要能抓到那傢伙。」

「我不打算故弄玄虛，但沒有必要在這種緊要關頭去做出冗長且複雜的解釋。我已經有了一套計畫，就算那名女士無法恢復意識，我們還是可以重現案發當晚的場景。首先，我想知道附近有沒有一間旅店叫做『埃爾里奇』？」

我們問了所有的傭人，但沒有任何人聽過這個地方。最後，小馬伕說他記得有位農場主人叫做這個名字，他就住在幾哩外的東洛斯頓。

「那裡很偏僻嗎？」

「非常偏僻，先生。」

「也許他們還不知道昨晚發生在這裡的事吧？」

「有可能，先生。」

福爾摩斯思考了一下，然後露出了好奇的笑容。

「趕快備馬，小伙子，」福爾摩斯催促道，「我要你幫我送一封信到埃爾里奇農場。」

於是，他在口袋裡摸了摸，取出了許多張印有跳舞人的小紙條，然後將它們排列在桌子上，忙亂了一陣子後，福爾摩斯交給小馬伕一封信，並一再叮嚀他要準確無誤地將信送到收信人手裡，對方可能會向他提出許多疑問，但不要做出任何回答。最後，我看了看信封上的字，上面寫有收信人的地址、姓名，字跡潦草，完全不像福爾摩斯一貫的作風。收件人是諾福克，東洛斯頓，埃爾里奇農場，阿貝·史蘭尼先生。

「警長，我認為，」福爾摩斯耐心地解釋道，「你最好發一封電報回警局，請求增派警員來協助。因為這裡有一位十分危險狡詐的犯罪份子，需要你們把他押到郡監獄，你可以讓送信的小男孩順便幫你發電報。華生，如果下午有回倫敦的火車，那麼我們最好搭上這班車，因為我在倫敦還有一項非常有趣的化學分析要完成，這裡的調查工作大致上已經結束了。」

當那名小男孩帶著信離開後，福爾摩斯召集了所有的傭人，並嚴肅地告訴他們：假如有任何客人請求拜訪希爾頓．丘比特的夫人，不要透露任何關於她的消息，直接將他帶進客廳，他一再強調這一點。最後他自信滿滿的走進客廳，要我們保持放鬆，靜靜地等待接下來發生的事。醫生已經離開去探訪其他病人了，只剩下我與警長。

「我應該能幫你們度過一段有意義的時光。」福爾摩斯打趣地說道，他將自己的坐椅往桌子一靠，又開始把玩那些畫著跳舞人的紙條，「至於你，華生，真抱歉我遲遲無法滿足你的好奇心。而你，警長，這整件案子一定能提供你有用的專業知識，首先我必須告訴你，不幸的希爾頓．丘比特先生曾來貝克街找我諮詢──」福爾摩斯重新作了詳盡地陳述。「我面前的這些東西就是那些奇怪的線索，也許有人會嘲笑這些東西，但它們卻預言了一件可怕的悲劇。我很熟悉這類神秘的文字，而且還曾經為此寫過一篇深入的論文。在文中，我詳盡地羅列了一百六十種不同的密碼，並對它們進行了各種不同的解說、批註。但是，我得承認這一次的密碼我從未見過，發明這些圖案的人希望透過它傳達訊息，卻能讓旁人誤以為它只是小孩子的塗鴉。」

「但只要經過解讀，就能發現這些符號代表著字母，只要應用我總結出的密碼規律加以分析，就不難破解了。一開始，我的線索不足，要分析是不可能的；但我確信，長得像X的小人代表了字母E，你們應該很清楚，E是英文中最常用的字母，它出現得十分頻繁，即使只是很短的單字也會出現。第一張紙條中的十五個小人中，有四個是一樣的，所以它很有可能就代表E。當然，有一些小人拿著旗子，有的則沒有，但那些旗子很有可能只是代表斷句處，或是單字的結尾。我採用了這個假設，將長得像X的小人標記為字母E。」

「接下來才是問題，除了E以外，其它的字母都無法辨識，也沒有人統計過E以外字母的出現頻率。簡單來說，T、A、O、I、N、S、H、R、D跟L都是很常出現的字母，但是T、A、O與I的頻率卻十分接近，要是逐一嘗試各種可能性直到拼出有意義的句子，那將會變成一件沒完沒了的大工程。因此，我決定繼續等待新的線索，第二次，希爾頓．丘比特先生交給我兩行句子，加上一行極短訊息，一切就真相大白了──極短的那行沒有旗子，代表是一個單獨的字彙，這是關鍵的線索。現在，我們在這個單字裡發現了兩個E，分別排在五個字母中的第二與第四位，這個單字很有可能是『sever（斷絕）』、『lever（撬起）』、『never（絕不）』，毫無疑問，其中能單獨成為回答的單字就是標準答案，而根據當時的情況，可以推測這個字很有可能是那位女士所寫，根據這一點，我們就能推斷出『never』是正確的，進而得到代表N、V、R的符號。」

「即使是這樣，我仍然面臨巨大的困境。後來，一個偶然的機會讓我有了新的發現。那時我設想，寫這些字的人是丘比特太太年輕時的戀人，現在他在懇求她，那麼結果會是怎樣呢？於是我又思考起這些跳舞小人來。這些畫中的兩頭如果是E，那麼中間有三個其他的字母組合極可能代表名字『Elsie（艾爾希）』。檢查過後我發現這樣的組合前後出現了三次，那肯定是代表對『Elsie』的某些請求。經由這種推斷，我又找到了L、S和I。但這個人有什麼請求？在ELSIE的後面只有四個字母，而且以E作結尾，那肯定是『Come』了，我試過各種以E結尾的單字，但沒有比這更適合的。這下我又找出了C、O與M，現在我回頭分析第一則訊息，將這些字母代入並分隔出各個單字，於是我們可以得到：

_M_ERE __E SL_NE_

現在我們能猜出第一個字母是A，這是一個有用的發現，因為它在整個句子裡出現了三次。而從第二個單字中又能很輕易的找出H，這下就變成：

AM HERE A_E SLANE_

最後，再把那個明顯的空缺補上：

AM HERE ABE SLANEY

（我在這裡，阿貝·史蘭尼）

我已經破解出很多字母，如今我有自信解讀第二則訊息，它是：

A_ELRI_ES

我試了各種組合，最後發現只有T跟G是有意義的，

AT ELRIGES

（在埃爾里奇）

然後我猜想它代表這個人目前正留宿的旅店或房子的名字。」

我和馬丁警長興致勃勃地聽著福爾摩斯推理的經過，心中的疑點頓時一掃而空。

「你打算怎麼做？先生。」警長急迫地追問道。

「我有理由相信阿貝．史蘭尼是一位美國人，因為阿貝是一個美式縮寫，而且事情的開端正是源於一封美國來的信件。我想這件事必定隱藏著犯罪的內情，因為那位女士曾暗示丈夫自己的過去不平凡，而且拒絕透露任何私人的秘密。我立刻發了電報給我的朋友威爾遜．哈格里夫，他就職於紐約警署，曾多次向我打聽倫敦的犯罪資料。我請他幫忙查明阿貝．史蘭尼的身份，他是這樣回覆我的：『此人是芝加哥最危險的惡棍。』當我收到這封回電時，希爾頓．丘比特剛好送來最後一則訊息，經過解讀後變成：

ELSIE_RE_ARE TO MEET THY GO_

加上了P和D後：

ELSIE PREPARE TO MEET THY GOD

（艾爾希，準備下地獄吧）

我警覺到這個壞蛋的態度已經從勸告轉變為恐嚇了。在我意識到事態的嚴重性時，便決定立即採取行動，因為我對芝加哥那些犯罪集團的手段是非常瞭解的，他們說到做到。一個潛在的危險已經籠罩在他們夫婦身上。在我和我的朋友趕往諾福克的途中，卻得知悲劇早已發生了。我感到很遺憾，我們沒能來得及拯救這位不幸的紳士。」

「能跟你一起辦案實在太榮幸了，」警長熱情的說道，「不過，請你原諒我必須這麼說，你只要說服自己就好，但我卻必須說服社會大眾。如果這名住在『埃爾里奇』的阿貝．史蘭尼真的是兇手的話，我絕不能坐視他逃跑，否則我就麻煩大了。」

「不用擔心，他不會逃的。」

「你怎麼知道？」

「他知道，逃跑就等於承認犯行。」

「那我們立刻去抓他吧。」

「我想他很快就會自動送上門來。」

「怎麼可能？」

「因為我已經寫信叫他來了。」

「這太瘋狂了！福爾摩斯先生，他怎麼可能會聽你的呢？這不會打草驚蛇嗎？」

「我知道怎麼編造一封信，」福爾摩斯繼續解說道，「事實上，除非我完全想錯，否則我想那個人已經過來了。」

門外的小徑上，出現一個身材高大、皮膚黝黑的帥氣男人，正朝這裡走來。他身著灰法蘭絨的外套，頭戴一頂巴拿馬草帽，長著高聳的鷹鉤鼻和兩撇倒豎的鬍子，正邁開大步走著，手中揮舞著一柄手杖。

「先生們，我想，」福爾摩斯小聲道，「我們最好趕快到門後面就位，面對這樣一個傢伙，全部人都要提高警覺；你可能會用到你的手銬，警長，至於對話就交給我。」

我們安靜的等待了幾分鐘——十分難忘的幾分鐘。門終於被推開了，一個男人走了進來。福爾摩斯以迅雷不及掩耳的速度用手槍抵住了他的腦袋，馬丁警長立刻將他的雙手銬上。這一切只是剎那間的事，動作是那麼乾淨俐落，這個傢伙還沒來得及反應就束手就擒了，他用銳利的眼神看著我們，然後發出一陣苦笑。

「嘿，老兄，這次是你贏了，看來我遇到了難纏的對手。但我只是應希爾頓．丘比特夫人的邀約而來的，別告訴我她也在場？或是她也參與了這個圈套？」

「希爾頓．丘比特夫人目傷前勢嚴重，她的性命危在旦夕。」

這個人又發出一陣響亮的狂笑聲，響遍了整間房子。

「你胡說！」他堅定地說道，「受傷的是那個男人，不是她。誰會去傷害小艾爾希呢？我只是稍為恐嚇她一下而已，願上帝原諒我，但我從沒碰到她一根頭髮，收回你的話！混蛋！告訴我她沒有受傷！」

「她被發現時身受重傷，倒臥在她死去丈夫的身旁。」

他立刻發出了一陣低沉呻吟，把頭埋在他被銬上的手中，大約沉默了五分鐘後，他抬起頭來，以一種絕望而冰冷的語調說道：

「我沒有什麼可以瞞著你們的，先生們，」他說，「如果我對一位朝我射擊的人開槍，這就不能算是謀殺。但如果你們認為我傷害了那位女士，那只代表你們不了解我跟她。告訴你們吧！這個世界上沒有一個男人比我更愛她，好幾年前，我們就已互許終身。這個英國佬憑什麼介入我們之間？我才是最有資格娶她的男人，這是只屬於我的權利！」

「當她看清你是什麼樣的人之後，就設法擺脫你的束縛，」福爾摩斯嚴厲地說道，「她逃離美國以躲避你，然後與一位高尚的英國紳士結婚。你一路跟蹤她來到英國，並給她帶來了極大的痛苦，只為了讓她放棄深愛的丈夫，她為了甩掉憎惡的你而跟這個男人結婚。最後你為這位高貴的男人帶來死亡，並逼得他的妻子自殺。這是你造成的後果！阿貝．史蘭尼先生。如今你將會面對法律最公正的審判。」

「如果艾爾希死了，那我也不想活了，」這位美國人打開了手掌，看了看手中那張皺了的紙條，「看這個！先生，」他叫了出來，眼裡透著懷疑，「你們是在恐嚇我，對吧？如果她真的傷的那麼重，這張紙條又會是誰寫的呢？」他將那張紙條扔在了桌上。

「我寫的，為了把你請到這裡來。」

「你寫的？除了幫派裡的人，世上沒有人知道這些跳舞人的秘密，你怎麼可能會寫？」

「既然有人能發明這種它，就一定有人能破解它。」福爾摩斯不屑一顧地說道，「外面有一輛馬車會載你到諾威奇，阿貝．史蘭尼先生。同時，你還有機會為自己造成的傷害作出補救，你應該知道希爾頓．丘比特夫人正蒙受謀殺親夫的不白之冤，若非我在這裡，以及我掌握的這些證據，她恐怕逃不過嚴厲的指控，你所虧欠她的就是澄清這一切——她與丈夫的不幸沒有任何關係。」

「我無話可說了，」這位美國人嚴肅地說道，「我猜我唯一能做的就是揭露事件的真相。」

「出於職責，我必須提醒你，這一切都將成為對你不利的呈堂證供。」警長憑著對英國法律的了解，對他作出嚴正的提醒。

史蘭尼聳了聳肩，流露出一副毫不在意的神情。

「我會這麼做的，」他說，「首先，我希望各位了解，我在艾爾希還是孩子的時候就認識她了。我和其他人在芝加哥組成了一個幫派，成員共計有七人，艾爾希的父親就是我們的頭目。他叫做老派翠克，是個聰明的人，那些符號就是他發明的，除非掌握了破解它的鑰匙，否則一般人只會把它當成小孩子的塗鴉。後來，艾爾希漸漸了解我們的所作所為，她無法容忍這一切，當她存到一筆錢之後，就逃離我們來到了倫敦。她原本已經跟我訂了婚，我相信，只要我洗手不幹的話，她一定會嫁給我，因為她絲毫不想與這些不法勾當扯上關係。我找到她的時候，她已經跟那個英國佬結婚了，我寫了信給她，但是沒有任何回覆，之後我來到倫敦，留下那些符號希望她看見，但還是沒有用。」

「嗯，我已經來到這裡一個月了，我在農場裡租了一個樓下的房間，這樣每天夜裡都能夠隨意進出，沒有人會發現。我嘗試了一切方法，只為了重獲艾爾希的心，我知道她已看過那些訊息，因為有一次她在圖案下方留了回覆，但那句回答讓我傷心欲絕，我決定恐嚇她。最後她寄了一封信給我，懇求我離開，並說她不希望產生任何危及丈夫名譽的醜聞，不過她答應，只要我肯安份的離開，她願意在凌晨三點他丈夫睡著後，到樓下來透過窗戶與我對話。她當晚真的下樓了，還帶了一些錢試圖賄賂我，這個舉動把我惹毛了，我抓住她的手，企圖把她拖出窗戶；忽然間，她的丈夫握著左輪手槍衝了進來，艾爾希癱軟在地，我們兩人怒目相視。當然，我也帶了槍，我舉起槍威嚇他，希望能安然而退。但他卻朝我射擊，可是沒有擊中，就在同一瞬間我也開了槍，他應聲倒下。我迅即穿過花園逃離，這時候，我聽見了背後傳來窗戶關上的聲音。先生們，這就是當晚發生的那一幕，沒有半點矯飾，你們可以相信我，後來的情況我都不知道。直到那個小男孩騎著馬送來一封信，我就像個傻瓜一樣前來自投羅網了。」

就在這個美國人講話的過程中，兩名警察坐著馬車到達了現場。馬丁警長站了起來，把手放在這名罪犯的肩膀上。

「我們該走了。」

「我能見她一面嗎？」

「不，她還沒有醒過來。夏洛克．福爾摩斯先生，真希望下次有機會的話，還有榮幸能與你共事。」

我和福爾摩斯站在窗前，望著漸漸遠去的馬車，心中興起無限感慨。我轉過身來，看著罪犯留在桌上的那個小紙團，那可是福爾摩斯成功誘捕罪犯歸案的重要證明。

「看看你能否解讀它，華生。」福爾摩斯微笑著對我說道。

上面沒有任何文字，只有一行跳舞的人：

「只要使用我剛才解釋過的密碼，就能很輕易的明白它代表『Come here at once（立刻過來）』我一開始就覺得，他絕對不會拒絕這個邀請的，因為他深信，這封信只可能是艾爾希寫的。所以，親愛的華生，這回我們終於將邪惡幫派慣用的跳舞人用於正義的事情上，而且我相信你的筆記本又能添上一筆不尋常的案件了。我們的火車是三點四十分，差不多該回貝克街吃晚餐了。」

最後我只有一點要補充，那個美國人——阿貝，史蘭尼，最後在諾威奇的冬季大審中逃過一死，減刑為勞役拘禁，因為證實是希爾頓·丘比特先開了第一槍。至於艾爾希·丘比特夫人，我只聽說她後來完全康復了，她沒有再婚，畢生致力於協助窮人以及管理丈夫的產業。

4 單車騎士

從一八九四年至一九〇一年之間，福爾摩斯是個超級大忙人，可以說這八年間他所遇到的案子都沒什麼難度，其中有數百件私人的案件，有幾件是來自身份複雜且極端的委託人，他涉入了這些案子的一部分，有一些我也參與過。可以想像，要篩選出適合向大眾公開的案子是件極不容易的事，但是，我還是秉持自己的原則，從中選擇出犯罪手法及情節最具獨創性的事件，而非考量我們自身的利益。出於這個理由，我接下來將為讀者呈現一則有關維奧萊特．史密斯小姐、查林頓的單車騎士，以及我們抽絲剝繭的調查經過的故事。其中包含了我們未預料到的悲劇，當然，這樁案子與我朋友辦理的其他遠近馳名的大案相比，並未引起什麼太大的注目，但是過程中包含的一些細節卻讓它在所有的案子中特別突出。

我查閱了筆記本，那發生在一八九五年四月二十三日，一個星期六。那是我第一次聽到維奧萊特．史密斯小姐的名字，當她無預警的上門時，我記得福爾摩斯正忙於處理一件與煙草大王約翰．文森特．哈登有關的疑難問題。我的朋友一向習慣全神貫注地思考同一件事，他討厭任何人或任何事打斷他。然而，這回他卻不像往常那麼暴躁，反而耐心的接見這位美麗的年輕小姐，她身姿綽雅、端莊文靜，透露出高貴的氣質，來到貝克街的時候已經很晚了。福爾摩斯告訴她，他的日程表已經排得滿滿的，但這位年輕小姐仍堅持說出她的故事，看來她不達目的誓不罷休。福爾摩斯露出了疲倦的笑容，請這位美麗的委託人坐下，然後要她敘述自己的遭遇。

「至少這件事跟你的健康無關，」他打量著這位女士，「這麼熱愛騎單車的女性，想必精力過人。」

她驚訝地盯著福爾摩斯，然後看看自己的雙腳。我也順著她的目光把看向她的鞋，我發現她鞋底的一邊已被車子的腳踏板邊緣磨得起毛了。

「是的，我常常騎車，福爾摩斯先生，這也的確跟我來拜訪的目的無關。」

福爾摩斯一本正經地握著女士那隻沒戴手套的小手，猶如科學家觀察標本一般，他仔細地檢查著這隻小手，臉上毫無表情。

「原諒我的失禮，」這是我的職業習慣，」福爾摩斯放下女士的手，解釋道：「我差點就誤以為你是一位打字員，當然，很明顯的你是一位音樂家。瞧瞧這匙形的指尖，華生，這就是兩種職業共通的特徵不是嗎？但是她的臉上卻有著一種特別的氣質——」她優雅地轉過臉來，正好轉向亮處，「打字員是不會有這種氣質的，因此這位女士肯定是位音樂家。」

「是的，福爾摩斯先生，我是音樂老師。」

「從你的膚色來看，我猜，是在鄉下。」

「是的，先生，在法納姆附近，薩里的邊境上。」

「那是個美麗的地方，擁有各式各樣的有趣事物。還記得嗎？華生，我們還曾在那裡抓到偽幣犯阿爾奇·史丹佛。嗯，維奧萊特小姐，你在那裡遇到了什麼事呢？」

這位年輕女士開始有條有理的敘述起她的古怪遭遇：

「福爾摩斯先生，我有一位值得驕傲的父親——詹姆士·史密斯，他原是老帝國劇院有名的樂隊指揮，不幸的是他已過世了，我和母親相依為命。我還有一位叔叔，人們叫他拉爾夫·史密斯，他二十五年前去了非洲，至今音訊全無，除了他以外，我們在世上舉目無親。自從父親去世後，我們的家道中落，變得窮困潦倒。有一天，我們意外地得知一則消息，有人告訴我們，《泰晤士報》刊登了一則廣告，尋找我們一家的下落。你無法想像我當時有多興奮，我猜想可能有人遺留給我們一筆可觀的遺產。我立刻找到了登報的那位律師，在那裡遇見了兩位男士，分別是卡拉瑟斯和伍德利先生，他們是從南非返國探親的。他們自稱是我叔叔的朋友，幾個月前，他因貧困死於約翰尼斯堡。這兩位紳士還告訴我們，我叔叔臨終前，託他們找到他最後的親人，並盡可能滿足我們的需求。這讓我感到很奇怪，為什麼拉爾夫叔叔生前對我們不聞不問，卻在臨終時卻表現得如此熱心？卡拉瑟斯先生解釋說，這是因為叔叔剛獲悉我父親去世的消息，他感到對我們負有責任。」

「打斷一下，」福爾摩斯說道，「這是什麼時候的事？」

「去年十二月——也就是四個月前。」

「請繼續。」

「伍德利先生是一個令人討厭的傢伙，虛胖的面孔、滿臉紅鬍子、頭髮散亂地披在額頭的兩側，從一開始就對我擠眉弄眼。我一見到這個年輕人就覺得噁心——我相信西里爾也不會希望我跟這種人來往。」

「哦，原來他叫做西里爾。」福爾摩斯微笑地說道。

女士頓時羞得漲紅了臉。

「是的，福爾摩斯先生，西里爾·莫頓是一位電氣工程師，我們打算在夏末時完婚。我的天！我們怎麼會提到他呢？我想說的是，那位伍德利先生是個令人作嘔的傢伙。卡拉瑟斯先生雖然年紀比較大，卻比他平易近人多了，他有著黝黑但乾淨的臉龐，沉默寡言，臉上隨時露出笑容，很有禮貌。他向我詢問了一些事情，我將一家人的情況如實地告訴了他，他知道我們非常貧困，常常為生計四處奔波，於是建議我擔任他女兒的音樂老師。起初，我不肯答應他，因為我捨不得離開自己的母親，他看我面有難色，又建議週末讓我回家看望母親，而且他還提供了相當優渥的酬勞，每年可獲得一百鎊。因此最後我同意了，我去了他位於奇爾頓的農莊，距離法納姆大約六哩。卡拉瑟斯先生是個鰥夫，但他僱了一位女管家來打理他的家務，她叫做狄克生太太，十分和藹可親；他的女兒也很可愛。一切看起來再完美不過，卡拉瑟斯先生本人也非常仁慈，並且愛好音樂，我們晚上一起在農莊裡度過，週末我則固定回到城裡探視我的母親。」

「美好的生活很快就變了樣，留著紅色八字鬍的伍德利先生來了，他在宅裡住了一週。然後，老天，那一週就像三個月那麼久！他是個粗鄙的人，對每個人都十分無禮，尤其更對我做出令人作嘔的示愛，還不停吹噓自己的財富，說只要嫁給他就能得到全倫敦最貴重的鑽石，但我根本不想理會。有一天吃完晚餐後，他竟一把抱住我，我怎麼也無法掙脫，他威脅我吻他，否則永遠不放開。幸運的是，卡拉瑟斯先生正好進了房間，把我一把拉開，伍德利則朝他揮了一拳，在卡拉瑟斯臉上留下一條傷疤。這就是他來訪的經過，你能想像，隔天卡拉瑟斯就來向我道歉，並保證絕不會再讓我受到這種侮辱，後來我就沒有再看到伍德利先生了。」

「現在，福爾摩斯先生，我要講到最重要的部分了。你知道，我每週六早上都會騎車到法納姆車站，然後搭十二點二十二分的火車進城。從奇爾頓農莊到車站只有一條路，這條一哩多的小路一側是查林頓石南灌木叢，另一側是查林頓莊園的森林，你很難找到一段比它更荒涼的道路，路上幾乎看不到任何一輛貨車或一位農人，直到你抵達克魯格伯里山丘旁的公路。兩星期之前，我獨自經過這段小路時，偶然回首一望，發現在兩百碼外的地方有一個男人，也騎著車。他似乎是個中年人，留著又短又黑的鬍子，當我回到法納姆時，又回頭看了一眼，不過那個人已經不見了。當時我並沒覺得有什麼特別的，但是，福爾摩斯先生，當我星期一回來時，我又經過那條路，然後在同樣的地方發現了那個人，從那以後，每個星期六和星期一，我都會在那段路上發現同一個人，這令我感到有些吃驚。他總是與我保持一定的距離，從未冒犯過我，但仍讓我感到很奇怪，我把這件事告訴了卡拉瑟斯先生，他聽了感到十分有趣，並且告訴我他會為我準備一輛輕便馬車，這樣子未來通過那段小路時就不致擔心受怕。」

「那匹馬與馬車原先預計這週就會到，但是出於某些原因，它們並沒有來，所以我不得不再次騎車去車站。就在今天早上，我在查林頓石南灌木林又遇上了那個奇怪的人，和兩星期前一樣，他依舊騎車跟在我的後面，隔得遠遠的，我看不清楚他的臉，遙望之下似乎是不認識的人。他蓄著黑鬍子，穿著一身黑衣服，頭戴小布帽，十分奇怪。這一回我沒有驚慌失措，反而好奇了起來，我決心搞清楚這個人的身份，於是我放慢了車速，但他也學我慢了下來；我把車停下來，他也跟著停下來。接著我設計了一個圈套，前面的路上有一個轉彎，我忽然騎得很快，然後在轉彎處猛地停下等待著，我預料他會從我身旁駛過，這下就能看到他的臉。但他再也沒有出現，於是我回到原路，在轉角處四下張望；我能看到一哩外的情況，但卻沒有發現那個男人的影子，最奇怪的是，這段路上根本就沒有可以躲藏的岔路。」

福爾摩斯咯咯笑著，一邊搓著雙手，「這件事的確有意思。從你轉過彎到返回原路，這之間隔了多久？」

「兩到三分鐘。」

「所以他來不及從原路離開，而且你說路上沒有岔路，對吧？」

「是的。」

「他搞不好從道路兩旁步行離開了。」

「他不可能走到灌木叢那一側，因為那樣肯定會被我看見。」

「所以，照這樣推斷，他一定是往查林頓莊園那一側去了，就我所知，莊園腹地剛好緊鄰那條路。還有其他發現嗎？」

「沒有了，福爾摩斯先生，除非你給我一些建議，不然我會感到茫然不安。」

福爾摩斯陷入了一片沉思。

「跟你訂婚的那位西里爾．莫頓現在在哪？」福爾摩斯突然問道。

「他在考文垂的中部電氣公司上班。」

「有沒有可能是他想給你一個驚喜？」

「不可能！福爾摩斯先生，我很了解他。」

「你還有其他的追求者嗎？」

「在我認識西里爾前曾經有幾個。」

「後來？」

「只剩下那個噁心的男人伍德利，如果他算得上追求者的話。」

「沒有其他人了？」

我們美麗的委託人猶豫了一下子。

「那個人是誰？」福爾摩斯追問道。

「噢，這也許只是我的想像，但是我的雇主卡拉瑟斯先生似乎對我很有興趣。我們有著共同的興趣，我常在夜晚時分為他伴奏。他什麼都還沒有說，他是一位完美的紳士，但是一位女性總是能發覺這一切。」

「哈！」福爾摩斯沉默了片刻，「他靠什麼維生？」

「他已經是一位有錢人。」

「但是卻沒有馬車或馬匹？」

「呃，他的確是位有錢人，但是他每週還會進城兩到三次，他很關心南非的黃金股票。」

「請隨時告知我最新的發展，史密斯小姐。我現在還很忙，但我會找時間思考你的案子，還有，在知會我之前請別輕舉妄動，再見了，我相信你能給我帶來好消息。」

「這樣一位女孩擁有許多追求者也是理所當然的，」福爾摩斯一邊沉思著說道，「但是選擇在一條荒野小徑上跟蹤也太特別了，真是一位難理解的神秘愛慕者。這些案子包含著一些無法解釋的細節，華生。」

「你是指他出現在荒野小徑上這件事？」

「沒錯，我們首先要調查誰住在查林頓莊園中。還有，卡拉瑟斯跟伍德利這兩個性格相反的人到底是什麼關係？他們兩人為什麼都對拉爾夫．史密斯的親屬這麼有興趣？最後一點，是什麼樣的家族，會用兩倍的行情去聘請一位老師，卻連一匹馬都沒有？他們家距離車站明明有六哩那麼遠，太奇怪了，華生，太奇怪了！」

「你要走一趟嗎？」

「不，親愛的伙伴，是你要走一趟。這之中肯定藏著某種陰謀，但我目前無法分心去調查它。星期一一早你就去法納姆，你必須躲在查林頓石南叢中，親眼觀察事實的真相。然後，調查出莊園的主人是誰，再回來向我報告。至於現在，華生，別再提這件案子了，除非有任何更具體的線索進來。」

那位小姐曾經說過，他會搭乘九點五十分從滑鐵盧出發的火車返回雇主家。為了趕在她前面抵達，我提前在九點十三分出發。一到達法納姆車站，我便開始打聽查林頓莊園，很快就弄清楚了那一帶的情況。當我趕到女士經歷奇遇的那一段路時，只見一側是開放的灌木叢，一側則是高大的紫杉樹，環繞著一座鄉間花園。主要道路上滿是長滿苔蘚的石頭，兩旁的石柱上裝飾著古老的紋章圖案。但我在馬車道旁發現了幾處小徑，必須細心觀察才能發現這些位於籬間的缺口，小路四周的叢林將房子隱藏了起來，附近盡是荒涼且衰敗的景象。

這時，春日的暖陽已徐徐升起，石南一帶盛開的金雀花在陽光的照射下泛著黃色之光，我趕緊在灌木叢後尋到一處藏身地點，既要不被人發現，又要能觀察到莊園裡的動靜，還要有利於對小徑上的可疑行人進行追蹤。當我從大路潛入叢林時，路上並無一人，但很快的，我發現一個身著黑色衣服的人，他蓄著一小撮鬍子，正騎車向我剛才來的方向駛去。當他騎到查林頓宅院一頭時便下了車，然後將車推到叢林中的一處缺口，然後就消失在我的視線中。

過了十五分鐘，第二位單車騎士——也就是那位小姐，從火車站騎車經過；當她騎車到達查林頓樹蔭下時，她四處張望了一下。這時，男人便從藏身處冒出來，跳上自行車開始追趕這位女士。寬廣的視野中，只看到兩個人影在一追一趕，那位美麗的女士仍繼續前行，那個男人則一副可疑的模樣，低伏在車把上。她往後瞧了一下，然後把速度放慢，他也慢了下來；她把車停下，他也立刻停下，距離她兩百碼遠。接下來，這位女士作出了意想不到的舉動，她迅速掉頭，筆直的朝男人衝過去，但他也很快的掉頭，一溜煙的逃掉了。她又回到了路上，一臉傲然，似乎再也不屑去理會她的跟蹤者。那個男的再度折了回來，繼續跟在她的後面，直到他們轉過了大路，消失在我的視線之外。

我一直留在藏身之處，沒過多久那個男人又出現了，他騎著單車慢慢的沿路返回，我忍不住慶幸自己還留在這裡。這時，我看見他很滿意地騎車拐進了莊園門口，然後下了車。透過密林，我看他站在那兒足足有好幾分鐘，他一邊向四處張望著，一邊用手整理自己的領帶。忽然，他又跳上了車，向著莊園一側的車道騎去。我馬上從石南灌木林中鑽出來，透過密林縫隙望過去，我能看見那棟老舊的灰色建築和它的都鐸式煙囪，車道一直通向樹叢深處，我再也看不到那個男人。

不過，我感覺這個早上已得到不少收穫，於是我徒步返回了法納姆。當地的房仲沒能給予我更多關於查林頓莊園的情報，但他提到可以去波爾大道的一家公司看看。返家的途中我順道走了一趟，在那裡我受到經紀人的熱情款待，真不巧，這個夏天是租不到查林頓莊園了，它在一個月前被一名叫威廉森的人租走了，他是一位可敬的長者。不過，這位有禮貌的經紀人拒絕透露更多關於客戶的資訊。

當天晚上，夏洛克．福爾摩斯專注的傾聽我那段冗長的彙報，但他並沒有如我預期的給予任何嘉許，相反地，他嚴肅的表情變得比平常更凝重，他開始對我所做的一切大肆批評。

「我的華生！你藏身的地點簡直是大錯特錯！你應該藏在樹籬那一側的，這樣你才能更近距離的觀察那個可疑人物。但你卻選擇了幾百碼外的地方，這些線索比史密斯小姐告訴我的還要少！她說她不認識那個男人，但我認為她其實認識，否則那個男人也不會盡可能的與她保持距離，因為他怕被認出來，你說他在騎車時伏在車把上，這又再次說明了這一點。你的表現實在太差勁了！他明明回到了那棟房子，但你卻跑回倫敦找房仲調查他是誰？」

「不然我該怎麼做呢？」我有點氣惱的喊道。

「到最近的酒館去，整個郡的八卦傳聞都在那裡。你能在那裡打聽到任何人的名字，從主人、管家到女僕。那傢伙叫威廉森？我對這傢伙完全沒印象，如果他是位長者，就不可能騎車騎得那麼快，甚至連那位女士都追不上。你這次行動只證明了那位女士說的故事是真的，不過我從未懷疑這點，我也相信那個騎士跟查林頓莊園存在著某種關連。莊園被威廉森租下了，這又說明什麼？嘖，嘖，親愛的華生，別那麼沮喪，到下週六前我們還能做出一些補救，同時，我要先去打聽一兩件事。」

隔天早上，我們收到了一張史密斯小姐的信箋，信中重提了我那天看見的情形，但最後又註明道：

福爾摩斯先生：

我在這裡的日子越來越艱難了，因為我的雇主已鄭重地向我求婚了。我相信他的感情是非常真摯的，不過我還是告訴他自己已訂婚了，他很嚴肅但禮貌的接受了這個事實。你應該明白，我的處境變得有些窘迫。

「我們的委託人似乎遇到麻煩了，」福爾摩斯看完信後若有所思的說道，「這樁案子比我原先設想的還要有趣，事態發展有著各種可能性。看來我得去鄉間享受悠閒的一天了，我打算下午就出發，到那裡測試幾個我剛推斷出的理論。」

福爾摩斯悠閒的一天似乎有著不凡的經歷，當他晚間回到貝克街時，我發現他嘴唇破了，額頭有塊瘀青，除此之外，他全身散發出那種蘇格蘭場警探的狂妄氣息。他開始講起自己的那段歷險，說著哈哈大笑起來。

「我在當地運動了一下，」他說道，「你應該知道我對古英國的拳擊略有研究，它偶爾會派上用場，例如說，要是沒有它，我今天可就慘了。」

我追問他今天發生的事情。

「我找到了之前跟你提的那個鄉村酒館，我在那裡展開了細密的調查，我走近了吧台，坦率的店主大方告訴了我想知道的一切。你提到的那個威廉森是一位白鬍子老頭，平常和幾個僕人住在莊園裡，據說曾是位牧師，但是從他部分房客的舉動看來，他一點都不像是個牧師。我後來去了牧師機構調查，他們告訴我的確曾有一名叫威廉森的牧師，但他的過去卻不太不光彩。店主還提到，每到週末，莊園總會有一些訪客——一群吵鬧的傢伙；其中有一位先生有著紅色的鬍子，叫做伍德利，他每次都會出現。正當我們談論著，那位凶神惡煞般的伍德利先生，剛好在旁邊喝著酒，把我們的談話內容全聽了進去。他走過來問我是誰？想幹嘛？問這些問題有何目的？他嘴裡唸唸有辭，盡是些難聽的話。最後，他反手一拳揮來，我來不及閃開，挨了這一擊，但我立刻一個直拳還以顏色，幾分鐘之後，伍德利坐上貨車落荒而逃，不過我的臉也變成這副德性了。這就是這趟旅程的經過，老實說還挺有趣的，我在薩里邊境的一日的收穫比你還要大呢！」

到了星期四，我們再次收到委託人的來信。

福爾摩斯先生：

你應該猜得到，我已經辭去了家庭教師的職務，雖然卡拉瑟斯先生給的酬勞很不錯，但我已無法承受這種尷尬的處境。我星期六就會回城，而且不打算再回來。卡拉瑟斯已準備了一輛馬車，讓我不致在那條路遭遇危險，如果危險真的存在的話。

我決定辭職的原因，一方面是由於我和卡拉瑟斯先生立場窘迫。但還有另外一個非常重要的原因，那就是令我憎惡的那個伍德利常來找我麻煩，他比從前更凶惡、狠毒，更加肆無忌憚，他原本就是可恨的人物，而現在又更令我畏懼了。我從窗戶看到了他的那副模樣，感謝上帝，我沒有遇上他。這個可惡的傢伙與卡拉瑟斯先生進行了很長的交談，卡拉瑟斯先生變得十分激動。我可以肯定，伍德利一定住在附近，因為他沒有住在卡拉瑟斯家裡。而且奇怪的是，今天一大早，我又發現了伍德利，就躲在那片灌木叢裡。我有預感遲早會在附近遇上這頭心懷不軌的野獸，我對他越來越恐懼，也越來越憎惡。我不明白，卡拉瑟斯先生怎麼能忍受這樣一個畜生？不管怎麼說，幸好一切都會在星期六劃下句點。

「我也這麼覺得，華生，我也這麼覺得，」福爾摩斯嚴肅地說道，「有一場可怕的陰謀正緊緊圍繞著這位年輕女士，我們的職責就是保護她走完這最後一程。華生，我認為我們禮拜六早上必須走一趟，以確保整件事能有個圓滿的結局。」

老實說，我認為這件案子並沒有什麼值得注意的地方，也看不出有什麼潛在的危險。一個男人潛伏在暗處，等待一位佳人出現然後尾隨其後，卻不敢公開向她求愛，甚至在她主動接近他時，又魂飛魄散地逃走，這樣的人怎麼可能會是個暴徒呢？不過，那個可憎的伍德利就是個例外了。他沒有再去拜訪那棟房子，也沒有騷擾我們的委託人。我想，那位單車騎士，應該是酒館老闆提及的週末聚會的成員之一，但他到底是誰？他的目的是什麼？這一切仍然是個謎。出門前，福爾摩斯將一把手槍放進了衣袋裡，我頓時感到，在這個離奇故事的背後，很可能隱藏著一樁悲劇。

夜雨後的清晨，朝霞佈滿石南灌木林的鄉村，一簇簇盛開的金雀花映著朝陽，閃著金光。這裡比倫敦那種陰鬱的天氣要好得多了，我們一大早便在這鄉間小徑上盡情地走著，呼吸著清新的空氣，沉醉於鳥語花香之中，感到格外的神清氣爽。當我們徑直來到克魯格伯里山丘，能從這裡看到遠方陰森的莊園，它被一叢古老的橡樹包圍著，但那些橡樹的年代肯定沒有建築物本身來得久遠。福爾摩斯用手指著遠處一段長長的小徑，它猶如一根黃色的長帶，蜿蜒於棕褐色的石南灌木林和那片嫩綠的樹木之間。就在這時，我們發現了一個晃動的小黑點，原來是一輛單馬車正向我們這個方向緩緩地移動著。

「我們應該提早半小時來的！」福爾摩斯一聲驚呼，「如果那就是她的馬車，那她肯定是想搭最早的一班車。華生，恐怕在我們趕到之前，她就會經過查林頓莊園了！」

我們迅速繞過山巔直奔大路，但已看不見剛才那輛馬車了，我們加緊追上去，很快地我就上氣不接下氣，但福爾摩斯平常總是保持鍛鍊，精力異常旺盛。他的腳步從未慢下，忽然間，他在我前面一百碼處停了下來，我看見他失望地做了一個手勢，我有一種不祥的預感。同時，我望見一輛空馬車從大路的轉彎處駛出，那匹馬慢慢跑著，韁繩在地上拖行，車輛發出了吱嘎的聲響。

「太遲了！華生，太遲了！」當我跑到福爾摩斯身旁時，他大吼道，「我實在太蠢了，竟然沒想到第一班火車！這是綁架！華生——這是綁架！謀殺！天知道發生什麼事！攔住那輛馬車！很好，跳上去吧，讓我看看還來不來及挽回這個不幸的結局。」

我們迅速地跳上了馬車，福爾摩斯調過馬頭，猛地給了馬一記鞭子，馬車在大道上疾駛著。順著叢林轉過一個彎，前面的莊園和石南樹林很快就映入眼簾。就在那一瞬間，我抓住了福爾摩斯的手臂。

「就是那個人！」我倒吸了一口氣。一位獨自騎車的人正向我們駛來，只見他用力蹬著腳踏板，雙肩肥大滾圓，猶如賽車手一般在路上飛馳。當我們快要靠近他時，他忽然抬起頭來，並迅即從車上跳了下來。他目光閃爍，蒼白的臉色和烏黑的鬍鬚相互映襯著，似乎流露出極度的興奮。當他看清我們和那輛馬車後，才慢慢回過神來，顯得十分驚訝。

「喂！給我停下來！」他把腳踏車擋在路中間，對我們吼道，「你們是怎麼弄到這輛馬車的！停下來！老兄！」他從口袋掏出了手槍，「我說了！給我停下來！不然我一槍斃了你的馬！」

福爾摩斯順手將韁繩向我一扔，翻身跳下馬車。

「你就是我們要找的人，維奧萊特．史密斯小姐在哪？」福爾摩斯迅速問道。

「這是我要問的！你們坐的就是她的馬車，你們一定知道她在哪！」

「我們在路上發現這輛車，上面一個人都沒有，我們駕著它回來找那位女士。」

「我的天！我的天！我該怎麼辦？」這名騎車人絕望的大叫，「他們抓住她了！那個邪惡的野獸伍德利跟那個卑鄙的牧師！跟我來！先生，過來，如果你們真是她的朋友，就跟我來吧，就算犧牲生命也要救她。」

轉眼間，這個陌生的騎車人已握著槍向樹籬中的缺口處發瘋地奔去，福爾摩斯不加思索地尾隨其後，我把馬牽到路旁，也追了上去。

「他們剛才經過這裡，」陌生男人指著泥濘的小徑喊道，「喂！等一下！樹叢中那是誰？」

那是個十七歲左右的年輕人，身著皮褲，腳上打著綁腿，似乎是一位馬伕。他仰面橫躺著，蜷起雙膝昏迷不醒，頭上有一道可怕的傷口，他失去了意識，但還活著；我瞧了他的傷勢，知道還沒有傷及骨頭。

「那是彼得，那個馬伕，」陌生人解釋道，「他是為她駕車的，這幫畜生把他拖出來，還打傷了他。先別管他了，我們暫時幫不了他，但我們必須把她從災難中解救出來。」

我們不顧一切地向盤曲的叢林小徑奔去，當我們來到一片環繞宅院的灌木林時，福爾摩斯忽然停下腳步。

「他們沒有進屋，左邊有他們的腳印——這裡，就在月桂叢外面。啊！我就知道！」

就在此時，一個女孩的尖叫聲，從叢林深處傳了出來，聲音帶著極度的恐懼。最後，聲音停止了，接著是一陣令人窒息的呻吟聲。

「這裡！在這裡！他們在球場，」陌生人帶著我們穿過密林，不斷喊道，「這些卑鄙的膽小鬼！跟我來！我的天！太遲了！太遲了！這些禽獸！」

我們很快進入了一片古樹簇擁的林間綠地，前方的一棵老橡樹下有三個人。其中一位是年輕的女郎，也就是我們的委託人，她的嘴被人用手帕堵著，處於半昏迷狀態。她的對面站著眼神凶惡的紅鬍子男人，打了綁腿的雙腳叉開著，一手叉腰，另一隻手玩弄著馬鞭，他的態度就像一個勝利者。在這兩個年輕人中間，站立著一位鬍鬚花白的老頭，他穿著淺色花呢大衣，外罩白色短法袍，看得出來這裡剛完成了一場結婚儀式，因為他正將一本祈禱的經文放進口袋，並用手輕拍了那惡棍的肩膀向他祝賀。

「他們結婚了！」我吃了一驚。

「跟我來！」陌生男人喊道，「跟我來！」他從一片林間空地鑽了出去，我和福爾摩斯緊隨其後。當我們上前時，她正昏昏沉沉地斜靠在樹幹上，威廉森——那位前牧師，看到我們衝了過來，幸災樂禍地向我們鞠了一躬。而惡棍伍德利則得意地對著我們咆哮並狂笑著。

「把鬍子拿掉吧！鮑伯，」伍德利冷笑道，「我知道是你，再明顯不過了。嘿！你和你的跟班來得正好，我可以把你們介紹給伍德利太太。」

我們的嚮導作出了意想不到的反應，他一把扯下了黑色的鬍子丟在地上，露出一張淺黃色、乾淨而細長的臉龐。他舉起手槍對準了那個年輕惡棍，以提防對方手裡揮舞著的馬鞭。

「沒錯，」他說道，「我就是鮑伯．卡拉瑟斯。我要看到這位女士醒過來，我告訴過你，如果你敢傷害她，你就完了；而現在，準備付出代價吧！」

「你來遲了！他已經是我妻子了！」

「不，她是你的寡婦。」

他手中的槍發出巨響，我看到鮮血從伍德利的胸口噴射出來，他尖叫著後仰倒了下去，他的臉迅速變得慘白可怖。那位身著白色法衣的老頭，開始破口大罵一些我從沒聽過的髒話，然後也掏出了他的手槍，但在他舉起手前，福爾摩斯早已把槍口對準了他。

「夠了，」福爾摩斯冷靜地說道，「把槍丟掉！華生，把它撿起來，保管好，謝謝。還有你，卡拉瑟斯，把槍交給我，不准再有暴力行為。過來，交出來！」

「你們又是誰？」

「我的名字是夏洛克．福爾摩斯。」

「我的天！」

「看得出你們已經聽過我的名字。在警方到達前我就先代替他們，喂！你！」福爾摩斯向那位飽受驚嚇的馬伕喊道，他已出現在空地旁，「過來，把這張紙條儘快送去法納姆。」他從筆記本上撕下一張紙條，並在上面草草地寫了一些東西，「把它交給當地的警長，在他到達之前，我就先負責看管你們幾個。」

福爾摩斯的強勢與威嚴很快就控制住了場面，那些人就像寵物一樣聽話。威廉森和卡拉瑟斯依照福爾摩斯的吩咐，將伍德利抬進屋裡，我則將那位受驚的女孩扶了起來。這個重傷的男人被放在床上，我應福爾摩斯的要求為他檢查，當我帶著我的診斷報告走進掛有壁毯的飯廳時，福爾摩斯正與兩名犯人相對而坐。

「他還活著。」我說道。

「什麼！」卡拉瑟斯從椅子上跳了起來，「我必須上去宰了他，絕不能讓那位天使一輩子活在伍德利這個壞蛋的陰影下。」

「你不需要擔心這一點，」福爾摩斯安慰道，「她還不算是他的妻子，有兩個理由；首先，威廉森先生是否有資格為兩人主婚，這一點就很有疑問。」

「我受過任命。」那個狡猾的老頭兒爭辯著說道。

「但也早就被免職了。」

「一日是牧師，終生是牧師。」

「我可不這麼想，結婚證書呢？」

「當然有，就在我的口袋裡。」

「那是你們藉由陰謀產生的，但無論如何，一場被強迫的婚姻絕不能算是婚姻，而且還是一條重罪，除非我是錯的，不然我想你們在出獄前一定能明白這點，未來十年你們將會有很多時間去思考。至於你，卡拉瑟斯，如果你當時不掏出槍會更好。」

「我也這麼覺得，福爾摩斯先生，但這都是為了保護她，我太愛她了，這是我第一次嘗到愛情的美好。當我得知她已落入這個魔鬼的手裡時，我快氣炸了。這個南非來的惡棍，他的惡名從金伯利到約翰尼斯堡無人不知。嘿，福爾摩斯先生，你應該不會相信，但自從我聘請她以後，我知道這幫無賴會傷害她，因此每當她路過這間屋子時，我都暗地裡騎車護送她。我不希望她認出我來，因此總保持著一段距離，我還戴上了假鬍子，因為我知道，一旦她發現我一直尾隨著她，這位高貴純潔的女孩一定會辭職的。」

「你為什麼不告訴她這些危險？」

「因為，要是她知道了，她一樣會離開我，我無法面對那種情況，就算她不會愛我，只要能每天看到她在房子裡、聽到她的聲音，也就足夠了。」

「呵，」我說道，「這樣也算得上愛嗎？卡拉瑟斯先生，我必須稱它為自私。」

「也許兩者都有，無論如何，我不希望她離我而去，此外，由於這幫人在附近虎視眈眈，我認為最好有人來保護她。這時，我接到一封電報，我立刻明白他們即將採取行動。」

「什麼電報？」

卡拉瑟斯順手從衣袋裡取出那封電報。「就是它。」

電報上僅僅有幾個字：

老頭死了。

「哈！」福爾摩斯說到，「我想我已經明白了，也知道這封電報是什麼意思了，就像你說的，它讓他們決心採取行動，不過在警察到來之前，你可以告訴我更多詳情。」

那個不甘心的老惡棍再次破口大罵起來。

「該死！」那老壞蛋吼道，「如果你敢出賣我們，鮑伯，我就會用你對付伍德利的方式來對付你！你可以隨心所欲地談論你跟那女孩的羅曼史，因為那是你家的事，但如果你敢出賣自己的伙伴，那麼災難就會隨時降臨到你的身上。」

「不用那麼激動，牧師先生，」福爾摩斯點燃一支香煙，「真相已經很清楚了，我只是想滿足一下自己對某些細節的小小好奇心，雖然我應該也能猜得出來。這樣好了，由我來說，你們來指出我哪裡說錯；首先，你們三個——威廉森、卡拉瑟斯跟伍德利，都是從南非來的，而且合伙進行了一場陰謀。」

「你一開始就說錯了！」那個狡猾的老壞蛋吼道，「兩個月之前我從來沒看過這兩個傢伙，我這輩子也沒去過南非，把那些胡說八道收回去吧！愛管閒事先生！」

「他說的沒錯。」卡拉瑟斯解釋道。

「好吧，好吧，你跟伍德利是從南非來的，牧師先生卻是土生土長的英國佬。你們二人在南非結識了拉爾夫．史密斯。你們發現他來日不多，又得知他的侄女將要繼承這筆遺產，目前為止都對嗎？」

卡拉瑟斯點了點頭，威廉森依舊發狂地咒罵著。

「她是唯一的近親，而你們知道那個老人將不會留下遺囑。」

「他根本不識字。」卡拉瑟斯說道。

「所以你們便從南非趕來，四處找尋那個女孩。你們打算由其中一人跟她結婚，然後與另一人瓜分財產，出於某種原因，最後決定由伍德利做她的丈夫，這是為什麼呢？」

「我們以她為玩牌的賭注，他贏了。」

「我懂了，你聘請年輕女士當家庭教師，讓伍德利在你家中向她求婚。但計畫全被打亂了，因為她非常討厭那個下流的酒鬼，完全不想理會他。同時，你愛上了這位女士，你無法容忍那個惡棍佔有她，是嗎？」

「是的，絕對不能！」

「你們因此發生了激烈的爭執，他憤怒的離開了，然後背著你另外訂了一個計畫。」

「真是驚人，威廉森，什麼都瞞不過這位先生的眼睛，」卡拉瑟斯笑著說道，「沒錯，我們大吵一架，他把我打倒在地，但我也不甘示弱，後來他就溜掉了。接著，我發現伍德利在當地結識了一位牧師，而牧師已被免去了聖職。他們一起租下了房子，剛好就在她每次回家的必經之路上，當我發現這個秘密後，我知道伍德利遲早會做出邪惡的事來，便暗中保護她。為了弄清伍德利和牧師的目的，我多次上門拜訪，希望能查出他們的動機。就在兩天前，伍德利意外地帶著電報跑來我家，告訴我拉爾夫．史密斯的死訊。於是我們開始商量對策，伍德利問我是否依照先前的約定行事，我一口回絕，他便建議我與她結婚，然後把財產分給他。我當然不會反對，但最重要的是她本人不願意，伍德利說：『直接把她娶過來就是了，反正一兩個禮拜後她就會認命了。』我警告伍德利不要傷害她，於是他只好一邊咒罵一邊走開，還發誓一定要娶到她。最後，她決定辭職，並且這個週末就離開，我準備了一輛輕便馬車送她去車站，但仍然感到不放心，便決定騎車跟在後面。然而，我卻發現你們坐在她的馬車上，這才驚覺到她已遭遇不幸了，後來果然看到那場荒唐的結婚儀式。」

福爾摩斯慢慢地站了起來，把煙蒂扔進了壁爐裡。「我實在太遲鈍了，華生，你曾在報告中提到，你目擊那名單車騎士在樹林中整理自己的領帶，這一點足以告訴我們一切。但是，我還是慶幸能遇到這麼一件獨一無二的案子。我看到三名警察正朝這裡趕來，我很高興小馬伕有順利完成他的任務。那名新郎恐怕會為了今早的遭遇留下永久創傷，至於那名小姐，華生，有勞你以專業的醫務經驗為她診療一下，要是沒問題，我們可以送她回她母親的家。如果她還沒完全恢復，就告訴她，我們會通知中部公司的那位年輕工程師過來。至於你，卡拉瑟斯先生，我相信你為了這個邪惡計畫作出了相當多的補救，這是我的名片，要是我手邊的證據能幫助你減刑的話，隨時聯絡我。」

想必各位讀者都能理解，要敘述這一連串的事件是多麼困難，任何一樁案子都可能成為另一樁案子的序幕，當舞台上的人物紛紛謝幕後，又迅速的從我們忙碌的生活中消失；不過，我仍然在這樁案子的記錄末尾發現了一小行附註，它記述了維奧萊特．史密斯最後順利繼承一大筆遺產，她已經嫁給了西里爾．摩頓——摩頓&甘迺迪公司的最大股東，同時也是著名的西敏斯特電學家。威廉森和伍德利因綁架與傷害罪名分別被判七年和十年的有期徒刑。至於卡拉瑟斯，我手邊沒有相關的記錄，但我相信法官也是很通情達理的，跟惡名昭彰的伍德利相比，顯然他只需要在牢中反省幾個月就夠了。

5 修道院公學

貝克街在倫敦並不是一個很起眼的地方，不過，生活在這兒的福爾摩斯和我卻親眼目睹過無數風流人物的出場和退場，回憶往事，至今仍記憶猶新。可是在這些繁瑣複雜、背景各異的人物中，最令人難忘的應是索尼克洛夫特·哈斯坦堡博士，他可是一位名人，在那張小小的名片上印滿了各種學術頭銜，也許他真的是位聰明絕頂的人。有一次，僕人才剛把他的名片送過來，他便迫不及待地跟進來了。他的身材魁梧、舉止端莊、神情嚴肅，一看便知是位智慧、冷靜、善於思考的人。但出乎我們意料的是，他進屋後剛關上門，就全身顫抖起來，讓緊靠的書桌也不停地顫動，忽然間，他倒了下去。那高大的身軀就這樣癱在壁爐邊的熊皮地毯上。

我們連忙站起身來，目瞪口呆地望著這彷彿沉入汪洋的巨輪，很顯然，在他波瀾壯闊的生命之海上掀起了致命的驚濤駭浪。福爾摩斯立刻從屋裡拿來一只坐墊，將它輕輕安放在博士的頭部下方，我急忙取來白蘭地灌到他的嘴裡。隨著時間過去，我又仔細地觀察起這個掀起風暴的巨人，他雙目緊閉，眼圈發黑，嘴角鬆弛，已有很久沒有刮鬍子了。他的襯衫滿是灰塵，額頭上有深深的皺紋，毫無疑問，他剛剛完成一段長途旅行，顯得疲憊無力。他的表情向我們說明，他曾因為某個事件陷入了極度悲傷，那麼究竟發生了什麼事呢？

「怎麼回事？華生。」福爾摩斯問道。

「顯然是極度衰竭——可能是由於疲乏和飢餓，」我一邊向福爾摩斯解釋，一邊為這個人把脈，他的脈搏實在是太弱了，那奔騰的生命泉源似乎已化成了涓涓細流。

「從馬可頓出發的車票，就在北英格蘭，」福爾摩斯從來客的口袋裡拿出一張火車票，「上面的時間不到十二點，看來他很早就出發了。」

這位遠方來客眼睛漸漸睜開，他那雙灰藍色的眼睛呆呆地看著我們。他意識到了自己的失態，面紅耳赤地站了起來。

「真是失禮了，福爾摩斯先生，我有些累過頭了，不知道你們能不能給我一杯牛奶跟一塊麵包，那樣我會好多了，謝謝。我是自己一個人來的，福爾摩斯先生，因為我希望你能跟我走一趟，我擔心發電報不足以表達事情的緊急。」

「如果你已經好多了的話——」

「我已經沒問題了，我無法想像我怎麼會那麼累，福爾摩斯先生，我希望你能隨我搭下一班火車趕去馬可頓。」

福爾摩斯不停地搖搖頭。

「我的伙伴華生可以告訴你我現在有多忙，我還得處理費瑞爾文件案，跟即將開庭的阿伯加芬尼謀殺案，除非是非常重要的事情，否則我們無法離開倫敦。」

「當然重要！」我們的訪客舉起了手，「你還沒聽說霍登納西公爵的獨子被綁架了嗎？」

「什麼！那個前內閣大臣？」

「一點都沒錯，我們試圖封鎖消息，但環球戲院昨晚卻傳出了一些謠言，我以為你已經聽說了一部分。」

福爾摩斯伸手從書架取下了標有「H」的記錄簿。

「『霍登納西，第六世公爵、嘉德勳爵，樞密院顧問——』幾乎佔了一半的頁數！『比佛利男爵，卡斯頓伯爵——』我的天，這名單還真長！『自一九〇〇年起，擔任女王在哈倫郡的代理人；一八八八年，娶了查理·愛波多爾的女兒愛迪絲；擁有一個獨子與財產繼承人，索提爾勳爵；擁有土地二十五萬英畝，以及蘭開郡和威爾斯的大片礦產資源；住址是霍登納西府邸、哈倫郡的卡爾頓住宅區、威爾斯班格的卡斯頓堡；一八七二年任海軍大臣；首席國務大臣——』哈！哈！他可真是國王跟前的大紅人哪！」

「他是英國最偉大、或許也是最富有的人。公爵大人早已聽說過你的大名，福爾摩斯先生。他曾向我表示，如果你能幫助他找到兒子，他將酬謝你五千英鎊，如果能抓住犯人，酬金再多加一千鎊。我們都知道你在偵破案件上面所具備的特有天賦，而且你總是在調查上竭盡所能。」

「真是誘人的獎賞，華生，我想我們應該跟哈斯坦堡博士去一趟北英格蘭。先喝下牛奶吧！然後告訴我們發生了什麼事、什麼時候發生的、如何發生的；還有，索尼克洛夫特．哈斯坦堡博士，你是馬可頓附近的修道院公學的博士，為什麼會跟本案扯上關係？為什麼在案發後的第三天才來找我幫忙？」

客人吃飽喝足後，又漸漸地恢復了昔日的風采，一雙眼睛炯炯有神，這時他再講述故事，已經非常有條理，而且口齒清晰。

「我的朋友們，還是讓我先來談談修道院公學吧，這所學校由我自己成立並擔任校長。如果你讀過《哈斯坦堡對賀瑞斯之側寫》，也許就能記得我的名字。雖然它只是一所預備學校，不過在整個英格蘭之中，它應該是最負盛名且最優秀的學校了。黑水地區有名的萊弗史托克伯爵、卡斯卡特．索姆斯爵士等名人，都把他們的子女託付給我。就在三個星期之前，霍登納西公爵託他的私人秘書懷爾德先生轉告我，他想把十歲的獨子，也就是唯一的財產繼承人索提爾勳爵交給我管教。我可以自豪地說，我們的校譽是一流的，我們的教育卓有成效。可是，一樁意想不到的悲劇就在我的事業達到巔峰時發生了，這成了我厄運的開端。」

「他們第一次光臨我們學校是在五月一日，當天那孩子也來了，看起來挺令人喜愛的，聰明、天真、活潑。那時夏季學期剛開始，他到校後很快適應了學校的生活。我必須很嚴肅地告訴你，那孩子在家過得一點都不開心。公爵的婚姻生活並不單純，其風流韻事常成為人們議論的話題。沒過多久，他們夫婦就分居了，公爵夫人去了法國南部定居，這就發生在不久前而已。這個孩子非常同情他的母親，當她離開霍登納西府邸後，他就總是悶悶不樂，這嚴重影響他的身心健康，公爵只好把孩子託付給學校。他來到學校就和我們相處得很融洽，心情也變得開朗起來。」

「我們最後一次見到他是在五月十三日，也就是星期一的晚上。他的房間在二樓，必須穿過一間住著兩個孩子的大房間才能到達。這兩個孩子都說沒有發現任何不尋常的地方，因此可以確定小索提爾當晚並沒有經過那間房。當時他的窗戶是敞開的，一根粗壯的常春藤從窗邊蔓延到地面，我們沒有發現地上任何足跡，不過那是唯一可能的出入口。」

「當我們發現小索提爾失蹤時，已經是隔天早上的七點，他的床有睡過的痕跡。他離開時仍穿著校服——黑色伊頓上衣和深灰色的長褲。我們反覆檢查後，都沒有發現任何跡象能說明有人曾潛入過屋子，也沒有任何廝打和求救聲，因為康德——也就是睡在外面房間裡那個較年長的孩子，他一向睡得不很熟。」

「在索提爾勳爵失蹤後，我急忙通知全校師生在操場集合，也一併通知僕人。我們逐一清點人數，奇怪的是，我們發現失蹤的不只有索提爾勳爵一人，海德格——一位德國老師，也同樣不知去向。他住在二樓的最裡面，和勳爵房間的方位一致，他的床鋪同樣也有人睡過，襯衣和襪子散落一地，看來他走得很匆忙，甚至還來不及穿好衣服。我們初步推斷索提爾是被人帶走的，我們進一步對海德格的住所及周圍環境作了偵察，我們在草地上發現了他留下的清晰腳印，在平日裡，他總是將自行車放在草地旁的一個小車棚裡，現在自行車也不見了。我們認定，他是順著常春藤爬下去的，並帶著小勳爵一起離開了。」

「海德格和我相處了兩年多，雖然有著不錯的學歷，但他一向沉默寡言，一副鬱鬱寡歡的樣子，因此在教師和學生之間不怎麼受歡迎。至於他逃離後的行蹤，我們怎麼也查不到。事情發生了三天後，仍然沒有一點線索，我感到十分擔心。出事後，我們立即趕往霍登納西府邸，那邊離學校只有幾哩遠，我們猜想，也許是孩子想家，才獨自逃出來回到父親那裡，但是我們錯了，公爵聽到消息後也十分焦急。他把孩子送到了學校，我背負著不可推卸的責任，一想到這些，我心中的憂慮就越積越深，幾乎快把我壓垮了。我想盡了一切辦法，卻於事無補，福爾摩斯先生，現在只能求助於你了，這可是一件前所未有的大案啊！」

這位校長沉重地敘述著自己的不幸遭遇。我抬頭看向我的朋友，他雙眉緊鎖，和往常遇到問題時一樣，他開始全神貫注地思考起全部的案情來，任何無關的話語在這個時候都是多餘的。這不僅因為有一大筆酬金等待著福爾摩斯，更因為這在他一生所破獲的案例中，是一樁能引起他強烈興趣的案子。我看見他取出筆記本，把校長敘述中比較重要的幾點記錄了下來。

福爾摩斯忽然斥責道：「您簡直是失職，既然是這麼重要的一樁案件，為什麼不早點來找我，卻等到問題弄到不可收拾的地步才來求助？如果案發後立即通知我，我想就能在常春藤和草地之間找到一些線索了。」

「這不能怪我，福爾摩斯先生，我當時就想立刻通知你，可是，你也知道，公爵大人不想將家醜流傳出去，如果外界知道了他們家族發生的不幸，可以想像，會產生多麼可怕的流言蜚語，那可能會讓他身敗名裂啊！」

「警方不是也做了大動作的調查嗎？」

「當然，警察也很快展開了調查，結果卻令人十分失望。有人向警方舉報，曾在附近的車站看見一個小男孩和一名青年搭上了早班火車。警方隨即派人趕到利物浦車站，但調查結果顯示那兩人根本與本案沒有關連。昨晚獲知這個消息後，大家都很沮喪，整晚睡不著覺。看來警方是無能為力了，所以我決定搭早班車來拜訪你。」

「那麼，警方在調查這個假線索時，還有其他調查行動嗎？」

「沒有，完全停擺了。」

「等於白白地浪費了三天時間！太愚蠢了！」

「老實說，的確是這樣，但再後悔也沒有用了。」

「我相信我有能力偵破這樁案子，因此，我很樂意幫忙。再告訴我一些細節吧，你對這個孩子以及德國老師的情形還知道多少？」

「什麼都不知道了。」

「那個孩子是他的學生嗎？」

「不是，據說他們兩人從來沒有接觸過。」

「真是件怪事，那麼，那孩子有自行車嗎？」

「沒有。」

「有任何自行車遺失嗎？」

「沒有。」

「你確定？」

「當然。」

「你認為那名教師不可能在深夜帶著一個十歲大的孩子騎車逃跑，是嗎？」

「沒錯，他絕對不會這麼做。」

「那麼，你對這件事有何看法？」

「自行車被騎走只是個障眼法罷了，它很有可能被藏在某個地方，然後兩人徒步逃離。」

「這也有可能，但是，利用自行車來故弄玄虛也太愚蠢了，車棚裡還有其他自行車嗎？」

「還有幾輛。」

「所以，為什麼他不乾脆藏起兩輛車，讓人們誤以為他們是騎車逃走的呢？」

「他的確該這麼做。」

「沒錯，不過，要把一輛自行車藏起來或是毀掉而不被人察覺，也並不容易。我認為，他用自行車來混淆視聽的假設不太可能成立。那麼，孩子失蹤前一天，有人前來探望過他嗎？」

「我沒聽說過。」

「真是奇怪，或是說，他有收到任何信嗎？」

「我想起來了，有一封寫給他的信。」

「是誰寫的？」

「哦，是他的父親。」

「一般來說，你會檢查他的信件嗎？」

「絕不可能。」

「那麼，你怎麼知道是他父親寫的？」

「這很簡單，信封上印著他們家族的標誌，而筆跡則是公爵特有的剛勁風格。後來，我又聽公爵提到他曾經寫給他兒子一封信。」

「在這之前，還有人寫信給他嗎？」

「好幾天前也收到過一封。」

「那麼，是否收過從法國寄來的信函呢？」

「從來沒有。」

「我必須強調，如果有法國來的信件，那會十分重要。這孩子若不是被人綁架，就是自願出走的。如果他曾收到其他來信，寄信人肯定有慫恿他出走，於是小孩下定了決心。既然你很確定沒有任何人來找過他，那麼，他出走的原因肯定來自信件。」

「就如我剛才所說的，我只知道他父親寄過信來。」

「那我就愛莫能助了，不過，公爵與這孩子的關係融洽嗎？公爵在孩子失蹤前一天寄信給他，這意味著什麼？」

「我認為公爵非常喜歡這個孩子。公爵平常十分冷淡，對家庭事務也不太熱心，因為他將心思都放在了政務上，但他仍然對孩子很好。」

「但是這個孩子卻跟母親更親近一些。」

「是的。」

「他有這麼跟你說過嗎？」

「沒有。」

「那麼，是公爵說的嗎？」

「老天！當然不可能。」

「那你是怎麼知道的？」

「我曾和公爵的私人秘書詹姆士．懷爾德聊過，他告訴我那孩子的狀況。」

「我明白了。最後我還想問，公爵最後寫給孩子的那封信是否還留著？是否還在那孩子的房間內？」

「不，福爾摩斯先生，他把它帶走了。我想，我們差不多該前往尤斯頓車站了。」

「我們需要一輛四輪馬車，」福爾摩斯提醒道，「哈斯坦堡先生，如果你有重要的事要向我們報告，最好別讓其他人知道，要讓他們以為調查工作仍在利物浦進行。這樣的話，我和我的伙伴華生才能在你的學校附近順利調查，我相信那些痕跡還沒完全消失，如果我們仔細檢查的話，說不定還能像獵犬一般嗅出點有用的線索，十五分鐘後見！」

當天我們便趕搭火車到達了皮克郡，也就是哈斯坦堡先生的學校所在地。抵達學校時天色已晚，四周的涼風令人心曠神怡。大廳的桌上放著一張名片，管家走過來，在主人耳邊說了幾句，哈斯坦堡博士立刻露出驚惶的樣子，轉過頭來說道：「公爵和懷爾德先生都在書房裡，先生們，請進來吧，讓我為你們介紹。」

我曾經見過這位政治家的照片，但他本人竟和照片上的模樣判若兩人。公爵是個身材魁梧、莊重威嚴的人，臉型瘦長，衣著十分考究，尤其那個長鼻子，彎彎地猶如新月。如今只見他面如死灰，長長的紅鬍鬚散落在白色背心上，背心前掛著金光閃爍的錶墜。這張猶如死人般的臉，讓人頓生恐怖感。公爵站立在壁爐前的地毯中央，莊重但兩眼無神地看著我們，彷彿期待著什麼。他的身邊站著一個年輕人，也就是博士對我們提過的那位秘書懷爾德。懷爾德用一雙機警的眼睛掃視著我們，神態詭異。他有著短小的身材和淡藍色眼睛，看來是位感情豐富的年輕人，可以從他尖酸而又堅定的言談中感覺到他的智慧，只是他那緊張的神色使人不安。

「我早上就來了，哈斯坦堡博士，但你已經去了倫敦。我們知道你打算請夏洛克．福爾摩斯先生來協助破案，但是，哈斯坦堡博士，你應該先和公爵商量的，他為此感到相當震驚。」

「因為我聽說警方的調查失敗了——」

「事實上，公爵並不認為警方失敗了！」

「懷爾德先生，事實就明擺在眼前。」

「親愛的博士，公爵希望避免任何的流言，這會令他難堪，因此知道內幕的人越少越好。」

博士戰戰兢兢地附和道：「如果你希望夏洛克．福爾摩斯先生返回倫敦的話，我明天一早就去安排。」

福爾摩斯插嘴道：「那可不行，博士，我想我最好在這裡住上幾天，因為北英格蘭的空氣格外清新，在這裡生活一定相當舒適。另外，我還想在草原多待一陣子，整理一下思緒，好好思考幾個令我感興趣的問題。不過，是住在學校裡好，還是找間鄉間旅舍，這就由博士你來決定了。」

我在一旁觀察著面無表情的公爵大人、機敏的懷爾德和猶豫不決的博士，還有果斷的偵探。忽然，公爵開口了，聲音低沉而洪亮：

「哈斯坦堡博士，我認為懷爾德先生說得很對，你應該先跟我商量一下的。但你已經把事情告訴了福爾摩斯先生，我們不能讓他白跑一趟。夏洛克．福爾摩斯先生，你沒有必要住在鄉間的旅館，可以來霍登納西府邸住個幾天。」

「非常感謝你的好意，公爵，但為了便於調查，我希望能留在案發現場。」

「看你方便，福爾摩斯先生，如果你還有什麼問題的話，我跟懷爾德將很樂意回答。」

福爾摩斯說道：「或許不久後就會登門拜訪。現在，閣下，首先我要問的是，你對於兒子的失蹤有什麼話要說嗎？」

「沒有，先生。」

「也許我這些話會觸動你的傷心處，請見諒。你認為你的夫人與此案有關係嗎？」

公爵大人顯得有些猶豫，似乎有難言之隱。

「我想，應該不至於。」最後他勉強回答道。

「還有一種可能性，據說孩子失蹤當天，你曾寫信給他。」

「不，是在事發前一天寫的。」

「當然，他是在當天收到信的嗎？」

「是的。」

「信中是否有任何內容足以引起他出走的想法？」

「沒有，先生，絕對不可能。」

「是由你親自寄出去的嗎？」

公爵的秘書忽然搶答道：

「公爵從來不會親自去寄信，」他說，「那封信跟其他信一起放在桌子上，由我將它們放入郵袋中。」

「你確定這封信也在裡面？」

「是的，我親眼看見。」

「那麼，事發當天公爵寫了幾封信？」

「大約二三十封，公爵的書信很多，但我相信這與本案絕對沒有關係。」

「這可不一定。」福爾摩斯說道。

公爵大人最後說道：「我已經提醒警方將注意力放在法國南部，雖然，我並不認為公爵夫人會慫恿孩子這麼做。也許是那個德國老師的挑撥，讓原本就意志薄弱的孩子決定逃到母親那裡去。哈斯坦堡博士，我們要先走了。」

雖然我看得出我的朋友仍有許多疑問，但公爵大人早已露出不耐煩的表情。身為一位貴族，他不想與陌生人討論私事，更不希望在問答間透露出家族的歷史。

我們告別了公爵大人和他的秘書，隨後，福爾摩斯便以一貫的風格展開了調查工作。

我們來到那孩子的房間，仔細地檢查了一陣子，卻沒有找到什麼重要的線索。不過，我們初步認定，他是由窗戶逃離的。後來，我們又檢查了德國教師的住處，希望能發現一些東西，但結果仍然令人失望。不過，窗外有一根常春藤，因為承受不了他的體重而折斷，這表明他是攀著常春藤逃走的。透過室外的燈光，還依稀可見德國老師爬窗離開時在草地上留下的足跡，這可以做為他逃跑的證據。

我的朋友整天都在忙碌著，直到十一點後才回來。他急急忙忙地走進我的房間，手裡拿著一張地圖，把它鋪在床上，又將燈移近地圖正中央，原來那是一張官方繪製的區域地圖。福爾摩斯仔細地搜尋著，一邊大口地吸著煙，當有什麼東西引起他的注意時，又不停地把手中的煙斗比劃著，後來，他說道：

「親愛的華生，我不得不說，這真是樁有趣的案子，我希望你先研究一下這張地圖，上面有些值得注意的地方。」

「看這裡，這塊黑色的矩形就是修道院公學。前方是一條東西向的道路，橫過學校的門口。而學校東西兩側一哩內都沒有小路。因此如果他們沿大路逃離，那麼就一定會經過這條路。」

「你說得對。」

「我已經調查過，案發當晚沒有人經過這條大道。而我煙斗指著的地方，是學校東面的第一個十字路口。當天有一名鄉村警察值勤，時間是十二點到六點，他從未離開崗位，他很清楚地記得，沒有在那段時間內看到一位大人和一個小孩從路口經過。今晚我與他聊了一下，我認為他是位值得信賴的人。這下子，我們可以排除由東邊逃走的可能性。現在來看看另一面，西邊路口有一家叫做『紅牛』的旅館；出事當晚女主人剛好生了病，便派人去馬可頓請醫生來，當時醫生出門看診不在，直到隔天早上才來。旅館裡的人一直焦急地等待醫生的到來，還派了一個人在路上等待。他們也沒有看過一個小孩和一位大人從那裡經過。假如他們的話可靠，那麼又可以排除從西面逃走的可能性了。現在我敢說，他們不是從那條大路逃走的。」

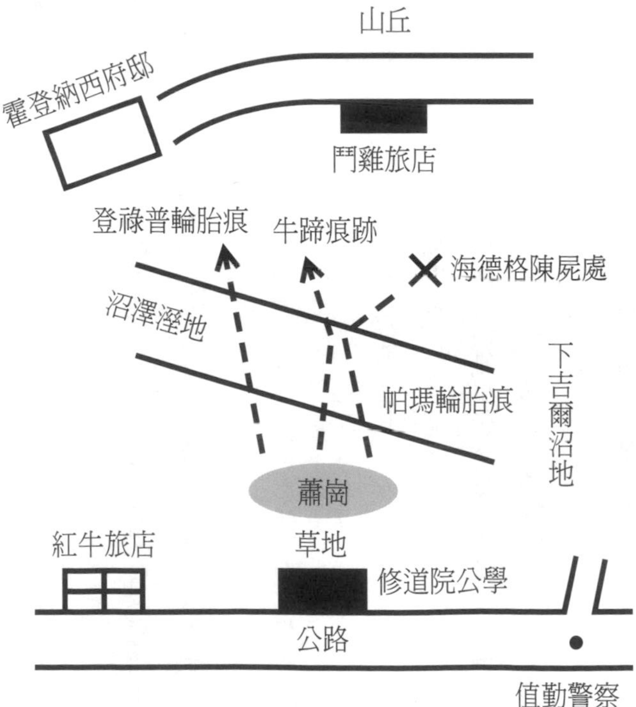

皮克郡區域地圖

「但那輛自行車呢？」我問道。

「嗯，我們正要討論這個問題，讓我們順著剛才的思路推想下去。假如這兩個人不是由大路逃走，那麼他們一定是從學校南邊或北邊的鄉村小路離開，現在來想想他們可能選擇哪一條路。由地圖上來看，學校南面是大片農地，並以石牆將土地隔開。我認為在這樣的路上騎自行車是不太可能的。那麼北面呢？這裡有一片灌木林，標示著『蕭崗』，遠遠望去，它的前方是一大片起伏不平的下吉爾沼地，綿延數十哩，海拔逐漸上升。而霍登納西府邸恰在這片荒野的附近，如果沿大道進入沼地足足有十哩遠，沿小徑行進則只有六哩。沼地中有一塊平地，上面有幾處農舍，農民搭建了小小的木棚飼養牛羊，還可以捕捉雉雞或是麻鷸。如果他們逃到這裡，不就能找到食物了嗎？再往前走，在到達切斯特菲爾德大道之前都是一片荒涼，一個人也沒有。大道的一側座落著一間教堂、幾間農舍，跟唯一的一家旅店。繼續往前的話，山勢將變得陡峭難行。我們應該留意這些地方。」

「但那輛自行車呢？」我重複問道。

「哦，如果一個人的騎車技術很好，他不一定要走大路，就算是小路也能騎得過去。而且那天晚上月光很亮——呃！是誰？」房外忽然傳來一陣敲門聲，接著哈斯坦堡博士就拿著帽子衝了進來。

「有線索了，感謝老天！這就是那孩子的帽子，也許我們很快就能找到他了。」

「這是在哪裡發現的？」

「警方在沼地上的吉普賽篷車內發現的。」

「篷車的主人怎麼解釋？」

「他們還想狡辯，說帽子是禮拜二早上在沼地上撿到的，他們一定知道孩子的下落，警察已把這些人拘留起來。我相信只要經過一番威逼利誘，他們一定會吐出事實真相。」

博士說完就告辭了，福爾摩斯對我說道：「這證明了我的假設是正確的，我們必須趕去下吉爾沼地，那裡一定有我們要的答案。警察除了逮捕那些吉普賽人以外，什麼也沒辦到。華生，你看，這裡就是沼地上的一條水道，經過的地方有幾處已成湖沼，特別是在霍登納西府邸和學校之間。在這麼熱的天氣下，要在別處找到他們的足跡，簡直就是大海撈針，但如果是這片沼地就不一樣了。他們也許在這裡留下了痕跡，我們明天就動身去找找看。」

天才剛亮，我的朋友就來催促我出發了。他站在我的床邊，一副整裝待發的樣子，顯然他已經出過門了。

「我一大早就去觀察了窗外的那塊草地，然後還去了自行車棚以及『蕭崗』。華生，快起來吧，隔壁房間已經準備了咖啡，注意時間！今天我們有許多事要辦。」

我的朋友兩眼炯炯有神，雙頰紅潤，如同一位工匠興奮地看著自己的作品。現在站在我面前的福爾摩斯，又表現出他的活力來，剛勁、果斷，一改昔日在貝克街時的內向寡言。那雙機警的眼睛，似乎很有把握地盯緊了自己的獵物，我已很久沒看到他這樣了。他充滿活力的外表說明著今天將有一趟十分辛苦的旅程，為了完成他的計畫，我們將不停地奔波。

令人失望的是，我們歷盡艱辛地來到這片沼地時，卻毫無所獲。我們穿過泥炭般的黃褐色荒原，並經過其間的無數條羊腸小道，終於到達了一片開闊的沼地，這片沼地把我們和霍登納西府邸分隔開來。我的朋友臉色沉鬱，在那裡來回踱步，似乎仍期待著什麼。他相信，如果孩子要回家去，必然會經過此地，可是，我們卻找不到他與那位德國老師留下的痕跡，除了四散的羊群腳印及牛蹄印，便什麼都沒有了。

「這一帶都檢察過了，」福爾摩斯有些失落地望著無際的曠野，喃喃自語道，「那裡還有一塊狹長的濕地，嘿！嘿！我們還在這裡等什麼？」

我們又走上一條崎嶇狹窄的小徑，四周長滿了野草。鬆軟的泥地上印著一條自行車的車痕。

「哈！」我興奮的大叫道，「我們找到了！」

但福爾摩斯反而搖了搖頭，露出了十分疑惑的表情，不悅的說道：「這並非我們正在尋找的那輛自行車，我曾對四十二種自行車的車胎反覆研究過，我們現在發現的這條是登祿普車輪，只有它的外胎是加厚型；但那德國老師的自行車是帕瑪牌，附有條狀花紋。這兩種輪胎留下的痕跡是完全不一樣的，這一點，數學教師艾弗林早就注意到了。因此，這絕對不是海德格的自行車。」

「那麼，是那孩子的？」

「有可能，如果我們能證明那個孩子也有一輛車的話，就能確定這一點，可是我們無法證明；因此，頂多只能證明是某個人從學校方向騎過來的。」

「也有可能是往學校騎去的？」

「不，親愛的華生，這條印痕是自行車後輪留下的，因為它承負著壓力，而前輪較淺的印痕則被後輪的覆蓋過去，你仔細看，這裡還有幾處前後輪軌跡交錯的地方，因此車一定是從學校方向騎來的。不過，我們還無法確定這是否與本案有所關連，不妨先順著軌跡回去，看看它是從哪裡來的。」

於是，我們開始沿車痕返回。行進了大約幾百碼，走到一個潮濕的地方，痕跡突然消失了，於是我們循著另一端過去，到了一個新的地方，那裡有一條小溪流過，車痕已被一群牛羊踐踏過，看不太清楚了，小溪旁有一條小路通往「蕭崗」，我們推斷，車子就是從樹林裡鑽出來的。我們找了一塊石頭坐下來，我也抽著了兩支煙，福爾摩斯用手托著下巴，雙眉緊鎖，就這樣靜靜地坐著。

「哼，」最後他說道，「也許他把車輪換掉了。如果是這樣，這傢伙肯定是個富有心機的罪犯，那我可要好好跟他較量一下。先把這件事擱在一旁吧，我們還得回到那片沼地，完成一些尚未結束的工作。」

很快地，我們又回到了這片沼地四處搜索，忽然在低窪處的一條小路上，發現了像一捆電線劃過的痕跡，福爾摩斯高興地大叫出來。

「這是海德格的自行車痕！果然，華生，我的推斷已經被證實了。」

「恭喜你。」

「但我們還需循著痕跡追蹤下去，相信不遠處還有線索。」

就這樣，我們順著忽隱忽現的車痕向前走去，直到穿過一片荒原，又進入另一片沼地，這種車痕仍依稀可辨。後來，我們發現前後輪胎的印跡都變得很清晰，福爾摩斯說：「這表示騎車人為了加緊趕路，把身體伏在車把上，因此前輪的印子也變深了，嘿！他在這裡摔倒過！」

那裡有一個寬闊而不規則的大痕跡，同時還有幾個足跡，再往前又有可以看到輪跡。

「車子打滑了。」

福爾摩斯伸手撿起一根折斷的金雀花，黃色花朵沾滿了血跡，我嚇了一跳，隨後我們又在石南小徑上看到了黑色的凝血。福爾摩斯著急地說道：「糟了，華生，一定出什麼事了，你看看，他受了傷，並且摔了下來，然後又爬了起來，繼續騎車，但是沒有其他痕跡了。這邊有牛羊的蹄印，難道他被牛群所傷嗎？不可能！但是我沒有看到其他足跡，華生，我們再往前走吧，跟著這些血跡前進，他絕對逃不出我們的手掌心。」

自行車的車痕在一段光滑而略顯潮濕的小徑上急轉彎。忽然我把頭抬起來，遠遠望過去，茂密的荊豆叢中出現了一件金屬物品的反光。福爾摩斯發瘋似地衝了過去，他從樹叢間拖出了一輛自行車，車輪的確是帕瑪牌的。只見自行車的一隻腳踏板已經彎曲著，車把上滿是血汙，車子的前半部留著一道道的血痕。正在猶豫時，我們發現在灌木叢中，有一隻鞋微露在外面，繞過去一看，發現一位身材高大的男人正躺在地上，鼻梁上掛著一副碎掉的眼鏡，滿臉鬍鬚，他的顱骨被擊碎，即使受了如此致命的打擊後，仍掙扎著騎車前進，但最後仍難逃一死。他腳上穿著鞋子，卻沒穿襪子，上衣敞開著，裡面穿著一件淺色襯衣。看得出就是那位潛逃的德國老師海德格。

福爾摩斯把屍體檢查了一遍，皺緊了眉頭，顯得有些失望，然後在一旁坐了下來，思考著這樁神秘的案子，最後他說道：「華生，我們的線索又斷了，看來一切又功虧一簣。但還是不能放棄，同時，我們還得將這個發現告訴警方，以便有人來收拾屍體。」

「我去報警吧。」

「不，我現在需要你的幫助。等等，那裡有一個人正在割草，你可以把他叫過來，請他去報警。」

我把那位農人帶了過來，他不安地看著我們。福爾摩斯把寫好的便條交給他，託他火速交給哈斯坦堡博士。送信人走後，福爾摩斯說道：「認真思考的話，華生，我們能發現兩條極重要的線索。一條是帕瑪牌輪胎的痕跡，這一條已經證實了。另一條則是登祿普牌輪胎的痕跡，我們要考慮的就是這一條與本案的關係。首先，我敢說那孩子是自願出走，他從窗戶逃離後，若不是獨自一個人走，就是與另一人同行，這一點我很確定。」

我很同意他的看法，他接著說道：「現在再來想想那位不幸的德國老師，孩子逃走時，服裝穿著整齊，但德國老師卻連襪子都沒穿就上路了。」

「這件事有什麼問題嗎？」

「為什麼他要走呢？因為他看見孩子從窗戶逃了出來，他決定追回這孩子免得發生意外，當他倉促的騎著自行車追趕那孩子時，卻在路上遭遇了不幸的意外。」

「有道理。」

「現在要講到最關鍵的地方了，照理來說，一個成人要追趕一個小孩並困難，用跑的就能很輕易的追上，但這位德國老師卻騎上了自行車追上去，這代表那孩子肯定也用某種迅速的方式逃走。」

「那台登祿普自行車！」

「我們繼續來推斷一下當時的情景。德國教師在追趕孩子時，在距離學校五哩左右的地方遭遇不測，雖然孩子可能有槍，但他的傷勢並不是槍傷，而是受到某種重擊而死，這表示那個孩子逃跑時一定有同伙，同時他們也逃得很快，因為德國老師騎了五哩路才追上他們。再看看犯罪現場，我們已經反覆檢查過了，除了牛羊的蹄痕外什麼也沒有，五十碼內沒有任何岔路，也就是說，另一個騎車人跟這起謀殺案沒有任何關係。」

「福爾摩斯，」我喊道，「這不可能！」

「也對，」他回道，「那麼你有什麼看法呢？事情不會每回都如我所料，如果你發現了其中的錯誤，就儘管告訴我吧，有嗎？」

「他有沒有可能自己摔倒然後撞到了頭部？」

「在鬆軟的沼澤地上？華生。」

「那我沒其他意見了。」

「嘖!嘖!別灰心,我們都解決過那麼多疑難雜症了,再說,我們已經獲得了不少線索,總會有辦法抽絲剝繭的。現在,帕瑪牌的輪跡這條線索已經到了終點,我們不妨再去檢查另一條登祿普的輪跡,究竟能帶給我們什麼發現。」

於是我們又開始追蹤這兩條自行車印痕,並循著它往前行進。前方的荒原海拔漸高,地勢也變得陡峭起來,上頭長滿了雜草。走過一條水路後,痕跡也在此終止了,我們環顧四周,這裡有一條通往霍登納西府邸的小路,雄偉的尖頂高樓就在我們視野外幾哩的地方,而小路的另一頭一直延伸,直到我們背後一片低矮的村舍,村舍前就是地圖上的切斯特菲爾德大道。

我們沿著大道來到一家很不起眼的旅館,旅館門口掛著一張畫有鬥雞的招牌,一眼望去顯得特別骯髒且陳舊。福爾摩斯突然叫了一聲,並把手搭上我的肩膀,原來他的腳踝又扭到了,於是我扶著他往店內走去。門口蹲著一個皮膚黝黑的老者,嘴裡正大口大口吸著煙。

「你好嗎?盧本·海斯先生。」福爾摩斯忽然說道。

那人愣了一下,一臉狐疑的看著我的同伴問道:「你是誰,怎麼知道我的名字?」

「嘿,招牌上不是清楚地寫著嗎?看得出你就是老闆了。你的馬廄裡有馬車嗎?」

「不,我沒有。」

「我的腳沒辦法再站立了。」

「那就不要站呀!」

「但我也沒辦法走。」

「那你可以用跳的。」

這位盧本·海斯先生態度有點無禮,但福爾摩斯仍陪笑說道:「朋友,我的腳真的扭到了,一步也沒辦法走,怎麼辦?」

店主人毫不客氣地答道：「我也不知道！」

「我願意用一鎊跟你借台自行車。」

對方聽到這句話頓時產生了興趣。

「哦，你們要去哪？」

「霍登納西府邸。」

店主人用銳利的眼光打量著我們滿是泥土的衣服，略帶嘲諷道：「你們認識公爵？」

「不管怎樣，他會很樂意接見我們。」福爾摩斯笑著說道。

「為什麼？」

「因為我們帶來了一個關於他兒子的消息。」

「什麼！你找到他兒子了？」

「有人說他在利物浦，警方很快就會找到他。」

店主人緊繃的臉忽然緩和了下來，他繼續說道：「我對這位公爵沒什麼好感，我曾經擔任他的馬車伕，他一直對我很不友善，後來更輕信一些謠言把我解雇了。但是得知小公爵在利物浦被找到，我也深感欣慰，我很樂意替你們通報這個消息。」

福爾摩斯說道：「謝謝，我們需要一些吃的，然後還要借用一下你的自行車。」

「我沒有自行車。」

福爾摩斯取出了一枚金幣在手裡玩弄著，老人又說道：「我真的沒有自行車，但我能借兩匹馬給你們。」

「也好，總之先等我們吃過東西再說。」

我和福爾摩斯在一間石頭搭成的廚房裡吃飯，這時屋裡已沒有別人了。休息過後，福爾摩斯扭傷的腳踝已大致恢復，由於一整天沒進食，因此我們吃了很多東西。晚餐後，福爾摩斯又陷入沉思，在廚房來回踱步，有時又走近窗口察看外面的動靜。窗戶正對一塊空地，不遠的轉角處有一個很大的鐵匠鋪，有一個邋遢的男孩正在裡面工作，空地的另一側便是馬廄。福爾摩斯望著這些景色，忽然向我大喊道：

「我的天！華生，我相信我搞懂了！原來這麼簡單。你還記得那些牛蹄印嗎？」

「是的，有幾個蹄印。」

「在哪裡？」

「很多地方都有，像是那片潮濕的沼地、小徑以及海德格遇害地點附近。」

「一點都沒錯，那麼，你在沼地上看過多少牛？」

「我不記得我有看到牛。」

「華生，這很奇怪，雖然我們在路上看到不少牛蹄印，卻沒有看過任何一頭牛。」

「真的，的確很奇怪。」

「沒錯，華生，現在請你回想一下，你還記得那些牛蹄的印子嗎？」

「是的。」

「你記不記得那些印子有時像是『……』，有時則是『……』，偶爾又變成『……』？」他隨手把麵包屑散在地上排列著。

「我不記得了。」

「但是我記得，我們不妨再去看看，當時我還沒有搞懂問題，因此沒有作結論。」

「你得到什麼結論了？」

「我只知道這是一頭不正常的牛，牠會走、會跑，又會跳。我想這鄉村客店的主人是誠實的，他怎麼會養出這種怪牛來？我想我們就快解決這樁案子了，現在鐵匠鋪只有一個孩子，我們溜過去看看。」

我和福爾摩斯偷偷來到馬廄，裡面僅有兩匹鬃毛蓬鬆的馬。只見我的朋友彎下腰，抓起一匹馬的前蹄看了一下，然後笑了出來。

「蹄鐵是舊的，但卻是剛裝上去的，這很不尋常，現在再去看看鐵匠鋪。」

鋪裡的孩子仍埋頭繼續他的工作，並未搭理我們。我的朋友那雙機智的眼睛不停地巡視著。不一會，傳來旅館老闆的腳步聲，他看到我和福爾摩斯在鐵匠鋪裡，立刻惡狠狠的盯著我們，然後滿臉惱怒朝我們走了過來，手裡還拿著包覆鐵頭的短棒。我不由得緊張了起來，把手伸進口袋中摸了摸我的手槍。

店主人怒吼道：「你們兩個間諜在這裡幹什麼！」

「有何不可呢？盧本．海斯先生，難道你有什麼不可告人的秘密？」

老人強忍住怒氣，露出了不自然的笑容說道：

「我很歡迎你們參觀我的工廠，但是，先生們，你們得先得到我的同意呀！現在，請你們把飯錢付清，然後離開這裡吧！」

「好吧，海斯先生，我們已經看了一下你的馬；不過我想還是用走的好了，因為路程看起來並不是很遠。」

店主瞪了我們一下，手向遠方一指說道：「不到兩哩，往左一直走就到了。」

我們沿著左邊的小道行進，很快的轉過了彎，脫離了店主人的視線後，福爾摩斯停下了腳步。

「我越想越不對勁，不行，我們不該離開那間旅店。」

「我也這麼想，我敢說那個盧本．海斯一定知道些什麼。」

「嗯，這間旅店有著許多可疑之處，那兩匹馬跟那個鐵匠鋪——我們還是想辦法回去觀察一下，看他到底在玩什麼花樣。」

我們轉過一條大道，走上一座石灰岩山坡，當我朝著霍登納西府邸看去時，忽然看見一位騎著自行車的人自宅邸急駛而來。

「趴下，華生！」他的手往我肩上猛地一按，我們兩人迅速伏在地面上。只見這個陌生的騎士已從我們面前疾馳而過，我從飛揚的塵土中，看到一個熟悉的身影，那人一臉驚懼，面色蒼白，嘴裡不停喘著氣，雙眼迷茫地盯著大路的前方。

「那不是懷爾德秘書嗎？」我小聲問道。

「是的，瞧瞧他是來做什麼的。」

我們從山崗上跳了下來，躲到一處可以看見騎士的地方。懷爾德將自行車停在門口的牆邊，便大步走進了旅館。看看外面的天色，已是黃昏時分了，我們待在原地，暫時不知道該做什麼，沒過多久，馬廄的空地上亮起兩道燈光，隨即傳來一陣馬蹄和車輪聲，聲音漸漸地轉到了大路上，切斯特菲爾德大道上頓時揚起塵土。

「你想他們要幹什麼？」福爾摩斯問道。

「該不會是要逃走？」

「我很清楚地看見一個人坐在裡面，但那人並不是懷爾德。你看，華生，他正站在門口呢！」

天色漸漸暗下來，旅館已點上了燈，發出橘紅色的光芒。燈光下依稀可見懷爾德秘書正用一雙敏銳的眼睛四下掃視著，不時朝窗外窺視夜晚的每一個動靜。從他焦急的樣子看得出他正在等待某個人。沒過多久，路上又傳來一陣腳步聲，一個人影走進屋內，然後掩上了旅店的門，外頭又成了一片黑暗的世界。大約過了五分鐘，旅店的二樓也亮起了燈光。

「這不是個普通的客人。」福爾摩斯喃喃自語道。

「酒吧明明在另一側。」

「沒錯，這些人想必是旅館的特別顧客。現在，最重要的是詹姆士・懷爾德先生在裡頭做什麼？還有那位來這裡找他的同伙又是誰？來吧，華生，不入虎穴焉得虎子。」

我們躡手躡腳地走到旅店門口，那輛自行車仍靠在牆邊，我的朋友輕輕劃亮一根火柴，觀察了車子的後輪，果然是加厚的登祿普輪胎，我能透過火苗的微弱光線看到福爾摩斯露出滿意的笑容。我們的上方就是旅店的窗戶，裡面的燈光淡淡地照了出來。

「請你蹲下，華生，好讓我踩在你的肩膀上，窺探一下裡面的動靜。」

不一會兒，他已經站在我的肩上，迅速地朝屋裡掃視了一眼，然後說：「好了，今天夠辛苦了，我們已經獲得夠多的證據了，現在趕回學校吧！」

一路上，我們拚命地趕路，很少言語，在穿過一片曠野後，我們終於拖著疲憊的身子回到了學校，他並沒有直接進去，因為他還要去發幾封電報。馬可頓車站離這裡不遠，他很快就回來了，我聽到他在隔壁安慰博士的聲音，哈斯坦堡博士正為不幸的德國老師感到哀悼。後來，他走進了我的房間，一反剛才疲乏困倦的樣子，他神采奕奕地說道：「我親愛的華生，沒想到進展得這麼順利，我就說要解決它並不困難，我跟你保證，明天傍晚就能揭開謎底。」

隔天早上十一點鐘，我的朋友和我來到了霍登納西府邸，一位僕人引我們進屋，穿過伊麗莎白式門廳後，我們進入了公爵書房。接見我們的是秘書懷爾德先生，他看起來臉色詭異，內心潛藏著某種恐懼，他的嘴唇微微顫動著，但仍彬彬有禮地向我們打招呼。

「你是來見公爵的吧？很抱歉，他因為焦慮過度而身體不適。我們已收到哈斯坦堡博士的電報，說你們有了新的發現。」

「我必須見到公爵，懷爾德秘書。」

「我想他可能還沒起床。」

「那我就在那裡等他。」

福爾摩斯的冷峻與固執彷彿告訴這位秘書，阻止他是沒用的。

「好吧，福爾摩斯先生，我去通知他你來了。」

時間過去了一小時，這位受人敬仰的貴族臉色蒼白地來到書房。他看上去猶如死人一般，一點生氣也沒有，而且蒼老了許多。但仍很有氣質地向我們致意，隨後坐了下來，細長的鬍鬚直垂在桌面。

「有事嗎？福爾摩斯先生。」

福爾摩斯沒有回答，他把目光移向懷爾德先生，這位秘書就站在公爵的椅子旁邊。

「如果可以的話，我希望請懷爾德先生迴避一下。」

這個男人頓時臉色慘白，驚訝地瞪著福爾摩斯。

「如果可以的話——」

「好，好，你先離開吧。現在，福爾摩斯先生，你想說什麼？」

我的朋友一直等到公爵秘書把門帶上，才開始說明道：

「老實說，閣下，」他說道，「哈斯坦堡博士曾與我跟我的伙伴華生說過，偵破這件案子是有酬勞的，我希望你能親口證明這點。」

「一點都沒錯，福爾摩斯先生。」

「懸賞的內容是，如果有人能找到孩子的下落，將可獲得五千鎊酬金？」

「是的。」

「如果能說出犯人的名字，就能再得到一千鎊？」

「是的。」

「關於最後這一項，當然，也包括帶走你兒子的人，以及同謀的人對吧？」

公爵大人不耐煩地說道：「是的，福爾摩斯先生，如果你真的能找到我兒子，你根本不必擔心待遇的問題。」

福爾摩斯期待的搓著雙手，我感到有些意外，因為他一向對金錢不太計較。

「我想，公爵大人，你的支票簿應該就放在桌上，希望你簽一張六千鎊的支票給我，最好能轉入城鄉銀行的牛津分行，我的帳戶開在那兒。」

公爵坐了起來，表情嚴肅的看著他。

「福爾摩斯先生，你在開玩笑嗎？」公爵十分不悅地問道。

「一點也沒有，閣下，我隨時都很正經的。」

「不然你是什麼意思？」

「我是指我應該得到這筆獎金。我知道你的兒子在哪，還知道幾名帶走他的人。」

公爵聽完後變得很激動了，蒼白的臉上露出了一絲血色。

「他在哪？」

「我昨晚在『鬥雞』旅館發現他，就在離府上的側門約二哩處。」

公爵向椅背上一靠。

「那麼犯人是誰？」

夏洛克．福爾摩斯做出了驚人的回答，他緩緩走向公爵，把手按在他的肩上。

「就是你！」他說道，「現在，高貴的閣下，有勞你把支票開給我。」

我永遠忘不了公爵當時的表情，他從椅子上跳了起來，懊惱不已，臉上浮現著恐懼。不過，作為一位偉大的貴族，他很快又恢復了平靜，理智讓他控制住了一時的衝動。他重新回到座位上，雙手掩面保持著沉默。

「你知道了多少？」最後他低著頭問道。

「我昨晚看到了你們。」

「除了你的朋友以外，還有其他人知道嗎？」

「我沒有對任何人提過。」

公爵伸出顫動的手，翻開支票簿說道：「福爾摩斯先生，我會兌現自己的承諾。雖然你們識破了我的秘密，但我還是會將支票簽給你。當我開出懸賞時從來沒想到會變成這樣，但是，福爾摩斯先生，你和你的朋友願意保守秘密嗎？」

「我不懂你的意思。」

「老實說，福爾摩斯先生，請你們不要把這件事傳出去，這裡是一萬二千鎊的支票。」

福爾摩斯微笑了一下，搖著頭說道：「高貴的閣下，恐怕這件事無法輕易了結，必須有人為那位德國老師的死負責。」

「但詹姆士並不知情，你不能要他為此負責，他只是雇用了那個惡漢。」

「對我來說，閣下，當一個人參與了一項罪行，他就對連帶產生的罪行也負有道義上的責任。」

「福爾摩斯先生，這只是從道德的角度來說，若是以法律的角度來看是無罪的，何況他當時不在場，更不贊成這件事。當他聽到謀殺的消息，感到相當懊悔，並立刻與凶手斷絕往來。請你救救他，福爾摩斯先生，救救他吧！」

我看到公爵全身肌肉都痙攣起來，他非常害怕，在屋子裡來回踱步，兩手在空中揮舞，像要發瘋一般。但他最終還是冷靜了下來，再次坐回椅子上。「我很高興你們直接來找我，而沒有先跟其他人提起這件事。現在，請你們告訴我，該怎樣避免讓它流傳出去。」

「這很容易做到，只要你把事情真相全部告訴我們。至於詹姆士．懷爾德，我接受你的說法，他不是殺人犯。」福爾摩斯說道。

「凶手早已逃跑了。」

我的朋友不屑地笑出了聲，「閣下，那位盧本．海斯先生是跑不掉的，因為警察已於昨晚十一點正式逮捕他了。今天我一大早起來，就收到當地警局發來的電報，通知我這件事。」

公爵十分驚訝，良久沒有言語。

「你似乎擁有一般人所沒有的力量，」他感嘆道，「也就是說盧本．海斯被逮捕了？真高興聽到這個消息，只希望這不會連累到詹姆士。」

「你的秘書？」

「不，先生，我的兒子。」

這回輪到福爾摩斯大吃一驚。

「我承認我完全沒有猜到這一點，閣下，我必須請求你說得更詳細些。」

「我會全部告訴你的，我也很樂意將整件事開誠佈公。我年輕的時候，曾瘋狂地愛上了一位女士，那時我們都相信，一生中只要有這麼一場愛情就夠了。後來我向她求婚，她非常愛我，但卻拒絕了，因為她認為這場婚姻可能會影響我的事業，她希望我有更美好的前途。但我一直愛著她，直到她死後我才決定結婚。她為我生下了一個孩子，也就是詹姆士，為了報答她，我收留了這個孩子，雖然我無法公開我們的關係，但我讓他進了英國最好的學校，接受一流教育；他長大後，我就把他安排在我的身邊。但是這個聰明的孩子逐漸發現了真相，時常濫用秘書職權，在外頭製造各種流言，以維護自己的利益，這一直讓我頭疼不已；在我後來的婚姻中，他更為我們製造了許多麻煩，嚴重干擾了我們正常的家庭生活。詹姆士尤其憎恨我年幼的兒子索提爾，他認為是索提爾搶走了屬於他的爵位，即使是這樣，我仍然忍氣吞聲，因為他的長相酷似他的母親，每看到他就會想起過去的往事，因此我不忍把他驅逐出去。也正是因為這個緣故，我受盡了各種折磨，經歷了無數次的掙扎。多年來，我將對她的感情全都放在詹姆士身上，我無法忍受他離我而去。可是他強烈的嫉妒心，隨時威脅著年輕的亞瑟，也就是索提爾動爵。在反覆權衡之後，我決定將年幼的兒子送到哈斯坦堡的學校就讀，這樣就可以避免他們之間的直接衝突，緩解家庭的恩怨。」

「現在來談那個惡棍海斯吧，他以前曾是我的佃戶，詹姆士因為收租認識了他，不知道為什麼，他們竟成了臭味相投的好友，也許是因為詹姆士一直對索提爾懷有敵意，想利用這個惡棍劫走他。事發前一天，我特地為小兒子寫了一封信，誰知道詹姆士竟偷看了這封信，並用公爵夫人的名義另外附了一張信箋，約小亞瑟在傍晚時到『蕭崗』會面，於是小亞瑟便不幸中了他們的圈套。這些都是詹姆士後來告訴我的，他騎著自行車到樹林內與小亞瑟見面，並謊稱公爵夫人很想見他，正在沼地上等著，只要半夜時獨自到樹林那裡，就會有人騎馬帶他去見母親。當天夜裡，小亞瑟獨自溜了出去，海斯把他抱上馬，兩人就一起逃走了。不久後，海斯卻發現有人正在後面緊追不捨，便用手中的鐵頭短棍朝來者砸了下去，把那位德國老師打死了。後來，海斯把小亞瑟關在旅館樓上的房間裡，交給他太太嚴加看守，她是一個善良的女人，但她抗拒不了丈夫的恐嚇，只好答應。」

「福爾摩斯先生，當我兩天前見到你們的時候，我也對這些一無所知。至於詹姆士為什麼策劃這個陰謀，我認為是因為他嫉妒亞瑟可以繼承我的產業。在他的認知中，他才是財產真正的繼承者，他痛恨法律阻撓了這一切，因此產生了這個陰謀。他打算藉此逼我改變對遺產的處理方式，想要脅我照他希望的去做，以換回亞瑟，他很明白我不願將此事驚動警方。雖然他把算盤都打好了，然而事態的發展使他來不及將計畫付諸實行。」

「隨著海德格的屍體被尋獲，他的計畫也不得不跟著中斷。詹姆士對這個消息感到相當震驚，就在昨天，我們父子待在房裡時，忽然收到博士發來的電報，我對詹姆士的悲傷與畏縮的神色起疑，於是開始嚴肅地追問起，他這才向我坦白了實情，並求我為他保守這個秘密三天，讓他的同伙有時間逃走。最後我心軟了——我總是對他心軟，於是詹姆士立刻跑去『鬥雞』旅館，設法幫助海斯潛逃。而我，雖然白天不方便在那裡露臉，但仍然在當晚見到了我可愛的小亞瑟，我看見他過得很好，也很安全，只是被發生的一切嚇壞了。我原本想把他接走，但為了遵守約定，只好忍痛把孩子留在那裡，請海斯夫人代為照顧三天；再說，假如讓警方知道這件事，那麼帶走他的人、以及那樁謀殺也將會曝露出去，我擔心這會連累到不幸的詹姆士。這就是事情的經過，福爾摩斯先生，我已經將一切坦承相告，我希望你也能對我坦承。」

「首先，閣下，我必須告訴你，從法律的角度來看，你已處在一個很不利的境地。你包庇了一個罪犯，還縱容一個殺人犯逃亡。無庸置疑，懷爾德資助凶手逃亡的錢，也是來自你的金庫。」福爾摩斯嚴肅地說道。

公爵微微地點了頭。

「這實在相當嚴重，閣下，尤其你對小兒子的態度更不可取，你就這樣把他留在歹徒的手中三天。」

「我已經鄭重的委託他——」

「你知道自己委託的人是誰嗎？你無法保證他們不會再次喪失理智。為了袒護你那有罪的長子，竟然將無辜的幼子曝露在沒必要的危險之中，這太不公平了！」

這位高貴的公爵臉上露出了羞赧，他從未在自家中受外人嚴厲斥罵，但面對良心的譴責，他只能沉默不語。

「我會幫助你的，但只在一種情況之下。讓你的僕人進來，我有話要吩咐他們。」

公爵一言不發地按響了電鈴，沒多久，一個僕人走了進來。

福爾摩斯向僕人說道：「很慶幸公爵已經找到他的孩子了。現在你們立刻駕車去接他回來，他就在『鬥雞』旅館。」

僕人高興地去了。

「現在，」福爾摩斯說道，「所有的事都安排妥當了，過去的事就從寬處理吧。我是一位非官方偵探，沒有義務將知道的一切公諸於眾。對於海斯，我無法為他開脫罪責，至於他被捕後會招供些什麼，我就不得而知了。但我相信你能暗示他不要多嘴，這樣他在法庭上也會比較有利。而從法律的角度來看，警察可能會認為他綁架孩子是為了贖金，如果他們查不出真相，我也沒有理由去糾正他們。但我還是要提醒你一點，閣下，只要那位詹姆士．懷爾德還留在府上，類似的不幸事件還會繼續發生。」

「我也明白了，福爾摩斯先生，他已經同意離開英國，去澳大利亞闖蕩了。」

「這樣的話，閣下，既然你說過，自己的婚姻不美滿全是詹姆士造成的，如今詹姆士已答應離開，我建議你將公爵夫人接回家中團聚，修復曾被惡意干擾的夫妻關係。」

「這一點我也安排好了，福爾摩斯先生，我早上已經寫了一封信給她。」

「那麼，」我的朋友站起身來，「我和我的朋友很慶幸沒有白來一趟北部，不過，我還有一個小小的疑問：海斯的馬腳上釘的竟然是牛蹄鐵，這一招是懷爾德教他的嗎？」

公爵想了一下子，臉上露出驚訝的表情。隨後，他打開了一扇門向我們展示，裡頭是一間像博物館一樣的大房間，他走到角落的一個玻璃櫃前，指著裡面的陳列品。

上面寫著：

這些鐵掌出土於霍登納西府邸四周的護城壕，用於馬匹。底部以鐵鑄成牛蹄形，以誤導追擊的敵人，根據考究，它屬於中世紀的霍登納西男爵家族。

福爾摩斯揭開了櫃子，將鐵掌拿起來，手中留下了一些潮濕的泥土。

「感謝你，」他將玻璃櫃回復原狀，說道：「這真是我在北部看過第二有趣的收藏。」

「那最有趣的是？」

福爾摩斯將支票慎重地夾在筆記本中，說道：「我是個窮人。」然後把筆記本放進上衣口袋，得意地拍了兩下。

6 黑彼得

福爾摩斯已成為名揚四方的名探，一八九五年，應該說，這是他的事業的頂峰。無論是市井小民，還是達官貴族，每逢疑難案件時，無不來到貝克街那簡陋樸實的住宅裡請求協助，因此公寓前總是門庭若市。我在處理這些往來的業務中，若不小心向他暗示了這是來自某個名流或貴人，總會被他指責為不夠小心謹慎。在他一生所偵破的所有案例中，唯有處理霍登納西神秘案時，才會意外地表現出一種傲慢來，就像在裝腔作勢。而對於其他所有的案例，福爾摩斯如同一位追求藝術真諦的大師，總是孜孜不倦地工作，從未索取優厚的酬金。他是那麼地清高，或者說是任性，若是當事人無法博得他的好感，那麼，就算那人有權有勢，也會遭到福爾摩斯的拒絕。但是，有時他為了一個極其平凡的當事人，可以一連耗上幾週的時間，廢寢忘食地分析案情，只要它足夠曲折動人，足以充分發揮其想像力及非凡的智慧。

一八九五年是最令人難忘的一年，因為在這一年，冒出了一些古怪、花樣百出，甚至前後矛盾的奇案，這些案子可忙壞了我的朋友夏洛克．福爾摩斯，它們幾乎耗去了他一年的時間。如果要列舉幾個著名的案例，那當然應有根據教皇神聖指示偵破的紅衣主教托斯卡謀殺案、臭名昭彰的威爾遜馴鳥師案、以及伍德曼．李莊園慘案。尤其是最後這一件，它的影響深遠，涉及了彼得．凱利船長的死因。在我對這個案子進行反覆研究後，我想，若是將它記述下來，肯定能為福爾摩斯的傳奇偵探生涯錦上添花。

七月的第一個星期，福爾摩斯一早出門後就沒有回來，他正在忙著手邊的案件，不知道何時才能回到貝克街。這期間，有幾位魯莽的男士前來拜訪他，他們想瞭解有關巴西爾上尉的情況。由於案子太多，我明白福爾摩斯經常使用假名，他在倫敦至少擁有五個以上的臨時住處，在每個居住點使用不同的化名和職業進行偽裝。他這回離開貝克街時，並沒有告知我自己正在調查什麼案子，但從他外出了這麼久來推斷，我想那一定是樁奇案。當時已經快天亮了，我徹夜未眠，忽然聽見樓梯上傳來沉重的腳步聲。我的朋友腋下夾著一根短矛，雖已疲憊不堪，卻仍很有精神地大步走進房間，頭上戴著一頂博士帽。

「老天！福爾摩斯？你該不會拿著它走在倫敦的路上吧？」我吃驚地說著。

「我去了一間肉店，然後就回來了。」

「肉店？」

「現在我的胃口非常好，華生。這得歸功於清晨的運動，不過，我打賭你猜不出我做了什麼運動。」

「我也沒興趣猜。」

福爾摩斯一邊喝著咖啡，一邊聊起令人啼笑皆非的一幕。

「華生，要是剛剛你也去了阿拉戴斯肉店，就能看見天花板上掛著一頭搖搖晃晃的死豬，一位穿著襯衫的紳士正拚命用這種武器朝上面狂戳。那位精力充沛的人就是我，而且我發現，我並不需要花太多力氣就能把它刺穿，你想試試看嗎？」

「當然不要。但是你為何要做那種事？」

「因為它牽扯一件神秘案——伍德曼．李莊園案。噢！霍普金斯，來得正好，一同用早餐吧，我收到你昨天發來的電報，正要去找你呢！」

我們的訪客是個警覺的男人，看上去不過三十出頭，他雖然身著花呢大衣，但彷彿帶著政府官員特有的氣質。我認出他是史丹利．霍普金斯，一位年輕的警長，福爾摩斯曾向我介紹這位很有上進心的小伙子，由於福爾摩斯聲名遠揚，又總結了一套科學的辦案方法，長期以來，這個年輕人一直十分崇拜福爾摩斯，希望能有機會向這位著名的大偵探討教。然而，他現在正滿面愁容、悶悶不樂，福爾摩斯招呼他後，他才頗感沮喪地慢慢坐下來。

「不，謝了，先生，我在出發前吃過了。我在城裡待了一晚，昨天原本打算來向你報告。」

「報告什麼？」

「失敗了，先生，完全失敗了。」

「沒有任何進展？」

「一點也沒有。」

「老天！我得注意一下這件案子。」

「我很希望你能，福爾摩斯先生，這是我的第一個機會，而我已經束手無策了。看在老天的份上，請助我一臂之力吧！」

「關於這樁案子的偵查報告，以及相關的資料，我都已閱讀過。我相信能找到一些線索，順便問一下，你對報告中提到的煙絲袋有什麼看法？它能提供什麼線索嗎？」

霍普金斯當即愣住了。

「那是他自己的煙斗，先生。上面有他的簽名，而且那是用海豹皮做成的，他自己就是一個海豹獵手。」

「但是他沒有煙斗。」

「是的，先生，我們沒有發現任何煙斗，事實上他也不怎麼抽煙，也許那是留給朋友抽的。」

「的確是，我提起它是因為假如讓我偵辦此案，我會考慮從它下手。不過，我們對於此案知道得並不多，尤其是華生，他幾乎還沒聽說過，你不妨為我們簡單地敘述一遍。」

史丹利．霍普金斯取出了一張寫滿文字的便條。

「這是彼得．凱利船長的簡歷，上面標明了年代，能充分解釋一些問題。他出生於一八四五年，今年五十歲，對獵捕海豹和鯨魚很有興趣；一八八三年，他在丹地的一艘捕海豹船『海獨角獸』號擔任船長，於一八八四年退休；不過，在他的航海生涯中，成績相當亮眼，是位優秀的水手。退休後，他四處旅遊，最後在蘇塞克斯郡的弗勒斯特區旁，買了一幢叫『伍德曼．李』的莊園，一住就是六年，直到上禮拜死亡。」

「彼得．凱利船長性格孤僻、沉默寡言，過著一種近乎清教徒式的單純生活。他們一家三人，除了妻子與一個二十多歲的女兒外，彼得還雇了兩個女僕。由於僕人無法忍受莊園內壓抑的生活方式，因此經常更替。這位船長很愛喝酒，酒醉後就變了一個人，三更半夜抓起妻女就打，嚇得她們四處逃竄，村裡的人常被他家傳出的尖叫聲驚醒。」

「為了這件事，他曾被教區牧師狠狠地責備過。總之，福爾摩斯先生，你很難找到一個像他一樣粗暴的人，我聽說過去他在船上也是如此，他在同業之間被稱為黑彼得。這個名字除了指他的脾氣暴躁以外，也代表他那從不修剪的黑鬍子。附近的鄰居都避之唯恐不及，在他過世後，我還沒聽到有任何一個人為他感到哀悼。」

「我應該提過他的那間木屋，福爾摩斯先生，不過你的朋友還不知情。這個人從不睡在家裡，而是在離家數百碼的地方另外建了一間小木屋，他總是稱它為一間『船艙』。這間木屋長十六呎，寬十呎，足夠他一個人住，房屋四面開有小窗，並附有窗簾，窗戶經年緊閉，從來沒有任何人進去過，鑰匙也只有他有，打掃一向由他獨自包辦。另外，其中有一扇窗戶正對橫向的道路，當夜晚來臨，屋內亮起了燈光時，路過的人總會抬頭望著這個神秘的小屋，猜想著屋裡的主人在裡頭做些什麼。關於這扇窗子，福爾摩斯先生，我們也在報告中提到了。」

「還有一個值得注意的線索，就在案發前兩天的半夜一點，從弗勒斯特區來了一位石匠，名叫史雷德，他正好經過那間小木屋，遠遠地看見屋內的燈光從窗戶射了出來。他走近木屋時，發現裡面有一個人影在晃動，從他頭部的輪廓來看，那個人絕不是彼得．凱利。石匠回憶起當時的情景，他說那個人有著一臉短鬚，向前微翹，但彼得．凱利一直都是長鬍鬚。當時，他感到有些訝異，不過他隨後就去了附近的小酒店，並在那裡待了兩個小時。這是禮拜一的事，而彼得遇害卻發生在禮拜三。」

「現在我再來敘述一下案發前一天的事。那天是星期二，彼得．凱利又在外面喝得酩酊大醉，他猶如一頭凶殘的野獸，在離家不遠的地方徘徊，當他的妻子發現他後，趕緊躲得遠遠的，以免遭殃。直到很晚，彼得才獨自回到了小屋，到了半夜兩點左右，他的女兒聽見小屋裡傳出了獅子般的吼叫聲，隨即便是一聲慘叫。由於她的臥室正對著小木屋，並有一扇窗戶開著，因此立刻就被驚醒。不過，平常她也曾聽過這樣的吼叫，因此沒有特別在意。隔天早上七點，一個女僕路過木屋時，發現門是開著的，她擔心黑彼得會傷害她，因此就迅速地離開了。到了中午，開始有人經不起好奇心，往門裡頭窺視，但眼前的景象卻把他們嚇壞了，他們飛也似的跑回村裡報警。一小時後，我就趕到了犯罪現場，並承辦了這件案子。」

「我一直以為自己是個堅強的人，但當我把頭伸進小屋時，仍然嚇了一大跳。數不清的蒼蠅在裡頭亂飛，地面和牆壁看上去就像一間潮濕的屠宰場。它的確很像黑彼得口中的『小船艙』，尤其是當你置身其中時。小屋的一側是床鋪和一個貯藏櫃，上面擺著各種圖表及航海圖，牆壁上掛著一張『海獨角獸』號的油畫；還有個木架，上面掛著航海日誌，簡直就像一個船長的房間。在房間的中央是這個慘死的男人，他的臉部嚴重扭曲，鬍鬚因極度憤怒而豎了起來；一支鋼叉刺穿了他的胸部，把他釘在身後的木牆上，就像一具標本一樣。當然，他已經死了，但我看得出他死前曾發出過一陣怒吼。」

「這就是我們目擊的一切，我記得你曾使用過的調查方法，我保持了現場的完整，還對木屋內外仔細地檢查了一邊，卻沒有發現任何足跡。」

「你說沒有看到足跡？」

「我向你保證，先生，一個也沒有。」

「親愛的霍普金斯，在我偵破的案例中，還沒遇過任何一個罪犯能夠飛簷走壁。只要運用科學的手段，不論是罪犯的指紋、足跡，還是那些被隱藏、移動過的痕跡，都能夠發現。毫無例外地，在這個四處佈滿了血跡的恐怖小屋中，我們絕不可能找不到線索。我讀完你的調查報告後就意識到，你們遺漏了太多的東西。」

福爾摩斯的嘲諷令年輕的警長感到窘迫不安。

「先生，請原諒，我當時應該通知你一起去，也許會發現些什麼。據我們當時的調查，凶殺案發生在凌晨兩點左右，凶犯是在極端憤怒下犯案的。屋裡有許多值得注意的東西，尤其是謀殺彼得．凱利的魚叉，它並不是現場唯一的武器，因為牆上的工具架上還有兩把，凶器的木柄上刻有『ＳＳ，海獨角獸，丹地』的字樣。也許這能幫助我們找到什麼。此外，桌上擺放著一瓶蘭姆酒以及兩個用過的酒杯，當時彼得已經穿好了衣服，看來他曾與這名凶手約好在屋裡見面。」

「嗯，這個推斷很正確，除了蘭姆酒以外還發現了什麼嗎？」

「是的，貯藏櫃裡還放著白蘭地和威士忌，都是小瓶裝的。但是都還未拆封，因此我認為與本案關係不大。」

「就算如此，它仍然可能與案子有關，」福爾摩斯說道，「不過，還是先說說那些你認為與案子有關的線索吧。」

「就是桌上的煙絲袋。」

「它放在桌上的什麼位置？」

「正中央，它是用粗糙的海豹皮製成的，開口以一根皮繩繫緊，內側邊緣印著『P．C．』，袋裡還留著約半盎司的特質煙絲。」

「好極了！還有嗎？」

霍普金斯從他的衣袋裡取出一個黃褐色的筆記本，紙質很粗劣，邊角很髒。他將本子遞給了福爾摩斯。筆記本首頁寫著「J．H．N．」，下面記載了日期「一八八三」。福爾摩斯反覆地琢磨後，又打開了第二頁，這頁印著字母「C．P．R．」，繼續往下翻，又發現幾張寫著數字的頁面，有一張的標題寫著「阿根廷」，另一張寫著「哥斯大黎加」，又一張寫著「聖保羅」；每一頁的最後都附有一些符號以及數字。

「你們對這些有什麼看法？」

「這也許是證券交易所的名單，『J．H．N．』代表經紀人的姓名，『C．P．R．』代表客戶。」

「或許是『加拿大太平洋鐵路（Canadian Pacific Railway）』。」福爾摩斯說道。

霍普金斯叫了一聲，手用力拍了一下大腿。

「我真是太笨了！正如你所說，我只意識到『J．H．N．』的意義。其實，我已去交易所調查了所有的舊名單，但一八八三年的經紀人當中，沒有一個人的名字是『J．H．N．』，我只好放棄了這項調查。但我認為，筆記本內的記錄可以幫我們揭開這樁神秘的謀殺案，它才是本案的關鍵所在。不知你是否贊成我的觀點，我認為這幾個字代表的就是凶手的姓名縮寫。如果這個假設成立，那麼這些高價值的證券可能就是謀殺的動機。」

福爾摩斯似乎對這個年輕人的進展感到有些吃驚。

「我同意你的觀點，」福爾摩斯有所感悟地說道，「這本報告中沒有提到的筆記本，改變了我對本案的看法。之前我還不知道它的內容，因此考慮得不夠完善。你有試著去追查筆記本中提到的證券嗎？」

「已經著手調查了，但這些名冊裡的股東都居住在南美地區，至少要花幾週才能查清楚。」

福爾摩斯拿起放大鏡，仔細觀察著筆記本。

「這上面似乎有些汙漬。」他說道。

「是的，先生，那是血漬，我說過它是從地上撿起來的。」

「這些血是沾在本子哪一側？」

「接觸地面那一側。」

「這代表，筆記本是在凶案發生後才掉在地上的。」

「是的，福爾摩斯先生，我也這麼想。因為它就掉在門口，我想是凶犯在逃跑時不慎掉落的。」

「我想被害人應該未持有本子裡記錄的任何一家證券？」

「是的，先生。」

「你如何證明這是一樁搶劫殺人？」

「我無法證明，先生，小屋裡的東西好像都沒有被動過。」

「老天，這真是件有趣的案子，那麼，屋裡應該還有一把刀，是嗎？」

「有一把收在鞘裡的刀，我們在現場找到了它，就扔在受害人身旁。後來，凱利太太證實，這是她丈夫隨身攜帶的東西。」

福爾摩斯陷入了一陣思考。

「可以的話，我希望能親自去現場調查。」

史丹利．霍普金斯高興地叫了出來。

「太感謝了！先生！這樣我終於可以鬆一口氣了。」

福爾摩斯向警長搖了搖手。

「假如一週前就讓我接手的話，就不需要花這麼多力氣了，」他發了點牢騷，「不過，現在去也不晚，請為我準備一輛四輪馬車。華生，十五分鐘後我們就動身前往弗勒斯特區。」

我們乘著馬車，來到那片廣闊的森林地帶，它縱橫數哩，六十年前曾是不列顛人用來阻擋撒克遜入侵的「森林堡壘」的一小部分。後來，人們把這塊森林開闢成英國第一個鋼鐵廠，部分過去的遺跡仍保留著。之後，鋼鐵廠又遷往北部地區，那裡礦產豐富，是很好的原料產地。現在，這片昔日的鋼鐵廠，只剩下坑坑疤疤的地面與零亂散落的荒村。在一個綠野環抱的小山坡上，有一間狹長低矮的石屋，一條山間小徑自房屋向外延伸，穿過一片田野。就在這條路邊，我們隱隱看見一間小屋，它的三面都被矮樹叢包圍著，從這裡正好可以看到它的房門和一扇窗戶。我想，這大概就是船長的小木屋了，也就是謀殺案發生的地方。

史丹利．霍普金斯帶我們走到了那間木屋外，將我們介紹給一位面容蒼白、頭髮灰白的婦人，她就是被害人的遺孀。她額上佈滿了很深的皺紋，眼圈紅腫，面容憔悴，心神不安，那種恐怖的畫面至今仍讓她驚恐不安。一眼就可以看出，這位婦人長期以來備受丈夫的折磨。她由女兒陪伴著，這女孩一頭金黃色的長髮，雖面色蒼白，卻十分鎮定。她對父親的死感到有些慶幸，當聽說我們是來調查凶手時，甚至露出抗拒的眼神。黑彼得的確把家庭經營得一塌糊塗，以致當我們跨出大門重新回到陽光下時，竟有如釋重負之感。然後，我們順著那條穿過田野的小徑前行，這條路是死者生前用腳踏出來的。

沒多久，我們就到達了那間小木屋，這是一幢簡便的房子，四壁釘有厚厚的木板，屋頂也是木造的，屋前開有一個窗戶，緊靠著木門，另一扇窗在房屋盡頭處。史丹利．霍普金斯正要將鑰匙插入鎖孔，突然停頓了下來，一臉驚異和專注的神情。

「鎖被人撬過！」

毫無疑問，木孔周圍有刀痕，油漆也脫落了，一切似乎是瞬間的事。福爾摩斯卻走到一旁檢查了窗戶。

「看來他也曾試圖從這裡進去，但卻失敗了，真是個愚蠢的傢伙。」

「昨天我特別留意了門鎖及周圍的情況，那時，油漆還是好好的，也沒有刀痕。」

「或許是村裡一些好奇的人做的。」我說道。

「不太可能，沒什麼人敢來這麼可怕的地方，更不想在附近留下腳印，你怎麼想的？福爾摩斯先生。」

「我想幸運之神正站在我們這一邊。」

「你是指那個人可能會再來？」

「很有可能，他沒預料到門會上鎖，所以才想用一把小刀撬開鎖。他失敗了一次，你覺得接下來他會怎麼做？」

「隔天晚上再來一次，然後準備更好的工具。」

「我也這麼想，我們應該埋伏起來等他。另一方面，先讓我檢查一下屋內的情形。」

屍體已經被移走了，只剩下屋內的家具尚未動過，我的朋友開始聚精會神地檢查起來，最後他也露出了失望的表情。他停了下來，對霍普金斯問道：

「你們把木架上的東西拿走了嗎？霍普金斯。」

「不，我什麼都沒有動過。」

「我想這裡原本放著一個方形物體，現在卻不在了，從這個架上的灰塵可以清楚地發現，一定有人拿走了那件東西。看來，屋內暫時找不到有價值的線索了。我們先出去吧，華生，一起到森林裡散散步。另外，霍普金斯，我們今晚在這裡會合，我等不及親眼看看那位神秘的人物了。」

當晚十一點，我們在屋外埋伏了起來。霍普金斯建議將屋子的門開著，但福爾摩斯卻持相反意見，他認為那樣會讓歹徒起疑；反正門鎖的結構相當簡單，只需一把強韌的刀片就能輕易撬開；另外，福爾摩斯建議躲在屋外不遠處，以矮小的樹木作為掩護，這樣才能清楚的看到我們等待的人，以及他打算做些什麼。

深夜裡靜候在這種荒野之地，實在是乏味極了。不過，這種感覺相當特別，我們的獵物是什麼？是一隻食人的猛虎，必須徹底征服牠鋒利的牙齒和尖銳的爪子，才能戰勝牠？還是一隻躲在遠處的狼，只對柔弱和沒有防備的人構成威脅？

起初，我們能不時聽到一陣腳步聲，仔細一看，原來是回家的村民，最後，街上終於陷入死寂。我們偶爾能聽見遠處教堂的鐘聲，它一次又一次地提醒我們時間的推移。頭頂上飄起了細雨，雨滴落在樹葉上，沙沙地響著。

教堂的鐘聲已敲過了兩點半，這是黎明到來前最黑暗的時刻，忽然，自大門那邊傳來一聲尖銳而低沉的滴答聲，我們的神經都繃緊了。有一個影子在小徑上晃動。接下來又是一段寂靜，我正暗想剛剛大概只是一場虛驚，這時，小木屋的另一端傳來細微的腳步聲，接著是金屬的碰撞聲和摩擦聲。有個人正使勁地開鎖，看來是他的技術進步了，或是有了更好的工具，因為我們都聽到了「啪」的一聲，以及門軸的嘎吱聲。隨後，一根火柴被擦亮了，一束穩定的燭光照亮了房間。透過窗戶的薄紗，我們緊緊盯著室內的情景。

這位不速之客是位年輕人，瘦長的身材，黑鬍鬚，一張臉猶如死人般陰沉。他不過二十出頭，滿臉驚魂不定，四肢不住地發抖。他身著講究的諾福克牌上衣，下半身穿著燈籠褲，頭上戴著一頂帽子，就像一位紳士。他緊張地左顧右盼，然後將蠟燭放到桌邊，自己走到屋子的一角，不一會兒，他手裡托著一疊厚厚的帳本，又返回亮處。福爾摩斯立刻意識到，這是架子上的那一本航海日誌。他在燭光下迅速地翻閱著，最後發現了要找的東西，就在這時，他緊握拳頭朝空中一揮，臉上流露出憤怒的表情。不久後，他將帳本闔上，又放回了架上，將蠟燭熄滅準備離開。這時，年輕的警長已衝上去迅速地抓住了他，當他反應過來時，蠟燭已被重新點上了。這個年輕人渾身發抖，過了一會兒才稍為鎮靜下來，一個人坐在貯藏櫃上。我們全部人一起盯著他。

「現在，老兄，」警長得意的說道，「你是誰？來這裡幹嘛？」

這個人看著我們每一個人，試圖表現出鎮定的樣子。

「我猜你們是偵探吧？」他說道，「你們認為我跟黑彼得船長的死有關連，但我向你們保證我是無辜的。」

「我們會判斷這一切的，首先，你的名字是？」

「約翰・霍普萊・奈立根（John Hopley Neligan）。」

福爾摩斯與霍普金斯互相交換了一下眼神。

「你在這裡做什麼？」

「我能不說嗎？」

「當然不行！」

「我憑什麼告訴你們？」

「如果你不回答，在法庭上會相當不利。」

年輕人開始害怕起來。

「唉，唉！那我就說出來吧，」他無奈的說道，「有什麼好隱瞞的？我只是不希望這些陳年醜聞再次掀起波瀾。你們聽過道森&奈立根公司嗎？」

霍普金斯露出從未聽過的表情，而福爾摩斯則顯得十分有興趣。

「你是指西方農民銀行吧，」他說道，「他們虧損了一百萬英鎊，並導致康瓦爾郡一半的家庭破產。」

「是的，奈立根就是我父親。」

終於，我們得到了一些線索，但一位失意的銀行家與一位被釘在牆上的波得・凱利船長之間的關係，似乎也太遠了。

「這是一個讓家族背上恥辱的事件，事情因我父親而起。當時道森已經退休，而我只有十歲，但我還清楚地記得人們是如何謠傳奈立根帶走全部的證券潛逃一事。事實根本不是如此，我父親始終相信，總有一天能夠澄清全部的真相。他提議給他一些時間，把證券換成現金，然後重新經營西部農民銀行，以還清欠債。可是法院向他發出了傳票，並要逮捕他，於是他不得不逃到挪威，並且背上了這個恥辱。儘管他在逃走當晚曾向我母親承諾，一定要回來洗刷汙名，並將帶走的證券清單留下，但他後來就和遊艇一同消失了。有人說遊艇沉入了海底，這真是天大的不幸。然而，我萬萬沒想到，不久前，有人在倫敦市場發現了我父親帶走的那些證券，我們是從另一位商人那裡聽說這件事的，他是我們能信賴的一位朋友。得知這個消息後，我們母子百思不解，於是我決定，一定要查清楚這些證券是從哪裡售出的。幾個月過去了，我的心血沒有白費，我查到正是由這位彼得·凱利船長最先在倫敦市場販售這些證券。」

「當然，我立刻調查了這個人的底細。我發現，當時我父親逃往挪威的途中，有一艘捕鯨船從北冰洋返航，船長正好就是彼得·凱利。當年秋天暴風頻繁，我父親的遊艇很可能被來自南方的暴風吹到了北方，而遇上了這艘捕鯨船。那麼我父親的下落呢？無論如何，我必須調查這位凱利船長，並弄清這些證券的來源，進一步幫助父親澄清當年的醜聞，他之所以逃亡，也是迫於無奈，而不是為了將財富佔為己有。」

「就在我準備來與這位老船長見面時，發生了凶殺案，這讓我吃驚不已。我從驗屍報告中得知，這間小木屋就是凱利船長遇害的現場，報告中還註明，當年這艘船的航海日誌仍留在屋裡，我立刻產生了興趣。我猜想，假如能夠讀到這本很有價值的航海日誌——一八八三年八月『海獨角獸』號的北冰洋返航日程記載，就一定能查到我父親的下落。因此，昨晚我冒險來到了屋外，當時我身上什麼也沒有帶，忙了一陣後也沒能進去，便決定今晚再來。最後，我終於進來屋裡，如願以償地找到了航海日誌，遺憾的是，我父親失蹤的八月那幾頁記載卻被撕走了，正打算離開小屋，沒想到就被你們捉住了。」

「就這樣？」霍普金斯問道。

「是的，就這樣。」他說話時目光飄移不定。

「沒有別的要說了吧？」

他猶豫了起來。

「不，沒有了。」

「你在昨晚之前都沒有來過？」

「沒有。」

「那你怎麼解釋這個？」霍普金斯拿著沾了血跡的筆記本，翻開第一頁，上面寫有他姓名的字母縮寫。

年輕人瞬間癱軟在地，他將頭埋在手中，沮喪地說道：

「你在哪裡找到它的？」他呻吟道，「我不知道，我以為它掉在旅館裡了。」

「夠了，」霍普金斯沒耐性的說道，「有話到法庭上再說吧，我現在就送你回警局。福爾摩斯先生，勞煩你們走了這一趟，我非常感激，不過這樁案子似乎不需要再麻煩你們了。我已經替你們在布蘭伯特旅館訂了房間，我們可以先一起過去。」

「嗯，華生，你覺得這件案子怎樣？」隔天早上，福爾摩斯在回倫敦的途中問道。

「看得出你不太滿意。」

「噢，怎麼會，親愛的華生，我已經很滿意了。在此同時，我對史丹利．霍普金斯的方法有些失望，我還以為他能做得更好。一個人必須同時考慮各種的可能性，然後一一舉證推翻，只留下正確的，這是犯罪調查的不二法門。」

「哦？還有什麼可能性？」

「我已開始開闢出第二條途徑，雖說我還沒有把握得到結論，但仍不失為一條路，而且我相信，我會讓一切更有說服力。」

幾封信正在貝克街的住所內等著福爾摩斯，他拆開其中一封，隨即笑出了聲。

「好極了！華生，第二種可能性。你有電報紙嗎？請為我發兩封電報出去。一封內容是：『拉特克里夫大街，海運公司，桑納收。請求三人援助，上午十點到達。巴西爾上』。這是我的一個化名。另一封的內容是：『布里斯頓區，勞得街四六號，史丹利．霍普金斯警長收。明天九點半來貝克街，如果不能來，請回覆。夏洛克・福爾摩斯上』。我相信明天就能得到最後的解答。」

年輕的警長在第二天準時赴約。哈德森太太早已準備了豐盛的早餐。霍普金斯正為圓滿結案而沾沾自喜。

「你真的覺得結案了嗎？」

「我想不出更完美的答案了。」

「但我可不這麼想。」

「你在嚇我吧？福爾摩斯先生，還有什麼問題？」

「你有足夠的證據解釋自己的論點嗎？」

「毫無疑問，我發現奈立根在案發前一天，就在布蘭伯特旅館一樓住了下來，他謊稱自己喜歡打高爾夫球，這樣就可以隨意進出旅店。那晚他趁著沒人注意，獨自去了這間小木屋，打算從凱利船長那裡問出父親的下落。彼得・凱利用酒食招待他，在討論過程中他們發生了激烈的爭執，這讓年輕的奈立根憤怒不已，他想起父親的不幸失蹤，以及那些證券，便萌生復仇之意，一怒之下用魚叉殺死了船長，然後逃走。他在慌亂之中將筆記本遺留在犯罪現場，攜帶那本筆記本是為了從凱利那裡查明真相，如果你仔細翻閱這本筆記，就能發現，其中的某些證券下方劃了紅線，而大部分都沒有，事實上，劃了紅線的那些證券正是在倫敦市場販售的，而那些沒有劃上紅線的，或許仍由凱利收藏著。另外，我們不能忽略另一個事實，那就是年輕人急著從凱利那裡討回父親的證券，以歸還債主。當他殺害了凱利後，由於內心恐慌，迅速逃離了現場。後來，他決定冒險回到小屋，因為他從報告中得知小屋裡存有凱利多年的航海日誌，於是他在深夜中幾次來到小屋，想達到他犯罪的目的。現在真相大白了，一切都是無懈可擊的事實。」

福爾摩斯聽後大笑不止。「對我來說，這段推理存在著一個破綻，霍普金斯，它讓你的結論變得不合理。你曾經用一柄魚叉把人體刺穿過嗎？沒有？嘖，嘖，親愛的警長，你應該多注意這些細節的。我的朋友華生可以告訴你，我花了一個早上的時間做這件事，這絕非易事，要把一個人刺穿，並釘在牆壁上，必須有一雙強壯而慣用的手臂才行。你認為那名瘦弱的年輕人做得出如此強力的攻擊嗎？他是當晚與黑彼得一起喝蘭姆酒的人嗎？兩天前石匠在屋外看到的那影子又是他嗎？不，不，霍普金斯，那一定另有其人。」

福爾摩斯將案情逐步抽絲剝繭，雖然這位警長面露詫異的神色，但顯然不肯承認自己的失敗，他說道：「可是，你無法否認奈立根當晚曾出現在案發現場，福爾摩斯先生，這本書能證明這一點。我相信無論你挑出什麼瑕疵，我手中的證據都能滿足陪審團。再說，福爾摩斯先生，我已經抓到我的犯人了，至於你說的那個惡徒，他又在哪呢？」

「我想我們很快就能見到他了。華生，把手槍放在你伸手可及的地方。」他站了起來，將一張紙放在旁邊的桌子上，接著說道：「這樣就一切就緒了。」

不一會兒，外面傳來了粗暴的吵鬧聲，哈德森太太急忙進來通報，說有三個強壯的人要見巴西爾船長。

「讓他們一個一個輪流進來。」

第一個進屋的是個矮個子，長相滑稽。在簡短的寒暄之後，福爾摩斯看了看這位面頰紅潤、臉上滿是花白長鬍子的人，從口袋中拿出了一封信。

「你叫什麼名字？」

「詹姆士・蘭開斯特。」

「很抱歉，蘭開斯特，但是名額已經滿了。我們會支付你半鎊的車馬費，請先到隔壁房間等幾分鐘。」

接下來進屋的是位中年人，瘦高的個子，留著長髮，臉色蠟黃。他名叫休・帕丁斯，他同樣得到了半鎊車馬費，並被請到隔壁房間等待。

第三個人進來了。他容貌凶惡，頭髮與鬍子蓬亂，黑色眉毛下的兩個大眼閃閃發光著，進屋後，他立刻像水手一樣敬了一個禮。

「你的名字？」福爾摩斯問道。

「派翠克・凱恩斯（Patrick Cairns）。」

「魚叉手？」

「是的，先生，出海過二十六次。」

「在丹地？我猜。」

「是的，先生。」

「你打算再進行一次航行？」

「是的，先生。」

「你希望的待遇？」

「一個月八英鎊。」

「你可以立刻開始工作嗎？」

「拿到裝備後隨時能開始。」

「你有帶文件來嗎？」

「是的，先生。」他從衣袋裡取出了滿是油汙的便條，福爾摩斯看了一眼後就還給他。

「你錄取了，」他說，「合約就在旁邊的桌上，只要在上面簽名就完成了。」

這位水手轉身朝書桌走去，拿起了筆。

「在這裡簽名嗎？」他將身子俯在桌面上。

福爾摩斯靠近他的肩膀，忽然用兩手掐住他的脖子。

我立刻聽到一陣金屬敲擊聲，以及一聲公牛般的嚎叫，然後兩個人就在地上扭打起來。這傢伙有著不可思議的巨大蠻力，儘管福爾摩斯已巧妙的給他戴上手銬，但他仍然很快的掙脫，我與霍普金斯立刻衝上前幫忙，最後，我將槍口按在他的太陽穴上，他才終於明白反抗是徒勞的。我們用繩子緊緊地將他捆起來，他辛苦地坐了起來，呼吸急促。

「真是抱歉，霍普金斯，」福爾摩斯莞爾道，「我擔心雞蛋已經冷掉了，不過，你可以繼續享用你剩餘的早餐，同時沉醉在勝利的喜悅裡。」

史丹利．霍普金斯驚訝得說不出話來。

「我不曉得該說些什麼，福爾摩斯先生，」他滿臉羞慚地說道，「看來我一直白忙一場，但我終於理解了，原來一切都在你的掌握之中。就算我現在已經親眼目睹，仍搞不懂你是如何做到這一切的。」

「哈！哈！」福爾摩斯笑道，「一切都是經驗的累積，從這次事件中你得到的教訓，就是千萬不要忽略任何可能性。你把注意力全放在年輕的奈立根身上，以致於漏掉了派翠克．凱恩斯——謀殺彼得．凱利的真正凶手。」

正在談話時，水手又開始狂叫起來。

「別無視我！先生們！」他吼道，「我不在乎被你們五花大綁，但我希望你們更正對我的稱呼！你說我謀殺了彼得．凱利，事實上我只是單純殺了他，這有著很大的區別。也許你們不會相信我所說的，以為我只是在狡辯。」

「不一定，讓我們聽聽你想說什麼。」

「我發誓我說的每一句話都是真實的。我很了解黑彼得，當天我們針鋒相對的時候，他忽然抽出了刀，情急之下，我順手取下了魚叉刺死了他，你們可以稱之為謀殺，但是，比起被法院判處絞刑，我更不想被黑彼得的刀刺中胸膛而死。」

「你為什麼會去那裡？」福爾摩斯追問道。

「還是讓我從頭講起吧，那是一八八三年八月的事。當時，凱利就是這艘『海獨角獸』號的船長，我則是船上的後備魚叉手，我們正逆著風離開北冰洋的碎冰返航。那時南方的風暴已經刮了一星期，我們在海上發現一艘被吹到北方的小船，上面只有一個人，是個新水手，其他人似乎都已葬身海底。我猜他們原本的船沉了，他想靠著那艘小船航行到挪威，總之，我們將這名倖存者營救上來。他和凱利船長在艙內長談，他攜帶的行李不多，唯一打撈上來的只有一個鐵箱。雖然我們救了這個人，可是除了船長，沒有人知道他的名字，也不知他是從何處而來，而且第二天就再也沒有人見過他，水手之間謠傳他投海自盡了，或是失足墜海。但我卻心知肚明，因為我目睹他在深夜裡，被船長捆住雙腳丟進了大海。這件事發生在我們看到希特蘭燈塔的前兩天，我一直保守著秘密，想觀察事態的發展。」

「後來，我們又到達了蘇格蘭。至於被救起的這個人，沒有人記得他，也沒有人提起他。這次返航後，凱利就告別了他的航海生涯，幾年後我才知道他住在哪裡。我當時就明白，凱利之所以要殺死那個人，就是為了那只鐵箱裡頭的東西。因此，他應該為了我替他保守秘密，重重酬謝我一番。」

「後來，我從一位水手那裡得知他住在這間小木屋，因為那名水手曾在倫敦遇見了他。於是，我徑直來到小屋找凱利船長；許久不見，他待我相當熱情，當我向他提起當年那件事後，他同意分給我一些錢，而我也用不著再出海掙錢了。於是，我們商議，兩天後再來具體討論這件事。當我再次來到木屋時，我發現他已喝了個半醉，我坐下來陪他喝酒，還一邊聊起過去的往事。他越喝越多，我發現他的眼中露出了凶光，開始破口大罵起來。於是我注意到架上的魚叉，當他從鞘裡取出刀的那一刻，我立刻用魚叉奮力向他刺去，結束了他的性命。當我清醒過來後，才在屋裡搜索了一會，發現當年的那個鐵箱正放在架上，便毫不猶豫地拿走了它。可是在慌亂中，我卻把煙絲袋留在桌子上了。」

「真是奇怪，就在我剛離開小木屋時，我聽到身後傳來腳步聲。我意識到了危險，迅速在矮樹叢裡藏了起來，回過頭一看，有一個瘦高的人，正悄悄地向屋子走去，剛到了門口，就嚇得大叫一聲然後逃跑了。至於這個人是誰？來幹什麼？我就無從得知了。我帶著疑問趕了十哩路，最後在唐橋威爾斯坐上前往倫敦的火車，這才鬆了口氣。」

「回到倫敦，我打開箱子，發現裡面沒有現金，只有許多證券，這讓我感到很窘迫，因為我當時身無分文，就這樣，我被困在了倫敦。幸好我還有一技之長，當我看到海運公司正在招聘一位魚叉手時，便上門詢問。我根據海運公司的要求來見巴西爾船長。這就是我想講的全部內容，我得說，法律應該感謝我除掉了黑彼得，因為我替它省下了一條繩子。」

「已經很清楚了，霍普金斯，你最好馬上把你的犯人帶走，這個房間不適合當成牢房。因為派翠克・凱恩斯先生已經估據這塊地毯的太多面積。」

「我不曉得如何感謝你才好，福爾摩斯先生。我還是不明白你是如何得到這個結果的？」

「其實，道理很簡單，只要把握住關鍵的線索，盡量不要受到其他因素的影響。我從報告及現場得到了結論——一位強壯的男人，能熟練使用魚叉，有粗製豹皮煙絲袋，喝蘭姆酒，具有這種氣質的人大多是水手；從使用魚叉時的爆發力來看，他常在船上捕獵鯨魚，我必須從水手尋找目標；至於煙絲袋上印有『P．C．』則是巧合罷了。我又從你那裡得知，彼得．凱利喜歡喝酒，很少抽煙，而室內也沒發現煙斗。至於筆記本，最初我還不知道這條線索，是你後來告訴我的。顯然，在一開始時，還沒有任何誤導我的線索。再來就是屋內的酒瓶，我曾詳細地詢問過你，你說除了蘭姆酒外，還有威士忌和白蘭地。一個船長在沒有出海時，是不會喝蘭姆酒這種烈酒的，只有長期在外的水手才會。因此，我很快就把握住了重要線索。」

「那你又是如何從眾多水手找出派翠克．凱恩斯呢？」

「當然，與此案有關的水手，一定曾在『海獨角獸』號上任職過，因為凱利一生僅在這艘船上工作過。我向丹地船運公司發去電報，要求查詢一八八三年『海獨角獸』號上所有水手的情報。報告中，僅有派翠克．凱恩斯是魚叉手，因此我們要找的人就浮出枱面了。他犯下了這樣的大案，肯定想儘早離開倫敦，避避風頭。於是我決定親自去追查，我在倫敦東區住下，虛構出一個北冰洋探險隊的名稱，又以巴西爾船長的假名招募水手和魚叉手，我提出的報酬相當豐厚，他還能不動心嗎？於是，我的偵破工作終於宣告結束。」

「了不起！太了不起了！」

「我想，霍普金斯，你應該先釋放年輕的奈立根，你虧欠他一個道歉，還有這只鐵箱，也應該一併歸還他。至於已經被彼得．凱利變賣的部分就無從追究了。這裡有一輛馬車，霍普金斯，把犯人帶回警局吧！如果你希望我們出席審判的話，你將可以在挪威的某處找到我們——我稍後會告訴你地址。」

7 米爾沃頓

我現在講的事情發生在許多年以前，儘管如此，對於將它說出來，我還是感到有些擔心。因為在很長一段時間裡，哪怕是最謹慎、最有節制地講出事實，都是不可能的。但現在，由於主要人物已不會再受人間的法律制裁，所以我能有所保留地敘述出來，而不致損害任何人的名聲。這件事是夏洛克・福爾摩斯先生和我平生所經歷過最為奇異的案件。如果我省略了日期或其他能使人追溯到事情真相的情節，希望讀者原諒。

在一個嚴冬的傍晚，福爾摩斯和我一起出門散步，回來時大約六點鐘。福爾摩斯打開了燈，燈光照出了桌子上的一張名片。他瞧了名片一眼，不禁哼了一聲，把名片扔在地板上。我撿起來讀道：

查爾斯・奧古斯都・米爾沃頓
艾波多塔
漢普斯頓區
代理人

我問道：「他是誰？」

「倫敦最壞的人。」福爾摩斯答道，然後坐下來把腿伸到壁爐前。「名片背後寫了什麼？」

我把名片翻過來，讀道：

六點半來訪——C・A・M・

「哼，他就要來了。華生，當你到動物園，站在一條蛇的前面時，看著這種蜿蜒爬行的有毒動物牠那嚇人的眼睛與邪惡的扁臉，你一定會感到厭惡而想要避開吧？這就是米爾沃頓給我的感覺。我和不下五十個殺人犯打過交道，就連其中最壞的犯人，也沒有像他那麼令我厭惡。但我又不得不與他往來。是我約他來的。」

「他到底是個什麼樣的人？」

「別急，華生，讓我告訴你。他在詐欺犯的圈子裡，可以說是首屈一指。上帝幫他的忙，那些名譽和秘密受到米爾沃頓掌控的女人更不得不幫忙。他有著一副微笑面孔和一顆鐵石心腸，不斷地進行勒索，直到榨乾她們的最後一滴血。這個傢伙有著不錯的才能，本應用在更正當的行業中。他的方法是：讓人們知道，他願意以極高代價，收買社會中有頭有臉的人士的信件。他不僅從手腳不乾淨的僕人手裡取得那些東西，更從上流社會的一些無賴手裡弄到，他們經常從輕信的女人那裡騙得感情和信任。他花錢絕不手軟，我曾偶然聽說，他支付一個僕人七百英鎊，只為了買到一張寫了兩行字的便條，但結局卻是一個貴族家庭的徹底毀滅。社會上的各種事情都會傳到米爾沃頓耳裡，這個都市裡有成百上千的人只要聽到他的名字便會嚇得臉色發白，誰都不知道這個魔頭何時會找上自己，因為他有錢有勢，沒有做不到的事。他還能把一張王牌留著好幾年，直到足以牟取暴利時才打出去。我說過，他是倫敦最壞的人，一個毆打老婆的粗暴男人哪能跟他相提並論？儘管他那口袋早已被金錢塞得滿滿的，他仍不斷有步驟地、從容地去折磨人們的心靈。」

我很少聽到我的朋友以如此強烈的情感講話。

我說：「那麼他應該受法律制裁。」

「從法律上說是該如此，實際上卻很難做到。就算控告他能讓他在牢裡蹲幾個月，但自己也不免身敗名裂，這對於一個女人有什麼好處呢？所以，受他殘害的人從來不敢反擊。假如他敲詐的是一個無辜的人，我們一定會逮捕他，可是他狡猾得如同魔鬼一般。不！我們一定要找出別的方法對付他。」

「他來這裡做什麼？」

「因為一位委託人把她的不幸案件交到我手中。她就是貴族小姐伊娃·布萊克威爾，上個季節才進入社交界的一位美麗女士。兩週後她將要和都佛考特伯爵結婚。這個惡魔弄到幾封輕率的信——十分輕率，華生，沒有比這更糟的了！信是寫給一位貧困的年輕鄉紳，那些信足以破壞這樁婚姻。要是不付給他一大筆錢，米爾沃頓就會把信交給伯爵。我被委託與他見面，並且盡我所能將價碼壓低。」

街上傳來了馬蹄聲和車輪聲。我向窗外望去，只見屋前停著一輛富麗堂皇的雙馬車，車上明亮的燈光照著一對栗色駿馬的光潤腰腿。僕人開了門，一個矮小而強壯、穿著粗糙的黑色捲毛羊皮大衣的人下了車。一分鐘後，他已走進房間裡。

查爾斯．奧古斯都．米爾沃頓大約五十歲，頭部很大，顯得很聰明，面孔又圓又胖，皮膚很光滑，並且總是帶著冷笑；兩隻靈活的灰色眼睛在金邊大眼鏡下閃閃發光，臉上帶著一點好好先生的仁慈，並且堆滿了假笑，眼裡射出銳利而又不耐煩的寒光。他的聲音就如同表情一般，既溫和又穩重。他一邊朝我們走來，一邊伸出又小又胖的手，說著剛才沒見到我們真是遺憾之類的話。福爾摩斯不理睬那隻伸出來的手，只是冷冷地望著他。米爾沃頓的微笑著的嘴咧開了一些，他聳了聳肩，脫下他的大衣，放在一個椅背上，細心摺好，然後坐下來。

他用手向我坐的方向一指，說道：「這位先生是誰？這樣談話妥當嗎？」

「華生醫生是我的朋友兼同事。」

「那就好，福爾摩斯先生。我這樣問是為了你的委託人好。這可是件微妙的事情——」

「華生醫生已經聽說了。」

「那麼，我們就言歸正傳。你說你是伊娃女士的代理人，請問她是否接受了我的條件？」

「你的條件是什麼？」

「七千鎊。」

「這個數字可以更改嗎？」

「親愛的先生，我覺得討價還價不是件愉快的事，總之，要是在十四號之前不付錢，十八號的婚禮就無法如期舉行。」他擠出一副令人難以忍受的微笑，臉上盡是洋洋得意的神情。

福爾摩斯想了一會兒，說道：

「你似乎認為事情沒有轉圜的餘地。當然，我明白這些信的內容，我的委託人一定會按照我的建議，將一切對她未來的丈夫坦承以告，我相信他不會計較這些的。」

米爾沃頓咯咯地笑了出來。

「顯然你不瞭解這位伯爵。」

福爾摩斯露出困惑的表情，看得出他的確不瞭解。

「這些信有什麼害處？」

「害處可大了！這位女士是位寫情書的高手，我可以向你保證，都佛考特伯爵絕不會想看到這些信的。不過，既然我們無法達成共識，就不需多談了。這只是一樁單純的買賣，如果你認為把這些信交到伯爵手中並不會威脅到委託人的利益，那麼付出這麼一大筆錢買回它們當然是太蠢了。」說罷，他起身去拿他的黑色捲毛羊皮大衣。

福爾摩斯十分懊惱，臉色鐵青。

「等一下，不用急著走。在這麼微妙的問題上，我們當然該盡力避免謠言。」

米爾沃頓又坐回原來的椅子上。

「我就知道你一定能夠理解。」

「然而，伊娃小姐並不富有。我確信，她的全部財產頂多兩千英鎊，你開出的金額是她的能力所不能及的。所以我希望你降低數目，接受我提出的價碼，我保證你不可能拿到更多的錢了。」

米爾沃頓咧開了嘴似笑非笑，並且詼諧地眨著眼睛。

「我當然瞭解這位女士的經濟情況。但你應該知道，當一位女士要結婚時，她的親友都會毫不保留地幫助她，或許她們捨不得買一件像樣的禮物，但若是這些信，我敢保證，這些信帶給她們的快樂，比倫敦全部的宴會加起來還要多。」

「還是辦不到。」福爾摩斯說道。

米爾沃頓拿出厚厚的一本簿子，說道：「嘿，嘿，多麼不幸！看看這個吧，要是這些女士們不付出一些努力，我會覺得她們太傻了。」他舉起一封便箋，信封上印著家徽。「這封是——不行，在明天早晨之前還不能講出名字。可是，到時這封信將會落到這位女士的丈夫手中，只因為她不肯把她的鑽石首飾換成現金，然後交一些出來。太可惜了！你記得貴族邁爾斯女士和多爾金中尉的訂婚趣聞吧？就在結婚前兩天，《晨報》上報導了婚禮取消的消息，為什麼？說起來令人難以置信，明明只要拿出一千二百鎊這樣一小筆錢，就可以輕易地解決問題，這難道不可惜嗎？我沒想到你如此不通情理，竟然枉顧委託人的前途和榮譽，在這裡討價還價。福爾摩斯先生，你太令我失望了。」

「我所說句句屬實。她無法湊出這筆錢。毀滅這位女士的一生對你沒有任何好處，收下我建議的金額不好嗎？那絕不是一筆小數目。」

「你錯了，福爾摩斯先生，事情傳出去對我大有好處。我手上同時有八九件事情正在辦理。要是那些人聽說了我對伊娃女士開出的價碼後，她們一定會更聽話一些。你明白我的意思嗎？」

福爾摩斯從椅子上倏地站起。

「華生，到他背後！不要讓他出去！先生，現在讓我瞧瞧你的簿子裡有些什麼？」

米爾沃頓像老鼠一樣一溜煙地閃到屋子角落，靠牆站立著。接著他翻開上衣的前襟，露出一支手槍柄。

「福爾摩斯，我早已料到你會做出不尋常的舉動，這是你慣用的技倆了，但是這麼做於事無補。我老實告訴你，我隨身帶著武器，既然法律允許自衛行為，我已準備好隨時開槍。此外，如果你認為我會把全部的信件都夾在筆記本中帶來，那就大錯特錯了，我不會做這種傻事的。先生們，我今天晚上還有一兩個人要見，漢普斯頓區可有些遠呢！」他走向前來，拿起他的大衣，手放在槍上，接著轉身走向大門。我抄起一把椅子，福爾摩斯搖了搖頭，我又放下了。米爾沃頓鞠了一個躬，微笑一下，眨了眨眼，然後就走出去了。沒過多久，我們就聽到「砰」的關門聲與嘎拉嘎拉的車輪聲。馬車走遠了。

福爾摩斯坐在火旁一動也不動，他的手深深地插在褲子口袋裡，下巴垂到胸前，眼睛盯著發光的餘燼。在整整半小時的沉默不語後，他帶著已經打定主意的姿態站了起來，走進他的臥室。過了一會兒，走出來一個俏皮的年輕工人，長著山羊鬍鬚，樣子十分得意。他在燈旁點燃了泥煙斗，對我說：「華生，我很快就回來。」接著他就消失在黑夜之中。我知道他已準備好與查爾斯．奧古斯都．米爾沃頓較量一番，只是我作夢也沒有想到，這場戰鬥竟會以如此特殊的形式展開。

那幾天，福爾摩斯整日穿著這身服裝進出住所，毫無疑問，他這些時間是在漢普斯頓區度過的，而且已取得了一些成果。但對於他所做的具體事情，我卻一無所知。終於，他在一個狂風暴雨的夜晚返回。他去掉了化妝，坐在火爐前，並且以他常見的內斂方式得意地笑了起來。

「華生，你不會以為我已經結婚了吧？」

「不，當然不會。」

「你一定會對我結婚一事感到有趣。」

「親愛的朋友！祝賀你——」

「和米爾沃頓的女僕。」

「老天！福爾摩斯！」

「華生，我需要情報。」

「但這麼做不好吧？」

「這是必要的步驟。我假扮成一個生意興隆的水管工，名字是艾斯柯特。每晚我與她出門，和她談個沒完。我的天，談了些什麼東西呀！但是，我得到了我想要的情報。我熟悉米爾沃頓的家就像瞭解自己的手掌心一樣。」

「福爾摩斯，但那個女孩呢？」

他聳了聳肩。

「親愛的華生，我沒辦法。牌桌上的賭注已經無法改變，你只好盡力出牌。然而，我很慶幸我有個情敵，我一轉身他就會把我踢掉。今晚的天氣真好。」

「你喜歡這種天氣？」

「它符合我的目的，華生。我今晚打算潛入米爾沃頓的家。」

福爾摩斯以十分堅決的語氣說出這句話，我聽了不禁全身打顫，呼吸也停止了。彷彿黑夜的閃電一瞬間照亮野外的一切角落，我一眼就看出這個行動可能產生的每一個後果——事跡敗露、被逮捕、偉大的事業以不可挽回的失敗及屈辱收場，我的朋友將會受可惡的米爾沃頓擺佈。

「看在老天的份上，再好好考慮！」我叫道。

「親愛的朋友，我已仔細想過了。我從來沒有魯莽行事過，要是有其他辦法，我絕不會採取如此冒險的措施。再好好的想一下，你一定認為這麼做在道德上是無可非議的，但從法律上來說則是犯罪。而闖入他的家中是為了拿走他的筆記本——這件事你一定不會反對。」

我心裡衡量了一下這件事。說道：「是的，只要我們的目的是拿走那些用於非法用途的物品，這次行動就是合乎道德的。」

「既然在道德上是正當的，那麼要考慮的就只剩下個人風險。如果一位女士迫切需要幫助，一位紳士就不應該顧慮太多個人安危。」

「你的處境會相當不利。」

「是的，這是一種冒險。可是除了拿回這些信件以外沒有其它辦法可行。這位不幸的女士沒有錢，又沒有可以信任的親人。明天就是最後期限，除非我們今晚弄到這些信，不然這個惡棍便會說到做到，使這位女士身敗名裂。所以，要不讓我的委託人聽天由命，要不打出最後一張牌。華生，我只能說，這是我和米爾沃頓之間的生死對決。你也看到了，他已經贏得第一回合，但是我的自尊和榮譽驅使我戰鬥到底。」

我嘆道：「我不喜歡這樣做，但似乎只能如此了。什麼時候動身？」

「你不用去。」

「除非你不去，否則我既然說了要去，就絕不反悔。要是你不讓我跟你一起冒這個險，我就要去警局告發你。」

「你幫不了忙。」

「你怎麼知道？未來的事誰也不曉得。無論如何，我心意已決。你必須明白，除了你以外，別人同樣也有自尊與榮譽心。」

福爾摩斯顯得有些不耐煩，但是終於舒展開了眉頭，拍了拍我的肩膀。

「好吧，好吧，我親愛的朋友，就這麼辦。我們在一起生活好幾年了，要是我們死於同一顆子彈，那倒很有意思。華生，我老實跟你說吧，我一直有個想法，就是進行一次極有效率的犯罪。從這點來說，這是一次極難得的機會。你看！」他從一個抽屜裡拿出一個整潔的皮套子，套子裡有一些發亮的工具。「這是最上等的行竊工具，鍍鎳的撬棒、鑲著鑽石的玻璃刀、萬能鑰匙等等，能夠應付各種狀況。還有用於黑暗中的燈。一切準備就緒，你有不會發出聲音的鞋嗎？」

「我有膠底的網球鞋。」

「好極了！有面罩嗎？」

「我能立刻用黑綢子製做兩個。」

「我能看得出，你在這方面是很有天份的，很好，你做面罩。出發前先吃點現成的東西。現在是九點半，十一點我們會趕到教堂區，然後花十五分鐘走到艾波多塔，半夜以前就可以進行計畫。不管怎樣，兩點以前就能把伊娃女士的信放在口袋裡回來。」

福爾摩斯和我穿上晚禮服，看起來就像兩個剛從戲院出來的人。我們在牛津街叫了一輛馬車前往漢普斯頓區。抵達後，我們付清車錢，並且套上我們的外衣。天氣很冷，風就像要吹透我們一般。我們沿著荒地的邊緣走著。

福爾摩斯說道：「我們必須十分謹慎。那些信件鎖在這傢伙書房的保險櫃裡，他的書房就是他臥室的前廳。不過，就像所有會照顧自己的男人一樣，他總是睡得很熟——我的未婚妻阿嘉莎說，僕人之間常常喜歡拿這件事開玩笑。他有一個忠心耿耿的秘書，整個白天從不離開書房。這就是為什麼我們要晚上去。他還有一隻凶猛的狗，總在花園裡走來走去。這兩個晚上，我與阿嘉莎約會到很晚，她先把狗鎖住，好讓我順利地溜掉。院子裡的那一棟建築就是那間房子。進大門後，向右穿過月桂樹——我們先在這裡戴上面具吧！你看，沒有一個窗戶點了燈，一切都很順利。」

我們戴上黑色絲綢面具，簡直變成了倫敦城裡的那些江洋大盜。我們悄悄地走近這幢寂靜而又陰暗的房子。房子的一側有個帶瓦頂的陽台，並且有幾個窗戶和兩扇門。

福爾摩斯低聲說：「那是他的臥室，這扇門正對著書房。這裡對我們來說最合適，但是門已上了閂，進去時將會出發出很大的聲音。到這裡來！這裡有一間花房，門就對著客廳。」

花房上了鎖，福爾摩斯拆掉一塊玻璃，從裡面打開了鎖。我們潛進去後，他隨手將門關上。從法律上來說，此刻我們已成了罪犯。花房裡的溫暖空氣和異國花草的濃郁芳香迎面襲來，簡直使我們無法呼吸。黑暗中他抓住我的手，帶我沿著一些灌木迅速走過，我們的臉不時擦過枝葉。福爾摩斯擁有訓練有素的視力，能在黑暗中辨認事物。他一面拉著我的手，一面開了一扇門。我隱約感覺到我們進入了一個大房間，並且不久前曾有人在房裡吸過雪茄。他在家具中摸索著向前走，又打開了一扇門，進入後隨手關上。我伸手摸到幾件上衣掛在牆上，我知道自己是在走廊。穿過這條走廊以後，福爾摩斯又輕輕地推開了右手邊的一扇門。這時有個東西朝我們撲過來，我的心幾乎要跳出來了，但當我察覺到那只是一隻貓的時候，我真想笑出聲來。房裡的火爐正燃燒著，並充滿了濃厚的煙草味。福爾摩斯踮著腳尖走進去，等我也進去以後，他輕輕地關上門。我們已經來到米爾沃頓的書房，對面有個門簾，說明那裡就通往他的臥室。

火燒得很旺，把整個房間照得明亮。靠近門處有個電燈開關，但現在沒有必要開燈。壁爐旁有道很厚的窗簾，擋住我們剛才從外面看到的那扇凸窗；壁爐另一旁則有扇門通向陽台。房間中央擺著一張書桌，後面有一把轉椅，椅上的紅色皮革閃閃發光。對著書桌有個大書櫃，上面有座雅典娜的半身大理石像。在書櫃和牆壁之間的一個角落裡，有一個很大的綠色保險櫃，櫃門上的光亮銅把映著壁爐的火光。福爾摩斯悄悄地走過去，看了看保險櫃，然後又溜到臥室的門前，站在那裡，側耳傾聽了一下子，確認裡面沒有聲音。這時，我突然想到通往外面的門很適合做為逃走的路線，所以我檢查了這扇門，並驚喜地發現門上既沒有門，也沒有上鎖。我碰了一下福爾摩斯的手臂，向他暗示這一點，他轉過戴著面罩的臉朝門的方向看。我看出他嚇了一跳，並且對我的行動感到出乎意料，而他的反應也出乎我的意料。

「我不喜歡這樣，」他把嘴靠近我的耳邊說道：「我還沒搞懂你的意思。不管怎樣，我們必須抓緊時間。」

「我能做什麼？」

「站在門旁邊。要是聽見有人來，就從內側扣上門閂，我們可以從來時的那條走廊離開。要是他們從那條走廊過來，我們就可以從這個門逃走，如果那時事情還沒辦好，我們就先躲在窗簾後面。懂了嗎？」

我點了點頭，站在門旁。害怕的感覺已消失了，一股強烈的願望激盪著我的心，這種情緒是在我們捍衛法律時從來沒有出現過的，而我們的行為卻是在蔑視法律。但我們有著崇高的使命，我從不認為這次的行為是自私的，反而是富有騎士精神的，並且我們已認清了敵人的醜惡本性，這使得冒險變得更加有趣。我毫無自己正在犯罪的感覺，反而對我們的險境感到興奮。我羨慕地看著福爾摩斯打開他的工具袋，他像一個正在進行複雜手術的外科醫生，冷靜、科學、準確地選擇他的工具。我知道福爾摩斯有開保險櫃的特殊嗜好，我也理解他面前那個綠色怪物給予他的喜悅，正是這個怪物吞噬了許多美麗女士的名聲。他把大衣放在一張椅子上，捲起禮服的袖口，拿出兩把鑽子、一根撬棒和幾把萬能鑰匙。我站在中間的門旁，戒備著其他的兩個門，以防緊急狀況。儘管如此，對於遭遇阻撓時該做些什麼，我並不清楚。福爾摩斯聚精會神地研究了半小時，像個熟練的機械師一樣放下一件工具，又拿起另一件。最後我聽到嗒一聲，保險櫃的綠門應聲而開，裡面有許多紙包，個別捆著，並用火漆封口，上面還寫著字。福爾摩斯挑出一包，但是在閃爍的火光下看不清字跡，他拿出黑暗中使用的小燈，因為米爾沃頓就在旁邊的屋內，開電燈太過危險。突然間，他停了下來，專心地傾聽，接著立刻關上保險櫃的門，拿起他的大衣，把工具塞在口袋裡，然後朝窗簾跑去，並且招手要我也過去。

我立刻跟了過去，這時才聽到令他警惕起來的聲音。遠處傳來了「砰」的關門聲，又有迅速走近的沉重腳步聲，重重的落步聲中夾雜著不清晰的沙沙聲響。腳步聲來到了房間外的走道，在門前停下來，門開了。隨著響亮的嗒一聲，電燈被打開。門被關上，我們聞到強烈的刺鼻雪茄味。接著，在離我們幾碼遠的地方有來回走動的腳步聲，有人正不斷地來回踱步。最後腳步聲停了，我們聽到椅子嘎吱一聲。然後又聽到開鎖聲以及撥弄紙張的沙沙聲。

我剛才一直不敢看，但是現在我輕輕地撥開面前的窗簾往裡窺視。我感到福爾摩斯的肩膀壓住我的肩，顯然他也在看。米爾沃頓那又寬又圓的後背正對著我們，幾乎伸手就能搆到。顯然我們猜錯了他的行動，他一直都不在臥室裡，而是坐在房子另一側的吸煙室或是撞球室裡抽煙，我們剛才並未看到那邊的窗戶。他的頭又大又圓，頭髮已經灰白，頭上還有一塊禿了，這些就在我們的視線正前方。他仰靠在紅漆椅子上，兩條腿伸直，嘴裡叼著一支雪茄，身著一件紫紅色軍服式的吸煙服，領子是黑絨的，手裡拿著一疊很厚的法律文件，懶散地翻閱著，嘴裡吐著煙圈，看得出他暫時不會改變那舒適的姿勢。

福爾摩斯悄悄地抓住我的手，並且用力握了一下表示信心，彷彿在說他有把握應付這種情況，他的心情也很穩定。我能從自己的位置看見——雖然我不知道他是否也注意到了：保險櫃的門沒有完全關好，米爾沃頓隨時能發現這點。我心中已打定主意，要是米爾沃頓注意到了櫃子，我就立即跳出去，用大衣蒙住他的頭，剩下的事就交給福爾摩斯去辦。但是米爾沃頓沒有抬頭，他懶散地拿著文件，一頁一頁地翻著這位律師的申辯書。我想，等他看把檔案看完、把煙抽完後，就會回到臥室去。然而還等不到那個時候，事情就有了意外的發展，並把我們的思想引到另外一個方向。

我看到米爾沃頓瞄了好幾次錶，甚至偶爾不耐煩地站起來又坐下。直到我聽到陽台上傳來微弱的聲音以前，都沒有猜到，在這意想不到的時間裡竟然有場約會。米爾沃頓放下他的文件，筆直地坐在椅子上。我們又聽到微弱的聲音，然後有輕輕的敲門聲。米爾沃頓站起來開了門。

「哼，你遲到了半小時。」他不客氣地說道。

這就是米爾沃頓沒有鎖門和深夜未眠的原因。我聽到女性衣服的輕微摩擦聲。剛才我已將窗簾闔上，因為米爾沃頓的臉曾轉向我們這邊，現在我又小心翼翼地打開它。我看到他又坐在椅子上，嘴裡仍然叼著雪茄。在明亮的燈光下，他對面站著一位女士。她身材又高又瘦，膚色黝黑，戴著黑色面紗，頸上繫著斗篷。她的呼吸急促，她柔軟身軀的每個部位都因為激盪的情緒顫動不已。

「唉，你讓我一整晚沒辦法好好休息，希望這一切值得。難道不能選其他時間來嗎？」米爾沃頓說道。

這位女士搖了搖頭。

「好吧，不行就不行，如果伯爵夫人是個難以對付的女人，你現在就有機會與她較量了，祝你好運。你為什麼發抖？對了，打起精神來，來談談買賣吧！」他從書桌的抽屜裡取出一個筆記本。「你說你有五封信要賣，其中包括德艾伯特伯爵夫人的。很好，我買了，只要是好貨。老天！是你？」

這位婦女沒有說話，她揭開了她的面紗，並解下斗篷。出現在米爾沃頓面前的是一副美麗、清秀、黑黝黝的面孔，有著彎曲的鼻梁。又黑又硬的眉毛遮住一對堅定的發亮眼睛，薄薄的雙唇上帶著危險的微笑。

「是我，被你毀掉一生的那個女人。」

米爾沃頓笑了，但是恐懼使他的聲音發抖。他說：「你太固執了。你為什麼要逼我那麼做呢？我從來不願意傷害一隻蒼蠅，但是每個人都有自己的職責，而我的職責是什麼？我定的價碼是你能夠負擔的，但你卻不願意支付。」

「所以你把信送給了我的丈夫。他是世上最高尚的人，我連給他繫鞋帶都不配。這些信傷透了他正直的心，他死了。還記得那天晚上，我進來懇求你的憐憫，卻受到你的譏笑，甚至到現在你仍想譏笑我，不過你那懦夫的心卻無法使你的嘴唇停止發抖。是的，你想不到又在這裡見到我，正是那天夜晚，教會了我如何面對你，而且單獨來見你。查爾斯．米爾沃頓，你還有什麼要說的？」

他一面站起來，一面說：「別想威脅我。只要我提高一下嗓音，叫我的僕人過來，他馬上會抓住你。但是我原諒你克制不住自己的怒氣，你怎麼來的，現在就怎麼離開，我什麼都不會多說。」

這位婦女將手叉在胸前，她薄薄的嘴唇上，帶著就要殺人的微笑。

「你無法像毀掉我的一生一樣再去毀掉更多人了。你也無法像絞殺我的心一樣再去絞殺更多人了。我要從世上除掉你這顆毒瘤，吃我一槍吧！你這惡狗！去死！去死！去死！去死吧！」

她掏出一支發亮的小手槍，子彈一顆又一顆地打進米爾沃頓的胸膛，槍口距離他的前胸不到兩呎。他蜷縮了一下，然後向前倒在書桌上，發出一陣猛烈的咳嗽，雙手在空中拚命亂抓。最後他搖搖晃晃地站起來，又吃了一槍，便滾倒在地，大聲說道：「你贏了！」然後就永遠地安靜下來了。這位婦女目不轉睛地看了看他，然後又用她的腳跟朝他的臉踢了一下，確認他不會動了之後，一陣衣服摩擦聲響起，夜晚的冷風吹進死亡的房間，復仇者已經走了。

如果我們出面制止，或許能使這傢伙免於一死。這位女士一槍一槍地打在米爾沃頓蜷縮的身體時，我剛要跳出來，福爾摩斯冰冷的手卻使勁握住了我的手腕。我理解了福爾摩斯的意思：這不關我們的事，是這名惡棍罪有應得，不要忘了我們還另有任務在身。這位女士剛一衝出屋去，福爾摩斯便敏捷地向前邁出，出現在另一扇門旁，他轉動了一下門鎖的鑰匙。這時我們聽到屋內傳出說話的聲音和急促的腳步聲。槍聲已驚動了宅邸中的所有人。福爾摩斯冷靜地快步走到對面，站在保險櫃旁，兩手抱起一捆捆信件，拋到壁爐裡。他重複同樣的動作，直到保險櫃空了才停止。這時有人轉動門把並且敲門，福爾摩斯回頭看了一下，那封預告米爾沃頓結局的信仍然擺在桌子上，信上濺滿了血。福爾摩斯將它也扔進熊熊的火焰中。他拔出通往外側那扇門上的鑰匙，我們相繼走出了門，從外面把門鎖上。他說：「華生，往這邊！我們可以從這裡越過花園的牆。」

我簡直不敢相信，警報會傳得那麼快。當我轉頭看去，這棟大房子的燈全亮了，前門開著，一個個人影正從屋內跑出來，衝到路上去，整個花園吵吵鬧鬧的全是人。當我們從陽台上出來的時候，有個傢伙大叫了一聲，並且在我們後頭緊追不捨。福爾摩斯似乎對地形十分清楚，他迅速地穿過樹叢，我緊跟著他，只見追趕我們的那人氣喘吁吁。前面出現一道六呎高的牆擋住去路，但是福爾摩斯一下子就翻了過去；當我跳的時候，我感到有一個人正用手抓住我的腳踝，但是我踢開他的手，爬過長滿草的牆頭，臉朝下跌倒在矮樹叢中。福爾摩斯將我扶起，我倆飛速向前跑去，穿過漢普斯頓荒地。直到兩哩外才停下來，並且仔細地傾聽了一會兒。背後一片寂靜。我們已甩掉追逐者，脫離險境了。

辦完這件不尋常的事——我已經把這件事記錄下來——的第二天上午，吃過早飯，我們正在抽煙，一臉嚴肅的僕人把蘇格蘭場的雷斯垂德帶進我們簡陋的客廳。

「早安，福爾摩斯先生，你現在忙嗎？」他說道。

「還不至於忙到無法聽你講話。」

「我想，如果你手頭沒有其他的事，你或許願意協助我們解決一件奇特的案子，是昨天夜裡發生在漢普斯頓區的。」

「哦，怎樣的案件？」福爾摩斯裝傻道。

「謀殺——一件駭人聽聞的謀殺案。我知道你對於這類案件相當感興趣，要是你能去艾波多塔一趟，並給我們一些建議，我將會非常感激的。我們監視這位米爾沃頓先生已經有一段時間了，老實說，他是一個惡棍，我們知道他常利用一些重要文件進行勒索。凶手把這些文件全燒掉了，沒有拿走任何貴重物品，所以那些凶手可能是有地位的人，動機在於防止這些資料流到社會上。」

「『那些』凶手？不止一人？」福爾摩斯愣了一下。

「是的，有兩個人，差一點就當場逮到他們。我們找到他們的足跡，還看到他們的長相，十之八九能追查出來。其中一人行動相當敏捷，另一個人曾被一個園丁的學徒抓住，但最後掙脫了。這個人中等身材，身體強壯，方臉，脖子較粗，有著八字鬍，戴著面罩。」

「真是模糊的線索，簡直就像在描述華生。」福爾摩斯說道。

「真的，的確很像華生醫生。」雷斯垂德打趣地說道。

「雷斯垂德，恐怕我無法幫助你。我知道米爾沃頓這傢伙，我認為他是倫敦最危險的人物之一，而且法律難以制裁他的犯行，所以在某種程度上，私人報復是符合正義的。不，不必再說了，我已經決定了。我同情那名犯人，而不同情那名被害者，所以我不會受理這樁案件。」

關於我們親眼目睹的這一樁殺人慘案，那天上午福爾摩斯沒有對我提到一個字。我看得出他一直在沉思，從他迷茫的眼神和心不在焉的態度來看，他似乎正努力回想某些事情。當我們吃著午餐時，他突然站起來，大叫道：「老天！華生，我想起來了，戴好帽子跟我來！」他迅速走出貝克街，來到牛津街，又繼續向前走到攝政街廣場。左手邊有一個商店櫥窗，裡面全是時下名人與美女的照片。福爾摩斯凝視著其中的一張，我順著他的目光望去，看到一位穿著朝服的、莊嚴的皇族婦女，頭上戴著高高的鑲鑽冠冕。我仔細看著那彎曲的鼻子、濃厚的眉毛、端正的嘴、剛強的下巴；當我讀到這位女士的丈夫——一位偉大的政治家與貴族古老而高貴的頭銜時，忍不住倒吸一口氣。我們彼此對望了一眼，當我倆轉身離開櫥窗的時候，他將手指放到嘴唇前，示意我對此事保密。

8 拿破崙石像

蘇格蘭場的雷斯垂德先生在夜晚時來訪，這對我們來講早已習以為常。福爾摩斯一向表示歡迎，因為這能讓他明白到警方在做些什麼。他總是用心地傾聽這位先生講述辦案的細節，同時也根據自己淵博的知識和豐富的經驗，不時地向對方提出一些建議和意見。

一天晚上，雷斯垂德談完天氣和報紙後，便沉默不語，不停地抽著雪茄。福爾摩斯期待地望著他，問道：「手邊有什麼奇怪的案子嗎？」

「啊，福爾摩斯先生，沒有，沒什麼特別的。」

「那麼，跟我說一些吧。」

雷斯垂德笑了。

「好吧，福爾摩斯先生，我不否認我的確有些心事，但只是些荒謬的瑣事，因此我不太想麻煩你。話又說回來，雖然只是件小事，但卻奇怪得很。我當然知道你對於一切不尋常的事都有興趣。不過，我認為這件事跟華生醫生的關係比跟我們的關係要來得大。」

「疾病？」我問道。

「應該是瘋病，一種奇怪的瘋病。你能想像嗎？都什麼時代了，竟然還有人十分痛恨拿破崙，看到他的塑像就忍不住要打碎。」

福爾摩斯仰身靠在椅子上。

「這不關我的事。」他說道。

「是的，我說過這不關我們的事。但是，當這個人為了打碎拿破崙像而闖入別人家的時候，那就不應該送到醫生那裡去，而是該送到警察局來了。」

福爾摩斯又坐直了身子。

「偷竊案嗎？聽起來很有趣。請你講一講詳細情況。」

雷斯垂德拿出他的工作日誌瞧了瞧，以免漏講了什麼細節。

他說：「四天前有人來報案，事情發生在摩斯．哈德森的商店，他在肯尼頓街有家分店，販售各種圖片和塑像。那一天，店員才剛離開櫃台一下子，就聽到東西互相撞擊的聲音，他立刻跑到店鋪前面，發現有一座跟其他藝術品一起擺在櫃台上的拿破崙像被打得粉碎。他衝到街上，雖然有幾個路人說他們曾看到一個人跑出商店，但是他最終仍沒有找到這個流氓，於是只好向警方報案。這就像一件經常發生的破壞事件，而且石膏像頂多值幾先令，不值得特別去調查這件小事。」

「但是，第二個案子更嚴重，也更特殊，就發生在昨晚。」

「在肯尼頓街距離摩斯．哈德森的商店二三百碼外，住著一位著名的巴尼柯特醫生，泰晤士河南岸一帶很多人常找他看病。他的住宅和主要診療所就在肯尼頓街，但是在兩哩外的下布里斯頓街還有一個分所與藥房。這位巴尼柯特醫生由衷地崇拜拿破崙，他的家中滿是這位法國皇帝的相關書籍、繪畫以及遺物。不久前，他從哈德森商店買了兩座拿破崙的半身像複製品，這座塑像很有名，是法國著名雕刻家笛萬的作品；他將一座放在肯尼頓街住宅的大廳裡，一座放在下布里斯頓街診所的壁爐架上。今天早上，巴尼柯特醫生下樓後，嚇了一大跳，他發現有人在夜裡闖入他的住宅，不過除了大廳的石膏像外，並沒有拿走任何東西。那座頭像被拿到屋外花園的牆下，已經摔成了碎片。」

福爾摩斯興奮地搓揉著手。

「這確實很特別。」他說道。

「我想你一定會感興趣的。但是事情還沒結束，十二點時，巴尼柯特醫生來到他的診所，他立刻發現窗戶被打開了，屋內滿地都是另一座拿破崙像的碎片，你可以想像他有多麼吃驚。塑像的底座也被敲成細小的碎塊，兩個地方都沒有留下線索好讓我們追查這名惡作劇的犯人、或是瘋子。福爾摩斯先生，事情經過就是這樣。」

福爾摩斯說：「這很奇怪，當然也很荒誕。我想知道，在巴尼柯特醫生的家中和診所裡被打碎的兩座半身像，與在哈德森商店被打碎的那一座，是不是同一個模型的複製品？」

「都是用一個模子做的。」

「這就推翻了你原先的說法，也就是你認為此人破壞塑像是出於對拿破崙的痛恨。我們知道，整個倫敦城內有幾萬座這位皇帝的塑像，那名反對崇拜他的人，無論他是誰，都不可能只對這三個同樣的複製品下手，這是不合理的。」

「我也曾這麼想過。可是，摩斯．哈德森是倫敦那一區中唯一的塑像供應商，這三座石像在他的店裡擺放了相當久。所以，儘管如你所說，倫敦存在幾萬個塑像，但這三個很有可能是那一區僅有的。所以，當地的瘋子就先從這三個下手。華生醫生，你覺得如何？」

「激進份子的表現是沒有軌跡可循的，這種情況符合當代法國心理學家所說的『成見』，也就是只在一件細微的事上固執，但在其他方面卻相當理性。當一個人讀了太多拿破崙的事蹟，或是家族留給他當時戰爭的某種陰影，便完全可以形成一種『成見』，在這一意念的影響下，他可能會因為幻想而發瘋。」

「親愛的華生，這樣解釋是不對的，」福爾摩斯搖了搖頭，「不管『成見』對這名偏執狂造成了怎麼樣的影響，也不可能讓他去找出這些頭像分佈的地點。」

「那你怎麼解釋？」

「我不打算解釋。我只是察覺到這位紳士做出這些怪異舉動時，總是遵循著某種規則。例如，在巴尼柯特醫生的大廳裡，發出一點聲響就能驚醒全家，因此半身像先被拿到外面才打碎；而在診療所，由於不會驚動他人，塑像就直接在原地打碎。這像是無關緊要的細節，但是經驗告訴我不該輕易把任何細節視為無用的，華生。你還記得亞伯奈堤家那件煩人的事情是如何引起我注意的嗎？只不過是因為看出芹菜在大熱天裡泡在黃油中能沉多深罷了。因此，雷斯垂德，我不會對你那三個破碎的半身像一笑置之的，要是能通知我這一連串事件的最新發展，我會相當感激。」

我的朋友急於知道的事態發展比預期來得更快，也更悲慘。第二天早晨，我正在房內穿衣服，忽然聽到敲門聲，福爾摩斯走了進來，手裡拿著一封電報。他大聲讀出來：

立刻過來肯辛頓皮特街一三一號。

雷斯垂德

「怎麼回事？」

「不知道——什麼事都可能發生。不過我猜是半身像事件的後續。那樣的話，我們這位破壞塑像的朋友已開始在倫敦的別區活動了。桌子上有咖啡，華生，我已經叫了一輛馬車，動作快！」

半小時後，我們到達皮特街，這是一條死氣沉沉的小巷，位於倫敦一個最繁華地區的附近。一三一號是一排整齊漂亮的房屋中的其中之一。我們的馬車剛到，便看見房子前的柵欄外擠滿了好奇的群眾，我們辛苦地穿過人群，福爾摩斯吹了一聲口哨。

「老天！少說也是謀殺，倫敦的報童又要被團團圍住了。瞧！死者蜷縮著肩膀，脖子伸長，這不是暴力行為又是什麼？華生，這是怎麼回事？上面的台階被沖洗過，而其他的台階卻是乾的？哦，腳印不少！嘖，雷斯垂德就在前面窗口那邊，我們馬上就會知道一切。」

這位警官神色嚴肅地迎接了我們，並帶我們走進一間客廳。只見一位衣著邋遢的長者，身穿法蘭絨晨衣，正顫巍巍地來回踱步。雷斯垂德為我們介紹，原來他就是房子的主人——中央報社財團的賀瑞斯．哈克先生。

「又是拿破崙半身像的事。福爾摩斯先生，昨晚你似乎對它很感興趣，所以我認為你一定會想到這裡來的。現在事態變得有些嚴重。」雷斯垂德說道。

「多嚴重？」

「謀殺！哈克先生，請你把發生的事詳細地告訴這兩位先生。」

這位穿著睡衣的老人，將抑鬱的臉轉向我們。

「這件事很不尋常。我的一生全在收集別人的新聞，而現在，我的身上卻發生了一件真正的新聞，我十分慌張，害怕得一個字都寫不出來。如果我是以記者身份來到這裡的話，那麼我就會自己採訪自己，並且在晚報上刊出兩欄報導。事實上，由於工作的關係，我也確實對許多不同的人做過報導，可是今天我實在無能為力了。夏洛克．福爾摩斯先生，我聽過你的大名，要是你能解釋這件怪事，我會很樂意說給你聽。」

福爾摩斯坐下來靜靜地聽著。

「事情的起因，似乎是為了那座拿破崙半身像。四個月前，我從高地街驛站旁的第二家商店，也就是哈定兄弟的商店買下它，價錢很便宜，買來後一直放在這個房屋裡。我通常會在夜裡寫稿直到清晨，今天也是這樣。大約三點鐘時，我正在樓上的書房裡，忽然聽到樓下傳來什麼聲音，我仔細地聽著，可是，聲音又消失了，於是我想聲音一定是從外面傳來的。又過了五分鐘，突然傳來一聲極為淒慘的尖叫，福爾摩斯先生，那聲音太可怕了！只要我還活著，它就會永遠縈繞在我耳邊。我當時嚇傻了，呆坐了一兩分鐘，後來就拿著火叉下樓去。我走進這個房間，一眼就看到窗戶敞開著，壁爐架上的半身像已不翼而飛。我真搞不懂小偷拿走那東西幹嘛，那只是個不值錢的石膏像罷了。」

「你一定看到了，不管是誰，從這扇開著的窗戶往外跨一大步，都能跨到門前的台階上，這個小偷顯然是這麼做的。因此我打開門，摸黑走了出去，沒想到差點被某個東西絆倒，也就是那具屍體。我立刻回屋裡拿燈，這才看到那個可憐的人躺在地上，脖子上有個大洞，周圍積了一大灘血。他的臉朝天躺臥，膝蓋彎曲，嘴巴張得很大，模樣實在嚇人。唉，我一定還會夢見他的！後來，我急忙吹響了警哨，接著就什麼都不知道了，我想我肯定暈了過去。等我醒過來的時候，我已經在大廳裡，這位警長正站在旁邊看著我。」

「死者是誰？」福爾摩斯問道。

「沒有東西可以表明他的身份。屍體已經運到停屍間去了，目前為止我們還無法從屍體上查出任何線索。

他身材強壯，臉色曬得發黑，年齡大約三十歲，穿得十分邋遢，但又不像工人。有一把牛角柄的折疊小刀掉在屍體旁的那攤血中，我不知道它究竟是凶器還是死者的遺物。死者的衣服上沒有名字，他的口袋裡只有一顆蘋果，一根繩子，一張值一先令的倫敦地圖，還有一張照片。這就是那張照片。」

照片顯然是用小照相機快速拍下的，上面的人長相機靈，眉毛很濃，五官十分突出，簡直像是狒狒的臉。

福爾摩斯仔細地看過照片以後，問道：「那座半身像怎麼樣了？」

「就在你抵達之前，我們得到了一個消息：塑像在坎普頓街一所空屋的花園內尋獲，已被打得粉碎。我正要去看看，你要去嗎？」

「當然，我要去看一下。」福爾摩斯檢查了地毯和窗戶，「這個人要不是腿很長，就是身手很矯健。窗外有段距離，要跳上窗台再打開窗戶並不容易，但是跳出去就不一樣了。哈克先生，你要不要跟我們一同去看那座半身像的碎片呢？」

這位新聞界人士消沉地坐到寫字台旁。

「雖然我相信今天的第一份晚報已經出刊了，上面也詳細記載此案，但我還是要盡力把發生的事寫下來。這是我的宿命！還記得唐卡斯特的看台倒塌事件嗎？我是那個看台上唯一的記者，但我的報紙也是唯一沒有報導此事的，因為我受的震撼太大，無法下筆。不過這件事可是發生在自家門前，再不動筆就太遲了。」

我們離開屋子的時候，還能聽到他的筆在稿紙上刷刷地寫著。

尋獲石像的地點離房子只有二三百碼遠，它已被打得粉碎，細小的碎片散落在草地上。可想而知，砸毀它的人心中有著多麼強烈且難以控制的仇恨。我們還是第一次看到這位偉大皇帝落到這種地步，福爾摩斯撿起幾塊碎片仔細檢查。從他專心的面容和自信的神態來看，我確信他找到了線索。

「怎麼樣？」雷斯垂德問道。

福爾摩斯聳了聳肩。

「我們要做的事雖然還很多，不過我已經掌握了一些事實，可以做為行動的依據。首先，對於犯人來說，半身像比人命來得值錢；再來，如果說他偷來半身像只是為了打碎它，卻不直接在屋內或是附近打碎，這也相當奇怪。」

「也許當時他遇了到那個人，於是慌亂起來，情急之下拿出了刀子。」

「很有可能。不過請注意這棟房子的位置，塑像是在屋外的花園裡被打碎的。」

雷斯垂德向四周看了看。

「這是一間空屋，所以他知道花園裡沒有人會打擾他。」

「但在這條街入口不遠處還有一棟空屋，他會先經過那一棟才會到達這裡。既然他手裡捧著半身像，每多走一碼，被人目擊的風險也就增加一分，那麼，他為什麼不在那一棟空屋裡下手呢？」

「我無法回答。」

福爾摩斯指著我們頭上的路燈。

「他在這裡能看得見，在那裡卻不能，這就是理由。」

這位偵探恍然大悟：「老天！的確是這樣。我想起來了，巴尼柯特醫生買的半身像也是在離燈光不遠處打碎的。福爾摩斯先生，我們該怎麼看待這個事實？」

「記下它，把它抄在筆記本裡，以後也許還會碰上類似情況。雷斯垂德，你下一步打算怎麼做？」

「依我看，搞清楚一切的最好辦法就是查出死者的身份，這並不難。這樣，我們便能有個很好的開頭，並且可以進一步查出昨晚死者在皮特街做什麼，以及是誰在哈克先生家門前的台階上遇到他，然後殺了他。你認為是這樣嗎？」

「的確如此，但和我的處理方式有些不同。」

「那你會怎麼做呢？」

「噢，你也不需要受我的影響。我建議我們分頭行事，到時我們可以交換意見，互相補齊不足的部分。」

「好吧。」雷斯垂德說道。

「要是你回到皮特街，請替我轉告哈克先生，我可以確定，昨晚造訪他家的是一位殺人狂，而且有仇視拿破崙的瘋病。這一定能充實他的報導。」

雷斯垂德懷疑地望著他。

「這並不是你的真正想法吧？」

福爾摩斯笑了。

「不是嗎？也許我不這麼想。但是，我敢說這會讓哈克先生以及中央報社財團的訂戶們感興趣。華生，我們今天還有很多複雜的工作要做。雷斯垂德，我希望你能在今晚六點到貝克街來，我想先留著這張死者口袋裡的照片，晚上再還給你。要是我的判斷沒錯，或許得請你在半夜跟我們走一趟。晚上見，祝你順利！」

夏洛克．福爾摩斯和我一起步行到高地街，走進賣半身像的哈定兄弟商店。一位年輕的店員告訴我們哈定先生下午才會來，他是新來的，還不瞭解狀況。福爾摩斯露出失望和煩惱的表情。

「好吧，這下只好改變計畫。哈定先生上午不會來了，我們只好下午再來找他。華生，你一定已經猜到，我為什麼要追查這些半身像的來源，因為我希望能解釋這些石像被砸的原因。現在，先到肯尼頓街哈德森先生的商店，看他能不能給我們一點啟發。」

我們坐上馬車，一小時後來到了這家商店。哈德森身材不高，但很強壯，臉色紅潤，態度顯得有些急躁。他說：「是的！先生，石像就是在我這個櫃台上被打碎的。哼！太不像話了，要是強盜可以為所欲為，那我們還繳稅做什麼？沒錯，先生，我賣了兩座塑像給巴尼柯特醫生。這種事肯定是無政府主義者幹的，我是這麼想的，只有無政府主義者才會到處去打碎塑像。塑像是哪來的？我看不出這和那件事有什麼關係。不過你想知道的話就告訴你；是從史戴普尼區教堂街的蓋爾德公司買來的，這間公司近二十年來在石膏雕塑業中相當有名。買了多少？三個，第一次買兩個，第二次買一個，共三個。賣給巴尼柯特醫生兩個，還有一個光天化日下被打碎在櫃台上。照片上這個人？不，我不認識。呃，不對，好像認識。這不就是貝波嗎？他是個義大利人，打零工過活，他在這裡工作過，他會一點雕刻，還會鍍金、做框子；總之會做些雜活。這傢伙是上星期走的，之後就沒有再聽到他的事。我不知道他是從哪來的，也不知道他去哪裡了。他在這裡做得不錯。半身像被打碎時，他已經離開了兩天。」

從商店出來之後，福爾摩斯對我說：「從摩斯．哈德森處只能打聽到這麼多了，我們查明了貝波同時涉及肯尼頓街和肯辛頓兩個案件，光這一點就不枉我們走了十哩路。華生，現在去史戴普尼區的蓋爾德公司，這些半身像是在那裡製造的。我估計能從那裡得到一些情況。」

於是，我們迅速接連穿過倫敦的一些繁華地區；通過了旅館集中的巷弄、戲院比鄰的街道、商店林立的市區，還通過了倫敦海運公司集中的地方，最後到了泰晤士河畔一個住有十多萬人的區域。這裡的出租房屋裡住滿了來自歐洲各地的流浪者，並且瀰漫著他們的氣味和情調。在一條原是倫敦富商居住的寬闊街道上，我們找到了這間雕塑工廠；廠裡有個相當大的院子，院裡堆滿了石碑等物，裡面有一間很大的房屋，屋內有五十名工人正在幹活。經理是位身材高大、皮膚白皙的德國人，他很有禮貌地接待了我們，並對福爾摩斯提的問題一一作出回答。經查帳得知，廠內曾複製幾百座笛萬的大理石拿破崙頭像，大約一年前賣給了摩斯．哈德森三座，還有三座賣給了肯辛頓的哈定兄弟。這六座石像與其他的不可能有所不同。他無法想像有人想要破壞這些塑像的原因——事實上，他對所謂「偏執狂」的解釋嗤之以鼻。塑像的批發價是六先令，但零售商可以賣到十二個先令以上。複製品是從大理石頭像的前後分別做出模具，再把兩個半面模具合在一起，構成一個完整的頭像。這種工作常由義大利人擔當，他們就在這間屋內工作，然後把完成的半身像拿到走道的桌子上吹乾，並一一存放起來。他只能告訴我們這麼多。

但這位經理卻對那張照片產生了奇怪的反應。他的臉氣得漲紅，那雙條頓式的藍色眼睛上的眉毛緊皺起來。

「啊，這個惡棍！是的，我很熟悉這個人。我們公司一向名譽極佳，只有一次警方找上門來，就是為了這個傢伙。那是一年多前的事。他在街上用刀子捅了另一個義大利人，他剛回到工作間，警方就跟著進來了，就是在這裡把他抓走的。他的名字叫貝波——我不知道他姓什麼。雇了這麼一個品行不良的人，我只能自認倒楣。但是，他的技術很不錯，是個好手。」

「他被判了什麼刑？」

「被捕的人沒有死，因此只關了一年就出來了。我肯定他現在不在監獄裡，但他不敢再出現在這裡。他有一個表弟在廠內，我想他知道那傢伙在哪。」

福爾摩斯急忙說道：「不，不，千萬別說，我求你一個字都別對他提起。這件事很嚴重，我越想越覺得嚴重。你剛才查閱這些塑像的帳目時，我看到賣出日期寫著去年六月三日。請告訴我貝波是什麼時候被捕的。」

「查一下工資帳目就知道了。」他翻過幾頁後繼續說道：「是的，最後一次發給他工資是在五月二十日。」

「謝謝，我想我們不需要再耽誤你的寶貴時間了。」臨走前，他再次叮嚀經理不要將今天的事說出去，然後便起身離開。

一直忙到下午四五點鐘，我們才有空在一家餐廳內匆忙地吃了午餐，餐廳門口的報童正呼叫著：「肯辛頓凶案！瘋子殺人！」這則標題表明了哈克先生已經刊出他的報導，報導佔了兩欄，文章內容聳動且詞句漂亮。福爾摩斯把報紙放在調味品架上邊吃邊看，有一兩次他咯咯地笑了出來。

「真是夠了，華生，」他說道，「聽聽這一段——」

好消息是，本案中並不存在分歧意見，經驗豐富的官方偵探雷斯垂德先生與著名的諮詢偵探福爾摩斯先生均得到相同結論——以殺人告終的這一系列荒誕事件，全是源自精神失常而非蓄意謀殺，只有心理疾病才能解釋全部的事件。

「只要你懂得如何利用報紙，華生，它會是非常寶貴的工具。如果你吃完了，我們就回到肯辛頓，聽聽哈定兄弟公司的經理會說些什麼。」

出乎意料地，這個大商店的創建人竟是一個削瘦的小個子，但是他精明能幹，頭腦清醒，很會講話。

「是的，先生，我已經看過晚報上的報導。哈克先生是我們的顧客，幾個月前我們賣給他那座塑像，我們從史戴普尼區的蓋爾德公司訂了三座相同的塑像，現在全賣出去了。賣給誰？我查一查帳簿馬上就能知道，噢！這幾筆帳在這兒，你看，一個賣給哈克先生，一個賣給齊斯威克區拉布南街的約西亞．布朗先生，第三個賣給瑞丁區下叢林街的山德佛先生。照片上的這個人？我從來沒有看過，這麼醜的人是很難忘記的。你問我的店員中有沒有義大利人？有的，在工人和清潔工裡頭有幾個。他們想偷看帳簿是很容易的，因為我沒必要特別把它藏起來。哎，哎，的確是一件怪事。要是你還想知道什麼，請務必告訴我。」

哈定先生回答的時候，福爾摩斯一邊記下了一些資訊。我看出他對於事情的發展相當滿意。但他沒多說什麼，只是急著趕回去，以免耽誤了與雷斯垂德的見面。果然，當我們回到貝克街的時候，雷斯垂德已經久候多時，正在屋內不耐煩地踱來踱去，那嚴肅的模樣說明他一天的工作卓有成效。

「怎麼樣？福爾摩斯先生，有收穫嗎？」

「我們忙了一整天，但沒有白費。我們見到了零售商和製造商，查出了每個塑像的來源。」

雷斯垂德喊道：「半身像！很好，福爾摩斯先生，我並不反對你的方法，但我認為我的表現比你更好。我查出了死者的身份。」

「是嗎？」

「以及犯罪的動機。」

「太好了！」

「我們有個偵探，名叫薩夫蘭．希爾，專門負責義大利區。從死者的脖子上掛著天主像，以及他皮膚的顏色，我判斷他是從歐洲南部來的。希爾一看到屍體便認了出來，那個人的名字是皮耶卓．凡努西，來自那不勒斯。他是倫敦有名的強盜，與黑手黨有聯繫。你知道黑手黨這個秘密政治組織，他們總是透過暗殺實現他們的目的。現在看來，事情逐漸明朗了，另外那個人可能也是義大利人，而且也是黑手黨。他大概觸犯了黑手黨的某種教條，因此皮耶卓一直在跟蹤他，口袋裡的照片或許就是那個人的，帶照片是為了辨認。他尾隨著這個人，看見他進了一棟房子，就在外面等著，後來在扭打中遭受重傷致死。夏洛克．福爾摩斯先生，這個解釋如何？」

福爾摩斯讚賞地拍著手。

「好極了！雷斯垂德，好極了！但我還沒聽到你如何解釋被打碎的半身像。」

「半身像！你老是忘不了那些半身像。那不算什麼，偷竊頂多坐六個月的牢，該調查的是謀殺才對，老實說，所有的線索我全都弄到手了。」

「下一步呢？」

「很簡單，我要跟希爾去義大利區，循著照片找人，再以謀殺罪名逮捕他。你要一起去嗎？」

「不，我不想，我認為我們能更簡單地達到目的。但我還不確定，這取決於一個無法控制的因素，但是很有希望——至少有三分之二的把握。如果你今晚與我們同行，我能幫助你逮到他。」

「在義大利區？」

「不，我想齊斯威克區才是有最可能找到他的地方。雷斯垂德，如果你今晚跟我一起去齊斯威克區，我就答應明晚陪你去義大利區，耽誤一個晚上沒什麼關係的。我想，我們應該先睡幾個小時，因為晚上十一點就要出門，大概天亮才能回來。雷斯垂德，先跟我們一起用餐，然後在沙發上休息。華生，幫我叫一位快遞，我有一封很緊急的信必須立刻送出去。」

說完，福爾摩斯就走上閣樓翻閱舊報紙。過了很長時間，他走下樓來，眼睛裡流露出勝利的目光，不過並未對我們兩人說什麼。這個複雜的案件幾經周折，我一步一步地注視著福爾摩斯在調查中採取的方法，雖然我還看不出他的結論，但我很清楚，福爾摩斯在等待這個奇怪的犯人去破壞剩餘的兩座半身像。我記得其中一個就在齊斯威克區，毫無疑問，我們此行的目的就是要當場抓住他。我對我朋友的機智感到讚嘆，他故意在晚報上發布錯誤的訊息，讓凶手放心地繼續犯案。因此，當福爾摩斯叫我帶上手槍的時候，我並不覺得吃驚，他自己帶了一把填好子彈的獵槍，那是他最喜愛的武器。

十一點鐘，我們乘著馬車來到了漢莫史密斯橋，下車後，我們告訴馬車伕在原地等候，然後繼續向前走，不久就來到一條平靜的大路上，路旁有一排整齊的房屋，每一間房屋前都有自己的花園。藉著路燈的微光，我們找到了寫著「拉布南別墅」的門牌。主人顯然已經就寢了，因為花園的小道上，除了從門楣透出的一圈模糊光亮之外，周圍全是一片黑暗。木柵欄隔開了大路和花園，在園內留下深深的投影，正好讓我們用來掩蔽。

「恐怕我們要等很久，」福爾摩斯低聲說道，「謝天謝地，今晚沒下雨。我們不能在這裡抽煙，這種打發時間的方式可不安全。不過你們放心，事情已有三分之二的把握，所以吃一些苦也是值得的。」

出乎意料的是，我們守候的時間並不長，很快就聽到有了動靜。沒有任何預警，大門一下子被推開，一個靈活的黑色人影像猴子一樣敏捷地跳到花園的小路上。我們看見這個人影迅速穿過門楣映在地上的光線，便消失在房屋的暗處。這時四周已恢復寂靜，我們屏住了呼吸，沒過多久，就聽到輕微的「咔」一聲，窗戶已被打開。聲音消失了，接著又是漫長的死寂，看來這個人正設法潛入屋內。不一會兒，我們又看到一道深色的燈光在室內閃了一下。顯然他要找的東西不在那裡，因為我們又從另一面窗簾後看到閃光，接著第三面窗簾處又出現一次。

「我們到那扇開著的窗戶邊。他一爬出來，我們就能立刻逮到他。」雷斯垂德低聲說道。

但是我們還沒有來得及動，這個人又出現了。當他走到小路上那塊閃爍著微光的地方時，我們看到他腋下夾著一件白色的東西。他鬼鬼祟祟地四下張望著，確認了四周無聲後，他轉過身去，背對著我們放下那件東西，接著是一聲尖銳的破碎聲響，以及一陣敲擊東西的聲音。他非常的專心，因此當我們悄悄地穿過一塊草地時，他並沒有聽見我們的腳步聲。一瞬間，福爾摩斯像隻猛虎般撲向他的背後，雷斯垂德和我立即抓住他的手腕並且戴上手銬。當我們把他扭過身來時，我看到一副兩頰深陷、奇醜無比的臉孔，他的雙眼怒視著我們，臉部肌肉不住抽搐著，我這才看清楚這就是照片上的那個人。

福爾摩斯卻毫不在意我們抓到的人，他蹲在台階上仔細地檢查這個人從屋內拿出來的東西。那是一座拿破崙的半身像，和我們之前看到的一樣，也被敲得粉碎。福爾摩斯將碎片拿到亮處認真地端詳，並未看出這些碎片有何特殊之處。他才剛檢查完，屋裡的燈一亮，門打開了，一位面目和藹的胖子穿著襯衫和長褲，出現在我們面前。

「是約西亞．布朗先生嗎？」福爾摩斯說道。

「是的，先生，你一定就是福爾摩斯先生吧？我收到快遞送來的限時信，便照著你所說的做了。我把每扇門從內側鎖上，靜待事情的發展。我很高興你們抓到了這個流氓，先生們，請進來吧！」

但雷斯垂德急著把犯人送回警局，因此幾分鐘後就叫來馬車，我們四人一起返回倫敦了。犯人一句話也沒說，他的眼睛從蓬亂的頭髮陰影中惡狠狠地看著我們，有一次我的手稍微靠近他，他便像隻餓狼般猛抓過來。我們在警局對他進行了搜查，他的身上除了幾個先令和一把很長的刀子以外，就什麼也沒有了，刀上有許多新的血跡。

我們要離開的時候，雷斯垂德說道：「這樣就結束了。希爾很瞭解這些流氓，他一定能給他定罪。看吧！我用黑手黨來解釋並沒有錯，不過，福爾摩斯先生，我還是感謝你巧妙地抓住了他，雖然我仍然沒搞懂這是怎麼一回事。」

「現在已經很晚了，我不便向你解釋。另外，還有一兩個細節沒有弄清楚，我應該將一切徹底查明。如果明天晚上六點你能來到我的寓所，我會為你解釋這件案子的真相。整體說來，這個案件確實有獨特的地方，華生，要是你願意繼續記錄我辦過的一些案子，我敢說這一件肯定會使你的記載增色不少。」

第二天晚上，當我們見面的時候，雷斯垂德告訴了我們犯人的詳細情況。我們已知道犯人名叫貝波，但姓氏不詳，他在義大利人聚集的地方是個出了名的惡棍。他很會製造塑像，曾是個安份守己的人，但後來誤入歧途，被逮捕了兩次，一次是因為偷竊，另一次是因為刺傷了一名同胞。他的英語講得很好，但拒絕回答破壞這些石像的原因。警方發現這些塑像可能恰好出自他手，因為他在蓋爾德公司的時候就是做這種工作。對於這些我們早已知道的資訊，福爾摩斯只是有禮貌地聽著，但是我能感到他的心思早已飄到了別處，我很瞭解他，我察覺到，在他慣有的面部表情下，交織著不安和期待。最後，他從椅子上站起來，雙眼發著光。門鈴剛好響起，不久樓梯上傳來腳步聲，僕人領進一位面色紅潤、長著灰白色鬍鬚的老年人。他手裡拿著一個旅行袋，進來後就把它放到了桌子上。

「夏洛克·福爾摩斯先生在這兒嗎？」

我的朋友點了點頭，微笑說道：「我想你是瑞丁區的山德佛先生吧？」

「是的，先生，我似乎遲到了一些，那列火車太差勁了！你在寫給我的信中談到了我買的半身像。」

「是的。」

「你的信在這裡。你說：『我想要一座笛萬的拿破崙像複製品，我願意出十鎊買下你手中的那一座。』是這樣對吧？」

「一點都沒錯。」

「我對你的來信頗感意外，因為我不曉得你怎麼會知道我有這座石像。」

「當然，你一定感到意外，不過理由卻很簡單。哈定兄弟商店的哈定先生說，他們把最後一座賣給你了，並且還告訴我你的地址。」

「噢，原來如此！他有說我花了多少錢嗎？」

「沒有，他沒說。」

「雖然我並不富有，但至少我很誠實。我只花了十五先令，我想在我領走你的十鎊之前，應該讓你知道這一點。」

「山德佛先生，我很高興你有這一層顧慮，但既然我已經定了這個價錢，就一定會照額支付。」

「福爾摩斯先生，你很慷慨。我已按照你的要求把它帶來了，就在這裡！」他解開袋子。於是，我們總算看到了一座完整的拿破崙像——前幾回見到的都是碎片。

福爾摩斯從衣服口袋取出一張紙條和一張十鎊的鈔票放到桌子上。

「山德佛先生，請你當著這幾位證人在這張紙條上簽名。這只是為了證明，你對於這座塑像的所有權和相關的一切權利已全部轉移給我。我是一個按部就班的人，畢竟沒有人能預見未來發生的事。謝謝，山德佛先生，這是你的錢，晚安！」

客人離開之後，福爾摩斯做出了令我們驚訝的舉動，他從抽屜裡拿出一塊白布，鋪在桌子上，又把新買來的半身像放在白布中央，然後端起獵槍，猛地往石像的頭頂上轟了一槍，那座像立刻成了碎片。福爾摩斯彎下腰來，迫不及待地察看著這些散落的碎片。不一會兒，他高興地叫了出來，我看到他手裡高舉著一塊碎片，碎片上嵌著一顆深色玩意兒，就像布丁上的葡萄乾一樣。

「先生們，」他高聲喊道，「讓我為你們介紹著名的波吉亞黑珍珠！」

雷斯垂德和我瞬間愣住，極度的驚嘆使我們情不自禁地鼓起掌來，就像看戲時看到最精彩的部分一樣。福爾摩斯蒼白的面孔泛出紅暈，他向我們鞠了一躬，彷彿著名的劇本作家正向觀眾謝幕。只有在這樣的時刻，他才會暫時中斷理性的思考，而流露出喜歡受到誇獎的人之常情。想不到我們的驚奇和讚揚竟然深深地打動了這一位蔑視世俗榮譽的怪人。

「先生們，這是當今世上最有名的珠寶，我很幸運的依照一系列歸納法，從它遺失的地方——科隆那王子在達克雷旅館的房間，一路追查到史戴普尼地區的蓋爾德公司所造的六座拿破崙像之一。雷斯垂德，你還記得吧，這顆無價珍寶的消失造成了多麼大的轟動。當時倫敦的警方束手無策，他們曾就此案詢問過我的意見，但是我也提不出任何建議。警方懷疑起王妃的女僕，她是個義大利人，並且有一個兄弟在倫敦，但是並未查出他們是否互相聯繫過；女僕名叫露克蕾西亞·凡努西，我想兩天前被殺害的皮耶卓就是她的兄弟。我查了報紙上的日期，珍珠是在貝波被捕前兩天遺失的，他因為刺傷別人而被逮捕，就在蓋爾德公司，當時他正做這些塑像。現在你們應該理解事情發生的經過了，當然，我思考的時候，順序恰好與事件的前後順序相反。貝波確實拿到了珍珠，但他可能是從皮耶卓那裡偷來的，他也可能就是皮耶卓的同謀，更有可能是皮耶卓和他妹妹之間的傳話人，不過這些對我們無關緊要。」

「最重要的是，他將這顆珍珠據為己有，當他隨身攜帶著這顆珍珠的時候，警察上門追捕他。他逃到他工作的工廠，並明白自己只剩下幾分鐘時間，他必須將這顆無價之寶藏匿好，否則便會在警方搜身時被搜出。當時六座拿破崙的石膏像正放在走道上吹乾，有一座還沒硬化。貝波是一個熟練的技工，他立刻在濕石膏上挖了一個小洞，將珍珠塞進裡頭，然後再把小洞抹平。石膏像是個理想的外殼，沒有人會想到從裡面找出這顆珍珠。貝波在獄中待了一年，同時他的六座石膏像也輾轉被賣到倫敦各處；他不知道珍珠藏在哪座像裡，將塑像拿起來搖也沒有用，因為它會黏附在石膏上，因此，只好把塑像打碎了。貝波並沒有氣餒，他很聰明又有毅力，開始持續不斷地尋找。他透過在蓋爾德公司工作的表弟，查出了買走這些塑像的是哪幾家零售商，於是他設法進入摩斯．哈德森商店工作，然後進一步查出了塑像的去處。他發現珍珠不在這三座塑像中，後來又在其它義大利工人的幫助下，得知了另外三座塑像的下落。一座在哈克先生家——他在那裡被他的同謀盯上，這個人認為他應該為珍珠的遺失負責，然後他在後來的搏鬥中被刺身亡。」

「既然他是同謀，為什麼還需要帶著他的照片？」我問道。

「那是為了追蹤他用的，要是他想向第三者打聽貝波時就可以拿出來，這一點很容易理解。我想貝波在殺人以後，會加速自己的行動，不會再拖延。他怕警方發現他的秘密，所以他要在警方通緝他前加快腳步。當然，我不能篤定地說，他並未從哈克的半身像中找到那顆珍珠；我甚至無法斷定石膏像裡藏的是珍珠。但我很清楚他一定在找些什麼，因為他把半身像偷走後，走過幾棟房屋，直到有燈的花園裡才將它打碎。既然哈克買來的半身像是三座其中之一，那也就證明了我告訴你們的，珍珠在裡面的可能性是三分之一。剩餘的兩個半身像，顯然他一定會先找在倫敦的那一個。我事先警告屋主，以免發生第二次慘案，然後我們便行動了，並且取得了最好的結果。當然，直到那時，我才明確地知道我們要找的是波吉亞的珍珠，被害者的姓名使我迅速將兩個事件連在一起。最後只剩下一個半身像了，就在瑞丁區，而且珍珠肯定藏在裡面，所以，我當著你們的面從物主手中買下來了——珍珠就在這裡。」

我們有好一陣子說不出話來。

「嗯，」最後雷斯垂德說道：「福爾摩斯先生，我看你處理過許多案件，但都沒有這次來得高明。我們蘇格蘭場的人絕不會嫉妒你，不會的！先生，反而將以你為榮。如果明天你能大駕光臨的話，不管是資深警長還是菜鳥警官，都會很高興地向你握手祝賀。」

「謝謝你！」福爾摩斯說，「謝謝你！」這時他將臉轉過去，我從未見過他因為人情的溫暖感到如此激動。過了一會兒，他又冷靜地投入了新的思考。「華生，把珍珠放進保險櫃。把康克—辛格頓偽造案的檔案拿出來。再見了，雷斯垂德，如果你遇到什麼新的問題，我會盡我所能地幫助你。」

9 三個大學生

一八九五年中發生了一些相關的事件，讓我和福爾摩斯在著名的大學城住了幾週。我要敘述的事就是發生在這段時間，事情雖然不大，但是富有教育意義。為了使那種令人痛心的謠言不攻自破，最好還是別讓讀者辨別出事情發生的地點，以及當事人的身份，因此我在敘述時盡可能避免使用那些容易引發聯想和猜測的語句，只是單純地回憶事件本身，用以說明我的朋友一些傑出的特質。

當時，我們住在一棟離圖書館很近、附有傢俱的出租公寓裡，因為福爾摩斯正在對英國早期的憲章進行緊湊的研究。他的研究卓有成效，也許能成為我將來記錄的專題。一天晚上，我們的熟人希爾頓·索姆斯先生來訪，他是聖路加學院的導師和講師。索姆斯先生身材較高，話不多，但是容易情緒緊張。我知道他一向靜不下來，此時他更是格外激動，簡直無法控制自己，顯然發生了什麼不尋常的事情。

「福爾摩斯先生，我相信你願意為我犧牲一兩個小時的寶貴時間。聖路加學院剛發生一件不幸的事情，要不是你恰好在城裡，我簡直不知道該怎麼辦！」

「我現在很忙，不希望被打擾。你最好去請求警方的協助。」

「不，親愛的先生，這事不能報警，一旦交到警方手裡，便無法回復原狀了。這件事涉及學院的名聲，無論如何不能傳出去。你一向很有能力，而且願意保守秘密，只有你能幫我的忙了，福爾摩斯先生，請你為我盡一些力吧！」

自從離開貝克街的舒適環境以來，我的朋友脾氣一直不太好。遠離了他的剪報本、化學藥品以及雜亂的房間，讓他感到渾身不舒服。他無可奈何地聳了聳肩，我們的客人便急著把事情一股腦兒講出來，心情相當激動。

「福爾摩斯先生，你知道明天是福特斯克獎學金考試的第一天。我是主考官之一，主考的科目是希臘文。

其中第一題是要學生把一段沒有讀過的希臘文翻譯成英文，這一題已經印在試卷上了。當然，要是學生事先準備了這段希臘文，考試將會變得不公平。因此，我非常注意試卷的機密性。」

「今天下午三點鐘，印刷所送來了考卷的校樣。第一題是翻譯修昔底德著作中的一節，由於原文必須絕對正確，我仔細地檢查了校樣。直到四點半，還沒校對完，但我已答應一個朋友去他房裡喝茶，所以我將校樣放在桌子上就離開了，前後只花了半小時左右。」

「福爾摩斯先生，你知道我們學院的房門都是兩層的，裡面的門覆蓋著綠色帷幕，外面則是一道橡木門。當我走近外側那道門，很驚訝地看見門上插了一把鑰匙。一瞬間，我以為是自己把鑰匙忘在門上了，但是一摸口袋，卻發現鑰匙還在裡面。我很明白，另一把鑰匙就在我的僕人班尼斯特手中，十年來都是他替我整理房間，他相當誠實且可靠。鑰匙的確是他的，我想他一定進過我的房間，來確認我是否需要喝茶，也許是出去時不慎將鑰匙忘在門上。他來的時候，我剛出去幾分鐘，要不是今天的情況特殊，他忘記鑰匙其實沒什麼關係，但這回卻產生了無法估計的後果。」

「我一看到我的桌子，立刻知道有人翻過考卷。校樣印在三張長條紙上，我原本將它們放在一起，但現在一張落在地板上，一張在靠近窗戶的桌子上，還有一張留在原處。」

福爾摩斯開始感興趣了，他說：「在地板上的是第一張，在窗戶旁的桌上的是第二張，留在原處的是第三張。」

「真使我吃驚！福爾摩斯先生，你怎麼會知道得這麼清楚？」

「請繼續你有趣的故事。」

「一開始，我以為是班尼斯特幹的，這種行為實在不可饒恕。然而他十分誠懇地否認了這件事，我也相信他講的是事實。這樣只剩下一種解釋：有人經過時發現鑰匙插在門上，知道我不在房裡，便進來偷看考卷。由於獎學金的金額很高，任何一個無恥的人都願意冒這個險來偷看試題，藉此贏過其他同學。」

「這件事使班尼斯特非常不安。當我們發現試卷一定被人翻過的時候，他幾乎昏了過去。我讓他喝了一點白蘭地，然後叫他坐在椅子上，他像癱了似地坐著，這時我檢查了整個房間。除了被弄皺的試卷外，我很快找到了這位闖入者留下的其他痕跡：靠窗戶的桌子上有削鉛筆留下的碎木屑，還有一塊鉛筆的筆芯頭。顯然，這個混蛋急急忙忙地抄下試題，把鉛筆尖弄斷了，不得不重削。」

「好極了！」這個案件吸引了福爾摩斯，他的脾氣漸漸好了起來，「你真是個幸運的傢伙！」

「還有一些痕跡。我有一個新寫字台，桌面是漂亮的紅皮革，我和班尼斯特可以發誓，桌面原先非常光滑，沒有一點汙點。現在我卻發現上面有明顯的刀痕，大約三吋長，不是什麼東西的刮痕，而是真正的刀痕。還有，我在桌子上看到一個黑色的小泥球，像是麵團或黏土，球面上有些斑點，像是鋸末，我肯定這些東西是那個人留下來的，但沒有足跡或是其他證據可以找出這個人。我正著急不已的時候，忽然想起你在就城裡，因此立刻飛奔而來，向你求教。福爾摩斯先生，請你務必幫我的忙。現在你明白了我的處境，我要不找出這個人來，要不延遲考試，重新出題。但要更換試題就不得不說出這件事，那樣將會引起不必要的謠言，不僅會損害本學院的名聲，還會影響整所大學的名譽。因此首要的是，我希望能低調地、謹慎地解決這個問題。」

「我很高興能處理這件案子，而且願意盡可能提供你意見。」福爾摩斯站起來穿上了大衣。「這個案子挺有意思的，你拿到試題後有人進過你的房間嗎？」

「有，道拉特．拉斯，一個印度學生。他和我住在同一棟樓，曾來問過我考試的相關事宜。」

「他進房間只為了這件事嗎？」

「是的。」

「那時考卷在你的桌子上嗎？」

「就我的印象，當時我有把它捲起來。」

「看得出那是校樣嗎？」

「有可能。」

「你的房裡沒有別人了？」

「沒有。」

「有人知道校樣要送到你那裡嗎？」

「只有印刷工人知道。」

「班尼斯特知道嗎？」

「當然不，沒有人知道。」

「班尼斯特現在在哪？」

「他身體不舒服，還癱坐在椅子上，我當時就立刻跑來找你了。」

「你的房門還開著嗎？」

「我已經把試卷鎖了起來。」

「索姆斯先生，也就是說，偷看試題的人是偶然遇到的，事先並不知道試卷在你的桌子上。」

「我認為是這樣沒錯。」

福爾摩斯露出一個無法理解的微笑。

「好，我們去看看吧。華生，這不屬於你的專業領域，不是生理問題，而是心理方面的。不過，要是你想去，就去吧。索姆斯先生，交給你安排了。」

我們委託人的客廳有著又大又低的格子窗，窗外正對這所古老學院的庭園，地上長滿苔蘚。一扇哥德式的拱門後面建有石梯，石梯已年久失修。這位導師的房間在一樓，上面三層樓各住著一名大學生。我們到達時已經是傍晚了，福爾摩斯停住腳步，望了一下客廳的窗戶，然後走近窗戶，踮起腳尖，伸長了脖子往屋裡探視。

「他一定是從正門進去的。除了這扇窗戶外就沒有別的入口了。」這位有學問的委託人說道。

福爾摩斯看著他，笑得相當奇怪，並且說：「哦，如果在這裡看不出什麼，我們最好到屋裡去。」

這位講師打開房門，將我們領進房間。當我們走進門口時，福爾摩斯彎下腰檢查了地毯。

「我想這裡應該不會有痕跡，尤其在這麼乾燥的天氣下。你的僕人身體大概已經恢復了，你說你讓他坐在椅子上，是哪一張椅子？」

「窗口旁那一張。」

「哦，靠近這張小桌子。你們可以進來了，我已經檢查完地毯，接著來看看這張小桌子。當然，發生的事情已經很清楚了，這個人進來之後，從房間中央的桌子上一頁一頁地拿起試卷，拿到窗戶旁的桌上，因為假如有人從庭園走過來，從這裡一眼就可以看到，以便逃跑。」

「事實上他跑不掉的，因為我常常從側門過來。」索姆斯說道。

「很好！不管怎麼說，他是這樣想的。讓我瞧瞧那三張校樣。沒有指紋！他拿起這一頁開始抄寫，這花了多久時間呢？抄得快至少也要十五分鐘，然後丟掉這一張，又拿起另 張，就在這個時候，你回來了，於是他倉皇逃走，來不及把考卷放回原處。當你走進房門的時候，有沒有聽見石梯上有急促的腳步聲？」

「沒有，我沒聽見。」

「他匆忙地抄寫，把筆芯弄斷了，不得不重削一次。華生，有趣的是，那支鉛筆相當特別，它比一般的鉛筆還粗，軟芯，筆桿是深藍色，製造商名稱是用銀白色的字寫的，筆只剩一吋半長。索姆斯先生，如果能找到這樣一支筆，就等於找到了那個人；還有，他的刀片很大而且很鈍，這樣你又有了一條線索。」

索姆斯先生似乎被福爾摩斯所說的搞糊塗了，「別的我還能理解，」他說道：「但鉛筆的長短——」

福爾摩斯拿出一小片鉛筆木屑，上面寫著字母ＮＮ。

「懂了嗎？」

「不，我還是不懂。」

「華生，我過去常低估你的能力。好吧，ＮＮ是什麼意思呢？它們是一個字的末兩個字母。你知道，『Johann Faber』是最普及的鉛筆製造商的名字，這下不就清楚了嗎？鉛筆用到只剩下『Johann』後面的一小段了。」他把小桌子拉到燈光下。「我希望他抄寫用的紙是很薄的，這樣就能透過紙張在光滑的桌面上留下痕跡。哦，沒有看見什麼痕跡，從小桌子上找不到什麼；再來看看中間的桌子。我猜這個小球就是你提到的那個黑色麵團，形狀像個金字塔，中間是空的。正如你所說，小球上還黏了木屑。嘿，太有趣了！桌面上還有刀痕——準確來說是劃痕；一開始是劃痕，然後是邊緣不規則的小洞。索姆斯先生，我很感謝你告訴我這個案情。那扇門通往哪裡？」

「我的臥室。」

「出事後你有進去過嗎？」

「沒有，我直接去找你了。」

「最好讓我檢查一下——真是個漂亮的房間！請你先等一分鐘，我先檢查地板，嗯，沒有看出什麼。這塊布幕是做什麼用的？原來你在後面掛衣服。要是有人情急之下躲在這間房裡，肯定藏在這塊布幕後方，因為床太低，衣櫃又不夠大，都不可能躲人。」

當福爾摩斯扯下那塊布幕時，我從他那堅決而又機警的表情看出，他已經準備好應付緊急狀況，可是拉開布幕一看，除了掛在鉤子上的三四套衣服外，什麼也沒有。福爾摩斯轉過身剛要走開，忽然又蹲到地板上。

「嘿！這是什麼？」

那是一小塊金字塔形狀的黑色東西，材質像油灰，和書房桌子上的那塊完全一樣。福爾摩斯將它放在掌心，拿到電燈下細看。

「索姆斯先生，這位不速之客在你的客廳和臥室裡都留下了痕跡。」

「他在臥室裡做什麼？」

「我認為這很明顯。你突然返回，直到了門口他才發現到，這時該怎麼辦呢？無論做什麼都會曝露行蹤，所以他只好溜進你的臥室裡躲起來。」

「我的老天！福爾摩斯先生，你該不會是說，我和班尼斯特在客廳談話的時候，這個人一直躲在這裡吧？」

「我是這樣想的。」

「當然還有另外一種可能性。福爾摩斯先生，不知道你是否注意到我臥室的窗戶？」

「格子窗楣，鉛製窗框，共三扇；一扇有折葉，可以讓人鑽進來。」

「一點都沒錯。臥室正對著庭園一角，因此從外面看不到整間臥室。這個人從窗戶爬進來，在臥室留下了痕跡，最後，發現門開著，便從那裡逃走了。」

福爾摩斯不耐煩地搖了搖頭。

「讓我們從實際的角度來想。你說過，有三個學生使用這條石梯，並且總會走過你的門前。」

「的確有三名學生。」

「他們都要參加這次考試嗎？」

「是的。」

「有沒有哪一位嫌疑較大呢？」

索姆斯有些猶豫不決。

「這是一個很難回答的問題，沒有證據我不便懷疑任何一個人。」

「說出你的懷疑，我來為你尋找證據。」

「那麼，我簡單告訴你住在屋內的三個人的性格。住在最下面的是吉爾克里斯特，一位優秀的學生，同時也是優秀的運動員；參加了學院的足球隊和板球隊，曾在跨欄和跳遠項目得過獎，他是一個英俊又有風度的男人。他的父親雅比斯·吉爾克里斯特勳爵名聲不太好，因為沉迷賭馬而破產。這個學生很窮，但他很努力、勤奮，是個很有前途的年輕人。」

「住在中間那一層的是名印度人，名字叫道拉特·拉斯。他是一個性格文靜但難以親近的人，多數的印度人都是這樣。他的學習狀況很好，但希臘文較差。他很沉穩，辦事有條有理。」

「最上面一層住的是邁爾斯·麥克拉倫。他要是肯用功，一定能得到出色的成績。他是大學裡最有才華的一個學生，但是，他相當放蕩不羈。第一個學年因為打牌風波差點被開除；這一學期他懶散地混過來了，但他想必對這次的獎學金考試相當擔心。」

「所以，你懷疑的人就是他？」

「我還不確定。但是，他是三個人之中最有可能做這種事的。」

「很好，索姆斯先生，現在讓我們見見你的僕人班尼斯特。」

這名僕人個子不高，面色蒼白，鬍鬚剃得很乾淨，頭髮花白，年紀大約五十歲。自從試卷的事打亂了他平凡的生活後，他一直無法冷靜下來。他那圓潤的面頰因為緊張仍然抽動不已，手指也一直顫動著。

「班尼斯特，我們正在調查這件不幸的事。」他的主人說道。

「是的，先生。」

「聽說是你把鑰匙忘在門上的。」福爾摩斯說道。

「是的，先生。」

「偏偏當時試卷就放在房裡，這不是很不尋常嗎？」

「先生，這的確是不應該犯的錯誤，但是，平常我也曾經忘記過。」

「你什麼時候進來的？」

「大約四點半。正好在索姆斯先生喝茶的時候。」

「你在房裡待了多久？」

「我看見他不在，就立刻出來了。」

「你看了桌上的考卷嗎？」

「沒有，先生，絕對沒有。」

「你怎麼會把鑰匙忘在門上？」

「我當時手裡拿著茶盤，想說回頭再來拿鑰匙，後來卻忘記了。」

「外側的這扇門有彈簧鎖嗎？」

「沒有，先生。」

「所以它一直都是開著的？」

「是的，先生。」

「任何人都能從房裡出來？」

「是的，先生。」

「索姆斯先生回來找你的時候，你很不安嗎？」

「是的，先生。我來這裡這麼多年沒有發生過類似的事。我差點昏了過去。」

「我知道。當你開始感到不舒服的時候，人在哪裡？」

「我在哪？先生，怎麼了？就在這裡，靠近房門。」

「那就奇怪了，你坐的是那張靠近屋角的椅子。為什麼不就近坐在這幾張椅子上？」

「我不知道，先生，我沒有多想應該坐在哪裡。」

「我也不認為他會去留意這種小事，福爾摩斯先生，他那時臉色很蒼白。」

「你的主人離開以後，你仍然留在這裡？」

「只待了一兩分鐘，然後我就鎖上門回到我自己的房間了。」

「你覺得誰最有嫌疑？」

「噢，我不敢說，先生，我不相信這所大學裡有人會做出這種事，我絕不相信。」

「謝謝，就問到這裡好了。哦，順帶一提，你沒有向你照顧的三位學生提起這件事吧？」

「沒有，先生，完全沒有。」

「事發後看過他們嗎？」

「沒有。」

「很好。索姆斯先生，你願意和我到院子裡走走嗎？」

天色越來越黑，各個樓層的窗戶裡全有燈光閃爍著。

福爾摩斯抬頭看了看，說道：「你的三隻小鳥們都回巢了。咦！那是什麼？其中有個人似乎坐立不安。」窗簾上出現了那名印度學生的側影，他在屋內迅速來回踱步。

「我想跟這三個人見面，可以嗎？」福爾摩斯問道。

「這沒有問題，這些房間是學院裡最古老的，常有客人來參觀。來吧，我帶你們過去。」

當我們敲吉爾克里斯特的房門時，福爾摩斯說：「請不要說出我的名字。」一個黃頭髮的瘦高青年開了門，當他知道我們是來參觀的時候，表示相當歡迎。屋內有一些罕見的中世紀室內結構，福爾摩斯對於其中一個結構很感興趣，堅持畫在他的筆記本上；他不小心寫斷了筆頭，想跟主人借一支，最後只借到一把小刀削鉛筆。他在印度人的房間裡又故技重施了一次。這名印度人是個沉默寡言、身材矮小、長著鷹鉤鼻的人，他斜眼瞧著我們。福爾摩斯畫完建築結構圖，顯得十分高興；我看出福爾摩斯似乎沒有從這兩處找到他想要的線索。我們沒能見到第三人，我們敲不開他的門，而且從門內傳出一陣憤怒的叫罵：「我不管你是誰，快給我滾！明天就要考試了，少來煩我！」

我們的嚮導氣得臉都紅了，一面走下台階一面說：「真是粗魯！即使他不知道敲門的是我，這樣也太無禮了！就目前來看，他確實相當可疑。」

福爾摩斯的回答卻很奇怪。

「你能告訴我他準確的身高嗎？」

「我不敢說十分準確，福爾摩斯先生，他比那個印度人高一些，但是又不像吉爾克里斯特那麼高。我想大概在五到六吋之間吧。」

「這很重要。那麼，索姆斯先生，晚安。」福爾摩斯說道。

我們的委託人既驚訝又失望，大聲叫道：「老天！福爾摩斯先生，你該不會這樣就要走了吧？你好像還沒理解我的處境，明天就要考試了，今晚就必須採取措施。試卷被人偷看過了，我無法舉行考試，你必須正視這件事。」

「目前只能做到這一步，我明天早上再來和你談談，也許到時能告訴你該怎樣做。同時，你什麼都先不要做，什麼都別做。」

「好的，福爾摩斯先生。」

「你完全不必擔心，我們一定能找到突破困境的辦法。我要帶走那兩個黑泥球和鉛筆屑。再見。」

我們走出了院子，從黑暗中再次抬頭看了看那幾扇窗戶。那名印度人依舊在屋內踱步，其他兩扇窗戶則已經沒有燈光了。

當我們走到大街上，福爾摩斯突然問道：「華生，你是怎麼想的？這就像我們在客廳玩的抽牌遊戲，從三張裡面選出一張，對吧？一定是他們其中之一做的。你先選一張，你猜是誰？」

「最上層那個嘴巴不乾淨的傢伙，他的品行最惡劣。可是那個印度人也很狡猾，他為什麼老是在屋內走來走去呢？」

「這沒什麼特別的。有的人在努力記憶東西的時候，經常走來走去。」

「他看我們的樣子很奇怪。」

「要是你正在準備第二天的考試，一刻都不想浪費時，卻有一群人突然找上門來，你也會這樣看他們的，我認為這一點不能說明什麼。至於那兩支鉛筆和兩把小刀完全沒有問題。但我搞不懂那傢伙。」

「誰？」

「那個僕人班尼斯特。他在事件中動了什麼手腳呢？」

「他認為他是個誠實的人。」

「我也這麼想，但這才是最難以理解的，為什麼一個誠實的人——嘿，這裡有家文具店，我們從這家店開始調查吧。」

城內只有四間較大的文具店，福爾摩斯每到一間文具店都拿出那幾片鉛筆屑，並且開出高價購買相同的筆。四間店全都表示需要訂做，因為那不是支普通尺寸的鉛筆，很少有庫存。我的朋友並沒有因此失望，只是滿不在乎地聳一下肩，表示無可奈何罷了。

「親愛的華生，我們沒能得到什麼結果。這個最能解釋問題的線索也沒有用了，但是，我深信我們仍然能還原事實真相。老天，快九點了，女房東曾經說七點半會為我們煮豌豆湯呢！華生，你總是不停地抽煙，還不準時吃飯，我想房東肯定會叫你退房的，而我也會跟著倒楣——無論如何，還是先解決這位著急的講師、粗心的僕人和三個前程似錦的大學生他們的問題吧。」

我們用餐時已經很晚了，儘管飯後他沉思了很久，卻再也沒有和我提起這件事。第二天早上八點，我才剛盥洗完畢，福爾摩斯便走進我的房間。

「華生，該去聖路加學院了。不吃早餐行嗎？」他說。

「沒問題。」

「要是我們不給索姆斯肯定的答覆，他又會坐立不安的。」

「你已經有明確的答案了嗎？」

「有了。」

「你已經作出結論了？」

「是的，親愛的華生，我已經解開了這個謎團。」

「但你發現了什麼新證據呢？」

「我早上六點就起床總算沒有白費，我已經辛苦地工作了兩小時，至少走了五哩路，終於得到一點可以解釋問題的東西，你看！」

他伸出手掌，掌心放著三個金字塔形狀的小黑泥團。

「嘿！福爾摩斯，昨天不是只有兩個嗎？」

「今天早上又得到一個。可以斷定，第三個小泥球從哪裡來，第一跟第二個也就從那裡來。走吧，華生，該讓我們的朋友索姆斯吃顆定心丸了。」

索姆斯仍然在房裡惴惴不安，再過幾個小時就要考試，可是他還處於進退兩難的處境；是宣布事實，還是容許犯人參加這個獎學金極高的考試？他無法下定決心，看起來簡直連站都站不穩了。一見到福爾摩斯，他立刻伸出雙手迎了上去。

「謝天謝地，你終於來了！我還擔心你因為想不出辦法而撒手不管了呢！我該怎麼辦？考試要照常舉辦嗎？」

「是的，無論如何都要舉辦。」

「但那個騙子呢？」

「不能讓他參加。」

「你知道他是誰了嗎？」

「我想我知道了。如果不想讓事情傳出去，我們就必須借用一點權威，自己組成一個小法庭。索姆斯，你坐在那裡；華生，你坐這邊；我坐在中間的扶手椅上。這樣應該足以使犯人心中生畏了，請按鈴吧！」

班尼斯特進來了，看見我們威嚴的面容，不由得大驚失色，後退了一步。

「請關上門。班尼斯特，現在請告訴我們昨天事件的真相。」福爾摩斯說。

他的臉早已嚇得慘白。

「先生，我全都說了。」

「沒有要補充的了嗎？」

「沒有了，先生。」

「好吧，那我只好給你一點提醒。你昨天坐到那張椅子上的時候，是不是為了掩飾一件東西？這件東西正好說明誰進來過房間。」

班尼斯特臉色越來越白。

「沒有，先生，絕對沒有。」

福爾摩斯又緩和地說：「這只是提醒你一下。老實說我還無法證明這件事，但可能性極大。索姆斯先生一離開，你便放走了躲在臥室的人。」

班尼斯特舔了舔他乾燥的嘴唇。

「先生，根本沒有人。」

「班尼斯特，這樣可不好。事到如今，你應該老實承認，但我知道你還在說謊。」

他繃著臉，裝出一副若無其事的樣子。

「先生，根本沒有人。」

「班尼斯特，說出來吧！」

「先生，真的沒有人！」

「這樣的話，問你也沒有用了。能否先請你留在房裡？站到臥室的門旁邊。索姆斯先生，麻煩你到吉爾克里斯特的房裡請他過來。」

沒過多久，這位講師帶著那個學生回來了。這個學生體格健壯高大，行動輕巧又靈活，步伐矯健，面容愉快開朗。他以不安的眼神看了看我們所有的人，最後茫然失措地盯著角落的班尼斯特。

「請關上門，」福爾摩斯說道，「吉爾克里斯特先生，這裡沒有外人，也沒有必要讓別人知道我們的談話內容，你完全可以坦誠以對。吉爾克里斯特先生，我想知道像你這樣誠實的人怎會做出昨天那樣的事情？」

這位不幸的青年倒退了一步，並以恐懼和責備的目光瞪了班尼斯特一眼。

「不，不，吉爾克里斯特先生，我什麼都沒說，什麼都沒說！」這名僕人急忙撇清。

「但是你現在說了，」福爾摩斯微笑道，「吉爾克里斯特先生，你必須明白，班尼斯特一說出來，你就毫無辯解的空間了，唯一的辦法就是坦率地承認。」

一瞬間，吉爾克里斯特舉起雙手想要控制他抖動的身體，接著就跪倒在桌旁，把臉埋在雙手中，他激動得不停地嗚咽起來。

「嘿，別這樣，」福爾摩斯溫和地安慰道，「每個人都會犯錯，至少沒有人責備你是個心術不正的罪犯。現在我要將發生的事告訴索姆斯先生，如果有說錯的地方，請你指出來，這樣對你來說或許比較方便。那麼，我就開始了，注意聽著，看我是否有不公正的地方。」

「索姆斯先生，你曾經說過，包括班尼斯特在內，沒有一個人知道試卷在你的房裡。從那時起，我的心裡就一直有個明確的想法，當然，我並未將那名印刷工列入考慮，因為一個工人想偷看考卷的話直接在工作室看就好了。還有那名印度人，我想他也不會做什麼壞事。如果將校樣捲起來，很可能看不出它是什麼；另一方面，要是有人竟敢擅自進屋，還剛好看到桌上擺著考卷，這種情形也太過巧合了，因此我排除了這種可能性。這名進屋的人知道試卷就在桌上，他是怎麼知道的？」

「當我走近建築的時候，我調查了那扇窗戶。你那時的假設十分有趣，你以為我會相信有人敢在光天化日下，當著屋內眾人的面破窗而入嗎？不，這種想法太荒謬了。我是在評估一個路人要長多高才能看到屋內的桌子上有試卷，我身高六呎，費點力氣勉強可以看到，而低於六呎的人是絕對看不到的。所以，我想假如你的三個學生中有人比一般人高，他就是最有嫌疑的人。」

「進來房間後，我發現了窗邊桌子上的線索，但從中央的桌子上找不到什麼東西，這些我都講過。後來你提到吉爾克里斯特是個跳遠選手，我立刻明白了全部經過，但我還需要一些物證，這些我也很快地找到了。」

「事情經過是這樣的：這位年輕人下午在運動場練習跳遠，當他回來的時候，手裡拎著運動鞋，你知道，跳遠鞋底上有幾個尖釘；他經過你房間的窗戶，由於他個子很高，一眼看見了桌上的校樣，他立刻猜出那是試卷。假如他走過你的房門時，沒看見那把鑰匙忘在門上，也許就什麼也不會發生了。但突如其來的衝動使他走進房裡，想確認那是不是校樣。這並沒什麼危險性，因為他可以聲稱自己進來是為了問問題。」

「當他看清楚那的確是校樣的時候，他再也抗拒不了誘惑。他將鞋子放到桌子上，然後又在靠近窗口的椅子上放了什麼？」

「手套。」年輕人淡淡地答道。

福爾摩斯得意地看著班尼斯特，「他將手套放在椅子上，然後拿起校樣一張一張地抄寫。他以為這位講師一定會從院子那側的大門回來，這樣他能隨時看見。但我們知道，索姆斯先生是從側門回來的，他忽然聽到講師的腳步聲到了門口。已經來不及逃走了，於是他立刻抓起跳遠鞋躲進臥室，但是卻忘了他的手套。你們看到桌面上的劃痕一端很淺，可是靠近臥室的一端逐漸加深。劃痕本身就足以說明他是從臥室那頭抓起鞋的，所以這個犯人就躲在臥室裡。鞋釘上的一塊泥土掉在了桌上，一塊掉在臥室內。我還要說明，今天早上我去過運動場，看到跳坑內用的黑色黏土，上面灑著細小的黃色鋸末，用來防止運動員滑倒。我帶來了一小塊做為樣本。吉爾克里斯特先生，我說的對嗎？」

這個學生已經站了起來。

「是的，全部是事實。」他回答道。

「我的天！你不打算辯解嗎？」

「是的，先生。我做了這件不光彩的事情以後，驚慌得不知所措。索姆斯先生，我有一封信要給你，是我徹夜未眠到早上才寫好的，也就是在我得知自己的罪行被查出來之前寫的。先生，請你看這封信，上面寫著：『我已決定不參加考試，我收到羅德西亞警察總部的任命，我準備立即動身去南非。』」

索姆斯欣慰地說道：「聽到你不打算靠作弊取得獎學金，我很高興。但是你是怎麼改變自己的想法的？」

吉爾克里斯特指著班尼斯特說：「是他引我走回了正途。」

「過來吧，班尼斯特，」福爾摩斯說道，「就如同我剛才所說的，只有你能放走這個年輕人，因為當時只有你留在房內，而且你出去時一定會把門鎖上。至於從窗口跑掉，那是不可能的。請你把本案的最後一個疑問說明清楚，並且告訴我們你這麼做的理由。」

「理由很簡單，相信你一聽完就能理解。不過，就算你很聰明，也不可能猜得到。事情是這樣的，我曾是這位年輕人父親——老吉爾克里斯特勳爵的管家。在他破產之後，我來到這所學院當僕人，但我仍對老主人念念不忘。出於對他的懷念，我盡可能地照顧他的兒子。昨天你按鈴叫我來的時候，我立刻看到吉爾克里斯特先生的棕黃色手套就放在椅子上，我知道那是誰的，也知道它放在房裡意味著什麼。要是被索姆斯先生看見，事情就會敗露。我急忙坐到椅子上，直到索姆斯先生去找你，我才敢站起來。這時我可憐的少主人出來了，他是我一手抱大的，他對我坦承了一切。我想救他，這是理所當然的，我要像他已故的父親一樣開導他，這也是很理所當然的。先生，我應該被責備嗎？」

「的確不，」福爾摩斯高興地站起來，「索姆斯，我看我們已經把你的小問題查得水落石出了，而我們還沒有吃早餐。華生，我們走吧！至於你，先生，我相信你在羅德西亞會有一片光明前途。儘管你這次跌倒了，你仍能向我們證明自己的能力。」

10 金邊眼鏡

足足三本厚重的手稿，它記錄著我們一八九四年的工作。要從這樣豐富的材料裡選出一些最有趣、又最能突顯我朋友的特殊才能的案例，對我說來相當困難。我翻閱了這些手稿，我們能從裡面找到令人憎惡的紅水蛭事件以及銀行家克羅斯比的慘案；看到阿德頓慘案以及英國古墓內的奇異陪葬品；還可以看到著名的史密斯—莫蒂默繼承權案。這段期間內，福爾摩斯因為追蹤並逮捕了布洛瓦街的殺手赫雷特，曾獲得法國總統的親筆感謝信並授與勳章。雖然這些都可以寫出極好的故事，不過整體來說，我認為都比不上發生在約克斯萊舊宅的事件，其中有許多扣人心弦的情節，不僅有青年威洛比．史密斯的慘劇，還有許多起伏跌宕的插曲。

那是十一月底的一個暴雨夜。福爾摩斯和我默默地坐在一起，他正用高倍率的放大鏡檢視一張紙片上的殘留字跡，我則專心閱讀一篇新的外科論文。外頭的狂風肆虐著貝克街，雨滴猛烈地敲打著窗戶。說來奇怪，住在市中心，方圓十哩內全是建築物，卻還是能感受大自然的無情威脅，而且我意識到在它巨大的力量面前，整個倫敦並不比田間野外的小土丘來得堅固。我走近窗戶，向著無人的街道望去，只見遠處出現一縷亮光，照射在泥濘的小路上，一輛單輪馬車正從牛津街的盡頭濺著泥水駛過來。

「嘿，華生，好在今晚沒出門，」福爾摩斯將放大鏡放下，捲起那張紙片，「我剛才做了不少研究，都是些傷眼的差事。依我看，這只不過是十五世紀下半葉某所修道院的記事本。喂！喂！這是什麼聲音？」

呼嘯而過的暴風中又傳來一陣馬蹄聲，以及車輪碰到人行道的撞擊聲。我看到那輛出租馬車在寓所門前停住，一個人從馬車裡走了出來

「他想幹嘛？」我喊道。

「想幹嘛？當然是找我們。我們必須準備雨衣、領巾、雨鞋等東西。慢著！馬車離開了！這下可好！要是他想請我們走一趟，一定會讓馬車留著原地。親愛的華生，你快下樓去開門，因為其他人都睡了。」

客人剛走進玄關的燈光下，我立刻認出他來——年輕的史丹利．霍普金斯，一位很有前途的偵探，福爾摩斯對他的工作一向很感興趣。

「他在家嗎？」這位年輕人急切地問道。

「親愛的朋友，」福爾摩斯站在樓梯上半開玩笑地說道，「請上來吧，我希望你不會在這樣的夜晚對我們懷有什麼不良企圖。」

這位偵探走上樓梯，溼透的雨衣在燈光下發著光。我幫他把雨衣脫下，福爾摩斯則將爐火燒得更旺。

福爾摩斯說：「親愛的霍普金斯，把你的腳靠近火一點。吸支雪茄吧！我們的醫生為你開了一帖處方，熱開水加檸檬在這種天氣下是相當有用的。深夜造訪，肯定有什麼重要的事吧？」

「一點也沒錯，福爾摩斯先生，我今天下午忙得不可開交，你讀了晚報上約克斯萊那件事了嗎？」

「十五世紀後的事，我今天一概沒看。」

「報上只寫出一小段，而且不符合事實，不讀也無妨。我倒是利用時間去了現場一趟，它位於肯特郡，距查達姆七哩、鐵路三哩。三點十五分我接到電話，五點鐘就到了約克斯萊舊宅進行現場調查。然後搭最後一班火車到查林十字街，再雇了一輛出租馬車趕到你這裡來。」

「我想你還沒弄懂這個案件吧？」

「是的，我搞不懂事件的起因。我感覺事情就跟沒有調查一樣模糊，但一開始調查，又覺得似乎再簡單不過。福爾摩斯先生，一件犯罪怎麼可能沒有動機呢？但我一直查不出這一點。有人死了——當然誰也不能否認這件事，然而，我卻找不到有人要殺害他的理由。」

福爾摩斯點上雪茄，然後往椅背上一靠。

「請你詳細說明。」他說。

「我對整個犯罪事實已相當清楚，」史丹利．霍普金斯說道，「但是案件背後的意義卻難以理解。我調查到的事實是這樣的：幾年前，這幢約克斯萊舊宅被人買下，買主是一位年長的教授，名叫考蘭。教授因為有病，差不多有一半的時間躺在床上，另一半則拄著拐杖在住宅四周亂走；或是坐在輪椅上，讓園丁推著他在院子裡繞一繞。鄰居很喜歡與他來往，他是當地有名的博學者。他家裡有一位年紀較大的管家馬可太太，還有一位女僕蘇珊・塔爾頓。自從他搬到那裡後，一直由這兩人照顧，這兩位女士的名聲還不錯。這位教授正在寫一本著作，大約一年前，他感到需要聘請一位秘書。他請過兩位，但都不滿意，第三位威洛比・史密斯先生是個剛自大學畢業的年輕人，教授對他很滿意，工作內容是上午記錄教授的口述，晚上則查詢資料以及隔天要用的書籍。威洛比・史密斯無論是小時候，還是就讀劍橋大學時，品行都極佳，教授相當滿意。我看了他的推薦信，他一向是個品行端正、性情溫和的人，工作也很努力。但這樣的一名青年，卻於今晨在教授的書房裡遭到謀殺。」

狂風依舊怒吼不已，刮得窗戶吱吱作響。我和福爾摩斯不約而同地向著壁爐靠近了一些。這位年輕的偵探繼續有條有理地敘述這段故事。

「我想整個英格蘭沒有一戶像教授如此地與世隔絕。他的住處可以一連幾週沒有任何人走出大門。教授只埋首於工作，對其他的事一律不聞不問。史密斯也不認識半個鄰居，過著與他主人一樣的生活；那兩位女士也沒有事情必須走出庭園；那名推輪椅的園丁，莫蒂默，他從軍隊處領取撫恤金過活，他參加過克里米亞戰爭，也是一個好心人，他住在花園的一頭，那裡有三間農舍。約克斯萊舊宅內只有這些人，花園大門與從查達姆到倫敦的大路相距僅一百碼。門上有個門閂，出入相當方便。」

「現在我要告訴你們蘇珊・塔爾頓的證詞，只有她還能講出一些當時的情況。事情發生在上午十一點到十二點之間，當時她正在樓上的臥室裡掛窗簾；考蘭教授還在床上睡覺，天氣不好時他總是中午過後才起床；女管家在屋後忙碌著；威洛比・史密斯則在自己的臥室裡，那間同時也是他的起居室。這時她聽到威洛比穿過走廊，下樓進了書房，書房正好在她腳下。她沒有看見他，但是她說絕不會弄錯那迅速且有力的腳步聲。她也沒有聽到書房門關上的聲音，不久後下面的房裡就傳來可怕的叫聲，聲音相當嘶啞、絕望，而且很不自然，因此分不出是由男人還是女人所發出。同時，又傳來重重的腳步聲，震得整間舊屋都搖晃了起來，然後一切又恢復安靜。蘇珊嚇呆了，過了一會兒她才鼓起勇氣走下樓去。她看見書房的門已經關上，打開門後，卻看見威洛比躺在地板上。起初她沒看見傷口，但是當她想將他抬起時，才看見血正順著他的脖子直往下流，脖子被刺了一個不大但是很深的傷口，頸動脈被切斷了。凶器就掉在他旁邊的地毯上，那是一支傳統寫字台上常見的拆信刀。刀柄是象牙材質，刀身堅硬，是教授桌上的東西。」

「起初女僕以為史密斯已經死了，她用冷水瓶在他的前額上倒了一些水，這時他睜開了眼睛，喃喃地說出：『教授，是她。』蘇珊保證這是威洛比親口所說。他還努力想說些什麼，緩緩舉起了右手，但隨後又落下，他已經死了。」

「這時女管家也到了現場，但是她晚了一步，沒有聽到威洛比臨終時的話。她叫蘇珊留下來看守屍體，自己跑到樓上教授的臥室。教授正坐在床上，相當惶恐，因為他已從聽到的聲音判斷出發生了不幸。馬可太太十分肯定，教授當時還穿著睡衣，莫蒂默通常會在十二點前來幫教授穿衣。教授說他聽到了叫聲，但其他的事就不知道了。他不清楚這個青年死前說的『教授，是她。』代表什麼，不過他認為這是神智不清下的囈語。教授認為威洛比並沒有仇人，因此無法解釋謀殺的動機。他當時立即吩咐莫蒂默去報警。事發後不久，當地警長就把我找去，在我到達之前，什麼東西都沒有移動，而且警長還嚴格地規定不許人們從小徑上接近那棟房子。這件案子是實證你的理論的好機會，福爾摩斯先生，條件已經齊全了。」

「只差夏洛克．福爾摩斯先生了，」我的朋友語帶幽默地說道，「先讓我們聽聽你的意見，霍普金斯先生，你認為這件謀殺是怎麼一回事？」

「先請你看看這張平面圖，福爾摩斯先生，圖上可以粗略地看出教授書房的位置以及各處所的位置，這樣你能很輕易理解我的調查情形。」

他將那張圖打開，放在福爾摩斯的膝蓋上，我走到福爾摩斯身旁，從他的背後看著這張圖。

「當然，這張圖很簡略，我只畫了我認為重要的幾處，剩下的就從我敘述中的內容來想像。首先，我們假設凶手走進了書房，但他是如何進來的呢？毫無疑問，一定是經由花園的小徑，從後門進來的。因為這是直通書房的一條捷徑，從別的地方就要繞遠路。而且凶手一定也是從原路逃走的，因為書房的另外兩個出口，一個在蘇珊下樓的時候鎖上了，另一個則通往教授的臥室。所以，我一開始特別就注意花園的小徑，由於最近常下雨，小道很潮濕，一定能找到腳印。」

「調查結果顯示凶手十分謹慎、老練，小徑上完全找不出腳印。不過很顯然，有人從小徑兩旁的草地走過，因為那裡的草被踩倒了。那個人絕對就是凶手，因為雨是從夜裡開始下的，而園丁和其他人當天早上都沒有去過那裡。」

「等一下，這條小徑通往什麼地方？」福爾摩斯急忙打斷他的話。

「通往大路。」

「它有多長？」

「大約一百碼。」

「大門附近一定找得到足跡吧？」

「遺憾的是，大門一帶的路都鋪了石板。」

「那麼，大路上有足跡嗎？」

「大路早已被踩得稀巴爛。」

「真可惜！那麼草地上的足跡是走向屋內還是屋外？」

「我不確定，它的方向很不明顯。」

福爾摩斯露出了不耐煩的樣子。

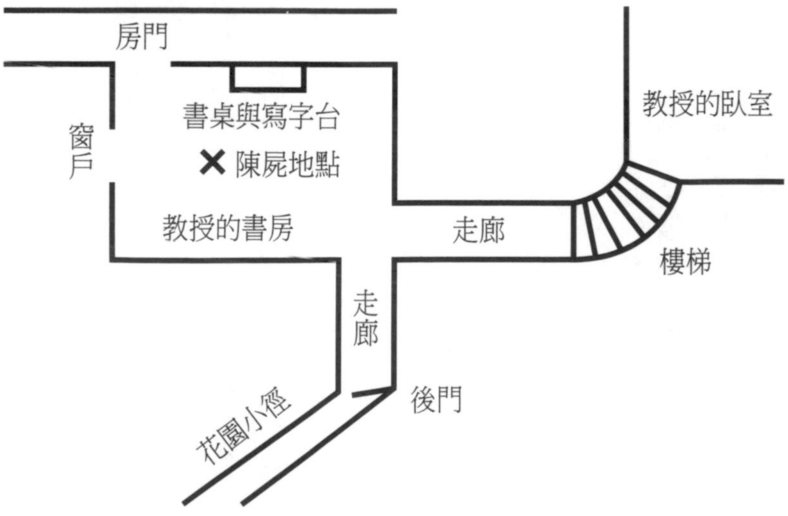

考蘭教授宅邸平面圖

「的確，雨勢一直很大，風也很猛，」他說道，「分辨足跡可能比我觀察那張紙片還要困難，這也是沒辦法的事。霍普金斯，現在你已想不出法子了，你打算怎麼辦？」

「這個嘛，福爾摩斯先生，我想我還是搞清楚了一些情況。我敢說有人曾從外面小心翼翼地走進了屋內，我還檢查了走廊，上面鋪著椰子毛墊，墊上沒有痕跡。我從走廊前往書房，房內的家具不多，主要有一個寫字台，下邊有個固定的櫃子；櫃子有兩排抽屜，中間是個小櫃，抽屜沒上鎖，小櫃有鎖。抽屜似乎總是開著的，裡面沒有貴重物品。小櫃裡有些重要文件，但沒有被翻弄過的跡象。教授說並未遺失什麼東西，看來的確沒被偷走什麼。」

「我走到這名青年的屍體旁。屍體靠近櫃子左邊，就在圖上畫×的位置。傷口在頸部右側，是從背後往前劃的，所以不可能是自殺。」

「除非他剛好摔倒在刀子上。」福爾摩斯說。

「是的，我也有過這種想法，可是刀子掉在屍體幾呎外的地方，因此這是不可能的。同時，死者臨終的話也可以證明這一點；另外，還有一樣重要的證據，就握在死者右手中。」

史丹利．霍普金斯從他的口袋取出一個小紙包。他打開紙包，取出一副金邊眼鏡，眼鏡一端垂著一條斷成兩截的黑絲帶。他說：「威洛比．史密斯的視力很好。這副眼鏡一定是從凶手的臉上或是身上搶下的。」

福爾摩斯接過眼鏡，很有興趣地把玩起來。他把眼鏡掛在自己的鼻梁上，試著用它看東西，又走近窗戶向外頭瞭望，然後就湊近燈光，仔細地研究起這副眼鏡。最後，他大笑出來，在桌子前坐下，拿起一張紙寫了幾行字，然後扔給對面的史丹利．霍普金斯。

「我只能幫你這些了，也許之後會用得到。」他說。

霍普金斯大聲地讀了出來：

> 尋找一位穿著體面、打扮得像貴族的女士。她的鼻子很寬，兩眼十分靠近，額頭上有皺紋，總是瞇著眼

睛，也許有著拱形的雙肩。部分跡象表明，最近幾個月內她至少去過同一家眼鏡店兩次，她的近視很深。城裡的眼鏡店不多，找到她並不難。

霍普金斯與我都露出極為訝異的臉色，福爾摩斯只微笑了一下，又接著說：「要得到以上的結論很容易，沒有東西比眼鏡更能有效地說明問題了，何況是這一副特別的眼鏡呢？考慮到眼鏡的精緻程度以及死者的遺言，不難推論出眼鏡是屬於一位女士的。至於說她是一個優雅、穿著體面的人，那是因為我認為一位戴著金邊眼鏡的人在服飾方面也絕不會馬虎。注意到了嗎？這副眼鏡的鼻托間隔很寬，說明這位女士的鼻子底部很寬，這樣的鼻子通常都是短而粗的，不過也有例外，所以這一點我不敢過於篤定。我的臉型狹長，但就連我都無法將眼睛對準鏡片中心，可見這位女士的眼睛十分靠近鼻子。華生，你應該看得出鏡片是內凹的，度數很深，一個人平時總是瞇著眼睛看東西，這必然會對五官產生一定的影響，使前額、眼皮以及肩膀產生某些特徵。」

「是的，我能理解這些推論。但我必須承認，我仍想不透你如何得知她曾去過眼鏡店兩次。」我說。

福爾摩斯把眼鏡摘下拿在手中。

「你們可以看見，眼鏡的鼻托襯著軟木墊，以防壓痛鼻子。就在這裡，一塊軟木褪了色，而且有些磨損，但另一塊卻是新的。顯然這一邊的軟木曾經脫落過，並且換成新的。而這塊舊的軟木，我認為也不過裝了幾個月。兩塊軟木形狀完全相同，所以我推測她去過同一家眼鏡店兩次。」

霍普金斯羨慕地說道：「天啊！太妙了，所有的線索明明都在我手裡，但我卻看不出其中的端倪，不過，我也想過要到倫敦的各家眼鏡店調查。」

「當然，你應該去。還有什麼要告訴我的嗎？」

「沒有了，或許你知道的比我還多呢！凡是曾經過大路或火車站的人，我們全都盤查過了，但還是沒有獲得什麼線索。傷腦筋的是這件謀殺案的動機，誰也想不出到底是為了什麼。」

「嘿！這我可不知道了。需不需要我們明天去看看呢？」

「福爾摩斯先生，你能去的話就太好了。早上六點鐘有班火車從查林十字街開往查達姆，八點到九點間就能抵達約克斯萊舊宅。」

「那麼我們就搭這班車。這個案件某些方面的確使人很感興趣，我願意調查一下。快一點鐘了，我們最好先睡幾個小時，你就睡在壁爐前的沙發上吧，一定很舒服。明早出發以前，我會用酒精燈替你煮一杯咖啡。」

第二天早上，風已經停了。我們動身上路時，天氣依然很冷。嚴冬的太陽無精打采地照射在泰晤士河兩岸的沼地上，經過一段令人厭倦的路程後，我們在查達姆幾哩外的車站下了車。並利用等候馬車的時間，匆匆解決了早餐，因此一抵達約克斯萊舊宅後，便立即展開了調查工作，一位警員正在花園的門口等候我們。

「威爾遜，有什麼發現嗎？」

「沒有，先生。」

「有沒有人看到可疑人物？」

「沒有。昨天車站並沒有陌生人進出。」

「你去旅館或其他可以住宿的地方調查過了嗎？」

「去過了，先生，找不到與謀殺有關的人。」

「從這裡走到查達姆不算遠。任何陌生人留在查達姆或是搭上火車一定會引起注意的。福爾摩斯先生，這就是我說的那條小徑，我保證昨天路面上沒有足跡。」

「草地上的足跡是在小徑的哪一側？」

「這裡，先生，就在小徑和花壇之間那道很窄的邊緣上。現在看不見了，但昨天還能看得很清楚。」

福爾摩斯彎下腰看著草地，說道：「是的，有人曾經過這裡。這位女士走路一定很小心，不然的話，一定會在小徑上留下足跡的；要是走在小道的另一側，則會在濕軟的地上留下更清楚的痕跡。」

「是的，先生，她肯定是一個頭腦冷靜的人。」

福爾摩斯聚精會神地思考著。

「你說她一定是由這條路離開的?」

「是的，先生，沒有別的路了。」

「從這一段草地上?」

「肯定是的，福爾摩斯先生。」

「哼，這件謀殺做得很漂亮——相當漂亮，小路已經到盡頭了嗎?我們再往前走，我想花園的這扇小門通常是開著的吧?呃，所以這位客人一定是從這裡走進屋的。那時她還沒有殺人的意圖，否則她應該會攜帶武器，而不會用寫字台上的小刀。她穿過走廊，沒有在椰子墊上留下痕跡，然後走進了書房。她在書房停留了多久?我們無法判斷。」

「幾分鐘而已，先生，我忘記說這一點。管家馬可太太在案發不久前，都在書房裡打掃，大概就在案發前十五分鐘。」

「這給了我們一個範圍。這位女士進屋後做了什麼呢?她走到寫字台旁邊，為什麼要走近寫字台?絕不是為了抽屜裡的東西。要是有值得拿走的東西，也一定被鎖起來了。她是要拿小櫃裡的東西，咦，小櫃上似乎被劃過，這痕跡是怎麼回事?華生，點根火柴。霍普金斯，你為什麼沒有告訴我刮痕的事呢?」

福爾摩斯仔細檢查了這道刮痕，它是從鑰匙孔右側的銅片開始，大約四吋長，小櫃表面一層皮已被劃掉。

「我看見了，福爾摩斯先生，不過鑰匙孔周圍有刮痕是很正常的。」

「這個刮痕是新的，非常新。你看，銅片上被劃過的地方還很亮，舊的刮痕顏色就會跟表面一樣。你可以用我的放大鏡觀察一下這裡的油漆，這條痕跡兩旁的油漆像被犁過的土一樣。馬可太太在嗎?」

一位滿面愁容的中年婦女走進屋裡。

「你昨天早上擦過這個櫃子嗎?」

「是的，先生。」

「你有看到這條痕跡嗎?」

「沒有，先生。」

「肯定沒有，不然抹布一定會把油漆的粉屑擦掉的。」「誰保管櫃子的鑰匙？」

「就掛在教授的錶鏈上。」

「是一把普通的鑰匙嗎？」

「是一把丘伯式鑰匙。」

「好了，馬可太太，你可以走了。現在我們有了一點進展，這位女士走進屋裡，來到櫃子前，或許已經打開了它，或是正設法將它打開，就在這時，威洛比．史密斯來到房裡。她匆匆忙忙抽出鑰匙，不小心在櫃門上劃了一道痕跡。威洛比抓住了她，她隨手抄起桌上的東西，也就是那把刀子，向威洛比刺去，她原本只是想掙脫，但這一刺卻造成了致命傷，威洛比當場倒下，她則順利逃跑。也許她帶走了想找的東西，也許沒有。女僕蘇珊在嗎？蘇珊，你聽見尖叫的聲音後，她還能從那扇門逃掉嗎？」

「不，先生，那是絕對不可能的。要是有人在走廊上，我不必下樓就能看見。這扇門沒有開過，否則我一定會聽到聲音。」

「這一側的出口沒問題了，那麼這位女士肯定是循她來的原路逃走的。我知道這一條走廊通往教授的臥室，那裡沒有出口吧？」

「是的，先生。」

「我們應該走看看這條走廊，順便見一下教授。喂，霍普金斯，這點很重要，確實很重要——通往教授臥室的走廊也鋪著椰子毛墊。」

「但這跟案情有什麼關係呢？」

「你看不出來？我沒說兩者之間一定有關係，但我覺得會有幫助。一起過去吧，你可以為我介紹一下。」

我們走過這條走廊，它與通往花園的那條一樣長。走廊尾端有一段樓梯，盡頭是一扇門。霍普金斯敲了敲門，然後將我們帶進教授的臥室。

這個房間很大，裡頭堆滿了書籍，從書架到書櫃全部都是書，一張單人床擺在屋子正中央。這棟房間的主人正靠著枕頭躺在床上，我從來沒有看過長相如此奇特的人，教授的臉龐瘦削，有著鷹鉤鼻。他轉過臉，我們看見一雙敏銳的深藍色眼睛深陷在眼窩中，一束眉毛往兩旁下垂，他的頭髮和鬍鬚全白了，只剩下嘴邊的口髭還有些泛黃。一支香煙在他蓬亂的白鬍鬚中發著光，屋子裡充滿了難聞的陳年煙草味。他向福爾摩斯伸出手的時候，我看見他的手上沾滿了黃色的尼古丁。

他說話很注意措詞，並且語調十分緩慢。

「你抽煙嗎？福爾摩斯先生，抽一支吧！這位先生也抽一支吧，我向你們推薦這種煙，因為它是亞力山卓的艾歐尼迪斯為我特製的。他每次都會寄來一千支，每兩週我就會叫他寄來一次。這不是好東西！先生，不是好東西！但有什麼辦法呢？一個老人家也沒有其他娛樂了，只剩下煙草和工作。」

福爾摩斯點燃一支煙，一邊用眼睛打量這間房間。

「煙草和工作，現在也只剩下煙草了，」老人感慨地說，「唉！發生這種事真是不幸，害我也無心工作了！真是飛來橫禍啊！多麼難得的一個好孩子啊！我敢保證，再經過幾個月訓練，他就能成為一位很棒的助手。福爾摩斯先生，你有什麼看法？」

「我還沒有看法。」

「如果你能幫我們查清這件莫名其妙的案子，我會非常感激你的。像我這種書呆子跟殘疾人，這種事對我來說真是莫大的打擊，我已經無法冷靜思考了。不過，幸好你來了，我知道你精明能幹，你的天賦和職業結合得天衣無縫，使你在任何情況下都能沉著應對，能得到你的幫助真是萬分榮幸！」

福爾摩斯在屋子裡走來走去，老教授則自顧自地講著。我注意到福爾摩斯嘴裡的煙吸得很快，看來他也跟屋主一樣，喜歡這種新穎的亞力山卓香煙。

「是的，先生，這是一次毀滅性的打擊，」老人說道，「桌上的那一疊稿件就是我的曠世鉅作，我分析了在敘利亞與埃及的古僧院中發現的文獻，這會對宗教學產生極大的貢獻。但是，由於我的身體日益衰弱，又失去了助手，真不曉得我還能不能將它完成。哎！福爾摩斯先生，你吸得比我還快！」

福爾摩斯笑了。

他從煙盒中又取出一支，用剩下的煙頭點燃，這已經是第四支了。接著他說道：「我是一個鑑賞家。我不想花太多時間詢問你，給你添麻煩。考蘭教授，我知道案發時你就躺在床上，所以什麼也不知道。我只想問一個問題，可憐的威洛比最後說的『教授，是她』，你認為那代表什麼意思？」

教授搖了搖頭。

「蘇珊是個鄉下女孩，」他說道，「你知道的，這種人蠢得難以置信，我想那個年輕人只是吐出一些不連貫的詞語，蘇珊卻把它錯當成某段沒意義的話。」

「那麼，你自己如何解釋這件事呢？」

「這可能是個偶發事件，也可能是自殺——我只對你們這麼說。年輕人總會有些隱藏在心裡的煩惱，例如愛情之類的事，這些是我們無法得知的，或許這種可能性比謀殺來得更大一些。」

「那麼該怎麼解釋那副眼鏡呢？」

「我只不過是一個學者，一個愛幻想的人。我不善於解釋生活中的實際事物。但是，我的朋友，我們知道愛情的晴雨計總是有它特殊的表現形式，再吸一支吧！很高興你這麼捧場。當一個人要結束自己生命的時候，可能將一把扇子、一雙手套、一副眼鏡等任何東西都當成寶物握在手中。這位先生談到草地上的腳印，這種推測是很容易出錯的；至於刀子，很可能是他倒下時拋開的；也許我說得不對，但是，無論如何，我認為威洛比是自殺的。」

這種解釋似乎令福爾摩斯感到訝異，不過他仍舊來回踱步，專心思索，並一根又一根地抽著煙。

「請告訴我，考蘭教授，」過了一會兒，他問道，「寫字台的小櫃裡裝著什麼？」

「沒有什麼會讓小偷感興趣的東西。只有家人的證件、我那不幸妻子的來信，以及我在某些大學的學位證書。這是鑰匙，你可以自己去瞧瞧。」

福爾摩斯接過鑰匙，看了一下子，然後又把它還給教授。

「我想它對我沒什麼用處，我倒想靜靜地走到你的花園裡，把事情好好思考一番，當然，我會將你提出的自殺說法列入考慮。很抱歉，考蘭教授，冒昧來打擾你，午餐以前我們不會再來了，兩點鐘再來，到時會再向你報告相關情況。」

奇怪的是，福爾摩斯彷彿有些心不在焉。我們默默地在花園的小道上來回走動。

最後，我問道：「有線索了嗎？」

「這完全取決於我吸的這些香煙，也有可能是我想錯了，不過，香煙會說明一切。」他說。

「親愛的福爾摩斯，到底——」我詫異地說道。

「嘿！嘿！你遲早會明白的。但就算我猜錯了也沒關係。畢竟，我們還有眼鏡店這條線索，我只是走了一條捷徑，哈！馬可太太來了！我們可以跟她好好聊上五分鐘，這將會有助於破案的。」

我早該發現，要是福爾摩斯願意，他其實很會討好女人的，還能很快取得她們的信任。用不到五分鐘，他便得到了這位管家的歡心，兩人談得十分投機，就像多年的老朋友一樣。

「是的，福爾摩斯先生，正如你所說的，一定是有什麼理由，讓他沒日沒夜地不斷抽煙。有一天早晨我到了他那裡，發現房間裡滿是煙霧，簡直就像倫敦的霧一般。可憐的史密斯先生也抽煙，但不像教授抽得那麼凶。他的健康——唉，我真不知道吸煙對他是件好事還是壞事。」

「啊！但吸煙會抑制食欲。」福爾摩斯說道。

「這些我就不懂了，先生。」

「我想，教授的食量一定很小。」

「應該說，他的胃口時好時壞。」

「我敢打賭，他今天早上一定沒有吃早餐。我看他抽了這麼多支煙，大概連午餐也吃不下了。」

「你輸了，先生，正好相反，他今天早上吃了很多，我從來沒有看他胃口這麼好過，而且午餐他還指定要吃一大盤肉片，真讓我吃驚！而我自從昨天早上看見史密斯先生的屍體之後，就再也吃不下東西了。哎，世界真是無奇不有，教授竟沒有因為這件事影響食欲。」

我們在花園消磨了整整一個上午。史丹利．霍普金斯到村子裡去調查一些傳聞，據說前天早上，有幾個孩子在查達姆大路上看見一個奇怪的女人。但我的朋友一聽到這個消息，就變得有氣無力。我從來沒看過他如此心不在焉地處理案件，甚至連霍普金斯帶回來的消息，也沒能引起他的興趣——有幾個孩子看過一名長相符合福爾摩斯先生所說特徵的女士，她的確戴著一副眼鏡。吃飯的時候，蘇珊一邊服務我們，一邊積極地講了一些細節，她的話反而引起了福爾摩斯極大的興趣，她說：「昨天早晨史密斯先生出去散步，回來不到半小時，就發生了這件慘劇。」我實在無法理解散步對整件案子有什麼影響，但我清楚地看出福爾摩斯將這件事納入他的重點考量之一了。突然，他站了起來，看了一下錶，說道：「兩點了，先生們，該上去把事情對這位教授說明白了。」

這位老人剛用過午餐，桌上的空盤說明了他那旺盛的食欲，就像管家所說的。當他轉過頭來，將銳利的目光投向我們時，我感覺他的確是個奇特的人物。他已穿好衣服，坐在火爐旁的扶手椅上，嘴裡仍然抽著煙。

「福爾摩斯先生，你已經解決這樁離奇案件了嗎？」他把桌子上整整一鐵盒的香煙向福爾摩斯推了過去，福爾摩斯也伸出手，但他們卻不小心把盒子打翻了，香煙滾了滿地。我們只好跪下來，幫忙撿拾散落的香煙，這足足花了一兩分鐘。當我們重新站起來的時候，我看到福爾摩斯眼睛裡露出閃爍的光芒，他的兩頰泛著紅潤，這種稍縱即逝的臨戰神情，我只在最危急的情形下看過一次。

「是的，已經解決了。」

霍普金斯和我嚇了一跳，教授憔悴的面孔不停地顫動著，同時露出譏諷的微笑。

「是嗎？在花園裡？」

「不，在這裡。」

「這裡！什麼時候？」

「現在。」

「你在開玩笑吧，福爾摩斯先生。我必須提醒你，這是一件嚴肅的事情，不能隨便開玩笑。」

「考蘭教授，我的結論中的每個論點，都是經過調查證實的，所以我敢肯定它是正確的。至於你的動機是什麼，以及你在這樁奇案中扮演了什麼角色，我還不能確定，但幾分鐘後你或許就會親口講出來。為了方便起見，還是由我先將這兩天發生的事敘述一下，這樣你也能明白我還想問什麼。」

「昨天，有一位女士進了你的書房，她的目的是要拿走你寫字台櫃子裡的文件，她自己帶了一把鑰匙。至於你的鑰匙，我已經檢查過，你的鑰匙上沒有那道刮痕上的掉漆。我經由某些證據得知，你並不知道她來竊取文件，所以你不是共犯。」

教授吐出一口濃煙，說道：「很有趣，而且也頗具啟發性。你已查出了這位女士的不少事情，肯定也能說出她後來的行動了？」

「不錯，先生，我的確要說。起初，她被你的秘書抓住，為了脫身，她隨手抓起小刀向他刺去，不過，我傾向將此事視為不幸的突發事件，因為我認為她無意殺死這位秘書。如果是預謀殺人，她一定會帶著武器。於是，她對自己犯下的大錯感到相當害怕，不顧一切地想逃離現場，不料她的眼鏡在與威洛比扭打時掉落了。她的近視極深，不戴眼鏡根本什麼也看不到，她沿著一條走廊跑去，以為就是來時的那一條。巧合的是，兩條走廊都鋪著椰子毛墊，當她知道走錯了的時候，已經來不及回頭了。該怎麼辦呢？她不能退回去，又不能站在原地不動，只好繼續往前走。她上了樓梯，推開房門，來到你的房間裡。」

老教授坐在那兒，張大了嘴，目不轉睛地看著福爾摩斯，臉上露出極度的驚訝和恐懼。他故作鎮靜地聳了聳肩，發出一陣假笑。

「真是精采的推理，福爾摩斯先生，」他說道，「只是有一個小漏洞。你知道，我一直待在房間裡，一整天都沒有離開過。」

「我知道，考蘭教授。」

「你的意思是說我躺在床上，卻沒有發現有位女士進來我的房間了？」

「我可沒這麼說，你發現有人來，並且和她講話。你認識這名女士，並且協助她逃脫。」

教授又高聲笑了出來，他猛地起起身，眼裡飄著最後一線希望。

「你瘋了！」他大喊道：「一派胡言！我協助她逃脫？她現在在哪？」

福爾摩斯指著放在屋子一角的一個高大書櫃，靜靜地說：「那裡。」

一瞬間，老人驚得說不出話來。他舉起顫抖的雙手，接著身體頹然跌坐在椅子上。這時，牆角的書櫃門打開了，一位婦女迅速地走出來，站在房間中央。「你說得對！」她以奇怪的異國口音叫道：「你說得對！我的確在這裡。」

她全身上下都沾著泥土，衣服上還留著從牆上黏來的蜘蛛網。她長得並不漂亮，她的體型和長相正如福爾摩斯推測的那樣；此外，她的下巴稍長，顯得很堅強。她的視力本來就不好，加上剛從暗處走出來，因此不停眨著眼，努力想看出我們的位置和身份。儘管她不漂亮，卻有著不服輸的頑強氣質，令人不由得肅然起敬。

史丹利．霍普金斯抓住她的手臂，想替她戴上手銬。她神色莊嚴地將霍普金斯輕輕推開，老教授仰靠在扶手椅上，微微顫抖著，目光陰鬱地看著她。

「是的，先生，我已是你們的階下囚，」她說道，「我在櫃子裡可以聽到一切，所以我知道你們已經明白了事實。我願意交代一切，是我殺死了那個青年。你說那是一件意外，是的，我並不知道我手裡拿的是刀子，我從桌上隨便抓起一樣東西，絕望地向他刺去，好掙脫他的控制，這是真的。」

「我相信你所言屬實，夫人。你的身體似乎不太好。」

她的臉色很難看，再加上臉上的泥土，顯得更加可怕。她坐到床上繼續往下說：「我所剩的日子不多了，但我還是要將一切事實告訴你們。我是這個人的妻子，他不是英國人，而是俄國人，至於姓名，我不會跟你們說。」

這個老人十分激動，不停喊道：「上帝保佑你，安娜，上帝保佑你！」

她藐視地瞪了老人一眼，說道：「色爾爵，你為什麼要過著這種沒尊嚴的生活呢？你一生中毀掉許多人，甚至自己也沒得到好處。但是，我沒有資格在上帝召喚你之前先決定你的命運；至於我自己，打從我踏進這間被詛咒的屋子後，就已經將生死置之度外了。但是，我還是要說，不然就沒機會了。」

「先生們，我剛才說過，我是這個人的妻子。我們結婚時他已五十歲，而我才只個二十歲的傻女孩。我在俄國的一個城市唸大學，我不想說出那個地名。」

老人又咕噥道：「上帝保佑你，安娜。」

「你知道，我們是改革者、革命家、無政府主義者。我們的成員很多，後來卻遭遇瓶頸；由於一個警長遇害，使得我們之中許多人被逮捕。而他為了得到大筆懸賞金，也為了活命，就向警方提供證據，背叛了他的妻子和伙伴。因為他的背叛，我們全都被捕了，有的被送上絞架，有的被流放到西伯利亞；我被送到西伯利亞，幸好不是終身流放。我的丈夫則帶著一大筆不義之財來到英國，過著安寧的生活。他十分清楚，一旦我們的團體查出了他的下落，用不了一星期就會要了他的命。」

老人發抖著，又伸出手拿起一支煙，「安娜，我任你處置了，」他說道，「你一向對我很好。」

「我還沒有將他最大的罪行告訴你們。在我們的組織裡，有位成員是我現在的朋友，他高尚、無私、樂於助人，這些氣質我丈夫一個也沒有。他仇視暴力——如果說暴力有罪的話，我們全都犯過罪。但他沒有，他總是在信件中規勸我們不要使用暴力，這些信件足以免除他的刑罰；我的日記也可以證明，因為我在日記中記述了我對他的情感以及其他成員的看法。但我丈夫發現了這些信件及我的日記，他偷偷將它們藏了起來，還一面煽風點火，慫恿政府判這名年輕人死刑。雖然他沒有達到目的，但是亞歷克西還是被當成罪犯送到西伯利亞，在一個鹽礦做苦工。你這個壞蛋！仔細想想吧，如此高尚的一個人卻受到奴隸般的待遇，而你！你的性命就操在我手裡，但我還是饒過了你。」

老人一面吐著煙，一面說：「安娜，你是一個高尚的女人。」

她慢慢站了起來，但是接著又發出一聲痛苦的喊叫，坐回了床上。

她說：「我一定得說完。當我服刑期滿以後，我開始尋找這些信件和日記的下落，因為如果俄國政府收到這些東西，就會釋放我的朋友。我知道丈夫來到了英國，經過幾個月的明查暗訪，終於找出了他的住址。我知道他還保留著這些日記，因為當我還在西伯利亞時，他曾在一次寫給我的信中責備我，還引用了我日記中的話。我也很清楚，他的心眼一向很小，一定不會把日記還給我，因此我必須親自弄到手。因此，我雇了一位私家偵探到我丈夫家中擔任秘書——也就是你的第二任秘書。他來了不久便離開了，他查出檔案全部收在小櫃中，並且取得了鑰匙模型。他不願意幫我更多的忙，只把房屋的平面圖交給了我，並且告訴我秘書住在樓上，還有書房在早上的時候沒有人等等。於是我鼓起最大的勇氣，親自來取這些東西。現在，東西雖然到手了，卻付出無法想像的代價啊！」

「我才剛拿到日記和信件，正要鎖上櫃子，一個青年突然抓住了我。那天早上我曾在路上遇到他，還向他詢問了考蘭教授的住處，卻沒想到他竟是考蘭雇用的人。」

「沒錯，就是這樣！」福爾摩斯叫道，「威洛比回來後告訴考蘭，說他在路上遇見了某位女士。他在斷氣之前拚了命想說的，就是這位女士殺了他。」

這位婦女臉部抽搐，顯得非常痛苦，她以命令的口吻說道：

「請讓我說完。這名年輕人倒下去的時候，我跑出書房，卻誤入我丈夫的房間。他說要告發我，我則告訴他，如果他敢這樣做，我也不會放過他，要是他把我交給警方，我就將他的事通知組織。我不在乎自己的死活，只想達到我的目的。他知道我說到做到，而他的命運與我息息相關。就為了這個原因，他掩護了我，把我塞進那個黑暗的角落，只有他自己知道這個秘密。他讓僕人把飯送到房裡，以便分一些給我。我們達成協議，只要警方一離開，我就乘夜偷偷逃走，並且永不回來；但是你卻識破了我們的計畫。這就是我生前最後的話。」她從胸前拿出一個小包，對福爾摩斯說道：「這個小包裹可以救亞歷克西，先生。由於你的榮譽和正義，我將它託付給你，請你轉交給俄國大使館。我已盡到我的責任，而且——」

福爾摩斯大喊道：「阻止她！」他瞬間跳到屋子的那一角，從她手中搶下一小罐藥品。

「太遲了，」她倒在床上說道，「太遲了！我走出來前就預先吃了藥，我頭好暈！我快死了！先生，我求你不要忘記那個小包裹！」

「這件案子很簡單，但也很發人深思。」我們坐車回城時，福爾摩斯說道：「一開始案情便圍繞在那一副眼鏡上，雖然那名青年在死前幸運地搶到眼鏡，但是我那時還無法確定自己能否解決問題。顯然，從眼鏡的厚度可以判斷，這個人近視很深，離開眼鏡就什麼也做不了。霍普金斯先生，當你告訴我她確實走過一小塊草地，而沒有走偏一步時，你還記得嗎？我當時曾說過，這個現象很不尋常，值得注意。事實上，我卻打從心底認為這是不可能的，除非她還有另一副眼鏡。所以，我只能認真的考慮另一種假設——她還留在這棟房子內。我一看見兩條走廊完全相似，就想到她很有可能走錯路，那樣她將會進入教授的房裡。我密切地留意一切能夠證明這個假設的細節，我仔細地檢查房子內是否有可以藏身的地方，地毯是整塊的，而且釘得很牢固，所以地板下不會有暗室；書櫃後可能有躲藏的空間，你知道的，老式的書房常有這種結構；我注意到地板上到處都堆滿了書，但是書櫃卻是空的，所以它可能是一扇門。我找不到其他方法證明這點，由於地毯是暗褐色，於是我抽了很多支煙，將煙灰灑在那個可疑的書櫃前——這是個簡單的方法，卻也非常有效。然後我就下樓去了，並且也已經弄清楚了。華生，當時你也在場，但你卻沒有理解我們談話的內容——考蘭教授的食量增加了，這容易使人聯想他還得同時餵飽另一個人。然後，我們又上樓去了，我打翻煙捲盒，以便清楚地檢查地毯。從地毯上的煙灰可以看出，在我們離開房間以後，她曾從躲藏的地方出來過。霍普金斯，查林十字街到了，恭喜你成功地解決了這個案件。你應該要去警察總部吧？我和華生要去一趟俄國使館，再見了，朋友。」

11 失蹤的中衛

我們在貝克街常收到一些內容離奇的電報，這本來不值一提，但七八年前二月的某個陰鬱早晨收到的那封，卻令我印象深刻，並且使得夏洛克．福爾摩斯先生困惑了足足十五分鐘。電報是發給他的，內容如下：

請等我，萬分不幸。右中衛失蹤，明天需要。

奧佛頓

福爾摩斯看了又看，說道：「河濱的郵戳，十點三十六分發出。顯然奧佛頓先生發電報時相當激動，所以內容才語無倫次。我猜等我讀完《泰晤士報》後，他一定就會抵達，到時我們就能知道一切了。」那段時期我們並不忙碌，所以就算是最無關緊要的問題，也一樣歡迎。

根據我的經驗，無所事事的生活是很可怕的，因為我朋友的頭腦過於好動，要是找不到事情讓他思考，那會十分危險。經過我一番努力，他已經停止服用刺激劑好幾年了，因為這種藥物曾一度妨礙他富有意義的事業。現在，一般情形下福爾摩斯不再需要服用這種人造的藥劑了，但我很明白，他的病症尚未根除，只是暫時潛伏，而且潛伏得很深，一旦閒下來就會復發；我曾在那種情況下看見福爾摩斯兩眼深陷、面容陰鬱，令人難以捉摸。所以，不管奧佛頓是誰，只要他能帶來難解之謎，我就該感謝他，因為風平浪靜比狂風暴雨更令我的朋友痛苦。

正如我們預料，委託人緊跟著電報親自登門了。他的名片上印著「劍橋，三一學院，西里爾．奧佛頓先生」，他是一位身材魁梧的年輕人，寬闊的骨架與厚實的肌肉將房門給堵住了；他的相貌英俊，但是面容憔悴，無神的雙眼緩緩地打量著我們。

「夏洛克．福爾摩斯先生是——」

我的朋友點了點頭。

「福爾摩斯先生，我在蘇格蘭場見過了霍普金斯警長，他建議我來找你，他說，他認為將我的案子交給你解決更適合一些，不必找官方偵探。」

「請坐下，然後告訴我們發生了什麼。」

「糟透了，福爾摩斯先生，糟透了！我的頭髮都快白了。你應該聽過戈德弗雷．史道頓這個名字吧？他是隊上的靈魂。我寧願中衛線上只有史道頓一個，而不要另外那兩個；無論是傳球、運球、還是搶球，沒人贏得了他。他是全隊的核心，可以把全員的士氣帶動起來。我該怎麼辦呢？福爾摩斯先生，我想請教你該怎麼辦。當然，還有穆爾豪斯替補，他是踢前衛的，但他總是喜歡擠進去搶球，而不是守在邊線上。他的定位球踢得很好，但他不太會判斷戰局，而且不善於拚搶，很可能會被牛津的兩名宿將莫爾頓與詹森牢牢守死。史帝文生跑得很快，但是他不會在二十五碼遠的地方踢落地球。一個不會踢落地球也不會踢空球的後衛，根本沒有存在的價值。福爾摩斯先生，若是你不幫我們找到戈德弗雷．史道頓的話，我們就輸定了！」

我的朋友神情專注，津津有味地聽著。這位客人十分著急，他強壯的手臂在敘述的過程中不時拍打自己的膝蓋，拚命地想將每句話解釋清楚，他的話一停下來，福爾摩斯便取來了S字母的那卷資料，但並未從這卷豐富的資料中查出什麼。

「有亞瑟．H．史道頓，一個發了財的年輕偽鈔犯；有亨利．史道頓，我協助警方將這個人送上絞刑台；但是戈德弗雷．史道頓這個名字我卻從未聽過。」

我們的客人露出難以置信的樣子。

「福爾摩斯先生，我以為你無所不知。如果你沒有聽說過戈德弗雷．史道頓，想必也不知道西里爾．奧佛頓了。」他說道。

福爾摩斯微笑地搖了搖頭。

「大偵探先生！」他驚訝地喊了出來，「在英格蘭對威爾斯的比賽中，我的球隊可說是英格蘭的第一隊。我是大學生隊的隊長，不過，你不知道也沒關係，但我想每個英國人都知道戈德弗雷．史道頓，他是最優秀的中衛，參加過劍橋隊、布萊克希斯隊以及五次國家隊。福爾摩斯先牛，你以前就住在英國嗎？」

福爾摩斯對這位天真的年輕人笑了笑。

「你生活在跟我完全不同的世界裡，奧佛頓先生，一個更愉快，也更健康的圈子裡；我和社會上各界的人士幾乎都有往來，唯獨與體育界沒有。業餘體育賽事是英國最有意義也最健康的事業，但你這次意外的光臨，說明了即使是在最講究規則的運動領域中，也有事必須向我求教。現在，請你坐下來，仔細地告訴我們發生的事，以及希望我如何幫助你。」

奧佛頓露出了不耐煩的表情，就像叫一個不善動腦的四肢發達的人去思考一樣。他開始敘述一個奇怪的故事，我已將其中的重複與模糊之處刪去。

「是這樣的，福爾摩斯先生，就像我剛才說的，我是劍橋大學橄欖球隊的隊長，戈德弗雷．史道頓是最好的隊員。明天我們和牛津大學有場比賽，昨天全隊在倫敦的班特萊旅館住下。到了晚上十點，我去巡視了一下，確認所有隊員是否都已休息，因為我相信嚴格的訓練和充足的睡眠可以讓一個隊伍保持最佳狀態。我看見史道頓臉色慘白，似乎很不安。我問他怎麼了，他回答我沒事，只是有點頭痛，於是我向他說了晚安就離開了。半小時後，旅館服務員跟我說，有一個長著滿臉鬍鬚、衣著簡陋的人拿著一封信要找戈德弗雷。由於他已經就寢了，服務員將信送進他的房間裡，豈知他一讀完信，立刻就癱倒在椅子上，像被斧頭砍到一樣。服務員很驚訝，想通知我，卻被戈德弗雷阻止了，他喝了一點水後又振作起來，然後走下樓，與在大門等候的那個人說了幾句話，兩個人便一起出去了。服務員最後看到他們時，他們正沿著大街朝河岸跑去。今天早上戈德弗雷的房間是空的，床沒有睡過，東西也沒有動過，就像我昨晚看到的那樣。那個陌生人上門後，戈德弗雷立刻跟他走了，之後音信全無，我恐怕他再也不會回來了。戈德弗雷是個真正的運動員，他打從心裡喜愛運動，從來沒有中斷過訓練，也沒有讓隊長失望過，因此肯定受了什麼嚴重的打擊。我猜他永遠不會回來了，我們再也見不到他了！」

福爾摩斯很感興趣地聽著他的敘述。

「你採取了什麼措施？」他問道。

「我發了電報到劍橋，問他們是否有他的消息，但沒有人看見他。」

「他回得去劍橋嗎？」

「是的，有一趟十一點十五分開的晚班車。」

「但是，你覺得他沒有搭這班車？」

「是的，沒有人看見過他。」

「後來呢？」

「我又發了電報給蒙特．詹姆士爵士。」

「為什麼發給他？」

「戈德弗雷是個孤兒，蒙特．詹姆士是與他血緣最近的親人，我記得是他叔父。」

「嘿！這一點或許會有用。蒙特．詹姆士爵士是英國最富有的人。」

「我曾聽戈德弗雷講過。」

「他是近親嗎？」

「是的，他是財產繼承人。老爵士已經快八十歲了，還有嚴重的風濕病，人們都說他快死了。他連一個先令都沒有給過戈德弗雷，是個十足的守財奴，但財產遲早歸戈德弗雷所有。」

「蒙特．詹姆士爵士那邊有消息嗎？」

「沒有。」

「如果戈德弗雷去了蒙特．詹姆士爵士處，那可能是什麼原因？」

「當天晚上有件事讓戈德弗雷很不安，如果是和錢有關的事，可能是爵士打算把大筆遺產交給他；當然，就我聽說，戈德弗雷很可能不會繼承遺產，他不喜歡這個老人，要不是有重要的事，他絕對不會過去。」

「那麼，我們可以這樣假設：如果你的朋友戈德弗雷是到蒙特．詹姆士爵士那裡去，你就能解釋那名衣著簡陋的人為什麼深夜來訪，為什麼他的來臨讓戈德弗雷焦慮不安。」

「我解釋不了。」西里爾．奧佛頓困惑地說道。

「好吧！今天天氣不錯，我願意調查一下這件事。我建議，不管這個年輕人發生了什麼事，你還是要照常參加比賽；正如你所說的，他突然不告而別，肯定有極要緊的事，而且就是這件事讓他至今未歸。我們一起去旅館，看看服務員能不能提供新的線索。」

在夏洛克．福爾摩斯的安撫下，委託人的心情很快平靜了下來。不久後，我們來到旅館，走進了史道頓住過的單人房。福爾摩斯從服務員處打聽到一些情報，當天晚上來的客人既不是一位紳士，也不像僕人，服務員只說他是個「穿著不怎麼樣的人」，年紀大約在五十歲，鬍子稀疏、臉色蒼白，衣著相當樸素。他似乎很激動，拿信的手不停地抖動著。服務員看到戈德弗雷．史道頓把那封信塞到口袋裡，他沒有和大廳的這個人握手。他們交談了幾句，服務員只隱約聽到「時間」兩個字，然後他們就匆匆忙忙地走出去了。當時大廳的掛鐘正好顯示十點半。

福爾摩斯坐在史道頓的床上，問道：「我想你是值日班的，對嗎？」

「是的，先生，我十一點下班。」

「值夜班的服務員沒有看見什麼嗎？」

「沒有，先生。只有一些看戲的客人回來較晚，除此之外沒有別人了。」

「你昨天一整天都在值班嗎？」

「是的，先生。」

「有收到任何給史道頓先生的訊息嗎？」

「有的，先生，有一封電報。」

「噢！那很重要。什麼時候？」

「大約六點鐘。」

「史道頓在哪裡收到那封電報？」

「就在這個房間裡。」

「他拆電報的時候，你在場嗎？」

「是的，我在。我等著看他是否要回電。」

「那他有回電嗎？」

「是的，先生，他寫了一封回電。」

「是你去發回電的嗎？」

「他自己去的。」

「但你看見他寫了回電？」

「是的，先生。我站在門邊，他背對我在桌子上寫的，寫完後對我說道：『好了，服務員。我自己去發。』」

「他是用什麼筆寫的？」

「鋼筆，先生。」

「是不是用這張桌子上的電報紙？」

「是的，就是原本放在最上面的那張。」

福爾摩斯站了起來。他拿起放在最上面的一張電報紙，走到窗戶旁仔細地檢查。

「可惜他不是用鉛筆寫的，」他說道，然後丟下這張電報紙，失望地聳了聳肩，「華生，你一定也想得到，字跡會透到第二張紙上，曾有人利用這種痕跡破壞了無數美滿的婚姻。但我們從這張紙上找不到東西。哎，有了！我看出他是用粗尖的鵝毛筆寫的，這樣我們一定能在吸墨紙上找到一些痕跡。哈！看吧，一點都沒錯！」

他撕下一條吸墨紙，並將上面的字跡拿到我們面前。

西里爾很激動地叫道：「用放大鏡！」

「沒有必要，紙很薄，可以從反面看出寫了什麼。」福爾摩斯說道，接著他把吸墨紙翻到背面。

「這就是戈德弗雷·史道頓在失蹤前幾小時所發電報的最後一句。我想完整內容至少還多出六個字，但剩下的『Stand by us for God's Sake（看在上帝的份上，幫助我們）』足以說明，這個青年意識到危險即將降臨在他的身上，而且某個人能夠保護他。請注意『我們』，這表示有第三者參與。除了那個臉色蒼白，同時也十分緊張的鬍鬚佬以外，還會有誰呢？那麼，戈德弗雷和這個鬍鬚佬又是什麼關係呢？為了躲避迫在眉睫的危險，他們兩人前往求助的那個人又是誰呢？我們的調查應該由這些問題開始。」

「只要查出電報是發給誰的就好了。」我建議道。

「的確如此，親愛的華生，你的辦法的確能解決問題，我也這樣想過。但是你必須明白，郵局的人員不會隨便讓你看別人的電報底稿，那將會需要一系列繁複的手續；但是，我確信我能利用一些巧妙的手段做到。另一方面，奧佛頓先生，趁著你還在，我要看看留在桌子上的那些檔案。」

桌上擺著一些信件、帳單和筆記本等，福爾摩斯迅速而認真地翻閱著。過了一會兒，他說道：「這些東西沒什麼特別的。順帶一提，你的朋友是個健康的年輕人，他應該沒什麼毛病吧？」

「他壯得跟頭牛一樣。」

「他生過病嗎?」

「從來沒有。不過他曾因脛骨受傷休養過，還有因為滑倒而傷到膝蓋，但這都算不上是病。」

「也許他沒有你想的那麼健壯，我想他可能有難以啟齒的疾病。要是你同意的話，我先拿走這桌子上的幾份資料，便於調查。」

「等一下!等一下!」忽然有人焦急地喊道，我們抬起頭來，看見一個古怪的老頭兒，顫顫巍巍地站在門口。他穿著褪色發白的黑色衣服，戴著寬邊禮帽，繫著白色寬領帶，看起來十分俗氣，像一名鄉村牧師。儘管他衣衫襤褸，模樣滑稽，但講話的聲音卻很清晰。他一副有急事的樣子，引起了我們的注意。

「你是誰?先生，你憑什麼碰這些文件呢?」他問。

「我是一個私家偵探，我正設法查出他失蹤的原因。」

「哦，偵探，是嗎?誰請你來的?哼?」

「這位先生，史道頓的朋友。是蘇格蘭場介紹給我的。」

「你又是誰?先生。」

「我是西里爾・奧佛頓。」

「那麼，就是你發電報給我的對吧?我是蒙特・詹姆士爵士，是搭貝斯瓦特巴士趕來的，你已經把事情委託給一位偵探了?」

「是的，先生。」

「你準備付錢了嗎?」

「要是能夠找到我的朋友戈德弗雷，他當然會付錢。」

「但要是找不到呢?回答啊!」

「要是這樣，當然就是他家裡——」

「門都沒有！先生，」這個矮小的老頭尖叫道：「休想我拿出一個便士，一個便士都別想！偵探先生，明白了嗎？那個年輕人只有我一個親屬，但我告訴你，我不會負任何責任。如果他能分到任何遺產，那都是因為我從來不浪費錢，但我現在還不想讓他繼承。你擅自動了這些文件，我可以告訴你，要是裡面有什麼值錢的東西，你必須負起全部責任。」

「都聽你的，先生，」福爾摩斯說道，「同時，我想請問你對這名年輕人的失蹤有什麼看法？」

「沒有！先生，他已經是個大人了，會照顧自己。他蠢到看不住自己，這可不關我的事！」

「我明白你的處境，」福爾摩斯眨了眨眼睛，用嘲諷的語氣說道：「也許你沒聽懂我的意思。戈德弗雷·史道頓一向被認為是個窮人，如果有人劫持他，那絕不會是為了他的財產。但是，蒙特·詹姆士爵士，你的財富早就廣為人知，很有可能是某些人為了熟悉你的住處、財產等情形，而把你的侄子劫走。」

這位令人厭惡的客人臉色立刻變得蒼白，如同他的白色領帶一般。

「老天！太可怕了！沒想到有人會做這種事！世上竟然有這麼沒人性的壞蛋！戈德弗雷是個好孩子，一個堅強的孩子，他絕不會出賣他的叔叔。我今晚立刻把值錢的東西運到銀行去，偵探先生，我拜託你無論如何一定要把他安全找回。至於酬勞，我願意出五鎊，甚至十鎊都沒問題。」

這位富有的吝嗇鬼，即便他身無分文，對我們也沒有任何幫助，畢竟他毫不瞭解自己侄子的生活，我們很快地將他打發走了。唯一的線索只剩下那份殘缺的電報，福爾摩斯抄下一份複製品，去尋找有關的線索。奧佛頓也回去與隊員商量該如何應對這個不幸的情況。

旅館不遠處有間郵局，我們走到郵局門口，福爾摩斯說道：「可以試試看，華生。當然，如果有許可，我們就能調出存根查閱，可是現在來不及弄到許可。我想郵局的人員都很忙，不會記得我們的長相，我們可以冒險試一下。」

他對著柵欄後的一位年輕女士若無其事地說：「對不起，昨天我發的那封電報中可能有些錯誤。因為我沒有收到回電，我想也許是忘記在背後寫名字了。請你幫我調閱一下好嗎？」

「什麼時候發的？」她問。

「六點出頭。」

「發給誰？」

福爾摩斯把手指放到嘴唇上，示意我不要講出來，然後果斷地說道：「電報上最後的幾個字是『看在上帝的份上，幫助我們』，我急著收回電。」

這位年輕女士抽出一張存根。

「就是這張，上面沒有名字。」她說道，然後將存根平鋪在櫃台上。

「怪不得沒有收到回電，哎，我真是蠢！」福爾摩斯說道，「謝了，女士，感謝你解答我的疑惑。」等我們走回街上後，福爾摩斯一面搓著手，一面咯咯笑著。

「怎麼樣？」我問道。

「大有進展！華生，我預想了七種調閱存根的辦法，但我沒想到這麼輕鬆，第一次就成功了。」

「你得到了什麼線索呢？」

「我知道該從哪裡開始調查了。」他說道，隨即叫了一輛馬車，「去國王十字街車站。」

「我們要去的地方很遠嗎？」

「是的，我們必須去一趟劍橋，所有的線索似乎都與它有關。」

當我們駛過葛雷旅館大路的時候，我又問道：「你對史道頓的失蹤原因有何看法？我們從未遇過任何動機不明的案子，你該不會認為有人為了他叔叔的錢而綁架他吧？」

「老實說，親愛的華生，我並不那麼想，當時我突然靈機一動，因為只有這麼說才能引起那個糟老頭的興趣。」

「確實如此，不過，你實際上是怎麼想的？」

「我能舉出好幾種說法。你一定也覺得奇怪，事情竟發生在一場重要比賽的前夕，並且牽涉一名左右比賽勝負的球員；當然，這之間也可能只是巧合，但卻很有意思。業餘比賽是沒有賭注的，但一部分的人會在場外私下簽賭，就像賽馬場上，也常有流氓為了贏錢而盜走好馬，這是一種可能性。第二種可能性則很明顯，雖然這個青年現在沒有錢，但他遲早會繼承大筆財產，綁架他是為了得到巨額贖金，這也是很有可能的。」

「這兩種說法都無法解釋電報的內容。」

「是的，華生，電報仍然是我們必須解決的問題，而且我們也不應該分散注意力，此行去劍橋正是為了查出這封電報的目的。我還不知道該如何調查，但天黑前一定會有個明確的方向。」

當我們來到古老的大學城時，天已經黑了，福爾摩斯在車站叫了一輛馬車，讓車伕載我們到雷斯利・阿姆斯壯醫生的住處。幾分鐘後，馬車駛進一條繁華的街道，在一棟豪華的房子前面停了下來。一名僕人將我們領進去，等了很久之後，我們才被引到診療室，這位醫生就坐在桌子後方。

我從沒聽說過雷斯利・阿姆斯壯的名字，看來我跟醫學界的人士缺乏交流。現在我才知道，他不僅是劍橋大學醫學院的負責人之一，還在不少領域上頗有成就，是個聞名全歐的學者。任何人就算不熟悉他的偉大成就，也一定會對他的長相留下深刻印象：他有著方正的胖臉龐，濃眉下長著一雙陰鬱的眼睛，倔強的下巴彷彿是大理石刻出來的。我推斷阿姆斯壯醫生是個心機極深、警覺性高、自制力強、且很難對付的人。他將我朋友的名片拿在手中，抬起頭來看了看，臉上沒有一絲喜悅的表情。

「夏洛克・福爾摩斯先生，我聽說過你的名字，也瞭解你的職業——我絕不贊成這種職業。」

我的朋友平靜地說：「那麼，你便在無形中幫助了全國的所有罪犯。」

「你致力於遏止犯罪，這的確能獲得社會上所有正義人士的讚揚，不過，我相信有警察就夠了。而你的行為還時常受到非議——你刺探他人的秘密、家庭的隱私，將這些本該遮掩的事宜揚出去，而且你總是打擾那些比你還要忙的人。例如，我現在應該在寫論文，而不是跟你談話。」

「醫生，也許你說的是對的，但事實將會證明我們的談話比你的論文更重要。我可以順便告訴你，我所做的與你指責的完全相反，我們盡可能避免私人案件流入公眾耳裡；相反地，一旦將事情交到警方手中，一定會公布出去。我就像一支非正規的前導隊，走在正規軍前面。我來是向你打聽戈德弗雷．史道頓先生的近況。」

「他怎麼了？」

「你不認識他嗎？」

「他是我的密友。」

「你知道他失蹤了嗎？」

「真的？」醫生肥胖的面孔上沒有任何表情變化。

「他昨天夜裡離開了旅館，從此音訊全無。」

「他一定會回去的。」

「明天就要舉辦校際橄欖球賽。」

「我不喜歡這種年輕人的玩意。我之所以關心他的情形，是因為我認識他，也喜歡他，我才不管什麼球賽舉不舉辦。」

「我深有同感，所以，我正在調查史道頓先生的情況，你知道他在哪嗎？」

「不知道。」

「昨天以來你都沒有見過他？」

「沒有。」

「史道頓先生健康嗎？」

「十分健康。」

「他有生過病嗎？」

「從來沒有。」

福爾摩斯突然拿出一張收據，擺在醫生眼前，「那麼，請你解釋一下這張十三基尼的收據，這是史道頓上個月付給劍橋的阿姆斯壯醫生的。我從他桌上的文件中找到了這張收據。」

這名醫生頓時惱羞成怒。

「福爾摩斯先生，我認為沒有必要跟你解釋。」

福爾摩斯把收據又夾回他的筆記本裡，說道：「如果你想在大庭廣眾下解釋的話，那一天很快就會到來。正如我所說，別的偵探會拿去大肆宣揚的事，我卻能幫你掩蓋下來。如果你夠明智的話，就應該把一切告訴我。」

「我什麼都不知道。」

「史道頓先生從倫敦寫信給你嗎？」

「沒有。」

福爾摩斯不耐煩地嘆了一口氣，說道：「唉，郵局真是太不像話了！昨天晚上六點十五分，史道頓先生從倫敦發了一封急電給你，毫無疑問，這封電報與他的失蹤有關，但你竟然沒有收到。郵局太不像話了！我一定得去好好質問他們。」

雷斯利．阿姆斯壯醫生突然從桌子後站了起來，他的黑臉由於憤怒變成了紫紅色。

「請你離開，先生，」他說道，「你可以告訴你的委託人蒙特．詹姆士爵士，我不願與他本人及他的代理人有什麼瓜葛。先生，什麼都不用說了。」他憤怒地搖了搖鈴。「約翰，把這兩位先生送走。」一名肥胖的管家嚴肅地將我們領出大門。我們走到街上，福爾摩斯忍不住笑了出來。

「阿姆斯壯醫生是個很頑固的人，我想只有他適合解決著名學者莫里亞蒂遺留下來的問題。現在，華生，我們困在這個人生地不熟的小鎮裡，但是在調查完這件案子前我們還不能離開。阿姆斯壯家對面的那間小旅館很適合我們投宿，你去訂一間正對街上的房間，順便買一些晚上要用的東西。我利用這些空檔做些調查。」

然而，這些調查花費的時間比福爾摩斯原先預期的還要多，一直到晚上九點才回到旅館。他的臉色蒼白，表情沮喪，滿身泥土，並且又餓又累。桌上的晚餐已經涼了，他匆忙地吃完後，點上煙斗，正要發表他那幽默又饒有哲理的意見——事情不如意時他總是如此，一陣馬車的車輪聲使他站了起來，我們同時向窗外望去，只見在煤氣燈的照耀下，一輛拴著兩匹馬的四輪馬車停在了醫生家門前。

「馬車是六點半離開的，過了三小時才回來，因此能走十到十二哩路，他每天出去一次，有時兩次。」

「醫生出診是很正常的。」

「但阿姆斯壯並不是一般的出診醫生，他身兼講師和會診大夫，不看一般的病症，看病會妨礙他的研究工作。為什麼他要不厭其煩地去那麼遠的地方，他是去找誰的呢？」

「那他的馬車伕——」

「親愛的華生，你能想像我一開始是想找這名馬車伕打聽情況的嗎？但不知道是因為他天生的壞脾氣，還是受到他主人的唆使，他竟無禮地朝我放出狗來。不管是人還是狗全都不歡迎我，總之，我失敗了。關係弄僵之後，就不容易進行調查了。我從一個和善的本地人那裡打聽到一些情報，他就在這間旅館工作，他告訴我醫生的生活作息和他每天出門的情況。我們正聊著，馬車就開到了門前，剛好能證實他所說的。」

「你沒跟著馬車看看嗎？」

「好極了，華生！你的想法和我不謀而合。你一定也注意到，我們的旅館隔壁有一家自行車行。我趕緊進去租了一輛自行車，幸好馬車還沒走遠，我拚了命地追上了馬車，始終與它保持著一百碼左右的距離。我跟著馬車的燈光，一直出了城，在鄉村的道路上又走了很長一段，這時發生了一件令我困窘的事。只見那輛馬車突然停住，醫生走下車，轉身朝我走過來，並以用嘲諷的口氣對我說，他怕道路太窄，馬車會擋住我的路。他都這麼說了，我只好超過馬車，若無其事的在路上又騎了幾哩，然後才在一個適當的地方停下來，看看馬車是否已經不見。果然馬車早已不見蹤影，顯然是轉到我剛才遇到的岔路上了。我往回騎，但還是看不見馬車。現在你看，馬車是在我之後回來的。當然，我沒有特別的理由將戈德弗雷的失蹤與阿姆斯壯的外出聯想在一起，調查阿姆斯壯只是不想漏掉任何有用的線索。但如今我發現他總是小心地提防被人跟蹤，因此他的外出肯定有蹊蹺，我一定要搞懂這件事。」

「我們明天繼續跟蹤他。」

「兩個人？事情沒有你想的那麼容易。你不熟悉劍橋的地形吧？這裡不容易躲藏，我今晚經過的鄉村地勢都很平坦，並且空曠；而且我們跟蹤的人也絕不是笨蛋，他今天的表現充分說明了這一點。我已經通知奧佛頓，要他回電給我，告訴我們倫敦有沒有新進展。我們則專心調查阿姆斯壯這個名字出現在電報存根上的人。我敢發誓，他一定知道史道頓在哪裡，如果明知他知情，而我們卻不設法弄明白，那才是我們的錯呢！現在，我得承認勝負的關鍵還握在他的手裡。華生，你很清楚，我不喜歡半途而廢。」

第二天，我們仍無法解開這個謎，事情依舊毫無進展。早餐過後，有人送來一封信，福爾摩斯看了以後露出微笑，將信遞給了我。

先生：

我很確定，你們跟蹤我只是白費力氣。你昨晚應該已經發現，我的四輪馬車後方有個窗戶，所以若你願意來回走二十哩，那就請便吧。同時我可以告訴你，監視我對戈德弗雷·史道頓先生沒什麼好處。如果你想幫助他，最好還是回倫敦去，向你的委託人報告你無法找到他，你在劍橋的時間白白浪費了。

雷斯利·阿姆斯壯

「真是位坦率、誠實的對手。他引起了我的好奇心，我一定要弄清楚再走。」福爾摩斯說道。

「他的馬車現在就停在他門前，他正要上車。我看見他又抬頭朝我們的窗戶看了一下。這次換我騎車去試試，如何？」

「不要去，親愛的華生，不要去。儘管你聰明機智，但恐怕仍然不是這個醫生的對手。我想我單獨前往或許能成功，你就留在城裡隨便走走。如果平凡的鄉村中忽然出現兩個鬼鬼祟祟的陌生人，一定會引起不必要的謠言。這座名城擁有一些不錯的景點，你可以去參觀一下。我希望傍晚就能帶回好消息。」

然而，我的朋友再度失敗了。他又在深夜時分疲憊且沮喪地返回旅館。

「華生，今天又白跑一趟了。我已經知道醫生遠行的方向，因此我到了那一帶的村落展開調查，我跟當地的旅店老闆及賣報人聊過。我去了切斯特頓、西斯頓、瓦特畢奇和沃金頓等地方，但都大失所望。在這種平靜的地區每天出現兩匹馬的四輪馬車，是不可能被人忽視的。這一次醫生又勝利了，有我的電報嗎？」

「有，我拆開了。上面寫著：

向三一學院的傑瑞米．狄克生要龐培。

我看不懂這份電報。」

「喔，這很清楚。它是我們的朋友奧佛頓發來的，他回答了我提的一個問題。我只要寫封信給狄克生先生，事情一定會好轉。順便問一下，比賽的事有什麼消息嗎？」

「今天的本地晚報有詳細報導。有一場牛津贏了一分，兩場打平。報導的最後一段是——」

淡藍色球衣的隊伍之所以失利，全是因為世界一流的運動員，國家級的選手史道頓的缺陣，造成前衛線上合作不佳，進攻和防守也很薄弱，大大影響了全隊實力。

「奧佛頓的預言成真了。就我個人來說，我和阿姆斯壯的想法一樣，球賽不是我份內的事。華生，我們今天要早點睡，我敢斷定明天一定會很忙。」

第二天早上，我看到福爾摩斯坐在火爐旁，手裡拿著注射的針筒，不禁大吃一驚，立刻想到他那已很虛弱的體質，感到相當擔心。他看到我的表情，忍不住笑了出來，把針筒放到了桌子上。

「別為我擔心，親愛的朋友。在這種緊要關頭使用興奮劑不能算是吸毒，反而是解開謎底的關鍵，我的希望全寄託在這一針上面。我剛剛去調查了一番，一切都很順利。華生，好好吃頓早餐，今天我們要追蹤阿姆斯壯醫生，一旦被我盯上了，不查到他的巢穴，我是絕對不肯罷休的。」

「既然如此，」我說道，「我們把早餐帶上吧，他似乎也打算一大早遠行，他的馬車已經停在門前了。」

「別管他，讓他走吧。他很狡猾，總是有辦法駛到我追蹤不到的地方。如果你吃飽的話，跟我下樓去，我要向你介紹一位比我更出色的偵探。」

我和福爾摩斯下了樓，來到馬廄的院子裡，他打開馬房的門，放出一條獵狗。這條狗又矮又肥，雙耳下垂，毛色黃白相間，介於小獵犬與獵狐犬之間。

「容我向你介紹龐培，牠是當地最有名的追蹤犬，跑得非常快，而且是個頑強的追蹤者。龐培，別跑得太快，我怕我們追不上你，所以只好給你的脖子套上皮帶——好，龐培，去吧！今天全看你的了。」

福爾摩斯把狗牽到對面的醫生家門前。狗到處嗅了一會兒，然後發出一聲尖叫即朝大街跑去，我們拉著皮帶拚命追上。半小時後已出了城，飛奔在鄉村的大路上。

「福爾摩斯，你打算怎麼辦？」我問道。

「這是個老辦法，不過有時很有用。我今天早上到了醫生的院子裡，在馬車的後輪上注射了一針筒的茴香子油，任何一頭獵犬只要聞到茴香子的氣味，就會一直追到天涯海角，他想擺脫掉龐培是不可能的！真是狡猾的醫生！前天晚上他就是把車駕到鄉村後面甩掉了我。」

狗突然從大路轉到一條長滿野草的小徑上，我們走了半哩，來到另一條寬廣的大路上，從此處向右轉便能回到城裡。這條路通往城南，另一頭則是我們的出發地點。

「這個大轉彎實在幫了我們大忙！難怪從村民那裡什麼也打聽不到。真是高明的圈套，但我更想知道他為什麼要精心設計這個圈套。右邊一定是特朗平頓村了。哎！馬車要轉過來了！快，華生，快，不然會被發現的！」

福爾摩斯拉著不聽話的龐培跳進一座籬笆門，我也跟隨著躲了進去。我們剛躲到籬笆下面，馬車便迅速駛過了。我看見阿姆斯壯醫生坐在車裡，他的肩膀向前拱著，兩手托著頭，一臉沮喪的樣子。福爾摩斯看到後露出了嚴竣的表情。

「恐怕我們會得到壞消息，」他說道，「但很快就能明白了，龐培，來！到田野上的那間茅屋去！」

顯然這趟旅程已經到了終點。龐培在茅屋的門外跑來跑去，並且使勁地吠叫，這裡能發現馬車的輪痕，有一條小徑通往這座孤單的農舍。福爾摩斯把狗拴在籬笆上，我們來到了門前。他敲敲簡陋的屋門，沒有任何回應。但屋裡肯定有人居住，因為我們聽到裡面傳來低沉的聲音，就像一種痛苦的悲泣，使人感覺悲傷。福爾摩斯遲疑了一下，然後回頭望向剛才穿過的大路。一輛四輪馬車正朝這裡駛來，拉車的是一對灰色馬，那正是醫生的馬車。

「醫生又折回來了，這次終於可以揭開謎底，我們一定要在他到達之前，看看是怎麼一回事。」

他把門推開，我們走進玄關。那陣低沉的聲音比剛才更清楚了些，後來又變成一陣嗚咽；聲音來自樓上，福爾摩斯急忙走上去，我緊跟在後頭。他推開一扇半掩的門，眼前出現了一副令我們吃驚的景象。

一位年輕美麗的女士倒臥在床上。她的面容平靜而慘白，一雙無神的藍色眼睛透過凌亂的金髮朝天花板瞪著。一個年輕男子半跪半坐在床邊，將臉埋在床單裡嚎啕大哭。他完全沉浸在悲傷之中，福爾摩斯把手搭在他的肩膀上，他慢慢抬起頭來。

「你是戈德弗雷．史道頓先生嗎？」

「是的，我是，可是你來晚了，她已經死了。」

這名青年悲傷得有些神經錯亂，並未明白我們不是來看病的醫生。福爾摩斯正要說幾句安慰的話，並解釋自己的身份，樓梯上卻傳來了腳步聲，阿姆斯壯醫生出現在門旁，臉上交織著沉痛、嚴峻和質問的神情。

「好吧，先生們，」他說道，「你們終於達到了目的，並且在如此不幸的時刻來打擾我們。我不想在死者面前大吵大鬧，但是我必須說，要是我再年輕一點，我絕對不會饒恕你們這種惡劣的行為。」

「請見諒，阿姆斯壯醫生，我想我們之間有些誤會，」我的朋友莊重地說道，「最好請你下樓來，我們可以聊聊這件不幸的事情。」

不久後，這位嚴厲的醫生跟著我們來到樓下的客廳。

「說吧！先生。」他說道。

「首先，希望你能理解，我並不是受蒙特．詹姆士爵士的委託而來，而且我對這位貴族相當反感。我的責任只是查出一個失蹤者的下落，但是隨著調查的進行，事情超出了我的想像，但只要不存在犯罪，我們就願意秘而不宣。既然這件事沒有違法之處，請相信我會守口如瓶，並且不讓報社知道。」

阿姆斯壯醫生立刻走上前來，緊握住福爾摩斯的手。

「你是一個好人！」他誠懇地說道，「我錯怪了你。既然你已經知道了這些情況，問題就容易解釋了。一年前史道頓在倫敦住了一陣子，與房東的女兒萌生了強烈的愛情，並且娶了她。她聰明、善良，而且美麗，任何人有了這樣的妻子都會很幸福的。但是戈德弗雷是那個乖僻的貴族的繼承人，如果讓他知道了結婚的事，戈德弗雷一定會喪失繼承權。我十分瞭解這個年輕人，他有很多優點，很討我喜歡，因此我盡我所能的幫助他，維持他的繼承權。我們盡量不讓外人知道這件事，因為只要有任何一個人知道，一下子就會傳開。由於這所農舍相當偏僻，加上史道頓很謹慎，所以到現在還沒有外人知道這件事。他們的秘密只有我和一個忠誠的僕人知道——這個僕人到特朗平頓辦事去了。但是他的妻子很不幸，得了一種嚴重的肺病，這讓可憐的史道頓快急瘋了，偏偏他還得去倫敦參加比賽，要是請假就必須說明理由，這樣便會曝露自己的秘密。我發電報去安慰他，他回電請我幫忙。這就是那封電報，不知怎的竟被你看到了，我沒告訴他病情有多危急，因為就算他回來也無濟於事，但我將病情告知了她的父親，她那愚鈍的父親又轉告了史道頓。結果他就發了瘋似地趕了回來，跪在他妻子的床前一動也不動，直到今天上午，他的妻子終於從痛苦中解脫了。福爾摩斯先生，這就是全部情形，我相信你和你的朋友都是言語謹慎的人。」

福爾摩斯緊握了一下醫生的手。

「走吧！華生。」我們離開了那所充滿憂傷的房子，再度回到冬季的黯淡陽光下。

12 葛蘭奇莊園

一八九七年冬末，一個下霜的早晨，有人推了推我的肩膀，我醒來一看，原來是福爾摩斯。他手裡拿著蠟燭，焦急地俯下身來，告訴我發生了一件緊急案子。

「起來，華生，快起來！事情十分急迫。什麼也別問，把衣服穿上！」他不耐煩地喊道。

十分鐘後，我們坐上了馬車，隆隆地行駛在寂靜的街道上，直奔查林十字街車站而去。天色已微微發亮，倫敦灰白色的晨霧中時能見到一兩個早班工人。福爾摩斯裹著厚厚的大衣一言不發，我也跟他一樣，因為天氣很冷，加上我們尚未吃過早餐。

我們在火車站喝了點熱茶，走進車廂坐下後，才感到身體逐漸暖和起來。火車開往肯特郡，一路上福爾摩斯滔滔不絕地講著。他從口袋裡拿出一封信，大聲朗讀道：

親愛的福爾摩斯先生：

希望你立刻協助我解決這樁特殊的案件，處理這一類案件正是你的特長。現場除了已把那位夫人釋放之外，一切物品皆未移動。請你火速趕來，因為我們無法將尤斯塔斯爵士單獨留下。

你忠實的朋友

史丹利．霍普金斯

下午三點三十分

寄自葛蘭奇莊園，馬舍姆，肯特郡

福爾摩斯說道：「霍普金斯找我去過現場七次，每次的確都需要我的幫忙。我想你一定已把他的案子全收錄進你的筆記本了，當然，我承認你很會取材，這彌補了你敘述上的缺陷。但是你看待問題總是用寫故事的心態，而不是從科學破案的角度，這樣就破壞了那些典型案例的示範意義。你把偵破的技巧和細節一筆帶過，盡情地描寫扣人心弦的情節，你這樣做，只能使讀者的感情激盪一時，並不能讓他們學到東西。」

「你為什麼不自己寫呢？」我有些不高興地說道。

「我的確要寫，親愛的華生。你知道我目前很忙，但我想在晚年寫一本教科書，把所有的推理藝術都收錄進去。我們現在要調查的似乎是件謀殺案。」

「所以你認為尤斯塔斯爵士已經死了？」

「我想是的。霍普金斯的來信說明他的心情相當激動，但他並不是那麼情緒化的人；我想一定有人被殺害，等著我們去驗屍。如果是自殺，那他絕不會找我們的。信中提到釋放了夫人，可能她在慘案發生時被鎖在自己房裡。華生，這件案子發生在上流階級家中，你看信紙的質地很好，上面有E、B兩個字母組成的家徽圖案，事發地點是個風景優美的地方。霍普金斯不會隨便寫信的，所以今天上午我們肯定有得忙了。凶殺發生在昨天夜裡的十二點以前。」

「你怎麼知道？」

「推算一下火車來回以及辦案時間就可以知道。出事後要向當地警方報警，警方回報給蘇格蘭場；霍普金斯抵達現場後，再寄信給我；這至少需要一整晚。嗯，齊塞哈斯特車站到了，我們的疑問馬上就會得到解答。」

我們在狹窄的鄉間小道上匆匆忙忙地走了兩哩，來到一座庭園的門前。一位看門的老人走過來，替我們打開了大門，他憔悴的臉色說明這裡的確發生了不幸的事件。走進富麗堂皇的庭園，兩側的老榆樹恰好形成一條林蔭道，通往一座低矮而寬敞的房屋，正面有帕拉底歐式的柱子。房屋的中央部分被常春藤覆蓋，顯得十分古老，但那高大的窗戶顯示房屋曾歷經改建，並且有一側是新建的。年輕機智的霍普金斯站在門口迎接我們，看起來十分焦急。

「福爾摩斯先生，華生醫生，真高興看到你們來了。若非情況緊急，我是不會如此冒昧的。夫人已經甦醒，她把事情說明得很清楚，所以剩下的細節不多了。你還記得路易斯罕那群盜賊嗎？」

「什麼，那三個藍道爾家族的嗎？」

「是的，父親和兩個兒子，毫無疑問是他們做的。兩週前他們在薛頓漢犯案，被人目擊後通報了警方。沒想到這麼快又殺了人，真是殘忍，一定是他們，一定要把他們絞死！」

「也就是說，尤斯塔斯爵士死了？」

「是的，他的頭部遭到火鉗重擊。」

「車伕在路上告訴我，爵士的全名是尤斯塔斯．布拉肯史托。」

「沒錯，他是肯特郡最大的富豪。夫人正在盥洗，真可憐，遭遇了這麼可怕的事，我第一眼看見她的時候，她簡直像個半死的人。你最好見見她，聽她向你們敘述一下案情。然後我們再一起去餐廳檢查。」

布拉肯史托夫人是位不尋常的人，我很少見到像她那般風度高雅、容貌美麗的女人。她有著白皙的皮膚、金黃色的頭髮、深藍色的眼睛，加上秀麗的面容，真是位不可多得的美人。可是這樁不幸的事件讓她神情憂鬱，臉色憔悴。她的一隻眼睛已經紅腫，看得出她同時忍受著身心的煎熬。她的女僕——一位神色嚴厲的高大婦女，正用稀釋過的醋為她沖洗眼睛。夫人疲憊地躺在睡椅上，我一進房，就從她那靈敏的眼光以及機警的神情，看出她的智慧與勇氣並未因這樁慘案動搖。她穿著藍白相間的寬大睡袍，身旁還放著一件鑲有白色金屬的黑色餐服。

「我已經把發生的一切都告訴你了，霍普金斯先生，」她疲倦地說道，「你就不能替我重複一遍嗎？不過，要是你認為有必要，我只好再講一次。他們去過餐廳了嗎？」

「我想還是先讓他們聽聽夫人的敘述。」

「既然如此，我就再重複一遍，我一想到餐廳裡的屍體，就非常害怕。」她渾身顫抖，將手遮住臉，寬大睡袍的袖口滑了下來，露出她的前臂。福爾摩斯忍不住驚呼一聲。

住。

「你受傷不止一處！夫人，這是怎麼回事？」兩塊明顯的紅斑就印在她那白皙的手臂上，她匆忙地將它蓋住。

「這沒什麼，這跟昨晚的慘案沒有關係。請你和你的朋友先坐下，我把一切都告訴你們。」

「我是尤斯塔斯．布拉肯史托的妻子，我們結婚已經一年了。我們的婚姻是不幸的，我想沒有必要隱瞞這一點，即使我想否認，我的鄰居們也會告訴你的。對於婚後的夫妻關係，也許我也該負一部分責任。我是在澳大利亞南部較自由、開放的環境中長大的，這邊拘謹多禮的英國式生活不合我的個性。不過最大的原因還是由另一件廣為人知的事情所引起的，那就是布拉肯史托爵士是個嗜酒的人，和這種人在一起，哪怕是一小時也會使人苦惱。你能想像把一個活潑好動的女性寸步不離地拴在他身邊，是多麼難以忍受的事嗎？要是有人認為這樣的婚姻不應該解除，那簡直就是犯罪！是褻瀆上帝！敗壞道德。你們荒唐的法律將會給英國帶來一場災難，上帝會制止一切不義的！」她從睡椅上坐起身子，兩頰漲紅，她的眼睛從紅腫的眼眶中發出憤怒的光芒。那名表情嚴肅的女僕溫柔地將夫人的頭部按回靠墊上，她憤怒的高亢話聲逐漸變成了激動的嗚咽。停了一下子，她又繼續說道：

「我來告訴你們昨天夜裡發生什麼事。也許你也發現到，所有的僕人都住在這棟屋子新建的一側。這棟房子正中部分包括客廳、後面的廚房以及我們樓上的臥室，我的女僕特蕾莎住在我房間上方的閣樓。正中部分沒有其他人住，無論是什麼聲音都不可能傳到另一側把僕人驚醒。這些情況強盜一定都知道，否則他們絕不會如此肆無忌憚。」

「尤斯塔斯爵士大約十點半休息。那時僕人們都已經回到他們自己的房間。只剩我的女僕還沒有睡，她在閣樓上的房間裡靜候吩咐。我在上樓前總會親自檢查各處，看看是不是都收拾妥當了，這是我的習慣，因為我不信賴尤斯塔斯。我總是依序到廚房、貯藏室、槍房、撞球間、客廳，最後才到餐廳。當我走近餐廳的窗前，窗戶上還掛著厚窗簾，我忽然感到一陣風吹在臉上，這才看清楚窗戶還開著。我把窗簾往旁一掀，老天！竟迎面走進來一個肩膀很寬的男人。餐廳的窗戶是高大的法式窗戶，通往外面的草皮。我藉由手裡拿著的燭台，看見這個人的背後還有兩個人正要進來，我嚇得倒退一步。這個人朝我撲來，他抓住我的手腕，再掐住我的脖子。我正想開口大喊，他的拳頭狠狠地朝我的眼睛揮來，我立刻被打倒在地。我肯定昏過去好幾分鐘，因為當我恢復意識的時候，他們已經將召喚僕人的鈴繩切斷，把我牢牢綁在餐桌一頭的橡木椅上，我完全無法動彈，嘴裡還塞著手帕，喊不出聲。就在這時，我那不幸的丈夫來到餐廳，顯然他聽到了一些聲響，所以他是有備而來的。他穿著睡衣褲，手裡拿著慣用的李木棍。他朝強盜衝了過去，但那個年紀較大的強盜早已彎腰從火爐裡撿起了火鉗，朝他的後腦勺猛擊，他呻吟一聲後就倒在地上，一動也不動了。我再次昏了過去，大概又昏迷了好幾分鐘；當我睜開眼睛時，我看到他們正將餐具櫃裡的刀叉取出，還拿了一瓶葡萄酒，每個人的手中都有個玻璃杯。我剛才說過，其中一個強盜年紀較大，留著鬍子，其他兩個是未成年的少年。他們可能是一家人——父親與兩個兒子。他們湊在一起說了些悄悄話，然後走過來檢查是否有把我綁緊，接著就出去了，走之前還隨手關上了窗戶。我花了約十五分鐘，才把手帕從嘴裡弄出，大喊叫女僕來解開我；其他的僕人們隨後也趕到了，我們找來警察，警察又迅速聯繫倫敦警方。先生們，我知道的就是這些，希望以後不要再讓我回想這段痛苦的記憶了。」

「福爾摩斯先生，有什麼問題嗎？」霍普金斯問道。

「我不想再打擾布拉肯史托夫人了。」福爾摩斯說道，然後他又對一旁的女僕說：「在我去餐廳以前，希望再聽聽你所看到的情形。」

她說：「這三人還沒走進屋子前，我就已經看到他們了。當時我正坐在臥室的窗戶旁，我在月光下看到大門附近有三個人，但那時並沒有放在心上。過了一個多小時，我聽到女主人的叫喊，才跑下樓去找她。正如她所說的，爵士倒在地板上，他的血和腦漿濺滿了整間房。我想這些事一定嚇壞她了，她被綁在現場，衣服上濺到許多血跡。但這位澳大利亞阿得雷德的瑪麗．弗雷澤女士，也就是葛蘭奇莊園的這位布拉肯史托夫人，已變得十分堅強，她沒有喪失活下去的勇氣。你們盤問她夠久了，先生們，現在該讓她回到自己的房裡好好休息一陣子。」

這名女僕像母親一般溫柔地將手搭在女主人肩上，把她攙扶走了。

「她們一直生活在一起，」霍普金斯說道，「這位夫人是由她從小照顧大的，一年半前夫人離開澳大利亞，她也跟著來到了英國。她的名字叫特蕾莎．萊特，現在很難找到這種女僕了。福爾摩斯先生，請走這邊。」

福爾摩斯的臉上已沒有原先那種濃厚的興致了，我明白，這是由於案情不夠複雜，喪失了對他的吸引力。看來只剩下把罪犯逮捕了，而逮捕一般罪犯又何必麻煩他呢？此刻我的朋友眼中流露出的煩惱，正如一個醫術高超的大夫被請去看病，卻發現患者得的只是普通病症一般。不過葛蘭奇莊園的餐廳景象倒是十分奇怪，足以重新燃起福爾摩斯那漸漸消退的興趣。

這間餐廳十分寬敞，橡木的天花板上刻滿了花紋，四面牆上掛著一排排的鹿頭和古代兵器，牆壁下端有一層橡木嵌板；門的對面是剛才提過的高大法式窗戶，窗戶右側有三扇小窗，透著冬季的微弱陽光；左側有個很深的壁爐，上面是厚重的壁爐架；爐旁有張扶手橡木椅，椅子下半部有橫木，椅背上繫著紫紅色的繩子，繩子從椅子的兩邊穿過，連到下面的橫木上，它在釋放勳爵夫人的時候被鬆開了，但是繩結仍未解開。不過，這些細節是我們後來才注意到的，因為我們的視線一瞬間都集中到躺在壁爐前虎皮地毯上的那具屍體。

乍看之下，死者大約四十歲，體格高大魁梧。他仰臥在地上，白色的牙齒在又黑又短的鬍鬚叢中泛著光；兩手緊握橫伸在頭旁，一根短粗的李木棍掉在手邊。他面色黝黑、鷹鉤鼻，相貌還算英俊，但由於臉孔歪曲而顯得猙獰可怖。看來他是從床上聽到聲音的，因為他還穿著華麗的繡花睡衣，褲管下露出來一雙赤足。他的頭部受到重創，房裡到處都濺滿了血，足以見識那一擊的力道。他身旁放著那根很粗的火鉗，猛烈的敲擊已經使它彎曲。福爾摩斯檢查了火鉗和屍體。

「老藍道爾的力氣肯定相當大。」福爾摩斯強調道。

「正是如此，我有一些關於他的檔案，他是個粗暴的傢伙。」霍普金斯說。

「你們應該能很輕易逮到他。」

「的確不難。我們一直在追查他的去向，曾有人說他去了美國，不過既然已確定他們還在英國，就肯定能逮到他們；我們已經通知了每個港口，傍晚前就會發出通緝令。不過我不懂的是，他們都知道夫人看到他們的長相，而且警方也認得出他們，為什麼還敢犯下這種事？」

「正常來說，這群強盜應該會為了滅口而把布拉肯史托夫人也殺死。」

「他們也許沒料到夫人這麼快又醒過來了。」我提醒道。

「也有可能。如果他們以為她當時完全失去意識，那可能就不會要她的命。霍普金斯，這個可憐的爵士是什麼樣的人？我好像聽過關於他的一些奇怪傳聞。」

「他清醒時是個善良的人，但是喝醉後就會變成一個真正的惡魔。儘管他很少喝到爛醉如泥，但只要一喝醉就什麼事都幹得出來；就我所知，雖然他有錢有勢，但鮮少參與社交活動，曾有傳聞說他將夫人的狗浸在煤油裡用火燒，這場風波花了很大的力氣才平息下來；還有一次，他把水瓶朝女僕特蕾莎．萊特扔去，這也引起了一場軒然大波。總而言之，我們曾私下聊過，認為這個家少了他反而更好。你在看什麼？」

福爾摩斯跪在地上，仔細觀察那條將夫人綁縛的紅繩上的繩結，然後又細心地檢查被強盜扯斷了的那一頭。

「拉了這條繩子，廚房應該會響起很大的鈴聲。」他說道。

「廚房在這棟房子的後面，沒人聽得到。」

「強盜怎麼會知道這種事呢？他怎敢肆無忌憚地扯下這根鈴繩呢？」

「你說得對，福爾摩斯先生。我也曾反覆想過這個問題，強盜一定很熟悉這棟屋內的情形。他們知道僕人們睡得較早，因此沒人會聽到廚房的鈴聲；顯然，他們勾結了某個僕人，但是莊園內的八名僕人品行都很端正。」

「如果每個僕人都差不多的話，那就要先從被主人朝頭部扔過水瓶的那一位下手，但這樣就會懷疑到她忠心服侍的女主人身上。不過，這一點倒沒什麼，只要抓到藍道爾就可以查得出來了。我們必須先證明夫人敘述的事實，檢查一下現場的實物，」他走到窗前，打開那扇法式窗戶，看了看後說道：「窗戶下的地面很硬，不會留下足跡；壁爐架上的蠟燭是點過的。」

「是的，他們是藉著這些蠟燭與夫人燭台的亮光逃離的。」

「他們拿走了什麼？」

「不多，只有餐具櫃裡的六個盤子。布拉肯史托夫人認為強盜可能因為尤斯塔斯爵士的死慌了手腳，所以來不及搜刮，不然的話，他們肯定會把房子劫掠一空。」

「這種解釋也有道理，聽說他們喝了一些酒。」

「那一定是為了鎮定心神。」

「也對。餐具櫃上的三個玻璃杯應該沒有被動過吧？」

「沒有，還保持原來的狀態。」

「讓我們來瞧瞧。喂，這是什麼？」

三個杯子並排在一起，每杯裡都裝過酒，其中一杯還保留葡萄酒的渣滓。酒瓶擺在酒杯旁，裡面還有大半瓶酒，一旁放著一個骯髒的軟木塞。瓶塞的式樣和瓶上的灰塵說明凶手喝的酒大有來頭。

福爾摩斯的態度頓時有了改變。他的表情不再那樣消極，炯炯有神的雙眼迸出興奮的火花。他拿起軟木塞仔細端詳著。

「他們是怎麼拔出瓶塞的？」他問道。

霍普金斯用手指了半開的抽屜，裡頭放著幾條餐巾和一把大的螺鑽。

「布拉肯史托夫人有沒有提起過這支螺鑽？」

「沒有，想必她在他們開瓶的時候尚未清醒。」

「事實上，他們沒有使用螺鑽，可能是靠著小刀上的螺旋拔塞，這個螺旋長度不超過一吋半。仔細觀察軟木塞的上部，可以看出螺旋插入三次才把它拔出來，假如是用螺鑽一下子就拔出來了。等你抓到凶手後，就會發現他身上帶了一把多功能小刀。」

「太妙了！」霍普金斯說道。

「但我還不知道這些玻璃杯代表什麼，布拉肯史托夫人確實看見這三個人在喝酒對吧？」

「是的，這一點她記得很清楚。」

「那麼，就講到這裡吧，應該沒什麼好說的了。可是，霍普金斯，你得承認這三個玻璃杯很特別。什麼？你看不出哪裡特別？好吧，那就別管它了，也許只是我老是習慣將簡單的事想得複雜罷了，當然，玻璃杯的事也可能只是偶然。嗯，霍普金斯，再見！我看我已經幫不上忙了，對你來說，案子似乎已經很清楚了。要是抓到藍道爾或是有新的進展，請通知我。我相信你很快就能順利結束這件案子。華生，走吧，我想回到家後有更多的事可以做。」

回程途中，我看到福爾摩斯臉上依舊帶著困惑的神情。有時他試著停止思考，豁然暢談；有時又雙眉緊皺，面露茫然；看得出他的思緒還停留在葛蘭奇莊園的餐廳裡。正當火車從一個郊區小站緩緩開動的時候，他突然跳到月台上，順手將我也拉下車。

火車很快地消失在轉彎處，他說道：「親愛的朋友，原諒我突兀的舉動，因為我忽然有一個想法。無論如何，華生，我不能對這件案子置之不理，我的本能強迫我這麼做。事情反了，全反了，我敢說它反了！可是夫人的證詞毫無破綻，女僕的證明也很充分，每處細節都十分合理。我是覺得哪裡不對勁呢？酒杯，就是那三個酒杯。要是我沒有一廂情願的看待事情，沒有被編造的事實擾亂思緒，這時我再去觀察的話，是否能得到更多的證據呢？我相信會的，華生，開往齊塞哈斯特的火車進站前，我們先在這張凳子上坐一下。我現在就說出我的假設，不過你必須先拋開先入為主的想法，也就是全盤相信女僕和女主人所說的一切。千萬別讓這位美麗的夫人影響你的判斷力。」

「如果我們冷靜地思考一下，就會發現夫人證詞中的某些細節相當可疑。那些壞蛋們兩週前就已在薛頓漢鬧得天翻地覆，他們的犯行與長相已刊登於各大報紙上，因此如果有人想要編造強盜的故事，自然而然就會想起他們。事實上，搶匪在得手大筆錢財後，往往都只想安靜地享受一下，而不會再輕易犯險。另外，他們通常不會在那麼早的時間下手，也不會毆打一位婦女來阻止她叫喊，相反地，毆打她只會讓她更奮力地尖叫。然後，假如他們的人數多到足以對付一個人時，他們通常不會殺人。還有，他們是一群貪婪之徒，能拿的東西絕不放過，不會只搶走這麼一些。最後，強盜們喝酒幾乎都是一飲而盡，不可能還剩下大半瓶。華生，有這麼多不尋常的事，你又是怎麼想的？」

「把所有的事相加後的確意義重大，但若是分開來看似乎又沒什麼特別的。比較奇怪的是，他們竟然把夫人綁在椅子上。」

「這一點我也還沒完全搞懂，華生，顯然他們應該殺掉她，或者將她關在看不見他們逃跑方向的地方。但是，無論如何，這位夫人所說的不完全是事實。除此之外，還有酒杯的問題。」

「酒杯又怎麼了呢？」

「你有看清楚那些酒杯嗎？」

「我看得很清楚。」

「據說那三個人用杯子喝酒。你覺得這有可能嗎？」

「有什麼奇怪的？三個杯子裡面都有酒。」

「沒錯，可是只有一杯殘留渣滓。你注意到這一點了嗎？你有什麼看法？」

「倒酒時，最後的一杯很可能殘留渣滓。」

「不對。酒瓶裡的酒一開始是滿的，所以不可能前兩杯還很清，第三杯就有了渣滓。只有兩種可能性，第一種是他們在倒了兩杯酒之後，用力地搖動了酒瓶，所以第三杯裡有渣滓。但是這不太正常，沒錯，肯定不是這樣。」

「那你又要怎麼解釋？」

「只倒了兩杯酒，再將這兩杯的酒都倒在第三個杯子裡，營造出有三個人在喝酒的假象。這樣，所有的渣滓不就集中在第三杯裡了嗎？對，我想一定是這樣。如果我對於這個小細節碰巧做出了符合事實的解釋，也就是夫人和她的女僕故意對我們撒謊，她們所說的一個字也不能相信，那麼，這次事件立刻成為一樁不尋常的案子。她們掩護凶手一定有重大的理由，因此我們不能信任她們，必須依靠自己弄清案發時的情況。這正是我目前的打算。華生，往薛頓漢的車來了。」

葛蘭奇莊園的人們對於我們去而復返感到相當驚訝。史丹利．霍普金斯已經回到總部彙報，因此福爾摩斯走進了餐廳，從裡面將門反鎖，仔細地檢查了兩個小時，為他推理出的結論尋找可靠的依據。他坐在屋子的一個角落細心觀察著，就像一個學生聚精會神地注視著教授的示範。我也學他對著窗戶、窗簾、地毯、椅子、繩子逐步檢查。爵士的屍體已經移走，其餘的一切仍保持我們早上見到的那樣。最令我意外的是，福爾摩斯竟然爬上了堅固的壁爐架；那根剩下幾吋的斷掉紅繩仍繫在一根鐵絲上，高高地懸在頭頂。他抬起頭朝繩頭看了好一陣子，為了更靠近那根繩頭，他將一條腿跪在牆上的一個木托座上，使自己離那根繩子只距離幾吋遠，但是引起他注意的似乎不是繩子本身，而是那個托座。最後他滿意地跳了下來。

「好了，華生，」他說道，「案子解決了，這是我們的事件簿中最特殊的一樁案件。嘖，我太遲鈍了，幾乎犯了最嚴重的失誤！現在除了幾處細節還不太清楚外，事情的全部過程已經呼之欲出了。」

「你知道凶手是哪些人了？」

「只有一名凶手，親愛的華生，但卻是個難以對付的人。他健壯得像隻獅子——他能一口氣將火鉗打彎。他身高六呎三吋，像松鼠般靈活，頭腦也相當好，因為他編造出一整個巧妙的故事。擺在我們面前的就是這位奇人的精心傑作，但他卻在鈴繩上留下了破綻，這破綻本來不應該有的。」

「怎麼回事？」

「華生，如果你用力把鈴繩扯下來，你認為繩子會從哪裡斷掉？當然是與鐵絲連接的地方。但是為什麼這根繩子在離鐵絲三吋的地方斷了呢？」

「因為那裡磨損了？」

「沒錯，我們檢查到的這一頭是磨損的。這個人很狡猾，故意用刀子在繩子一端加工出磨損的痕跡，但卻沒有處理另一端。雖然從這裡看不到，但要是上去壁爐架看，就會發現那一頭切得很平，沒有任何磨損的痕跡。你可以想像究竟是怎麼一回事：這個人需要一條繩子，可是又怕鈴聲響起，所以他不用拉的，但該怎麼辦呢？他跳上壁爐架，還是搆不到，於是又把一條腿跪在托座上——托座上的灰塵留有痕跡，再拿出他的小刀切斷繩子。我搆不到斷口，至少還差了三吋遠，因此我推測出他比我高出三吋。你看橡木椅子上的痕跡！那是什麼？」

「血。」

「確實是血。這點表明夫人的證詞不值一笑。要是強盜行凶時她正坐在椅子上，那麼血跡又是從哪裡來的呢？一定是在她丈夫死後才坐上去的。我敢保證，她穿的那件黑衣也有相同的血跡。華生，我們沒有失敗，反而勝利了，以失敗開始，以勝利告終。我要和女僕特蕾莎聊幾句，為了得到我們需要的資訊，談話時一定要格外謹慎。」

這位嚴肅的澳洲女僕特蕾莎十分引人注意，她沉默寡言、多疑且不友善。福爾摩斯很有風度地傾聽著她的敘述，過了一陣子才終於卸下了她的心防；她並未掩飾對已故主人的痛恨。

「是的，先生，他曾朝我扔過水瓶。有一次我聽見他責罵夫人，我對他說，假如夫人的兄弟在場的話，他就不敢這麼囂張了。他立刻拿起水瓶向我丟過來，要不是夫人攔阻他，說不定他會一口氣扔上十幾次。他總是虐待夫人，但夫人為了顧全面子而不願與他爭執，而且夫人從不告訴我她是如何受到虐待的。你今天早上也看到了夫人手臂上的傷，夫人從未與我提起那些傷，但我很清楚那是被別針紮的。這個惡魔！就算他死了，我還是要這麼說！上帝原諒我！我們初次見到他的時候，他還十分和藹可親，那只是十八個月前的事，但對我倆來說卻像是過了十八年一般。當時女主人剛到倫敦。那是她第一次離家旅行。爵士用他的封號、金錢和虛偽的氣質贏得了夫人的歡心；夫人做出了錯誤的選擇，以致後來遭受這一連串的懲罰。我們到倫敦後的第二個月就遇見了他，我們是六月來的，也就是說七月時遇見了他，他們在隔年一月完婚。哦，夫人下來客廳了，她應該會見你的，但是千萬不要問太多問題，因為這一切已經夠她難受的了。」

女僕和我們一起走進客廳，布拉肯史托夫人仍然靠在那張睡椅上，精神略為恢復了一些。女僕又開始替女主人紅腫的眼睛熱敷。

「希望你不是又來盤問我。」夫人說道。

「不是的，布拉肯史托夫人，」福爾摩斯溫和地說道，「我不會製造不必要的苦惱。我的希望是使你平靜，因為我知道你已遭受過多的痛苦。如果你願意把我當成朋友一般信任，事實會證明，我絕不會辜負你的誠意。」

「你要我怎麼做？」

「告訴我真實的情況。」

「福爾摩斯先生！」

「不，不，布拉肯史托夫人，說謊是沒有用的。你也許聽過我小小的名氣，我以我的名譽發誓，你所說的完全不是事實。」

布拉肯史托夫人與女僕直盯著福爾摩斯，夫人臉色蒼白，雙眼流露出恐懼的目光。

「你這無禮的傢伙！」特蕾莎怒吼道，「你的意思是夫人說謊嗎？」

福爾摩斯從椅子上站了起來。

「你沒有其他想跟我說的了？」

「該說的我已經都說了。」

「請再考慮一下，布拉肯史托夫人，坦白一點不是更好嗎？」

夫人美麗的臉龐上露出了猶豫不決的神色，接著又轉變成堅決的表情，最後，她重新陷入了呆滯，茫然地說道：

「我已經說出我所知的一切。」

福爾摩斯拿起他的帽子，聳了聳肩說道：「我很抱歉。」然後就再也沒說什麼，頭也不回地走出了屋外。庭院中有個水池，我的朋友向水池走去。池水已經結凍了，但是為了讓一隻天鵝在池裡活動，又在冰上鑿了一個洞。福爾摩斯看了看水池，便繼續走向大門。他在門房裡匆匆地給霍普金斯寫了一封便條，將它交給了看門人。

「有可能成功，也可能失敗，」他說道，「但為了證明我們沒有白走第二趟，我們一定要幫霍普金斯做些什麼。現在還不能告訴他我們的計畫，我們應該先去阿得雷德—南安普敦航線的海運公司辦公室，這家公司位於波爾大道盡頭。雖然從英國通往南澳洲的航線還有另外一條，但我們還是先去較大的這家吧。」

公司經理見到福爾摩斯的名片以後，立即會見了我們，福爾摩斯很快的獲得到了想要的資訊。這家公司在一八九五年六月只有一艘船抵達英國，叫做「直布羅陀磐石」號，是他們最大也最好的船隻。我們在當時的旅客名單中，發現了阿得雷德的弗雷澤女士和女僕的名字。現在這艘船正航向南澳洲，在蘇伊士運河以南的某處。它和一八九五年的狀態相比並無太大改變，除了一個更動——當時船上的大副傑克．克洛克已被任命為新造的「巴斯磐石」號的船長，這艘船兩天後要從南安普敦啟航。船長住在薛頓漢，可能稍後就會來公司聽取指示，如果我們願意等，就可以見到他。

福爾摩斯並不想見他，但想瞭解這個人過去的表現和品行。

經理認為他的工作表現無可挑剔，船上沒有一個職員比得上他，至於為人處事也是相當可靠的。不過，他下了船後就會變成一個粗魯冒失的傢伙，性情急躁，但仍是個相當熱心的人。福爾摩斯打聽到主要的情報後，我們就離開了阿得雷德—南安普敦海運公司，搭著馬車來到蘇格蘭場。可是他沒有進去，而是繼續坐在馬車裡沉思，眉頭深鎖。過了一會兒，他叫馬車伕將車駛到查林十字街的郵局，在那裡發了一封電報，然後我們就回到了貝克街。

我們走進房間以後，他說：「不，我不能這麼做！華生，逮捕令一發出便為時已晚。曾有一兩次，我深深地意識到，我抓到罪犯所造成的壞處比犯罪本身還要嚴重。我現在已經學會了謹慎，比起欺騙良心，我更願意欺騙一下英國的法律。我們必須先取得更多的事實再行動。」

快到傍晚的時候，霍普金斯來了，他的工作似乎進行得不太順利。

「你真是個魔術師，福爾摩斯先生，有時我真覺得你有超乎常人的能力。你怎麼會知道遺失的銀器藏在水池底下呢？」

「我並不知道。」

「但你要我檢查水池。」

「你找到那些銀器了？」

「是的，找到了。」

「我很高興幫到了你。」

「你沒有幫到我，你把事情變得更複雜了。什麼樣的強盜會把偷來的銀器丟到附近的水池底下？」

「這種行為當然很奇怪。我只是想，一個偷了銀器卻不需要它的人——也就是為了製造騙局而偷的人，一定急於將它丟棄。」

「為什麼你會有這種想法？」

「我只是覺得有這種可能性。強盜們從窗戶出來後，看見眼前有個水池，冰面還鑿了一個洞，藏在這裡不是正好嗎？」

「噢！藏東西的地方，沒錯！」史丹利．霍普金斯叫了出來，「是的，是的，我全都明白了！那時，時間還很早，街上有人，他們怕拿著銀器會被發現，因此將銀器沉到池底，打算等沒人的時候再回來拿。這個解釋很合理，福爾摩斯先生，比你的騙局之類的說法更合理。」

「是的，你的解釋很好。毫無疑問，我的想法是不切實際的。但你必須承認，他們再也找不到這些銀器了。」

「是的，先生，是的。這都歸功於你，但我卻受了重大的挫折。」

「挫折？」

「是的，福爾摩斯先生。藍道爾一伙今天早上在紐約被捕了。」

「老天！霍普金斯，那他們昨晚肯定無法在肯特郡犯案了。」

「正是這樣，完全不可能。不過，除了藍道爾他們，也許還有其他三人一伙的強盜，也可能是警方尚未聽說過的新罪犯。」

「的確，這很有可能。你打算怎麼做呢？」

「是啊，福爾摩斯先生，要是不將案子查個水落石出，我是無法安心的。你有什麼提示要給我的嗎？」

「我已經告訴你了。」

「是什麼？」

「我說它是個騙局。」

「為什麼是騙局？福爾摩斯先生，為什麼？」

「呃，這才是問題所在。但我只是提出我的看法而已，你也許會覺得它有些道理。不留下來吃飯嗎？好吧，再見，請隨時告訴我你的辦案進度。」

吃過晚餐後，我們收拾了桌子，福爾摩斯再次談起這件案子。他點燃了煙斗，換上拖鞋，把腳放到燒得很旺的壁爐前。忽然，他看了一下錶。

「我想事態會有新的發展，華生。」

「什麼時候？」

「現在——也許幾分鐘之內。我猜你一定覺得我剛才對霍普金斯態度不佳。」

「我相信你的判斷。」

「你的回答太妙了，華生。你應該這樣想，我所瞭解的情況是非官方的，而他了解的是官方的。我有權做出個人判斷，但是他沒有。他必須將知道的一切都對外公布，不然他就有虧職守。在一個還沒定論的案件中，我不想使他處於不利的地位，所以我先保留我所瞭解的事實，直到我確定了自己的看法後再說。」

「什麼時候能確定？」

「就快了。你現在就正在觀賞這齣怪異戲劇的最後一幕。」

樓梯上傳來了腳步聲，緊接著這陣聲音，我們的房門被倏地打開，一名高大的年輕男人走了進來。他長著金黃色的鬍鬚，深藍色的眼睛，皮膚透著曾被熱帶陽光照射過的顏色，步伐十分俐落，說明了他不僅強壯，還很靈活。他隨手將門帶上，兩手緊握著，胸部不住起伏，努力壓制著內心難以控制的感情。

「請坐，克洛克船長，收到我的電報了吧？」

我們的客人坐到一張扶手椅上，用懷疑的眼光巡視著我們。

「我收到了你的電報，並且按照要求準時來了。我聽說你去過辦公室，我知道我是逃不掉了。先聊聊最壞的事吧！你打算把我怎麼辦？逮捕我？說吧！別只是坐在那裡跟我玩貓捉老鼠的遊戲！」

「給他一支雪茄。」福爾摩斯說道：「抽根煙吧，克洛克船長，你必須控制自己的情緒。如果我將你當成罪犯，就不會坐在這裡跟你一起抽煙了，你要相信這一點。坦白把一切都告訴我，然後我們可以設法補救。要是跟我玩花招，我就會毀了你。」

「你要我做什麼？」

「老實說出昨晚發生在葛蘭奇莊園的事——我提醒你，誠實地、毫無保留地說出來。我已經瞭解了很多細節，假如你有半點隱瞞，我就會到窗戶旁吹警哨，到時就再也幫不了你。」

這位水手想了一會兒，然後用黝黑的手拍了一下腿。

「我就賭賭看吧！」他說道，「我相信你是一位言行一致的人，我會告訴你全部經過。但有一點我必須先聲明：如果這只是我個人的事，我絕不後悔，也絕不害怕，我願意再做一遍這種事，並且引以為豪。那個該死的惡魔，如果他還活著，我一定會毫不猶豫再殺死他一次！然而，一旦事關夫人瑪麗——瑪麗．弗雷澤——我絕不會再用這個被詛咒的名字稱呼她。為了她，我願意付出我的生命來換取她的一個笑容。我一想到自己害她陷入了困境，就惶惶不安。但是，我還有什麼辦法呢？先生們，我會告訴你們發生的事情，然後請你們站在我的立場想一想，我還有什麼辦法呢？」

「我要從頭講起。你似乎已經看穿了一切，所以你應該也預料到我們是在『直布羅陀磐石』號上相遇的，她是旅客，而我是大副。自從我遇見她的那一刻起，她就成了我心中唯一的女人。在航行中我一天比一天更愛她，我曾多次在值夜班的時候，跪在黑暗中的甲板上，親吻著她走過的地面。她和我沒有特別的來往，她就像一位普通女性般對待我，但我沒有怨言，這份愛情只單方面地暗藏在我心裡，對她來說我只是一位朋友。當我們分別時，她仍是孑然一身，而我卻不再是個自由的人了。」

「第二次航海回來以後，我就聽說她結了婚。當然，她有權和她愛的人結婚，有權享受爵位與金錢，她生來就配享有一切美好和高貴的東西，因此對於她的結婚我並不悲傷，我不是個自私的男人。我反而為她選擇了一個好對象、而不是委身於一個身無分文的水手感到高興。我就是如此深愛著瑪麗．弗雷澤的。」

「哦，我從沒想過會再遇見她。可是上回航行結束後，我獲得了晉升，而新船還沒下海，所以我必須和我的水手們在薛漢姆待兩個月。有一天，我在鄉村的一條小道上走著，遇見了她的老女僕，特蕾莎．萊特。特蕾莎把她與她丈夫的一切詳細地告訴了我，先生們，我告訴你們，我當下簡直要氣瘋了。那個酒鬼！連舔她的鞋跟都不配，竟然敢動手打她。後來我又遇見了特蕾莎一次，甚至見到了瑪麗本人兩次，之後她就不想再見我了。有一天我得到通知，將在一週內出航，我決定出發前再去見她一次。特蕾莎總是暗中幫助我，因為她愛瑪麗，她像我一樣痛恨那個惡棍，她告訴了我主人們的生活習慣。瑪麗經常在樓下自己的房內看書到很晚，昨天晚上，我悄悄地溜到屋外輕敲她的窗戶，剛開始，她不願替我開窗，但我知道她內心是愛我的，她不肯讓我在外頭受凍。她低聲對我說，要我走到正面的大窗戶，我轉過去後看見窗戶開著，於是走進了餐廳。我又一次聽她親口說出令我氣憤難平的事，我也又一次詛咒那個虐待我心愛女人的禽獸。先生們，我和她只是站在窗戶後面，上帝可以作證，我們之間是清白的。這時，那個人發瘋似地衝了進來，用一陣不堪入耳的話斥罵她，並用手中的棍子朝她臉上打去。我立刻抓起火鉗，跟他搏鬥起來。看看我的手臂，他第一下就打中了我，然後我也還手，我像砸爛南瓜般將他殺死。你覺得我後悔嗎？不，我要是不殺他，就會被他殺死；更重要的是，瑪麗也會被他殺死；我怎麼能把瑪麗留在一個瘋子的手裡呢？這就是我殺死他的經過。這是我的錯嗎？先生們，要是你們兩位身處那種情形下，又會怎麼做呢？」

「瑪麗被他打中時，尖叫了一聲，特蕾莎立刻從樓上下來。我從餐具櫃上取下那瓶酒，往瑪麗的嘴巴裡倒了一點，然後我自己也喝了一口。特蕾莎非常鎮定，我們兩人商量之後，決定將現場佈置成強盜殺人的景象。特蕾莎重複灌輸她的女主人我們編造的故事，而我則爬上去將鈴繩切斷。然後我把瑪麗綁在椅子上，並把繩子的末端加工成磨損的樣子，以免啟人疑竇。接著我又拿了一些銀器，以假裝成莊園遭到搶劫，然後就離開了，並且與她們說好十五分鐘後再報警；我把銀器丟進水池裡，就到薛頓漢姆去了。我感到這是我一輩子所做的最大的好事。這就是事實，全部事實，福爾摩斯先生，你打算要我償命嗎？」

福爾摩斯默默地抽著煙，好一段時間沒說話。然後他走向我們的客人，並且握住他的手。

「這些正是我所推測的，」他說，「我知道你的每一句話都是事實，只有雜技演員或是水手才能從牆上的托座搆到鈴繩，也只有水手會打綁在椅上的那種繩結。這位夫人只有一次航海經驗，因此只可能是在那時候認識了水手；她既然極力包庇這名水手，說明對方與她社會地位相同，也說明她愛這名水手。所以你知道，一旦我抓住了正確的線索，要找到你是極為容易的。」

「我以為警方永遠不會識破我們的詭計。」

「我相信那位警長永遠不會。現在，克洛克船長，雖然我承認你是在受到極端的挑釁下才犯案的，但後果相當嚴重，我不能肯定法律是否能容忍你的自衛行為，這得由大英帝國的陪審團來裁決。但是我非常同情你，因此你可以在二十四小時內逃走，我保證沒有人會攔阻你。」

「然後你就會公布真相？」

「當然必須公布真相。」

這名水手的臉氣到都紅了。

「你這算哪門子的建議？我好歹還懂一點法律，我明白那樣瑪麗將會被視為共犯而入獄。你認為我會讓她獨自承擔後果，自己卻溜掉嗎？不，福爾摩斯先生，隨便他們怎麼處置我，可是看在上帝的份上，請你設法使瑪麗躲過審判。」

福爾摩斯再次向這位水手伸過手去。

「我只是試探你一下，這回你又通過了考驗。嗯，我承擔了很大的法律責任，但我已經提示過霍普金斯，如果他還是想不通，我就不再管了。這樣吧，克洛克船長，我們將按照法律的方式來解決這件事。你是犯人，克洛克船長；而你是一位英國陪審員，華生，你當陪審員再合適不過了；我就是法官。陪審員先生們，你們已經聽取了證詞。你們認為犯人是否有罪？」

「無罪，法官大人。」我說道。

「人民的呼聲便是上帝的呼聲，克洛克船長，你可以離席了。只要法律不能找出其他的受害者，我保證你的安全。一年後你再回到這位女士身邊，但願你與她的未來都能證明我們今夜作出的判決是正確的。」

13 第二塊血跡

我原來打算在發表《葛蘭奇莊園》之後，便不再寫我的朋友夏洛克．福爾摩斯先生的輝煌事跡了。並不是因為缺少素材，事實上，還有幾百件案子沒有使用過；也不是因為讀者對於這位偉人的優秀品格及獨特方法失去了興趣。真正的原因是福爾摩斯不願再繼續公開他的經歷。其實，記錄他的事蹟對他的偵查工作是有幫助的，但他堅持要離開倫敦，到蘇塞克斯丘陵地帶去研究學問和養蜂，所以很不想再對外公開自己的經歷，並且再三叮嚀要尊重他的意願。我對他說，我已經向讀者表明，等《第二塊血跡》發表後，我的故事就會劃下休止符；再說，用這樣一樁重大的國際案件做為全書的結尾，是再恰當不過的了。因此，最後我得到了他的同意，小心謹慎地向大眾敘述這個事件。在我敘述的過程中可能會略去部分細節，請讀者體諒我有必須三緘其口的苦衷。

某一年秋天，請恕我不能講出年代，一個星期二上午，兩位聞名全歐的客人造訪我們貝克街的簡陋住所。一位是著名的貝林格勳爵，曾兩度擔任英國首相，他的鼻梁高聳，兩眼炯炯有神，十分有威嚴；另一位膚色黝黑，面目清秀，舉止文雅，雖然還不到中年，但看起來閱歷豐富，他就是崔洛尼．侯普——負責歐洲事務的大臣、英國最有前途的政治家。他們二人並肩坐在堆滿文件的長沙發上，臉上憂慮而焦急的神色表明了他們有重要的委託。首相那青筋凸起的雙手緊握著一把象牙柄的雨傘，他看了看我，又看了福爾摩斯，憔悴而冷漠的臉上浮現無限的憂愁，旁邊那位歐洲事務大臣也心神不寧地時而玩弄鬍鬚，時而搓著錶鏈。

「福爾摩斯先生，今天上午八點我發現遺失了重要檔案，我趕緊通知了首相，他建議我與他一同前來找你。」

「你們通知警方了嗎？」

「沒有，」首相說道，他說話向來迅速而果斷，「我們不能這麼做。通知警方就意味著將檔案的事公諸於世，這是我們所不樂見的。」

「這是為什麼呢？先生。」

「因為這個檔案非常重要，一旦向大眾公布，將很輕易、也很可能引起歐洲形勢複雜化，甚至說它決定了戰爭或和平也不為過。找回檔案一事必須絕對的保密，否則就毫無意義，因為偷走檔案的目的正是為了公布它的內容。」

「我明白了，崔洛尼．侯普先生，請你準確地敘述一下檔案是在什麼情況下遺失的。」

「好的，福爾摩斯先生，很快就能講清楚。六天前，我們收到一封信，是一位外國君主寄來的。這封信事關重大，因此我不敢放在保險箱，而是每天帶回我在白廳住宅街的家中，鎖在臥室的檔案箱裡。我確定昨天晚上還在裡面，當我更衣準備吃晚餐的時候，曾打開箱子，看見文件還在裡面，但今天上午就消失了。檔案箱一整夜都擺在我臥室梳妝台的鏡子旁邊。我和妻子睡得都不沉，能保證晚上沒有人進到房裡，可是檔案卻不見了。」

「你什麼時候吃晚餐的？」

「七點半。」

「睡前做了什麼事？」

「我的妻子出去看戲，我一直在客廳等她。直到十一點半我們才回到房間就寢。」

「也就是說，檔案箱有四個小時沒人看守？」

「除了我與妻子的專屬僕人早晨可以進屋以外，其他的時間絕不允許任何人走進房內。這兩名僕人十分可靠，在我們家中工作了相當長的時間。此外，他們兩個也不可能知道我的檔案箱裡放著比一般公文更重要的東西。」

「有誰知道這封信？」

「家裡沒有人知道。」

「你的妻子肯定知道？」

「不，先生。直到今天早上文件遺失後我才告訴她。」

首相讚許地點了點頭。

「我就知道，先生，你一向忠於職守，」他說道，「我深信你會將如此重要的機密擺在家庭的私人情感之前。」

這位歐洲事務大臣點了點頭。

「承蒙過獎。今天早上以前我未曾向妻子提過這件事。」

「她有可能猜到嗎？」

「不，她不會的，誰也猜不到的。」

「你以前曾遺失過文件嗎？」

「沒有，先生。」

「英國國內還有誰知道這封信？」

「昨天曾告知所有內閣成員這封信的存在，每天的內閣會議中都會強調保密，特別是在昨天的會議上，首相還鄭重地提醒了大家。老天，才過了幾個小時我就自己搞丟了這封信！」他用手揪住自己的頭髮，神情極為懊惱，英俊的面容頓時變得相當難看。我們這才知道他是個感情豐富、容易衝動的人。隨後他的臉上又恢復了高貴的神情，語氣也變得溫和。

「除了內閣成員之外，還有兩到三名官員知道這封信，福爾摩斯先生。我可以擔保英國沒有其他人知道這件事了。」

「那國外呢？」

「我相信除了寫信人以外，國外不會有人看過這封信。我相信寫信者並未透過他的大臣們，這件事並不是委託正常的官方管道發送的。」

福爾摩斯考慮了一下子。

「我必須問一下，先生，這封信的主要內容是什麼？為什麼遺失這封信會造成如此嚴重的後果？」

這兩位政治家迅速地交換了一下眼色，首相眉頭緊皺。

「福爾摩斯先生，它的信封很長、很薄，顏色是淡藍的。上面有紅色火漆，漆上印有匍伏的獅子記號。收信人的姓名寫得很大且醒目——」

「非常抱歉，先生，」福爾摩斯說道，「雖然這些資訊都很重要，但為了調查，我必須知道一切的來龍去脈。信的內容是什麼？」

「那是極為重要的國家機密，我不便告知，而且我也覺得沒這個必要。如果你能以自身的能力尋回我所說的那封信，將可以得到國家的獎賞，我們將會支付我們職責允許的最大報酬。」

夏洛克．福爾摩斯面帶微笑，站了起來。

「你們兩位是英國最忙的人，」他說道，「不過我這個小人物事情也不少，有很多來訪的客人。我很遺憾在這件事情上幫不了你們，繼續聊下去只是浪費時間罷了。」

首相迅速站了起來，一對深陷的眼睛裡射出了令全體閣員望而生畏的凶光。「你竟敢這麼對我說話——」但瞬間他又壓下了自己的滿腔怒火，重新坐了下來。

有一兩分鐘，我們都靜坐不語。最後，這位年邁的政治家聳了聳肩，說道：「我們願意接受你的條件，福爾摩斯先生。無疑你是對的，如果我們希望你為我們效力，卻又不肯相信你，這的確很不合理。」

「我同意你的觀點。」年輕的政治家說道。

「我相信你和你的朋友華生醫生的名譽，因此我將把全部事情告訴你們。我也相信你們擁有強烈的愛國情操，因為這件事一旦洩露出去，便會為國家帶來不可想像的災難。」

「你可以無條件地信任我。」

「這封信是某位外國君主寫的，他對我國殖民地的快速擴張感到不滿，因此匆忙寫下這封信，並且完全出於個人的意見。調查指出他的大臣們尚未得知這件事。同時，這封信寫得也很不成體統，甚至有些詞句帶著嚴重的挑釁意味，發表這封信將會激怒英國人，並引起軒然大波。我敢說，一旦這封信被發表，一週之後就會引起戰爭。」

福爾摩斯在一張紙條上寫下某個名字，交給了首相。

「是的，就是他。這封信不知為何遺失了，它將可能引起數億英鎊的消耗與數十萬人的犧牲。」

「你通知寫信人了嗎？」

「通知了，先生，剛才已發了密電。」

「或許寫信人希望這封信被公開。」

「不，我們有理由認為寫信人已經對此感到後悔。如果這封信公諸於世，將為自己的國家帶來比英國還要慘痛的打擊。」

「如果是這樣的話，公開這封信能給誰帶來利益？為什麼有人想盜竊並公開這封信呢？」

「關於這點，福爾摩斯先生，這就牽涉到緊張的國際局勢了。只要你考慮一下目前歐洲的局勢，就不難看出這封信的動機。整個歐洲大陸就是武裝過的堡壘，上面有兩個勢均力敵的聯盟，大不列顛目前保持中立，維持著兩大陣營間的平衡。如果英國被迫與某個聯盟交戰，必然會使另一個聯盟得到優勢，不論它們是否參戰。你明白了嗎？」

「夠清楚了。也就是說，這位君主的敵人希望得到這封信並公開它，以使他的國家與英國關係破裂。」

「是的。」

「如果這封信落入某個敵人的手中，他會把這封信交給誰？」

「交給歐洲任何一個國家的某位大臣。也許偷信的人目前正火速搭車趕往目的地。」

崔洛尼．侯普先生低下頭去，並發出了一聲呻吟。首相把手放在他肩上安慰道：

「你真不幸，親愛的朋友，沒有人會責怪你，你沒有疏失。福爾摩斯先生，事情你都瞭解了，你認為該怎麼辦呢？」

福爾摩斯無可奈何地搖了搖頭。

「先生們，你們認為找不回這封信，就會發生戰爭嗎？」

「我認為這是有可能的。」

「那麼，先生們，請準備打仗吧。」

「可是，福爾摩斯先生，信不一定找不回來了。」

「請考慮一下這些情形：可以想像，檔案在晚上十一點半以前就已被拿走了，因為侯普先生和妻子從那時開始直到發現信件遺失，這段時間一直待在房內。因此信件是在昨晚七點半到十一點半之間被盜走的，很可能是剛過七點半的時候，因為偷信者知道信就放在檔案箱裡，一定想儘早偷到手。既然如此，那麼信現在在哪兒呢？誰也沒有理由扣住這封信，所以信很快就會到達想要它的人手裡。我們還有什麼機會找到信，或是查出它在哪裡？所以信是無法找回了。」

首相從長沙發椅上站了起來。

「你說的非常合乎邏輯，福爾摩斯先生，我感到我們確實是無能為力了。」

「我們來假設一下，那名女僕或男僕出於某種理由而拿走了信——」

「他們都是老傭人，而且經得起考驗。」

「我記得你說過，你的臥室位於二樓，並且沒有門直通屋外，要是有人從外頭爬到屋外很難不被人看見。所以一定是你家裡的人拿走的，那麼這個小偷把信件交給誰了呢？交給了一個跨國的間諜或情報員，這些人我很熟悉。他們之中有三名主要首腦，我首先要一個一個地調查，看他們是否還在英國。要是有某個人失蹤了，尤其是昨晚開始失蹤的，那麼，我們便能得到一點啟發，知道檔案去了哪裡。」

「他有什麼必要逃走呢？他可以直接把信送到各國駐倫敦的大使館。」那名歐洲事務大臣問道。

「我想不會的。這些情報員總是獨立執行任務，他們和大使館的關係通常相當緊張。」

首相點了點頭表示同意。

「你說得對，福爾摩斯先生，他一定會把這麼寶貴的資料親自交回總部。你採取的步驟是可行的，侯普，我們別因為這件不幸的事情忽略了其他正事。今天如果有新的進展，我們將會通知你，並且請你回報我們調查的結果。」

兩位政治家向我們道別後，莊重地離開了。

福爾摩斯默默地點燃煙斗，坐下來沉思了好一會兒。我打開早報，全神貫注讀著一件昨晚發生的駭人聽聞凶殺案。就在這時，我的朋友長嘆一聲，然後站了起來，把他的煙斗放在壁爐架上。

「是的，」他說道，「只能這樣解決了，沒有更好的辦法。情況十分嚴重，不過還不到完全絕望。現在我們必須查出是誰拿走了信，或許信還在他的手裡，對於這些人來說，價碼是相當要緊的問題，我們有英國財政部撐腰，不必擔心錢的問題。只要他肯賣，我就肯買，不論花多少錢。可以想像這名小偷握有這封信，他想比較兩方各自開出的價錢。只有三個傢伙有膽子這麼做——奧伯斯坦、拉羅堤埃爾和伊度亞度·盧卡斯。我要個別去找他們。」

我向我手中的早報瞄了一眼。

「是歌得芬街的伊度亞度·盧卡斯嗎？」

「是的。」

「你見不到他了。」

「為什麼？」

「昨天晚上他在家中被殺害了。」

過去我們破案的過程中，他時常讓我吃驚不已，但這次我難得令他嚇了一跳，心中竟有些得意。他愕然地盯著報紙，然後從我手中一把奪去。下面是他從椅子上站起來時，我正在讀的一段：

西敏斯特謀殺案

昨晚在歌得芬街十六號發生了一樁離奇的謀殺案。這條街位於泰晤士河與西敏寺之間，議院樓頂的投影幾乎可以遮蓋住宅，幽靜的街道兩側全是十八世紀的舊式住宅。十六號是棟小巧別緻的樓房，倫敦社交界有名的伊度亞度·盧卡斯先生已在此居住多年。盧卡斯先生平易近人，曾享有英國最佳業餘男高音演員的榮譽；他現年三十四歲，未婚，家中有一名女管家普林格太太和一名男僕密頓。女管家住在閣樓，很早就寢；男僕當夜不在家，外出拜訪一位住在漢莫史密斯的朋友。晚上十點過後，家中只有盧卡斯先生一人，此時發生了什麼事情仍待釐清；直到十一點四十五分，警員巴瑞特巡邏經過歌得芬街，看到十六號的大門半掩著，於是他敲了敲門，卻沒有人回應。他看見房內有燈光，便走過走廊敲了房門，仍然沒有動靜，最後他將門推開，只見屋裡亂得一塌糊塗，家具幾乎全翻倒在房內的一側，一把椅子倒在正中央。慘死的屋主倒臥在椅子旁，一隻手仍緊緊抓著椅腳，判斷是刀子刺入他的心臟後當場死亡。凶器是一把彎曲的印度匕首，是原本掛在牆上裝飾用的東方兵器。犯案的動機不像是搶劫，因為屋內的貴重物並未遺失。伊度亞度·盧卡斯先生相當有名，同時也廣受大眾愛戴，因此他的悲慘而神秘的結局想必會引起眾多朋友們的深切關心和同情。

福爾摩斯愣了好一會兒，問道：「華生，你覺得這是怎麼回事？」

「這是個不可思議的巧合。」

「巧合！他就是我剛才所說的三人中最有可能登台的主角，就在一場戲劇正要上演的時刻，他卻死了。從時機點來看應該不是巧合，當然還不能確定。親愛的華生，這兩件事之間可能有所關連，我們正是要找出這一層關係。」

「但是警方一定全知道了。」

「不，他們只看到發生在歌得芬街的一切，至於發生在白廳住宅街的事，想必還不知道，將來也不會知道。只有我們同時知道這兩件事，並且能夠查出兩事之間的關係。不管怎麼說，有一點使我懷疑盧卡斯：從西敏斯特街的歌得芬街步行到白廳住宅街只需幾分鐘，但另外兩人都住在倫敦西區的盡頭。因此，盧卡斯比其他二人更容易與歐洲事務大臣的家人建立消息管道，雖然這一點本身微不足道，但若考慮作案時間就發生在幾小時之內，那麼它也許就是關鍵了。喂！誰來了？」

哈德森太太拿著托盤走進來，盤內有一張女士的名片。福爾摩斯看了看名片，彷彿看到一線希望，又隨手把名片遞給了我。他對哈德森太太說：「請希爾達・崔洛尼・侯普夫人上樓。」

這天早上，我們在這間簡陋的房裡接待兩位名人之後，又來了一位全倫敦最可愛的女性。我常聽人提起貝爾明斯特公爵么女的美貌，但無論是別人的讚美還是本人的照片，都比不上我親眼所見的那樣婀娜多姿。然而，這名女士在那個秋天的早上給我們的第一印象卻不是美麗；她的雙頰雖然十分嬌嫩，但卻因感情激動而顯得蒼白；雙眼明亮，但顯得急躁不安；她那薄薄的嘴唇，為了盡力控制情緒而緊閉著。當她筆直地站在門邊，最先映入我們眼簾的，不是她的無比美麗，而是她那份說不出的恐懼。

「我的丈夫來過嗎？福爾摩斯先生。」

「是的，夫人，他來過了。」

「我請求你，福爾摩斯先生，不要告訴他我來過。」

福爾摩斯冷冷地點了頭，並且指著椅子示意她坐下。

「你的身份令我為難，夫人。請你坐下講講你的要求，雖然我可能無法全盤答應你提出的一切。」

她走到房間另一邊，背對著窗戶坐下來。她的身材苗條，姿態優雅，富有女性魅力，氣質就像一位皇后。她的兩隻手戴著白手套，時而握在一起，時而鬆開。「福爾摩斯先生，」她說，「我願意對你坦承，同時也希望你對我坦承。我和我丈夫幾乎在所有事情上都互相信任，除了一件事，那就是政治。在這方面他總是守口如瓶，什麼也不肯告訴我，現在我才知道我們家中昨晚發生了不幸的事情，我知道遺失了一個檔案，但因為那是個政治問題，我丈夫並未跟我完全說明。事情很重要，相當重要，我應該徹底瞭解整件事。除了幾位政治家之外，你是唯一瞭解事實的人，福爾摩斯先生，我請求你告訴我發生了什麼事，又會導致什麼結果。福爾摩斯先生，請告訴我詳情，請不要因為怕損害我丈夫的利益而不肯對我說，因為只有充分相信我，才能確保他自身的利益，他早晚會明白這一點的。請告訴我遺失的檔案究竟是什麼呢？」

「你的問題是不能回答的，夫人。」

她嘆了口氣，並用雙手遮住了臉。

「你必須明白，夫人，我只能這麼做。你的丈夫認為不應讓你知道這件事，而我出於職責所在，並在發誓保密後，獲知了全部事實，難道我能任意說出他不允許我說的話嗎？你應該去問他本人。」

「我問過他了。我會到你這裡來是逼不得已的，福爾摩斯先生，既然你不肯明確地告訴我，那麼能給我一些提示嗎？這對我也會很有幫助的。」

「你想知道什麼？夫人。」

「我丈夫的政治生涯是否會因為這個事件受到嚴重影響？」

「這個嘛，夫人，除非事情獲得補救，否則的確會有嚴重影響。」

「啊！」她深深地吸了一口氣，彷彿如釋重負一般。

「還有一個問題，福爾摩斯先生。我從丈夫對此事顯示出的震驚看出，遺失這個檔案將會在國內引起可怕的後果。」

「如果他這樣說，我當然沒有異議。」

「什麼性質的後果？」

「不，夫人，你所問的不是我該回答的。」

「那麼我就不耽誤你的時間了，福爾摩斯先生，我不能怪你過於小心謹慎，我相信你也不會責怪我；我只是希望分擔他的煩惱，雖然這有違他的意願。我再次請求你不要告訴他我來過。」

她走到門口，又回頭看了我們，那美麗而又焦慮的面孔，以及那受驚的目光和緊閉著的嘴，又一次在我心中留下深刻的印象。她走出了房門。

裙子摩擦的窸窣聲逐漸消失了，接著傳來大門關上的聲音。福爾摩斯微笑著說道：「女性是你的研究領域，華生。這位漂亮的夫人在玩什麼花樣呢？她的真正意圖是什麼？」

「當然，意圖她講得很清楚，而她的焦慮也是很自然的。」

「哼！華生，想想她的表情、她的態度、她拚命壓抑著的不安，還有她一再提出的問題；你知道的，她出身於一個不輕易表露情感的社會階層。」

「的確，她的樣子相當激動。」

「還有一點，她一再懇切地對我們透露，只有她瞭解一切，並能保證她丈夫的利益。她這麼說是什麼意思？而且，你一定也注意到了，她坐下時設法使陽光只照到她的背部，她並不想讓我們看清她的臉上表情。」

「的確是，她特別挑了一張背光的椅子坐下。」

「女人的心理是很難猜測的。正是出於同樣的原因，我曾懷疑馬蓋特的那位女士，你應該還記得這件事，我從她鼻頭沒有擦粉而得到了啟發，終於解決了案子。你怎麼能如此疏忽呢？有時她們的一個小小舉動，卻隱藏了很大的意義，一個髮夾或一把捲髮鉗都可以顯露出她們的反常。再見了，華生。」

「你要出去？」

「是的，我要去歌得芬街和我們蘇格蘭場的朋友們一起消磨上午。我們的案子和伊度亞度．盧卡斯有直接的關係，不過，究竟該以什麼方法解決，我現在還毫無頭緒。在事情發生前便擅自作出結論是不對的。親愛的華生，請你幫我接待客人，我盡量趕回來跟你一起吃午餐。」

之後的整整三天，福爾摩斯一直很安靜，凡是他的朋友們都知道他正在沉思，但外人卻會以為他很沮喪。他來回地進出房間，不停地吸煙，拿起小提琴拉了兩下又再扔開，不時陷入幻想，飲食不規律，對我提出的問題置之不理；顯然，他的調查進行得並不順利。他從不提起這個案件，我只能從報上知道一些片斷，例如逮捕了被害者的僕人約翰．密頓，但是隨後又釋放了。驗屍官提出這是一樁蓄意謀殺，但是查不清楚案情以及當事人，也沒有發現任何殺人動機。屋內留著許多貴重物絲毫未動，死者的文件也沒有被翻動。在詳細地檢查了死者的文書信件後，得知他相當熱衷於國際政治、非常健談，是個出色的語言學家；往來信件很多，熟識數個國家的領導人物，但是從他抽屜裡的檔案中並未發現可疑處。至於他的交友關係相當複雜，但都交往不深。他認識許多女人，但是女性朋友很少，也沒有一個愛人。他沒有特殊的習慣，生活安份守己。他的死亡十分神秘，或許永遠無法真相大白。

至於逮捕僕人約翰．密頓，那不過是絕望之餘的一點小嘗試，以免大眾議論警方毫無作為。這名僕人當晚曾到漢莫史密斯探望朋友，擁有充分的不在場證明。從他動身回家的時間推算，他抵達西敏斯特的時候，凶案還沒有被人發現。但他解釋說當晚夜色很好，他在途中散步了一下子，因此他是十二點到家的，回家後立刻就被這件意外的慘案嚇得驚惶失措。他和主人的關係一直很好，在他的箱子裡發現了一些主人的物品，格外引人注目的是一盒刮鬍刀，但他解釋說那是主人送他的，女管家也證實了這件事。盧卡斯雇用密頓已有三年，值得注意的是盧卡斯從未帶密頓去過歐洲，有時盧卡斯在巴黎一住便是三個月，而密頓卻留在歌得芬街看家。至於那名女管家，在出事的夜裡，她什麼也沒聽到，要是當晚曾有客人，那也是主人自己帶進來的。

一連三個早上，我都沒有從報上看到破案的消息。如果福爾摩斯知道更多資訊的話，至少他還沒有說出來，但他告訴我，雷斯垂德已把掌握的線索都告訴了他，我也確信他能夠迅速掌握案情的最新進展。直到第四天上午，報上刊載了從巴黎發來的一封很長的電報，一切似乎都迎刃而解。內容如下：

巴黎警方已有所斬獲（消息來自《每日電訊報》），這可以揭開伊度亞度．盧卡斯先生死亡之謎。讀者或許還記得，盧卡斯先生在本週一夜間於歌得芬街自宅內被人以匕首刺殺身亡。他的男僕一度受到懷疑，後因證明了案發時不在現場而獲釋。昨日有幾名僕人向巴黎警方通報他們的女主人亨利．弗那依太太精神失常。她住在奧地利街的一棟小房子裡，經過診斷後，證實弗那依太太長期以來患有危險的狂躁症。據調查，弗那耶太太本週二自倫敦歸來，有證據指出她與西敏斯特凶殺案有關。經驗證與核對照片之後，當局認為M．亨利．弗那依與伊度亞度．盧卡斯，實際上是同一個人。死者出於某種原因，分別在巴黎和倫敦輪流居住。弗那依太太是克里奧爾人，性情古怪、容易激動，因強烈的嫉妒心而演變成為顛狂，根據推測，病人可能由於顛狂症發作而以匕首行凶。此案轟動了整個倫敦。目前，對於週一晚間病人的全部行為尚未查清。但是，週二清晨，曾有人在查林十字街車站目睹一名容貌酷似她的女士，她的外貌奇異、舉止狂暴。因此，有關當局研判病人由於一時顛狂而殺了人，也有可能是因殺人而使顛狂症復發。目前，她還無法連貫地敘述自身的過去，醫生們更認為她已不可能恢復理智。有人指出，曾有一位女士在本週一晚間於歌得芬街凝視著那棟房屋，並一連盯著好幾個小時。她也許就是弗那依太太。

「你對這篇報導有什麼看法？福爾摩斯。」我在福爾摩斯快吃完早餐時，為他讀了這篇報導。

「親愛的華生，」他站起來，在屋內來回踱步，並說道，「你真是沉得住氣，過去三天裡我什麼都沒告訴你，是因為沒有什麼值得提的，現在這個來自巴黎的消息，對我們仍然沒有多大用處。」

「與盧卡斯之死應該有比較大的關連吧？」

「盧卡斯的死只是個突發事件，它和我們的真正目的——找出檔案並使歐洲免於一場災難相比，簡直是微不足道。過去三天裡唯一重要的事，就是沒有事。這兩天我幾乎每隔一小時就收到一次來自官方的報告，可以說不管在歐洲的哪裡，目前都沒有騷亂的跡象。如果這封信遺失了，不！不可能遺失，如果遺失了，它又會在哪呢？誰持有這封信呢？為什麼要扣住這封信呢？這些問題真像一把把錘子，日夜搥擊著我的大腦。盧卡斯的死和信件遺失兩件事真的是巧合嗎？他有沒有收到這封信呢？如果收到了，為什麼他的文件裡卻沒有呢？是不是他瘋狂的妻子把信拿走了呢？要是這樣，信是不是在她巴黎的家中呢？我要怎麼搜出這封信而不引起巴黎警方的注意呢？親愛的華生，在這個案子上，我們的對手不僅僅是罪犯，還有法律，所有人都妨礙我們，但它卻又事關重大。如果我能順利地解決這個案子，那將是我一生事業的最大光榮。啊，又有新的狀況！」他匆匆地瞥了一眼剛交到手上的來信，說：「雷斯垂德似乎已查出重要的線索，華生，戴上帽子，我們一起前往西敏斯特區。」

這是我在案發後第一次來到現場，這棟房子較高，外表顯得陳舊，但是佈局嚴謹、美觀耐用，並帶有十八世紀的風格。雷斯垂德正由前方的窗戶往外張望，一個高個子警員打開了門請我們進去，雷斯垂德走上前來熱烈地表示歡迎。我們進去一看，除了地毯上有一塊難看的不規則血跡以外，什麼痕跡都沒有。一小塊方形地毯擺在房屋正中央，四周是由小方木塊拼湊成的美麗老式地板，地板擦得很光亮。壁爐上方的牆面掛滿收藏的兵器，凶器就是其中的一把匕首；靠窗處擺設了一張貴重的寫字台；屋內到處陳設著油畫、小地毯、以及牆上的裝飾品，每一處都顯得精美而奢華。

「看到巴黎的新聞了嗎？」雷斯垂德問道。

福爾摩斯點了點頭。

「我們的法國朋友這次似乎抓住了關鍵。毫無疑問他們說得對，當時她忽然上門，對於很少和外界接觸的盧卡斯來說，這是名意外的訪客，他立刻開門讓她進去；弗那依太太告訴盧卡斯她一直在找他，並且責備了他；一件事總是與另一件事連在一起，匕首就掛在牆上，取用十分方便，但也並不是發生在一瞬間，你看，椅子全倒在一邊，而且死者手裡還握著一把椅子，他想用它擋開妻子；看來事情已經很清楚了，就像發生在眼前一樣。」

福爾摩斯睜大了眼睛。

「所以你找我來做什麼？」

「哦，那是另外一件事；雖然只是一件小事，你肯定會感興趣——它很奇怪，或許你會稱它怪異。這和主要事實無關，至少從表面來看是無關的。」

「那麼，到底是什麼事？」

「你知道，每當發生了這類案件，我們總是小心翼翼地保護現場，派人日夜看守，任何東西都不准動，也的確沒有人來動過；今天上午，我們把屍體埋葬了，調查工作也結束了，所以我們想到該清掃一下屋子。這塊地毯沒有固定在地板上，只是擺在那裡。我們無意間掀了一下它，發現——」

「怎麼了？你發現——」

福爾摩斯的表情由於焦急而顯得有些緊張。

「我敢說你再想一百年也絕對猜不出我們發現了什麼。看見地毯上的那塊血跡了嗎？大部分血跡都滲透地毯了對吧？」

「無疑是這樣。」

「可是白色地板上的相應處卻沒有血跡，你不覺得這一點很奇怪嗎？」

「沒有血跡！但照理說——」

「儘管你認為應該會有，但事實上就是沒有。」

他握住地毯的一角，一下子翻了過來，藉以證實他所說的。

「不，地毯上下兩面的血跡是相同的，一定會留下痕跡。」

雷斯垂德看著這位名偵探迷惑不解的樣子，高興得咯咯笑了起來。

「現在讓我告訴你謎底。是有第二塊血跡，但是和第一塊在不同位置，你可以看得很清楚。」

他一面說著，一面把地毯的另一角掀開，潔白的地板上瞬間露出一片紫紅色的血跡。「你覺得這是怎麼回事呢？福爾摩斯先生。」

「嗯，再簡單不過了。這兩處血跡本來是一起的，但是有人轉動了地毯。地毯是方形的，而且沒有釘住，所以很輕易就能移動。」

「福爾摩斯先生，我們警方可不需要你提醒我們這一點，這是很明顯的，因為地毯上的血跡本來就該吻合地板上的血跡。我想知道的是，究竟是誰移動了地毯？以及為什麼？」

福爾摩斯愣住了，我看得出他的內心十分激動。

「我想知道，雷斯垂德，」過了一會兒，他問道，「門口的那個警員是不是一直看守著這個現場？」

「是的。」

「請遵照我的建議做。你仔細盤問他一下，不過，別當著我們的面，把他帶到後面的房間和他單獨交談，他也許會承認。你問他，為什麼居然敢讓別人進來現場，而且放任那個人單獨待在屋裡；不要問他是否曾讓人進來，你就說你知道有人進來過，逼問他，告訴他只有誠實才可能得到原諒。一定要照我說的去做！」

「老天！如果他真的隱瞞了什麼，我一定會查出來。」雷斯垂德驚呼道，然後飛奔進了大廳。幾分鐘後，傳來了厲聲斥罵的聲音。

「看吧！華生，」福爾摩斯欣喜若狂地對我說道，他已掩飾不了內心的激動，一反剛才安靜的態度，精神大振。他迅速地拉開地毯，匍匐在地板上，並拚命地用指甲掀著地板的每塊方木板。忽然，有一塊木板移動了，就像箱蓋一樣像上翻起，下面有一處小暗室，福爾摩斯把手伸進去，但很快又抽了回來，他氣急敗壞地哼了一聲。洞裡空無一物。

「快！華生，快！把地毯回復原狀！」我們剛蓋回那塊木板，並把地毯擺好，就聽見了雷斯垂德在走廊的說話聲，他看見福爾摩斯慵懶地靠著壁爐架，一副放棄努力的模樣，並不停地打著哈欠。

「抱歉讓你久等了，福爾摩斯先生，看得出你已等得不耐煩了。他已經承認了，過來！麥克弗森，讓這兩位先生聽聽你幹的好事。」

那名高個子警察一臉慚愧的樣子悄悄走進屋來。

「我沒有惡意，先生，我保證。昨天晚上，一位年輕的女士走到大門前，她搞錯了門牌號碼。我與她聊了起來，畢竟，一個人整天守在這裡實在很寂寞。」

「那後來又怎麼了？」

「她說想瞧瞧凶案發生的地方，說是在報上看到的消息。那是一位很體面又很會說話的女士，我認為讓她看看也沒關係。她一看見地毯上的血跡，立刻嚇得跌坐在地板上，像死了一樣。我立刻到屋子後面弄了一點水，但還是沒能讓她清醒過來。我就到轉角的『常春藤商店』買了一點白蘭地，可是等我買回來後，這位女士已經醒來並離開了。我想她可能是不好意思再見我。」

「那塊移動的地毯是怎麼回事?」

「我回來時，發現地毯被弄皺了；你知道的，她倒在地毯上，而地毯貼著光滑的地面又沒有固定住，於是我就把地毯重新鋪好。」

「這是個教訓，麥克弗森，你騙不了我的，」雷斯垂德嚴肅地說，「你一定以為自己怠忽職守不會被發現，可是我一看到地毯馬上就明白有人進過屋裡。幸好沒遺失什麼東西，不然你就有苦頭吃了。福爾摩斯先生，為了這種小事把你請來，實在萬分抱歉。不過，我以為這兩塊分開的血跡會使你感興趣。」

「沒錯，我很感興趣。這位女士只來過一次嗎?警官。」

「是的，只來了一次。」

「她是誰?」

「我不知道她的名字。她是看了廣告要去應徵打字員的，卻搞錯了門牌號碼，她是一位很溫柔的年輕女士，先生。」

「高嗎?漂亮嗎?」

「是的，先生，她是個長得很標緻的年輕女士，可以說是漂亮的，也許有人會說她相當漂亮。她說：『噢!警官，讓我看一眼就好!』她很會哄人，我本來只打算讓她從窗外看看，那是沒什麼關係的。」

「她的穿著如何?」

「很樸素，穿著一件長及地面的長袍。」

「那是什麼時間?」

「天色剛黑，我買白蘭地回來的時候，人們正在點燈。」

「很好，」他說道，「走吧，華生，我們還有別的地方要去，有一件很重要的事。」

我們離開這棟房子的時候，雷斯垂德仍待在前廳裡，那位犯錯的警員為我們開了門。福爾摩斯走到台階上，轉過身來，手裡還拿著一件東西。這位警員目不轉睛地盯著，吃驚地喊道：「天啊!」福爾摩斯立刻將手指貼在嘴唇上，示意他不要說話，然後又伸手把這件東西放回胸前的口袋，得意洋洋地走到街上。這時他才放聲笑了，說道：「太妙了！我的朋友，你看，最後一幕已經揭開了。放心吧，不會有戰爭的，崔洛尼・侯普先生的大好前程不會受到影響，那位輕率的君王也不會因為這封信而得到懲罰，首相不必擔心歐洲情勢變得複雜。只要我們略施小計，就不會有人因為這件不幸的事而遭遇災厄。」

對於眼前這位奇人，我的內心頓時感到十分羨慕。

「你把問題解決了？」我喊道。

「還不能這麼說，華生，還有幾個疑點依舊沒有弄清。但是我們瞭解的事實已經夠多了，如果還是參不透其中的道理，那就是我們自己不好了。現在我們直接前往白廳住宅街，把事情做個了結。」

當我們抵達了歐洲事務大臣官邸，夏洛克・福爾摩斯卻要求與希爾達・崔洛尼・侯普夫人見面。我們走進了晨間客廳。

「福爾摩斯先生！」這位夫人氣惱地說道，「這實在太不公平、太不厚道了！我已經向你解釋過，我希望對我曾拜訪你的這件事保密，免得我丈夫說我干涉他的事務。但你卻來到這裡，藉此展示我們之間的委託關係，有意傷害我的名譽。」

「很不幸地，夫人，我沒有其他方法。我既然受託找回這件十分重要的信件，只能請求你將它交到我手中。」

這位夫人突然站了起來，她美麗而豐潤的臉驟然變色。她的雙眼凝視著前方，身體顫抖起來，看起來就要暈倒。但她還是打起精神，努力使自己鎮定，臉上各種複雜的表情瞬間被強烈的憤怒與驚訝所取代。

「你——你侮辱我，福爾摩斯先生。」

「請冷靜，夫人，這樣是沒用的，還是把信交出來吧。」

她向召喚僕人的手鈴那裡跑去。

「管家會請你出去。」

「別搖鈴，希爾達夫人，如果你搖鈴，我為了避免流言所做的一切努力都將付諸流水。只要把信交出來，一切都會好轉。如果你能與我合作，我會將一切都安排好；如果與我為敵，那麼我只好揭發你。」

她毫無懼色地站在原地，散發著一種威嚴。她與福爾摩斯四目相交，彷彿想將對方看透。她的手仍放在鈴上，但是她強忍著不去搖它。

「你想威脅我，福爾摩斯先生，你來這裡威脅一個女人，這不是男人該做的事。你說你瞭解一些事實，那是什麼？」

「請坐下，夫人。你要是摔倒一定會受傷的，等你坐下我才講。謝謝。」

「我只給你五分鐘，福爾摩斯先生。」

「一分鐘就夠了，希爾達夫人。我知道你去找過伊度亞度．盧卡斯，你交給他一封信；我也知道昨晚你又巧妙地進過那間房子；我還知道你如何從地毯下的密室取出那封信。」

她凝視著福爾摩斯，臉色灰白。曾有兩次，她氣喘吁吁地欲言又止。

「你瘋了！福爾摩斯先生，你瘋了！」最後她吼道。

福爾摩斯從口袋中取出一塊小硬紙片，那像是從照片上剪下來的臉部。

「我一直帶著它，因為我認為它派得上用場。那名警察已經認出這張照片了。」

她喘了一口氣，癱坐在椅子上。

「希爾達夫人，信就在你手裡，事情還有補救的餘地。我不想給你添麻煩，只要把這封遺失的信交還給你丈夫，我就算盡到責任了。希望你接受我的提議，並且對我說實話。這是你最後的機會。」

她的勇氣實在令人佩服，直到現在還不願承認失敗。

「我再說一次，福爾摩斯先生，這實在太荒謬了！」

福爾摩斯從椅子上站起來。

「我為你感到遺憾，希爾達夫人，我已為你盡了最大的努力，看來一切都白費了。」

福爾摩斯搖了一下鈴，不久後管家走了進來。

「崔洛尼．侯普先生在家嗎？」

「他十二點四十五分會到家，先生。」

福爾摩斯看了看錶，說道：「還有十五分鐘，我願意等他。」

管家一走出屋門，希爾達夫人立刻跪倒在福爾摩斯腳邊，她攤開兩手，抬頭望著福爾摩斯，眼眶泛著淚水。

「噢！原諒我吧，福爾摩斯先生，原諒我吧！」她十分激動地辯解道，「看在上帝的份上，不要告訴我的丈夫！我多麼地愛他！我不願在他的心裡造成任何不愉快，但這件事會傷透他的心的。」

「太好了，夫人，」福爾摩斯將她扶起，「你終於明白了。時間已經很緊迫，信在哪裡？」

她急忙走到一個寫字台旁，用鑰匙打開抽屜，從裡頭取出一封信。信封很長，是藍色的。

「在這裡，福爾摩斯先生，我發誓我沒有拆開過。」

「該怎麼把信放回去呢？」福爾摩斯咕噥道，「快，快，我們必須想個辦法！檔案箱在哪？」

「還在他的臥室裡。」

「太幸運了！夫人，快把箱子拿過來！」

過了一下子，她手裡捧著一個紅色的扁箱子走來。

「你當時是怎麼打開的？你有複製鑰匙嗎？是的，你當然有，打開箱子！」

希爾達從懷裡拿出一把小鑰匙，把箱子打開了，箱裡塞滿文件。福爾摩斯把這封信塞到靠近底部的一個檔案裡，夾在兩頁之間。然後關上了箱子並鎖好，夫人又把它搬回臥室。

「現在就等你丈夫回來了，」福爾摩斯鬆了一口氣，說道，「還有十分鐘，希爾達夫人，我花了很大的力氣袒護你，你應該利用這十分鐘坦率地告訴我，你做出這件不尋常的事的目的為何？」

「福爾摩斯先生，我把一切都告訴你！」這位夫人叫道，「我寧願把我的右手切斷，也不願意讓我丈夫有片刻的煩惱！恐怕全倫敦沒有一個女人像我如此深愛自己丈夫了，可是萬一讓他知道了我所做的一切，儘管我是被逼的，他也絕對不可能原諒我的。他很重視自己的名聲，所以他從來不原諒別人的過失，福爾摩斯先生，你一定要救我！我的幸福，他的幸福，還有我們的生命全都岌岌可危！」

「夫人，快講，沒時間了！」

「一切都是因為我的一封信，先生，我婚前寫的一封輕率的信、愚蠢的信，它是在我一時衝動下寫的。那封信沒有惡意，但我丈夫肯定會把它視為犯罪，要是讓他讀了這封信，他就再也不會信任我了。我曾試著把這件事忘掉，可是後來盧卡斯這傢伙卻告訴我，說信在他的手中，並威脅要交給我的丈夫。我懇求他放我一馬，他說，只要我從檔案箱中將他要的文件拿出來給他，他就把信還給我。我丈夫的辦公室裡有內奸，告訴了盧卡斯這封文件的事。他向我保證我丈夫不會因此受到傷害。福爾摩斯先生，請你站在我的立場想一想，我該怎麼做呢？」

「把一切告訴你丈夫。」

「我做不到！福爾摩斯先生，我做不到！一方面會導致幸福破滅，另一方面，拿走我丈夫的文件將造成可怕的後果，我不知道這麼做會造成什麼政治影響，我明白愛情和信任一樣地重要。最後，我做了，福爾摩斯先生，我拿了文件！我取來鑰匙的模子，盧卡斯替我複製了一把。我打開檔案箱，取出信件並送到歌得芬街。」

「到那裡以後呢？」

「我按照約定的方式敲門，他開了門，我跟他走進屋裡，可是我並沒有把大門關好，因為我懼怕和這個人共處一室。我記得我進屋的時候，外頭有一位女士。我們的交易很快完成，我的信就擺在他的桌子上，我把文件交給他以後，他也將我的信還給了我。就在這時，門口那裡傳來聲音，接著玄關響起腳步聲，盧卡斯趕緊掀起地毯，把檔案藏到一個暗室，然後又蓋上地毯。」

「這以後的事簡直是場惡夢！我看到一位女士，黝黑的面孔，神色顛狂，還聽到她講的是法語，她說：『我沒有白等，終於讓我發現你跟她在一起！』然後他們二人就緊緊纏鬥起來。盧卡斯手裡拿著椅子，那位女士則握著一把閃亮的小刀。當時的場面可怕極了，我立即奪門而出。隔天早上我就在報上看到了盧卡斯被殺死的消息。那一晚我很高興，因為我終於拿回了我的信。只是我沒料到這麼做所帶來的後果。」

「第二天早上，我才明白，我只不過是用新的煩惱取代了舊的。我的丈夫失去文件後十分焦慮，使我也跟著心神不寧。我當時幾乎就要跪在他的跟前，向他承認文件是我拿走的，可是這就意味我必須講出我的過去。那天早上我拜訪了你，是為了確認我犯下的錯誤的嚴重性。打從我拿走文件的那一刻起，我就一直思考該如何把它取回來。要不是盧卡斯當著我的面藏起那封信，我就不會知道信藏在什麼地方。至於我該怎麼進入房子呢？我接連兩天去了現場，可是大門總是深鎖。昨晚我做了最後一次嘗試，至於我是怎麼拿到的，你應該已經聽說了。我把檔案帶回來，想銷毀它，因為我想不出該如何把它還給我丈夫卻又不必承認錯誤。天啊！我聽到他上樓的腳步聲了！」

這位歐洲事務大臣激動地衝進屋內，急著地叫道：「有消息嗎？福爾摩斯先生，有消息嗎？」

「我帶來了一些希望。」

他的臉上露出驚喜的表情，「感謝上帝！首相正打算和我共進午餐，他也可以來聽吧？他的性格十分堅強，但就我所知，自從發生了這件事以後，他幾乎沒有闔過眼。雅各布，把首相請到樓上來。親愛的，我想這是一件政治上的事情，幾分鐘後我們就到餐廳和你一起吃午餐。」

首相的舉止十分鎮靜，但從他閃爍的眼光和不停地顫動的大手掌，我明白他也像這名年輕同事一樣激動。

「聽說你有好消息？福爾摩斯先生。」

「還是老樣子，」我的朋友回答道，「我已經調查了任何檔案可能的所在，雖然我沒有找到，但我保證，你們不必擔心它有危險。」

「但這樣還不夠，福爾摩斯先生，我們不能冒這個險，我們必須把事情查個水落石出才行。」

「我認為有找到它的希望，所以才來到這裡。我怎麼想都覺得檔案不可能離開你的住處。」

「福爾摩斯先生！」

「如果真的被偷走，肯定早就公諸於世了。」

「但小偷怎麼可能把信偷走，又藏在這間屋子裡？」

「我不認為有人偷走那封信。」

「不然信怎麼會從檔案箱裡消失呢？」

「我不認為那封信曾離開過箱子。」

「福爾摩斯先生，現在可不是開玩笑的時候，我可以保證那封信不在箱子裡。」

「你在週二上午後曾檢查過箱子嗎？」

「沒有，沒有那種必要。」

「或許是你忽略了它。」

「不可能，我保證。」

「但我不這麼想，我認為確實發生了這樣的事情。我敢說箱子裡一定有很多文件，嗯，肯定是跟其他文件混在一起了。」

「我把它放在最上層。」

「或許有人移動過箱子，把文件弄亂了。」

「不，不，我曾把裡面的東西倒出來檢查過。」

「這件事很容易證明，侯普，」首相在一旁說道，「把檔案箱拿出來檢查看看就知道了。」

這位大臣搖響了鈴。

「雅各布，把檔案箱拿下來。這實在是浪費時間，不過，要是這樣才能滿足你的話，我也只能照做了。謝謝，雅各布，放在那裡就好。我總是把鑰匙放在我的錶鏈裡，這就是那些文件，你瞧，這是梅洛公爵的信；這是查爾斯．哈迪爵士的報告；這是貝爾格雷德的備忘錄；這是有關俄—德穀物關稅問題的紀錄；這是馬德里寄來的信；然後這是弗洛瓦公爵的紀錄——老天！這是什麼？貝林格公爵！貝林格公爵！」

首相急忙朝那個藍色信封抓去。

「是的，就是那封信！它沒有被拆開過。侯普，恭喜你！」

「謝謝！謝謝！我心裡的大石頭終於放下了。但這實在太不可思議了，福爾摩斯先生，你真是個魔術師！一個法師！你怎麼知道它就在箱裡？」

「因為我知道它不可能在別的地方。」

「我簡直無法相信自己的眼睛！」他迅速地跑到門旁，「我的妻子呢？我要告訴她事情結束了，希爾達！希爾達！」我們聽見他在樓梯上呼喊的聲音。

首相意味深長地望著福爾摩斯，雙眼骨碌碌地不住轉動。

「嘿，先生，」他說，「這其中一定有問題，信怎麼可能自己回到箱裡呢？」

福爾摩斯用微笑避開了那一雙好奇的眼睛。

「我們也有自己的外交機密。」他一面說著，一面拿起帽子走向房門。

恐怖谷

1914～1915

The Valley of Fear

一封密碼信，邪惡集團現形
伯恩史東莊主慘死屋內
凶手遺留的神秘卡片
引出一段遠在美洲的黑暗史
傳說的恐怖谷果真恐怖？
死酷黨又是何種組織？
福爾摩斯迎戰史上最強敵手
該如何化險為夷……

Sherlock Holmes

1 警告

「我認為該——」我說。

「但我認為該這樣做。」福爾摩斯急躁地插嘴道。

我自認是一個極有耐性的人，可是我得承認，被他這樣嘲笑地打斷我的話，實在令我有點不高興。因此我嚴肅地說：「說真的，福爾摩斯，有時你真不給我面子。」

他全神貫注地沉思，並未立即回應我的抗議。他一隻手支著下巴，面前放著一口未動的早餐，兩眼凝視著剛從信封抽出來的那張紙條，然後拿起信封，舉到燈前，仔細地研究它的外觀和封口。

「這是波洛克的筆跡，」他若有所思地說道，「儘管我以前只見過兩次波洛克的筆跡，但毫不懷疑這封信就是他寫的。希臘字母ε的上端刻意寫得花俏，這就是他的特色。不過，如果這真是波洛克寫的，那一定發生了極為重要的事。」

雖然我知道他是自言自語，而不是對我說的，但這番話卻引起了我的興趣，使我的不快頓時煙消雲散。

「那麼，波洛克是什麼人呢？」

「華生，波洛克是個假名，它只不過是一個代號而已；可是隱藏在它背後的卻是一個詭計多端、難以捉摸的人物。在前一封信裡，他直言不諱地告訴我，這不是他的真名，並且向我挑明，要想在這倫敦的茫茫人海中追蹤他只是白費力氣。波洛克本身並不重要，重要的是他所結交的那個大人物。你想想看，一條鯖魚和一條鯊魚，一隻豺狼和一頭獅子——總之，一個本身微不足道的東西一旦和一個凶惡的龐然大物聯手，那將會怎麼樣呢？那怪物不僅凶惡，而且陰險至極。華生，就我來看，他就是這樣一個怪物，你聽說過莫里亞蒂教授嗎？」

「你是指那個高明的罪犯，在惡人間的名聲猶如——」

「不懂就別亂說，華生！」福爾摩斯不以為然地打斷道。

「我是想說，猶如一個市井小民般沒沒無聞。」

「嘿！算你聰明！」福爾摩斯大聲說道，「真沒想到你也變得油嘴滑舌了呢，華生，看來我得多小心提防著點了。可是從法律上的角度來看，把莫里亞蒂稱為罪犯，你已經犯了公然誹謗——這正是奧妙之所在！他是古往今來最大的陰謀家，是一切惡行的幕後黑手，是犯罪組織的首腦，一個足以左右民族命運的智者！他就是這樣一個人。可是一般人卻對他毫無懷疑，也未對他有任何指控，他低調的行事作風真是令人欽佩。因此，就憑你說的這幾句話，他就可以把你告上法庭，罰你支付一年的薪水去賠償他的名譽損失。他是《小行星力學》這本書的作者，書中的艱深數學，據說科學界還沒人能對它提出質疑。這種人是你誹謗得起的嗎？你們會因此分別得到『胡說八道的醫生』和『受人誹謗的教授』的外號。他可真是個天才呢！華生，可是，只要他殺不死我，我們就總有一天會戰勝的。」

「但願能看到這一天！」我熱誠地歡呼道，「不過你剛提到了波洛克。」

「哦，是的，這個自稱波洛克的傢伙是整個鏈條中的一環，離它連接著的那個龐然大物並不遠。對我們來說，波洛克並非十分堅固的一環，他是整條鏈中唯一可突破的薄弱地帶。」

「不過，只要有一環薄弱，整條鏈也難以堅固了！」

「完全正確！親愛的華生。因此，波洛克就非常關鍵了，他還有點僅存的正義感，我曾經私下送給他一張十鎊的鈔票，在這一點小小的鼓勵下，他已兩次為我預先送來了有價值的消息，之所以很有價值，是因為它能使我預測並阻止某件罪行，而非事後才去懲辦罪犯。毫無疑問，如果手頭有密碼表，我們就能發現這正是我剛才說的那種信。」

福爾摩斯又把那張紙平鋪在空盤上，我站起來，從他身後俯視著那些怪異的文字，文字排列如下：

534 C2 13 127 36 31 4 17 21 41 DOUGLAS 109 293 5 37 BIRLSTONE 26 BIRLSTONE 9 47 171

「你能從這些字得到什麼結論呢？福爾摩斯。」

「很明顯，這封信是用來傳達秘密的訊息。」

「可是少了密碼表，密碼信又有什麼用呢？」

「在這種情況下，是完全沒有用的。」

「為什麼是『在這種情況下』？」

「因為對我來說，許多密碼就跟讀報上的人事廣告一樣容易。那些簡單的東西對人的智力來說，只能算是有趣，而不會感到厭倦。可是這次就不同了，它顯然指的是某本書中某頁上的一些詞。要是不告訴我是在哪一本書的哪一頁上，我就無能為力。」

「那為什麼又要寫出道格拉斯（DOUGLAS）和伯爾史東（BIRLSTONE）兩個字呢？」

「顯然，因為這本書上沒有這兩個字。」

「那他為什麼不說出是哪本書？」

「親愛的華生，你擁有令朋友感到驕傲的機智與狡猾，相信憑你的機智，應該不至於笨到把密碼信和密碼表放在同一個信封裡。因為信件一旦投遞錯了，那事跡就會敗露。如果像現在這樣，除非兩封信都出了差錯，不然很難出亂子。我們的第二封信應該快到了，如果那封信中沒有給我們一個解釋，或是附上密碼的對照表，那才叫奇怪呢！」

果然不出福爾摩斯所料，過了幾分鐘，小僕人畢利進來了，送來我們期待的那封信。

「一樣的筆跡，」福爾摩斯一邊打開信封，「而且竟然還簽了名，」當他拆開信箋的時候，興高采烈地說道，「喂！華生，有進展了。」可是當他看完信的內容後，雙眉又緊鎖起來。

「哎，這真是太令人失望了！華生，恐怕我們的期待落空了。但願波洛克這傢伙不會遭遇不測。」

親愛的福爾摩斯先生：

我不願再做這種事了，太危險了。他開始懷疑我了，我看得出他開始懷疑我了！當我寫完通信地址，打算把密碼索引寄給你時，他卻毫無預警地出現。幸虧我當場將它蓋住，要是被他看到的話，那對我十分不利。可是我已從他目光裡看出不信任的眼色，請你把上次寄去的密碼信燒了吧，那封信已經沒用了。

弗雷德·波洛克

福爾摩斯用手指玩弄著信紙，坐在原地，皺起了眉頭，盯著壁爐。

「也許這並沒有什麼，也許只是他作賊心虛罷了，他自覺背叛了組織，所以才從那個人的眼神裡看出了譴責的意思。」福爾摩斯最後說道。

「我想那個人就是莫里亞蒂教授吧？」

「一點也沒錯！在他們那伙人中，不管誰提到『他』，大家都知道指的是哪一位。所有人裡頭只有一個發號施令的『他』。」

「但他還能怎麼樣？」

「哼！這可是個大問題。當歐洲第一流的智者在與你作對，而他背後還有黑社會的龐大勢力撐腰，那就什麼都有可能發生了。不管怎麼說，我們的朋友波洛克顯然嚇得不知所措了，你可以比較一下信紙與信封上的筆跡，這可以說明，信封上的字是那個人突然出現前寫的，所以清晰而有力，可是信紙上的字就潦草得幾乎看不清楚了。」

「那他又何必寫這封信呢？乾脆放著不管就好了。」

「因為他怕那樣一來，我會直接去找他，給他帶來更大的麻煩。」

「的確，」我把寫著密碼的那封信抹平，皺著眉頭仔細讀著，「當然了，明知這張紙上藏著重大秘密，可是又毫無辦法破解它，簡直要把人急瘋了。」

夏洛克·福爾摩斯推開他一口未吃的早餐，點燃了煙斗，那是他沉思時的最佳伴侶，「我猜，」他把身子仰靠在椅背上，凝視著天花板，說道，「你那孀美馬基維利的才智可能漏掉了一些東西。讓我們從單純的推理來考慮一下這個問題吧！這些密碼的藍本是一本書，我們就從這點出發。」

「真是個沒把握的出發點。」

「那就讓我們試著把範圍縮小吧。當我把思想集中到上面的時候，這件事似乎就沒有那麼高深莫測了。關於這本書，我們有沒有什麼可以推測的線索呢？」

「什麼都沒有。」

「嗯，嗯，也沒有那麼糟。這封信的開頭是一個大的『534』對吧？我們可以假設，『534』是密碼出處的頁數。那麼這本書肯定是本很厚的書了，這下我們有了一些進展。關於這本厚書的種類，又有些什麼其他線索呢？第二個符號是『C2』，你認為它是什麼意思呢？華生。」

「一定是指第二章（Chapter）。」

「不太可能，華生，我相信你會認同我的理由。首先，既然已經指出頁碼，那麼章節也就無關緊要了。再說，要是五三四頁還在第二章，那第一章也未免太長了。」

「代表第幾欄（Column）！」我喊道。

「聰明！華生，你今天早上的表現真是不錯啊。如果它不是指第幾欄的話，那可就真的難倒我了。所以，現在我們假設有一本很厚的書，每頁分兩欄排印，每一欄又相當長，因為在這封信中，有一個字的編號是293。現在我們的推理是否走到盡頭了呢？」

「應該到盡頭了。」

「你太小看自己了，親愛的華生，再次運用你的智慧吧！再動一動大腦！如果這本書是本不常見的書，他一定早就寄給我了。但他卻沒在計畫失敗以前先把書寄給我，只打算透過信件告訴我線索，就像他在信中說的那樣。這足以表明，這本書一定是他認為我能輕易取得的書。他有這麼一本書，所以料想我也會有。總之，華生，這是一本很普通的書。」

「的確有道理。」

「因此，我們就能進一步縮小範圍，這是一本分兩欄排印、而且十分常用的書。」

「聖經！」我得意地大聲說道。

「好，華生，好！可是要我說的話，這還不夠好。即使我接受這個恭維，我也無法想像一個莫里亞蒂惡黨手邊會有這本書。此外，《聖經》的版本那麼多，很難保證兩個版本的頁碼都相同。這本書顯然是版本統一的書，他知道他那本的五三四頁肯定與我的五三四頁完全相同。」

「但很少有書能符合這種條件。」

「一點也沒錯，這也是我們的一線希望。我們的搜索範圍又縮小到版本統一、而且人手一本的書籍了。」

「火車時刻表！」

「還不夠好，華生。時刻表的用字既生硬又精簡，而且詞彙量有限，很難選出想要的字來傳遞訊息。我們還是把時刻表排除吧，基於同樣的理由，字典也不可能。那麼還剩下什麼書呢？」

「年鑑！」

「太好了，華生！如果這樣還沒有猜中的話，那我也無能為力了。一本年鑑！讓我們好好考慮一下《惠特克年鑑》的條件吧：這是本常用的書，它有我們需要的那麼多頁數，分兩欄排印，雖然開頭的詞彙很精簡，如果我沒記錯，靠近結尾時就變得很囉嗦了。」福爾摩斯從寫字台上拿起這本書，「這是第五百三十四頁，第二欄，很長的一欄，是討論英屬印度的貿易和資源問題的。華生，請你把這些字記下來！第十三個字是『馬拉塔』，我擔心這不是一個好的開始，第一百二十七個字是『政府』，雖然這個字跟我們和莫里亞蒂教授都扯不上關係，但至少還有點意義。現在我們再試試看，馬拉塔政府做了些什麼呢？呃！下一個字是『豬鬃』。我們失敗了！我的好華生，一切都結束了！」

他雖然用開玩笑的語氣說著，可是顫動的眉毛卻反映出了內心的失望和惱怒。我也無可奈何地坐在那裡，凝視著爐火。忽然間，福爾摩斯的一聲歡呼打破了漫長的沉默。他奔向書櫃，從裡頭拿出第二本黃色封面的書來。

「華生，我們的失敗是因為太追求新穎了！」他大聲說道，「我們因為這件事付出了代價。今天是一月七號，我們就迫不及待地買了這本新年鑑。看來波洛克可能是根據一本舊年鑑拼湊他那封信的。毫無疑問，如果他把那封說明信寫完的話，他一定會告訴我們這一點的。現在我們看看第五三四頁講了些什麼，第十三個字是『There』，這下有希望了。第一百二十七個字是『is』，『There is』，」福爾摩斯興奮得兩眼發光，在他數著單字的時候，那細長而激動的手指不住地顫抖著，「『danger』，哈！哈！好極了！華生，把它記下來。『There is danger—may—come—very—soon—one（有危險即將降臨在某個）』，接下去是『Douglas（道格拉斯）』這個人名，再下面是『rich—country—now—at—Birlstone House—Birlstone—confidence—is—pressing（有錢人信心住在伯爾史東村伯爾史東莊園火急）』。你看！華生，你覺得我們的推理成果如何？如果花店有賣桂冠這種商品，我一定要叫畢利去買一頂來。」

我在福爾摩斯破解密碼時，一面將它草草記在膝上一張大頁書寫紙上，並全神貫注地盯著這些奇怪的詞句。

「他的表達方式也太奇怪而牽強了。」我說道。

「正好相反，他幹得太漂亮了，」福爾摩斯說道，「當你只能從一欄文字裡尋找字眼來表達你的意思，你很難找出你所需要的每個詞。因此你只好留下一些謎團，讓你的收信人自己去解讀了。這封信的意思十分清楚。有些壞蛋正打算謀害一個叫道格拉斯的人，不管這個人是誰，信上指出他是一個富人。他找不到『Confident（確信）』這個字，只好用意義相近的『Confidence（信心）』來代替；事情已經萬分緊急了。這就是我們的成果，我對這些相當滿意。」

福爾摩斯就像一個真正的藝術家，即使為了沒有達到自己的高標準而暗自失望時，對於不錯的工作成果還是會產生一種客觀的欣喜的。當畢利推開門，把蘇格蘭場的警官麥克唐納引進房間裡時，福爾摩斯還在為自己的成果竊喜呢！

那是十八世紀八〇年代末期，亞力克．麥克唐納還沒有像現在這樣聞名全國。那時的他還是個年輕人，但由於將案子辦得有聲有色，如今在偵探界已成為深受信賴的一員了。他身材高大，體形健壯，一看就知道體力過人；他那巨大的頭蓋骨和一雙深陷而有神的眼睛，更清楚地顯示了那敏銳的智力，一股機智從他的眉間散發出來。他是一個沉默寡言、一絲不苟的人，性格倔強，帶有很重的亞伯丁口音。

福爾摩斯曾成功幫他解決兩起案子，所得到的唯一酬勞就是用智力去解決疑難的成就感。因此，這個蘇格蘭人對他的業餘同行非常地尊敬，每逢他遇上困難，總是老老實實地來向福爾摩斯求教。一個平庸的人看不出比自己高明的東西，但是一個有才能的人卻能立即認出別人的天才來；麥克唐納很有才幹，他深知向福爾摩斯求助並不會有損顏面，因為福爾摩斯無論在才能和經驗上，都已經是歐洲獨一無二的偵探了。福爾摩斯不善交際，可是他對這個高大的蘇格蘭人並不討厭，每次見到麥克唐納總會面帶微笑。

「來得真早，麥克先生，」福爾摩斯說道，「一切順利吧？你的來訪讓我擔心又有什麼案件發生了，對嗎？」

「我想，福爾摩斯先生，要是你不說『擔心』，而說『希望』，或許還更符合事實些。」這名警官會心地笑道，「好的，一小口酒就可以驅走清晨的寒氣。謝了，我不抽煙。我不得不趕時間，因為每當案子發生後，一開始的時刻是最珍貴的，這一點你再清楚不過了，不過──不過──」

警官忽地愣住，驚訝地望著桌上的一張紙，那是我草草記下密碼的那張紙。

「道格拉斯！」他結結巴巴地說，「伯爾史東！這是怎麼回事？福爾摩斯先生。老天，這簡直是變魔術！你究竟是從哪裡弄來這兩個名字的？」

「這是華生醫生和我偶然從一封密碼信中破解出來的。話說回來，這兩個名字怎麼了嗎？」

警官茫然不解、不知所措地看看我，再看看福爾摩斯，「一點都沒錯，」他說，「伯爾史東莊園的道格拉斯先生今早被人謀殺了！」

2 福爾摩斯的見解

這真是一個戲劇性的時刻，我的朋友就是為了這種時刻而生的。如果說這個驚人的消息讓他吃了一驚，或是讓他有所激動，那都太不可能了。儘管他的個性並沒有殘忍的成分，可是由於長期的過度興奮，使他對任何事都變得淡定。雖然他的感情冷漠了，卻絲毫不減那敏銳的洞察力。這個簡短的消息使我驚駭，可是福爾摩斯卻不動聲色，他的臉上顯得十分鎮靜而沉著，正如一個化學家看到結晶體從過飽和溶液裡分離出來一樣。

「意外！太意外了！」他說。

「但是你看起來並不吃驚啊！」

「麥克先生，這只不過引起了我的注意罷了，絕不是吃驚。但我為什麼吃驚？我從某個管道得到一封匿名信，並知道這封信非常重要，它警告我說危險正逼近某個人。一小時之內，我得知這個警告已成為現實，而那個人已經死了。就像你看到的那樣，它引起了我的注意，但我並不吃驚。」

他把這封信和密碼的由來向警官簡單提了一遍。麥克唐納用手托著下巴坐著，兩道淡茶色的濃眉皺成一團。

「今天早上我本來要到伯爾史東去。」麥克唐納說道，「我來這裡就是為了問你和你的朋友是否願意與我同行。不過，從你剛才的話來看，或許留在倫敦會有更好的成效。」

「我可不這麼想。」福爾摩斯說。

「真是夠了！福爾摩斯先生，」警官大聲嚷道，「一兩天內，報上就會登滿『伯爾史東之謎』了。可是既然在它發生前就已經有人在倫敦預料到，那還算是哪門子的謎呢？我們只要捉住這個人，其餘的一切就迎刃而解了。」

「這是當然的，麥克先生。但你打算如何捉住這個自稱波洛克的傢伙呢？」

麥克唐納把福爾摩斯遞給他的那封信翻到背面，「它是從坎伯韋爾寄出的，這對我們幫助不大。你說名字是假名，這當然也沒什麼意義。你不是說你曾經送錢給他過嗎？」

「送過兩次。」

「怎麼送的？」

「把錢寄到坎伯韋爾郵局。」

「你沒有去偷看是誰領走的？」

「沒有。」

警官顯得有些吃驚，「為什麼沒有呢？」

「因為我一向遵守諾言。他第一次寫信給我時，我就曾答應不去追查他的行蹤。」

「你認為他的背後有個靠山？」

「當然，我知道有。」

「就是你曾提到的那位教授？」

「一點也沒錯！」

麥克唐納警官微微一笑，他向我瞥了一眼，眼皮略為跳動，「老實說，福爾摩斯先生，我們民間犯罪調查部都認為你對這位教授有些偏見。我曾親自調查過這件事，他看起來就像位非常可敬的博學人士。」

「我很高興你們竟欣賞起這位天才來了。」

「我們不得不佩服他！老兄，在聽了你的看法以後，我就決定去見見他。我和他聊了一些關於日蝕的問題，我想不起是如何聊到那裡去的，不過他那時拿出一個反光燈和一個地球儀，一下子就把原理解釋明白了。他還借給我一本書，不怕你笑話，儘管我在亞伯丁受過良好的教育，但還是有幾處看不懂。他面容清瘦，頭髮灰白，說話時神態嚴肅，就像是個優秀的牧師呢！在我們離別時，他把手放在我肩上，就像慈父在你進入冷漠現實的社會前為你祝福一般。」

福爾摩斯咯咯笑著，邊搓著手邊說道：「好極了！好極了！麥克唐納，我的朋友，請你告訴我，這次有趣又溫馨的見面應該是在教授的書房進行的嗎？」

「是的。」

「那是個很別緻的房間，是嗎？」

「非常別緻——應該說非常華麗，福爾摩斯先生。」

「你是坐在他寫字台的對面嗎？」

「正是這樣。」

「太陽照著你的眼睛，而他的臉則在陰影處，對嗎？」

「哦，那是在晚上，但我記得當時燈光照著我的臉。」

「這是當然的了。你可曾注意到教授背後的牆上掛著一幅畫？」

「我不會漏掉什麼的，福爾摩斯先生，這搞不好是從你那裡學來的本領。沒錯，我看見那幅畫了——是一個年輕的女子，兩手托著臉，側眼看人。」

「那是讓．巴蒂斯特．格魯茲的油畫。」

警官努力裝出很感興趣的樣子。

「讓．巴蒂斯特．格魯茲，」福爾摩斯兩手指尖相抵，仰靠在椅背上，繼續說道，「他是一位法國畫家，聞名於一七五〇到一八〇〇年代，當然，這只是指他生前。和格魯茲同時期的人對他評價很高，現在的評價又比那時更高了。」

警官露出茫然不解的樣子，說道：「我們還是言歸正傳——」

「我們正是在談這件事！」福爾摩斯打斷了他的話，「我所說的這一切都與你口中的伯爾史東之謎有非常直接且重要的關係。事實上，在某種意義上可以說正是此案的關鍵。」

麥克唐納用求助的眼光看著我，勉強地擠出笑容，「對我來說，你的思路轉得太快了，福爾摩斯先生。你省略了一兩個環節，但我就完全想不透了，這個已故的畫家和伯爾史東案究竟有什麼關係呢？」

「一切資訊對偵探來說都是有用的，」福爾摩斯說道，「一八六五年，格魯茲一幅命名為『牧羊少女』的畫，在波塔利斯拍賣時，喊到了一百二十萬法郎的高價，換算成英鎊至少四萬鎊，即使是這麼一件瑣碎的小事，也值得引起深思呢。」

看來這確實引起警官的深思，他認真地傾聽著。

「我要提醒你，」福爾摩斯繼續說道，「根據幾本可靠的參考資料，教授的年薪是七百鎊。」

「那他怎麼買得起——」

「正是如此！他怎麼買得起呢？」

「啊，這真的太可疑了，」警官若有所思地說道，「請你繼續講下去吧，福爾摩斯先生，我還想聽，簡直太妙了！」

福爾摩斯笑了笑，一個真正的藝術家在受到發自內心的欽佩時，總會感到熱血沸騰，但他問道：「去伯爾史東的事怎麼辦？」

「還有一些時間，」警官瞄了一下錶，「我的馬車停在門口，用不了二十分鐘就可以到維多利亞車站。可是說起這幅畫，福爾摩斯先生，我記得你明明說過，你從來沒見過莫里亞蒂教授？」

「是的，我從來沒見過他。」

「那你怎麼知道他房裡的情形？」

「哦，這就另當別論了。我曾進入他的房間三次，有兩次藉故等他回來，不過在他回來前就離開了；還有一次，啊，這可不適合對一個官方偵探講，那是最後一次，我擅自翻閱了他的文件，獲得了意想不到的結果。」

「發現了什麼可疑的東西嗎？」

「完全沒有，這正是奇怪之處。無論如何，你現在已經明白那幅畫的價值了，它指出莫里亞蒂是一個極為富有的人。他是如何獲得這些財富的？他沒有結婚，他的弟弟是英格蘭西部一個車站的站長；他的教職年薪是七百鎊，但他竟擁有一張格魯茲的油畫。」

「然後？」

「這樣一推理，一切就很明白了。」

「你的意思是，他擁有龐大的收入，而這些收入是以非法的手段取得的？」

「正是，當然我還有其他的線索，這些線索隱隱通向蜘蛛網的中心，而這個毒蟲正一動也不動地潛伏在那裡。我只提起一個格魯茲，因為你也親眼見到了。」

「是的，福爾摩斯先生，我承認你剛才所講的十分有意思，不只有意思，簡直太妙了！不過，如果你能再說得清楚一些會更好，他的錢究竟是從哪裡來的？偽造錢幣？還是盜竊來的？」

「你聽過強納森．懷爾德的故事嗎？」

「哦，好耳熟的名字。他是某本小說裡的人物對吧？我對小說中的偵探向來不感興趣，這些傢伙做事總是憑恃一些小聰明，故弄玄虛，算不上是辦案。」

「強納森．懷爾德不是偵探，也不是小說裡的人物。他是一個罪犯，生於上一世紀——大約一七五〇年前後。」

「那麼，他對我就沒有任何用處了，我是一個講求實際的人。」

「對你來說，麥克先生，最實際的事莫過於閉門讀書三個月，每天讀十二小時犯罪史。世間的事物都是重複迴圈的——甚至莫里亞蒂教授也是。強納森．懷爾德是倫敦罪犯們的幕後首腦，他靠著那詭譎的頭腦和龐大的組織勢力，從倫敦罪犯處抽取百分之十五的傭金。時間就彷彿旋轉的車輪，同一根輪輻總有轉回來的一天。過去發生的一切，未來還會再發生的。我要告訴你幾件關於莫里亞蒂的事，你一定會感興趣。」

「我相信你所說的會非常有趣。」

「我偶然發現莫里亞蒂鎖鏈中的一個環節——鎖鏈的一頭是這位罪大惡極的人物，另一頭則有上百個暴徒、扒手、騙子與出千的賭棍，中間夾雜著五花八門的犯行。為他們出謀劃策的是塞巴斯欽．莫蘭上校，而法律對於這位參謀和對莫里亞蒂本人一樣無能為力。你知道莫里亞蒂教授給他多少酬勞嗎？」

「我很想知道。」

「一年六千鎊！這是他絞盡腦汁的代價。你知道，就像美國的商業原則，我會發現這一件事完全是個偶然。這高於一個首相的年薪，光從這一點就可以想像莫里亞蒂的財產究竟有多少，以及他所策劃的活動規模有多大了。還有一點，最近我曾有意地收集了莫里亞蒂的一些支票——一些他支付日常開銷的普通支票。這些支票是在六家不同銀行兌現的。你從這一點得到了什麼結論？」

「當然，非常奇怪！但是你又從這點得到什麼結論呢？」

「他不願讓人算出他的存款，沒有人能知道他到底有多少財產。我深信他至少在二十個銀行開了帳戶。他的大部分財產很有可能存在德國銀行或是里昂信貸。假如未來你能有一兩年的空閒，我建議你把莫里亞蒂教授好好研究一下。」

這番話給麥克唐納留下了很深的印象，他不禁聽得出神。但他那種一板一眼的蘇格蘭人性格馬上又使他將焦點拉回眼前的案子上。

「無論如何，他有權利在任何一家銀行存錢，」麥克唐納說，「聽你說這些有趣的傳聞，害我也離題了，福爾摩斯先生。真正重要的是，那位教授和這件案子有所牽連，就是波洛克的警告信上指出的。我們能否就當前的狀況再進一步推理呢？」

「我們不妨再推測一下犯罪動機。根據你所講的情況，這是一宗離奇的、難以解釋的凶殺案。現在，假設犯罪的起因正如同我們所懷疑的，那可能有兩種不同的動機。首先，我可以告訴你，莫里亞蒂以十分嚴苛的手段來管理他的黨羽；他的紀律森嚴，他的法典裡只有一種懲罰方式，那就是死。現在我們假定這個被害人道格拉斯以某種形式背叛過他的首領，而他即將面臨的災厄卻被另一個部下知道了，而且厄運也隨之降臨，然後，這個懲罰很快就會傳遍組織，以使其他人引以為戒。」

「好！這是一種可能性，福爾摩斯先生。」

「另一種可能，就是這樁慘案只是單純由莫里亞蒂策劃的另一宗犯罪。那裡有遭到搶劫嗎？」

「我還沒有聽說。」

「當然，如果是這樣，那麼第一種假設就不實際，而是第二種更切合現實了。莫里亞蒂可能是為了分得部分贓物而參與了策劃；或是某人支付了大筆酬勞，請他主持這一件勾當。兩種假設都有可能，只是，不管是第一種還是第二種，或者還有第三種可能，我們都必須親身到伯爾史東去找答案。我對這個傢伙太瞭解了，他絕不會在這裡留下任何能讓人追蹤到他的線索。」

「那麼，我們非去伯爾史東不可了！」麥克唐納從椅子上彈起來，大聲說道，「老天！比我預計的遲了不少。先生們，我只能給你們五分鐘準備，就這樣。」

「對我們來說，五分鐘足夠了。」福爾摩斯跳起來，急忙脫下睡衣，披上外套說道：「麥克先生，等我們上了路，請你把一切詳情告訴我。」

這「一切詳情」少得令人失望，但是它卻足以使我們確信，我們眼前的案子是非常值得一位專家密切注意的。當福爾摩斯傾聽那少得可憐但十分關鍵的細節時，他不禁面露喜色，搓著雙手。經過漫長且無趣的幾個星期，終於盼來了一個像樣的案件能讓他發揮那非凡的才能，這種才能就像一切特殊的天賦，當它毫無用武之地的時候，就會令它的主人感到厭倦。敏銳的頭腦也會因為無所事事而逐漸生鏽。

一有案子上門，夏洛克・福爾摩斯的雙眼立刻變得炯炯有神，蒼白的雙頰也泛起紅暈，急於表現的面龐神采奕奕。他坐在車上，上半身前傾，聚精會神地傾聽麥克唐納敘述案子，這件案子正等著我們到蘇塞克斯去解決呢！警官解釋道，這是他根據一份草草寫成的報告得知的，這份報告透過清晨送牛奶的火車交到他手上，寫信人是地方警員懷特・梅森，也是他的好朋友。當別處有案件需要他們幫忙時，麥克唐納總能比蘇格蘭場更早收到通知。這是一樁難以下手的案子，這種案子一般都需要請大城市的專家來解決。

親愛的麥克唐納警官：

這封信是寫給你個人的，另有公文送到警署。請回電給我，告訴我你會坐早上哪一班車來伯爾史東，以便我前去迎接。如居時我無法脫身，也會派人去接。這次的案件非比尋常，請你火速前來，不要耽擱任何時間。如果能和福爾摩斯先生一起來就更好了，他能發現一些合他心意的事。若非其中有一個死者，我們就會以為案件已經戲劇性地解決了呢！老天，這真是個不祥的案子啊！

「你的朋友似乎並不愚蠢。」福爾摩斯得意地說道。

「是的，先生。要我說的話，懷特．梅森是一個精力充沛的人。」

「嗯，還有要告訴我的事嗎？」

「我們見到他以後，他會把一切詳情告訴我們的。」

「那麼，你是怎麼知道道格拉斯先生慘遭殺害的事實？」

「那是隨信附上的正式報告上說的，報告上可沒用『慘遭』這種字眼，那不是正式的官方術語，它只說死者叫做約翰．道格拉斯，指出他的致命傷在頭部，是被火槍射中的；案發時間在昨晚接近午夜時分；還說此案無疑是一樁謀殺，不過還沒有逮捕任何嫌疑犯。此案具有複雜且離奇的特點，福爾摩斯先生，這就是當前我們所知道的全部情形。」

「那麼，麥克先生，如果你不介意，我們先談到這裡。在得到足夠證據前就預先做出判斷，這對我們的工作是極為有害的。目前我只能肯定兩件事——倫敦的一個智囊和蘇塞克斯的死者。我們所要查清的正是這兩者之間的聯繫。」

3 伯爾史東慘案

現在我要把無關緊要的人物暫時擱在一旁，先描述一下我們抵達前現場發生的事情，這是我們事後才知道的。唯有這樣，我才能讓讀者瞭解有關人物以及決定他們命運的奇特背景。

伯爾史東是一個小村落，位於蘇塞克斯郡北部邊境，有一片古老的磚木混合屋，數百年來一成不變。近年來，由於此地風景優美、位置優越，有些富豪移居此地，並將別墅建在叢林各處。據說這些叢林是維爾德密林的外圍部分，密林延伸到北部石灰丘陵地，逐漸變得稀疏。由於人口日益增長，一些小商店應運而生，可以預見伯爾史東將會從一個古老村落迅速發展為一個現代化城鎮。伯爾史東是一個相當大的農村中心，因為離此地十到十二哩處，向東延伸到肯特郡的邊緣，有一座最近的重要城鎮——唐橋威爾斯市。

村莊半哩外有一座古老園林，以其高大的山毛櫸而聞名，這就是古老的伯爾史東莊園。這個歷史悠久的建築一部分興建於第一次十字軍東征時期，當時雨果．迪卡帕斯在英王賞賜的這個莊園中央建立起一座小城堡。城堡於一五四三年毀於大火，直到詹姆士一世時期，又在這座城堡的舊址上修建了一座磚木房，並利用了原來那座城堡四角已被燻黑了的基石。

莊園的建築有許多山牆和菱形窗櫺，保存了十七世紀初遺留下來的模樣。而原來用於保衛其驍勇善戰祖先的兩道護城河，外河已經乾涸，被開闢成菜園；內河依然存在，但只剩下幾呎深，寬度還有四十呎；環繞著整個莊園。一條小河流經這裡，川流不息，因此儘管河水混濁，卻不像水溝那麼不衛生。莊園樓房底層的窗戶離水面不到一呎。

進入莊園必須通過一座吊橋。吊橋的鐵鍊和絞盤早已鏽蝕，然而，這座莊園的新主人似乎具有獨特的精力，竟將它完全修復，如今這座吊橋不僅可以吊起，而且實際上每晚都會收上來，早上再放下，彷彿恢復了昔日封建時代的習俗。一到晚上，莊園就成了一座孤島——這一事實與即將轟動全英國的本案有著直接關係。

道格拉斯買下這棟房子時，它已長年無人居住，面臨著荒廢坍塌的危險。這個家庭只有兩名成員，就是約翰·道格拉斯和他的夫人。無論從性格和人品哪方面來說，道格拉斯都是一個非凡的人，他年約五十，下巴寬大、面容粗獷，蓄著灰白的小鬍子，有著一雙敏銳的灰眼睛，與瘦長而結實的體型，其健壯機敏完全不輸年輕人。他是個和藹可親的人，但他的舉止不拘小節，使人產生一種他曾過著遠低於蘇塞克斯郡社會階層生活的印象。

然而，儘管那些頗有教養的鄰居們對他投以好奇而謹慎的眼光，但由於他慷慨地捐款給當地的福利事業，參與他們的煙火音樂會和其他重大盛會，加上他那迷人的男高音般的圓潤歌喉，時常應眾人之邀唱一支優美的歌曲，使得道格拉斯迅速在村民中累積人望。他看起來很富有，據說是從加利福尼亞州的金礦賺來的。人們從他們夫婦的談話中清楚地得知，道格拉斯曾在美國住過一段時間。

由於道格拉斯慷慨大方、平易近人，人們對他的印象相當好，而他那臨危不懼、履險如夷的精神更大大地提高了他的聲望。儘管他是一個不怎麼高明的射手，他仍然踴躍參與每次的狩獵集會，並大膽地與別人較量；憑藉著一股決心，他不僅堅持下來，而且得到了不輸別人的成績。有一次教區牧師的住宅起火，當地的消防隊已宣告無法撲救，他仍然無所畏懼地衝進火場搶救財物，從此聲名大噪。因此，雖然約翰·道格拉斯遷來此地不過五年，卻已名滿全鎮了。

他的夫人也頗受相識者的敬愛。按照英國人的習慣，對於一位遷來本地的異鄉人，如果未經介紹，是不太會上門拜訪對方的。但這對她來說卻無關緊要，因為她是一位喜好安靜的人，而且，顯然她將心思都放在了照顧丈夫以及處理家事上。據說她是一名英國女子，在倫敦邂逅道格拉斯先生，當時道格拉斯剛喪偶。她是一個美麗的女人，高挑的身材，膚色較深，體態苗條，比她丈夫年輕二十歲。年齡的懸殊似乎毫不影響他們美滿的家庭生活。

然而，部分熟知內情的人曾說，他們的默契並非無懈可擊的，因為道格拉斯夫人對她丈夫的過去與其說是不願多談，倒不如說不太瞭解。少數觀察敏銳的人曾注意到，道格拉斯太太有時會變得神經緊張，每逢她丈夫回家較晚，她會顯得魂不守舍。在這平靜的鄉村，人們總愛議論別人的私事，莊園女主人的這一弱點當然也逃不過眾人之口。而在案件發生後，這件事在人們的記憶中變得更加重要，因此也就具有特殊的意義。

可是還有一個人，老實說，他只不過偶爾留宿在此，不過由於這件奇案發生時，他正好在場，因此他的名字在人們的議論中特別突出。這個人叫塞西爾．詹姆士．巴克，住在漢普斯頓郡的海爾斯洛基。

塞西爾．巴克身材高大靈敏，伯爾史東主要大街上無人不曉，因為他經常出入莊園，是一個頗受歡迎的客人。人們對道格拉斯的過去都不瞭解，但塞西爾．巴克卻是唯一知道的人。巴克無疑是個英國人，但是據他自己所說，他初次與道格拉斯相識是在美洲，而且兩人當時關係密切，這一點是很清楚的。看來巴克是一個擁有大量財富的人，而且眾所周知是個單身漢。

就年齡上來說，他比道格拉斯年輕得多——最多四十五歲，身材高大魁梧，臉刮得很乾淨，臉型就像一名職業拳擊手，有著濃厚的黑眉毛、充滿精神的黑眼睛，甚至不用借助他那本領高強的雙手，就能從敵陣中清出一條路來。他既不愛騎馬，也不愛狩獵，但卻熱愛叼著煙斗，在這古老的村子裡到處閒晃，不然就與主人一起，主人不在時就與女主人一起，在風景優美的鄉村中駕車出遊，藉以消遣。

「他是一個溫和且慷慨的紳士，」管家艾姆斯說，「不過，老天！我可不敢頂撞他！」巴克與道格拉斯非常親密，與道格拉斯夫人也一樣友愛——這種友誼卻似乎不只一次引起她的丈夫惱怒，甚至連僕人們也能察覺出道格拉斯的苦惱。這就是慘劇發生時，這個家中的第三名人物。

至於老宅邸中的其他居民，只要提艾姆斯和艾倫太太就夠了。大管家艾姆斯是個嚴肅且文雅的人，相當能幹；而艾倫太太是個健康而有活力的人，替女主人分擔了部分的家務。宅中其餘六名僕人則與一月六日晚上的事件毫無關係。

夜裡十一點四十五分，當地的小警局接獲報案，這個警局由來自蘇塞克斯保安隊的威爾森警官管理。塞西爾．巴克非常激動地衝進警局的大門，拚命地敲響警鐘。他上氣不接下氣地報告莊園裡的慘劇：約翰．道格拉斯被人殺害了！然後就匆匆地趕回莊園，過了幾分鐘，警官也到達現場，他在向郡警局緊急通報發生了嚴重事件後，於十二點出頭趕到案發現場。

警官到達莊園時，發現吊橋已經放下，窗戶燈火通明，全家處於極度混亂和驚慌之中。面色蒼白的僕人們彼此緊挨著站在大廳裡，不知所措的管家搓著雙手站在門口，只有塞西爾．巴克看來比較鎮定，他打開離入口最近的門，領著警官跟他進來。這時，村裡最了不起的醫生伍德也來了。三個人一起走進這間不幸的房間，慌張的管家也緊跟著他們走了進來，隨手把門關上，他不希望那些女僕們看到這可怕的景象。

死者四肢攤開，仰臥在房間中央，身上只穿了一件桃紅色睡袍，裡面穿著睡衣，腳上穿著毛拖鞋。醫生跪在他旁邊，用桌上的油燈照了一下，就立刻明白這傢伙沒有生還的可能了。被害人傷勢慘重，胸前橫著一件怪異的武器——一支火槍，槍管從扳機往前一呎處被鋸斷。兩個扳機以鐵絲縛在一起，以便同時發射，構成更大的殺傷力。顯然，射擊距離非常近，而且火藥全都射到臉上，死者的頭顱幾乎被轟得粉碎。

一名鄉村警官面對這樣突如其來的重責大任，不禁感到惶惶不安，他沒有把握接下這件重擔。「在長官到來之前，我們什麼也不要動。」他驚恐萬分地盯著那可怕的屍體，低聲說道。

「目前為止，什麼也沒有動過，」塞西爾．巴克說道，「我保證，你們眼前的一切完全和我發現時一模一樣。」

「案子發生在何時？」警官掏出筆記本問道。

「當時正好是十一點半，我正準備換上睡衣。槍聲響起時，我坐在臥室的壁爐旁取暖。那聲音並不很大，好像被什麼東西捂住了一樣。我立刻跑下樓，只花了半分鐘就來到這個房間。」

「當時門是開著的嗎？」

「是的，門是開著的。可憐的道格拉斯倒在地上，和你現在看見的一樣。桌上的蠟燭仍然點著，過了幾分鐘後我才把燈點上。」

「你沒有看見任何人嗎？」

「沒有。我聽見道格拉斯夫人下樓的聲音，連忙跑過去把她攔住，不讓她看見這可怕的景象，女管家艾倫太太也來將她攙扶走。然後艾姆斯來了，我們又重新回到那間房裡。」

「但據我所知，吊橋在夜間都是收起來的。」

「是的，在我把它放下以前，它一直是收起的。」

「那麼兇手怎麼逃得走呢？這是不可能的！道格拉斯先生一定是自殺的。」

「我們一開始也這麼想，不過你看！」巴克把窗簾拉到一旁，讓他看那扇已經完全打開的玻璃長窗。「再看看這個！」他把燈拿低，照著窗台上的血跡，那像是一只長統靴的腳印，「有人在逃走時曾站在這裡。」

「你認為有人涉水穿越護城河了？」

「沒錯！」

「那麼，如果你在案發後不到半分鐘就來到房裡，犯人當時肯定還在河裡。」

「我毫不懷疑這點，當時我要是跑到窗前就好了！可是正如你所看見的，窗簾把窗戶遮住了，所以我沒有想到這點。後來我聽到道格拉斯太太的腳步聲，我絕不能讓她走進這個房間，那場面簡直太可怕了！」

「實在太可怕了！」醫生看著炸碎的頭顱和它四周的可怕血跡說道，「自從伯爾史東火車事故以來，我還沒見過這麼可怕的重傷呢！」

「不過，我想，」警官說道，他那遲鈍又缺乏常識的思考仍停留在敞開的窗戶上，「你說有人涉水游過護城河逃走，這絕對是正確的。但我想問你，既然吊橋已經升起來，他又是如何進來的呢？」

「哎，問題就在這裡。」巴克搔著頭說道。

「吊橋是幾點升起來的？」

「大約六點鐘。」管家艾姆斯回答。

「我聽說，」警官說道，「吊橋通常會在太陽下山時吊起。這個季節的日落時間大約在四點半，而不是六點。」

「道格拉斯太太請了客人來喝茶，」艾姆斯說道，「客人走之前我是不能收起吊橋的。後來，吊橋是我親自收起來的。」

「這麼說來，」警官說道，「如果有人從外面進來——假設是這樣，那他們必須在六點以前走過吊橋，並且一直藏匿到十一點之後，等到道格拉斯先生走進房間。」

「正是這樣！道格拉斯先生每晚都會在莊園四周巡視一番。他就寢前的最後一件事是檢察燭火是否熄滅，所以他才會來到這裡。那個等候多時的人朝他開了槍，然後丟下槍，翻過窗戶逃跑了。我認為就是這樣，除此以外，沒有其他解釋能與眼前的事實相符。」

警官從屍體旁邊的地板上撿起一張卡片，上面用鋼筆潦草地寫著V．V．兩個縮寫，下面是數字341。

「這是什麼？」警官舉起卡片問道。

巴克好奇地看著卡片。

「我之前沒有注意到這個，」巴克說道，「這肯定是凶手留下來的。」

「V．V．跟341——我搞不懂這是什麼意思。」

警官用一雙大手將名片來回翻著。

「V．V．是什麼？應該是人名的縮寫。醫生，你找到了什麼？」

壁爐前的地毯上擺著一把結實而精緻的大鐵錘，塞西爾．巴克指了指壁爐台上的銅頭釘盒子說道：

「昨天道格拉斯先生換掉了壁上的油畫，我親眼看見他站在椅子上把這幅畫掛上，鐵錘就是這麼來的。」

「我們還是把鐵錘放回發現它的位置吧，」警官茫然地說道，「只有頭腦極為靈敏的人才能弄清這件事情的真相，還是請倫敦的偵探來接手這件案子吧。」他舉起了燈，繞著屋內四周慢慢地走著。

「喂！」他忽然興奮地把窗簾拉向一旁，大聲說道，「窗簾是幾點鐘拉上的？」

「點燈的時候，」管家回答道，「大約剛過四點鐘。」

「完全可以確定，有人曾躲在這裡，」警官把燈拿得更低，在牆角處能清楚地看見長統靴子的泥印。

「我敢說，巴克先生，這完全證實了你的猜測。看來，凶手是在過了四點窗簾拉上後，到六點吊橋升起的這段時間內溜進屋裡來的。他躲進了這個房間，因為這是他最先看到的一間。他找不到其他地方藏身，因此就躲到窗簾後面。這一切非常明顯。看起來，他主要是想偷竊屋裡的財物，可是剛好被道格拉斯先生發現了，他只好狠下殺手，然後溜之大吉。」

「我也是這麼想的，」巴克說道，「不過，我必須說，我們正在浪費寶貴的時間，我們為何不趁凶手還沒走遠，把整個村子搜索一遍呢？」

警官想了一想，說道：「早上六點以前沒有班車，所以他絕不會搭火車逃走。假如他全身濕透地在大路上行走，一定會引起別人的注意。在有人來和我換班以前，我說什麼也不能離開這裡。而且我認為在查明案情之前，你們也不能離開。」

伍德醫生拿起了燈，仔細地檢查屍體。

「這是什麼記號？」他忽然問道，「這跟案情有什麼關係嗎？」

屍體的右臂直到手肘以下都露在外面，大約在上臂中間處，有一個奇特的褐色標記，那是一個圓圈，裡面包著一個三角形，每一道痕跡都是凸起的，在灰白色的皮膚上顯得格外醒目。

「這不是刺上去的，」伍德醫生的目光透過眼鏡緊盯著標記，「我從來沒見過這樣的標記，這是烙上去的！就像牲口身上的烙印一樣。這是怎麼回事？」

「我不知道這代表什麼，不過這十多年來我常看到他手臂上的這個標記。」塞西爾．巴克說道。

「我也看過，」管家說道，「有很多次主人挽起衣袖，我都看到了那個標記。我一直不明白那究竟是怎麼回事。」

「那麼，這跟案情沒什麼關係了，」警官說道，「但可真是件怪事。這件案子的每一個細節都那麼奇特。喂！怎麼了？」

管家指著死者伸出的手驚呼道：「他們把他的結婚戒指拿走了！」

「什麼！」

「沒錯，是真的！主人左手小指上總是戴著純金的結婚戒指，再在上面套上一枚鑲了天然金塊的戒指；中指上戴著盤蛇形戒指。現在金塊戒指和蛇形戒指都還在，唯獨結婚戒指不見了！」管家上氣不接下氣地說道。

「他說得沒錯。」巴克說道。

「你是說那只結婚戒指戴在另一只戒指下面？」警官問道。

「一向如此！」

「那麼，先不管這名凶手是誰，他首先必須把你說的那枚金塊戒指取下來，再取下結婚戒指，然後再把金塊戒指重新套回。」

「是這樣沒錯。」

這位可敬的鄉村警官搖了搖頭，說道：「依我看，我們最好把這件案子交給倫敦警方吧！越快越好。懷特．梅森是一個聰明人，沒有一樁當地的案件能難得倒他，不久後他就會來這裡來協助我們了。不過我想，我們只能指望倫敦警方把案件解決。無論如何，不怕你們笑話，這種大案子對我這種人來說實在是力有未逮呢！」

4 黑暗

凌晨三點鐘，蘇塞克斯的警長接到伯爾史東警官威爾森的急電，乘坐一輛輕便馬車自總部奔來，馬匹被趕得氣喘吁吁。他透過清晨五點四十分的那班火車將報告送到蘇格蘭場，到了正午時分，他已在伯爾史東車站迎接我們了。懷特．梅森先生性格文靜、面目慈祥，穿著一件寬大的花呢外套，紅潤的臉刮得乾淨，身體微胖，兩條微向內彎的腿強健有力，搭配帶扣的高筒靴更顯得精神煥發。他看起來像個矮小的農夫，也像個退休的獵場看門人，不論說他像什麼人都行，唯獨不像一名典型的地方警察。

「麥克唐納先生，這真是件不尋常的案子，」懷特．梅森重複強調道，「報社的人知道這件事後就會像蒼蠅一樣聚過來的。我希望在他們把現場搗亂之前，先把我們的調查工作做完。在我的記憶中，還沒有遇過像這樣的案子呢！福爾摩斯先生，有些情況肯定會使你感興趣，否則就是我搞錯了。還有你，華生醫生，我也希望你在調查結束前能發表一些意見。你們的住房在西維爾阿姆斯旅店，我找不到別的地方了，但我聽說那裡的房間還不錯，也很乾淨，僕人會幫你們把行李送去。先生們，請跟我來。」

這位蘇塞克斯偵探是一位非常活潑又和藹的人。我們步行十分鐘來到了住所，然後就坐在旅店的休息室裡談論這件案子的概況。這些我已在上一章敘述過了，麥克唐納有時抄些筆記，福爾摩斯坐在那裡，以略為吃驚且欽佩的表情專心傾聽著，就像植物學家在鑑賞奇花異草一般。

「奇怪！」聽完案情後，福爾摩斯忍不住說道，「太奇怪了！我想不出比這更奇怪的案子了。」

「我早就料到你會這麼說，福爾摩斯先生，」懷特．梅森高興地說道，「我們蘇塞克斯也算跟得上時代了。從今晨三四點我由威爾森警官處接手這樁案子起的所有情形，我都告訴你了。我拚了老命趕來！唉！結果證明，我根本用不著這麼急著過來。因為這裡沒有我能馬上做的事，威爾森警官已經掌握了案發現場。我核對了一下，並仔細檢查了一番，然後加入幾點我個人的看法。」

「你的看法是什麼呢？」福爾摩斯急忙問道。

「哦，首先，我把鐵錘仔細檢查了一下，伍德醫生也在旁協助。鐵錘上沒找到暴力的痕跡。我原本以為，或許道格拉斯先生曾用這把鐵錘自衛過，那樣他就有可能在將錘子丟到地毯上之前，在上面留下痕跡，可是鐵錘上什麼也沒有。」

「這根本什麼也證明不了，」麥克唐納說道，「在許多以鐵錘行凶的案子裡，鐵錘上也沒有留下痕跡。」

「一點也沒錯。雖然無法證明它沒有被使用過，不過萬一真的留下一些痕跡，那將會十分有用，事實上卻沒有。後來我又檢查了一下槍隻，這是大號的鉛彈火槍。正如警官威爾森指出的那樣，扳機被綁在一起，所以只要你扣下一個扳機，兩支槍管就會同時發射。不管做出這種加工的人是誰，他肯定決心要置他的敵人於死。這支截斷的槍管長度不超過二呎，任何人都能輕而易舉地把它藏在大衣裡。槍上雖然沒有製造者的全名，可是兩支槍管間的凹槽上還刻有『PEN』三個字母，其他的字母就被鋸掉了。」

「是一個花體的大寫字母P，而E和N兩個字母較小，對嗎？」福爾摩斯問道。

「一點也沒錯。」

「那是賓夕法尼亞（Pennsylvania）小型武器製造公司，是美國一家有名的工廠。」福爾摩斯說道。

懷特．梅森緊盯著我的朋友，就像一名小小的鄉下醫生望著哈雷街的專家一樣，專家的隨便一句話就能解開使他感到不解的所有疑難雜症。

「這個情報很有用，福爾摩斯先生，你說得一點也沒錯。怪了！怪了！難道你把世界上所有軍火工廠的名字都背起來了嗎？」

福爾摩斯揮揮手，岔開了這個話題。

「這無疑是支美洲火槍，」懷特．梅森繼續說道，「我好像在書上看過記載，截短的火槍是美洲某些地區使用的一種武器。撇開槍管上的名字不談，我想到一件事：有些跡象能證明，進屋行凶的是一位美國人。」

麥克唐納搖了搖頭說道：「你的想像力太豐富了，老兄。根本還沒有證據能指出有外人闖入莊園呢！」

「那敞開的窗戶、窗台上的血跡、奇怪的名片、牆角的長統靴印及這柄火槍又怎麼解釋？」

「這一切都是可以偽造的。道格拉斯先生是個美國人，或者該說曾長期居留美國，巴克先生也是如此。你沒必要憑空生出一個美國人，來為你所見到的一切怪事自圓其說。」

「那個管家艾姆斯——」

「他怎麼了？可靠嗎？」

「他曾在查爾斯．錢多斯爵士處任職十年，非常可靠。五年前道格拉斯買下這座莊園，他也跟著來到這裡。他從沒在莊園裡見過這樣的一支槍。」

「這把槍已經被改造得便於藏匿了，槍管就是為此而截斷的，隨便一口箱子都裝得下，他怎麼敢說莊園中沒有這麼一支槍呢？」

「哦，不管怎麼說，他的確從來沒有見過。」

麥克唐納搖了搖他那天生固執的蘇格蘭腦袋。

「我還是無法相信有外人闖入過這間屋子。請你再好好想想，」麥克唐納的亞伯丁口音更重了，每當他理虧時總會如此，「你假設這把槍是從外面帶進來的，並且所有的怪事都是一個外人做的。請你好好想想，這樣的假設會產生什麼樣的影響。啊，老兄，這簡直不可思議！也完全不合乎一般常識啊，福爾摩斯先生，我只好向你求教了。請根據我們所說的一切作出判斷吧。」

「好的，麥克先生，說說你的理由吧。」福爾摩斯以一種法官式的語氣說道。

「假設囟手存在的話，他絕不僅僅是一個小偷。那只戒指和那張卡片都說明了這是出於某種私怨的預謀殺人。好了，有個人潛入屋中，企圖謀殺，如果他的腦筋還正常的話，他應該明白要逃跑是很困難的，因為房屋四周全是水。他會選擇什麼樣的武器呢？你一定會說是世界上聲音最小的武器，這樣他才能在犯案後立刻翻越窗戶，游過護城河，從容不迫地離去；這些都是能用常理推斷的。可是他竟帶著他所能找到最吵鬧的武器，明明知道只要槍聲一響，全莊園的人就會迅速趕到出事地點，並且在他游到對岸前發現他，這說得過去嗎？福爾摩斯先生，這能夠相信嗎？」

「很好，你的理由很充分，」我的朋友若有所思地回答道，「確實需要大量的證據來證明。那麼，懷特·梅森先生，你當時是否有立刻到河對岸搜索凶手游上岸的痕跡？」

「福爾摩斯先生，那裡沒有痕跡。不過對岸是石地，也很難找到什麼痕跡。」

「任何足跡或手印都沒有？」

「是的。」

「哈！懷特·梅森先生，介意我們立刻前往莊園嗎？那裡可能會有一些微小的線索可以給我們啟發。」

「我本來想這麼做的，福爾摩斯先生，可是我想在動身以前，最好先對你說清楚一切詳細情形。我想，如果有什麼冒犯——」懷特·梅森猶豫不決地看著這位同業人士說道。

「我曾和福爾摩斯先生辦過多起案子，」麥克唐納說道，「他一向光明磊落。」

「就我對自己工作的瞭解，」福爾摩斯微笑著回答道，「我參與調查是為了伸張正義，並協助警方工作。要是我有意與警方劃清界限，那也是因為他們先將我摒除在外，我從來不想和他們搶功勞。同時，懷特·梅森先生，我必須先聲明，我會完全按我自己的步調辦案，並在我認為一切都水落石出時才公開我的結論。」

「我相信，能得到你的協助是我們的榮幸。我們一定把所知的一切都告訴你，」懷特·梅森熱誠地說道，「請跟我來，華生醫生，屆時還請讓我們在你的書中留名。」

我們沿著古雅的鄉村街道走去，大街兩側各有一行修剪過的榆樹。遠處是一對古代石柱，經過數百年的風吹雨淋，早已斑駁褪色、長滿蘚苔；石柱頂端的東西已經看不出原形，那過去曾是一隻石獅立起的後腳。順著迂迴曲折的車道往前走不遠，四周盡是草地和櫟樹，只有在英國農村才能看到這種景色。然後是一個急轉彎，眼前看到一片長型的、低矮的詹姆士一世時期的古別墅，別墅的磚面已成為暗褐色。還有一個老式的庭園，兩旁都有修剪整齊的紫杉樹。我們走到莊園前，立刻看到了一座木吊橋和幽美寬闊的護城河，河水在寒冬的陽光下如水銀一般閃閃發光。

這座古老的莊園自落成以來，已有三百多年歷史，它見證了幾百年來的滄海桑田、悲歡離合。奇妙的是，由於年代悠久，這些古老的牆上彷彿透露著犯罪的預兆。還有那些奇怪的高聳屋頂，以及古怪的突出山牆，更適合掩蓋恐怖的陰謀。當我看到那些陰沉的窗戶、暗淡的建築顏色，和水流沖刷的景象時，我感到沒有一個地方比這裡更適合上演一樁慘劇了。

「就是那扇窗戶，」懷特．梅森說道，「吊橋右邊的那一扇，它還像昨晚發現時那樣開著。」

「那扇窗戶相當窄，要讓一個人鑽過去似乎有些勉強。」

「也許這個人並不胖。我們不需要靠你的推理指出這一點，福爾摩斯先生。不過你和我完全擠得進去。」

福爾摩斯走到護城河旁，朝對面望去。然後他又檢查了突出的石岸和它後面的草地邊緣。

「福爾摩斯先生，我已經仔細看過了，」懷特．梅森說道，「這裡真的什麼也沒有，沒有任何痕跡能說明曾經有人上岸。不過，他也不一定會留下痕跡。」

「是啊，他不一定會留下痕跡。河水總是這麼混濁嗎？」

「通常是這種顏色，因為支流會將泥沙給沖進來。」

「河水多深？」

「兩岸大約兩呎深，河中央有三呎深。」

「那麼，我們可以排除凶手在游過河時溺斃的這種可能性了。」

「是的，這種河連小孩也淹不死的。」

我們走過吊橋，一個古怪乖戾而又骨瘦如柴的人將我們迎了進去，那人就是管家艾姆斯，顯然這個老人受了不小的驚嚇，至今仍臉色慘白，渾身微顫。鄉村警官威爾森則是個身材高大、相當嚴肅的人，他仍然守在現場。醫生已經離開了。

「威爾森警官，有新進展嗎？」懷特．梅森問道。

「沒有，先生。」

「那你可以回去了，辛苦了。假如有需要你的地方，我們再派人去請你。管家最好先留在門外，讓他去通知塞西爾·巴克先生、道格拉斯夫人和女管家，我們現在有些話要問他們。現在，先生們，請允許我先說出我的看法，然後再請你們發表自己的看法。」

這位鄉鎮警員給我留下了很深的印象，他有條不紊地收集物證，加上冷靜、清楚的頭腦和豐富的常識。光憑這些，就能讓他在這一行擁有大好前程。福爾摩斯全神貫注地聽他講話，絲毫沒有這位官方解說員不時露出的不耐煩神情。

「第一個問題，這件案子究竟是自殺還是他殺？對吧？先生們，假如是自殺，那麼我們不得不相信，這個人一開始先將結婚戒指摘下來藏好，然後再穿上睡衣，走到這裡，在窗簾後面的牆角留下泥印，以便使人產生凶手躲在這裡的錯覺，接著又打開窗戶，把血跡沾在——」

「我們絕不會這樣想的。」麥克唐納說道。

「因此，我認為絕不是自殺，那麼肯定是他殺了。我們所要查明的，就是凶手究竟是外人呢？還是莊園內部的人？」

「很好，讓我們聽聽你的高見。」

「要挑出其中一種可能性相當困難，可是答案一定在兩者之間。我們先假設是莊園內部的某人或某些人犯案。他們選擇了一個寂靜無聲、但還沒到就寢的時間點，在這間房裡找到了道格拉斯，然後用全世界最古怪而且最響亮的武器行凶，以便鬧得人盡皆知，而武器又是莊園內從未見過的。這種可能性看來挺牽強的，對吧？」

「是啊，不可能是這樣的。」

「很好，那麼，莊園裡的人都說，在槍聲響起以後不到一分鐘，宅裡的所有的人都來到了現場，還不包括塞西爾·巴克先生——雖然他自稱是第一個到的，但艾姆斯和所有僕人也在隨後趕到。難道罪犯竟能在那段時間裡，在牆角留下腳印、打開窗戶、在窗台上留血跡，再從死者手指上取下結婚戒指嗎？這是不可能的！」

「你分析得很透徹，我同意你的見解。」福爾摩斯說道。

「好，那麼，再假設另一種可能性，這件案子是由外人犯下的。就算是這樣，我們一樣面對許多難題，但無論如何，這比較沒有那麼難以置信了。這個人在四點半到六點之間潛入莊園，也就是黃昏到吊橋升起的這段時間。當時曾有一些客人來訪，房門是打開的，因此這個人很順利地溜了進來。他可能只是一般的竊盜犯，又或許他與道格拉斯先生有某種恩怨。既然道格拉斯先生大半輩子都住在美洲，而這支獵槍又像是美國的武器，那麼，出於私怨是最有可能的了。他溜進了這個房間，因為這是他第一間看到的；然後他躲到窗簾後面，一直等到晚上十一點後。這時，道格拉斯先生來到房裡，跟這個人短暫的交談──如果真的有交談過的話，因為道格拉斯夫人說，她丈夫離開她不過幾分鐘，她就聽到槍聲了。」

「那支蠟燭可以說明這一點。」福爾摩斯說道。

「沒錯，那支蠟燭是新的，燃燒不到半吋。道格拉斯先生一定是先把蠟燭放在桌上，然後才遭到襲擊的，否則蠟燭會在他倒地時掉落地上。這說明了他並不是一進房間就遭到攻擊。巴克先生到達現場後，把燈點上，並把蠟燭給熄滅了。」

「這一點很明顯。」

「好，現在我們可以依此設想當時的情形。道格拉斯先生走進房間，把蠟燭放下。一個人從窗簾後走了出來，手裡拿著這柄火槍。他向他索要這枚結婚戒指──天知道這是為什麼，不過肯定是這樣。道格拉斯先生只好把戒指給他，隨後就被那人殘忍地、或是在一場打鬥的過程中，以如此恐怖的方式槍殺了。當時，道格拉斯可能曾拿起我們後來在地毯上找到的那支鐵錘。案發後，凶手扔下槍，或許還有這張寫著『V．V．341』的奇怪卡片──不管它代表什麼；然後從這扇窗戶逃出去，並在塞西爾．巴克先生目睹現場的時候，游過護城河逃跑了。福爾摩斯先生，你認為這種說法如何？」

「相當有趣，但仍然有點令人難以信服。」

「老兄！這簡直是一派胡言，沒有比這更不合乎事實的了，」麥克唐納大聲喊道，「有人殺害了道格拉斯，不管這個人是誰，我可以很清楚地向你們表明，他是用其他方式犯案的。他將自己逃跑的退路切斷有什麼意義？神不知鬼不覺地離開才是最明智的，因此他怎麼可能用火槍行凶？嘿，福爾摩斯先生，既然你說懷特・梅森先生的推論令人難以信服，那應該換你指點我們了。」

福爾摩斯在漫長的討論過程中始終聚精會神地傾聽著，不放過一字一句，他那雙敏銳的眼睛不住地來回巡視，雙眉緊蹙，沉思不語。

「我想再找些線索，麥克先生，然後才能進行推理，」福爾摩斯跪到屍體旁說道，「老天！這傷口確實可怕。能不能把管家找來一下？艾姆斯，我聽說你常看到道格拉斯先生前臂有一個奇怪的標記，是一個圓圈裡套著三角形的烙印，對嗎？」

「經常看到，先生。」

「你從未聽人議論過這個烙印的意義嗎？」

「從來沒有，先生。」

「這一定是用火烙上去的，烙的時候必須承受極大的痛苦。艾姆斯，我注意到道格拉斯先生下巴後方有一小塊藥膏，你在他遇害前曾注意到嗎？」

「是的，先生，他昨天早上刮臉時刮傷的。」

「你曾見過他刮傷臉嗎？」

「很久沒有了，先生。」

「這很值得研究！」福爾摩斯說道，「當然，也可能只是巧合，不過，這說明他似乎有些緊張，代表他已預知危險即將降臨。艾姆斯，昨天你有發現主人有反常的舉動嗎？」

「先生，我一直隱約覺得，他好像有些坐立不安，情緒也很激動。」

「哈！看來這次襲擊並不是完全出乎意料的。這下有進展了，對嗎？麥克先生，或許你還有問題？」

「沒有，福爾摩斯先生，你果真是個經驗豐富的人。」

「好，那麼來研究這張寫著『V·V·341』的卡片吧。這是一張硬紙片，莊園裡有這樣的卡片嗎？」

「我想沒有。」

福爾摩斯走到寫字台前，從每一個墨水瓶裡沾了些墨水，灑到吸墨紙上。

「這張卡絕不是在這裡寫的，」福爾摩斯說道，「這是黑色墨水，而那張卡片上的字卻略帶紫色；寫字的筆是粗筆尖，而這些筆尖都是細的。我認為，這是在別的地方寫下的。艾姆斯，你能解釋這些字的意思嗎？」

「不能，先生，完全無法解釋。」

「你的看法呢？麥克先生。」

「我認為很可能是某種秘密團體的名稱，和手臂上標記的意義一樣。」

「我也是這樣想的。」懷特·梅森說道。

「好，我們就把它當成一個合理的假設吧。由此出發，看看究竟能解決多少難題。那個組織派來的某個人設法潛入了莊園，等候著道格拉斯先生，然後用這支火槍轟掉了他的腦袋，接著游過護城河逃跑了。之所以要在死者身旁留下這張卡片，無非是為了一個目的——讓報紙刊登出來，藉此通知組織的其他成員。這些案情都是連貫在一起的。可是，明明有各種武器，他為什麼偏偏要選擇這種火槍呢？」

「沒錯。」

「還有，遺失的戒指又是怎麼回事？」

「的確是。」

「現在已經兩點多了，為什麼還沒有抓到凶手呢？我相信打從天亮以來，方圓四十哩的每一名警員都盡全力搜索著一個渾身濕透的外地人。」

「正是如此，福爾摩斯先生。」

「好，除非他在附近一帶有藏身之處，或者預先準備好一套替換的衣服，否則絕對逃不出警方的手掌心的。但顯然他們已經錯過他了。」福爾摩斯走到窗戶旁，用手裡的放大鏡檢查窗台上的血跡，說道：「看得出來，這是一個鞋印，很寬——大概是外八字。真怪！不管是誰到這沾滿泥土的牆角來察看腳印，都會說這雙靴子的樣式挺好看的。可是，當然了，它很不清楚。旁邊桌子底下的是什麼？」

「是道格拉斯先生的啞鈴。」艾姆斯接道。

「啞鈴？這裡只有一具，另外一具在哪？」

「我不知道，福爾摩斯先生。也可能本來就只有一個，我有好幾個月沒看到這玩意兒了。」

「一只啞鈴——」福爾摩斯嚴肅地說道，話還沒說完，就被一陣急劇的敲門聲打斷了。一個身材高大、膚色黝黑、外表乾淨俐落的人探頭看著我們。我立刻猜出，這人就是之前聽到的塞西爾．巴克。他用傲慢的懷疑目光迅速掃視了所有人。

「對不起，打斷了你們的談話，」巴克說道，「不過，諸位應該聽聽最新的消息了。」

「逮到凶手了嗎？」

「沒有那麼好的事。不過人們已經尋獲他的自行車了。這傢伙把自行車扔下了，請過來看看，就放在大廳門外一百碼的地方。」

我們看到三四個僕人和幾名看熱鬧的人站在馬車道上察看那輛自行車，車子原本藏在萬年青的樹叢中，之後才被拖了出來。這是一輛很老舊的拉吉—惠特沃思牌自行車。車上濺了不少泥巴，似乎騎過相當長的一段路。車座後方有一個工具袋，裡頭裝著扳手和油罐，可是關於車主的身份卻無從查起。

「如果這些東西都登記且註冊過，對警方會很有幫助，」警官說道，「不過，能得到這些證物就該偷笑了，即使我們查不出他去了哪裡，至少也可能查出他是從哪裡來的。話說回來，這傢伙到底為什麼要丟下車子呢？這真是件怪事，他不騎車又打算怎麼逃走呢？福爾摩斯先生，這件案子似乎還看不到一線光明。」

「看不到嗎？」我的朋友若有所思地回答，「這可不一定！」

5 角色

「你們對書房的檢查都結束了嗎？」當我們重新返回到屋裡時，懷特．梅森問道。

「暫時告一段落了。」麥克唐納回答道，福爾摩斯也點了點頭。

「那麼，現在你們願意聽聽莊園裡一些人的證詞嗎？就利用這間餐廳吧，艾姆斯，請你先來把知道的一切告訴我們。」

管家的敘述簡單明瞭，給人一種誠實可靠的印象。他是在五年前道格拉斯先生剛搬來伯爾史東時受雇的，他明白道格拉斯先生是一位有錢的紳士，是在美洲致富的。道格拉斯先生和藹可親、十分體貼手下——或許艾姆斯不太習慣這一點，不過，每個人都有弱點。他從未見過道格拉斯先生表現出驚恐的樣子，相反的，道格拉斯先生是他生平見過最大膽的人。道格拉斯之所以要人每晚把吊橋拉起，只因為那是莊園的傳統習俗，他喜歡維持這種古老的習俗。道格拉斯先生很少去倫敦，也難得離開村子，但在遇害前一天曾到唐橋威爾斯去購物。當天，艾姆斯發現道格拉斯先生有些惴惴不安，情緒激動，一反往常的性格，變得暴躁易怒。案發當晚，艾姆斯還沒有就寢，他在房子後面的餐具室裡收拾銀器，忽然聽到鈴聲大作。他沒有聽到槍聲，因為餐具室和廚房在莊園的最後面，中間還隔了幾重關著的門和一條長廊，所以的確很難聽到。艾倫太太也因為聽到急促的鈴聲，急忙跑出來，他們一起往前廳奔去。當他們來到樓下時，艾姆斯看到道格拉斯夫人正從樓梯上下來。不，她走得並不急，艾姆斯甚至覺得，道格拉斯夫人根本不怎麼驚慌。她一到樓下，巴克先生就從書房裡衝了出來，他拚命攔住道格拉斯夫人，央求她回到樓上去。

「看在上帝的份上，你快回自己的房裡吧！」巴克先生喊道，「可憐的傑克已經死了，你也無能為力了。看在上帝的份上，快回去吧！」

巴克先生勸說了一會兒，道格拉斯夫人就回到樓上去了。她既沒有尖叫，也沒有大喊大鬧。女管家艾倫太太陪同她上樓，兩人一起待在臥室裡。艾姆斯和巴克先生回到書房，他們當時在屋內看到的一切，就和警方所看到的完全一樣。那時燭光已經熄滅了，可是油燈還點著。他們從窗戶向外望去，但天色非常暗，什麼都看不見，也聽不到。於是他們跑向大廳，艾姆斯將吊橋放下，巴克先生就匆匆忙忙地趕到警局去了。

這就是管家艾姆斯的簡要證詞。

女管家艾倫太太的說法，也只是進一步證實了她那管家同事的證詞。她的臥室到前廳比到餐具室要更近一些，當晚她正準備就寢，忽然聽到一陣鈴聲大作。她有點耳聾，所以沒有聽到槍聲，何況她的房間離書房相當遠。她記得曾聽到一種聲響，她以為那只是「砰」的關門聲，而且是更早之前的事，至少在鈴響前半小時。當艾姆斯跑到前廳時，她也在一旁。她們看到巴克先生從書房走出來，臉色蒼白，神情激動。巴克先生看到道格拉斯夫人下樓，就攔住了她，勸她回到樓上。道格拉斯夫人回答了幾句話，但聽不見她說了什麼。

「扶她上去，陪在她身旁。」巴克先生對艾倫太太叮嚀道。

於是艾倫太太把道格拉斯夫人扶回臥室，並竭力安慰她。道格拉斯夫人大受驚嚇，渾身顫抖，但也沒有表示要再次下樓。她只是穿著睡衣，雙手抱著頭，坐在臥室壁爐旁邊。艾倫太太幾乎整晚都陪著她，至於其他僕人則早已就寢，不曾受到驚動，直到警察抵達後，他們才知道出了事。他們都住在莊園最後面的地方，所以多半也聽不到什麼聲音。

至於艾倫太太本人，她除了悲傷和吃驚以外，在訊問過程中一點新的細節也沒有補充。

艾倫太太說完後，身為目擊者的塞西爾．巴克先生接著講述了當時的情況，但除了已告訴警方的那些以外，並未增加太多資訊。他堅信，凶手是由窗戶逃走的，他認為窗台上的血跡就是最確鑿的證據，而且當時吊橋已經收起來，不可能有其他方式逃走。但他卻無法解釋凶手後來的下落，以及凶手為何不騎自行車逃走。凶手不可能淹死在護城河裡，因為水深都不超過三呎。

但關於凶手，巴克先生有一種相當明確的看法。道格拉斯是一個沉默寡言的人，對他過去的生活，有些部分他從不願對人講起。他在很年輕時，就從愛爾蘭移居美洲，日漸富裕。巴克在加利福尼亞州與他相識，他們合伙在加州一個叫做貝尼托峽谷的地方經營礦業，事業很成功。不料道格拉斯突然將它變賣，遷到英國來了，他當時還是個鰥夫。隨後，巴克也把產業變賣，移居倫敦。於是他們的友誼又重新建立起來。道格拉斯給了他一種印象，彷彿有一種迫在眉睫的危險正威脅著他，他之所以突然離開加州，在英國這麼平靜的鄉間置產，巴克先生一直認為與這種危險有關。巴克先生猜想一定有某個秘密團體，或是一個窮追不捨的組織一直在追蹤道格拉斯，不把他殺死絕不罷休。儘管道格拉斯從未說過那是個什麼組織，也沒提起是如何得罪了對方，但他的隻言片語已讓巴克產生了這種聯想。他僅能推測這張卡片上的字一定與那個秘密組織有關。

「你在加利福尼亞和道格拉斯一起住了多久？」麥克唐納問道。

「總共五年。」

「你說他是一個單身漢？」

「當時他是個鰥夫。」

「你聽說過他前妻的事嗎？」

「沒有，我只記得他提起她有德國血統，也看過她的照片，是一名很美麗的女子。就在我和道格拉斯結識前一年，她就因傷寒病過世了。」

「你能想到道格拉斯過去曾和美國哪一地區有密切關係嗎？」

「我聽他講過芝加哥。他對這個城市很熟悉，並且在那裡工作過。他提起過一些產煤跟鐵的地區。他生前遊歷過很多地方。」

「他是政治家嗎？這個秘密組織和政治有關係嗎？」

「不，他根本不關心政治。」

「你認為他從事過犯罪行為嗎？」

「正好相反！在我一生裡，從沒遇過像他那麼正直的人。」

「他在加州時，生活上有什麼怪異之處嗎？」

「他最喜歡到山區，所以才會來礦場工作。他總是盡可能不到人多的地方去，因此我才首先聯想到有人在追蹤他。後來，他又那麼突然地來到歐洲，讓我越來越相信是這麼回事了。我相信他曾經接獲某種警告，因為在他離開後的一週裡，曾有五六個人向我打聽過他的行蹤。」

「那是些什麼人？」

「哦，是一群看來非常冷酷的人。他們來到礦場，打聽道格拉斯在什麼地方。我說他已去了歐洲，我也不曉得他住在哪。不難看出，他們來意不善。」

「這些人是美國人，也是加利福尼亞人是嗎？」

「這個嘛，我對加利福尼亞人不太瞭解，但他們絕對都是美國人，不過他們不是礦工。我不知道他們是什麼來頭，只巴不得他們快點離開。」

「那是六年前的事嗎？」

「快七年了。」

「也就是說，你們在加州一起住了五年，所以那些往事距今至少十一年了？」

「是的。」

「其中肯定有不共戴天的深仇大恨，讓對方在隔了這麼久之後仍不能忘懷。結仇的原因看來絕非小事。」

「我認為這就是道格拉斯一生中的隱患，使他永遠難以安寧。」

「不過，既然他知道自己即將大禍臨頭，為什麼不請警方保護呢？」

「也許這種危險是別人無法保護的。有一件事你們應該知道，他出門總是隨身攜帶著武器，他的手槍從不離開他的口袋。但是，不幸的是，昨晚他只穿著睡衣，把手槍留在臥室裡了。我猜想，他一定以為吊橋升上後就萬無一失了。」

麥克唐納說道：「我希望再把年代釐清一些。道格拉斯離開加州整整六年，你在他離開的隔年就緊追而來了？」

「是的。」

「他再婚已有五年了，你一定是在他結婚前後回來的吧？」

「大約在他婚前一個月。我還是他的伴郎呢！」

「道格拉斯夫人結婚以前，你認識她嗎？」

「不，我不認識她，我離開英國已有十年了。」

「可是從那之後，你經常和她見面？」

巴克嚴肅地望著那名偵探。

「從那時候起，我經常和她見面，」巴克回答道，「至於為什麼和她見面，那是因為你不可能去拜訪一位朋友，卻不去認識他的妻子。假如你認為這之間有什麼關連——」

「巴克先生，我什麼也沒說。只是與本案有關的每一件事，我都有責任查問清楚。不過，我無意冒犯你。」

「有些問題本身就是失禮的！」巴克怒氣衝衝地答道。

「這只不過是為了瞭解一些事實，弄清這些事實對你和我們都有好處。你和道格拉斯夫人的友情，道格拉斯先生完全同意嗎？」

巴克臉色更加蒼白，兩隻有力的大手痙攣似地緊握在一起。

「你無權問這種問題！」他大聲喊道，「這和你調查的事情有什麼關係呢？」

「我一定要問這個問題。」

「那麼，我拒絕回答。」

「你可以拒絕回答，不過你要明白，拒絕回答本身就是種回答，因為要是你沒有需要隱瞞的事，又何必拒絕回答呢？」

巴克繃著臉站立一會兒，那雙濃重的黑眉皺了起來，苦思不已。最後他露出微笑，抬起頭來說道：「嗯，不管怎麼說，我想幾位畢竟是在職責所在，我沒有理由從中做梗。我只求你們不要再拿這件事去驚擾道格拉斯夫人，因為她現在已經夠煎熬了。我可以告訴你們，可憐的道格拉斯只有一個缺點，就是他的嫉妒心。我倆相當友好——從來沒有朋友像我們這麼要好了。他對妻子的愛情也非常專一。他願意招待我到家裡，甚至常派人去請我。可是一旦我與他的妻子一起談話或是互相表現得惺惺相惜的時候，他就會醋勁大發，怒不可遏，當場說出粗魯的話來。為此，我曾不只一次發誓再也不到這裡來，可是事後他又寫信給我，向我表示懺悔，並苦苦哀求，我也只好不計前嫌。不過，先生們，你們可以聽聽我的結論，那就是天底下再也沒有像道格拉斯夫人這樣深愛丈夫、忠於丈夫的妻子了！我還敢說，天底下也沒有比我更忠實的朋友了。」

他的一番話說得感情真摯，然而麥克唐納警官依舊窮追猛打，他問道：「你知道死者手指上的結婚戒指被人取走了吧？」

「看起來是這樣。」巴克說道。

「什麼叫做『看起來』？你知道這是事實。」

巴克立時顯得有些驚惶和猶豫。「我的意思是，說不定是他自己把戒指取下來的。」

「重點是，不管取下戒指的是誰，既然戒指不見了，任何人難免會由此聯想到一個問題：他的婚姻和這樁慘案是否有什麼關連呢？」

巴克聳了聳他那寬闊的肩膀。

「我無法預料別人會怎麼想，」巴克答道，「可是如果你暗示，這件事無論如何都會對道格拉斯夫人的名譽產生不利影響的話，」一瞬間，他的雙眼燃起了雄雄怒火，但彷彿拚了命地克制住自己的感情，「那麼你們就大錯特錯了。我要說的就是這些。」

「我想，沒什麼要問你的事了。」麥克唐納冷冷地說道。

「還有一個小問題，」夏洛克．福爾摩斯提問道，「當你走進這個房間的時候，桌上只點著一支蠟燭，是嗎？」

「是的，是這樣。」

「你只靠燭光就發現了眼前的慘劇嗎？」

「沒錯。」

「你馬上按鈴求援了？」

「是的。」

「其他人很快就來了？」

「大約一分鐘之內都趕到了。」

「可是他們到達後，卻看到蠟燭已經熄滅，油燈已經點上，這似乎有些奇怪。」

巴克又顯現出猶豫不決的樣子。

「我看不出哪裡奇怪了，福爾摩斯先生，」停頓了一下後，他回答道，「燭光很暗，我首先想到的是讓房內更亮一些。正好油燈就放在桌子上，所以我順手就把它點上了。」

「是你把蠟燭吹熄的？」

「是的。」

福爾摩斯沒有再提什麼問題。巴克不慌不忙地看了我們每個人一眼，轉身離開。我不禁覺得，這個男人的行為似乎反映著內心的情緒。

麥克唐納請人將一張紙條交給道格拉斯夫人，告知待會將到她臥室去拜訪，但她回覆說願意在餐廳裡見我們。她是個年約三十、身材修長、容貌秀美的女子，沉默且冷靜。我本以為她一定心神不寧，誰知完全不是那麼一回事。她確實臉色蒼白、消瘦，就像一個受到極度驚嚇的人一般，可是她的舉止鎮靜自若，她那纖秀的手扶在桌上，和我的手一樣，一點也沒有顫抖。她那雙悲傷、哀怨的眼睛，以狐疑的眼神掃視了我們大家一眼。忽然，她問道：「你們發現了什麼嗎？」

不知道是不是我的想像，我隱隱感覺她發問的語氣透著驚恐，而非盼望。

「道格拉斯夫人，我們已經採取了一切措施，」麥克唐納說道，「你儘管放心，我們不會漏掉什麼的。」

「請別擔心錢的問題，」她面無表情，平靜地說道，「我請求你們盡一切力量查出真相。」

「或許你能告訴我們有助於查明本案的資訊？」

「恐怕不行，但我能告訴你們我所知道的一切。」

「我們聽塞西爾．巴克先生說，你實際上從未看到——也就是你從未進入發生慘案的房間，是嗎？」

「是的，巴克要我先回到樓上。他懇求我回到我的臥室裡。」

「確實是這樣，你聽到了槍聲，而且馬上就下樓了。」

「我穿著睡衣就下樓了。」

「從你聽到槍聲到巴克先生攔住你，中間隔了多久？」

「大約兩分鐘，在那種情形下是很難計算時間的。巴克先生懇求我不要過去，他說我是無能為力的。後來，女管家艾倫太太就把我扶回樓上了。這真是場可怕的惡夢。」

「你能否告訴我們，你丈夫下樓多久之後才聽到槍聲？」

「不，我說不準。因為他是從更衣室下樓的，我沒有聽到他走出去。因為他怕失火，所以每晚都要在莊園裡巡視一圈。我只知道他唯一害怕的東西就是火災。」

「這正是我想問的，道格拉斯夫人。你和你丈夫是在英國認識的，是嗎？」

「是的，我們已經結婚五年了。」

「他有對你提過在美洲發生了什麼危及他性命的事嗎？」

道格拉斯夫人認真地思索了一下子，「是的，我總覺得有一種危險時時刻刻威脅著他，但他不肯與我商量。這並不是因為不信任我，順帶一提，我們夫妻一向恩愛，他不希望我擔心受怕，他認為如果我知道了一切，就會驚惶不安。所以他絕口不提此事。」

「那你是怎麼知道的？」

道格拉斯夫人臉上掠過一絲笑容，「丈夫一生保守著秘密，而深愛他的女人卻一點也察覺不出，這有可能嗎？我是從許多方面知道的，從他避而不談在美洲的部分過去、他採取的一些防範措施、他偶爾透露出的言語、還有他注視著那些不速之客的眼光；我可以完全肯定，他有一些勢力龐大的仇人，他確信他們正在追蹤他，所以他總是無時無刻提防著。因為我深信這點，所以這幾年來，只要他回來得比預期的晚，我就非常緊張。」

「我可以問一句嗎？」福爾摩斯說道，「哪些話引起了你的注意？」

「『恐怖谷』，」這名女士回答道，「這就是我追問他時，他嘴裡說出的一個詞。他說：『我一直身陷恐怖谷中，至今仍無法擺脫。』看著他精神失常，我曾問道：『難道我們永遠擺脫不了恐怖谷嗎？』他回答：『有時我會想，我們永遠也擺脫不了。』」

「你應該問過他『恐怖谷』是什麼意思？」

「我問過，可是他立刻臉色一沉，搖頭說道：『我們之中有一人受到它的陰影籠罩，這已經夠糟糕了。』『但願上帝保佑，它不會落到你的頭上。』那一定是某個真實存在的山谷，他曾在那裡住過，而且發生過一些可怕的事情——我敢說一定是這樣。至於其他的，我沒什麼可以告訴你們的了。」

「他從未提過什麼人的名字嗎？」

「有。三年前他打獵出了點意外，並發了高燒，昏迷之下曾說過一些囈語。我記得他重複唸出一個名字，既憤怒又恐懼。那個名字是麥金蒂——身主麥金蒂。他痊癒後，我問他身主麥金蒂是誰，他管理誰的身體？他哈哈大笑，說道：『謝天謝地，他可管不到我。』我從他那裡得知的全部情形就是這些了。不過，身主麥金蒂和『恐怖谷』之間肯定有所關連。」

「還有一點，」警官麥克唐納說道，「你在倫敦一間公寓裡結識了道格拉斯先生，並且在那裡與他訂婚，是嗎？關於你們的婚姻，有什麼戀愛過程，或是神秘離奇的事嗎？」

「戀愛過程總會有的。但沒有什麼神秘的事。」

「他沒有情敵嗎？」

「沒有，那時我根本還沒有情人。」

「你想必聽說了，他的結婚戒指被人拿走了。這件事和你有什麼關係嗎？假如是他過去的仇人追蹤到這裡並下了毒手，那麼，拿走結婚戒指的原因可能是什麼呢？」

我敢說，在那一瞬間，道格拉斯夫人的嘴邊掠過一絲微笑。

「這我就不知道了，」她回答道，「這可真是一件離奇古怪的事。」

「好吧，我們不再耽誤你了，在這樣的時刻來打擾你，真是萬分抱歉，」麥克唐納說道，「當然，還有一些其他的問題，以後遇到時再問你吧。」

她站了起來。就像剛才一樣，她又用敏銳而帶有疑問的眼光掃視了我們所有人，彷彿想質問我們：「你們對我的證詞有什麼意見？」然後，她鞠了一躬，裙擺輕輕掃過地面，走出了房間。

「她真是個美麗的女人——非常美麗的女人，」在她關上門以後，麥克唐納沉思道，「巴克這傢伙一定常到這裡來，他大概是個頗有女人緣的男人；他承認死者是個嫉妒心強的人，他也很清楚道格拉斯的醋意何來；還有結婚戒指的事。你一定不會放過這些疑點，福爾摩斯先生。對這個從死者手中奪走結婚戒指的人，你有什麼看法？」

我的朋友坐在原地，兩手托著下巴，深深地陷入沉思。這時他站起身來，拉響了電鈴。

「艾姆斯，」當管家走進來時，福爾摩斯說道，「塞西爾．巴克先生現在在哪？」

「我去找找，先生。」

一會兒，艾姆斯回來了，告訴我們巴克先生正在花園裡。

「艾姆斯，你還記得昨晚你和巴克先生在書房時，他腳上穿了什麼？」

「記得，福爾摩斯先生，他穿了一雙拖鞋。當他要去報警時，我才把長統靴子拿給他。」

「現在這雙拖鞋在哪？」

「還在大廳的椅子底下。」

「很好，艾姆斯，我們要確認哪些是巴克先生的腳印，哪些是凶手的腳印，這當然很重要了。」

「是的，先生。我可以說我發現那雙拖鞋上已經沾到血跡了，連我的鞋子上也有。」

「根據當時室內情況來看，那是很正常的。很好，艾姆斯。如果我們要找你，我們會再拉鈴的。」

幾分鐘後，我們來到書房裡。福爾摩斯已經從大廳拿來那雙毛拖鞋。果然像艾姆斯說的那樣，兩隻鞋底都留有黑色的血跡。

「奇怪！」福爾摩斯站在窗前，對著陽光仔細察看，喃喃自語道：「真是太奇怪了！」

突然，他像一隻貓似地猛跳起來，俯身將一隻拖鞋放在窗台的血跡上，兩者完全吻合。他一言不發地朝著幾名同事笑了笑。

麥克唐納興奮得手舞足蹈，並以地方口音講個沒完：「老兄！這是無庸置疑的了！是巴克自己印在窗上的，這比別的靴印要寬得多，我記得你還說過這是一雙八字腳，而答案就在這裡。不過，他到底在玩什麼把戲呢？福爾摩斯先生，這是什麼把戲呢？」

「是啊，這是什麼把戲呢？」我的朋友若有所思地重複著麥克唐納的話。

懷特．梅森咯咯笑著，並搓著那雙肥大的手，滿意地說道：「我早說過這樁案子不簡單，果真如此！」

6 曙光

這三名偵探還有許多細節需要調查，所以我獨自返回了鄉村旅店的住所。在回去之前，我在這古色古香的花園裡散了一下步，花園位於莊園一側，四周環繞著一排排古老的紫杉，修剪得奇形怪狀。園裡是一片連綿的草坪，中央擺著一個老式的日晷。庭園中景色宜人，使我的緊張感略為消退，並覺得心曠神怡起來。在這清雅幽靜的環境裡，一個人能很輕易忘掉那間陰森的書房和地上那具四肢攤開、血跡斑斑的屍體，或是將它當做一場惡夢。然而，正當我在園中散步，心神沉浸在鳥語花香之中時，忽然遇到了一件怪事，使我重新想起那件慘案，並在我心中留下不祥的印象。

正如我剛才提過的，花園四周點綴著一排排的紫杉，在距離建築物最遠的那一側，稠密的紫杉樹形成了一道連綿的樹籬。樹籬後方有張長條石凳，從樓房這一頭是看不見的。當我走近時，我聽到有人說話，先是一個男人的聲音，隨後是一個女人嬌柔的笑聲。我繼續走到了樹籬的盡頭，在對方發現我之前，我已先看到了道格拉斯夫人和巴克這個大漢。她的模樣使我大吃一驚，早已看不出在餐廳時的那種平靜與拘謹。她卸下了臉上偽裝的悲哀，雙眼閃爍著生活歡樂的光輝，被有趣妙語逗樂的笑靨仍留在臉上。巴克坐在那裡，向前傾著身子，兩手交握在一起，雙肘支在膝上，以帥氣的表情答以微笑。一看到我，他們又立刻恢復了嚴肅的偽裝——雖然為時已晚。他倆匆匆交換了一兩句話後，巴克隨即走到我身旁。

「請見諒，先生，」他說，「請問你是華生醫生嗎？」

我冷冷地點了點頭，我敢說，我內心的厭惡全寫在了臉上。

「我們就知道是你，因為你與夏洛克．福爾摩斯先生的友情無人不知。你願意與道格拉斯夫人說一會兒話嗎？」

我臉色陰沉地隨著他走去，腦海裡清楚地浮現出地上那個腦袋粉碎的屍體。慘案發生才幾小時，他的妻子竟在他花園的灌木叢後與他的摯友有說有笑。我冷淡地向這個女人打了招呼。在餐廳時，我曾為她的不幸感到同情，但現在，我卻不得不對她那祈求的目光冷漠以對。

「恐怕你會以為我是個冷酷無情的人吧？」道格拉斯夫人說道。

「這不關我的事。」我聳了聳雙肩。

「也許有一天你會公正的看待我，如果你明白——」

「華生醫生沒必要明白什麼，」巴克急忙插嘴道，「他說了，這不關他的事。」

「你說得對，」我說道，「那我告辭了，我還在散步呢。」

「請等一下，華生先生，」這名女士用懇求的語氣大喊，「有一個問題，你的回答比世上任何人都更有權威，而這個答案卻對我事關重大。你比任何人都瞭解福爾摩斯先生，瞭解他與警署的關係。假使有人把一件秘密告訴他，他是否有義務將一切轉告警方呢？」

「對，問題就在這裡，」巴克也很懇切地說道，「他是獨立處理案件，還是必須完全與警方合作？」

「我真不知道該不該回答這樣一個問題。」

「我請求你，華生醫生，請求你告訴我。我相信你一定能幫助我們，只要你在這個問題上給我們一些指點，我們就感激不盡了。」

夫人的聲音十分誠懇，竟使我登時忘掉她剛才的輕浮舉動，感動得只想滿足她的要求。

「福爾摩斯是一位獨立的偵探，」我說道，「一切事情他都自行作主，並根據自己的判斷來處理。同時，他當然會尊重那些與他共事的警方人士，而對於能協助警方緝拿犯人歸案的情報，他也絕不隱瞞。我只能回答你這些了，如果想知道得更詳細，我建議你找福爾摩斯本人。」

說完，我行了個禮就離開了，他們兩人仍坐在樹籬一角。我走到樹籬盡頭時再次轉頭，看到他們仍然不停議論著，眼神緊盯著我不放，顯然，他們正在討論剛才與我的對話。

福爾摩斯花了整個下午與兩名同事在莊園裡商量案情，五點鐘左右才回來，我請人為他端上茶點，他狼吞虎嚥地吃了起來。

當我把這件事告訴福爾摩斯時，他說道：「我不希望他們告訴我什麼秘密，華生，也根本沒有什麼秘密。因為假如我們以共謀殺人的罪名逮捕他們的話，他們將會十分狼狽。」

「你認為這件事的最後結果會是這樣嗎？」

福爾摩斯以幽默的語氣興奮地說道：「我親愛的華生，等我解決了這第四顆雞蛋，我就告訴你全部情況。我不敢說一切都水落石出了——還差得遠。不過，當我們追查到了那個遺失的啞鈴時——」

「那個啞鈴！」

「哦，華生，難道你沒看出，本案的關鍵就在於那個遺失的啞鈴嗎？好了，好了，你用不著為此垂頭喪氣，因為我只跟你說這件事，我想不管是麥克警官，還是那個精明的當地偵探，都沒有理解這個小細節的重要性。只有一個啞鈴！華生，試想一個運動員只有一個啞鈴會怎麼樣！想想那種不利影響——很快就會有脊椎彎曲的危險。不妙啊，華生，不妙啊！」

他大口吃著麵包，兩眼閃爍著調皮的神色，注視著我那困惑不解的窘狀。

從福爾摩斯旺盛的食欲可以看出，他已經是胸有成竹了。因為我對他那些食不知味的日子記憶猶新，當他那混亂的頭腦被謎團弄得焦躁不安的時候，他就會像一個苦行僧那樣全神貫注，而他那消瘦、求勝心強的面容也會變得更加乾癟。

最後，福爾摩斯點燃了煙斗，坐在這家老式鄉村旅館的爐火旁，不慌不忙地隨意地談起這件案子，與其說這是深思熟慮的講述，不如說是自言自語的回憶。

「謊言！華生，毫無疑問，這是一個天大的謊言，我們一開始就遇上一場騙局，這就是我們的出發點。巴克所說的全是謊話，而他的話更被道格拉斯夫人進一步證實了。所以說，道格拉斯夫人也在撒謊，他們兩個都在撒謊，而且是串通好的。所以現在我們的目標很清楚，就是查出他們為什麼撒謊？他們千方百計想隱瞞的真相又是什麼？華生，我們合作試試，看能否查出這些謊言背後的事實。」

「我是怎麼知道他們撒謊的？因為他們捏造的技巧非常拙劣，根本違背了事實。試想一下吧！照他們所說的，凶手殺人後，在不到一分鐘的時間內從死者手指上摘下戒指，而這個戒指上面還套著另一只戒指，然後再把這那只戒指套回原處——這是絕對不可能的，更別提把這張奇怪的卡片放在屍體旁邊。我敢說這絕對是辦不到的。」

「也許你會爭辯說，戒指可能是在他遇害前就摘下了的，不過，華生，我相信你的判斷能力，所以我想你不會這麼說。蠟燭只點了很短暫的時間，這一事實說明死者與凶手會面的時間不會很長。我們已經聽說道格拉斯膽子很大，他是那種一經嚇唬就會自動交出結婚戒指的人嗎？我們能想像得出他竟會這麼做嗎？不，華生，不會的。燈點亮後，凶手獨自與死者相處了一段時間。我對於這一點深信不疑。」

「不過，死因很明顯是槍殺，因此開槍的時間比他們所說的要早了許多。事情的經過就是這樣，這一點絕不會錯。如今，我們面臨的是一樁共謀殺人，是由兩名聽到槍聲的人，也就是巴克與道格拉斯夫人所策劃的。首先，我已證明窗台上的血跡是巴克故意印上去的，目的是誤導警方的調查。你想必也會承認，本案的發展已變得對他十分不利。」

「現在，我們必須先問自己一個問題：凶案究竟發生在什麼時間？直到十點半時，僕人們還在屋裡來來往往，所以肯定不是發生在這之前。十點四十五分，僕人們都回到了臥室，只剩下艾姆斯還留在餐具室。你下午離開我們後，我曾作過一些實驗，發現只要房門全部關上，不管麥克唐納在書房裡發出多大的聲音，我都休想在餐具室裡聽到。」

「然而，女管家的臥室就不同了。這間臥室離走廊不遠，當聲音很大時，我在這間臥室是可以隱隱約約地聽到的。在近距離射擊的情況下，槍聲會在某種程度上減弱不少，但在寂靜的夜裡從艾倫太太的臥室仍然能夠聽到。艾倫太太說她有一點耳聾，儘管如此，她還是在證詞中提到，在警報發出前半小時，她聽到類似關門的砰一聲。警報發出的半小時前，也就是十點四十五分。我確信她聽到的就是槍聲，那才是真正的行凶時間。」

「假如這是事實，現在我們必須查明另一個問題：假設巴克先生和道格拉斯夫人不是凶手，那麼，從十點四十五分他們聽到槍聲，到十一點十五分他們拉鈴叫來僕人為止，這段時間裡他們兩人都在做什麼呢？為什麼不馬上報警呢？這就是最首要的問題。只要把這個問題查清楚，我們就朝破案邁進了幾步。」

「我也認為，」我說道，「他們兩個是串通好的。道格拉斯夫人實在是個冷血的生物，丈夫過世不到幾小時，她竟然就為了一些俏皮話開懷大笑。」

「沒錯。甚至當她講述案情時，也不像一個被害人的妻子。你知道的，華生，我不是一個對女性好奇的人，可是我的經驗告訴我，那種僅僅聽了他人的建議便不去看丈夫屍體的妻子，肯定沒有把丈夫放在心上。要是我有結婚的話，華生，我一定要給她灌輸一種觀念：當我的屍體躺在離她不遠處時，她絕不要跟著管家婆走開。他們的計畫非常笨拙，即使是最沒有經驗的偵探，也會因為沒有看到一般常見的婦女悲泣場面而感到吃驚。就算沒有其他原因，光憑這件小事我就足以認定這是一樁預謀。」

「那麼，你一定認為巴克和道格拉斯夫人就是凶犯了？」

「你的問題真是直截了當，」福爾摩斯向我揮舞著煙斗說道，「就像朝我射來的子彈一樣。如果你認為道格拉斯夫人和巴克知道謀殺案的真相，並且合謀策劃、隱瞞真實，那我會打從心底同意你的想法。不過最關鍵的環節還不是很清楚，我們先來把阻礙我們前進的困難研究一下吧！」

「假如我們設想，他們兩人因為曖昧關係而狼狽為奸，他們決心除掉擋在他們之間的那個人——這只是一種大膽的假設，因為無論是經由僕人們或其他人的證詞都無法證明這一點。相反地，許多證據指出道格拉斯夫婦恩愛無比。」

「我敢說這都不是真的，」我忍不住想起花園中那張美麗的笑靨。

「好吧，至少他們讓別人產生了這種假象。我們假設他們詭計多端，在這一點上騙倒了所有的人，而且共同圖謀殺害道格拉斯。碰巧道格拉斯正面臨著某種威脅——」

「但這只是他們的一面之詞。」

福爾摩斯沉思著，「我知道，華生，你已清楚表明了自己的想法。你的想法是：他們從頭到尾說的每件事都是假的。按照你的想法，根本就沒有什麼暗藏的危險，沒有什麼秘密組織，也沒有什麼『恐怖谷』，沒有名為麥金蒂的幕後黑手之類的事情。嗯，這也算是個不錯的結論，讓我們看看它能使我們得到什麼結果。他們捏造以上的論點來說明犯罪原因，然後，為了配合這種說法，他們把那輛自行車丟棄在花園裡，作為凶手是個外人的證據；窗台上的血跡、屍體上的卡片也是出於這種目的，卡片可能是在屋裡寫好的。所有這一切都符合你的假設，華生，可是現在，我們一樣會遇到一些棘手的矛盾問題：為什麼他們從所有武器中選了一支截短的火槍，而且又是美國火槍呢？他們怎麼敢保證火槍的聲響不會驚動別人呢？像艾倫太太那樣把槍聲誤以為是關門聲只不過是巧合罷了。華生，為什麼你口中的這對犯人情侶會這麼愚蠢呢？」

「我承認我也無法解釋。」

「還有，如果一個女人與情夫共謀殺死她的丈夫，他們會在他死後像炫耀勝利似地把結婚戒指摘走，向世人宣告自己的罪行嗎？華生，難道你認為這可能發生嗎？」

「不，不可能。」

「再說，如果丟下一輛藏在外頭的自行車是你想出來的主意，難道這樣做有什麼意義嗎？即使是最笨的偵探，也一定會認為這顯然是故佈疑陣，因為一個犯人想要逃跑，最重要的東西就是自行車呀！」

「我想不出該如何解釋了。」

「然而，就人類的智力而言，對於一連串彼此相關的事實想不出一條解釋，那是不可能的。我提出一條可能的思路吧！就當做一次腦力激盪。先不管它是對是錯，我承認，這僅僅是一種想像，不過，真實始終來自於想像。」

「我們可以假設，道格拉斯的人生中確實有過犯罪的過往，而且是相當不堪入耳的秘密，這個秘密使他遭到暗殺。我們設想凶手是個外來的仇人，出於某種我至今仍無法解釋的原因，這名仇人取走了死者的結婚戒指。這種仇隙可能源於他的第一段婚姻，正因如此，才會取走他的結婚戒指。」

「在這名仇人逃跑之前，巴克和死者的妻子來到房間裡。凶手告訴他們，如果企圖逮捕他，他就要將一件聳人聽聞的醜事公諸於世。於是他們改變了主意，心甘情願地把他放走，他們可能曾為了他悄悄地放下吊橋，然後再收回去。兇手逃跑時，出於某種原因，認為步行比起騎車要安全得多，因此他把自行車棄置在他逃走後才可能被發現的地方。目前為止，這些推測都是合理的，對嗎？」

「是的，毫無疑問，這是有可能的。」我語帶保留地說道。

「我們一定要設想我們遇到的事是極為特殊的，華生，現在我們繼續延伸想像。這對不一定是兇手的情侶，在兇手逃離後，意識到自己身陷相當不利的處境，他們既無法證明自己沒有行兇，也無法證明沒有縱容他人行兇。於是他們匆匆忙忙、笨手笨腳地設計了一場騙局。巴克用他沾了血跡的拖鞋在窗台上印了足跡，偽裝成兇手逃走的痕跡。他們顯然都聽到了槍聲，所以在一切都安排好了之後，才拉響警鈴，不過這時距離案發已經過了整整半小時。」

「你打算如何證明這一切呢？」

「好，如果是一個外人，那麼他就有可能被逮捕歸案，這種證明當然是最直接有效的了。但如果不是這樣的話——嗯，科學的手段是無窮無盡的。我想，要是我能單獨在書房待一個晚上，那會對我有很大幫助。」

「單獨待一個晚上！」

「我打算現在就去。我已經和那位令人尊敬的艾姆斯管家商量過了，他絕不是巴克一伙的。我要坐在那間房裡，看看室內的氣氛能否為我帶來一些靈感，我相信守護神會庇佑我的。儘管笑吧！華生老兄，嗯！我們走著瞧。順便問一下，你有把那把大雨傘帶來嗎？」

「在這裡。」

「好，不介意的話，我要借用一下。」

「當然可以了，不過，這實在是一件最蹩腳的武器了！萬一有危險——」

「沒問題的，我親愛的華生，不然我一定會請你幫忙，可是我非得借這把傘一用不可。目前，我還在等我的同事們從唐橋威爾斯回來，他們現在正在那裡搜索自行車的主人呢！」

黃昏時分，麥克唐納警官和懷特．梅森調查回來，他們興高采烈地聲稱，調查有了很大的進展。

「老兄，我承認我曾懷疑過是否真的有個外人，」麥克唐納說道，「不過現在一切都過去了。我們已經查出了自行車的編號，並且打聽到車主的外貌特徵。因此，這一趟可真是滿載而歸。」

「照你們所說的，案子似乎就要了結了。」福爾摩斯說道，「我衷心地恭喜你們兩位。」

「嘿，我是從這個事實入手的：道格拉斯先生曾到過唐橋威爾斯，從那時候開始他就變得心神不寧。那麼，他想必在唐橋威爾斯發覺到某種危險，很明顯，如果這個人是騎自行車來的話，那就可以預料到是從唐橋威爾斯來的了。我們把自行車帶著，在各個旅館出示，它很快就被老鷹商務旅館的經理認了出來。他說車主是一位名叫哈格雷夫的人，兩天前曾在此投宿，這輛自行車和一只小手提箱就是他的全部行李。他的登記欄寫道他是從倫敦來的，可是並未寫下地址。手提箱是倫敦製造，裡面的東西也是英國貨，不過那人本身卻毫無疑問是個美國人。」

「很好，很好，」福爾摩斯高興地說道，「你們確實做了一件漂亮的工作，而我卻和我的朋友坐在這裡編造各種假設。麥克先生，這的確是一次教訓呢！真的該多做些實際的工作啊。」

「是的，一點都沒錯，福爾摩斯先生。」警官麥克唐納滿意地說道。

「可是這也完全符合你的推論。」我提醒道。

「也許是這樣，不過，先讓我們聽聽結果如何吧，麥克先生。沒有線索可以找出這個人嗎？」

「顯然，他非常地小心謹慎，提防別人認出他來。既沒留下檔案，也沒有書信，衣服上也沒有標籤。他寢室的桌上有一張本郡的自行車路線圖。昨天早晨，他吃過早飯後，就騎上自行車離開旅館了。直到我們上門盤問為止，再也沒有聽到他的消息。」

「福爾摩斯先生，這正是讓我百思不解的，」懷特．梅森說道，「如果這個人不想讓人起疑，他就該立刻返回旅館，並且像個遊客般若無其事地待在那裡。像現在這樣，他應該知道，旅館主人會將一切都告訴警方，並把他的失蹤和凶殺案聯想在一起。」

「別人是會這樣想沒錯。既然他還沒有被逮到，至少能證明他的計畫到目前為止還是順利的。不過他的外貌特徵到底是什麼樣子？」

麥克唐納查看了一下筆記本。

「我們已經把他們敘述的記下來了。他們說得並不詳細，不過那些行李員、櫃台和女服務生所說的大致相同。那人高五呎九吋，五十歲左右，頭髮有些灰白，長著淡灰色的鬍子、鷹鉤鼻以及一張兇殘無比、令人生畏的面孔。」

「夠了，別說了，這簡直就是在說道格拉斯本人，」福爾摩斯說道，「道格拉斯正好也是五十多歲，鬢髮灰白，身高也差不多。你還得到什麼資訊？」

「他穿一身灰色的厚衣和一件雙排扣夾克，披一件黃色短大衣，戴一頂便帽。」

「那支火槍呢？」

「這支火槍不到二呎長，完全可以放到他的手提箱裡。他也可以毫不費力地把它放進大衣裡隨身攜帶。」

「你認為這些事實與案子有什麼關連？」

「噢！福爾摩斯先生，」麥克唐納說道，「你可以想像，我在聽到這些情況以後，五分鐘之內就發出了電報。當我們捉住這個人時，我們就可以進一步判斷了。不過，就在本案陷入泥淖時，我們竟然又前進了一大步。我們得知一個自稱哈格雷夫的美國人在兩天前來到唐橋威爾斯，隨身攜帶一輛自行車和一個手提箱，箱子裡裝了一支截短了的火槍。所以他是預謀來進行犯罪活動的。昨天早上，他把火槍藏在大衣裡，騎著自行車來到這個地方。據我們所知，誰也沒看到他來，不過他來到莊園大門不需要經過村子，而且路上騎自行車的人也很多。或許他很快地把自行車藏到月桂樹叢裡；也可能他本人就潛伏在這裡，注視著莊園的動靜，等候道格拉斯先生走出來。在我們看來，在室內使用火槍是件怪事。不過，他本來是打算在室外使用的。火槍在室外有一個很明顯的好處，因為它命中率高，而且在愛好射擊的英國人聚居的地方，槍聲是稀鬆平常的，不會引起僕人們特別注意。」

「這一切都很清楚了！」福爾摩斯說道。

「可是，道格拉斯先生沒有出來。凶手下一步怎麼辦呢？他丟下自行車，在黃昏時接近莊園。他發現吊橋是放下來的，附近一個人也沒有，於是他利用了這個機會，毫無疑問，假如被人發現了，他可以捏造一些藉口。可是他沒有碰到任何阻礙，就溜進了他第一間看到的房間，隱藏在窗簾後方。他在那裡看到吊橋被升了起來，他知道，唯一的出路就是游過護城河。他一直等到了十一點十五分，道格拉斯先生進行睡前的例行檢查，走進房間裡。他按照事先計畫的向道格拉斯開了槍以後逃跑。他知道，旅館的人會供出他的自行車特徵，這是個對他不利的證據，所以他把自行車棄置當地，另外設法回到倫敦，或是到他預先安排好的某個藏身之處去。福爾摩斯先生，你覺得怎麼樣？」

「很好，麥克先生，按照目前的情況來看，你說得非常好，也非常清楚。這是你歸納出的結論，而我的結論是：犯罪時間比我們聽說的早了半小時；道格拉斯夫人和巴克先生兩個人合謀隱瞞了一些事實；他們幫助凶犯逃跑，或者凶手是在他們進屋以後才逃跑的；他們還偽造凶手從窗戶逃跑的痕跡；而吊橋也八成是由他們自己放下，好讓凶手逃走的。這是我對案子前半部分的判斷。」

這兩個偵探搖了搖頭。

「好吧，福爾摩斯先生，假如這是真的，那我們就越來越搞不懂了。」這名倫敦警官說道。

「而且也更無法理解了，」懷特．梅森補充道，「道格拉斯夫人一生從未到過美洲。她怎麼可能和一個美洲來的凶手有瓜葛，並包庇這名凶手呢？」

「我承認還有這些疑點，」福爾摩斯說道，「我打算今天晚上親自去調查一下，也可能會發現一些有助於破案的線索。」

「福爾摩斯先生，我們能幫得上忙嗎？」

「不用！不用！我的需求很簡單。只要有漆黑的天色再加上華生醫生的雨傘就行了。還有艾姆斯，這個忠實的艾姆斯，毫無疑問，他會破例給我些方便的。我的一切思路始終圍繞著一個基本問題：為什麼一個運動員鍛鍊身體會如此不合常理地使用一個啞鈴？」

直到半夜時分，福爾摩斯才獨自調查回來。我們住的屋子有兩張床，這已是這家鄉村小旅館對我們最大的優待了。那時我已熟睡，他進門時才把我驚醒。

「哦，福爾摩斯，」我喃喃地說道，「你發現了什麼新線索嗎？」

他手裡拿著蠟燭，站在我身邊沉默不語，然後他那高大而瘦削的影子向我蓋過來。

「我說，華生，」他低聲說道，「你正和一個神經跟大腦都有毛病的瘋子共處一室，難道不害怕嗎？」

「一點也不。」我錯愕地回答道。

「嘿，運氣還不錯。」他說道，這晚他再也沒有說過一句話。

7 謎底

第二天吃過早飯，我們來到當地的警局，看見麥克唐納和懷特．梅森正在警官的小會客室裡商談事情。他們面前的公事桌已堆滿許多書信和電報，他們正仔細地整理和摘錄，有三份已經擺在一旁。

「還在追蹤那個神秘的自行車騎士嗎？」福爾摩斯高興地問道，「有什麼最新消息？」

麥克唐納沮喪地指了指那一堆信件，說道：「目前從萊斯特、諾丁罕、南安普敦、德比、東哈姆、里奇蒙德和其他十四處送來了關於這人的報告。其中東哈姆、萊斯特和利物浦三處有對他不利的事實。因此，他實際上已經受到關注了。不過似乎全國各地都有穿著黃色大衣的逃犯似的。」

「老天！」福爾摩斯同情地說道，「現在，麥克先生，還有你，懷特．梅森先生，我願意向你們提出一個非常誠懇的忠告。當我和你們一起研究這件案子時，你們一定還記得，我曾經提出過條件，絕不會對你們發表未經充分證實的見解；我要保留並制定出自己的計畫，直到我認為它們是正確的，這樣我才滿意。因此，目前我還是不想說出我的全部想法。另一方面，我又說過會對各位光明磊落，如果眼睜睜看著你們把精力白白浪費在毫無益處的努力上，那就是我的錯了。所以今天早上我要向你們提出忠告，我的忠告就是：放棄它。」

麥克唐納和懷特．梅森驚奇地張大了眼，盯著他們這位出名的同事。

「你認為本案已經沒希望了嗎？」麥克唐納大聲說道。

「我認為你們這種辦案方式是沒希望的，但並不認為本案無法偵破。」

「可是騎車的人並非子虛烏有，我們有他的外貌特徵、他的手提箱、他的自行車。這個人一定躲在什麼地方，為什麼我們不該緝捕他呢？」

「沒錯，沒錯，無庸置疑，他藏在某個地方，而且我們一定可以抓到他。不過我不想看你們浪費力氣跑去東哈姆或是利物浦這些地方，我相信存在著破案的捷徑。」

「你對我們隱瞞了什麼吧，這就是你的不對了，福爾摩斯先生。」麥克唐納生氣地說道。

「麥克先生，你知道我的工作方式。但是我必須暫時保密，我只是希望先證實我想到的一切細節，這很容易做到；然後我就會告別這裡，返回倫敦，並把我的成果完全留給你們。要是不這樣做，就太對不起你們了。因為在我的事業生涯中，我還想不起有哪件案子比這次更新奇有趣。」

「我簡直無法理解，福爾摩斯先生。昨晚我們從唐橋威爾斯回來看你的時候，你還大致同意我們的判斷。後來究竟發生了什麼事，讓你對本案的看法改觀了呢？」

「好吧，既然你們問我，說出來也無妨。正如我說過的，我昨晚在莊園裡消磨了幾個小時。」

「那麼，發生了什麼事？」

「呃，目前我只能給你們一些無關緊要的答案。順帶一提，我曾讀過一篇介紹資料，是關於這座古老莊園的，它簡略但很有趣。只要花一個便士就可以在當地的煙酒店買到。」

福爾摩斯從背心口袋裡掏出一本小冊子，書皮上印有那座古老莊園的粗糙版畫。

「親愛的麥克先生，當一個人在周圍的古老環境氣氛中深受感染的時候，這本小冊子能讓調查增添情趣。別露出不耐煩的樣子，因為我可以向你們保證，即使是這樣一篇簡短的介紹資料，也可以使人的頭腦浮現出這座古宅的昔日風華。請允許我為你們讀上一段吧：伯爾史東莊園是在詹姆士一世登基第五年時，在一部分古建築的遺址上建造的。它保留了護城河，是詹姆士一世時期的宅邸中最完美的典型——」

「福爾摩斯先生，別捉弄我們了。」

「嘖！嘖！麥克先生！我看出你們已經有些不耐煩了。好吧，既然你們對這個問題不太感興趣，我就不再逐字朗讀了。不過我告訴你們，這裡有一些敘述，談到一六四四年反對查理一世的議會黨人中的一個上校取得了這塊土地；談到在英國內戰期間，查理一世本人曾在這裡藏匿了幾天；最後談到喬治二世也到過這裡；你們會同意這裡面有許多問題都與這座古老別墅有著種種關係。」

「我不懷疑這一點，福爾摩斯先生，不過這與我們的事毫無關係。」

「沒有關係？沒有關係嗎？我親愛的麥克先生，做這一行最重要的基本技巧就是視野必須開闊。各種概念的相互作用以及知識的間接使用始終是非常重要的。請原諒，我雖然只是一個犯罪專家，但至少比你大上幾歲，也許經驗也更多一些。」

「我承認這一點，」麥克唐納懇切地說道，「我承認你有你的道理，可是你做事也未免太拐彎抹角了。」

「好，好，我們姑且把歷史放在一邊，回到當前的事實上來。正如我所說的，昨晚我曾去過莊園。我既沒見到巴克先生，也沒見到道格拉斯夫人，我認為沒有必要打擾他們；不過我很高興地打聽到，這個女人並沒有任何憔悴的樣子，而且剛吃過一頓豐盛的晚餐。我專程去拜訪了那位善良的艾姆斯先生，和他親切地聊了一陣，他終於答應讓我獨自在書房裡待一陣子，不讓任何人知道。」

「什麼！跟那死人一起！」我突然喊道。

「不，不，現在一切正常。麥克先生，我聽說是你同意讓房間恢復原狀的，我在裡面待了十五分鐘，很有啟發性。」

「你做了些什麼？」

「噢，我並沒有把這件簡單的事神秘化，我是在尋找那具遺失的啞鈴。在我對本案的判斷中，它始終顯得相當關鍵。我終於找到了它。」

「在哪裡找到的？」

「呃，我們已經接近真相的邊緣了，讓我繼續進行吧，只要再稍微前進一步，我就能把我所知道的一切對你們說出。」

「好吧，我們只好答應你按照自己的方式去做，」麥克唐納說道，「但你要我們放棄這件案子——那究竟是為什麼呢？」

「理由很簡單，我親愛的麥克先生，因為你們一開始就沒有搞清楚調查對象。」

「我們正在調查伯爾史東莊園的約翰．道格拉斯先生的被害案。」

「是的，是的，是這樣沒錯。但不要浪費心力去搜索那名神秘的自行車騎士了。我向你們保證，這不會對你們有什麼幫助的。」

「那麼，你認為我們該怎樣做？」

「如果你們願意，我可以詳細的告訴你們該做些什麼。」

「好吧，不得不承認，我始終覺得你的那一套古怪作法是有道理的。我一定照你說的去辦。」

「懷特．梅森先生，那你呢？」

這個鄉村偵探茫然地望著我們，福爾摩斯以及他的作風對他來說是那麼地陌生。

「好吧，如果麥克唐納警官認為這樣做最好，那我當然也一樣。」最後他終於說道。

「好極了！」福爾摩斯說道，「嗯，那麼我建議兩位先到鄉間去好好地散步吧。有人對我說，從伯爾史東小山丘一直到維爾德的風景相當好。儘管我對這鄉村不熟悉，無法向你們推薦一家好餐廳，但我想你們一定能找到合適的地方吃午餐。到了晚上，帶著疲累但滿足的身心回到——」

「先生，這個玩笑真是開得太過火了！」麥克唐納生氣地從椅子站起來大叫道。

「好吧，好吧，隨你們高興，怎麼消磨這一天都行，」福爾摩斯說道，高興地拍了拍麥克唐納的肩膀，「你們想做什麼就做什麼，想去哪就去哪；不過，請務必在黃昏以前回到這裡找我，一定要來，麥克先生。」

「這還比較像是一個頭腦清醒的人會說的話。」

「我所說的都是最好的建議，但我不會強迫你們接受。只要在我需要你們的時候出現就行了。不過，現在，在我們分手以前，我想請你寫一張便條給巴克先生。」

「好！」

「如果你沒意見，那我要開始說了。準備好了嗎？」

親愛的先生：

我認為我們有責任排乾護城河裡的水，希望能因此找到一些——

「這不可能！」麥克唐納說道，「我已經調查過了。」

「嘖，嘖，我親愛的先生！寫就對了，照我說的寫下就好。」

「好吧，請接著說。」

——希望能因此找到一些與調查相關的東西。我已經安排就緒，明天清早工人們就會到達，並把河水引走——

「不可能！」

——把河水引走。我想最好還是事先向你說明一下。

「現在簽上名吧，在大約四點的時候派專人送去。那時我們再到這個房間裡見面，在那之前一切自便。我向你們保證，調查可以中止了。」

將近黃昏時分，我們又重新聚集在一起。福爾摩斯的態度非常嚴肅，我懷著好奇的心態，但兩位偵探顯然極為不滿，異常氣惱。

「好吧，先生們，」我的朋友說道，「現在請你們跟我一起去檢查一下線索，然後由你們自己作出判斷，看我的觀察究竟能不能解釋我所做的結論。夜晚天氣很冷，我也不知道要去多久，所以請你們多穿些衣服。最重要的是，我們要在天黑以前趕到現場。如果你們同意的話，我們現在就走。」

莊園的花園四周有欄杆圍著，我們順著花園往前走，直到一個地方，那裡的欄杆有一個缺口，我們穿過缺口溜進花園。在越來越暗的暮色中，我們隨著福爾摩斯走到一片灌木叢附近，幾乎就在正門和吊橋的對面。吊橋還沒有收起來。福爾摩斯蹲下來，躲在月桂樹叢後面，我們三個人也學他蹲了下來。

「好，現在我們要做什麼呢？」麥克唐納唐突地問道。

「耐心等待，盡量不要出聲，」福爾摩斯答道。

「我們到底要在這裡幹什麼？我認為你應該對我們坦承一些！」

福爾摩斯笑了，他說道：「華生常說我是現實生活中的劇作家，我擁有藝術家的情調，執拗地想成就一次完美的演出。麥克唐納先生，如果我們不能讓一場演出擁有輝煌的成果，那我們的人生就真的是單調而令人厭惡的了。試問，直截了當的告發，乾淨俐落的處決——這種結局能造就什麼好戲呢？但敏銳的推理，精密的詭計，對未知的事件作出準確的預測，然後像個勝利者般地證實自己的推斷——這還不足以說明我們的人生是值得自豪的嗎？只有在現在，你們才能享受到獵人等待獵物入網的興奮感，要是它就像一份既定的時間表，那還有什麼好期待的呢？麥克先生，我請你們有點耐心，真相很快就會大白。」

「好吧，我只希望在我們全都凍死以前，能達成你所謂的自豪。」這個倫敦偵探無可奈何地苦笑道。

我們幾個人都很贊成這種迫切的願望，因為我們等了實在太久、太難捱了。暮色逐漸籠罩了這座狹長而陰森的古堡，從護城河裡升起一股陰冷、潮濕的寒氣，使我們感到錐心刺骨，牙齒不住打顫。大門口只有一盞燈，那間不祥的書房裡點著一盞固定的球形燈。四處則一片漆黑，寂靜無聲。

「還要待多久？」麥克唐納突然問道，「我們在等待什麼呢？」

「我不想像你一樣去計較等了多久，」福爾摩斯非常嚴厲地答道，「要是罪犯把他們的犯罪行動安排得像火車時刻表那麼準時的話，對我們來說當然方便得多了。至於我們在等候什麼——瞧，那就是我們在等的東西！」

正說話時，書房中明亮的黃色燈光被一個來回走動的人擋住。我們藏匿的月桂叢正對著書房的窗戶，相距不到一百呎。不久，窗子吱地一聲打開了，我們隱約看到一個人將頭與身子探出窗外，向暗處張望。他鬼鬼祟崇地向前方注視了片刻，彷彿怕被人看到。然後他向前伏下身子，我們在寂靜中聽到河水被攪動的輕微聲響，這個人手裡似乎拿著什麼東西，正在攪著護城河水。後來他突然像漁夫一樣撈起某些又大又圓的東西，就在他將那些東西拖進窗子時，燈光再度被擋住。

「就是現在！」福爾摩斯大聲喊道，「快走！」

我們大家都站了起來，用麻木的雙腿搖搖晃晃地追在福爾摩斯後面。他快速地跑過橋去，用力拉響門鈴。門立時被打開，艾姆斯錯愕地站在門口。福爾摩斯一言不發地將他推開，我們大家也隨他一同衝進屋內，我們一直等候的人就在那裡。

桌上的油燈正拿在塞西爾．巴克的手中，重新放出我們剛才在窗外看到的光芒。看到我們進來，他把燈舉向我們，光線映照在他那堅強、果敢、刮得精光的臉上，他的雙眼冒出怒火。

「你們究竟是什麼意思？」巴克喊道，「你們想找什麼？」

福爾摩斯很快地向周圍掃視了一圈，然後朝塞在寫字台下的一個浸濕的包袱猛撲過去。

「就是在找這個，巴克先生，這個裹著啞鈴的包袱是你剛從護城河裡撈起來的。」

巴克臉上浮現出驚奇的神色，盯著福爾摩斯，「你到底是怎麼知道的？」

「很簡單，因為是我把它丟進水裡的。」

「是你丟進去的？你！」

「也許應該說『是我重新丟進去的』。」福爾摩斯說道。「麥克唐納先生，你記得我提過少了一只啞鈴的事吧？我請你注意它，可是你卻去忙別的事，幾乎沒去重視它，而它本來可以讓你從中得到正確結論的。這房間既然鄰近護城河，而且又遺失一件有重量的東西，那麼就不難想像，它被用來增加某件物品的重量，以使這件物品順利沉到水底，這種推測至少是值得驗證的。因此，昨晚艾姆斯答應讓我留在這房間裡，我在他的幫助下，用華生醫生的雨傘柄把這個包袱鉤上來，而且檢查了一番。」

「然而，最重要的是查出是誰把它丟進水裡的。於是，我們宣布要在明天把河水抽乾，當然，這就迫使那名藏起這個包袱的人不得不把它撈起，而且只有晚上才能行動。我們至少有四個人親眼看見是誰搶先打撈包袱的，巴克先生，我想，現在該輪到你說了。」

夏洛克．福爾摩斯把濕包袱放在桌上的油燈旁，打開捆著的繩索。他從裡面取出一具啞鈴來，放到牆角上另一具的旁邊，然後又抽出一雙長統靴。

「你們看，這是美國式的。」福爾摩斯指著鞋尖說道，一邊把一柄帶鞘的長刀放在桌上。最後他解開一捆衣服，裡面有一整套內衣褲、一雙襪子、一身灰粗呢衣服，還有一件黃色短大衣。

「這些衣服，」福爾摩斯指著說道，「除了這件大衣以外，都是平常的衣物，這件大衣很有啟發性。」

福爾摩斯把大衣舉到燈前，用他瘦長的手指在上面指指點點，並接著說道：「你們看，這件大衣的襯裡有一個這種式樣的寬敞口袋，似乎是為了裝那支截短了的火槍。衣領上有製衣商的標籤——美國維爾米薩鎮的尼爾服飾用品店。我曾在一名修道院長的藏書室裡花了一下午的時間，增長了不少知識；我瞭解到維爾米薩是一個繁榮的小鎮，在美國一個有名的盛產煤與鐵的山谷口。巴克先生，我記得你與我聊到道格拉斯先生的第一位夫人時，曾提到煤礦區的事情。由此不難得出結論：死者身旁的卡片上的V．V．兩個字，可能是代表維爾米薩山谷（Vermissa Valley），或許就是從這個山谷中派出了刺客，而它就是我們聽到的恐怖谷。這已經很清楚了，現在，巴克先生，我似乎妨礙了你把事情說清楚。」

這位偉大的偵探在解說時，塞西爾．巴克的臉上可說是怪相百出，忽而懊惱無比，忽而訝異不已，忽而驚恐萬狀，忽而猶疑不決。最後他語帶挖苦的冷笑道：

「福爾摩斯先生，既然你已經知道得這麼詳細，最好再告訴我們多一點。」

「我當然能告訴你更多了，巴克先生，不過還是你自己講出來比較好。」

「哦，你是這麼想的嗎？好吧，我只能告訴你，如果這其中有什麼秘密的話，那也不是屬於我個人的，想從我這裡套出什麼的話，我只能說，你找錯人了！」

「哼，巴克先生，如果你再用這種態度，」麥克唐納冷冷地說，「那我們只好先拘留你，直到逮捕令下來。」

「隨你們的便！」巴克目中無人地說。

看來很難再從他那裡問出什麼了，只要看一下他那剛毅頑強的面容，就會明白，即使對他嚴刑逼供，也難以讓他違背自己的心意。然而，就在這時，一個女人的說話聲打破了僵局，道格拉斯夫人站在半掩的門外聽到了我們的談話，她緩緩走進房間。

「你對我們仁至義盡了，塞西爾。」道格拉斯夫人說道。「不管結果會怎樣，至少你已經盡力了。」

「不是盡力，是盡力過頭了，」夏洛克．福爾摩斯莊重地說道，「我非常同情你，夫人，但我必須請你信任我們的裁決，並且將一五一十告訴警方。也許我在這方面也有錯，因為你曾透過我的朋友華生醫生向我轉達你有秘密要告訴我，我當時沒有聽信你的暗示，那是由於我認為你與這件犯罪有直接關連。現在我相信絕對不是這麼回事。然而，有許多問題還急待解釋，我勸你還是請道格拉斯先生出來說明他自己的事情。」

聽到福爾摩斯這麼一說，道格拉斯夫人驚恐萬分，忍不住叫出聲來。這時我們看到一個人彷彿穿牆冒出來一樣，忽然從陰暗的牆角出現，走了過來，我和兩名偵探也不由得驚叫一聲。

道格拉斯夫人轉身擁抱了這個人，巴克也握住他伸過來的那隻手。

「這樣最好，傑克，」他的妻子喃喃說道，「我相信這樣是最好的。」

「是的，確實這樣最好，道格拉斯先生，」福爾摩斯說道，「我相信你會發現這樣最好。」

這個人剛從黑暗處走進亮光下，眨著昏花的眼睛望著我們。這是一張非比尋常的臉孔——一雙勇敢剛毅的灰色大眼、剪短了的灰白色鬍鬚、凸出的方下巴，嘴角浮現著一絲幽默感。他細細打量了我們所有人，令我驚訝的是，他竟向我走來，並且遞給我一個紙卷。

「久仰大名，」他說道。那聲調既像英國人，又像美國人，不過卻圓潤悅耳，「你是這些人之中的歷史學家，嗯，華生醫生，我敢拿全部財產打賭，你以前從來沒有得到過你手中的那些故事資料。你可以以自己的方式運用它，只要擁有這些資料，就一定不會讓那些讀者大眾失望的。在我躲藏的兩天之中，我利用白天將這些事寫成了文字，你和你的讀者們可以隨意使用那些材料。那是恐怖谷的故事。」

「這都是過去的事了，道格拉斯先生，」福爾摩斯心平氣和地說道，「而我們希望聽你說說現在的事。」

「我會告訴你們的，先生，」道格拉斯說道，「我可以一邊吸煙一邊說嗎？好的，謝謝，福爾摩斯先生。假如我記得沒錯，你也很喜歡吸煙。你可以想像，要是你在原地蹲坐兩天，明知口袋裡有煙草，卻害怕煙味曝露自己的行跡，那是一種什麼樣的滋味啊！」

道格拉斯倚著壁爐台，抽著福爾摩斯遞給他的雪茄說道：「久聞你的大名，福爾摩斯先生，可是從來沒想過能見到你一面。不過，在你還沒來得及讀完這些資料以前，」道格拉斯朝著我手中的紙卷點了點頭，「你一定會說，我所講的這些真是太新鮮了。」

麥克唐納警官驚訝地注視著這個剛出場的人。

「哎，這真是把我難倒了！」麥克唐納終於大聲說道，「要是你是伯爾史東莊園的約翰．道格拉斯先生，那麼，兩天來我們調查的死者是誰呢？還有，你又是從哪兒突然冒出來的呢？我看你就像玩偶匣中的玩偶一樣，是從地板裡蹦出來的。」

「唉，麥克先生，」福爾摩斯不贊成地搖了搖手指，「你還沒讀過那本出色的地方誌嗎？上面明明寫著查理一世逃亡的事蹟，在那個年代，要是房子沒有一個保險的藏身之處是無法逃過一劫的。用過的藏身之處當然還可以再用。所以我深信，我們能在這所別墅中找到道格拉斯先生。」

「福爾摩斯先生，你一直以來都在捉弄我們！」麥克唐納生氣地說道，「你讓我們白白浪費一大堆時間，去調查那些你早就知道荒謬可笑的事情。」

「我不是一開始就知道的，親愛的麥克先生。我對此案的全部結論也是昨晚才形成的。但必須等到今天晚上才能證實，所以我勸你和你的同事白天先去休息。試問，除此之外我還能怎麼辦呢？當我從護城河裡找出衣物包袱時，我立即想通了，我們所看到的那具屍體根本就不是約翰．道格拉斯先生，而是從唐橋威爾斯來的自行車騎士，不可能再有其他答案了。所以我設法查出約翰．道格拉斯先生本人可能藏在哪裡，最有可能的是他在妻子與朋友的協助下，隱藏在別墅內某個對逃亡者最適宜的地方，等待逃跑的最佳時機。」

「嗯，你的推理很正確，」道格拉斯先生讚許道，「我本來以為自己已經從英國的法律下逃脫了，因為我不認為我能忍受美國法律的判決；而且我還得到了一勞永逸擺脫那些追著我不放的獵狗們的機會。不過，自始至終我都沒做過虧心事，我把我的故事告訴你們，交給你們自行去裁決。警長先生，你不用費心警告我，我絕不會在真理面前退縮的。」

「我不打算從頭開始。一切都寫在這上面了，」道格拉斯指著我手中的紙卷說道，「你們可以看到無數怪誕無稽的奇事，這都能歸納成一點：有一群人出於各種原因與我結怨，於是處心積慮想害死我，只要他們還活著，世界上就沒有我的容身之地。他們從芝加哥一直追到加利福尼亞，終於把我趕出了美國。在我結婚並在這樣一個寧靜的地方安家以後，我以為我可以安穩地度過晚年了。」

「我並沒有向我的妻子提過這些事，我何必把她牽連進去呢？萬一她知道了，一定會難以平靜下來，而且無時無刻地驚恐不安。我猜她已經知道一些情形了，因為我偶爾會無意間吐露出一兩句。不過，直到昨天，在諸位先生看到她之前，她還不知道事情的真相。她把知道的一切都告訴了你們，巴克也是，因為發生案子的那天晚上，時間太倉促，我來不及向他們仔細解釋，現在她才知道這些事，要是我及早告訴她就好了。不過這是一個難題啊！親愛的，」道格拉斯握了握妻子的手，「現在我處理得很好吧？」

「嗯，先生們，在這件事發生以前，有一天我到唐橋威爾斯去，在街上瞥見了一個人。雖然只看到一眼，可是我對這種事一向目光敏銳，立刻認出對方是誰。他正是我所有仇敵中最凶惡的一個——這些年來他一直像餓狼追馴鹿一樣對我窮追不捨。我知道麻煩上門了，於是我回家作了準備，我想我自己完全可以對付他。一八七六年的那段時期，我的好運在美國是眾所皆知的，我毫不懷疑幸運之神仍與我同在。」

「接下來的一整天我都在戒備著，也沒有到花園裡去。這樣比較好，不然的話，在我接近他以前，他就會搶先掏出那支截短的火槍朝我射來。晚上吊橋拉起以後，我的心情平靜了許多，沒有再去想這件事。萬萬沒想到他竟然鑽進屋裡來等候我，當我穿著睡衣，按照平常的習慣進行巡視的時候，還沒走進書房，我就察覺到危險的存在；我想，當一個人面臨生命危險的時候——在我一生中有過數不清的危險，有一種第六感會發出警告。我很清楚地看到了這種信號，雖然我無法解釋為什麼。一瞬間我發現窗簾下露出一雙長統靴，立刻明白發生了什麼事。」

「這時我手中只有一支蠟燭，但房門開著，大廳的燈光很清楚地照進來，我馬上放下蠟燭，跳過去把我放在壁爐台上的鐵錘抓到手。這時他撲到我面前，我只見刀光一閃，便反射性地拿鐵錘向他砸去，刀子噹地一聲掉落地上，我知道我打中了他。他像一條鱔魚般迅速繞著桌子跑開了，沒多久，他從衣服裡掏出槍來，我聽到他已把槍機扣上，但還沒來得及開槍，我已緊緊抓住了他的槍管，我們互相爭奪了快一分鐘，對他來說，鬆開手就等於死路一條。」

「他沒有丟下槍，但槍托始終朝下，這時，不知是我碰到了扳機，還是搶奪過程中槍隻走火，總之，兩筒槍硬生生地轟在他臉上。這傢伙叫做泰德·鮑德溫，我已在唐橋威爾斯認出他，當他向我撲來時又再次認出他，可是現在，恐怕連他的母親都認不得他了。我以前曾見識過許多血腥的場面，可是面對這一副尊容，還是不免令我作嘔。」

「巴克匆忙趕來時，我正倚在桌邊。我聽見妻子的腳步聲，趕忙跑到門外去攔住她，因為這種慘況絕不能讓一個女人看見。我答應馬上到她那裡去，然後又對巴克提了幾句，他馬上就明白是怎麼回事了。於是我們就在現場等著其他人趕到，等了半天卻沒有一個人來，我們猜想他們什麼也沒聽見，剛才這一切只有我們三人知道。」

「這時我忽然靈機一動，並為這個妙計興奮不已。由於這傢伙的袖子捲著，他的手臂上露出一個會黨的標記。看這裡！」

道格拉斯捲起自己的衣袖，讓我們看一個烙印——褐色圓圈裡套著一個三角形，與我們在死者身上看到的一模一樣。

「看到這個標記，讓我頓時恍然大悟。他的身材、頭髮、體形都和我一模一樣，而他的臉則再也沒有人能認出了，可憐的惡魔！我把他這身衣服扒下，和巴克花了十五分鐘把我的睡衣套到屍體上，就像你們看到的那樣躺在地上。我們把他的所有東西包成一個包袱，包進當時手邊找得到的重物，然後把它從窗戶扔出去。他本來打算放在我屍體旁的卡片，則被放在他自己的屍體旁。」

「我又把我的幾枚戒指也套到他的手指上，不過結婚戒指——」道格拉斯伸出他那隻肌肉發達的手來，說道，「你們可以看到，我戴得很緊。從我結婚到現在從來沒有動過它，想取下它，除非用一把銼刀。總之，我忘記當時是否有想到把它銼下來，不過即使想也是辦不到的，所以只好放過這件小細節了。另一方面，我拿來一小塊橡皮膏貼在死者臉上，當時我自己也在那個位置貼了一塊，福爾摩斯先生，這裡你疏忽了，像你這麼聰明的人，如果你當時揭開這塊膏藥，就會發現下面沒有傷痕。」

「嗯，這就是當時的情形。假如我能夠藏匿一陣子，然後再和我的『寡婦』妻子一同離開這裡，我們就能平安地度過餘生了。只要我還活在世上，這些惡魔們就絕不會讓我安寧；可是當他們在報上看到鮑德溫暗殺得手的消息，那麼，我的一切麻煩也會隨之結束。我沒有時間對妻子和巴克解釋清楚，不過他們很有默契，知道如何幫助我。我很瞭解別墅中的藏身之處，艾姆斯也知道，可是他萬萬想不到這個藏身之處會跟這件案子扯上關係。我躲進那個密室裡，其餘的事就交給巴克去做了。」

「我想你們已經猜出巴克後來做了什麼。他打開窗戶，把鞋印留在窗台上，營造凶手越窗逃跑的假象。這當然有些牽強，可是吊橋已經拉起來，沒有別的道路可逃了。等一切都安排就緒以後，他才拚命拉響警鈴。以後發生的事你們都知道了。就這樣，先生們，你們該怎麼做就怎麼做吧，不過我已經把真相都說出來了，千真萬確，全部的真相。現在，請問英國法律會如何處置我？」

大家都默不作聲，夏洛克．福爾摩斯忽然打破了沉寂，說道：「大部分的情況下，英國的法律都是公正的，你不會被冤枉的。可是我想問，這個人是怎麼知道你住在這裡的？他是怎樣進入你家中的？又躲在哪裡想暗算你呢？」

「我什麼都不知道。」

福爾摩斯的面容變得蒼白而嚴肅。

「恐怕這件事還沒結束，」福爾摩斯說道，「你會發現還有比英國刑罰更大的威脅，甚至比你那些從美國來的仇敵更危險。道格拉斯先生，我看在你面前還有不少麻煩。務必記住我的忠告，小心戒備。」

現在，請各位忠實的讀者暫時隨我遠離蘇塞克斯的伯爾史東莊園，也遠離這位約翰·道格拉斯先生的怪事發生的這一年。

讓我們將時間倒退二十年，將地點往西方移動幾千公里，作一次遠遊。那麼，我可以將一件稀奇古怪、駭人聽聞的故事擺在你們面前——這故事是如此地稀奇古怪、駭人聽聞，即使是由我來敘述，即使它是確鑿的事實，你還是會覺得難以置信。

不要以為我在一案未了以前，又介紹起另一件案子。繼續讀下去，就會發現並非如此。在我詳細介紹完這些年代久遠的往事，為各位解決了過去的謎題時，我們還要在貝克街這座公寓裡再次相見，在那裡，這件案子就像其他許多奇異事件一樣，都有著它的結局。

8 奇怪男子

一八七五年二月四日，天氣嚴寒，吉爾莫頓山區積滿深雪。然而，由於出動了蒸汽剷雪機，鐵路依舊暢通無阻，連結煤礦和鐵礦區這條漫長路線的夜車，遲緩地從史塔格威爾平原隆隆地爬上陡峭的斜坡，向維爾米薩谷口的核心地帶維爾米薩鎮駛去。火車行駛到這裡，再向下駛去，經巴頓支路、赫姆達爾，到達農產豐富的莫頓郡。這是條單軌鐵路，不過在每條側線上，無數列載滿煤礦和鐵礦的貨車，說明了此地礦藏的豐富，為美國這個最荒僻的角落帶來了許多粗野的移民，漸漸變得充滿生氣。

過去這是塊荒蕪不毛之地。第一批來這裡詳細考察的拓荒者怎麼也想不到，這片風景如畫的大草原和水草繁茂的牧場，其價值竟然遠不及那些遍佈黑岩石和茂密森林的荒涼土地。山坡上盡是黑得不見天日的密林，再往上是高聳的光禿山頂，白雪和尖石屹立兩側，經過蜿蜒曲折的山谷，這列火車正向上緩緩地蠕動著。

前面的客車剛點起了油燈。一節簡陋的長車廂裡坐著二三十個人，大多數是工人，在山谷底部勞動了一整天後，趕著坐車回去休息。其中至少有十幾個人，從他們積滿塵垢的面孔以及攜帶的安全燈來看，顯然是群礦工。他們坐在一起吸煙，低聲交談，偶而朝對面坐的兩個人瞥上一眼，那兩個人身穿制服，佩戴徽章，說明了他們的警察身份。

車廂裡的其餘旅客，有幾個勞動階層的婦女，還有一兩個可能是當地的小販，除此以外，還有一個年輕人獨自坐在車廂一角。我們的故事正好與這一位有關，因此值得詳細交代一下。

這名年輕人氣宇軒昂，中等身材，不超過三十歲。一雙幽默的灰色大眼不時好奇地迅速轉動，透過眼鏡打量著周圍的人們。不難看出他是一個善於交際、性情坦率的人，熱衷於和所有人交朋友。任何人都可以很快地察覺出他那易於親近的脾氣和愛說話的性格，他頗為機智且經常面帶微笑。但如果細細地觀察這個人，就可以從他的雙唇和嘴角看出剛毅果斷、堅韌不拔的特質，並明白這是一個心機深沉的人，這個有活力的褐髮愛爾蘭青年一定會在他將要進入的環境中盡力使自己出名。

這個年輕人和離他最近的一個礦工搭了一兩句話，但對方的回答既簡短又粗魯，對話很快就中斷了，他抑鬱不快地凝視著窗外逐漸黯淡的景色。

這景色不怎麼令人愉快；天色逐漸變暗，山坡上閃著爐火的紅光，礦渣和爐渣堆積如山，隱隱呈現在山坡兩側，煤礦的豎井聳立其上。沿線到處是零星的低矮木屋，窗口燈光閃爍，隱約透出整個輪廓。不時顯現的停車站擠滿了皮膚黝黑的乘客。

維爾米薩盛產煤鐵的山谷不是上流階層和有文化的人會來往的地方。這兒到處是為了生存而與環境搏鬥的嚴竣痕跡，進行著原始的粗笨勞動，從事的人大多是粗野而健壯的工人。

年輕的旅客眺望著這個小鎮的淒涼景象，臉上浮現不快和好奇的樣子，看得出這地方對他相當陌生。他不時從口袋中掏出一封信來瞧瞧，並在信的空白處潦草地寫下一些字。有一次他從身後掏出一樣東西，很難相信那是像他這樣溫文儒雅的人該擁有的——一把最大尺寸的海軍左輪手槍。當他把手槍側向燈光時，彈輪上的銅彈閃閃發光，顯示槍內裝滿了子彈。他很快地把槍放回口袋裡，但已被一個鄰座的工人看到了。

「嗨，老兄，」這個工人說道，「你看來有所戒備啊。」

年輕人不自然地笑了笑。

「是啊，」他說道，「在我來的地方，我們有時會用到它。」

「那是哪裡？」

「我剛從芝加哥來。」

「你對這裡還不熟悉吧？」

「是的。」

「你會發現在這裡也用得到它。」這個工人說道。

「噢！真的嗎？」年輕人似乎很關心地問道。

「你沒聽說這附近曾出過事嗎？」

「沒聽過什麼不正常的。」

「嘿！這裡出的事可多了，很快你就會聽個夠。你為了什麼來到這裡？」

「我聽說在這裡很容易找到工作——只要你願意。」

「你是工會裡的人嗎？」

「當然。」

「那你一定能找到工作，我猜。你有朋友嗎？」

「還沒有，不過我總有辦法交到朋友。」

「怎麼交？」

「我是自由人會的成員，它的分會遍佈所有城鎮，只要有分會我就能交到朋友。」

這一席話讓對方產生了奇怪的反應，那名工人疑慮地朝車上其他人掃視了一眼，看到礦工們仍在低聲交談，兩個警員正在打盹。他走過來，緊挨著年輕旅客坐下，伸出手來。

「把手放在這。」

兩個人握了握手核對暗號。

「我看得出你說的是實話。不過還是弄清楚比較好。」

他舉起右手，放到他的右眉邊。年輕人立刻舉起左手，放到左眉邊。

「黑夜是不愉快的。」這名工人說道。

「正是，對旅行中的陌生人來說。」年輕人回答道。

「太好了。我是維爾米薩山谷三四一分會的史坎蘭弟兄，很高興在這裡遇到你。」

「謝謝你。我是芝加哥二十九分會的約翰．麥克默多弟兄，身主J．H．史考特。不過我很幸運，這麼快就遇到了一位弟兄。」

「哦，附近有很多我們的人。你可以看到，本會在維爾米薩山谷的勢力雄厚，是美國其他地方比不上的，不過我們正需要像你這樣的小伙子。真搞不懂，像你這樣朝氣蓬勃的工會成員，為什麼在芝加哥找不到工作呢？」

「我找到過很多工作。」麥克默多說道。

「那你為什麼離開？」

麥克默多朝著兩名警察的方向點了點頭，笑著說道：「我想，這些傢伙要是知道了，肯定會很高興的。」

史坎蘭同情地應了一聲。「有什麼麻煩事嗎？」他低聲問道。

「很麻煩。」

「是犯罪嗎？」

「還有其他的。」

「不是殺人吧？」

「現在說這些還太早，」麥克默多說道，露出因說溜了嘴而驚恐的樣子，「我離開芝加哥當然有充分的理由，不需要你管。你是哪位？憑什麼對我的事追根究柢？」

麥克默多灰色的雙眸在眼鏡下突然射出氣憤的凶光。

「好吧，老兄。請不要見怪，人們不會以為你做過什麼壞事的。你現在要去哪？」

「維爾米薩。」

「再三站就到了。你準備住在哪？」

麥克默多掏出一個信封來，把它湊近昏暗的油燈旁。

「這就是地址——謝利登街，雅各．夏夫特。這是我在芝加哥認識的一個人介紹我的公寓。」

「噢，我不知道這間公寓，我對維爾米薩不太熟。我住在哈布森領地，現在就快到了。不過，在我們分手以前，我要奉勸你一句話，如果你在維爾米薩遇到困難，你就直接到工會去找麥金蒂老大。他是維爾米薩分會的身主，在這裡，沒有布萊克．傑克．麥金蒂的許可，是不會出什麼事的。再見，老弟，或許某天晚上我們能夠在分會裡見面。不過請記住我的話：如果你遇到困難，就去找麥金蒂老大。」

史坎蘭下車了，麥克默多又重新陷入沉思。現在天已完全黑了，黑暗中高爐噴出的火焰如跳躍著發出閃光。在紅光映照中，一些黑色的身影隨著起重機或捲揚機的動作，在鏗鏘聲與轟鳴聲的旋律下，不停地彎腰、用力、扭動、轉身。

「我想地獄一定就是這個樣子。」有人說道。

麥克默多轉過身來，看到一個警員動了動身子，望著外面爐火映紅的荒原。

「就這一點來說，」另一個警員說道，「我認為地獄一定像這個樣子，我不認為那裡的魔鬼會比我們知道的更壞。年輕人，我想你剛到這地方吧？」

「嗯，我剛到這裡又怎樣？」麥克默多無禮地答道。

「是這樣的，先生，我建議你交友謹慎些。如果我是你，絕不會一開始就和麥克．史坎蘭或他那一幫人結交。」

「我和誰交朋友關你什麼事！」麥克默多厲聲罵道，他的聲音驚動了車廂內所有的人，大家不約而同注視著這場爭吵，「我有叫你給我建議嗎？還是你認為我是個笨蛋，不聽你的建議就寸步難行？有人跟你說話你再開口，如果我是你，嘿！還是乖乖閃一邊去吧！」

他惡狠狠地瞪著員警，咬牙切齒，像一隻狂吠的狗。

這兩個老練溫厚的警員對自己善意的勸告遭到如此強烈的拒絕，不免大吃一驚。

「請別見怪！先生，」一個警員說道，「看你初來乍到，我們給你一些勸告也是出於好意。」

「我的確是初來乍到，但我對你們這種貨色並不陌生，」麥克默多無情地怒吼道，「我說你們根本是一丘之貉，收起你們的好心吧，沒人需要它。」

「我們很快就會再見面的，」一個警員冷笑道，「如果我是法官，我敢說你真是萬中選一的善良老百姓。」

「我也這樣想，」另一名警員說，「我想我們後會有期。」

「我才不怕你們，你們也休想嚇唬我。」麥克默多大喊道。

「我叫做傑克·麥克默多，記住了嗎？想找我的話，儘管來維爾米薩謝利登街的雅各·夏夫特公寓，我絕不會躲著你們，不管白天晚上，我隨時奉陪——千萬別忘了！」

對於一名新人的這種大膽舉動，一旁的礦工們忍不住感到同情和喝采，並低聲議論著。兩名員警無可奈何地聳了聳肩，又互相竊竊私語。

幾分鐘以後，火車開進一個燈光黯淡的車站，這裡有一片空地，因為維爾米薩是這條鐵路上最大的城鎮。麥克默多提起皮革旅行袋，正準備向暗處走去，一個礦工走上前和他攀談起來。

「哈！老兄，你真懂得怎樣跟這些條子講話。」他欽佩地說道。「聽你講話真令人痛快！我來幫你拿行李，幫你帶路。我回家的路上正好經過夏夫特公寓。」

他們從月台走過來時，其他礦工都友善地齊聲向麥克默多道晚安。所以，儘管還沒在這個地方立足，麥克默多這個不良份子已在維爾米薩建立起知名度了。

鄉村是恐怖的地方，可是從某種程度上來說，城鎮更令人沉悶。但在這狹長的山谷中，至少有一種陰沉的壯觀之感——烈焰映天，煙雲變幻，無數有力與勤勞之人在這些小山上創造了令人讚嘆的不朽基業，這些小山都是那些人在巨大的坑道旁堆積而成的。但城鎮卻顯得醜陋和骯髒，來往的車輛把寬闊的大街軋出許多泥濘不堪的車痕；人行道狹窄而崎嶇難行；許多煤氣燈僅僅照亮一排木板房，每座房屋都有臨街的陽台，既雜亂又汙穢。

麥克默多和那名礦工走進了市中心，一排店鋪散發著光線，那些酒館、賭場更是燈火通明，礦工們則在那裡大手大腳地揮霍他們用血汗掙來的錢。

「這就是工會，」這名嚮導指著一家像旅社的高大酒館說道，「傑克·麥金蒂是這裡的老大。」

「他是個怎麼樣的人？」麥克默多問道。

「什麼！你從沒聽說過老大的名號嗎？」

「你知道我對此地很陌生，我怎麼會聽過他呢？」

「噢！我以為工會裡的人都知道他的名字呢，他的大名經常上報。」

「為什麼呢？」

「這個嘛——」這個礦工放低了聲音，「發生了一些事。」

「什麼事？」

「老天！先生，說句失禮的話，你可真是個怪人，在這裡你只會聽到一種事，那就是死酷黨的事。」

「為什麼？我在芝加哥好像聽說過死酷黨，他們是群殺人凶手對嗎？」

「噓！別說了！千萬別說了！」這個礦工惶惑不安地站著，驚訝地注視身旁這名同伴，大聲說道：「老兄，要是你在大街上這樣亂講話的話，那你在這裡就活不長了，很多人已經為了比這更微不足道的事丟了小命。」

「哦，我對他們一無所知，這些都只是聽說的。」

「不過，我不是說你聽到的並非事實。」這個人一面說，一面忐忑不安地向四周張望了一番，然後緊緊盯著暗處，就像怕看到什麼隱藏的危險一樣，「如果每件死亡都跟凶殺有關的話，那麼，天知道到底有多少凶殺案！不過你千萬別把這和傑克．麥金蒂的名字連在一起。因為不論是多小的耳語都會傳入他的耳中，麥金蒂可是睚眥必報的。好了，那就是你要找的房子，就是街後的那一間。你會發現屋主老雅各．夏夫特是本地的一個老好人。」

「謝謝你，」麥克默多和他剛認識的同伴握手告別。他提著旅行包，步履沉重地走在通往那座住宅的小路上，在門前用力敲了門。

門立刻打開，可是開門的人卻出乎他意料之外。那是一位年輕、美貌的德國女子，有著白皙的皮膚與一頭金髮，那雙美麗烏黑的大眼睛驚奇地打量著來客，白嫩的臉蛋嬌羞得泛出紅暈。在門口明亮的街燈下，麥克默多彷彿感覺從來沒有見過如此美麗的身姿；她與周圍汙穢陰暗的環境形成鮮明的對比，顯得更加動人。即使在這些黑煤渣堆上長出一支紫羅蘭，也不會像眼前的女子那麼讓人驚奇，他不由得神魂顛倒地愣在原地。最後，這名女子打破了沉寂。

「我還以為是父親呢，」她以一種德國口音嬌聲說道，「你是來找他的嗎？他到鎮上去了。我正在等他回來呢！」

麥克默多仍痴痴地望著她，那名女子在這名突來的訪客前慌張地低下了頭。

「不是的，小姐，」麥克默多終於開口說道，「我不急著找他。可是有人介紹我到你家來住。我想這裡對我很合適，現在我更明白它的合適了。」

「你也決定得太快了。」女子微笑著說。

「除非瞎了，不然任誰都會這麼決定的。」麥克默多答道。

姑娘聽到這些讚美，不禁嫣然一笑。

「先生，請進，」她說道，「我叫艾媞．夏夫特，是夏夫特先生的女兒。我的母親早逝，由我管理家務。你可以坐在前廳火爐旁等我父親回來。啊，他來了，有什麼事你找他商量吧。」

一個老人從小路上慢慢走過來。麥克默多簡短說明了來意，是芝加哥一個名叫墨菲的人介紹他來這裡，這個地址則是另一個人告訴墨菲的。老夏夫特一口答應，麥克默多也未對房租討價還價，交易當場就成立了。他顯然很有錢，預付了每週七美元的食宿費。

於是，這個大膽自稱逃犯的麥克默多，開始住在夏夫特家裡。這最初的一幕將引發一連串漫長而暗淡的風波，直到在天涯的異國收場。

9 身主

麥克默多很快就讓自己出了名，無論他到哪裡，周圍的人立刻就知道了。不到一週，麥克默多已成為夏夫特公寓一名極為重要的人物。這裡有十到十二個房客，不過他們大多是誠實的工頭或一般的商店店員，與這個年輕的愛爾蘭人性格完全不同。每到晚上，他們聚在一起，麥克默多總是談笑風生，伶牙俐齒，歌聲也異常出色。他是一個天生的好朋友，有股魔力能讓周圍的人感到心情舒暢。

但他也會不時像在火車上那樣，表現出超凡的智慧與突如其來的暴怒，使眾人敬畏不已。他從來不把法律和執法者放在眼裡，這使他的一些同居人感到痛快，卻也使另一些人感到不安。

他的行為一開始就相當高調。他曾公然讚美道，打從他看到屋主的女兒那美貌的容顏與嫻雅的身姿起，她就俘獲了他的心。他不是一個躊躇不前的追求者，入住第二天他就向女孩傾吐了愛意，從此以後，更是無時無刻地提起這一點，完全不畏懼她會說些什麼令他灰心喪氣的話。

「難道還有別人嗎！」他大聲說道，「好，這傢伙會倒大楣的！叫他走著瞧吧！你認為我會輕易地把一生的幸福和心愛的人讓給他嗎？你可以繼續說『不』，艾媞！但總有一天你一定會說『好』的，我還年輕，沒什麼不能等的。」

麥克默多是一個危險的追求者，他有一張愛爾蘭人能言善道的嘴和一套連哄帶騙的手段。他還有豐富的經驗和神秘莫測的魅力，頗能討女性歡心，並博得她們的愛情。他談起他的出生地莫納漢郡那些可愛的山谷、談到引人入勝的遠方島嶼、低矮的小山和綠油油的湖邊草地；在這種遍佈塵埃和積雪的地方想像那裡的景色，更令人對它心往神馳。

然後他把話題轉到北方的都市生活，他熟悉底特律和密西根一些伐木區的新興市鎮，最後還去過芝加哥。他提到曾在那裡的一家鋸木廠工作，隨後又暗示性地說起一些風流韻事，以及在那個大都會遇到的奇事，這些事是那麼離奇且神秘，簡直非言語所能表達。他有時會若有所思地轉移話題，有時談話突然中斷，有時又飛到一個神奇的世界，最後以這沉悶而荒涼的山谷做結尾。艾媞靜靜地聽著他的故事，她那雙烏黑的大眼裡閃著憐憫與嚮往的神色，而這兩種心情很快就不可避免地、迅速而自然地轉變成愛情。

麥克默多是一個受過良好教育的人，他順利地找到了一個記帳員的臨時工作。這佔去了他大部分的白晝時間，因此他無暇去向自由人分會的頭目報到。一天晚上，他在火車上認識的同伴麥克．史坎蘭來拜訪他，才提醒了麥克默多這件事。史坎蘭是個身體瘦弱、膽小怕事的人，他很高興又見到了麥克默多。喝了一兩杯威士忌以後，史坎蘭說明了來意。

「喂，麥克默多，」史坎蘭說道，「我記得你的地址，所以冒昧地來找你，我很驚訝你竟然還沒去找身主報到。你為什麼不去拜會麥金蒂老大呢？」

「呃，我忙著找工作，太忙了。」

「如果你沒有其他事的話，請一定要找時間去見他。天哪，老兄，你到這裡的第一天早上竟然沒有去工會登記，簡直是瘋了！要是你得罪了他，唉，千萬不要——話就說到這裡吧！」

麥克默多有點驚奇，說道：「史坎蘭，我入會兩年多了，可是從來沒聽過必須履行這麼緊急的義務。」

「也許在芝加哥不是這樣。」

「哦，但那是相同的組織。」

「是嗎？」史坎蘭直盯著他，眼裡射出凶光。

「不是嗎？」

「這些事你可以在未來的一個月慢慢跟我說。我聽說在我下車以後，你曾和警察發生過爭吵。」

「你怎麼知道的？」

「噢！在這裡，好事和壞事都傳得特別快。」

「好吧，沒錯，我把我對這些傢伙的看法告訴了他們。」

「老天！你一定能成為麥金蒂的心腹的！」

「什麼？他也討厭這些警察嗎？」

史坎蘭忍不住爆笑出來。

「快去見他吧，我的老兄，」史坎蘭在起身告辭時對麥克默多說道，「如果你不去見他，那他就不是恨警察，而是恨你了。現在，請你接受一個朋友的建議，馬上去見他吧！」

很巧地，就在當晚，麥克默多遇到一個更緊急的情況，使他不得不這麼做。也許因為他對艾媞的關心日益明顯，也許這種關心逐漸被好心的德國房東觀察出來。無論如何，房東將年輕人叫到自己房中，開門見山地提出了疑問。

「先生，據我看來，」他說道，「你愛上我的艾媞了，是嗎？還是我誤會了？」

「是的，正是如此。」年輕人答道。

「哦，那我現在就跟你直說吧，這是沒用的。在你之前已經有人捷足先登了。」

「她也這麼對我說過。」

「很好，那你應該知道她說的是實話。不過，她有告訴你這個人是誰嗎？」

「沒有，我問過她，但她不肯告訴我。」

「我想也是，這個小丫頭。也許她不希望把你嚇跑。」

「嚇跑！」麥克默多頓時火冒三丈。

「噢！是的，我的朋友！就算怕他也沒什麼好丟臉的。這個人是泰德．鮑德溫。」

「這個惡魔是誰？」

「他是死酷黨的一個首領。」

「死酷黨！我聽說過他們。大家總是竊竊私語，彷彿他們無所不在一樣！你們在怕什麼呢？死酷黨到底是一群什麼人？」

房東像每個人談起那個恐怖組織時一樣，本能地壓低了聲音。

「死酷黨，」他說道，「就是自由人會。」

「什麼！」年輕人嚇了一跳，說道，「我就是自由人會的成員。」

「你！要是我早就知道，絕不會讓你住在這裡——即使你每星期給我一百美元也一樣！」

「自由人會有什麼不好？會章的宗旨是博愛和增進友誼啊！」

「其他地方可能是，在這裡卻不是！」

「它在這裡是怎麼樣的？」

「一個暗殺組織，就這樣。」

麥克默多不置可否地笑了笑。

「你有什麼證據？」

「證據！這裡還怕找不出五十樁暗殺做證據嗎！像密爾曼和范．休斯特，還有尼可森一家、老海厄姆先生、小比利．詹姆士以及其他那些人，這不都是血淋淋的證據嗎？要證據是吧！這個山谷裡難道有任何一個人不認識死酷黨嗎？」

「慢著！」麥克默多急著插嘴道，「我希望你收回這些話，或是向我道歉！只要你做到其中一項我就搬走。站在我的立場想想吧！我只是一個外地人。雖然我的確是成員之一，可是我只知道它是一個合法的組織，你可以在全國各地找到它，但總之是一個合法組織。現在，正當我打算加入這裡的分會時，你卻說它根本是一個殺人的組織，叫做『死酷黨』。我認為你應該向我道歉，不然的話，就請你解釋清楚，夏夫特先生。」

「我只能說全世界都知道這件事，先生。自由人會的首領就是死酷黨的首領，假如你得罪了其中一個，另外一個就會報復你。我們的證據太多了。」

「這只是一些謠言！我要的是證據！」麥克默多說道。

「假如你在這兒住得久一點，你很快就會自己找到證據了。不過我忘了你也是他們的一員，你很快就會變得和他們一樣壞了。請你搬到別處去，先生，我不能再留你住在這兒了。一個死酷黨人來勾引我的艾媞，而我不敢拒絕，這已經夠糟的了，難道我還能再收另一個來當我的房客嗎？沒錯，就是這樣，今晚過後，請你馬上離開。」

麥克默多這才意識到，他不僅要被趕出舒適的住處，而且被迫離開心愛的女孩。就在當晚，他發現艾媞獨自一人坐在房裡，便向她傾訴了自己的不幸遭遇。

「當然，你父親已經警告過我，」麥克默多說道，「如果這只是住宿問題就算了，不過，老實說，艾媞，雖然我認識你僅僅一個星期，你已經是我生命中不可缺少的一部分了，離開你我活不下去啊！」

「噢！別說了，麥克默多先生！別這麼說！」女孩說道，「我說過，我不是說過嗎？你來遲一步了。已經有另外一個人，即使我沒有答應馬上嫁給他，至少我絕不能再嫁給其他人了。」

「要是我先向你求婚，艾媞，那樣可以嗎？」

女孩雙手掩面，啜泣道：「天哪，我多麼希望是你先來求婚的啊！」

麥克默多當即跪在她的面前，大聲說道：

「看在上帝的份上，艾媞，就這麼辦吧！難道你願意為了一個隨便的承諾毀了我倆一生的幸福嗎？我的摯愛，就照你所想的去做吧！你知道你剛才說的代表什麼，這比任何的承諾都要可靠。」

麥克默多把艾媞雪白的小手放在自己兩隻健壯有力的褐色大手中間。

「說你是我的！讓我們同心協力應付難關。」

「我們不會留在這裡吧？」

「不，就留在這裡。」

「不！不！傑克！」她在麥克默多的懷裡說道，「絕不能留在這裡。你能帶我遠走高飛嗎？」

麥克默多臉上一瞬間露出猶豫不決的樣子，但最後還是表現出堅毅果敢的眼色。「不，留在這裡，」他說道，「我會保護你的，艾媞，只要你留在我身邊。」

「為什麼我們不一起離開呢？」

「不，艾媞，我不能離開這裡。」

「到底是為什麼呢？」

「假如我表現得像是落荒而逃的，那我會再也抬不起頭來。再說，這裡又有什麼可怕的呢？我們難道不是自由國家的公民嗎？如果你愛我，我也愛你，誰敢從中攪局呢？」

「你不瞭解，傑克，你來這裡的時間太短了。你還不瞭解這個鮑德溫，你也不瞭解麥金蒂和他的死黨。」

「是的，我不瞭解他們，可是我不怕他們，我也不相信他們！」麥克默多說道，「我是在流氓群中混過的，親愛的，我不只不怕他們，相反地，他們一向怕我——一向如此，艾媞。這真是太不可思議了！要是這些人真的像你父親說的那樣，在這山谷中為非作歹，而大家又知道他們的名字，那怎麼沒有一個人受到法律制裁呢？回答我，艾媞！」

「因為沒有人敢出面作證。如果去作證，恐怕連一個月也活不了。還有，他們的同黨很多，總是出來作偽證，好幫助被告脫罪。傑克，這些事你總有一天會看出來的！我知道美國的每家報紙都有報導過。」

「沒錯，我的確看過一些，但我一直以為那只是捏造出來的。也許他們有某種苦衷，也許因為受了冤屈，不得已才這麼做的。」

「唉，傑克，我不想聽這種話！他也是這麼說的——那個人！」

「鮑德溫——他也這麼說是嗎？」

「就因為這樣我才討厭他。啊！傑克，我現在可以告訴你實話了，我打從心裡討厭他，可是又怕他。我為了自己而害怕，不過我最擔心的還是我父親。我知道，要是我跟他說出真心話，那我們父女倆就要遭殃了。所以我才半推半就地敷衍他，這是我們父女僅存的希望了。只要你能帶我遠走高飛，傑克，我們可以把父親也帶走，永遠擺脫這些壞蛋的威脅。」

麥克默多臉上再次露出躊躇不決的神色，但很快又斬釘截鐵地回答道：

「你不會遭殃的，艾媞，你父親也是。要比壞的話，只要我們還活著，你會發現我比他們之中最凶惡的人還要可怕呢！」

「不，不，傑克！我完全相信你。」

麥克默多苦笑道：「天啊，你對我太不瞭解了！親愛的，你那純潔的靈魂甚至想像不到我經歷過的事。可是——喂！誰來了？」

門突然打開了，一個年輕的傢伙以主人的姿態大搖大擺地走進來。這是一個面目清秀、衣著華麗的年輕人，年齡與體形跟麥克默多相近，戴著一頂大沿黑氈帽，進門連帽子也懶得脫掉，俊秀的面孔長著一雙凶狠拔扈的眼睛與彎曲的鷹鉤鼻，粗暴無禮地瞪著坐在火爐旁的這對男女。

艾媞馬上跳了起來，不知所措。

「很高興看到你，鮑德溫先生，」她說道，「你來得比我預期的要早一些，過來坐吧。」

鮑德溫雙手叉腰站在原地看著麥克默多。

「這傢伙是誰？」他無禮地問道。

「鮑德溫先生，這是我的朋友，新房客麥克默多先生，我可以把你介紹給鮑德溫先生嗎？」

兩個年輕人相互敵視地點了點頭。

「也許艾媞小姐已經把我們的事告訴你了？」鮑德溫說道。

「我不知道你們有什麼關係。」

「不知道嗎？好吧，現在你應該知道了。我可以告訴你，這個女孩是我的。今晚天氣很好，去散個步如何？」

「謝謝，我沒有心情散步。」

「不去？」那人一雙大眼迸出火花，「你準備好決鬥了對吧，房客先生？」

「正是，」麥克默多一躍而起，大聲喊道，「我一直在等你這麼說！」

「看在上帝的份上，傑克！唉，看在上帝的份上！」可憐的艾媞慌張地喊道，「唉！傑克，傑克，他會殺掉你的！」

「哼，你叫他『傑克』是嗎？」鮑德溫咒罵道，「看樣子你們已經相當親密了是吧？」

「噢，泰德，理智點吧！仁慈點吧！看在我的面子上，泰德，假如你還愛我，就發發慈悲放過他吧！」

「我想，艾媞，如果你讓我倆單獨留下來，我們可以解決這件事的，」麥克默多平靜地說道，「否則，鮑德溫先生，你可以跟我一起到街上去，今天夜色很美，附近街區有許多空曠的場地。」

「我甚至不必弄髒我的手就可以幹掉你！」他的敵手說道，「在我宰掉你以前，你會後悔不該進來這個房間的。」

「現在就放馬過來吧！」麥克默多喊道。

「我會選個更好的時機，先生，走著瞧吧。看看這裡！」鮑德溫突然挽起袖子，指了指前臂上烙的一個奇怪標記——一個圓圈裡面套著三角形，「你知道這代表什麼嗎？」

「我不知道，也不想知道！」

「好，你會知道的，我敢保證你活不了多久了。也許艾媞小姐會告訴你這些事，說到你，艾媞，到時你要跪著來見我，明白了嗎？丫頭！雙膝跪地！那時我會告訴你應該受什麼樣的懲罰。你既然敢違抗我，就要付出應有的代價！」他狂怒地瞪了這兩個人，轉身就走，轉眼間大門砰地一聲關上了。

麥克默多和女孩在原地呆站了一會兒，然後她伸開雙臂緊緊摟住了他。

「噢，傑克，你真是勇敢！可是這沒用——你一定要逃走！今晚就走，傑克，今晚就走！這是你唯一的機會了。他一定會害你，我從他那凶惡的眼神中看得出來，你對付不了他們那麼多人的！再說，他們背後還有麥金蒂老大和分會的一切勢力呢！」

麥克默多掙開她的雙手，親吻了她，溫柔地把她扶到椅子上坐下。

「親愛的，請不要為我擔心，我在那裡也是一名會員，我已經告訴你父親了。也許我並不比他們當中的人好多少，所以你也不要把我當成好人，或許你也會恨我的。現在我已經都告訴你了。」

「恨你？傑克！只要我還活著，就永遠不會恨你的。我聽說除了此地，在哪裡加入自由人會都沒關係，我怎麼會因此當你是壞人呢？可是你既然是自由人會的一份子，傑克，為什麼你不去和麥金蒂結交呢？噢，趕快，傑克，趕快！你要先去告狀，要不然這條瘋狗絕不會放過你的。」

「我也這麼想，」麥克默多說道，「我現在就去準備一下。你可以告訴你父親，我今晚會住在這裡，明早就去找別的住處。」

麥金蒂酒館的吧台像往常一樣擠滿了人。因為這裡是鎮上所有酒鬼無賴的樂園。麥金蒂很受愛戴，因為他的性情快活粗獷，掩蓋了他的真實面目。不過，姑且不說他的名望，光是全鎮以至山谷方圓三十哩的居民對他的畏懼，就足以讓他的酒館人滿為患了，因為誰也不敢怠慢他。

人們都知道他的手腕毒辣，除了那些秘密勢力以外，麥金蒂還是一個高級政府官員、市議員、路政長官，這都是那些流氓地痞為了獲得庇護而投票給他的關係。在他的治理下，苛捐雜稅越來越重；社會公益事業無人管理，乃至聲名狼藉；到處對查帳人士進行賄賂，讓帳目矇混過關；正派的市民都害怕他們公開的敲詐勒索，並且都噤若寒蟬，生怕大禍臨頭。

就這樣，一年又一年，麥金蒂老大的鑽石別針變得越來越絢麗奪目，那極端豪華的背心下露出的金錶鏈也越來越重，他在鎮上經營的酒館規模也越來越大，幾乎佔據了一側的市場。

麥克默多推開了酒館時髦的店門，走進裡頭的人群。酒館裡煙霧瀰漫，酒氣熏天，燈火輝煌；四面牆上巨大而光亮的鏡子反映並增添了鮮豔的色彩。一些穿著短袖襯衫的侍者正忙碌著，為那些站在寬闊的金屬櫃台旁的遊民懶漢調配飲料。

在酒店的另一端，一個身材魁梧的人側身倚在櫃台旁，一支雪茄從他嘴角斜伸出來形成一個銳角，這不是別人，正是大名鼎鼎的麥金蒂本人。他是一個黝黑的巨人，滿臉落腮鬍，一頭烏黑蓬亂的頭髮直披到衣領上。

他的膚色如同義大利人一般，雙眼黑得驚人，輕蔑地斜視著，讓那副外表顯得格外陰險。

當任何一個人看到他那勻稱的體形、不凡的相貌，以及坦率的性格，都會被他所假裝出來的那種快活、誠實的模樣所騙。人們會說這是一個老實率真的人，他的心地忠實善良，不管他說起話來多麼粗魯。只有當他那雙陰沉而殘忍的烏黑眼睛瞄準一個人時，才會使對方畏縮成一團，感到他正面對著一股無限的潛在危機，它的背後隱藏著實力、膽量和狡詐，讓這種危機顯得更加致命。

麥克默多仔細地打量了一下他要找的人。他跟平常一樣，以滿不在乎又氣勢凌人的姿態擠上前去，推開那一小堆阿諛奉承的人，他們正極力諂媚中間那位權傾一時的首領，對他所說的無趣笑話捧腹大笑。這名年輕的來客那雙威武的灰色眼睛透過眼鏡，無所畏懼地與那對嚴厲地望著他的烏黑眼睛對視著。

「喂！年輕人。我想不起你是誰。」

「我是新來的，麥金蒂先生。」

「你難道沒有對一個紳士稱呼他高貴頭銜的習慣嗎？」

「他是麥金蒂參議員，年輕人。」人群中一個聲音說道。

「很抱歉，參議員，我不懂這裡的習慣。可是有人要我來見你。」

「哦，來見我的是嗎？我就坐在這裡。你覺得我是怎麼樣的一個人？」

「這個嘛，現在下結論還太早了，但願你的心胸能像你的身體一樣寬闊，你的靈魂能像你的面容一樣善良，那麼我就別無所求了。」麥克默多說道。

「老天，你有一副愛爾蘭人的好口才！」這個酒館的主人大聲說道，不知道他的這番話是在遷就這位大膽放肆的來客，還是在維護自己的尊嚴。

「所以你覺得我的外表還合你的意。」

「當然了。」麥克默多說道。

「有人叫你來見我？」

「是的。」

「誰說的？」

「是維爾米薩三四一分會的史坎蘭兄弟。我祝你健康，參議員先生，並為我們友好的相識乾杯。」麥克默多拿起一杯酒，翹起小拇指，把它舉到嘴邊一飲而盡。

麥金蒂仔細觀察著麥克默多，揚起他那濃黑的雙眉。

「哦，看起來挺像一回事，是吧？」麥金蒂說道，「我還要再好好測驗一下，你叫——」

「麥克默多。」

「——再好好測驗一下，麥克默多先生，因為我們不會輕易收人，也不會完全相信別人說的話，請跟我到酒吧的後面去一下。」

兩人走進一間小房間，周圍排滿了酒桶。麥金蒂小心地關上門，坐在一個酒桶上，若有所思地咬著雪茄，那雙眼睛骨碌碌地打量眼前這個年輕人，一言不發地坐了兩分鐘。

麥克默多一臉微笑地接受著麥金蒂的審視，一隻手插在大衣口袋裡，另一隻手撚著他的褐色小鬍子。麥金蒂突然彎下腰來，抽出一支模樣嚇人的手槍。

「喂，老兄！」麥金蒂說道，「假如讓我發現你跟我們玩什麼花招的話，那就是你的死期了。」

「這種歡迎方式對一位自由人分會的身主來說，可真少見。」麥克默多莊重地回答道。

「嘿，我正是要你拿出身份證明來呢！」麥金蒂說道，「要是你辦不到，那就別怪我了。你在哪裡入會的？」

「芝加哥第二十九分會。」

「什麼時候？」

「一八七二年六月二十四日。」

「身主是誰？」

去？」

「詹姆士．H．史考特。」

「地區的議長是誰？」

「巴托羅繆．威爾遜。」

「哈！你在這場測驗中表現得很不錯呀。你在那裡幹什麼？」

「像你一樣，作工，不過是件窮差事罷了。」

「你回答得很乾脆啊！」

「是的，我總是對答如流的。」

「你辦事也快嗎？」

「認識我的人都這麼說。」

「很好，不久後我們就會測試你，對於此地分會的情況，你聽說了什麼嗎？」

「我聽說它總是廣納英雄好漢。」

「你說的沒錯，麥克默多先生。你為什麼離開芝加哥呢？」

「這件事我不能告訴你。」

麥金蒂睜大眼睛，他從未聽到這麼無禮的回答，不由得感到有趣。

「為什麼不能告訴我？」

「因為弟兄們不能對自己人說謊。」

「那麼這件事肯定是不可告人的了。」

「也可以這麼說。」

「嘿，先生，作為一個身主，你不能指望我收一個來歷不明的人入會啊。」

麥克默多表現出為難的樣子，然後從內衣口袋裡掏出一片剪下來的舊報紙，說道：「你保證不會洩露出

「你要是再跟我這樣說話，我會賞你幾發耳光。」麥金蒂有點火大地說。

「你是對的，參議員先生，」麥克默多溫順地說著，「我應該向你道歉，我是無意的。好，我知道在你的手下很安全，請看這張剪報。」

麥金蒂瞥了一眼這份報導，內容是關於一八七四年一月上旬，一名叫強納斯．平托的人在芝加哥市場街大湖酒店被人槍殺的案件。

「是你幹的？」麥金蒂把剪報遞回去，問道。

麥克默多點了點頭。

「你為什麼殺死他？」

「我幫美國政府鑄造了一點錢幣。也許我的成品色澤沒有它們好，可是看起來也不差，而且成本較低。這個叫平托的人則幫我推銷——」

「什麼意思？」

「哦，就是讓偽幣流通到市面。後來他說要去告密，也許他已經這麼做了；我毫不遲疑地殺掉他，然後逃到這個煤礦區來。」

「為什麼要逃到煤礦區來？」

「因為我在報上看到殺人犯在此地是不太引人注目的。」

麥金蒂大笑：「你先是一個偽幣犯，然後又變成殺人犯。你來這裡是因為你想要大受歡迎吧？」

「大致上就是這麼回事。」麥克默多答道。

「嗯，我看你前途無量。喂，你還會鑄偽幣嗎？」

麥克默多從口袋裡掏出六個金幣，說道：「這就不是費城鑄幣廠出產的。」

「不會吧！」麥金蒂伸出猩猩爪子般的毛茸大手，把金幣舉到燈前細瞧，「我真看不出有什麼不同！哎！我看你大有作為，麥克默多弟兄，我們這伙人之中沒幾個壞蛋不行，因為我們總得保護自己呀！要是我們不對欺壓我們的人還以顏色，那我們將會寸步難行。」

「好，我也想為大家盡一份力量。」

「我看你膽量不小。當我把手槍對準你時，你絲毫不畏懼。」

「那時最危險的不是我。」

「不然是誰？」

「是你，參議員先生。」麥克默多從粗呢上衣口袋裡掏出一支張開機頭的手槍，「我一直在瞄準你。我想我開起槍來不會比你慢的。」

麥金蒂氣得滿臉通紅，隨即爆發出一陣大笑。

「哎呀！」他說道，「哈！很久沒見過像你這樣的狠角色了。我想分會將會以你為榮的——喂，你到底想幹嘛？我不能單獨和一位先生談五分鐘嗎？為什麼你非來打擾我們不可呢？」

酒吧的侍者一臉惶恐地站著報告道：「很抱歉，參議員先生。不過泰德·鮑德溫先生說他必須馬上見你。」

用不著侍者通報，那個人已經把他凶惡的面孔從下人的肩上探進來。他一把推出侍者，把門關上。

「也就是說，」他怒視著麥克默多，「被你搶先一步了是吧？參議員先生，關於這個人，我有話要對你說。」

「那就在這裡當著我的面說吧！」麥克默多大聲說道。

「我想什麼時候說，怎麼說，都隨我高興。」

「嘖，嘖！」麥金蒂從酒桶上跳下來說道，「這樣不行。鮑德溫，這位是新弟兄，我們不能這樣歡迎他。伸出你的手來，朋友，和他握手言和吧！」

「休想！」鮑德溫暴跳如雷地說道。

「假如他認為我得罪了他，我建議來場決鬥，」麥克默多說道，「可以徒手搏鬥，如果他不想徒手的話，隨他選擇什麼方式都行。嗯，參議員先生，你是身主，就交由你裁斷吧。」

「到底是怎麼回事？」

「為了一個年輕女孩。她有選擇情人的自由。」

「是嗎！」鮑德溫叫道。

「既然要選的是我們分會裡的兩個弟兄，我說她可以這樣做。」首領說道。

「哦，這就是你的裁斷，是嗎？」

「是的，就是這樣，泰德．鮑德溫，」麥金蒂惡狠狠地盯著他說道，「你還有什麼意見？」

「難道你要為了袒護一個素昧平生的人，而拋棄一個五年來共患難的朋友嗎？你不會一輩子都當身主的，傑克．麥金蒂，老天有眼，下一次選舉時——」

麥金蒂像一頭餓虎般撲到鮑德溫身上，一隻手掐住他的脖子，把他推到一只酒桶上去，要不是麥克默多的阻攔，麥金蒂肯定會在盛怒下掐死他的。

「慢著，參議員先生！看在上帝的份上，別急！」麥克默多把他拉了回來。

麥金蒂鬆開手，鮑德溫嚇得奄奄一息，渾身顫抖，心有餘悸地坐在他剛才撞到的酒桶上。

「泰德．鮑德溫，這就是你這麼多天來自找的。現在你滿意了吧！」麥金蒂氣喘吁吁地吼道，「也許你以為我選不上身主，你就能取代我的地位。可是只要我還是這裡的老大，就絕不會讓一個人大聲跟我唱反調，反抗我的決定。」

「我並沒有反抗你啊。」鮑德溫用手撫摸著喉嚨嘟噥道。

「很好，那麼，」麥金蒂立刻裝出高興的樣子說道，「大家又都是好朋友了，這事就算結束了。」

麥金蒂從架子上取下一瓶香檳，打開瓶塞。

「現在，」麥金蒂把酒倒滿三只高腳杯，繼續說道：「讓我們大家為了和好而乾杯。從今以後，你們要知道，我們不能互相記仇。然後，我的好朋友，泰德．鮑德溫，我是在跟你說話呢，你還在生氣嗎？先生。」

「烏雲依舊罩頂。」鮑德溫回答道。

「不過總有撥雲見日的一天。」

「我發誓！但願如此。」

他們飲了酒，鮑德溫和麥克默多也照樣客套了一番。

麥金蒂得意地搓著雙手，高聲說道：「現在一切嫌隙都消釋了。你們以後要遵守分會紀律。鮑德溫兄弟，組織的規定很嚴，你是知道的。麥克默多兄弟，你要是自找麻煩，那你也會很快嘗到苦頭的。」

「我保證，絕不輕易去找麻煩，」麥克默多把手向鮑德溫伸過去，說道：「我很容易和人爭執，但吵過就忘了——他們說這是因為愛爾蘭人性格衝動。事情已經過了，我不會記在心裡的。」

雖然在麥金蒂目光凶狠的監督下，鮑德溫跟麥克默多敷衍地握了手，但從他那悶悶不樂的表情，顯然說明了麥克默多的一席話絲毫未能感動他。

麥金蒂拍了拍他們兩人的肩膀。

「唉！這些女人，這些女人啊！」麥金蒂大聲說道，「要是再有這樣的女人夾在我們的兩個弟兄之間，那就真是太倒楣了。這可不是一個身主所能裁斷的事，得由那名女孩自己去解決，我相信上帝也會贊成的。唉！就算沒有這些女人也夠我們受的了。好了，麥克默多兄弟，你可以加入第三四一分會。我們和芝加哥不同，有自己的規矩和方法。星期六晚上我們要集會，如果你來參加，那麼我們會永遠與你分享維爾米薩山谷的一切權利。」

10 維爾米薩三四一分會

結束了一個令人激動的夜晚後，第二天麥克默多便從雅各．夏夫特老人家裡搬出，住到小鎮盡頭的寡婦麥克娜瑪拉家中。他一開始在火車上結交的朋友史坎蘭，隨即也不約而同地搬到維爾米薩來了，兩個人同住在一起。這裡沒有別的房客，女房東是一個隨和的愛爾蘭老婦人，對他們的生活毫不干涉。所以他們的言語、行動都很自由，這對於各懷秘密的兩個人真是再好不過。

夏夫特對麥克默多還算友善，當他高興時，就會請麥克默多到他家吃飯，所以，麥克默多和艾媞的來往並沒有因此中斷。相反地，隨著時間一週週地過去，他們的交往更加頻繁，也更親密。

麥克默多覺得他的新居相當安全，便把他鑄造偽幣的模子搬到臥室裡，開始重操舊業。而在發誓保密的前提下，他也會讓分會中的一些弟兄們前來觀摩。當每個弟兄離開時，口袋裡都會塞上一把，這些偽幣鑄造得十分精巧，流通出去完全沒有問題，也絕無危險。對於麥克默多的會友來說，他身懷這項絕技卻仍然委身作工，這實在是不可思議；但麥克默多很快的作出了解釋：要是自己沒有任何正當的收入，警察會很快地盯上他的。

事實上，有一個警員已經盯上了麥克默多，不過這件事不僅沒有為這位冒險家帶來苦難，反而使他聲名大噪。自從第一天被介紹給同伴們認識後，麥克默多幾乎每晚都設法前去麥金蒂的酒館，與組織的「兄弟」混得更熟——這是眾人對那幫危險人物的尊稱。麥克默多剛毅果敢的性格和毫無畏懼的言談，很快博得所有兄弟的喜愛。有一次，麥克默多在酒吧的一場「自由式」拳擊賽中迅速且熟練地擊倒了對手，這為他贏得這些粗魯之輩更多的尊敬。然而，還有另一件小事，讓麥克默多的地位在眾人之間水漲船高。

一天晚上，人們正在歡呼暢飲，忽然門開了，走進一個人來。他身穿一套樸素的藍制服，頭戴著一頂煤鐵礦警員的尖頂帽。由於礦區治安不佳，不時發生有組織的暴行；一般的警察對這種情況完全束手無策，鐵路局和礦主們便自發地招募人員，組成煤鐵礦警備隊這一特別機構，用以彌補警力的不足。這名警員一進門，大家頓時安靜下來，許多人好奇地看著他。事實上，在美國各州，警方和犯人之間的關係是很微妙的；麥金蒂站在櫃台後方，對這個混入顧客中的警察絲毫不感到驚奇。

「今晚太冷了，來點純威士忌，」警官說道，「參議員先生，我們以前沒有見過吧？」

「你是新來的隊長嗎？」麥金蒂問道。

「沒錯，我是來拜訪你的，參議員先生，還有其他的首領，請你協助我們在本地維持法律。我的名字是馬文，是煤鐵礦警備隊長。」

「我們這裡很好，用不著你們來維持，馬文隊長，」麥金蒂冷冷地說道，「鎮上有我們自己的警察，用不著什麼進口貨。你們不過是資本家花錢雇來的爪牙，除了拿棍棒或槍隻來對付貧窮老百姓之外，還會做什麼？」

「好吧，好吧，我們不必爭論這個，」警官和平地說道，「希望我們各自盡到自己的責任，雖然我們的看法不完全相同。」他喝完了酒，轉身要走，忽然眼光落到傑克．麥克默多的臉上，麥克默多正站在近處怒視著他。

「喂！喂！」馬文隊長上下打量了麥克默多一番，大聲喊道。「想不到這裡有一個老相識哪！」

「我這輩子從沒跟你或是其他該死的警察做過朋友！」麥克默多從他身旁走開。

「相識往往不代表朋友，」警備隊長咧嘴笑道，「你是芝加哥的傑克．麥克默多，一點都沒錯，你別想抵賴。」

麥克默多聳了聳肩膀。

「我用不著抵賴，」麥克默多說道，「你以為我為自己的名字感到羞愧嗎？」

「不管怎樣，你幹了些好事。」

「你這麼說究竟是什麼意思？」麥克默多握緊拳頭怒吼道。

「不，不，傑克，別對我生氣。我在來這該死的煤礦以前，是芝加哥的一名警官，芝加哥的惡棍無賴我一看就知道。」

麥克默多臉一沉，大吼：「不必特地告訴我你是芝加哥警署的馬文！」

「我就是老泰德．馬文，你知道的。我們還沒忘記強納斯．平托的槍擊案。」

「我沒有槍殺他。」

「沒有嗎？證據確鑿不是嗎？嗯，那傢伙一死對你的好處可大了，不然他們早就能以鑄造偽幣的罪名將你關進牢裡。好吧，就讓這些往事過去吧，因為這裡只剩你我知道這件事——也許我說得過頭了，說了太多題外話——只要他們找不到對你不利的證據，明天芝加哥的大門就又為你敞開了。」

「我住哪兒都可以！」

「喂，我為你帶來好消息，可是你卻像一條發怒的狗一樣，也不說聲謝謝。」

「好吧，我想你也許是出於好意，我該謝謝你才是。」麥克默多無禮地說道。

「只要你今後安份守己，我就不會說出去，」警備隊長說道，「可是，以上帝之名發誓，如果以後你仍不走正道，那就另當別論！祝你晚安，也祝你晚安，參議員先生。」

馬文離開了酒吧。這件事很快就讓麥克默多成了當地的英雄，因為人們早就暗中議論過麥克默多在遙遠的芝加哥的事蹟了。麥克默多平常對人們的詢問總是一笑置之，彷彿怕被冠上奇怪的頭銜似的。可是現在這件事被正式證實了，酒吧裡那些遊民都向麥克默多聚攏，親切地與他握手。從此以後，麥克默多在這幫人之中更加無所顧忌了。他酒量很大，而且不顯酒意，可是，那晚要不是史坎蘭攙扶他回家，這位頗負盛譽的英雄或許只能在酒吧裡過夜了。

星期六晚上，麥克默多被介紹入會。他以為自己是芝加哥的老會員，不需要再舉行手續就能加入；可是維爾米薩卻有它引以為豪的特殊儀式，每一個申請入會的人都要經歷這種儀式。集會是在工會總部的一間專門用來舉行儀式的寬大房間內進行的，有六十多個成員聚集在維爾米薩，但他們絕不是全部的成員，因為山谷中還有一些它們的分會，山谷兩邊的山上也還有一些分會。在執行重大任務時，會互相交換人員，因此，犯罪行為就可以交由當地人不認識的會員去做。總共有五百名以上的會員散佈在整個煤礦區。

在空曠的會議室裡，人們圍在一張長桌周圍。旁邊另一張桌子上擺滿了酒瓶和玻璃杯，一些會員已經垂涎欲滴地望著它們。麥金蒂坐在首席，蓬亂的黑髮上戴著一頂平頂黑絨帽，脖子圍著一條主教舉行儀式用的聖帶，彷彿就是一位主持惡魔祭典的祭司。麥金蒂左右兩旁是會中地位較高的人，其中就有凶殘但俊秀的泰德·鮑德溫。他們每個人都戴著綬帶或是徽章，以表明自身的職位。

這些人大部分是中年人，其餘的則是十八到二十五歲的青年，只要長者一聲令下，他們會心甘情願地去赴湯蹈火。從一些長者的面貌上，可以看出他們生性凶殘、無法無天。至於那些一般成員的長相，很難使人相信這些熱情老實的年輕人的確是一伙殺人不眨眼的凶手。他們的道德敗壞到了極點，以作惡為榮，並且異常崇拜那些所謂「幹得漂亮」的出名人物。

在這種扭曲的性格影響下，他們主動去殺害那些從未得罪過他們的人，有時甚至包括那些素不相識的人，他們把這些視為勇敢且俠義的事情。而在做案之後，他們會互相討論誰的手法最俐落、爭相描述被害人的慘叫聲與痛苦的姿態，並引以為樂。

起初，他們在計畫犯罪時，還會稍作保密；但現在他們對這些事已毫無顧忌，敢於暢所欲言。因為法律在他們身上屢次失效，這讓他們認為沒有人敢出面指控他們；另一方面，他們有無數隨叫隨到的假證人，有花不完的金錢可以聘請州內最有才幹的律師作為辯護人。十年來，他們為非作歹，肆無忌憚，但沒有一個人被定罪。死酷黨人所面臨的唯一威脅來自他們的受害者，儘管這些受害者往往寡不敵眾，但他們的偷襲偶爾會給匪徒們帶來慘痛的教訓。

有人曾警告過麥克默多，說嚴苛的考驗就擺在他面前，可是沒有一個人告訴他是什麼樣的考驗。現在，他被兩個面容嚴肅的弟兄帶到外室，透過隔板牆，他可以模糊地聽見裡頭與會者七嘴八舌的喧鬧聲。有一兩次提到了他的名字，麥克默多知道大家正在討論他入會的事。後來，走進一個斜背著黃綠二色肩帶的守衛，說道：

「身主下令，縛住他的雙臂，蒙住雙眼帶進來。」

他們三個人便將麥克默多的外衣脫下，把他右臂的衣袖捲起來，以一條繩子迅速地把他雙手捆住。然後又把一頂厚厚的黑帽子扣到他的頭上，蓋住了臉的上半部，這下麥克默多什麼也看不見了。最後他被帶入集會廳。

罩上帽子以後，麥克默多只覺一片漆黑，十分難受。他聽到一片沙沙聲和周圍人們的耳語，後來又透過他雙耳上蒙著的東西，隱約地聽到麥金蒂的聲音。「約翰．麥克默多，你是自由人會的舊會員嗎？」

麥克默多點了點頭。

「你屬於芝加哥第二十九分會嗎？」

麥克默多又點了點頭。

「黑夜是不愉快的。」對方說道。

「正是，對旅行中的陌生人來說。」麥克默多答道。

「烏雲密佈。」

「正是，暴風雨即將來臨。」

「諸位弟兄滿意嗎？」身主問道。

傳來一陣贊同的低語聲。

「兄弟，根據你的暗語和對答，我們知道你確實是自己人，」麥金蒂說道，「不過我們要讓你知道，郡內與郡外的習慣不同，我們擁有自己的儀式，以及自己的責任。你準備好接受考驗了嗎？」

「我準備好了。」

「你是一個堅定勇敢的人嗎？」

「是。」

「請你向前邁一大步來證明它。」

這句話說完，麥克默多感覺有兩個尖銳的東西抵在雙目上，他明白，要是自己向前走去，那麼就有失去雙眼的危險。但麥克默多依然鼓起勇氣，堅定地向前大步邁進，於是那壓在眼上的東西退開了，傳來了一陣小聲的喝采。

「他是一個堅定勇敢的人，」那個聲音說道，「你能忍受痛苦嗎？」

「就像別人一樣！」麥克默多答道。

「測試他！」

麥克默多感覺前臂一陣難以忍受的刺痛，他努力不使自己叫出聲來。這種突然的衝擊幾乎使他昏厥過去，但他咬緊嘴唇，握緊雙手，掩飾他的極度痛苦。

「比這再可怕的我也能忍受。」麥克默多說道。

這次他獲得了一陣響亮的喝采，一個初來的人如此獲得好評，在這個分會中前所未見。大家紛紛湊過來拍打他的後背，接著罩在頭頂的帽子也被摘掉了。他在弟兄們的一片祝賀聲中，眨著眼微笑著站在原地。

「最後還有一句話，麥克默多兄弟，」麥金蒂說道，「你既已宣誓效忠本會並保守秘密，你必須知道，只要有違背誓言的任何行為，其懲罰都是死路一條。」

「我知道。」麥克默多說道。

「你願意在任何情況下，都接受身主的管轄嗎？」

「是的。」

「那麼我代表維爾米薩三四一分會歡迎你的加入，你享有本會特權，有資格參與本會的辯論。史坎蘭兄弟，你可以把酒擺在桌上，我們要與這位名不虛傳的的兄弟痛飲一杯！」

人們把外衣還給麥克默多，他在穿上衣服前看了看自己的右臂，那裡仍然如針紮一般疼痛。前臂上烙有一個圓圈，裡面套著三角形，烙印深而發紅，像是烙鐵留下的痕跡。他身旁的一兩個人也撩起了袖子，讓他瞧瞧自己的分會標記。

「我們大家都有這種標記，」一個人說道，「不過並非每個人都像你如此勇敢地面對它。」

「呸！沒什麼。」麥克默多說道，可是臂上依然如火燒般疼痛。

入會儀式結束，酒也喝光了以後，他們開始討論會中事務。麥克默多早已習慣了芝加哥那種無聊的場合，但他卻發現自己越聽越驚奇。

「議事日程的第一件事，」麥金蒂說道，「我要讀一封從莫頓郡第二四九分會身主溫德爾那裡寄來的信。他寫道：

親愛的先生：

有必要消滅我們鄰區的雷&史特馬許煤礦的礦主安德魯．雷。你們應該記得去年秋天你們和警方發生糾葛，我們曾派兩個弟兄前去幫忙的事。請你們派兩個能幹的人前來，他們將由分會司庫希金斯負責接待，你知道他的住址，希金斯會告訴他們什麼時候在什麼地點行事。

你的朋友

J．W．溫德爾

我們有事要向他們借人的時候，溫德爾從未拒絕過我們，照理講我們也不能拒絕他。」麥金蒂停頓了一下，他那陰沉、惡毒的雙眼四下打量了一番，問道：「有誰自願前往？」

幾個年輕人舉起手來。身主看著他們，讚許地笑了。

「你可以去，老虎柯馬克。如果你能幹得像上次那麼好，那就絕對沒問題。還有你，威爾遜。」

「我沒有手槍。」這個十幾歲的孩子說道。

「你是第一次嗎？也好，你遲早是要體驗的，這是一個很好的開始。至於手槍，要是我沒猜錯，你會發現它已經在等著你了。星期一去報到應該來得及，當你們回來時，一定會受到熱烈歡迎。」

「這次有酬勞嗎？」柯馬克問道，他是一個體格結實、面目黝黑且猙獰的年輕人，他的凶殘為他贏得了

「老虎」的綽號。

「不用擔心酬勞。你們是為了榮譽去做這件事，不過事成之後也許會有一點小獎勵。」

「那個人究竟有什麼罪？」年輕的威爾遜問道。

「當然了，關於那個人有什麼罪，這不是像你這樣的人該問的。他們那裡已對他作出了判決，那就不關我們的事了，我們要做的只是替他們執行罷了。他們也會同樣來為我們辦事的。說到這個，下星期莫頓分會將有兩個弟兄到我們這裡來辦事。」

「他們是誰？」一個人問道。

「最好不要問。如果你一無所知，你可以作證說自己一無所知，而不會招來麻煩。不過，他們是那些幹得漂亮的人。」

「還有！」泰德．鮑德溫叫道，「有些事該了結一下了。就在上星期，我們的三個弟兄被工頭布萊克解雇了。早就該賞他那玩意了！他早就該拿到了！」

「拿到什麼？」麥克默多小聲向鄰座的人問道。

「一顆特大號子彈！」那人大笑說道，「你認為我們的方法如何?兄弟。」

麥克默多現在已經是這個無惡不作的組織的一份子，他的靈魂似乎已被這種氣氛所同化。

「我很喜歡，」麥克默多說道，「是男子漢就該這樣！」

四周的人都對麥克默多講的話大加稱讚。

「怎麼回事？」坐在桌子那一端的魁梧的身主問道。

「先生，我們新來的弟兄，認為我們的方法很對他的胃。」

麥克默多馬上站起來說道：「我想說的是，尊敬的身主，如果有需要力量的地方，我以能為分會效力為榮。」

大家立刻高聲喝采，彷彿一輪朝日從地平線上升起。可是在一些資深的會員眼中，這種名聲似乎來得太快了點。

「我建議，」坐在身主旁一個面如鷙鷹的白鬚老人說道，他是書記哈拉威，「麥克默多兄弟應該等待，分會將很樂意起用他的。」

「當然，我也這樣想，我一定遵命。」麥克默多說。

「兄弟，不久就會用到你的，」身主說，「我們已經知道你是一個不吝於出力的人，我們也深信你在這裡會有一番成就。今晚有一件小任務，如果你願意的話，你可以貢獻一臂之力。」

「我願等待更有價值的機會。」

「不管怎樣，今晚你可以去，這可以幫助你瞭解我們組織的訴求，以後我還會宣布這項訴求。同時，」他看了看議事日程表說道，「我還有一兩件事要在會議上公告。第一點，我要問司庫我們銀行的結餘情況，應該給吉姆．卡納威的寡婦發放撫恤金。卡納威是因公殉職的，把她照顧好是我們的責任。」

「吉姆是上個月去刺殺馬利克里克的切斯特．威爾卡克斯時失敗身亡的。」麥克默多鄰座的人告訴他。

「現在存款很多，」司庫的面前放著銀行帳本，他報告說：「近來這些商行很大方。麥斯．林德公司繳納的五百元還沒動過；華克兄弟繳納了一百元，可是我自作主張把它退還回去，要他們交出五百元。假如星期三沒有收到回信，他們的捲揚機傳動裝置就會發生故障；去年我們燒毀了他們的軋碎機，他們才終於學乖一點；西部煤業公司繳來了年度捐款。我們手中有足夠的資金去應付一切債務。」

「阿爾奇．史文登怎麼樣？」一個弟兄問道。

「他已經變賣產業離開本區了。這個老不死的留下一張紙條給我們，上面寫說他寧願在紐約當一個自由的清道夫，也不願在一個強盜集團的勢力下做一個大礦主，老天！他逃走了以後，我們才收到這張便條。我想他再也不敢在這個山谷中露臉了。」

一個鬍子刮得乾淨的慈祥老人從桌子的另一端站起來。

「司庫先生，」他問道，「那麼，被我們趕跑的那位先生的礦產，被誰買下了？」

「莫里斯兄弟，他的礦產被州政府和莫頓郡鐵路公司買下了。」

「去年陶德曼和李的礦山是被誰買下的？」

「也是這家公司，莫里斯兄弟。」

「曼森鐵礦、舒曼鐵礦、凡德赫鐵礦以及阿特伍德鐵礦，最近都拋售了，又是被誰買去的？」

「都是被西吉爾莫頓礦業總公司買去的。」

「我不明白，莫里斯兄弟，」麥金蒂說道，「反正他們無法把礦產從這個地方帶走，誰買下它們又跟我們有什麼關係呢？」

「我十分敬重你，尊敬的身主，但我認為這與我們有很大的關係。這種變遷時至今日已有十年之久，我們逐漸把所有的小資本家趕跑了，現在，我們發現取而代之的是像鐵路公司或煤鐵總公司這樣的大企業，這些企業在紐約或費城有自己的董事，對我們的恫嚇置之不理。我們雖然能趕走他們在本地的工頭，但不久後他們又會另派別人來代替，而我們卻反而給自己招來危險。那些小資本家對我們沒有任何威脅，他們無錢無勢，只要我們不過度壓榨他們，他們就會繼續待在我們的勢力範圍內。可是如果這些大公司發現我們妨礙他們的利益，他們就會不遺餘力、不惜血本地打擊並控告我們。」

聽了這些不吉祥的話，眾人不禁沉默下來，露出沮喪且陰沉的表情。他們一向盛氣凌人，從未遭遇挫折，因此根本不曾想過自己會得到什麼報應。然而，就連他們裡面最不顧一切的人，聽到莫里斯的想法，也忍不住感到掃興。

「我奉勸各位，」莫里斯繼續說道，「以後對小資本家不要太苛刻了。如果有朝一日他們全被逼走了，那麼我們組織的勢力也會瓦解的。」

實話總是不受歡迎的，莫里斯剛說完坐下，就有一些人開始高聲怒罵。麥金蒂眉頭緊鎖，不悅地站起身來。

「莫里斯兄弟，」麥金蒂說道，「你總是到處報喪。只要我們會眾齊心協力，在美國就沒有任何力量能挑戰我們，沒錯，我們不是常在法庭上與人較量嗎？我預料那些大公司將會領悟到，他們要是像那些小公司一樣乖乖繳錢，一定會比和我們抗爭輕鬆得多。現在，弟兄們，」麥金蒂取下了他的平頂絨帽和聖帶，「除了還有一件事要在散會前再次提醒之外，今晚的會務已經進行完畢。現在是兄弟們舉杯痛飲、盡情享樂的時候了。」

人類的本性的確很奇怪。這群人將殺人視為家常便飯，一而再、再而三冷血無情地摧毀過許多家庭，眼見受害人的家屬痛不欲生而無動於衷；然而一聽到幽美柔和的音樂，竟也會感動得落淚。麥克默多有一副優美的男高音歌喉，如果說他剛才還未獲得會中弟兄的真正善意，那麼在他唱「瑪麗，我坐在窗邊」和「亞蘭河岸」時，在場再也沒有人能抑制住對他的好感了。

當夜，這位新成員使自己成為弟兄中最受歡迎的一員，這象徵他將能很快獲得晉升。不過，要成為一個受人尊敬的自由人會會員，除了弟兄的友情之外，還需要一些其他的特質；豈知一個晚上還沒過去，麥克默多已被說成是這些特質的典範了。酒過數巡後，人們早已醉眼昏花，這時身主又站起來向他們講話。

「弟兄們，」麥金蒂說道，「鎮上有一個人應當翦除，你們也知道，他是應該受到懲罰的。我指的是《先驅報》的詹姆士．史坦格。你們已經看到他又在大肆批評我們了吧？」

這時屋內迸發出一陣贊同的低語聲，甚至有人詛咒發誓。麥金蒂從背心口袋中拿出一張報紙讀道：

「法律與秩序！」

這是報導的標題。

「煤鐵礦區的恐怖統治

自從十二年前的首宗暗殺事件發生起，這類暴行便從未間斷，這充分表明了本區存在著犯罪組織。時至今日，這些勢力已到了無法無天的地步，它使文明世界蒙受了極大的恥辱。當年我國接納從歐洲專制政體下逃亡的移民，今日卻佔地為王，欺壓起曾經施予援手的恩人，這些凶殘暴虐、目無法紀的社會敗類，竟然在我們自由星條旗的掩蓋下，明目張膽地為所欲為，使得人人自危，這與置身在東方那種獨裁專制國家有何不同？對於這種公開的惡黨我們豈能容忍？在此呼籲當局早日讓我們過上正常的生活——」

「夠了，這種廢話！」麥金蒂把報紙扔到桌上，高聲喊道，「這就是史坦格對我們的評論。我現在要問你們的問題是，該怎麼處置這傢伙？」

「殺了他！」十幾個人的聲音殺氣騰騰地怒喊。

「我反對，」那個長著一雙濃眉、臉上乾淨的莫里斯兄弟說道，「讓我告訴你們，各位弟兄，我們在這個山谷施行的手段太狠了，他們為了自衛，勢必聯合起來對抗我們。詹姆士·史坦格是一個德高望重的老人，他在鎮上和區裡都很有人望，發行的報紙在谷中也有忠實的讀者。如果殺死這個人，一定會驚動全國，最後只會為我們帶來毀滅。」

「他們要如何使我們毀滅呢？懦夫先生，」麥金蒂叫道，「靠警方嗎？我必須說，警察有一半都是我們的人，另一半則畏懼我們。還是靠法庭和法官？我們可是應付自如呢，結果會怎樣你也知道的。」

「可能會由林區法官來審訊這件案子。」莫里斯兄弟說道。

大家聽了，都怒吼起來。

「我只要伸出一隻手指，」麥金蒂喊道，「就可以派出二百個人到城裡把他們徹底抹去。」然後他雙眉緊皺，突然提高了聲音，「喂，莫里斯兄弟，我早就注意到你了。你自己心裡有鬼，還想挑撥別人的忠誠。莫里斯兄弟，當你的名字也列入我們的議事日程時，就是你倒大楣的日子了。我正在想應該將閣下的名字提出來列入日程上去。」

莫里斯立刻面色發白，雙膝顫抖著癱倒在椅上，舉起酒杯喝了一口答道：

「尊敬的身主，假如我說了不該說的話，我向你和諸位弟兄道歉。你們都知道，我是一個忠心的成員，剛才我也是出於憂心而講出那些話來。可是，尊敬的身主，我絕對相信你的裁決，更甚於我自己，我保證以後再也不敢冒犯了。」

身主聽他說得如此謙卑，臉上的怒氣也消失了。

「很好，莫里斯兄弟。我也不想教訓你，可是，只要我還是首領的一天，本分會的成員就必須言行統一。現在，弟兄們，」他看了看周圍的人，繼續說道，「我要再次提起，如果史坦格得到他應有的懲罰，那我們將會招來更多的麻煩。一旦這些新聞記者串聯起來，全國各大報社就會向警察和軍隊請求支援。不過我認為你可以給他一次嚴厲的警告。鮑德溫兄弟，交給你安排好嗎？」

「當然好！」這個年輕人熱烈地答應道。

「你需要多少人？」

「六個就夠了，兩個守門。你！高爾，曼塞爾！還有你，史坎蘭！你，還有威拉比兩兄弟！」

「我允許這位新弟兄一起去。」麥金蒂說道。

泰德．鮑德溫望著麥克默多，從他的眼色可以看出，他完全沒有忘卻前嫌，也並未寬恕。

「好吧，如果他願意，他可以去。」鮑德溫粗暴無禮地說道。

「夠了！越快動手越好。」

這七個人有的叫嚣，有的起鬨，也有的醉醺醺地哼著小調離了席。酒吧裡依然擠滿狂歡的人，許多弟兄還留在那兒。這一小伙奉命出動的人來到街上，兩三個一伙地沿著人行道前進，以免引人注意。這天夜晚天氣異常嚴寒，星光燦爛，一弦彎月高懸冷空。這些人走到一座高樓前停了下來，聚集在院子裡。明亮的玻璃窗戶中間印著金色的大字「維爾米薩先驅報社」。裡頭傳出印刷機的聲響。

「你留在這裡。」鮑德溫對麥克默多說道，「你可以站在樓下守住大門，確保我們的退路，亞瑟．威拉比也跟你一起，其餘的人隨我來。弟兄們，不要怕，因為我們有十幾個證人，可以證明我們此時正在工會的酒吧裡呢！」

時間已接近午夜，街上除了一兩個返家醉漢外，別無他人。鮑德溫一群人穿過大街，推開報社大門衝了進去，跑上對面的樓梯。麥克默多和另一個人則留在樓下。不久，樓上的房裡傳來呼救聲，然後是腳步踐踏聲、椅子翻倒聲。過了一會兒，一個鬢髮灰白的人跑上了樓梯平台，但是沒跑幾步就被抓住，他的眼鏡掉在麥克默多腳旁。他發出了一陣呻吟聲，面朝下倒在地上，隨即就有好幾根棍棒不停朝他身上襲去。他翻滾抽搐著，瘦長的四肢在毆打下顫抖不已，當別人都停手時，鮑德溫凶殘的臉仍然獰笑不止，手中的棍棒對著老人的頭部猛砸。老人的白髮早已被鮮血浸濕，但他仍徒勞地以雙手護頭，鮑德溫則拚命朝他的手護不到的地方亂打一陣。

就在這時，麥克默多跑上樓來將他推開。

「你會把他打死的！」麥克默多說道，「住手！」

鮑德溫驚訝地望著他。

「該死的！」鮑德溫喊道，「你算老幾，竟敢來攔我？就憑你這個新人？給我退下！」他舉起了棍棒，可是麥克默多已從褲子後的口袋掏出了手槍。

「你才退下！」麥克默多高喊道，「你要是敢碰我一根汗毛，我就立刻開槍。身主不是吩咐過不要殺死他嗎？你這樣難道不是要殺死他嗎？」

「他說得沒錯。」其中一個人附和道。

「哎！你們最好快點！」樓下那個人喊道，「附近的窗戶都亮了，用不了五分鐘，全鎮的人都會來追捕我們了！」

才剛說完，街上就傳來了喊叫，一些排字印刷工人已聚集在樓下大廳，鼓起勇氣準備採取行動。那些罪犯只好丟下這名奄奄一息的編輯，衝下樓來，飛快地逃走。跑回工會大廳以後，一些人混入了麥金蒂酒館的人群，小聲向首領報告任務達成。包括麥克默多的其他人，則奔到街上沿著偏僻小路各自回家了。

11 恐怖谷

第二天早晨，麥克默多一覺醒來，想起了入會的情形。他的頭因為喝太多酒而漲痛，手臂烙傷處也腫脹起來。有了特殊的收入來源後，工作也就越來越不規律，所以早餐總是很晚吃。這個上午，他留在家中給朋友寫了一封長信，然後又翻閱了一下《每日先驅報》，只見專欄中刊出了一篇報導：

先驅報社暴力事件——主筆重傷

這是一段簡要的報導，事實上，麥克默多知道的內情比記者要來得多，報導結尾提到：

此案已交由警署處理，但很難期待他們得到比先前數件案子更好的結論。事實上，有幾名暴徒的相貌已被指認，由此可以判定施暴者又是那個聲名狼藉的組織。《先驅報》因不滿他們對全區居民的奴役，毅然與之展開長期鬥爭，於是慘遭報復。不過，令史坦格先生的眾多好友感到欣慰的是，他雖遭到毒打，尤其頭部受創甚重，但尚無性命之憂。

下面更報導說，報社已由配備溫徹斯特步槍的煤鐵警備隊把守著。

麥克默多放下報紙，點起煙斗。手臂由於昨晚的灼傷，稍微有些顫抖。此時外面有人敲門，房東太太送進來一封短箋，說是一個小孩拿來的。上面沒有署名，只寫著：

我有事與你商談，但無法上門拜訪。你可在米勒山上的旗杆旁找到我。如果現在能來，將有要事相告。

麥克默多有些驚訝地把信讀了兩遍，他想不出寫信的人是誰，有什麼目的。如果這封信出自一個女人之手，他或許會認為這是某段奇遇的開端；在過去的生活中，他對此也並不陌生。但這是一個男人的字跡，對方似乎還受過良好教育。麥克默多猶豫了一會兒，最後決定去一探究竟。

米勒山是鎮中心一座荒涼的公園。這裡在夏季是人們休憩之地，但在冬季卻異常荒涼。從山頂往下俯瞰，不僅可以飽覽全鎮汙穢零亂的景象，還可看到蜿蜒而下的山谷；山谷兩旁是稀稀落落的礦山和工廠，附近積雪已被染黑。此外，還可觀賞那林木茂密的山坡和白雪覆蓋的山頂。

麥克默多沿著萬年青樹叢中彎曲的小徑漫步著，走到了一家冷清的餐館前，這裡是夏季時的娛樂中心。旁邊有一根光禿禿的旗杆，旗杆下有一個人，帽子戴得很低，大衣領子豎起。這個人回過頭來，麥克默多認出他是莫里斯兄弟，就是昨晚觸怒身主的那個人。兩人相見，交換了組織中的暗語。

「我想和你談一談，麥克默多先生，」老人顯得有些為難，遲疑不決地說道，「感謝你賞臉前來赴約。」

「你為什麼不在信上署名呢？」

「我不得不謹慎，先生。沒人知道何時會招來禍事，也沒人知道誰是可以信任的，誰是不能信任的。」

「當然，會中的弟兄是可以信任的。」

「不，不，這可不，」莫里斯激動地大叫道，「我們說了什麼，甚至想了什麼，似乎都可以傳到麥金蒂的耳裡。」

「喂！」麥克默多厲聲說道，「你也知道，我昨晚才剛宣誓要效忠身主。難道你想叫我背叛我的誓言？」

「如果你這樣想，」莫里斯滿面愁容地說道，「我只能說抱歉，讓你白跑一趟了。要是兩個自由公民不能分享心事的話，那就真是太悲哀了！」

麥克默多仔細打量著對方，稍微卸下了一點心防，說道：「當然，我這麼說也是為了自己。正如你所知道的，我是一個新人，對這裡的一切都很生疏。就我的立場是沒有發言權的，莫里斯先生。如果你有什麼話要對我講，我洗耳恭聽。」

「然後去報告麥金蒂老大！」莫里斯悲憤地說道。

「你可真是誤會我了，」麥克默多叫道，「對我來說，我對組織絕對忠心，我也老實這麼告訴你。但假如我把一個對我推心置腹的人說的話告訴別人，那我就是一個卑鄙的畜生了！不過，醜話說在前面，你別指望得到我的幫助或同情。」

「我並不指望得到幫助或同情，」莫里斯說道，「我對你說這些話時，就已經把自己的性命交在你手裡了。不過，雖然你也夠壞的了——昨晚我以為你會變成一個最壞的人，但畢竟你還是個新人，不像他們那麼冷酷無情，這就是我想找你談話的原因。」

「好吧，你想跟我說什麼？」

「如果你出賣我，你就會遭到報應！」

「當然，我說過絕不會出賣你。」

「那麼我問你，你在芝加哥入會，立誓做到忠誠、博愛時，曾想過它會將你引領到犯罪之路上嗎？」

「假如你把它稱為犯罪的話。」麥克默多答道。

「稱為犯罪！」莫里斯喊道，他的聲音激動得顫抖起來，「你已經看到血淋淋的犯罪事實了，還能把它稱為什麼？昨天晚上，一個年齡大到可以當你父親的老人被打得頭破血流，這算不算犯罪？你會把它稱為犯罪，還是別的呢？」

「有的人會說這是一場抗爭，」麥克默多說道，「是一場兩個階層之間的激烈抗爭，所以每一側都會盡可能地打擊對方。」

「那麼，你在芝加哥參加自由人會時，有想到過這樣的事嗎？」

「沒有，我發誓從沒想到過。」

「我在費城入會時也沒有。只知道它是一個公益的組織和朋友聚會的場所。後來我聽人提起這裡——我恨透第一次聽到那個名字的瞬間了！我想來這裡過上更好的生活！老天！更好的生活！我的妻子和三個孩子也跟我一起來了。我在市場開了一家布料店，生意頗佳。我是自由人會成員的事也很快傳開了，然後我被迫加入當地的分會，就像你昨晚一樣，在胳膊上烙下了這個恥辱的標記。但我的心裡卻被打上了更加醜陋的烙印，我發現自己已受到一個邪惡的壞蛋擺佈，並深陷犯罪的網裡。我該怎麼辦？我試著把事情做得善良些，可是只要我一說話，他們就會昨晚一樣，指控我叛逆。我不能遠走他鄉，因為那間布料店裡有我全部的家當。如果我想脫離這個社團，我很明白，我一定會被謀害，天知道我的妻小會怎麼樣！噢，朋友，這簡直太可怕、太可怕了！」他雙手掩面，身體不住地顫動，抽抽噎噎地啜泣起來。

「你心腸太軟了，不適合幹這種事。」麥克默多聳了聳肩。

「我的良心和信仰還沒有喪失，可是他們逼使我成為這伙罪犯中的一份子。他們指派我去做一件事，我很清楚，如果我退縮，將會有什麼下場。也許我是一個膽小鬼，也許我想到我那可憐的妻子和孩子們，無論如何，我最後還是去了。我想這件事會永遠藏在我的心底的。」

「那是山丘那一帶一棟孤單的房子，離這裡有二十哩。就像你昨天做的，他們要我守住門口，即使是那種情形下他們還是不信任我。其他的人都進去了，他們出來時，雙手沾滿了鮮血。正當我們要離開時，一個小孩從房裡跑出來，跟在我們後面哭喊著。那是一個五歲的孩子，親眼看到父親被殺害。我嚇得幾乎昏過去，但我不得不逞強，擺出一副笑臉。因為我很清楚，要是不這麼做，同樣的事就會發生在我的家裡，他們下次就會雙手沾滿鮮血從我家裡出來，我的小弗雷德就要哭著叫他的父親了。」

「但我已經是一個犯罪者了，是一樁謀殺案的共犯，並永遠被這個世界所唾棄。我是一名虔誠的天主教徒，可是要是神父聽說我是一個死酷黨人，也不願意為我祈禱了，我已經背棄了宗教。這就是我所經歷的，我看你正在重複我走過的路，我問你，將來會有什麼樣的結局呢？你打算做一個嗜血的殺人犯呢？還是要一起設法阻止它呢？」

「你想怎樣樣？」麥克默多突然問道，「你不會去告密吧？」

「但願不要發生這種事！」莫里斯大聲說道，「當然，光是有這種念頭，我就小命難保了。」

「那就好，」麥克默多說道，「我覺得你太膽小，把這件事看得太嚴重了。」

「嚴重！等你在這裡住得久一點再說吧。看看這座山谷！看看這座被上百個煙囪的濃煙籠罩的山谷！我告訴你，那犯罪的陰霾比籠罩在民眾頭上的煙霧還要低回、濃厚。這是一個恐怖谷、死亡谷。無論何時何地，人們心裡都驚惶不安。等著瞧吧！年輕人，你總會明白的。」

「好吧，等我瞭解得夠多，我會告訴你我的想法，」麥克默多漫不經心地答道，「顯然，你不適合住在這裡，你最好早點拋售你的產業，這對你比較好。你剛才說過的話，請放心，我不會洩露出去。可是，上帝可以作證，要是讓我發現你是一個告密者，那就——」

「不，不！」莫里斯絕望地叫道。

「嗯，我們就談到這裡。我會把你的話放在心上，搞不好幾天後就會給你回答，我認為你對我講這些是出於好意。現在，我要回家去了。」

「還有一點，」莫里斯說道，「或許有人目睹我們曾一起談話，他們可能會打聽我們聊了些什麼。」

「啊，你說得對。」

「我就說，我想請你到我的店裡工作。」

「我就說我拒絕了。這就是我們在這裡談的事。好了，再見，莫里斯兄弟。祝你好運。」

這天中午，麥克默多坐在客廳的壁爐旁吸煙，正陷於沉思之中，門突然被撞開，首領麥金蒂高大的身影堵滿了門框。他打過招呼，在這個年輕人對面坐了下來，不發一語地瞪了他好一陣子，麥克默多也照樣瞪著他。

「我是不輕易拜訪別人的，麥克默多兄弟，」麥金蒂終於說道，「我總是忙著接見那些來拜訪我的人。可是我這次破例到這裡來找你。」

「承蒙光臨，十分榮幸，參議員先生，」麥克默多熱情地答道，並從食品櫃取出一瓶威士忌，「這令我受寵若驚。」

「手臂怎麼樣了？」身主問道。

麥克默多扮了一個鬼臉，「這個嘛，我沒有忘記它，不過這是值得的。」

「對於那些忠誠可靠、履行儀式、協助會務的人來說，這是值得的。今天早上，你跟莫里斯兄弟在米勒山附近說了些什麼？」

這一個問題來得如此突然，幸好麥克默多早有準備，他大笑道：「莫里斯不知道我足不出戶也能夠謀生；事實上，他根本不可能知道，因為他把我想得太善良了，不過他倒是一個熱心的老傢伙。他以為我沒有工作，所以想請我到一家布料店裡當職員。」

「哦，原來是為了這個？」

「是的，就是這件事。」

「那你拒絕了嗎？」

「當然。我在自己房間裡做四個小時，就比在他那裡還要多賺十倍。」

「不錯。假如是我的話，就不會跟莫里斯有太多往來。」

「為什麼？」

「因為我是這麼說的，對大部分的人來說，這個理由夠充分了。」

「也許對他們來說夠充分，但對我來說不夠，參議員先生，」麥克默多無禮地說道，「如果你是個公正的人，你就會知道這一點。」

這名黝黑大漢怒視著麥克默多，他那毛茸茸的手掌一下子抓住酒杯，好像要把它猛擲到對方頭上。但後來他反而高興地大笑起來。

「毫無疑問，你是一個怪人，」麥金蒂說道，「好吧，如果你一定要一個理由，那我就告訴你。莫里斯沒有跟你說什麼反對組織的話嗎？」

「沒有。」

「也沒有反對我的話嗎？」

「沒有。」

「嗯，那是因為他還不敢信任你。可是他的內心早已不是一名忠誠的會員了。我們非常明白這一點，因此對他特別注意，並等待時機給他一個教訓。我想那一天已經不遠了，因為在我們的羊圈裡是沒有那些下賤畜生的棲身之地的。假如你結交一個不忠的人，我們也會認為你是一個不忠的人。這樣明白了嗎？」

「我不喜歡這傢伙，所以我也不會跟他結交。」麥克默多回答道，「至於說我不忠，也只會出自你的口中。假如是其他人，他不會有第二次機會再說出這種話。」

「好吧，那就不說了，」麥金蒂把酒一飲而盡說道，「我是想趁早給你忠告，你懂的。」

「我很好奇你是怎麼知道我和莫里斯談過話的。」

麥金蒂笑了一笑。

「在這個鎮上發生的所有事情，我全都知道，」麥金蒂說，「我想你總該聽說過，沒有任何事逃得過我的耳目。好了，時間不早了，我還要說——」

一個意外的狀況打斷了他的話。隨著一陣突然的撞擊聲，門打開了，三張堅毅的面孔從警帽的帽沿下怒目地瞪視他們。麥克默多跳起身來，剛把手槍抽出一半，他的手臂就停了下來，因為他發現兩支溫徹斯特步槍已瞄準了他的腦袋。一名身穿警服的人走進屋內，手中握著一支六發子彈的左輪手槍。這人正是過去曾待過芝加哥的現任煤鐵礦警備隊長馬文。他搖了搖頭，似笑非笑地望著麥克默多。

「芝加哥的麥克默多先生，我想你被捕了，」馬文說道，「你逃不掉的，戴上帽子，跟我們走！」

「我認為你會為此付出代價，馬文隊長，」麥金蒂說道。「我倒想知道，你是什麼人，竟敢在這樣的情況下，擅自闖入民宅，打擾一個奉公守法的人！」

「這與你無關，參議員先生，」警備隊長說道，「我們並不是來逮捕你，而是來逮捕這個叫麥克默多的傢伙。你應該幫助我們，而不是妨礙我們履行職責。」

「他是我的朋友，我可以擔保他的行為。」麥金蒂說道。

「無論從哪方面來看，麥金蒂先生，這幾天你只能為你自己的行為擔保了，」警備隊長答道，「麥克默多到這裡之前就是個無賴，現在仍然不肯學乖。你！把槍對準他，我來繳他的械。」

「這是我的手槍，」麥克默多冷冷地說道，「馬文隊長，假如讓我們兩人單獨面對面地交手，你不會這麼容易捉住我的。」

「你們的拘票呢！」麥金蒂說道，「老天！一個住在維爾米薩的人竟然跟住在俄國受到一樣的待遇，像你這種人也配來領導警察局！這是資本家的非法手段，我估計這種事以後還會越來越多的。」

「你想怎麼講就怎麼講吧！參議員先生。我們該怎麼做就怎麼做。」

「我犯了什麼罪？」麥克默多問道。

「你參與了先驅報社的主筆史坦格先生遇襲一案。別人沒控告你謀殺，這並非因為你不想殺人。」

「啊，假如只是為了這件事，」麥金蒂微笑著說道，「現在立刻住手，你們可以省下不少麻煩。這個人昨天在酒館裡跟我打牌，一直打到半夜，我可以找出十幾個人來作證。」

「那是你的事，我認為你明天可以在法庭上說。走吧，麥克默多，假如不想被我用子彈射穿胸膛的話，就老老實實地跟我們走。離遠點！麥金蒂先生，我警告你，在我執行任務時，絕不允許任何抵抗的。」

馬文隊長的神色十分堅決，麥克默多和他的首領不得不接受這個事實。離開前，麥金蒂趁機和麥克默多耳語道：「那玩意怎麼了——」他猛地伸出大拇指，暗示著鑄幣機。

「都安排好了。」麥克默多低聲說道，他已經把它安置在地板下安全的隱秘之處。

「祝你一路平安，」首領和麥克默多握手告別，說道，「我會去請萊利律師，並且親自出庭作證。請相信我的話，他們不會扣留你的。」

「我可不想在這上面打賭。你們兩個把犯人看好！假如他想耍什麼花招，就儘管開槍吧。撤離前我要先把這間屋子搜索一遍。」

馬文隊長搜查了一番，不過顯然沒有發現被藏起的鑄幣機。他走下樓來，和一干警員將麥克默多押回警署。天色已經昏黑，刮起一陣強烈的暴風雪，因此街上行人已經很少，只有少數幾個閒人跟在他們後面，壯著膽子大聲詛咒犯人。

「處死這個天殺的死酷黨人！」他們高聲喊道，「處死他！」當麥克默多被推進警署時，他們不住嘲笑他。經過警署長官的簡短訊問之後，麥克默多被丟進了普通牢房。他發現鮑德溫和前一晚的其他三名罪犯也在這裡，他們都是這天下午被捕的，在此等候明天的審訊。

自由人會的魔爪的確很長，甚至能夠伸進監獄中。入夜後，一名獄卒帶進一捆稻草來給他們鋪用，又從裡面拿出兩瓶威士忌、幾只酒杯和一副紙牌來。他們飲酒賭博，狂歡了一夜，毫不在乎明天會發生的事。

但如此囂張的行徑仍然沒有惹出麻煩，從案件的結局就能看出這點。這位地方法官無法根據證詞定他們的罪，排字和印刷工人承認當時的燈光十分模糊，加上他們相當慌張，因此儘管他們相信被告就是那些犯人，卻很難指認那些人的面貌。再經過麥金蒂安排好的律師一番精明的質問以後，這些證詞就更加含糊不清了。根據被害人證明，他遭到襲擊時相當震驚，除了記得第一個動手的人留有一撮小鬍子以外，什麼也記不得。他補充說，他知道這些人是死酷黨的成員，因為他在社會上沒有別的仇人，由於他經常公開發表評論，長期以來一直受到該黨的威脅與恫嚇。

另一方面，包含了麥金蒂參議員的六位公民出庭作證，他們的證詞一致指出，這些被告都在工會打牌，直到犯罪發生後一個多小時才離開。

最後，法官對被捕者表達歉意，同時含蓄地斥責馬文隊長和警員多管閒事，便把被告當庭釋放了。法庭內一些旁聽者大聲鼓掌支持這一裁決，麥克默多看出其中有許多熟悉的面孔。會裡的弟兄都微笑著揮手致意，可是部分的人在這伙罪犯從被告席上離開時，雙唇緊閉、臉色陰鬱的坐在位子上。其中一個留著黑鬍鬚、表情剛毅的小個子，在那些獲釋的罪犯從他面前走過時，說出了他和其他人的心聲。

「你們這些該死的凶手！」他喊道，「我們遲早會收拾你們！」

12 黑暗時刻

傑克．麥克默多自從被捕和獲釋之後，在那伙人之中聲名大噪。一個人在入會的當晚就幹了一番大事，並上了法庭，這在組織裡是前所未有的。他已贏得很高的聲望，人們認為他是一個好酒友、帶動氣氛的狂歡者，他性情高傲，絕不肯吃虧，即使是對至高無上的首領也絕不讓步。可是除此之外，他還給同伴留下了深刻的印象；大家都認為，在整個分會中，沒有一個人的頭腦能像他一樣，轉眼就想出一個嗜血的陰謀，也沒有一個人的手能像他一樣，把詭計付諸實行。「他一定是個幹得漂亮的傢伙。」那些老傢伙們議論道，他們一直等待時機看麥克默多大顯身手。

麥金蒂手中已有足夠的好牌，可是他認為麥克默多才是最有能力的人，他覺得自己彷彿一個狗主人用項圈繫住一條凶殘嗜血的獵犬，卻用一些劣種狗去幹小事；他總有一天要放開這頭猛獸去捕食。少數會員，包括鮑德溫，對這個外來人快速的晉升深感不滿，甚至懷恨在心，可是他們卻躲著他，因為麥克默多隨時可以跟人決鬥，就像嬉笑怒罵般隨意。

不過，假如說麥克默多在黨羽中贏得了名聲，但他卻失去了更重要的東西。艾媞．夏夫特的父親再也不與他往來，也不許他上門。艾媞深深地愛著麥克默多，但她善良的天性也覺得，倘若和一個暴徒結婚，很難想像會有什麼後果。

在一次徹夜難眠的掙扎後，隔天早晨，艾媞決心去看望麥克默多，她想這或許是最後一次與他見面了，她要盡最大的努力，把他從那些害他墮落的惡勢力之中解救出來。她來到麥克默多的家中，直奔他的房間。麥克默多正坐在桌前，背對著門口，面前放著一封信。十九歲的艾媞忽然閃過一個頑皮的念頭，她輕輕把門推開，見麥克默多絲毫沒有察覺，便躡手躡腳地朝他悄悄走去，把手輕輕放在他的肩上。

艾媞本來是想嚇一嚇麥克默多，她肯定達到了目的，但沒想到自己也被嚇了一跳。麥克默多像隻老虎般反身躍起，把右手扼到艾媞的咽喉上，同時左手將面前的那封信揉成一團，怒目橫眉地站在那裡。但他定睛一看，不由得驚喜交加，那凶惡的面容瞬間消失。艾媞早已被嚇得向後退縮，因為在她那平靜文雅的生活中還未遇過這樣的事。

「原來是你！」麥克默多擦去額頭上的汗珠說道，「我沒想到你會來，親愛的，我差點把你掐死。來吧，親愛的，」麥克默多伸出雙手說道，「容我向你賠罪。」

艾媞突然從麥克默多的表情上看出，他是因犯罪而恐懼。這使她驚魂未定。她那女性的本能告訴自己，麥克默多絕不是忽然被嚇到才變成這個樣子，而是犯罪——就是這個問題——犯罪與恐懼！

「你怎麼了？傑克，」艾媞高聲說道，「為什麼被嚇成這樣？噢！傑克，假如你問心無愧的話，那你絕不會這樣看著我的！」

「沒錯，我正在想其他事情，所以你那麼安靜地走進來——」

「不，不！絕不只這樣，傑克，」艾媞疑心大起，「讓我看看你寫的那封信。」

「呃，艾媞。我做不到。」

艾媞更加懷疑了。

「那是寫給別的女人的，」她嚷道，「我明白了！你為什麼不讓我看？那是寫給你妻子的吧？我怎麼知道你有沒有結過婚呢？你是一個外來人，沒人瞭解你。」

「我沒有結過婚，艾媞。瞧，我現在發誓！你是這個世界上我唯一愛的女人。我對著耶穌的十字架發誓！」

麥克默多臉色蒼白，激動地辯解道，艾媞只好相信他。

「好吧，那麼，」艾媞說道，「你為什麼不願意讓我看那封信？」

「我告訴你吧，親愛的，」麥克默多說道，「我曾發誓不給別人看這封信，如同我不會打破對你的誓言一樣。因此，我要對我許下誓言的人守信。這是會裡的事情，即使對你也要保密。當你把一隻手放到我肩上時，我之所以大吃一驚，因為那可能是一位偵探的手啊，難道你連這都不明白嗎？」

艾媞認為他說的都是實話。麥克默多把她擁在懷裡親吻，以減輕她的驚恐和懷疑。

「那麼，請坐在我身旁。這是屬於皇后的奇異寶座，是你貧窮的情人所能送給你最好的禮物了。我想，他將來總有一天會讓你幸福的。現在你精神好多了嗎？」

「當我知道你是罪犯中的一份子時，不曉得你哪天會因殺人而被送上法庭時，我的精神怎麼能有片刻的安寧呢？昨天，我們的一個房客這樣稱呼你，他說『麥克默多這個死酷黨人』。那簡直像一把刀子刺進我心裡一樣！」

「的確，隨他們說吧，沒什麼大不了的。」

「可是他們說的都是事實。」

「好吧，親愛的，事情沒有像你想得那麼糟。我們只是一群窮人，試圖用我們的手段爭取應有的權利罷了。」

艾媞用雙臂摟住情人的脖子。「放棄它吧！傑克，為了我，也為了上帝，放棄它吧！今天我就是為了求你才到這兒來的。噢，傑克，看！我跪下來求你了！我跪在你面前求你放棄它！」

麥克默多抱起艾媞，把她的頭放在胸前，安慰她道：「當然，親愛的，你不知道你的要求意味著什麼。如果這意味著要破壞我的誓言、背離我的伙伴，我怎麼可能放棄它呢？假如你明白我做了什麼，你就不會這樣要求我了。再說，即使我想這樣做，又怎麼能做得到呢？你想想，死酷黨能容許一個人攜帶它所有的秘密隨便離開嗎？」

「我早就想到了，傑克，我都計畫好了。父親存了一些錢，他早已厭倦了這個地方，在這裡，那些人的恐怖行徑使我們不得安寧。父親已經準備離開，我們一起逃到費城，或是紐約，到那裡我們就安全了，不必再怕他們。」

麥克默多笑了笑，「這個組織的手可是很長的。你以為它無法從這裡伸到費城或紐約去嗎？」

「哦，那麼，我們去西方，或是去英國，或是德國，我父親就是那裡人。只要能離開這個『恐怖谷』，去哪都好。」

麥克默多不禁想起了老莫里斯。

「的確，這已是我第二次聽到人們這樣稱呼這座山谷了，」麥克默多說道，「看來這陰霾確實壓在你們許多人的頭頂。」

「它無時無刻不威脅著我們的生活。你認為泰德．鮑德溫會放過我們嗎？要不是因為他怕你，你覺得我們的命運會怎麼樣？你只要看他望著我的那種飢渴眼光就知道了！」

「老天！要是再讓我看到他這樣，一定會好好教訓他一番。不過，小姐，我不能離開這裡，我不能。請相信我的話吧！但只要你讓我自己設法，我一定會想出一個體面的解決之道的。」

「做這種事根本沒有體面可言。」

「好，好！這只是你個人的看法。可是，只要給我六個月的時間，我就能讓自己離開這裡時無愧於人。」

女孩高興得笑了。

「六個月！」她大聲說道，「你保證？」

「對，也可能七個月或八個月。可是絕不超過一年，我們就可以離開這座山谷了。」

這些就是艾媞僅能得到的一切，但它卻十分重要。這黯淡的一絲曙光已把未來的所有陰霾一掃而空。她滿心愉快地回到父親家中。自從傑克．麥克默多闖入她的世界以來，她還從未有過這種心情。

也許有人以為，死酷黨會把它的所作所為都讓成員知道，可是他很快就會發現，這個組織比一般單純的分會來得普遍且複雜。即使是身主麥金蒂也對許多事一無所知。因為還有一個稱為郡代表的官員，住在離市中心很遠的哈布森領地，他用出人意料而又專橫的手段行使權力，統治著各個不同的分會。麥克默多僅僅見過他一次，那是一個狡詐的人，有著發灰的頭髮，獐頭鼠目，總是充滿惡意地斜眼看人。這個人叫做伊旺．波特，就連維爾米薩的大頭目在他面前一樣會心生畏懼。如同非凡的丹東在凶險的羅伯斯比爾面前感到軟弱無力一樣。

有一天，麥克默多的同居人史坎蘭收到麥金蒂的一封短信，裡面附有伊旺．波特所寫的信。信上說將派兩名能幹的會員——勞勒和安德魯，到鄰鎮執行任務，而關於下手的對象則未詳細說明。他問身主能否為他們安排適當的住處，麥金蒂寫道，他無法指望工會裡的其他人保守秘密，因此，他指定麥克默多和史坎蘭接待這兩位客人，讓他們在公寓住上幾天。

就在當晚，這兩個人來了，他們各帶著一個手提包。勞勒年紀較大，是一個穩重的精明人，沉默寡言，身著舊禮服大衣，頭戴軟氈帽，有著蓬亂的灰白鬍子，就像一名巡迴傳教士。他的伙伴安德魯是一個還不成熟的孩子，性情開朗，活潑好動，就像一個人出來渡假，準備隨時大玩特玩似的。兩個人都不喝酒，從各方面來看都是道道地地的會員。他們是這個殺人組織的得力工具，勞勒已犯下十四起這類犯罪行為，安德魯也殺過三次人。

麥克默多發現，他們毫不避諱談論自己的過去，講起來還頗為得意，並帶著為組織立下過汗馬功勞的自豪神情。但對於目前要執行的任務，他們則守口如瓶。

「他們派我們來，是因為我和這個孩子都不喝酒，」勞勒解釋說，「他們相信我們不會說出不該說的話。這是郡代表的命令，我們必須服從，請別見怪。」

「當然了，我們都是同志。」麥克默多的同居人史坎蘭說道，四個人坐下共進晚餐。

「這是實話，我們可以隨意談論如何殺死查理．威廉，或是西蒙．伯德，以及過去的所有案子。可是在這件事尚未得手之前，我們什麼也不能談。」

「這裡有六七個我一直想教訓的傢伙，」麥克默多咒罵道，「我猜，你們是不是追殺鐵山的傑克．諾克斯？我認為他應該受到懲罰。」

「不，還不是他。」

「不然就是赫爾曼．史特勞斯？」

「不，也不是他。」

「好吧，如果你們不肯說，我們也不勉強，只是我很樂意知道。」

勞勒微笑著搖了搖頭，看來他是堅決不肯開口了。

儘管他倆緘默不言，史坎蘭和麥克默多卻決定參加他們口中的「遊戲」。因此，某天早晨，麥克默多聽到他們躡手躡腳地下了樓，便把史坎蘭叫醒，匆忙穿上衣服，他們發現那兩人已偷偷摸摸地走出了大門。天還沒亮，他們藉著燈光，看到那兩個人走在街上，麥克默多和史坎蘭小心翼翼地尾隨其後，踏雪而行。

他們的公寓靠近小鎮的邊緣，那兩個人很快地走到了鎮外的十字路口。另有三人早已在那等候，勞勒和安德魯與他們匆匆說了幾句話，便一同離去了。可想而知，一定有某些重大的事情，必須動用這麼多人手。有幾條小徑通往各個礦場，這些人走進一條通往克勞山的小路。那裡的礦場掌握在一個強而有力、精明能幹的人手中，由於這個新英格蘭經理約西亞．H．鄧恩精力旺盛、不懼邪惡，因此長期以來，儘管恐怖籠罩著山谷，這裡卻依然紀律嚴明，秩序井然。

天色已經大亮，工人們慢慢上路，有的獨自一人，有的三五成群，沿著踩黑的小路走去。

麥克默多和史坎蘭混在人群中漫步走去，始終保持著能見到尾隨目標的距離。一股濃煙升起，隨著是一陣刺耳的汽笛聲，那是開工的信號。十分鐘以後，升降機就要降下，勞動也將要開始。

他們來到礦井周圍空曠的地方，已有上百名礦工等在那裡，因為天氣嚴寒，他們不停地跺腳，或往手上呼氣。這幾個陌生人站在機房附近。史坎蘭和麥克默多登上一堆煤渣，以看見整個場面。他們看到礦務技師——一位叫做曼席斯的大鬍子蘇格蘭佬，從機房走出來，吹響哨子，指揮升降機降下。

這時，一個身形瘦長、面容誠懇、臉刮得乾淨的年輕人，朝著礦井走去。當他走近時，一眼看到機房旁那些悶不吭聲、站著不動的人；他們把帽子戴得很低，豎起大衣領子遮住臉。一瞬間，這名經理預感到死神已將它冷酷的手撫到了他的心上，但他不顧一切，只想著盡到職責，要去驅逐這幾個闖入的陌生人。

「你們是什麼人？」他一面走一面問道，「你們在這裡晃來晃去做什麼？」

沒有人回答他，少年安德魯走上前去，一槍射中他的肚子。在場上百名等候開工的礦工一動也不動，不知所措地站在原地，似乎已被嚇得目瞪口呆。這個經理雙手捂住傷口，彎下身子，搖搖晃晃地走向一旁，可是另一人又朝他開了一槍，他便倒在地上，在一堆渣塊上掙扎著。那個蘇格蘭人曼席斯見到這一幕，大吼一聲，舉起一根大的鐵扳手便朝凶手們揮去，可是他臉上立刻中了兩槍，也死在凶手的腳旁。

現場立刻一陣嘩亂，一些礦工湧向前來，可是兩名陌生人向眾人頭上連發數槍，人群又潰散開來，一些人索性直接逃回維爾米薩的家中。

只有少數膽子大的人重新聚在一起，又回到了礦山。這伙殺人凶手已經消失在清晨的薄霧中，他們雖然當著上百名旁觀者的面奪走了兩條性命，卻沒有留下一點證據。

史坎蘭和麥克默多轉身回家。史坎蘭心情沮喪，因為這是他第一次目睹殺人的場景，而且根本不像別人說的那樣，只是一種「遊戲」。當他們回到鎮上時，遇害經理的妻子可怕的哭喊聲一直縈繞在他們耳邊。麥克默多受到很大的震撼，一言不發，但看到同伴竟如此懦弱，卻也不以為然。

「的確，這就像一場戰爭，」麥克默多喃喃自語道，「我們和他們之間不是戰爭是什麼呢？不管何時何地，只要能反擊就要向他們反擊。」

這天夜晚，工會大樓中的分會辦公室裡大肆狂歡，以慶祝成功刺殺克勞山的煤礦經理和技師，這件案子讓組織能對噤若寒蟬的企業更加需索無度。同時，他們還慶祝分會本身多年來取得的勝利。

當郡代表派遣五名得力人手到維爾米薩行刺時，也要求維爾米薩秘密指派三人去殺害史塔克羅亞爾的威廉．海爾斯作為答謝。海爾斯是吉爾莫頓區一位受人愛戴的礦主。他深信自己在世上沒有敵人，因為不管從哪方面來看，他都是一個模範的雇主。但是，他在工作上相當講求效率，曾把一些酗酒鬧事、遊手好閒的雇員辭退，而這些人正是有權有勢的死酷黨成員。即使死亡威脅著他，也不能動搖他的決心。但最後，他卻在一個自由的文明國家裡被人殺害。

他們行凶以後，泰德．鮑德溫攤開四肢，半躺在身主旁的榮譽席上，他是這一組人的頭目。他那泛紅的面孔以及呆滯、充滿血絲的雙眼，說明了他缺乏睡眠以及酗酒過量。第一天他與兩名同伙在山中過了一夜，他們蓬頭垢面，疲憊不堪。可是沒有哪些從敢死隊回來的英雄，能像他們一樣得到伙伴們如此熱烈的歡迎。

他們興高采烈地一遍又一遍提起他們的傑作，眾人也回以興奮的叫喊及狂笑。他們隱藏在陡峭的山頂，等候他們下手的目標在黃昏時回家。他們知道，這個人一定會讓他的馬在這裡放慢腳步。由於天氣嚴寒，被害者穿著毛皮衣，以至於還來不及掏出手槍，就被他們拉下馬來，一連開了好幾槍。他曾高聲求饒，這些話被死酷黨人當成了茶餘飯後的笑料。

「再讓我們再聽聽他是怎樣慘叫的！」這些匪徒們叫嚷道。

他們誰也不認識這名被害者，但這可是人命攸關的戲劇性事件，他們是為了向吉爾莫頓地區的死酷黨人顯示，自己是可以信任的人。

還有一個意外事件，當他們把槍裡的子彈都傾瀉到這個僵臥的屍體上時，一對夫妻正驅車來到這裡。有人提議連這兩個人一起殺掉，可是這兩人與這礦山毫無關係，因此他們威脅這對夫妻不許聲張，趕緊離開，以免遭遇不測。那具血肉模糊的屍體則被丟在原地，用來警告那些鐵石心腸的礦主。而那三名傑出的復仇者則消失在亙古未曾開拓的荒山僻壤之中。

他們得手後，在這裡安全而穩妥，同志們的喝采聲不絕於耳。

這是死酷黨人得意的日子，陰霾籠罩了全谷。可是正如一個足智多謀的將軍會乘勝追擊以加倍擴大戰果，使敵軍潰敗後無暇整頓一樣，首領麥金蒂陰險惡毒的雙眼前浮現了一個作戰方案，籌劃了新的詭計去謀害那些反對他的人。就在這天晚上，喝得半醉的黨徒們解散以後，麥金蒂拍了拍麥克默多的手臂，把他帶到他們第一次見面的那間房裡。

「喂，伙計，」麥金蒂說道，「我終於替你找到了一件值得幹的差事。你可以親手去完成它。」

「這令我倍感驕傲。」麥克默多答道。

「你可以帶兩個人和你同行，這兩個人是曼德斯和賴瑞。我已經吩咐過他們了。不除掉切斯特．威爾卡克斯，我們在這一地區就永遠無法安心。假如你能把他除掉，你就能贏得煤礦區每一個分會的感謝。」

「無論如何，我一定盡力。他是誰？我可以在哪裡找到他？」

麥金蒂將嘴角的雪茄拿開，從筆記本上撕下一張紙來，畫了草圖。

「他是戴克鋼鐵公司的總領班，是個意志堅強的人，是戰時的一個老海軍陸戰隊上士，受過許多傷，頭髮灰白。我們曾兩次刺殺他，都沒有成功，吉姆．卡納威反而丟掉了性命，現在請你接著完成它。這就是那棟房子，孤零零地座落在戴克鋼鐵公司的十字路口。正如你在這張圖上所看到的一樣，沒有人聽得到那裡的聲音。白天去是不行的，他會有所戒備，他的槍法既快且準，而且總是不由分說地開槍。可是在夜裡——對，他和妻子、三個孩子和一個僕人住在那裡。你必須一口氣全幹掉，沒有第二種選擇。如果你把一包炸藥放在前門，上面用一根慢慢引著的導火線——」

「這個人做了什麼？」

「我不是說過他槍殺了吉姆．卡納威嗎？」

「他為什麼要槍殺吉姆呢？」

「這跟你有什麼關係呢？卡納威在夜間靠近他的房子，他就開槍射殺了卡納威。我們的對話就到這裡，現在，你可以去準備一下。」

「還有兩個婦女和小孩。連他們也一起幹掉嗎？」

「全部幹掉，不然我們怎麼解決得掉他本人呢？」

「他們並沒有錯，連他們一起幹掉，似乎有些說不過去。」

「說什麼傻話？你反悔了嗎？」

「慢著，參議員先生，別急！我曾經說過或做過讓你懷疑我忠誠的事嗎？是也好，不好也好，反正由你決定就是了。」

「那麼，你願意完成它？」

「當然，我會去完成。」

「什麼時候？」

「啊，最好給我一兩個晚上，我可以觀察這棟房子，擬定計畫，然後——」

「太好了，」麥金蒂和他握手，說道，「我把這件事交給你了。當你帶著好消息回來時，我們會好好慶祝一番。這是最後一次行動，能讓他們徹底屈服我們。」

麥克默多突然接受這樣的委託，不由得深思了很久。切斯特．威爾卡克斯居住的房屋位於鄰近的山谷裡，離這裡有五哩左右。就在這天夜晚，麥克默多獨自一人去為暗殺活動做準備。當他偵查完回來時，天色已經大亮。第二天他去找他的兩個助手，曼德斯和賴瑞，這是兩名魯莽輕率的年輕人，他們躍躍欲試，彷彿要去獵鹿一樣。

兩天後的晚上，他們在鎮外會合。三個人都帶了武器，其中一人帶了一袋採石場用的炸藥。他們來到這棟孤零零的房屋前時，已是半夜兩點。夜裡風勢猛烈，黑雲密佈，半輪明月時隱時現。他們害怕有獵犬出沒，小心翼翼地向前走去，手中的槍機已打開。但只聽見疾風怒吼與樹枝搖曳，此外別無動靜。

麥克默多站在這所孤零零的房屋門外靜聽了一陣，裡面寂靜無聲。於是他把炸藥包放到門邊，用小刀挖了一個洞，點燃了導火線，和兩名同黨走到遠處安全地帶，伏在溝裡觀看。炸藥爆炸的轟鳴聲以及房屋倒塌的隆隆聲，說明他們已圓滿地達成任務。在這個組織的血腥犯罪史上還不曾有過這麼乾淨俐落的傑作！

然而，他們的精心策劃和大膽執行都白費了！原來切斯特．威爾卡克斯聽說許多人被害的消息，知道死酷黨人總有一天也會找上自己，就在前一天把家搬到更安全且無人知曉的地方去了，那裡有一隊警察駐守。炸藥炸毀的只是一間空房子，而這位剛毅堅強的老海軍陸戰隊上士依然嚴格地管理著戴克鋼鐵廠的礦工。

「讓我來收拾他，」麥克默多說道，「把他交給我，即使要等他一年，我也一定會解決他。」

會裡的人都對他表示感激和信任，於是這場風波暫時結束了。

幾週後，報上報導說，威爾卡克斯遭人暗殺。大家彼此心照不宣，麥克默多終於完成他未結束的工作了。

這就是自由人會所用的一些手法，也是死酷黨人的所作所為，他們對這一廣袤富庶的地區實行著恐怖統治。而由於死酷黨的恐怖行動，長期以來，人們總是提心吊膽地生活著。為什麼用了這麼多罪惡的事實來玷汙這些紙張呢？難道我還沒有介紹完這些人和他們的手法嗎？

這群人的所作所為已載入歷史，人們可以從記載中讀到詳細情節。讀者可以在那裡發現到，他們還曾槍殺過警員杭特和伊旺，因為他們竟不要命的逮捕了兩名死酷黨人——維爾米薩分會策劃了兩件暴行，殘忍地殺害了兩名手無寸鐵的人。讀者還可以看到拉貝太太被槍殺的事件，因為首領麥金蒂派人將她丈夫打得半死，她緊抱著丈夫不放；老詹金斯被害，不久後他弟弟也慘遭不幸；詹姆士．莫多克被弄得終身殘廢；史塔普豪斯全家被炸死；史坦多斯被謀殺；慘案一件接著一件地發生在這恐怖的寒冬裡。

陰霾暗無天日地籠罩著恐怖谷。春天來臨了，流水潺潺，草木萌芽，長期受到束縛的大自然也恢復了生氣，可是生活在恐怖之中的男女卻依然看不到一絲希望。他們頭頂的烏雲從未像一八七五年初夏那樣黑暗而令人絕望。

13 危機

恐怖統治達到了巔峰。麥克默多已被任命為會中的幹事，大有希望繼麥金蒂之後成為身主。現在他的同伙都要徵求他的意見，沒有他的指點和協助，什麼事也做不成。可是，他在自由人會中的名聲越大，當他在維爾米薩街上走過時，那些平民也越仇視他。他們不顧恐怖的威脅，決心聯合起來反抗欺壓他們的人。死酷黨聽到傳聞：先驅報社舉行秘密集會，並向守法的平民發放武器。但麥金蒂和他手下的人對此卻不以為意，因為他們人數眾多，武器精良，手下個個不怕死；而對手卻是一盤散沙，無權無勢。結果肯定又會像過去一樣，只是漫無目標的空談，多半是些徒勞的抵抗而已。這就是麥金蒂、麥克默多和那些勇敢份子們的說法。

黨徒們經常在星期六晚上集會。五月一個星期六的晚上，麥克默多正要去赴會，被稱為懦夫的莫里斯兄弟前來拜訪他。他愁容滿面，雙眉緊皺，慈祥的面孔顯得憔悴瘦長。

「我可以和你聊聊嗎？麥克默多先生。」

「當然可以。」

「我從未忘記，有一次我曾向你說過心事，甚至當首領親自來問你這件事的時候，你也守口如瓶。」

「既然你信任我，我怎麼能不這麼做呢？但這並不等於我同意你說的話。」

「我知道。不過我只有對你才敢說出內心話，而又不怕洩露。現在我有一件秘密，」他把手放在胸前說道，「它使我心急如焚。我願把它施加於你們任何一個人身上，只求自己我能倖免。假如我把它說出來，勢必會引發謀殺事件。但要是我不說，那很有可能招致我們全軍覆沒。上帝保佑！我簡直不知如何是好了！」

麥克默多懇切地望著他，只見他四肢顫抖，於是替他倒了一杯威士忌。

「這就是專門讓你這種人用的藥，」麥克默多說道，「現在，告訴我吧。」

莫里斯把酒喝了，蒼白的面容恢復了血色。「我可以用一句話向你說清楚。」他說道，「已經有偵探開始追查我們了。」

麥克默多驚愕地望著他。

「怎麼？伙計，你瘋了！」麥克默多說道，「這地方不是經常塞滿警察和偵探嗎？他們又有什麼威脅呢？」

「不，不，那並不是本地人。正如你所說的，我們都知道那些本地人是玩不出什麼名堂的，可是你聽說過平克頓的偵探嗎？」

「我聽說過幾個人的名字。」

「好，我可以告訴你，他們追查你時，你可別掉以輕心。那絕不是陳腐的政府官僚，而是認真的職業智囊，它決心不計代價地查個水落石出。假如一個平克頓的偵探打算插手這件事，那我們就完了。」

「我們必須殺死他。」

「嗯，你一定會先想到這個！那就一定得在會上提出來了。我不是向你說過，結果會引發謀殺事件嗎？」

「當然，殺人算什麼？在這裡不是家常便飯嗎？」

「的確是這樣，可是我並不想讓這個人被殺，否則我的內心又將無法平靜了。但要是不這麼做，我們自己的生命將會受到威脅。上帝啊，我該怎麼辦呢？」他的身體不住搖晃，猶豫不決。

他的話使麥克默多深受感動。看得出麥克默多同意莫里斯對危機的看法，認為必須去處理它。麥克默多搭著莫里斯的肩膀，熱情地搖了搖他。

「喂，伙計，」麥克默多非常激動，幾乎是用喊的說道：「像個老太婆一樣坐在這裡哭喪是無濟於事的。讓我們來研究一下，這個人是誰？他在哪裡？你如何聽說他的？為什麼來找我？」

「我來找你，是因為只有你能指點一條生路。我曾對你說過，在我來這裡以前，我在西部開過一家商店，那裡有我的一些好朋友，有一個朋友是在電報局工作的。這就是我昨天收到的信，是他寫給我的。這一頁上面寫得很清楚，你可以把它唸一下。」

麥克默多看了看，讀道：

你們那裡的死酷黨人現在怎麼樣了？在報上看到許多有關他們的報導，你我心裡有數，我希望不久後就能得到你的消息。據說，有五間有限公司和兩處鐵路局正認真地著手處理這件事。他們既然有這種打算，那你可以確信，他們遲早會找上門的。他們將會直接介入，並已委託平克頓偵探公司進行調查，其中的佼佼者伯爾第．愛德華正在行動，這些邪惡的勾當終於可以得到控制了。

「請你把附言也讀一讀。」

當然，我所告訴你的這些，是我從日常工作中打聽到的，所以無法再進一步深究了。他們使用的是奇怪的密碼，我也搞不懂他們的意思。

麥克默多手裡拿著這封信，無精打采地靜坐了很久。一團迷霧冉冉升起，在他面前形成了一個萬丈深淵。

「還有其他人知道這件事嗎？」麥克默多問道。

「我還沒告訴其他人。」

「不過你的這個朋友，會寫信給其他人嗎？」

「啊，我敢說他還認識一兩個人。」

「是組織的人？」

「很有可能。」

「我之所以這麼問，是因為或許他可以把伯爾第．愛德華這個人的特徵介紹一下，那我們就可以著手追查他的行蹤了。」

「啊，這倒是。可是我不覺得他認識愛德華。他告訴我的這個消息也是從工作中打聽到的，他怎麼可能認識這位平克頓的偵探呢？」

麥克默多猛地跳起來。

「天哪！」他喊道，「我一定要抓住他。連這點小事都查不到的話，那我就太愚蠢了！不過我們還算幸運！我們可以趁他還沒造成傷害時先收拾他。喂，莫里斯，你願意把這件事交給我辦嗎？」

「當然了，只要別連累我就行。」

「我一定會辦好這件事，你完全可以放心交給我。我甚至不用提到你的名字，由我一肩扛下。就當作這封信是寫給我的，這下你滿意了吧？」

「十分滿意。」

「那麼，就談到這裡，請你保密。現在我要到分會去，我們很快就能讓這個老平克頓偵探垂頭喪氣了。」

「你們不會殺死這個人吧？」

「莫里斯，我的朋友，知道得越少，就越能置身事外。你最好去睡個覺，不必多問，讓這件事順其自然吧。現在由我接手它。」

莫里斯離開時，憂鬱地搖了搖頭，嘆道：「我覺得我的雙手沾滿了他的鮮血。」

「無論如何，自衛不能算是謀殺，」麥克默多獰笑道，「不是我們殺死他，就是他殺死我們。如果我們讓他長久地待在山谷裡，我想他會把我們一網打盡的。呃，莫里斯兄弟，我們還會選你當身主呢！因為你真正解救了我們整個死酷黨。」

然而，從他的行動可以清楚地看出，雖然他嘴上這麼說，卻十分認真地考慮這件剛獲得的消息。也許他心虛，也可能因為平克頓組織威名顯赫，或是因為得知這些龐大而富有的企業已準備著手消滅死酷黨；不管是出於哪種考慮，他的行動都說明他已作好了最壞打算。在離家以前，他將凡是能把他牽扯進刑事案件的證據全部銷毀，然後才滿意地吁了口長氣，似乎覺得安全了。可是恐懼仍然壓在他的心頭，因為在前往分會途中，他又在老夏夫特的家門口停了下來。夏夫特已禁止麥克默多前去他家，麥克默多輕敲了窗戶，艾媞便跑出來迎接他。她情人雙眼中的殘暴表情消失了，但艾媞從他嚴肅的臉上看到了危險的訊號。

「你一定出了什麼事！」艾媞高聲喊道，「噢！傑克，你一定遇到了危險！」

「沒錯，親愛的，不過並沒有那麼糟糕。我們在事情惡化之前趕快搬家，那樣是最明智的了。」

「搬家？」

「我曾答應過你，將來我會離開這裡。我想這一天終於來了，今晚我得到一個消息，一個壞消息，我看麻煩就要來了。」

「是警察嗎？」

「對，是一個平克頓的偵探。不過，親愛的，你不用知道是怎麼回事，也不用知道它對我這樣的人會如何。這件事與我關係太大了，但我很快就會擺脫它的。你說過，如果我離開這裡，你要和我一起走。」

「啊，傑克，你會因此得救的。」

「我是一個誠實的人，艾媞，我絕不會傷害你任何一根頭髮。你彷彿坐在雲端的黃金寶座上，我常瞻仰你的容顏，卻不忍把你從那裡拖下一吋。你相信我嗎？」

艾媞默默地將手放在麥克默多的手掌中。

「嗯，那麼，請聽我說，並且照我說的去做，因為這是我們唯一的生路。我確信，谷中將有大事發生。我們大家都需要嚴加提防，無論如何，我是他們的一份子。如果我離開這裡，不論晝夜，你都要和我一起走！」

「我一定隨後就到，傑克。」

「不，不，你一定要跟我一起走。如果我離開這座山谷，就永遠不會回來，或許我必須躲避警方的耳目，連通信的機會也沒有，又怎能把你丟下呢？你一定要和我一起走。我來的那地方住著一個好女人，我先把你安頓在那裡，然後我們再結婚。你肯跟我走嗎？」

「好的，傑克，我跟你走！」

「感謝你願意相信我，上帝保佑你！如果我辜負了你的信任，那我就是從地獄來的魔鬼了。現在，艾媞，請記住，只要收到我送來的便箋，就要立刻拋下一切，直接到車站的候車室等候，我會來找你。」

「只要接到你寫的便箋，不管白天晚上我都一定去，傑克。」

麥克默多作好了出走的準備，心情稍為舒暢了些，便向分會走去。那裡已經聚滿了人。他回答了暗語，通過了戒備森嚴的警衛網。一走進來，便受到熱烈的歡迎。狹長的房間擠滿了人，他從煙霧之中看到了身主麥金蒂那亂成一團的濃密黑髮、鮑德溫凶殘且不友善的表情、書記哈拉威那鷲鷹一樣的臉孔，以及十幾個分會中的領導人物。他很高興他們都在這裡，可以商量一下他獲得的消息。

「說真的，看到你真高興，兄弟！」身主麥金蒂高聲喊道，「這裡有件事正需要一個所羅門來作出公正的裁決呢！」

「是蘭德和伊根，」麥克默多坐下來，鄰座的人向他解釋道，「他們兩個人槍殺了史戴爾斯鎮的克雷伯老人，兩個人都搶著要分會的賞金，你來說說看，究竟是誰開槍擊中他的？」

麥克默多從座位上站起，將手舉高，他臉上的表情，使大家都吃驚地盯著他，寂靜無聲地等待他講話。

「可敬的身主，」麥克默多嚴肅地說道，「我有緊急的事報告！」

「既然麥克默多弟兄有要緊的事，」麥金蒂說道，「按照會中規定該優先討論。現在，兄弟，請說吧。」

麥克默多從衣袋裡拿出信來。

「可敬的身主和諸位弟兄，」麥克默多說道，「今天，我帶來一個不幸的消息，不過事前知道總比毫無防備要來得好。我得到通知，說國內那些有錢有勢的組織已聯合起來準備消滅我們，有一個名叫伯爾第·愛德華的平克頓偵探已來到這個山谷搜集罪證，以便把絞索套到我們許多人的脖子上，並把在座的各位送進重罪犯牢房。所以我說有緊急事要報告，請大家討論。」

室中頓時鴉雀無聲，最後，身主麥金蒂打破了沉寂。

「麥克默多兄弟，你有什麼證據嗎？」麥金蒂問道。

「我收到一封信，那些事實都寫在這封信裡，」麥克默多說道。他高聲把信上那段話讀了一遍，又說：「我必須遵守諾言，不能把這封信的詳細內容全部讀出來，也不能把信交到各位手裡，但我向你們保證，信上再也沒有與本會利益攸關的事了。我一接到信，就立刻趕來向諸位報告這件事。」

「請容我發言，」一個年紀較大的弟兄說道，「我聽說過伯爾第．愛德華，他是平克頓私家偵探公司裡最有名的偵探之一。」

「有人見過他嗎？」

「有的，」麥克默多說道，「我見過他。」

室內頓時出現一陣驚訝的耳語聲。

「我相信他逃不出我們的手掌心的，」麥克默多滿臉笑容地繼續說道，「假如我們能表現得迅速而機智，很快就可以將這件事擺平。如果你們信得過我，再給我一些支援，那就更沒什麼可怕的了。」

「可是，我們怕什麼呢？他怎麼可能知道我們的事？」

「參議員先生，如果所有成員都像你一樣忠誠，你就可以這樣說。可是這個人有資本家的雄厚資金做為靠山。你難道以為我們會裡就沒有一個意志薄弱的弟兄被收買嗎？他會弄到我們的秘密的——甚至可能已經弄到手了。現在只有一種可靠的對策。」

「那就是別讓他活著走出這山谷！」鮑德溫說道。

麥克默多點了點頭。

「說得好，鮑德溫兄弟，」麥克默多說道，「你我過去總是意見不合，可是今晚你卻說對了。」

「那麼，他在哪裡呢？我們能在哪裡找到他？」

「可敬的身主，」麥克默多熱情地說道，「我要向你建議，這對我們是一件生死攸關的大事，不方便在會上公開討論。我並不是不信任在場的各位弟兄，但只要有隻字片語傳到那個偵探的耳裡，我們就會失去抓到他的一切機會。我要求分會選出一些最可靠的人，假如我有權提議的話，參議員先生，你自己算一個，還有鮑德溫兄弟，再找五個人。然後我就可以自由地發表我所知道的一切，也可以說出我的計畫了。」

麥克默多的建議立刻被採納。選出的人員除了麥金蒂和鮑德溫以外，還有面如鷙鷹的書記哈拉威、老虎柯馬克、凶殘的中年殺手司庫卡特，以及不怕死的威拉比兩兄弟。

眾人的精神彷彿籠罩了一片烏雲，許多人頭一次看到，在他們居住了這麼久的地方，一片為被害者復仇的烏雲——法律，正瀰漫在晴空之中。過去他們總是認為，自己施加於別人的恐怖永遠不會招來報應，現在他們卻驚慌失措。這種報應來得如此急迫，緊壓在他們頭上，因此，黨徒們例行的歡宴，這次卻不歡而散。眾人很早就離去了，只剩下頭目們留下來議事。

「麥克默多，現在你說吧。」麥金蒂說道。他們七人正孤零零地呆坐著。

「我剛才說過，我認識伯爾第．愛德華。」麥克默多解釋說，「不必說你們也猜得到，他在本地絕不會用這個名字。他是一個勇敢的人，但不是一個蠢蛋。他化名為史帝夫．威爾遜，住在哈布森領地。」

「你怎麼知道的？」

「因為我和他講過話。當時我沒有想太多，要不是收到這封信，我連想都不會想起，但是現在，我深信他就是那個人。星期三我有事去了哈布森領地，在車上遇到他，他說他是一名記者，當時我相信了。他說他要為紐約一家報社寫稿，想知道有關死酷黨人的一切情況，還想瞭解所謂的『暴行』。他向我提了各式各樣的問題，打算弄到一些情報。你們可以信任我，我什麼也沒有洩露。他說：『如果我能取得對我編輯工作有用的資料，我願意出重金酬謝。』我挑了他可能會愛聽的話說了一遍，他便付給我一張二十元鈔票作為報酬。他又說：『如果你能把我需要的一切都告訴給我，那我再加十倍酬金。』」

「那麼，你告訴他什麼了？」

「我可以虛構出任何事實。」

「你怎麼知道他不是報社的人呢？」

「我知道的。他在哈布森領地下車，我也在那裡下車。當我走進電報局時，發現他剛從那裡離開。」

「『喂！』當他離開以後，報務員說道：『我想這種電文應該加倍收費才對。』我說：『我認為你們的確應該加倍收費。』我們都覺得他填寫的電報單就像中文那麼難懂。這個職員又說：『他每天都來發一份電報。』我說：『沒錯，這是他們報紙的獨家新聞，他怕別人知道。』這就是當時那個報務員和我所猜想的。可是現在我想的卻截然不同。」

「天哪！我相信你說的是真的，」麥金蒂說道，「可是你認為我們該如何應對這件事呢？」

「為什麼不立刻去收拾他？」一名黨徒提議。

「嗯，不錯，越快越好。」

「如果我知道他住在哪裡，我早就這麼做了，」麥克默多說道，「我只知道他住在哈布森領地，卻不知道他的住處。不過，只要你們接受我的建議，我倒有一個方法。」

「好，什麼方法？」

「明天早晨我就到哈布森領地去，透過報務員找出他的下落。我想，他能打聽出這個人的住處。嗯，那麼，我可以告訴他我就是一個自由人會的成員，只要他肯出高價，我願意把分會的秘密說出來。他一定會同意，那時我就告訴他，資料在我的家中，因為到處都有耳目，不方便讓他白天拜訪。他當然知道這是一種基本常識。我請他在晚上十點來我家看那些資料，到時我們就可以抓住他了。」

「這樣好嗎？」

「其餘的事，你們可以自己去籌備。寡婦麥克娜瑪拉的家是一棟孤立的住宅。她絕對可靠，而且聾得像根木樁。只有史坎蘭和我住在她的公寓，假如他答應赴約，我會通知你們，請你們七人在九點鐘來到我家，我們一起把他抓進屋子。假如他還能活著出去，嗯，那他下半輩子就可以到處吹噓自己的好運了。」

「那樣的話，除非我想錯了，否則平克頓偵探公司就會多出一個空缺，」麥金蒂說道，「就聊到這裡吧，麥克默多。明天九點我們會到你那兒去。他走進來之後，你只要把門關上，其他的事就交給我們處理好了。」

14 圈套

正如麥克默多所說的，他寄住的寓所孤寂無鄰，正好適合他們進行犯罪活動。公寓位於小鎮的邊緣，又遠離大路。若是按照過去的習慣，他們只需按照那套老辦法，把要殺的人叫出來，把子彈都射到他身上就行了。可是這次，他們卻想弄清楚這人知道多少秘密，怎麼知道的，給他的雇主送過多少情報。

也可能他們動手太晚，對方已把情報送出了。如果真是這樣，他們至少還可以向發送情報的人復仇。不過他們希望這個偵探還沒弄到什麼非常重要的情報，要不然，他幹嘛不厭其煩地記下麥克默多捏造的那些毫無價值的廢話呢？然而，所有這一切，他們要讓他親口招認出來。一旦把他抓到手，他們總會設法讓他開口的，這已經不是他們第一次處理這樣的事了。

麥克默多來到哈布森領地。這天早晨，警方似乎很注意他，正當麥克默多在車站等候時，那個自稱在芝加哥就認識他的馬文隊長，竟主動和他打起招呼來。麥克默多不願和他講話，轉身走開了。這天中午，麥克默多完成任務返回之後，到工會去見麥金蒂。

「他就要來了。」麥克默多說道。

「好極了！」麥金蒂說道。這位巨人只穿著襯衫，背心下露出的錶鏈閃閃發光，鑽石別針尤其光彩奪目。靠著開設酒館以玩弄政治，這位首領既有權勢，又非常富有。然而，前一晚，他才剛受到監獄和絞刑這些恐怖的陰影威脅。

「你認為他對我們的事知道得多嗎？」麥金蒂焦慮地問道。

麥克默多陰鬱地搖了搖頭，說道：「他已經來了很久，至少六星期了。我想他還沒有到我們這兒來收集他想要的情報。否則，假如他有鐵路資本做後盾，又在我們之中活動了這麼長的時間，我想他早已有所收穫，而且也已把它傳遞出去了。」

「我們分會裡沒有一個膽小鬼！」麥金蒂高聲喊道，「每個人都有鋼鐵般的堅定意志。不過，天哪！只有那個可惡的莫里斯。他的情況如何？要是有人出賣我們，那一定只有他。我想派兩個弟兄在天黑前去教訓他一頓，看看他們能從他身上發現些什麼。」

「哦，那倒也無妨，」麥克默多答道，「不過，我不否認，我喜歡莫里斯，並且不忍看他受到傷害。他曾向我說過一兩次分會裡的事，儘管他對這些事的看法跟你我大相逕庭，但也絕不是一個告密之徒。不過我並不想干涉你們之間的事。」

「我一定要解決這個老傢伙！」麥金蒂咬牙切齒道，「我已經留意他一年了。」

「好吧，你的確瞭解不少，」麥克默多答道，「不過你必須等到明天再去處理，因為在了結平克頓這件事以前，我們必須暫停其他活動。時間有的是，何必要選在今天驚動警方呢？」

「你說得對，」麥金蒂說道，「我們可以在把伯爾第·愛德華的心臟挖出來以前，從他身上弄清楚他到底是從哪裡得到的消息。他會不會看穿我們設的圈套呢？」

麥克默多面露微笑。

「我想我已經抓住了他的弱點，」麥克默多說道，「只要能得到死酷黨人的行蹤，他甚至甘願追到天涯海角。我已經拿了他的錢，」麥克默多咧嘴笑了，取出一疊鈔票給大家看，「他承諾，看到全部的文件後，還會付更多的錢。」

「什麼文件？」

「哈！根本就沒有什麼文件。我告訴他全體會員的名單和章程都在我這裡，他希望把一切秘密弄到手，然後再遠走高飛。」

「果然厲害，」麥金蒂咧嘴笑道，「他沒有問你怎麼沒把這些文件帶去嗎？」

「我說，我才不會帶著它們出門，已經有人開始懷疑我了。何況，馬文隊長這天又在車站上和我說過話，我怎麼敢呢！」

「嗯，我有聽說，」麥金蒂說道，「我就知道你能承擔重任。等我們把他殺掉後，可以把他的屍體扔到一個舊礦井裡。不過，無論如何，我們無法瞞過住在哈布森領地的人，而且你今天又到過那裡。」

麥克默多聳了聳雙肩，說道：「只要我們處置得宜，他們就找不出這件謀殺的證據。天黑以後，沒有人會看到他來我的住所。我會安排好，不讓任何人看到他。現在，參議員先生，我把我的計畫跟你講一下，並且請你轉告另外那幾位，你們全部人一起提早過來。他十點鐘會到達，以敲門三下為信，我會去替他開門，然後在他身後把門關上，到時他就是我們的囊中之物了。」

「這的確很容易。」

「是的，不過下一步就需要慎重考慮了。他是一個很難對付的傢伙，而且武器精良。我把他騙來，他很可能有所戒備。他本打算只與我一個人談判，但要是我把他帶進屋子後，裡面卻坐著七個人，到時他一定會開槍，我們之中的某些人就有可能會受傷。」

「沒錯。」

「而且槍聲會把附近鎮上該死的條子都引來。」

「你說得很對。」

「我一定能安排妥當。全部人都先坐在你我之前交談的那個大房間裡，我為他開門以後，把他領到門旁的會客室裡，讓他在那裡稍等。我假裝去取文件，趁機告訴你們事情的進展情況，然後再拿著幾張捏造的文件回到他那裡。趁他讀文件的時候，我就跳到他身前，緊緊掐住他的雙手，使他不能拔槍。你們一聽到我大喊，就立刻跑過來，越快越好。因為他也像我一樣健壯，我一定會盡力撐到你們抵達為止。」

「這是一條妙計，」麥金蒂說道，「分會不會忘記你這次的功勞，我想，當我卸任時，我一定提名讓你接替我的位子。」

「參議員先生，說實話，我只是一個新入會的弟兄，」麥克默多說道，可是他臉上的神色表明，他很高興聽到這位有實力的人對他表示讚揚。

麥克默多回到家中，著手準備夜晚這場你死我活的格鬥。麥克默多首先把他那支史密斯&威森牌左輪手槍擦乾淨，上好油，裝填子彈，然後檢查一下這位偵探即將落入圈套的那間廳房。這間廳房很寬敞，中間放著一條長桌，旁邊有個大爐子。兩旁全是窗戶，沒有窗板，只掛著一些淺色的窗簾，麥克默多仔細地檢查了一番。無疑地，這個房間密不透風，正適合進行這樣的秘密約會，而且這裡離大路很遠，不會引來不良後果。最後麥克默多又與他的同伙史坎蘭商議，史坎蘭雖是一個死酷黨人，卻是一個人畜無害的小人物，他極為軟弱無能，不敢反對其他同伙的意見，雖然有時被迫參與一些血腥的暗殺勾當，私底下卻異常厭惡。麥克默多三言兩語把即將發生的事告訴了他。

「假如我是你的話，麥克．史坎蘭，我會在今夜離開。這裡在清晨之前一定會有流血事件發生。」

「的確是，麥克，」史坎蘭答道，「我並不想這樣，可是我缺乏勇氣。當我看到遠處那家煤礦的經理鄧恩被害時，我幾乎忍受不住了。我沒有像你或麥金蒂那樣的膽量，假如組織不會加害於我，我就照你建議的那樣做，你們自己去處理晚上的事好了。」

麥金蒂等人如約趕來。他們是一些外表很體面的人，衣著華麗整潔，可是一個善於觀察的人就能從他們緊閉的嘴角和凶惡殘忍的目光中看出，他們有多麼渴望擒獲伯爾第．愛德華。室內沒有一個人的雙手不是多次沾滿鮮血的，他們殺起人來心狠手辣，如同屠夫宰殺綿羊一般。

尤其，無論從那令人生畏的外貌還是背負的罪惡來看，麥金蒂都是十足的首領風範。哈拉威，會中的書記，則是一個骨瘦如柴的人，手段狠毒，長著一截皮包骨的長頸子，四肢神經敏感，他關心分會的資金來源，卻不在乎得來是否公正合法。卡特，會中的司庫，他是一個中年人，冷漠無情、死氣沉沉，皮膚像羊皮紙一般黃；他是一個有才幹的組織者，幾乎每一樁犯罪的計畫都出自此人的邪惡頭腦。威拉比兩兄弟是實幹家，個子高大，四肢健壯且靈活，神色堅決果斷。另一個伙伴老虎柯馬克則是一個粗眉大眼的黝黑大漢，甚至會中的成員對他那凶狠殘暴的天性都有幾分畏懼。就是這些人，準備今晚在麥克默多的住所中殺害來自平克頓的偵探。

麥克默多在桌上擺了些威士忌，這些人大吃大喝起來。鮑德溫和柯馬克已經半醉，醉後更曝露出他們的凶狠殘暴。由於這幾夜寒冷異常，屋中生著火，柯馬克便把雙手放到火上取暖。

「這樣就萬事俱備了。」柯馬克惡狠狠地說道。

「喂，」鮑德溫聽出了柯馬克話中的含意，說道，「如果我們把他捆起來，就能從他口中打聽到真相。」

「不用怕，我們一定能問出真相的。」麥克默多說道，他有著一副鐵石心腸，儘管擔負這樣的重責大任，他仍像平時一樣沉著冷靜、毫不在意。因此，大家都對他讚譽有佳。

「由你來對付他，」身主麥金蒂讚許地說，「他會毫無防備地被你扼住喉嚨。可惜你的窗戶沒有窗板。」

麥克默多走了過去，把一扇扇窗戶上的窗簾拉緊。

「此刻絕對沒有人會來探查我們的。時間也快到了。」

「也許他察覺出危險，不來了。」哈拉威說道。

「不用怕，他一定會來，」麥克默多答道，「就像你們急於見到他一樣，他也急於來到這裡。你們聽！」

所有人像蠟人一樣坐著不動，有幾個人正把酒杯送往唇邊，這時也停了下來。只聽門上重重地響了三下。

「不要出聲，」麥克默多舉手示警，這些人喜不自禁，都暗暗握住手槍。

「為了你們的生命安全，不要出一點聲音！」麥克默多低聲說道，他走出房間，小心翼翼地把門關上。

這些凶手全都拉長了耳朵，默數著這位伙伴在走廊上的腳步聲，聽到他打開大門，好像說了幾句寒暄話，然後就是一陣陌生的腳步聲和一個陌生人的講話聲。過了一會兒，門砰地一響，接著是鑰匙鎖門的聲音。他們的獵物已經完全落入圈套。老虎柯馬克發出一陣獰笑，首領麥金蒂趕緊用他的大手掩住柯馬克的嘴。

「別出聲，你這蠢貨！」麥金蒂低聲說道，「你會壞了我們的好事！」

隔壁房間傳來模糊不清的低語聲，裡面的人談個沒完，令人難以忍耐。後來，門終於打開，麥克默多了走進來，把手指放到唇上。

麥克默多走到桌子一頭，將他們打量了一番。他的面容起了令人捉摸不定的變化，神情就像是一個偉大的人物，面容堅決果敢，雙目從眼鏡後方射出極為激動的光彩。他顯然成了一位領導人。這些人著急地望著他，可是麥克默多一言不發，依然打量著他們每一個人。

「喂！」麥金蒂終於大聲喊道，「他來了嗎？伯爾第．愛德華在這裡嗎？」

「沒錯，」麥克默多不慌不忙地答道，「伯爾第．愛德華就在這裡。我就是伯爾第．愛德華！」

這簡短的幾句話說出來以後，室中頓時像空無一人般的寂靜無聲，只聽得到火爐上水壺的沸騰聲。這七個人面色慘白，十分驚恐，怔怔地望著這位掃視他們的人。接著，伴隨一陣窗玻璃的破裂聲，許多閃閃發亮的來福槍管從窗戶伸進來，窗簾也全被撕破。

一瞬間，首領麥金蒂像一頭受傷的熊，咆哮了一聲，跳到半開的門前。一支手槍已在那裡對準了他，煤礦警備隊長馬文的兩隻藍色大眼正炯炯有神地望著他。這位首領只好退後，倒在他的座位上。

「參議員先生，你在那裡還是比較安全的，」那名一直被稱為麥克默多的男人說道，「還有你，鮑德溫，如果你不把手拿開你的手槍，那就用不著劊子手了。把手伸出來，否則我只好——放在那裡，好了。這棟房子已經被四十名全副武裝的人包圍，你們可以想像自己還有什麼機會逃走。馬文，沒收他們的槍！」

在眾多來福槍的瞄準下，絲毫無法反抗。這些人全被繳了械，他們一臉陰沉，不可置信地圍坐在桌旁。

「在離別之前，我想對你們講一句話，」這位給他們設下圈套的人說道，「我想我們不會再見面了，除非你們將來在法庭證人席上看到我。我想讓你們回想一下過去和現在的一些事。你們現在知道我是誰了，我終於可以把我的名片放在桌子上了。我就是平克頓的伯爾第．愛德華。他們指派我來破獲你們這一群惡黨，我正玩著一場非常危險的遊戲。沒有一個人，就連我最親近的人也不知道我正冒險進行的事，只有這裡的馬文隊長和我的幾個助手知道這件事。可是今晚一切都結束了，感謝上帝，我贏了！」

這七個人臉色蒼白，愣愣地望著他。他們眼中顯露出難以壓抑的敵意，愛德華看出他們這種威脅的神情，說道：「也許你們認為一切還沒完。好吧，那我就聽天由命了。不過，你們的魔爪不會伸得太遠了，除了你們以外，今晚還有六十個人被捕入獄。我要告訴你們，在我承辦這件案子之前，並不相信存在像你們這樣的一個組織，我還以為這只是報紙上的無稽之談呢！但我還是應該查清楚。他們告訴我這與自由人會有關係，於是我便在芝加哥入了會，發現這個社會組織只會做善事，不做壞事，那時我更加確信那些純粹是報上的瞎扯。」

「但我還是繼續查訪。自從我來到這些產煤的山谷以後，才知道我過去大錯特錯，原來那些的確不只是拙劣的謠言與傳說，於是我便留下來觀察。我在芝加哥從未殺過人，一生中也從未製造過偽幣，我送給你們的那些錢幣都是真的，但我從來沒有把錢用得這麼妥當。我知道該怎麼迎合你們的心理，所以對你們扯謊，說我是因為犯了罪而逃走的。這一切正如我預料的那麼管用。」

「我加入了你們那惡魔一般的分會，當你們商議事情時，我盡可能地參加。也許人們會說我跟你們一樣壞，他們想怎麼說就怎麼說，反正只要我最後能抓住你們就好。結果呢？你們毒打史坦格老人那晚我參與了，因為沒有時間，我來不及事前警告他。可是，鮑德溫，當你要殺死他時，我拉住了你的手。我曾在組織提出過一些建議，那只是為了在你們之中保住我的地位，而且那都是些我能夠預防的事情。我無法拯救鄧恩和孟席斯，因為我事先完全不知情，然而我會看到殺害他們的凶手被處以絞刑的。我事先警告了切斯特·威爾卡克斯，所以，當我炸毀他的住所時，他和家人一起躲起來了。也有許多犯罪活動是我未能制止的，可是只要你們回顧一下，想一想為什麼你們的下手目標總是在回家時走了不同的路；或是當你們尋找他時，他卻留在了鎮上；不然就是當你們認為他會出門時，他卻閉門不出，你們就會知道，這都是我的傑作。」

「你這個該死的內奸！」麥金蒂咬牙切齒地咒罵道。

「嘿，約翰·麥金蒂，假如這可以減輕你的痛苦，你就儘管這麼稱呼我吧。你和你那一伙人是上帝和本地居民的死敵。需要有一個人到你們和受你們控制的那群可憐人之間去瞭解情況。要達到這個目的只有一種方法，我就採用了這種方法。你們叫我內奸，但我想會有成千上萬的人稱我為救命恩人，把他們從地獄裡解救出來。我花了三個月的時間，在本地調查了全部情形，掌握每一個人的罪行和每一件秘密。如果不是知道我的行跡已經洩露出去，那我還會再等一些時間才動手呢！因為鎮裡已經接獲了一封信，它會使你們警覺起來。所以我不得不提前行動。」

「我沒有別的話要說了。我要告訴你們，在我臨終的那一天，只要想到我在這個山谷做的這些事，我就可以心安理得的死去。現在，馬文，我不再耽擱你了。把他們拘捕起來。」

我還要再向讀者囉嗦幾句。史坎蘭被派去送了一封蠟封的信箋給艾娓．夏夫特小姐，他在接受這項使命時，眨了眨眼，會意地笑了。次日清早，一位美麗女子和一個蒙面人搭乘了鐵路公司派出的特快車，馬不停蹄地離開了這個危險的地方。這是艾娓和她的情人在這恐怖谷中最後的行蹤了。十天以後，由老雅各．夏夫特主婚，他們在芝加哥結為連理。

這些死酷黨人被押到遠方受審，他們的黨徒無法威脅到那裡的法律監護人，他們花錢如流水地設法營救（這些錢都是從鎮上敲詐、勒索與搶劫而來的），但只是白費心機。起訴書寫得非常周密、明確、證據確鑿。因為寫這份證詞的人熟知他們的生活、組織和每一件罪行的細節，以致儘管辯護人耍盡了陰謀詭計，也無法將他們從滅亡的命運中拯救出來。過了這麼多年，死酷黨人終於被擊敗、粉碎了。山谷的烏雲也從此消散了。

麥金蒂在絞架上結束了他的性命，臨刑時發出的悲泣哀號也是徒然。其他八名首犯也被處死，另有五十多名黨徒被判以各類徒刑。至此，伯爾弟．愛德華才算是大功告成。

然而，正如愛德華所預料的，這齣戲還沒有結束。還有別的劇碼繼續上演，而且一個接著一個地演下去。泰德．鮑德溫首先逃過了絞刑，其次是威拉比兩兄弟，還有這伙人中的其他幾名凶殘之徒，也相繼逃過一死，他們只被監禁了十年。愛德華熟知這些人，他意識到，仇敵出獄的那一天，也就是自己的和平生活結束的時候。這些黨徒發誓要為他們的伙伴報仇雪恨，不殺死他絕不罷休！

有兩次他們幾乎得手，毫無疑問，第三次很快又會來臨。愛德華無奈地離開了芝加哥。他更名換姓，從芝加哥遷至加利福尼亞。加上艾娓．愛德華的過世，使他的生活一時失去了光彩。有一次他險遭毒手，於是他又再次改名為道格拉斯，在一個人跡稀少的峽谷裡和一位名叫巴克的英國人合伙經營礦業，積蓄了一大筆財富。他發現那些嗜血的獵犬仍然追蹤而來，這才清楚地意識到，只有立刻遷往英國能夠活命。後來，約翰．道格拉斯娶了一位高貴的女子，在蘇塞克斯的過了五年的紳士生活。這段生活最後發生的奇事，前面已經介紹過了。

15 尾聲

經過警方審理，約翰．道格拉斯案被呈交法庭。地方法庭以自衛殺人無罪，宣判當庭釋放。

「不惜任何代價，一定要讓他離開英國，」福爾摩斯在給愛德華妻子的信中寫道，「這裡危機四伏，甚至比他之前躲過的那些威脅還要險惡許多。在英國，沒有你丈夫的容身之地。」

兩個月過去了，我們漸漸淡忘這件案子。然而，一天早晨，我們的信箱收到一封莫名其妙的信，信上只有寥寥幾個字：

天哪！福爾摩斯先生，天哪！

這封信既無地址，又無署名。我看了這離奇古怪的語句，不禁感到好笑，可是福爾摩斯卻顯得異常嚴肅。

「這一定是壞事！華生。」福爾摩斯雙眉緊皺地說道。

夜裡，我們的房東哈德森太太進來通報說，有一位紳士有要事求見福爾摩斯。緊隨著通報人，我們在伯爾史東莊園結識的朋友塞西爾．巴克走了進來。他臉色陰鬱，容貌憔悴。

「我帶來了不幸的消息，可怕的消息，福爾摩斯先生。」巴克說道。

「我也在擔心呢。」福爾摩斯說道。

「你沒有收到電報嗎？」

「我收到一封來信。」

「可憐的道格拉斯。他們告訴我，他的真名叫愛德華，可是對我來說，他永遠是貝尼托峽谷的傑克．道格拉斯。三個星期以前，他們夫婦二人一起乘帕爾米拉號輪船到南非去了。」

「沒錯。」

「昨夜這艘船已抵達開普敦。今天上午我收到道格拉斯夫人的電報：

傑克於聖赫勒拿島附近大風中不幸落海。沒有人知道意外是如何發生的。

艾薇．道格拉斯」

「哎！原來如此！」福爾摩斯若有所思地說道，「嗯，我可以肯定，這是有人在幕後周密策劃與指使的。」

「你是說，你認為這不是意外事故嗎？」

「世界上沒有這樣子的意外事故的。」

「他是被人謀殺的嗎？」

「當然了！」

「我也這麼想。這些邪惡的死酷黨人，這伙該死的復仇主義者——」

「不，不，我的好先生，」福爾摩斯說道，「這其中另有主謀。這不是一樁使用截短獵槍和笨拙的六發左輪的案件。你可以說這是他的一名死對頭做的，可是我認為這是莫里亞蒂的手法。這次犯罪行動是從倫敦指揮的，而非美國。」

「但他的動機是什麼？」

「因為下這個毒手的人是一個不甘於失敗的人，這個人與眾不同的地方就在於，他所作的一切事情都一定要達到目的。這樣一個有才智的人與一個龐大的組織要消滅一個人，就如同用鐵錘砸胡桃一般，顯得大材小用。不過，理所當然，這胡桃最後也輕而易舉地被砸碎了。」

「這個人和這件事有什麼關係呢？」

「我只能告訴你我們知道的情報，還是莫里亞蒂的一個助手走漏的消息。這些美國人是經過慎重考慮的，他們跟其他外國罪犯一樣，想在英國作案，當然得與這名犯罪專家合作了。從那時候開始，他們下手的目標就註定會有這樣的下場。一開始，莫里亞蒂派他的手下去尋找要謀殺的人，並全權處理這件事。結果，當他看到鮑德溫暗殺失敗的報告以後，他決定親自動手。你曾聽到我在伯爾史東莊園警告過你的朋友，未來的危險比過去的要嚴重得多。我沒說錯吧？」

巴克生氣地握緊拳頭，敲打著自己的腦袋，說道：「你是說我們只能聽任他們擺佈嗎？沒有一個人能敵得過這個魔頭嗎？」

「不，我沒這麼說，」福爾摩斯說道，他的雙眼似乎遠望著未來，「我並沒有說他是打不倒的。但你必須給我時間——你必須給我時間！」

一時間，我們大家沉默不語，只有福爾摩斯那富有遠見的炯炯雙目彷彿要望穿雲幕一般。

最後致意

1908～1917

His Last Bow

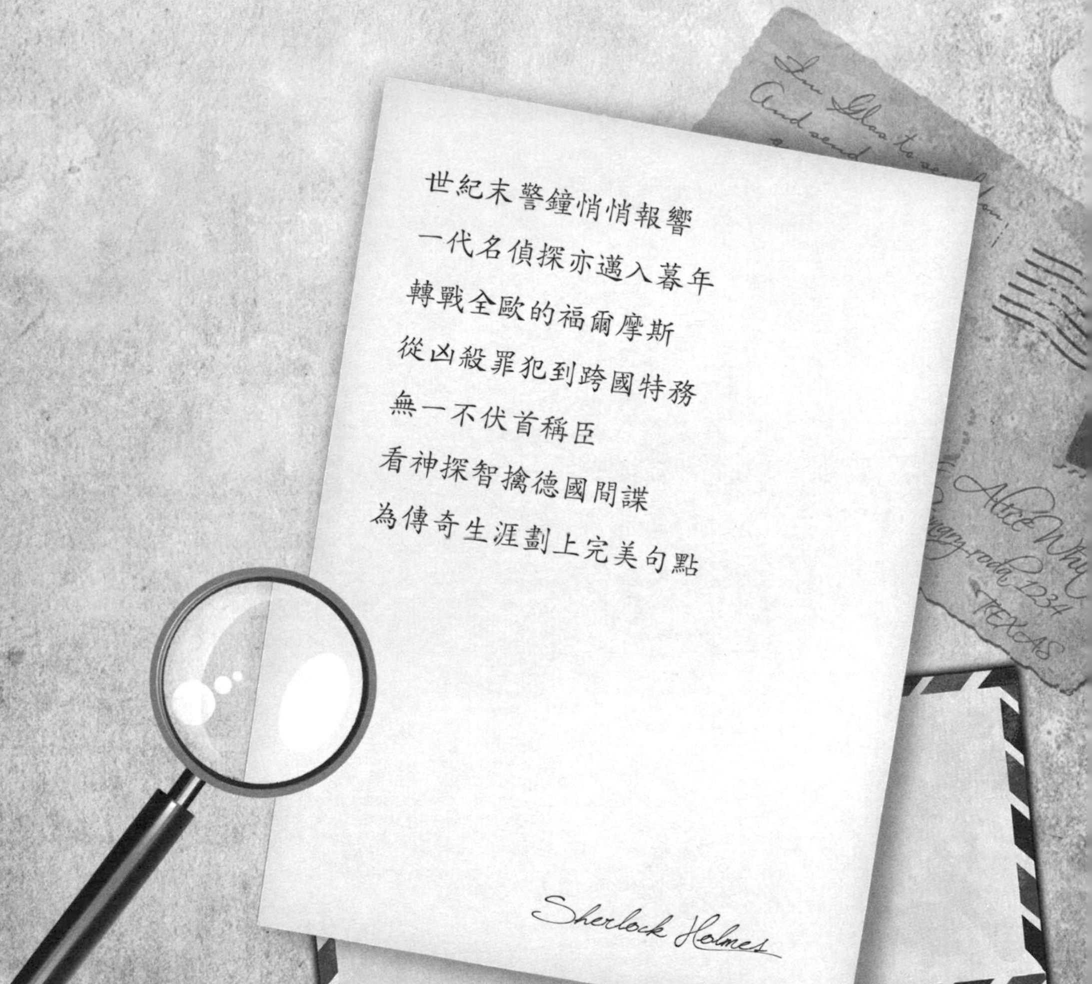
世紀末警鐘悄悄報響
一代名偵探亦邁入暮年
轉戰全歐的福爾摩斯
從凶殺罪犯到跨國特務
無一不伏首稱臣
看神探智擒德國間諜
為傳奇生涯劃上完美句點
Sherlock Holmes

現在，我很高興地告知所有關心夏洛克·福爾摩斯先生的朋友們，福爾摩斯先生並未捨我們而去，他還活著。雖然由於風濕病的折磨，以至於他的健康狀況大不如前，但是他依然精神矍爍、思維敏捷。這些年來，他一直待在某個農場中潛心研究哲學和農藝學，這個農場位於距伊斯特本不過五哩的一片丘陵中。在這段日子裡，他謝絕了酬金極高的所有邀請，決心從此退隱山野。但是由於德國準備發動戰爭，為了配合政府的行動，他不得不再次復出。憑藉著他的聰慧果斷，他又取得了本書中所記錄的歷史性成就。另外幾件曾長期被壓在書櫃中的記錄，現在也被收入《最後致意》這本書中，並編輯成冊。

醫學博士

約翰·H·華生

1 威斯特里亞寓所

我從筆記本中發現，故事發生在一八九二年三月底一個冷風淒淒的日子裡。當時我們正在吃午飯，郵差為福爾摩斯送來了一份電報，他接過看了一遍，隨即發了回電。回完之後，他好像有了心事，默默地走到火爐邊，用一塊爐炭點燃了煙斗，並不時看看手中那份電報，臉上流露出若有所思的神情。突然，他轉過身來，詭秘地盯著我。

「華生，我認為，我們應該把你視為一位文學家，」他說，「你是如何解釋『怪誕』一詞的？」

「奇怪、不同尋常。」我答道。

他搖了搖頭。

「一定還有其他意思，」他說，「事實上，它還有悲慘和可怕這層含意。只要你留心一下你那些令大眾不安的故事，就會明白『怪誕』一詞往往與犯罪相連。看看《紅髮協會》一案吧，剛開始也是荒誕不經的，最後卻被證明與一伙目無法紀的搶匪有關。還有《五枚橘籽》事件，也是相當怪誕的，結果卻導致了一樁命案。所以，我對『怪誕』一詞總是十分警惕。」

「電報中也提到了這個詞？」我問。

於是，他對我大聲地唸起電文來。

我遇到了難以理解的怪誕事件，可否向你求教？

史考特・艾克列斯

查林十字街郵局

「這個人是男的還是女的？」我問。

「很顯然是男的。女人是不會先付回電費的，她們往往親自登門。」

「你答應見他了嗎？」

「親愛的華生，自從我們逮捕了卡魯瑟斯上校後，你知道我過得有多無聊。我的大腦猶如空轉的機器，因為沒有填充生產原料而變得散亂。生活是如此的枯燥無味、平淡無奇。那些創舉和浪漫似乎在這個不斷犯罪的世界上永遠地消失了。那麼，你可能會問我有沒有準備去研究其他領域中出現的新問題，不論它是否值得。不過現在，如果我沒猜錯的話，應該是當事人來了。」

樓梯上的腳步聲既有節奏感又有力度。不一會兒，看門人領進一位鬍鬚花白、身材魁梧、令人望而起敬的老者。他沉靜的面容和高傲的神情清楚地表明他所處的環境。他的鞋罩和精緻的金邊眼鏡則告訴了我們，他是保守黨、教士，以及一個好公民，而且是那種道地的正統派和保守派。但是，他一貫具有的沉著冷靜正被某種可怕的事件摧殘著，他那豎直的頭髮、惱怒漲紅的臉，以及激動的神色都清楚地表露了出這點。還未坐下，他便迫不及待地開始講述他的故事。

「我遇到了一件最古怪且令人不快的事，福爾摩斯先生，」他惱怒地說，「這是我平生不曾遇到的怪事。這件事極為難堪，讓人無法容忍。我決心弄個明白。」

「請坐，史考特．艾克列斯先生，」福爾摩斯親切地說道，「首先，我可否知道，你來找我究竟是為了什麼事？」

「哦，先生，我認為此事與警察無關，但我不能對此視而不見，只要你聽完了我的敘述，一定會贊同這個觀點。我對於私家偵探一向沒有興趣，不過，即便如此，由於仰慕你的才華——」

「原來如此。可是，你當時怎麼不馬上趕來呢？」

「這是什麼意思？」

福爾摩斯看了看錶。

「已經兩點十五分了，」他說，「你是一點左右發電報的。不過，要不是我知道你是在起床時遇上麻煩的話，也不會注意你的裝扮。」

委託人撥了撥自己蓬亂的頭髮，摸了摸那長滿落腮鬍的下巴，露出了難為情的神色。

「是的，福爾摩斯先生。我一心只想儘快離開那棟房子，哪裡還考慮得到梳洗！來這裡之前，我四處打探消息。我找到了房屋管理員，得知賈西亞先生的房租已經付清了，他還告訴我說威斯特里亞寓所的一切都很正常。」

「喂，喂！先生，」福爾摩斯笑著說，「你和我的朋友華生醫生太像了，他有個壞毛病，總是沒頭沒腦地敘述事情。先生，你得冷靜一下，整理一下你的思路，然後再有條有理地敘述事情的經過。你到底是遇到了什麼危險或麻煩，以至於來不及梳洗就急忙趕來求助？你看，你甚至忘了扣好禮靴和背心上的紐扣。」

我們的委託人滿臉愁容地看了一眼自己那不得體的外表。

「我這副模樣肯定很沒教養，福爾摩斯先生。我真納悶，這輩子竟會碰上這樣的怪事。我現在就告訴你這件事情的全部經過。我相信，你聽完後肯定會原諒我的冒失。」

但是，他的故事才剛開始就被打斷了。外面傳來了喧鬧聲，緊接著，哈德森太太打開了門，領進兩個官員模樣的健壯男人。其中一個看上去氣宇軒昂、精力旺盛，他就是我們熟悉的蘇格蘭場警長葛雷森，他算得上是警界的能人。在與同福爾摩斯握過手後，他向大家介紹他的同事，來自薩里警署的貝尼斯警長。

「福爾摩斯先生，我們一路跟蹤過來，沒想到竟然進了你的家門。」他那雙大眼睛隨即轉向我們的客人，「你就是住在李街波芬寓所的約翰．史考特．艾克列斯先生吧？」

「是的。」

「我們整整跟了你一個上午。」

「顯然，你是透過電報知道他來到我這裡。」福爾摩斯說道。

「一點也沒錯，福爾摩斯先生。我們是在查林十字街郵局得到的線索，隨後就一直追蹤到了這裡。」

「為什麼要跟蹤我？你們想做什麼？」

「想要一份證詞，史考特．艾克列斯先生。我們想了解昨天去世的、住在艾榭附近威斯特里亞寓所的阿洛伊修斯．賈西亞先生的相關情形。」

我們的委託人一下子警覺起來，他瞪大雙眼，一張驚恐的臉頓時蒼白如紙。

「什麼？你是說他死了？」

「沒錯，先生，他死了。」

「怎麼死的？發生了意外嗎？」

「是謀殺，如果它的確發生過的話。」

「天哪！太可怕了！你該不會——該不會懷疑是我幹的吧？」

「死者的口袋中有你的一封信，信上寫道，你昨晚曾打算去他家過夜。」

「是這樣沒錯。」

「哦，你去了是嗎？」

他們掏出了記錄本，準備抄下證詞。

「等等，葛雷森，」夏洛克．福爾摩斯說，「你們只是要一份證詞，很清楚的證詞，對嗎？」

「我有義務提醒你，史考特．艾克列斯先生，你的證詞有可能被呈交法庭。」他轉向我們的委託人。

「艾克列斯先生正在為我們講這件事呢，不過，你們的到來打斷了他的陳述。華生，我想給他一杯加了蘇打水的白蘭地，這對他會有好處。」福爾摩斯又轉向史考特．艾克列斯，「先生，現在又多了兩位聽眾，但是你不必緊張，接著講，就像沒被打斷過一樣。你剛才講得很清楚。」

我們的委託人端起杯子，頭一仰便喝乾了杯中的白蘭地，這時他臉上稍為有了血色。他疑惑地瞥了眼警長手中的筆記本，開始講述這樁奇事。

「我一直是單身，」他說，「因為性格開朗，所以朋友不少。其中有一個叫梅爾維爾的，住在肯辛頓的阿伯瑪爾大廈中，以前是個釀酒商。幾週前，我去他家吃飯時結識了一個叫賈西亞的年輕人。我後來了解到，他是西班牙後裔，與大使館常有聯繫。他的英語十分標準，很有親和力，是我所見過最帥氣的小伙子。」

「這個小伙子與我很聊得來，似乎見到我的第一眼就對我很有好感。隨後的兩天，他又來我家拜訪我。這樣來往了幾次後，他也邀請我去他家住幾日。他就住在艾榭和奧克斯休特之間的威斯特里亞寓所，昨夜我便如約而至。」

「在這之前，他曾提過一些他家的情形。與他同住的是一個忠誠的西班牙僕人。這個人會說英語，是他的管家，替他料理一切事務。另外還有一個混血廚師，是他在旅途中認識的，能燒得一手好菜。他說過，能在薩里的市中心找到這樣的房子，讓他有些驚奇。關於這一點，我與他看法一致。但是，事實上，它比我想像的還要奇怪。」

「昨晚，我乘馬車到了他家。他家距離艾榭南端約兩哩。屋子背向公路，雖然很大，卻因年久失修而破舊不堪，大門也因風吹雨打而顯得骯髒斑駁。門前則是一條雜草叢生的曲折車道，兩旁種著高高的綠色灌木叢。當馬車停下時，我曾在大門口猶豫了好久，思考究竟值不值得去拜訪這樣一個並不熟識的人。但他親自出來開門，顯得非常熱忱真摯。隨後，一個神情憂鬱、臉色黝黑的男僕過來替我提皮包，並帶我進了那間特地準備的房間。整棟屋子的氣氛令人覺得抑鬱不安。用餐時，我與主人相對而坐，雖然他極力殷勤款待，卻顯得心不在焉；言語毫無條理，混亂含糊。另外，還偶爾會不自覺地用手指叩擊桌面，用牙齒咬指甲等等。那頓飯做得很普通，招待也很不周到，加上身後那個臉色陰沉、不發一語的僕人，我簡直快窒息了！那一晚，老實說吧，我真恨不得能找一個藉口回到李街！」

「我還想起一件事，它或許與二位目前正在調查的問題有關，但當時我卻沒放在心上。當晚餐快結束時，僕人遞給他的主人一張紙條。他看過後，比稍早更心不在焉、行為也更怪異了。他不再勉強自己與我談話，而是默默地坐在一旁抽煙，陷入了沉思。他沒有向我提及紙條的內容。到了十一點鐘左右，我上床就寢了，過了不久，賈西亞從門口探進頭來，問我是否有按過鈴，我回答說沒有。當時屋裡很黑，他帶著歉意說已經快一點了，不該這麼晚來打擾我。接著我就繼續睡了，當我醒來時已經天亮。」

「現在，我要講到最令人驚奇的部分了。我一睜開眼，見窗外的太陽已升得很高。我不禁看了一下錶，原來已經九點了。我納悶他們怎麼沒有在八點時叫醒我，我明明特別叮嚀過了。我爬下床，按鈴呼叫僕人，卻無人理會。再按了幾次，仍然沒人。我以為鈴壞了，趕緊套上衣服，下樓去叫人送熱水來。可是，樓下一片死寂，不見一個人。你們可以想像我當時有多麼驚訝！我站在大廳裡大聲叫喊，四周仍然鴉雀無聲，毫無回應。我逐一查看每間房間，卻都不見人影。主人昨晚曾告訴我他住在哪間臥室，於是我去敲他的門，一樣無人應答。我推開房門，發現他的床根本沒有動過，他和那兩個人就這樣一聲不響地走了。外國客人、外國僕人以及那個混血廚師都在一夕之間消失了！我對威斯特里亞寓所的拜訪因此結束。」

夏洛克．福爾摩斯邊聽邊笑，把這樁奇事寫進了他那個記滿奇聞趣事的冊子。

「你的故事的確讓我開了眼界，」他停住笑說道，「先生，能否告訴我，你接著又做了什麼？」

「我大為光火，認為自己被人愚弄了，於是收拾好自己的行李，直奔艾榭。我打聽到那幢房子是艾倫兄弟租出去的，他們是這個鎮上最大的房地產經紀商。我仔細地考慮了一下整件事的經過，認為他們這麼做不可能只是為了捉弄我，目的肯定是想逃租。而且這種解釋似乎還說得通，因為現在已經三月底，本季的結算日就要到了。我找到艾倫兄弟，他們很感激我，不過同時也告訴我，租金早就付清了。於是，我進城拜訪了西班牙使館，但他們並不知道這個人。我又去了第一次遇見賈西亞的梅爾維爾先生府上，但我發現，他對賈西亞的認識甚至還不如我。最後，我收到你的回電，於是就趕來了。我聽說過你的大名，對你在偵破案件中所表現出的智慧十分欽佩。不過現在，警長先生，我從你口中瞭解到，除了古怪的事件外，還有悲劇發生了，請你告訴我一切。我保證，我沒有一句謊話，除了我所講述的事實以外，我對他的死一無所知。我唯一的願望就是盡可能地維護法律的效力。」

「我相信你，史考特．艾克列斯先生，我的確相信，」葛雷森警長友善地表示，「也可以說，你所提到的經過，很符合我們目前所瞭解的事實。那麼，你有沒有注意到，主人在吃飯時接到的那張便條後來放在哪兒了？」

「嗯，我注意到了。它被賈西亞揉成一團扔進火爐了。」

「你對此有何高見？貝尼斯先生。」

這位紅皮膚的鄉村偵探長得十分健壯，他那滿是皺褶的臉大得很不自然，只有一雙炯炯有神的眼睛使人覺得愉快。他面露微笑地從口袋中掏出一張折疊過的、有些烤焦的紙片。

「福爾摩斯先生，那座火爐設有爐柵。紙條被扔到柵外，沒被燒掉，不過也被烤黃了。」

福爾摩斯微笑著表示讚賞。

「你一定仔細地檢查過那棟房子。要不然很難發現這麼小的紙團。」

「是的，福爾摩斯先生。這是我的一貫作風。我是在火爐後面找到它的。我可以唸出紙條的內容嗎？葛雷森先生。」

那名倫敦人點了點頭表示同意。

「這張便條上沒有浮水印，是常用的奶油色條紋紙，約是一頁的四分之一大小，是用短剪刀分兩次剪下的，它至少被折疊過三次，使用紫色的蠟封口，並壓有一個平整的橢圓形印跡。紙條是寫給住在威斯特里亞公寓的賈西亞先生的。內容如下：

我的色彩，綠色與白色。綠色開啟，白色關閉。主樓梯，第一迴廊，右數第七，綠色粗呢。祝你好運。D

這顯然是女人的筆跡，柔弱無力。但寫地址時卻換了一支鋼筆，或是由另一人所寫。你看，這幾個字要強壯有力得多了。」

「太奇怪了，」福爾摩斯瞄了一眼說道，「我真佩服你，貝尼斯先生，佩服你竟對這張便條如此重視，注意到了每一個細節。我想補充一點，就是關於這個橢圓形的印痕，它顯然是一顆平面袖扣留下的痕跡——再也沒有其他東西會這樣；另外，它用的剪刀是折疊式的指甲剪，你看，那剪過的兩下距離雖短，但邊緣的弧形仍然相當清晰。」

這位鄉村偵探忍不住笑了。

「我以為我已經分析得很透徹了，結果還是漏掉了一些細節，」他說，「事實上，我並不認為這張紙條有很大的價值。只是了解到他們想做什麼，而這件事與一個女人有關。」

當他們討論紙條時，史考特．艾克列斯先生卻顯得坐立不安。

「我很高興你發現了那張紙條，它證明了我講的事情，」他有些焦急地說，「可是，我想知道賈西亞先生和他的家人到底出了什麼事。我現在對此還一無所知呢！」

「賈西亞？」葛雷森回答說，「這個問題很簡單，他死了。今天早上，人們在離他家約一哩的奧克斯休特的一片空地上發現了他。他的腦漿都濺出來了，凶器可能是沙袋或類似的東西。那個地方很偏僻，方圓四分之一哩內沒有一戶人家。從傷勢來看，他是遭到了來自後方的偷襲，死後還被繼續毆打了一段時間。此案的犯案手法相當殘忍，現場沒找到足跡和其他的線索。」

「遭到搶劫了？」

「沒有，根本不是搶劫。」

「太慘了！而且太可怕了！」史考特．艾克列斯先生悻悻然說道，「這對我也太殘酷了。主人深夜外出慘遭不幸，這與我毫無關係啊！我怎麼也被牽扯進來了呢？」

「非常簡單，先生，」貝尼斯警長回答道，「在死者口袋中發現的唯一線索就是你的來信。信中說你將在當晚去他家過夜，而他卻剛好死於那一晚。我們就是從這個信封了解到死者的姓名和住址。今天早上九點剛過，我們就趕到了他家，發現你不在，也沒看見其他人。我立刻電訊葛雷森先生在倫敦尋找你，同時對威斯特里亞寓所進行了徹底的搜查。接著我就進城與葛雷森先生會合，跟蹤你到了這裡。」

「現在我認為，」葛雷森先生站起身來，說道：「應該公事公辦。史考特．艾克列斯先生，你最好跟我去趟警察局，寫一份證詞。」

「當然，我這就去。不過，福爾摩斯先生，我仍然希望能做你的委託人，期待你早日查明真相。有勞你了，請不必在意辦案費用。」

我的朋友轉身望著那位鄉村偵探，微微一笑。

「你不會反對我加入吧，貝尼斯先生？」

「當然不會。我感到十分榮幸，先生。」

「看得出來，你做事總是井井有條，乾淨俐落。我想知道，死者遇害的時間是否能斷定？還有其他線索嗎？」

「一點鐘以後，他就沒有離開過那裡。肯定是一點前死亡的。因為當時下過一場雨，但周圍卻沒留下任何足跡。這說明凶手在下雨前就離開了現場。」

「但是，這絕對不可能，貝尼斯先生。」我們的委託人大叫起來，「我非常熟悉他的聲音。我發誓，那個時候他正在與我談話呢！」

「這很奇怪，但也並非沒有可能。」福爾摩斯微笑著說。

「你找到線索了？」葛雷森問。

「就目前的情況來看，案情並不複雜，雖然某些地方顯得有些難以解釋。我還不敢肯定我的推測，必須進一步掌握線索。哦，對了，貝尼斯先生，除了這張紙條外，你在檢查房子時是否還注意到其他不尋常的事物？」

這位偵探疑惑地看著我的朋友。

「是的，」他說，「我還注意到另外兩樣很特別的東西。等我去警察局辦完公事後，再回頭聽聽你的高見。」

「樂意效勞，」福爾摩斯說著按響了鈴聲，「哈德森太太，請你送這幾位先生出去。還有，麻煩你將這封電報交給聽差發出去，並預付五先令的回電費。」

客人離開後，我倆默默無語地坐了好一會兒。福爾摩斯不停地吸著煙，雙眉緊鎖，犀利的目光直視前方，那種陷入沉思的專注神態只有他有。

「嗯，華生，」他突然轉過身來，「你是怎麼想的？」

「我對史考特．艾克列斯先生的故事依舊摸不著頭腦。」

「那麼，凶案方面呢？」

「哦，死者的那些同伴都逃得無影無蹤了。他們應該也參與了這起謀殺，然後逃跑。」

「這很有可能。不過，你不認為，死者的兩個僕人竟會選在有客人來訪的當夜謀殺他，這不是很不尋常嗎？在整整一週中，除了那一天，其餘幾天都無人上門，他們如果想對他做什麼的話，還怕沒有機會嗎？」

「那他們為什麼要逃走呢？」

「是啊。他們為什麼要逃呢？肯定有某種原因。另一個重要線索就是史考特．艾克列斯那段不尋常的經歷。那麼，華生，要把這兩種情況解釋清楚，不是超出了人類的智力所及嗎？如果能有一種解釋能揭開那張措辭離奇的便條背後的秘密，那麼，我們就把這種解釋作為一種假設，這對我們也會有所幫助。如果我們發現的新事證與這個假設吻合，那它就能成為我們最終歸納出的答案。」

「但該如何作出這個假設呢？」

福爾摩斯仰身靠在椅背上，瞇著眼睛。

「你要明白，我親愛的華生，惡作劇的說法是講不通的。結果已經顯示，這其中的事情很嚴重。把史考特．艾克列斯先生騙到威斯特里亞寓所去住有什麼目的呢？這與謀殺肯定有某種關係。」

「可能是怎樣的關係呢？」

「讓我們一步步來分析。從表面上來看，這名年輕的西班牙人和史考特．艾克列斯之間的友誼發展得太過迅速了，很有蹊蹺。態度主動的是那個西班牙人，第一次見面的當天，他就特地趕到倫敦的另一端去拜訪艾克列斯，而且一直和他保持著密切的關係，最後又請他去艾榭。那麼，他的目的是什麼呢？艾克列斯對他有什麼幫助呢？這個人實在沒有太多的魅力，也不是很聰明，不可能與一個機智聰穎的拉丁族人有太多的共同點。那麼，在那麼多的人當中，賈西亞為什麼偏偏相中了他？他有什麼利用價值呢？有什麼特別之處嗎？是的，他有。他是個傳統、體面的英國紳士，是能獲得其他英國人信任的極佳人選。你已經看到了，那位警長對他的詞證深信不疑，雖然他敘述得很平淡。」

「可是，要他證明什麼呢？」

「事情到了這個地步，他已經證明不了什麼了。但是，如果發生另外一種情況，他就是個很好的人證。這是我的觀點。」

「我懂了，他就會成為不在場的人證。」

「完全正確。親愛的華生，賈西亞很可能需要有人證明他不在案發現場。為了便於討論，我們先假定威斯特里亞寓所的人策劃了一個陰謀。不管目的為何，我們再假定他們計畫在一點鐘之前出走，於是，他們對時鐘做了手腳。這樣，他們讓艾克列斯就寢的時間實際上比時鐘顯示的還要來得早。無論如何，很可能當賈西亞告訴艾克列斯時間是一點鐘時，實際上根本還不到十二點。如果賈西亞能在自己提到的時間前辦完要辦的事，再回到房裡，顯然，任何控告都將對他無效。我們這位正統的紳士則可出庭作證說被告從未外出。這是最糟情況下的最佳保護措施。」

「對，對，我明白了。但是，該如何解釋那幾個人的逃亡呢？」

「我還沒有充分的把握，但我肯定任何困難都能迎刃而解。僅憑眼前這些材料來妄下論斷是不對的。其實，你已不自覺地為了自圓其說而組織線索了。」

「那封信又是什麼意思？」

「信裡是怎麼寫的？『我的色彩，綠色與白色。』看起來像在談論賽馬。『綠色開啟，白色關閉，』這顯然是某種信號，『主樓梯，第一條迴廊，右數第七，綠色粗呢。』這是地點。說不定當這件事結束時，我們會發現一名愛吃醋的丈夫呢！顯而易見，這是一次探險。否則，她不會寫上『祝你好運』。至於『D』，應該是指引方向的意思吧。」

「他是個西班牙人。我認為『D』代表多洛莉絲，這個名字在西班牙女人中相當普遍。」

「好！華生，好極了，可惜無法成立。西班牙人之間相互通信，應該會使用西班牙文。顯然，寫這封信的是個美國人。行了，我們只好期待那位神氣的警長來提供更多的情報，到時再討論吧。哈！真是走運，要不然，我們該如何消磨這無聊的幾個鐘頭呢？」

薩里的警官還沒返回，福爾摩斯就已接到回電。看完電報，福爾摩斯正想將它夾進筆記本，一抬頭看見我正滿懷期待地望著他，於是將回電扔給我。

「我們正圍繞著貴族轉呢！」他笑著說。

電報上盡是人名和地址：

哈林比爵士，丁格爾街；喬治·弗利奧特爵士，奧克斯休特塔樓；海尼斯·海尼斯先生，治安官，普得利區；詹姆士·巴克·威廉先生，福頓老街；韓德森先生，高加伯一帶；約書亞·史東牧師，尼德瓦斯林。

「這麼做顯然是在限制我們的行動範圍，」福爾摩斯說，「可以肯定，聰明的貝尼斯已經開始實施自己的計畫，而且這計畫與我們要做的十分相似。」

「我聽不懂。」

「哦，我親愛的朋友，我們已經作出推論：吃飯時，賈西亞收到的是要求約會的信。現在，如果這個推論就是事實的話，這個人肯定會前去赴約。為此，他不得不爬上主樓梯，再到第一條迴廊上去找第七扇門。那一定是間極大的房子，稍微動腦就能知道這一點。同樣可以確定的是，這座房子離奧克斯休特最多不過兩哩，賈西亞正是朝著那個方向去的。根據我們掌握的情況分析，賈西亞本來打算趕在一點之前返回威斯特里亞寓所，以表明自己沒去過現場，所以，我能肯定這棟房子離奧克斯休特絕不會太遠。由於奧克斯休特周圍的大房子不多，因此我用了最簡單的方法，向史考特·艾克列斯剛才提到的那幾位經紀商發了電報。於是，我想查詢的對象的姓名很快就到手了。我們面前這堆亂麻的另一頭就是這其中的一位。」

在貝尼斯警長陪我們到達艾榭那美景如畫的薩里村之前，時針就已經指到了六點。

我與福爾摩斯在布爾吃過晚飯，並找了間舒適的旅館。隨後，我們陪同這位鄉村偵探前去查看威斯特里亞寓所。三月的夜晚又冷又黑，寒風細雨撲面而至，我們在一片荒野上行進著，這情景烘托出一份悲涼、陰鬱的氣氛。

走過那段淒風苦雨的路程，我們到了一扇高大的木門前。門內有一條陰森曲折的栗樹林蔭道，直通往一座低矮陰暗的房屋，它在灰藍色的夜空下，隔著濛濛的細雨，隱約顯露出幢幢的黑影，大門左邊的窗戶閃爍著微弱的光線。

「那裡有一名警察在值班，」貝尼斯說，「我去敲敲窗子。」他越過草坪，輕叩窗台。隔著模糊的玻璃，我彷彿看見有個人猛地從爐邊的椅子上彈了起來，緊接著一聲尖叫。過了好一會兒，一名臉色慘白、氣喘吁吁的警察才打開大門，顫抖的手中握著一支滴著油的蠟燭。

「怎麼回事，瓦特斯？」貝尼斯聲色俱厲地問道。

這人長長地吐了口氣，掏出手帕擦著前額冒出的冷汗。

「先生，見到你真高興。經過這漫漫長夜，我的神經緊繃得快要斷掉了。」

「你是說神經嗎？瓦特斯，我倒沒考慮過這個問題。」

「嗯，先生，我是指這死寂的屋子，以及廚房裡那個古怪的玩意兒。你剛才拍窗戶，我以為是那玩意兒又跑回來了。」

「什麼玩意兒跑回來了？」

「鬼！尊敬的先生，我很清楚。就在這扇窗前。」

「窗前怎麼了？什麼時候的事？」

「大約兩小時前。那時天剛黑，我就坐在扶手椅上看報紙。當我不經意地抬頭向外張望時，竟看見窗外有張臉正注視著我。天哪，先生，那是張什麼臉啊！我一輩子都忘不了它。」

「嘖！嘖！瓦特斯，說這種話可不像一名警察啊。」

「我明白，先生，我明白，可我的確嚇壞了！那張古怪的臉既不黑也不白，甚至說不出是什麼顏色，它非常奇特，就像黑泥土上濺到牛奶一般。那張臉奇大無比，整整是你這張臉的兩倍！先生。那模樣、那神情，真叫人不寒而慄！兩隻大眼突出，凶光逼人，加上一口雪白的牙齒，活像一頭餓狼。老實說，先生，我連手都不敢抬，氣也不敢喘，直到它突然消失在黑夜中。我急忙追了出去，穿過陰森的灌木林，但那裡連個影子都沒有。感謝上帝！」

「如果我不了解你平日的表現，瓦特斯，光憑這一件事，我就可以給你記上一筆。就算真的是鬼，作為一名值班警官，你也絕對不該為了不敢碰它而感謝上帝。你該不會是眼花了吧？」

「至少，這個問題很容易解答。」福爾摩斯說著，點燃了隨身攜帶的一隻袖珍燈。「沒錯，」他迅速地掃視了一下草地，「我估計，鞋子是十二碼，從這個大小可以斷定，他是個大個子。」

「他去哪裡了？」

「好像是穿過灌木叢，從大路上跑掉了。」

「好吧，」那位警長神色凝重地說，「不論他是誰，或者想幹什麼，反正他已經跑掉了，我們還有更要緊的事情。福爾摩斯先生，如果你同意，我這就帶你去檢查一下房子。」

每間臥室和客廳都被仔細搜查過了，沒有任何發現。很明顯，房客自己帶來的東西極少，甚至可以說根本沒有。從家具到瑣碎的日常用品，都是與房子一起租來的。房間裡所留下的衣服中，絕大部分都繡著高荷柏恩的馬克思公司的標誌。透過電報，警方打聽到馬克思也不了解他的雇主，只知道他付錢相當爽快。另外還發現了一些零碎的雜物——幾個煙斗、一些小說，用西班牙文寫的有兩本；一支舊式的左輪手槍，還有一把屬於他個人的吉他。

「這個房間裡沒什麼東西，」貝尼斯手舉蠟燭，昂首闊步地領著我們逐一檢查著每個房間，「現在，福爾摩斯先生，你得留心廚房。」

廚房的天花板很高，但由於它在這座房子背面，照不到陽光，因此顯得很陰暗。一個草鋪擺在廚房一角，一看就知道是廚師的床。桌子上堆滿了盛著剩菜的盤子和骯髒的餐具，鍋裡還有昨夜留下的殘羹剩湯。

「看，」貝尼斯說，「這是什麼？」

他高舉蠟燭，照著櫥櫃後面一樣特別的東西。這件東西已經乾癟地皺成一團，看不出是什麼。只知道它是黑色、用皮草做的，看來似乎像個矮人。剛開始，我還認為這是個經過處理的黑皮膚小孩；再一細看，又像是扭曲的古猿。那究竟是人還是動物，我無從知曉。它的軀體中間掛著兩串白貝殼。

「的確有趣——太有趣了！」福爾摩斯說道，同時注視著這件噁心的東西，「還有什麼特別的嗎？」

貝尼斯一言不發地帶我們來到洗滌槽前。他將蠟燭往前一探，只見一隻白色大鳥的翅膀和軀幹被割得支離破碎，盛了滿滿一盆。福爾摩斯指著那隻鳥頭上被割下的肉冠。

「是隻白公雞，」他說，「有趣極了！真是椿非比尋常的案件。」

可是，貝尼斯先生卻堅持將這血淋淋的東西展示到最後，他從洗滌槽下取出一只裝滿鮮血的鋁桶，又從桌上拿來裝著燒焦的碎骨頭的盤子。

「殺死一些動物，又燒毀了一些東西。這些全是我們從熄滅的火堆中找到的。今天早上我們請了一位醫生來，他說那不是人身上的東西。」

福爾摩斯微笑著搓著雙手。

「恭喜你，警長，你正在處理一件很不尋常、很有啟發性的案件。這不能說是你運氣好，應該說是你用智慧取得的成果。希望我這番話沒有冒犯你。」

貝尼斯警長的兩隻眼睛本來就炯炯有神，此時更加光彩四溢，滿是喜悅的神色。

「你說得非常正確，福爾摩斯先生。我們的工作一直平淡無奇。這樣的案子的確給我帶來了機會，我希望自己能好好把握它。你是如何看待這些骨頭的？」

「是隻羔羊，或者小山羊。」

「那白公雞呢？」

「很奇怪，貝尼斯先生，奇怪極了。可以說從來沒發生過這麼奇怪的事。」

「是的，先生。住在這裡的是群怪人，行為一定也很奇怪。他們之中死了一個，該不會是他的同伙從背後偷襲他吧？如果是這樣的話，這傢伙早已被我們逮到了，因為周圍的港口我們都已派人監視。不過，我的看法不一樣。是的，先生，我的看法不大一樣。」

「那你有怎樣的看法？」

「我想獨力調查，福爾摩斯先生。你早已成名了，而我還沒沒無聞。我這麼做只是為了自己的名譽著想。如果我將來能對別人說，就算沒有你的幫忙我照樣把案子破了，那我會非常得意的。」

福爾摩斯發出了爽朗的笑聲。

「很好，很好！警長。」他說，「那我們從現在開始分頭行事吧。如果你打算向我求助的話，我隨時都能提供你我所取得的成果。我想，這些房間裡該看的都看過了。花點心思在其他方面或許更好，祝你好運。再見！」

我看得出來，福爾摩斯正急著追蹤某條線索。他那些微妙的表情，除了我之外沒有人會注意到的。在那些不太了解他的人眼中，福爾摩斯仍如平常那般漫不經心。但是，他那雙炯炯有神的眼睛和輕快的步伐卻表明他正不自覺地壓抑著熱切與緊張的情緒。憑著這幾年的經驗，我相信他正在考慮對策。我已經習慣了這樣的場面，他一言不發，我便什麼也不問。我不想讓我的問題打斷他的思路，只要能與他一同參與調查，能為破案略盡綿薄之力，我就很滿足了。到時候，我自然會知道一切的。

因此，我靜靜地期待著。但我越來越失望，日子一天天地過去了，我的朋友卻毫無動靜，我覺得自己是白等了。某天上午，他一直待在城裡，我偶然得知，他那一整個上午都在大英博物館裡查資料。除了這次外出以外，他整天都孤零零地在散步，或者與村裡那幾個像麻雀般嘮叨的人閒聊，他正在極力融入他們。

「華生，我相信，在鄉村住上一週一定會感到很愉快的。」他說，「那久違樹籬上的新綠和榛樹上的花絮讓人心曠神怡。如果再帶上一只小鋤頭、一只鐵盒以及一本植物學入門書，這些日子將會過得很有意思。」他本人就帶著這套工具四處尋覓，每次都帶回幾株稀鬆平常的小植物，那些東西花一個黃昏就能採集到。

當我們漫步閒聊時，不時會遇到貝尼斯警長。當他和我的伙伴打招呼時，笑容總是堆滿了他那又肥又紅的大臉，那雙小眼睛也在皺褶中閃閃發亮。他極少談及案情，從他偶爾談到的一兩句話來看，事情似乎進展得很順利。不過，我必須承認，案發後的第五天，當我打開早報時，不由得吃了一驚，只見幾個大字醒目地登在頭版：

奧克斯休特疑案

真相大白

嫌疑犯已被逮捕

聽到我唸出的標題，福爾摩斯猛地從椅子上彈起，就像被什麼東西刺到一樣。

「啊！」他大叫起來，「該不會貝尼斯已經捉住他了吧？」

「顯然是。」我回答道，並接著唸下去：

據聞，昨夜凌晨，涉入奧克斯休特疑案的凶嫌已被逮捕，此事引起了艾榭及鄰近地區的極大轟動。幾天前，威斯特里亞寓所的賈西亞先生被發現陳屍在奧克斯休特的空地上，他的身體曾遭到殘酷的毒打，他的僕人和廚師也在當天晚上失蹤，很明顯，他們參與了此一凶案。有人指出，死者很可能在寓所裡存放了貴重的物品，以致財物被竊，並引發慘案，但這一說法尚未得到證實。經過負責本案的貝尼斯警長多方努力，終於找到了罪犯的藏身之處。他有充足的理由證明罪犯們只是暫時躲在事前選定的巢穴裡，並未遠逃。我們完全可以肯定，他們將會被逮捕歸案。根據曾隔著玻璃窗目睹過廚師的幾名商人的說法，廚師的外貌十分奇特——是個相貌可怕的混血兒，他身材魁梧，具有黑人的特徵。曾有人在案發後見過他，他重返威斯特里亞寓所，當晚就被瓦特斯警官發現並追蹤。貝尼斯警長認為，這人返回肯定存在某種目的，顯然未達目的就不罷休。因此警方假裝放棄寓所，在灌木叢中設下埋伏，果然吸引犯人中計，在經過一番激烈的搏鬥後，犯人於昨夜束手就擒，唐寧警官也在打鬥中英勇負傷。已知警方將會在犯人被提交法庭時要求還押。隨著凶嫌被捕，本案有望不日偵破。

「我們得立刻去見貝尼斯，」福爾摩斯大聲說道，隨手戴好了帽子，「我想應該來得及在他出發前抵達那裡。」我們匆忙地趕到路口，不出所料，警長也正好走出他的房門。

「你看過報紙了？福爾摩斯先生。」他遞來一份報紙問道。

「是的，貝尼斯先生，我們看過報紙了。如果我能給你一些善意的忠告，希望你不要生氣。」

「你是說忠告？福爾摩斯先生。」

「我對此案仔細研究過，目前我不敢苟同你的觀點。我不希望看到你繼續一意孤行，除非你已有十足的把握。」

「多謝你的關心，福爾摩斯先生。」

「我敢保證，這對你有好處。」

我似乎看見貝尼斯那雙深嵌在肉褶中的小眼睛略為顫動了一下。

「我倆都樂意各自努力，福爾摩斯先生。我很遵守我們的約定。」

「哦，那很不錯，」福爾摩斯有些無可奈何地說，「請別介意。」

「怎麼會呢？福爾摩斯先生，我相信你是為我好。可是，我們都有各自的計畫，福爾摩斯先生。你有你的計畫，我也有我的安排。」

「我們最好別再談論這個問題了。」

「我很樂意隨時與你分享我的情報。這個混蛋是個實實在在的野人，他壯得像一匹拉車的馬，殘忍得像隻惡魔。制伏他之前，唐寧的大姆指差點被他咬掉。他根本不懂英文，只會哼哼哈哈地比劃著，從他那裡得不到一點線索。」

「你認為你能證明他殺了自己的主人？」

「我沒這麼說，福爾摩斯先生，我可沒這麼說。我們有各自的方法。你就試試你的，我也試試我的。這是我們之間的約定。」

福爾摩斯無奈地聳了聳肩，與我一同告別了貝尼斯。「這個人真讓我捉摸不透。他如同一個騎著馬亂闖的騎士。好吧，就隨他吧，各做各的，看看結果如何。不過，貝尼斯身上確實有某些特質令我不解。」

當我們回到布爾那個舒適的住處時，夏洛克．福爾摩斯對我說：「華生，坐下吧。我今晚可能需要你的協助，你最好先了解一下情況。我將把我所知的此案的來龍去脈一一講給你聽。儘管這個案件並不複雜，但要拘捕凶手卻很困難。在這方面還有些不足之處，需要我們設法彌補。」

「我們先從賈西亞死亡當晚收到的那封信談起吧。對於賈西亞之死與他的僕人是否有關，這點我們暫不考慮。事實可能是這樣的：賈西亞將史考特．艾克列斯請來家裡，目的只有一個——為了替他製造不在場證明。那天晚上，賈西亞可能起了歹心，但他沒想到自己在做壞事時反而把命給丟了。我之所以認為他起了歹心，是因為只有當一個人準備去幹一件邪惡的勾當時，才會刻意去製造不在場證明。那麼，害死他的人是誰呢？顯然就是他想加害的那個人。至少，目前我們的推測是站得住腳的。」

「這麼一來，賈西亞僕人們的失蹤就可以解釋了。他們與主人是一伙的，一同參與了這樁我們還不知道的罪行。我們假設賈西亞得手後能安全返回，於是，那個正派的英國人的證詞就能替他擺脫罪嫌。但是，這次行動相當危險，於是他們約定好，如果賈西亞到了特定時間還未返回，那表示他可能已經喪命。於是，他的兩個幫凶就會逃到事先選定的藏身之處，暫時躲避起來，一有機會就繼續行動。這種解釋可以說明全部事實，對嗎？」

我似乎抓住了一團亂麻的頭緒。我很納悶，為什麼在福爾摩斯陳述前，自己完全看不出任何端倪呢？

「但是，那個僕人為什麼要返回寓所？」

「可以推測，在慌亂逃亡時，他忘了某樣重要的物品，因此不得不返回。這也說明了他的固執，對吧？」

「哦，接下來呢？」

「接下來，我們再來談談賈西亞那封信的內容。信中說得很清楚，另一頭還有個同伙在等他。那麼，另一頭在哪裡呢？我告訴過你，那很可能是棟大房子，而這一帶的大房子為數不多。到村裡住下後，我一直到處閒逛，進行有趣的植物研究，同時，我也查訪了所有大房子，並打聽了主人的相關資訊。有一間住宅引起了我的注意，那就是高加伯著名的雅各賓老莊園，它距離奧克斯休特河約一哩，距離案發現場不到半哩。其他宅子的主人都和藹平凡，根本無法與傳奇冒險聯繫在一起。可是，雅各賓莊園裡的韓德森先生卻不同，他很古怪，在他身上發生什麼新鮮事都不奇怪。於是，我將目光集中在他與他的家人身上。」

「那是一群奇怪的人，華生，而他又是最特別的一員。我找了個合情合理的藉口設法與他見了面。但從他那雙深邃、機敏的眼睛中，我覺得他好像十分清楚我此行的目的。他年約五十，體格強健，思維敏捷，深灰色的頭髮濃密堅硬，兩道粗眉幾乎相連，具有王者風範，好一個專橫跋扈的傢伙！那張皺巴巴的面孔下面透露出一股熱情，假如他不是外國人，那肯定曾在熱帶地區待過很長一段時間，因為他的肌膚雖然乾燥枯黃，卻堅韌得猶如馬褲一般。可以確定的是，他的好友兼秘書盧卡斯先生是個外國人，棕色皮膚，談吐刻薄卻不失禮節，雖然奸詐卻很文雅，猶如一隻家貓。你瞧，華生，我們已經接觸了兩群外國人：威斯特里亞寓所的一群，以及高加伯的一群。所以，我們的調查慢慢匯聚在一個點上。」

「在這個家庭中，這兩位密友是我的調查重點。但是，對於我的最終目標而言，還有一個人遠比這兩人更為重要。韓德森的兩個孩子都是女孩，分別是十一和十三歲。她們有一名英國的家庭女教師伯內特，此人大約四十歲。再加上一個心腹男僕，便組成了一個完整的家庭，一同到世界各處旅行。韓德森先生是個旅遊愛好者，時常外出。他已有一年時間沒在家中度過，前幾個星期剛從外地回到高加伯。另外，他非常富有，足以滿足他的任何欲望。還有，他家裡總是聚集著一大群人：管家、聽差、女僕人以及英國鄉村中常見的那種只知吃喝享樂的狐群狗黨。」

「上面提及的情況，有些是從與村民間的閒談中打聽到的，有些是我自己觀察到的。最可靠的證人便是那些受盡委屈最終被辭退的僕人們，我很幸運地找到這樣的一個人。但是，如果我親自外出調查，好運並不會從天而降。貝尼斯不是說我們都各有計畫嗎？我按照自己的計畫，找到了曾在高加伯做花匠的約翰·瓦納。他是被專橫的主人在盛怒之下解雇的。他與那些在屋裡打雜的僕人都有交情，他們對自己的主人既憎恨又害怕。所以，透過這個花匠，我了解到了這家人的秘密。」

「真是奇怪的人！華生，雖然我並沒有完全弄清楚情況，但我肯定那是一些十分稀奇古怪的人。那是一棟房間分佈兩側的住宅，僕人與主人各住一邊。除了韓德森的心腹替他送飯外，這兩邊基本上是隔絕的，沒有任何多餘的接觸。如果要傳遞某樣東西，就必須送到某個特定的門口，這算是最大的接觸了。女教師也頂多帶著兩個小女孩在花園內走走，根本不會出門。人們不曾看過韓德森單獨散步，因為那個深棕色皮膚的秘書總是與他形影不離。僕人們私下紛紛謠傳，說他們的主人特別害怕某樣東西。瓦納對我說過這麼一句話：『他為了錢，將靈魂也賣給了魔鬼，就等人來取他的命了。』這伙人是誰？來自何方？都無從知曉。只知道他們非常殘暴。韓德森曾有兩次因為用獵鞭打人，差點吃上官司，最後花費了鉅額賠償才擺平風波。」

「現在，華生，根據我們所掌握的這一新線索，再對目前的形勢作出分析：那封信就是寄自這個古怪的家庭，他們讓賈西亞去執行早就謀劃好的任務。那麼，寫信人是誰？我想是這座莊園裡的某個女人。除了女教師伯內特小姐，是否還有其他女性呢？我們所有的推理幾乎都指向這一點。順帶一提，根據伯內特小姐的性格和年齡來判斷，這件事與愛情無關。看來，我最初的觀點有些不正確。」

「如果是她寫的信，至少，她是賈西亞的朋友或伙伴。那麼，當她聽到賈西亞遭遇不測，她會怎麼做呢？假如他是在幹某件違法勾當時喪命的，那她肯定會守口如瓶。但心裡卻恨透了謀害他的人，於是會等待機會報復。能不能設法與她見上一面？我最初是這樣打算的，但現在情況卻有了變化。從命案發生那晚到現在，沒有人再見過伯內特小姐，她失蹤了！她是否還活著？是否與她的朋友一樣遭遇了某種不測？或者她就是犯人？這點是我們要弄清楚的。」

「華生，我們沒有充分的理由對莊園進行搜查，你能想像這種窘境。如果我們將計畫向地方法院和盤托出，他或許會認為我們是異想天開。英國女教師的失蹤證明不了什麼，在那群與眾不同的怪人中，一個人整整一週不露面都是常有的事。據我分析，她現在很可能正身處危險之中。我目前唯一能做的事就是監視這棟房子內的一舉一動，於是我讓瓦納留下來看著大門。我們不能再放任這種情況下去了，如果法律對它無能為力，那我們只有冒險採取行動。」

「你有什麼打算？」

「我知道她住在哪個房間。我們可以從屋頂爬進去。我打算今夜就行動，看看能否抓住這樁神秘事件的關鍵。」

我心裡十分明白，此項行動的前景並不樂觀。那座殺氣騰騰的莊園，詭秘可怕的住戶，探索中可能遭受的危險，以及我們這並不合法的行動，一想到這種種困難，我不禁感到氣餒。但是，福爾摩斯嚴密的推理中存在某種東西，使你難以決心退出他提出的任何一次冒險。我不得不承認，只有這樣，而且必須這樣，才能解開這神秘的謎底。事到如今已無法回頭了，我默默地握住他伸出的那雙大手。

但我們調查的結果卻出乎意料。大約五點左右，三月的黃昏正慢慢拉開帷幕，一個鄉下人慌慌張張地闖入了我們的屋子。

「他們都走了！福爾摩斯先生。他們搭最後一班火車溜了！但那位女士逃掉了，我已將她安置在樓下的馬車裡。」

「做得太棒了，瓦納！」福爾摩斯一躍而起，「華生，謎底就要揭開了。」

馬車裡的女人已經精疲力竭，奄奄一息了。瘦削憔悴的臉上滿是悲憤的神情。她的頭無力地斜靠著肩膀。當她抬眼看我們時，我發現她雙眼黯淡無光，瞳孔已經在淺灰色的虹膜中縮小成兩個黑點，顯然她服過鴉片。

「我按照你的要求一直守著大門，福爾摩斯先生。」我們的偵探——那名被辭退的花匠說道，「我看見馬車出來了，就一直跟蹤到車站。這位女士神情恍惚猶如夢遊一般，當他們正要將她拖上火車時，她忽然清醒過來，拚命掙扎著，但最終還是被拖進了車廂，不過她又逃了出來，於是我趕緊拉她上了一輛馬車，然後就急忙趕來這裡。我一輩子都無法忘記車窗裡的那張臉！幸運的是，當我剛帶走她，火車就發動了，要不然，我或許也去另一個世界了！那可是一個黑眼睛、齜牙裂嘴的亡命之徒。」

我們扶她上樓，讓她在沙發上躺下。喝掉兩大杯濃咖啡後，她終於從藥物產生的迷矇狀態中清醒了。福爾摩斯派人請來了貝尼斯警長。他一見到這種情形，立即明白發生的一切。

「啊，先生，你先找到證人啦！」警長握著福爾摩斯的手熱情地說，「我們從一開始就在找同一條線索。」

「什麼！你找的也是韓德森？」

「沒錯，福爾摩斯先生，當你漫步於高加伯的灌木叢中時，或許沒有注意到，我其實就在你的頭頂——莊園內的一棵大樹上。我們如果有什麼不同的話，那就是位置的高低之差了，還有找到證人的先後順序。」

「那你逮捕那名混血男子又是出於什麼目的呢？」

貝尼斯得意洋洋地大笑起來。

「為了麻痺對方。我相信，當時那個自稱韓德森的傢伙已察覺自己被盯上了。當然，如果他認為存在風險，他就會有所收斂，或者悄悄躲藏起來。我之所以這樣做，只是想讓對方放鬆警惕，以為自己還沒被懷疑，這樣一來我們就有可能找到伯內特小姐了。」

福爾摩斯伸手拍拍警長的肩膀。

「你會被重用的。你有才幹，直覺也極佳。」他讚許地說。

貝尼斯春風滿面，很是興奮。

「我在車站安排一名便衣警察，他整整守候了一週。無論高加伯的人到哪裡去，都逃不過我們的眼睛。可是，當伯內特小姐逃跑時，他感到很為難，不知所措。無論如何，你的幫手找到了她，而且一切順利。顯然，如果少了她作證，我們就無法逮捕他。所以，越早拿到她的證詞越好。」

「她正在逐漸恢復意識。」福爾摩斯說著轉過身去，望著女教師，「貝尼斯，你是否查出了韓德森的身份？」

「韓德森，」警長說道，「真名叫做唐．穆里羅，曾被人們稱為聖佩德羅之虎。」

聖佩德羅之虎！我聽到這個名字不由得大吃一驚，我了解這傢伙的全部歷史。與那些看似文明的暴君相比，他更是惡名昭彰。他精力旺盛，體格強健，殘忍荒淫無惡不作。他統治一個弱小的民族長達十一年，給他們帶來了深重的痛苦和災難。在整個中美洲，只要提及他的名字，人們便會覺得恐怖。在他統治的最後幾年中，國內爆發了大規模起義。這人既殘暴又狡詐，當他一見形勢不對，便將自己所有的財產悄悄轉移到他心腹的船上。當起義者攻入他的宮殿時，發現那裡早已空無一物。這個暴君已帶著自己的兩個小孩、秘書和大宗財物逃得不知去向了。從那天起，他便沒有再出現過。他本人成為了歐洲報界的熱門話題。

「沒錯，先生，唐．穆里羅就是聖佩德羅之虎，」貝尼斯再次肯定地說，「福爾摩斯先生，如果你查查資料，很容易發現聖佩德羅之旗就是綠白相間的，與信中所說完全吻合。他自稱韓德森，但是我從巴黎到羅馬，再到馬德里，一直追查到巴塞隆納，發現他的船於一八八六年就到達了。人們從未放棄對他的仇恨，一直在追查他的下落。可是，直至近日，他的行蹤才被發現。」

「不，他一年前就已經被盯上了，」伯內特小姐說著坐了起來，他們的談話她都聽到了，「有一次，他幾乎要送了命，但冥冥之中似乎有魔鬼在保護他。這回也跟上次一樣，高貴正義的賈西亞死了，那個魔鬼卻依然毫髮無傷。我相信，還會有勇敢的人再倒下去，直到有一天正義終於戰勝邪惡，就如黑暗過後必將升起太陽一般。」她瘦小的雙手緊緊握拳，她那憔悴的臉由於憤怒而變得蒼白。

「可是，你怎麼會被捲進去呢，伯內特小姐？」福爾摩斯問，「一位有教養的英國女士怎麼會捲進這樁命案中呢？」

「我之所以參與這件事，是因為除此之外再也沒有別的方法可以伸張正義。許多年前，聖佩德羅各地血流成河，大英帝國的法律管得著嗎？這個魔鬼運走了剝削而來的財物，英國的法律照樣無能為力。也許，你們認為這些罪行事不關己，猶如發生在其他星球上。但是，我們卻能深刻地體會到其中的罪惡與痛苦。我們從悲哀和苦難中瞭解到真理。我認為，就連地獄中都沒有比胡安．穆里羅更殘酷的魔鬼了。只要被他傷害過的人們不放棄報復，他將永無寧日。」

「的確，」福爾摩斯說道，「他是你形容的那種人。對於他的暴行我早有耳聞。但他又是如何折磨你的呢？」

「讓我告訴你一切吧。這個壞蛋總是設法找出各種藉口，將所有可能成為他潛在敵人的人通通除去。哦，對了，我的真名叫做薇克特．杜蘭多夫人，我丈夫曾是長居倫敦的聖佩德羅公使，我倆在倫敦相識並結婚。他是世上少有的高尚人士。不幸的是，穆里羅明白他的才幹，害怕他會威脅自己的地位，於是設法召他回國，找藉口殺死了他。臨行時，他就預料到會發生什麼事，所以堅決讓我留下來。他的財產全數充公，只剩下我那一顆痛苦的心。」

「後來，人們推翻了這個魔鬼殘暴的統治。就像你所說的，他逃掉了。但是，他曾讓多少無辜的人喪命，並讓他們的親人受盡種種折磨，甚至被虐待致死，他們要討回公道，讓他受到應有的懲罰。於是，他們聚集起來，成立了一個組織，不達目的絕不解散。當大家發現這個韓德森就是那個暴君後，我的任務就是設法融入他的家庭，向組織提供他的行蹤。為了做到這一點，我必須保住家庭女教師的工作。為此，我受盡委屈，每天都對他卑躬屈膝。但他無法知道，每天與他共進三餐的這個女人的丈夫，正是被他迫不及待召回國殺害了的人。

我將痛苦與仇恨深埋心底，對他微笑，教育他的孩子，只為了尋找機會。我們曾在巴黎失敗過一次，這個狡猾的傢伙迅速帶著家人離開，甩掉了追蹤的人，最後到英國買下了這棟房子。」

「可是，這裡也有仇人們在等候著他。賈西亞——聖佩德羅最高神職官員的兒子。當賈西亞探聽到他將要到這裡落腳時，便率領兩名地位卑微卻十分忠誠的幫手在這兒等候。復仇的火焰在他們的胸中熊熊燃燒著，可是穆里羅防備森嚴，只要親信盧卡斯——在他主人橫行的年代時叫做洛佩茲，不在他身邊，他就絕不出門。賈西亞在白天根本無從下手，但是，他晚上是單獨睡覺，這讓復仇的人們比較容易得手。那個黃昏，我按照事先約定好的，給我的朋友發去消息，但這個傢伙警覺性極高，隨時都可能換房，我只得設法讓每個房門都敞開，同時從面向大路的窗口處發出綠光或白光，用以通知賈西亞一切順利或者延後行動。」

「但是，情況發生了變化。秘書洛佩茲早已開始懷疑我了。信剛寫好，他就悄悄從我背後猛撲過來。他與穆里羅把我拖進房間，宣稱我是叛徒。如果他們能無視法律的話，我當場就被殺死了。經過一番爭論後，他們認為殺死我太危險了，但殺掉賈西亞卻有辦法逃避罪責。於是他們堵上我的嘴，穆里羅又拚命往後扭我的手臂，拷問我賈西亞的地址。我發誓，如果我清楚這會對賈西亞產生怎樣可怕的後果，我寧願被扭斷手臂也不會說出來的。洛佩茲在信封加上地址，用袖扣封口，交由僕人何塞送出去。至於賈西亞究竟是如何被殺害的，我就不清楚了，只知道那晚穆里羅親自出馬，讓洛佩茲留下來看守我。在那片樹叢中有一條彎曲的小徑，我想，可能是賈西亞經過那兒時，被藏在路旁金雀花叢中的穆里羅悄悄從背後偷襲。剛開始，他們是想等賈西亞進屋後，再將他當成被通緝的竊賊打死。但是經過討論後，認為這樣做並不穩妥。萬一他們遭到盤查，身份就會曝光，他們反而會遭到更多人的報復。如果賈西亞死去，麻煩自然會變少，復仇的人將會因此受到震驚，他們就不會再被追蹤。」

「如果我不了解他們的所作所為，我相信，他們目前依舊會安然無恙。曾有好幾次，我都徘徊在死亡的邊緣。我被他們非法監禁，受到極端的恐嚇和殘酷的虐待，我的精神幾近崩潰。請看看我肩膀和手臂遍佈的刀疤和鞭痕，他們是怎樣的一群惡魔！有一次，我想求救，衝到窗口想大聲喊叫，他們立刻用東西塞住我的嘴。我就這樣被慘無人道地囚禁了五天，又餓又渴，精神和肉體同時遭到最無情的摧殘，我幾乎要死去。今天下午，他們卻出乎意料地送來一份豐盛的午餐，我吃完後才明白裡面有毒藥。就這樣，我迷迷糊糊地被人塞進馬車，後來又被拖上火車。直到火車開動的那一瞬間，我猛然意識到我要奪回自由。於是跳下了火車，碰巧被一位好心的先生扶進了馬車，否則，我應該怎樣都逃不掉的。但我終於逃出魔掌了，感謝上帝！」

我們屏息斂氣地傾聽她的講述。最後福爾摩斯打破了沉默。

「我們的困難還沒有排除，」他搖著頭說，「偵查工作已告結束，但法律方面的工作才剛剛開始。」

「對，」我贊同地說，「一個老練的律師可能把這次謀殺辯稱為正當防衛。這樣，他們甚至可以犯上百次的罪而不受制裁。但是，這次有證人，只有這個案子才能定他的罪。」

「好了，好了，」貝尼斯興奮地說，「我認為法律還是勝過律師的。正當防衛是一種情況，但是懷著謀殺的目的誘騙這個小伙子前往，那就另當別論了，不論你是否害怕受到他的傷害。不，這是不同的！當我們在吉爾弗德巡迴法庭上見到高加伯的那些住戶時，我們的看法就會得到證實。」

當然，這是個歷史問題，要將聖佩德羅之虎繩之以法，還得過一段時間。他們十分狡猾，竟明目張膽地溜進了艾德蒙頓大街的一間公寓，經由後門逃到了克森廣場，追捕的人就那樣被他甩掉了。那之後，他們就沒再出現在英國。大約過了半年，蒙塔爾法侯爵和秘書魯利雙雙被殺死在馬德里的艾斯庫里爾飯店裡。有人認為這是無政府主義者所為，但凶手始終沒有落網。貝尼斯先生來貝克街拜訪我們，將被害秘書和他主人的照片拿了出來；那是張鎮定沉著的相貌、很有魄力的黑眼睛和連在一塊的兩道濃眉。我們相信，儘管遲了些，但正義始終還是得到了伸張。

「華生，這個案件真是太混亂了。」福爾摩斯迎著夕陽的餘暉點燃了煙斗，「很難把它想成簡單的事件。這牽涉到兩大洲與兩群神秘的人，再加上我們那位令人肅然起敬的朋友艾克列斯，案情因此變得更為複雜——他曾說過，死者賈西亞足智多謀，有很強的自衛能力。這次的戰果相當輝煌，由於與這位能幹的警長合作，我們迅速從紛亂的線索中抓住了要點，終於沿著曲折的小徑抵達了目的地。你還有不清楚的地方嗎？」

「那名混血廚師為什麼要返回呢？」

「我認為，在廚房裡看見的那件奇怪東西能解答這個問題。廚師是聖佩德羅原始森林中的原住民。那個怪東西對他而言是件聖物。當他慌張逃離時，發現東西被遺忘在屋裡了。他的同伴很可能曾勸他放棄這麼一件容易被懷疑的東西。但他十分重視這件物品，所以第二天又忍不住回去找。當他透過窗戶朝裡張望時，發現警官瓦特斯正在值勤。出於虔誠，或者說迷信，他苦苦等待三天，然後又去了一次。此時，平日裡機靈聰明的貝尼斯警長也終於意識到案情的重大，所以設下了一個圈套，讓這名混血男子中計。還有疑問嗎，華生？」

「那麼，又該怎麼解釋那隻被撕碎的鳥、一桶鮮紅的血、燒焦的骨頭以及在那個古怪廚房裡的一切神秘之物？」

福爾摩斯笑著翻開了筆記本。

「我曾去大英博物館查詢了整整一個上午，才找到這些問題的答案。這是摘自艾克曼所著的《伏都教和黑人宗教》中的句子：

虔誠的伏都教徒在做任何一件重大事情前，都會祭祀他們那不潔的神靈。在極端的情況下，他們會以活人獻祭，然後再吃掉人肉。但一般都是用一隻被活活撕碎的白公雞作為祭品；或者用一隻黑羊，將牠的喉嚨割開，再用火焚燒牠。」

「所以，你看看，我們的這位朋友雖是野人，但儀式卻做得一絲不苟。真是怪誕，華生，」福爾摩斯輕輕地闔上了筆記，「可是，怪誕與可怕只有一步之遙，我這麼講是有充分理由的。」

2 硬紙盒子

我的朋友夏洛克．福爾摩斯確實是個相當有才華的人物。為了證明這點，我再為大家敘述幾個案例，我會盡量避免講述那些駭人聽聞的情節，而選擇一些能突顯他才華的例子。遺憾的是，犯罪行為往往與駭人聽聞的情節聯繫在一起。對此，我也無可奈何，如果確實沒有符合這一要求的案子，那麼，就讓我從現成的案例中選擇，並刪去那些有必要又能說明問題的情節。這麼一來，案子也就會讓人留下一種虛構不實的印象。說了這麼多，我還是得翻翻我的筆記，為大家講講這接二連三發生的一系列可怕又離奇的故事。

八月的酷暑令人倦怠不安，難以忍受。那一天，整個貝克街就像一個大火爐，烤得人喉嚨冒煙。火辣的陽光從街那邊的黃色牆體折射過來，刺得人無法睜眼。這面牆在冬日的濃霧下還是若隱若現的，現在卻清晰得令人難以相信。我們拉下一半的百葉窗，房間裡才稍稍有了點涼意。福爾摩斯斜靠在沙發上，反覆地看著一封早班郵差送來的信。至於我，經歷了在印度的生活後，華氏九十度的氣溫都能熬過，所以，這點溫度根本就不成問題。晨報的內容十分平淡，沒有我所感興趣的內容：議院散會了，大家都外出避暑了。我也很想去新森林或者南海海濱放鬆一下，不過錢早被花光了，只得延後一些日子。至於我的朋友福爾摩斯，他對鄉村美景和海濱風光都不感興趣。他寧可待在五百萬人群中，用他那靈敏的嗅覺去感知和探索每一個謠傳和疑點。他智商極高，卻對自然毫無知覺。只有當他的注意力從城市裡的壞蛋重新聚焦到鄉村中的歹徒身上時，他才會順便去鄉間呼吸一下新鮮空氣。

我百無聊賴地扔下枯燥乏味的報紙，瞥見福爾摩斯正陷入沉思，他無暇顧及我的情緒，於是我自己也就沉醉於那一場爭論中。忽然，他的聲音將我從美妙的想像中喚醒。

「你是對的，華生，」他說道，「用這樣的方式來解決紛爭，實在是荒謬透頂。」

「荒謬透頂！」我提高音量說道，忽然回過神來，他如何洞悉我心中所想的呢？我將身體坐直，一臉茫然地盯著他。

「怎麼了，福爾摩斯，」我嚷道，「這真是太讓我意外了。」

夏洛克·福爾摩斯見我一臉茫然的表情，竟愉快地笑起來。

「還記得嗎，」他說道，「我曾唸過一個愛倫·坡的故事給你聽，其中有一段描寫一個具有嚴密推理能力的人，他能洞察同伴的心跡，而你卻以為這只是虛構的情節。為了說服你，我只好證明一次給你看，因為我也常常這樣做，可你卻不太相信。」

「我當時並沒有發表任何看法啊！」

「也許你沒說出來，親愛的華生。但你的神情間寫滿了疑惑。因而，當你將報紙扔開，陷入思索中時，我很興奮地讀出了你的想法，於是立刻打斷你的思考，來證明我講的是對的。」

我對他的解釋仍感到不太滿意。

「在愛倫·坡的故事裡，」我說道，「推理者是以被觀察者的動作為線索，從而找到答案。假如我的記憶力沒問題的話，當時有堆亂石絆倒了那個對象，他抬起頭仰望星空，也許還有別的動作。但我一直都坐在這兒，你從哪兒獲得線索呢？」

「你對自己並不誠實。每個人的臉部都有表達情感的功能，而對你而言，五官絕對是最忠實的僕人。」

「你是指，我的表情洩露了我的思想？」

「沒錯，尤其是眼睛。也許你已忘記了自己是如何陷入深思的？」

「嗯，我忘了。」

「好，讓我解釋給你聽。你把報紙丟到一邊，正是這個動作吸引了我的注意力。接下來，有半分鐘時間你都顯得茫然無措。後來你一直凝視著自己剛裱了框的那副戈登將軍肖像，透過觀察你臉部表情的變化，我知道你在思考某一件事。但你的思想並未走遠，過了一會兒，你的目光又落到了那副沒有框的亨利·畢傑的肖像上。最後，你望了望牆壁，心中的想法已表露無疑。你在思考，假如將那幅畫也裱起來，剛好可以裝飾那面空白的牆壁，把兩張肖像掛在一起。」

「你對我的思路真是窮追不捨！」我驚呼道。

「到目前為止我都未出過什麼差錯。後來你思維的重心又重新回到沒有框的畫上，你目不轉睛地凝視著那幅肖像，也許是想透過畢傑的五官剖析他的性格特徵。最終你的眉頭舒展開了，但目光仍注視著畫像，你的表情告訴我你在沉思，很明顯你在追憶畢傑的歷史。我認為這時的你所聯想到的，包括在南北戰爭時他作為北方代表所承擔的重任，因為我記得你曾對他的不幸遭遇表示出極度憤慨。由於你對此事的反應比旁人強烈，因此我斷定當你想到這個人時不可能忘掉這些。沒過多久，我發現你將注意力從那幅畫挪開，我以為是內戰佔去了你的思考空間。當你雙眼放光，嘴唇緊閉，雙拳握緊，我可以肯定你正為雙方作戰時的英勇氣概所折服。不過，你的表情又變得陰沉，並無奈地搖著頭。你聯想到浴血奮戰直到最後一息的軍人，以及戰爭的殘酷。你緩緩地撫摸自己的舊疤痕，嘴角流露出淺淺的笑意，我明白，你腦海中冒出一個念頭，如此解決國際紛爭的確又可笑又荒謬。我贊同你的觀點，的確十分荒謬，我十分樂意聽到，你認為我的推斷很正確。」

「十分正確！」我說道，「經你解釋後，我還是感到驚訝不已。」

「這只是些膚淺的觀察，華生，我向你保證。要是你不提出置疑，我根本就不可能引開你的注意力。現在我正好有一個小問題需要解決。不過，這可是件比推斷個人心思困難許多的事情。今天報上有一則報導，說住在克羅伊登十字路的庫辛小姐意外地收到了一只令人作嘔的紙盒。不知你是否也留意到這則報導？」

「沒有，我沒留意。」

「哦，一定是被你遺漏了，把報紙遞過來。看這裡，就在金融欄下面。來吧，唸唸看。」

他又把這張報紙扔給了我，我唸著他指定的那段文字。全文如下：

恐怖包裹

住在克羅伊登十字路的蘇珊・庫辛小姐日前已成為一個很特別的受害者。這是一場可憎的惡作劇，要不就是一場別有用心的險惡陰謀。昨天下午兩點左右，蘇珊小姐收到郵差送來的一個牛皮紙小包裹。打開包裹，裡面是一只紙盒；掀開盒蓋後，發現竟是滿滿的一盒鹽。庫辛小姐好奇地撥開鹽，頓時嚇得尖叫起來。雪白的鹽粒中埋著兩隻血淋淋的耳朵！據查，這只包裹前一天上午寄自貝爾法斯特郵局。包裹上並未寫明寄件人，當然也沒有標明詳細地址。更令人不解的是，庫辛小姐已是年屆五十的中年婦女；她一直獨居，少有朋友來往或通信，更難得收到郵包。不過，幾年前她定居彭奇時，曾將三間房間租給三名醫學院的學生。最後因為他們太吵，作息又不規律，只得請他們搬走。警方認為，這一醜陋的行徑很可能是那幾名學生所為。他們出於對庫辛小姐的怨恨，而將解剖室中的東西郵寄出來，以發洩內心的憤怒。也有人認為，這是其中一名青年所為，他是北愛爾蘭人，庫辛小姐記得他就住在貝爾法斯特。目前，這一事件已由出色的偵探雷斯垂德先生負責，他們正在積極展開調查。

「《每日記事》中的報導僅此而已，」當我讀完報紙後，福爾摩斯對我說道，「現在我們先談談雷斯垂德吧。我今天早晨接到他的信。信中說：

我認為你是此類案件的專家。目前我們正竭盡全力調查此事，但困難重重。當然，我們也發電報詢問過貝爾法斯特郵局，只是由於當日包裹太多，他們也無法查出寄件人是誰。這是僅能裝半磅甘露煙草的紙盒，毫無利用價值。我也認為此事很可能是醫學院學生所為，如果你能抽出幾小時到這兒看看，我將十分高興與感激。我近幾日將一直待在這座宅邸或是警局。」

「華生，去看看如何？是否願意冒著酷暑，與我一同前往克羅伊登十字大街呢？這也可以為你的記事本增添一些新內容。」

「我正閒得發荒呢！」

「馬上就會有事做了。請你按鈴，讓他們把我們兩人的靴子拿上來，並叫輛馬車。等我換件衣服，然後把煙絲裝滿就下樓。」

我們乘上火車後，外面下起了雨。克羅伊登並不像城裡如火盆一般。出發前，福爾摩斯回了電，因此當我們一下火車，就看見雷斯垂德先生早已恭候在此了。他依然那麼地精明幹練，一看便知是位偵探。走了五分鐘，我們來到了庫辛小姐所在的十字路。

街道很長，兩旁都是二層的磚砌房，顯得整齊而潔淨。門前的石階被踩得發白，繫著圍裙的婦女正三五成群地圍在那裡閒談。過了半條街，雷斯垂德停下來敲了一扇門。一個年輕的女僕打開了房門，帶我們到了前廳。庫辛小姐正端坐在那裡。她是位和藹的婦女，一雙大眼睛讓人覺得很親切，兩鬢垂落著些許灰色捲髮，膝頭有一只織了一半的枕頭套，旁邊有一個裝著彩色絲線的竹籃。

「令人作嘔的東西已經拿到屋外了，」她見我們走進來，說道：「我希望你們把它全部帶走。」

「會拿走的，庫辛小姐。之所以暫時放在你這兒，是想讓我的朋友福爾摩斯先生當著你的面檢查一下。」

「為什麼要當著我的面？先生。」庫辛小姐美麗的眼眸中充滿疑惑。

「或許他有些問題想問你。」

「我已經說過，我也是一無所知，你們問不出什麼來。」

「是這樣的，太太，」福爾摩斯安慰道，「我相信你為這件事已經夠煩心的了。」

「是的，先生。我喜歡安靜，一直過著平淡無奇的隱居生活。但現在，我的名字上了報，警察又進了我家，這對我真是破天荒的頭一遭啊！雷斯垂德先生，我真不想把這東西放在家裡。如果想看，請去屋外看吧！」

那是屋後小花園中的一間小棚子。雷斯垂德從裡面取出一只黃色硬紙盒、一張牛皮紙及一截繩子。我們在花園小徑盡頭的石凳上坐下來。福爾摩斯開始仔細地察看雷斯垂德遞過來的東西。

「這條繩子很特別，」他說著將繩子向光舉著，又聞了聞，「雷斯垂德，你認為這繩子是用什麼材料做的？」

「上面塗了柏油。」

「確實如此。繩子是麻質的。你肯定也注意到是庫辛小姐用剪刀把它剪斷的。這點從繩子整齊的兩端就可以看出，而它又十分重要。」

「我不覺得這有什麼重要的。」雷斯垂德顯得不以為然。

「重要的是這個繩結。看，它還原封不動呢！另外，繩結的形狀也很特別。」

「繩結很精緻，我有注意到這點。」

「那麼，有關繩子的話題就到此為止吧，」福爾摩斯微笑說道，「現在得察看一下包裹用的牛皮紙。這牛皮紙有股濃濃的咖啡味。怎麼，還沒檢查過？嗯，肯定還沒檢查過。地址寫得粗糙潦草——克羅伊登十字路，S·庫辛小姐收。這是用一支筆尖很粗的鋼筆所寫，或許是支J字牌鋼筆，用的墨水也是次級品。他拼『克羅伊登（Croydon）』這個字時先寫成字母『i』，後來才改成『y』。包裹是一名男性寄來的，字體顯然是男性的筆跡體，而且沒受過什麼教育，所以不熟悉克羅伊登。一切都很順利！盒子是個可裝半磅甘露煙草的盒子，左下角有個指紋，其他部位的痕跡不明顯。盒子內裝的鹽則通常用於保存獸皮或其他生物製品。這個奇怪又噁心的東西就藏在鹽中間。」

說著，他取出兩隻耳朵放在膝上仔細察看。我與雷斯垂德則分站於他兩旁，也彎腰看起來，我們兩人看了這恐怖的東西，又看了我的同伴那張沉思而熱切的臉龐。最後，他將它們放回原處，陷入沉思。

「當然，你們也看得出來，」他終於開口說話了，「這兩隻耳朵不是同一個人的。」

「是的，我們看出來了。可是，假如這的確是醫學院學生的惡作劇，那麼，要挑兩隻不成對的耳朵，對他們而言簡直易如反掌。」

「沒錯。但遺憾的是，這不是惡作劇。」

「你確定？」

「據我推斷，這絕不是惡作劇。你們都知道，解剖室內的屍體都會注射防腐劑。這兩隻耳朵是新鮮的，卻沒有注射過的針孔，而且它們是用很鈍的工具割下來的。如果這是學生所為，絕不可能出現這種情況。另外，學醫的人常用石碳酸或蒸餾酒精防腐，絕不會用鹽。我再強調一次，這不是惡作劇，我們所調察的是樁嚴重的犯罪事件。」

福爾摩斯的表情越來越嚴肅。我心裡也不禁發涼。這段直白的分析似乎給此事蒙上了一層無法形容且奇怪的恐怖陰影。但是，雷斯垂德卻半信半疑地搖了搖頭。

「當然，惡作劇的說法是不太可能的，」他說道，「但是，你的說法就更不可能了。我們都了解，這位婦女在彭奇的那段生活是可敬且平淡的，近二十年來也一直過著與世無爭的生活。這段日子，她幾乎足不出戶，為什麼罪犯會選中她呢？尤其她也與我們一樣，對此一無所知，難道她是個演技極佳的女演員？」

「這就是我們要解決的問題。」福爾摩斯答道，「我打算從這裡切入。我認為我的觀點是正確的，而且它還是一樁兩人命案。這兩隻耳朵中，有一隻形狀纖巧，有耳環孔，很明顯是女人的；另一隻則被曬得黑黑的，也有耳環孔。兩人可能已經遇害，要不然早就該有他們的傳聞或報導了。今天是星期五，包裹的寄出日是星期四。推算一下時間，慘案應該發生在星期三或者星期二，或者更早。如果兩人已經遇害，那麼，將這信號傳遞給庫辛小姐的人又會是誰呢？我們不難假設，我們想要找的人正是這名郵寄包裹的人。他將郵包寄給庫辛小姐，一定有原因。但又是什麼原因呢？告訴她事情已經辦妥，或者是為了讓她悲傷？這樣的話，她應該知道對方是誰。她真的知道嗎？我很懷疑。如果她知道的話，為什麼又要報警？她想包庇罪犯的話，絕不會這麼做的。相反地，如果她想抓住那個人，她就會向警方說出他是誰。這是問題的關鍵，我們得弄清楚。」他說話時茫然地盯著前方的花園籬笆。現在，他一派輕鬆地往屋裡走去。

「我有幾個問題要問庫辛小姐。」他說道。

「那麼，我就先走一步了，」雷斯垂德也站起身來，說道：「我手裡還有些事要辦。我認為從庫辛小姐那兒也問不出什麼線索。如果有需要，你可以在警局內找到我。」

「我們搭車前會順便去拜訪你。」福爾摩斯答道。我倆又在外面待了一會兒，然後進了前廳。那位不怎麼熱情的女士依舊平靜地織著自己的椅套。見我們進屋，她放下手中的針線，以那雙坦誠、率直的藍眼睛打量著我們。

「先生們，我毫不懷疑，」她說，「這純粹是個誤會，那東西根本就不是給我的。我已經多次告訴蘇格蘭場的那位先生了，但他總是不以為然的一笑置之。我捫心自問，自己在這個世上沒有一個敵人，怎麼可能會被人捉弄？」

「我也在思考這個問題，庫辛小姐，」福爾摩斯說著，坐在了她身旁的那張椅子上，「我認為很可能是——」他的話忽然停了下來。我抬頭望著他，不禁吃了一驚，只見我的朋友直盯著這位女士的側臉。片刻間，他熱切的神情轉變成驚奇和滿意。當這位女士抬頭想看看他究竟為何不說話時，他已經回復成平常的冷靜和專注神情。我仔細地打量了這位女士一番——灰白柔順的髮絲，整潔大方的便帽，精巧的金色耳環以及那張親切溫和的面孔。但是，我始終沒有發現她有什麼地方值得我的朋友如此激動不已。

「我想請教一兩個問題——」

「啊！我已經恨透回答問題了。」庫辛小姐相當不耐煩。

「你應該有兩個妹妹？」

「你怎麼知道的？」

「一進屋，我就看見三位女士的合照放在壁爐架上。中間那位肯定是你本人，左右兩位與你很像，你們三人的關係再清楚不過了。」

「對，是這樣的。她們正是我的妹妹，賽拉與瑪麗。」

「我旁邊還有一張你妹妹的照片，攝於利物浦。與她合影的男子身穿水手服，很可能是輪船上的船員。據我判斷，她當時還沒有結婚。」

「我真佩服你的眼力。」

「這只是職業病罷了。」

「嗯，你確實說對了。但沒過幾天，她就要跟布朗納先生結婚了。拍這張照片時，他正往來於南美洲的航線。他十分愛他的妻子，無法忍受與她長期分居，於是就申請調到利物浦與倫敦之間的航線服役。」

「哦，應該是『征服者』號吧？」

「不對。是『五朔節』號，上次我曾聽吉姆．布朗納先生提到。他在停止戒酒前曾來看望過我，但後來又開始酗酒了，還發酒瘋。唉！自從他再次端起酒杯後，日子就糟透了。剛開始，他變得不來看我，接著就與賽拉吵架；現在，連瑪麗也不寄信給我了，真不知道他們現在怎麼樣了！」

顯然，庫辛小姐談及了她很敏感的問題。就像大多數獨居女人那樣，剛開始她還很害羞，慢慢地就談笑自若了。她告訴我們很多事情，關於那個水手妹夫的情況，還有幾年前那些醫學院學生房客的情況。她把這幾名學生的事說得很詳細，包括他們的姓名、工作地點。福爾摩斯不時提出幾個問題，生怕有任何遺漏。

「很奇怪，你的大妹賽拉，」他說，「她也是獨居女人，你們兩人怎麼不住在一起呢？」

「嘿！如果你了解她的話，就一點也不奇怪了。來到克羅伊登以後，我也曾試著與她同居，可是沒辦法，我們最終還是分開了。呃，大概有兩個月。賽拉非常難以相處，儘管我不想背地裡說自己妹妹一句壞話，但她實在太愛多管閒事了。」

「你的意思是，她與利物浦的親朋好友吵架了？」

「沒錯，她們還曾經是最要好的朋友呢。唉，她去那兒原本是想與他們更親近些。到了後來，她對吉姆．布朗納很反感。在我這裡住的最後半年中，她成天抱怨他是個酒鬼，還是個愛耍花招的小人。我想，一定是他發現了她愛管閒事的壞習慣，忍不住發了一點牢騷，於是她就開始埋怨他、罵他、說他的壞話。」

「謝謝，庫辛小姐，」福爾摩斯站起身來，「你剛才似乎說過，你妹妹住在瓦林頓的新街，是嗎？你說得對，這件與你無關的事讓你費神了，我對此十分抱歉。再見。」

福爾摩斯微微鞠了一躬，轉身和我一起走出門。一輛馬車恰巧經過，福爾摩斯叫住了它。

「瓦林頓離這裡遠嗎？」福爾摩斯問車伕。

「先生，只有半哩路而已。」

「上車吧，華生。得乘勝追擊啊！案情並不複雜，但卻牽涉一兩處很有趣的地方。車伕，請在郵局前停一下。」

福爾摩斯在郵局發了一封簡短的電報，出來後就靠在座位上，將帽簷拉下來擋住刺眼的陽光，一路上沉默不語。馬車在一所住宅前停下了，這房子與我們剛才去過的那棟簡直就是一個模子刻出來的。我的同伴請車伕等候著，自己剛要舉手敲門，門卻自己打開了。一位神情肅然的年輕紳士出現在門口，他穿一身黑衣、戴一頂閃著光澤的帽子。

「請問庫辛小姐在嗎？」福爾摩斯問道。

「賽拉．庫辛小姐病得很重，」他說，「她從昨天起就精神異常，情況很嚴重。作為她的家庭醫生，我不允許她接見任何人，請你十天後再來吧！」他戴好手套，拉上門，轉身往街頭走去了。

「好吧，不見就不見。」福爾摩斯一臉興奮的模樣。

「她也不一定能提供什麼有價值的線索。」

「我也沒抱太大期待，只是想親眼見見她。不過，我認為我想證實的東西已被證實了。車伕，請幫我們挑一家好餐廳。我們現在得去吃午飯了，飯後還要去看望我們的警察朋友雷斯垂德呢！」

這頓午餐吃得十分愉快，吃飯時，除了音樂和小提琴，福爾摩斯什麼也沒談。他興致勃勃地對我講起買那把史特拉第瓦里小提琴的經過，還得意洋洋地告訴我，這把至少價值五百基尼的小提琴被他用五先令從托坦罕法院路的一個猶太販子那兒買下。他還聊了好久的帕加尼尼大師；我們喝著紅酒，聽他談論這位提琴大師的種種軼聞趣事，不知不覺中就過了一個鐘頭。那時已是黃昏，灼熱的太陽已成了燦爛的晚霞，我們漫步走到了警察局。一抬頭，發現雷斯垂德已在門口等著。

「這封電報是給你的，福爾摩斯先生。」他說著遞過來一樣東西。

「哈！回電了，」他將電報撕開看了一眼，便隨手將它捏成紙團塞進了口袋。「這就好辦了。」他說。

「你發現什麼線索了？」

「全部的事實都弄清楚了。」

「什麼！」雷斯垂德驚得張大了眼睛，「你不是在開玩笑吧？」

「我從來沒有比今天更嚴肅了。這樁案子令人驚駭，而且我認為自己已查清了每個細節。」

「那麼，罪犯在哪？」

福爾摩斯從口袋裡掏出一張名片，在正面很快寫好了幾個字，順手扔給了雷斯垂德。

「這就是你要的姓名，」他說道，「我想，你肯定要等明晚才能逮到他。我希望你在講到這樁案子時，不要提到我的名字，我只是為了參與那些難以偵破的案件。華生，我們走吧。」我們留下雷斯垂德，向車站大步邁去。走出一段距離後，我一回頭，發現雷斯垂德歡喜地站在原地，愛不釋手地瞧著福爾摩斯的那張名片。

「關於這樁案件，」當晚，我們坐在貝克街寓所裡抽著雪茄煙閒聊時，福爾摩斯對我說，「就像你所記錄的《血字的研究》和《四簽名》兩個案件中的偵破方法一樣，我們在此案中也不得不由結果追溯原因。我已寫信告知雷斯垂德，請他提供我們需要的詳情，而這一切只有抓獲凶手後才能得知。雖然他的頭腦不是那麼靈光，但做這項工作卻相當可靠，因為他只要知道該做什麼，就會像頭老牛一樣腳踏實地的埋頭苦幹。我們得承認，也正是因為他有這種優點，才能在蘇格蘭場官運亨通。」

「也就是說，這個案子也還沒調查清楚？」我問道。

「整體來說已經弄清楚了。我已查明這一慘案中的凶手和其中一名受害者，儘管另一名受害者的詳情我還不了解。當然，你也許有自己的看法。」

「我猜，你在懷疑利物浦輪船的水手吉姆．布朗納對吧？」

「老天！不只是懷疑而已！」

「但是，我只能看出一點模糊的線索，別的什麼也沒發現。」

「恰好相反，我已經弄得一清二楚了。我現在簡明扼要地闡述一下我的主要思路。要知道，剛接觸到此案時，我們的腦子都是一片空白。換個角度看，這倒是個有利條件，因為我們腦中沒有先入為主的看法。透過觀察，我們有了很客觀的認識。我們最初看見的是誰？一位女士。一位非常親切溫和、令人肅然起敬的女士，她對此似乎並未刻意保守秘密。後來又見到了她與兩個妹妹的合照。一個想法頓時閃過我的腦海：包裹其實是要寄給她們其中的一位。這個想法在當時既無法證實，也無法否定，只得暫時將它擱置一旁。然後我們又去了花園，你當然也看見了黃紙盒中的那對令人作嘔的東西。」

「綁包裹的繩子是輪船上綁帆布用的。在觀察它時，我們還聞到了濃濃的海水味。繩結也是水手們慣用的打法；郵包寄自一個港口；那隻男性的耳朵也有耳環孔，水手之間戴耳環的比在陸上工作的男性要來得多。所以我肯定，這場慘案中的男性必定全是水手。」

「當我查看包裹上的收件人地址時，發現包裹是給S．庫辛小姐的。三姐妹當然都是庫辛小姐，但名字縮寫為『S』的除了長女外，也有可能是她的妹妹。現在看來，我們的調查不得不完全從另一個方面著手。於是我便想請教庫辛小姐幾個問題，以弄清這點。正當我要向庫辛小姐保證，這其中肯定有某種誤會時，我突然愣住了，這件事你一定還記得。情況是這樣的，我一轉頭猛然發現了某樣東西，讓我大吃一驚。當然，這一發現將我的調查範圍縮小了許多。」

「華生，作為一名醫生，你當然知道人體上的各個器官都不如耳朵那麼形態各異。每個人的耳朵都不同，這是常識。去年的《人類學雜誌》中，刊有我的兩則關於這方面的短篇論文。我以專業的眼光檢查那兩隻耳朵，並特別注意到這兩隻耳朵在解剖學上的特徵。我所察看的那隻女人耳朵幾乎與庫辛小姐的一模一樣。我當時有多震驚，你就可想而知了。這絕不可能是巧合。它的耳翼都是又寬又短，上耳弧度都很大，軟骨的螺旋狀也都相同。如果不特別注意，簡直無法區分這兩隻耳朵。」

「我立即明白，這一項發現關係重大。受害者就是與她有血緣關係的親人，很可能還是近親，這一點是顯而易見的。於是，我與她談了她的家庭，你也聽見了，她當場就告訴了我們一些極有價值的情報。」

「第一，她的妹妹叫賽拉，名字縮寫也是『S』，而且不久前與她同住，這樣，怎樣產生了誤會、收件人是誰，就很明白了。第二，那個水手娶了庫辛家的三女，並且一度與賽拉小姐保持某種聯繫，以致後來她搬到了他在利物浦的家中。第三，他們之間有了爭吵，幾個月沒有聯絡。可以推斷，如果布朗納要寄包裹給賽拉小姐，他會以為她仍然住在原處。」

「現在，整個案情就清楚了。我們已經知道有個感情豐富的水手，他容易衝動；你也許記得，他為了能與妻子長相廝守，竟放棄了一份待遇優渥的工作；有時候，他還不顧一切地酗酒。我們有理由懷疑他的妻子已經被害；另外還有一個男人，可能也是水手，同樣遭到殺害。顯然，我們很容易能聯想到，這一犯罪的動機就是因妒生恨。那麼，凶手為什麼要寄給賽拉．庫辛小姐這麼一個令人作嘔的東西呢？很可能她在利物浦生活的那段日子中，曾經與此事有所關連。你明白，布朗納所在的那條航線的船隻能在貝爾法斯特、都柏林和瓦特福德等港口停泊，所以，如果凶手是他的話，作案後又立即上了『五朔節』號逃離，那麼，他能寄出那只噁心包裹的第一個港口就是貝爾法斯特。」

「同時，當然也可能有另一種情況。雖然我自己也認為不大可能，但我還是把這種情況說一說：很可能是一個曾被拋棄的情人殺害了布朗納夫婦，那隻男性耳朵就是丈夫的。這種說法會讓許多人無法接受，但也完全可以講得通。於是我發了一封電報給在利物浦警局的朋友埃爾加，請他幫忙調查布朗納太太在不在家，以及布朗納先生有沒有搭乘『五朔節』號離開。接著，我就與你到賽拉小姐的住處去了。」

「我最想了解的是，賽拉小姐的耳朵與她姐姐的耳朵是否相似。當然，她很有可能會透露極有價值的線索，但我並不奢望。這件事已在克羅伊登鬧得沸沸揚揚了，她頭一天肯定就有所耳聞，而且也只有她本人明白這是怎麼回事。如果她願意公開此事，恐怕早就報警了。所以，只好由我們親自登門拜訪，結果卻發現她患了精神病。顯然，這是由於包裹的事情使她受到了強烈的刺激，因此一病不起。由此我們可以肯定，她是知情的，另外，我們也不得不再等一些日子，才有可能得到她的幫助。」

「不過，實際上我們並不急需她的幫助。警方已經找到了答案，埃爾加先生不久後就送來了消息，這個答案再明白不過的了。布朗納太太已經三天沒出現，鄰居們認為她是去南方的親戚家了。輪船辦事處也傳來消息，說布朗納已經隨『五朔節』號出航。我估算了一下它的航程，明晚就能到達泰晤士河。一旦布朗納出現，就會碰上反應遲鈍但做事乾脆的雷斯垂德先生。我能保證，不久後就能查清所有細節。」

夏洛克．福爾摩斯沒有失望。才過了兩天，他就收到了一封厚實的信件。那裡面有雷斯垂德探長的一封短信以及一份文件。

「凶手已被雷斯垂德抓住了，」福爾摩斯說著瞥了我一眼，「看看他講了些什麼，你肯定會感興趣的。」

親愛的福爾摩斯：

依照我們訂下用來驗證我們觀點的計畫，（『我們』一詞用得很巧妙，是吧？華生。）昨天下午六點左右，我造訪了停泊於艾伯特碼頭的『五朔節』號輪船。這艘輪船屬於利物浦、都柏林和倫敦三家輪船公司共有。據船長介紹，船上有名水手叫吉姆．布朗納，在航行途中舉止怪異，只好請他暫時停下手邊工作。進入他的船艙時，我發現他正坐在一只箱子上，雙手支著頭，不停地顫抖著。他生得魁梧結實，皮膚被烈日曬得油黑發亮，臉刮得乾乾淨淨，很像那位幫助我們偵破假洗衣店的阿爾德里奇。他一聽到我的來意，就跳了起來。我趕忙吹警笛，叫來守候在外面的兩名水警，可是他卻毫不反抗，束手就擒。我們將他與那只大箱子全帶進密室。令我們失望的是，箱子裡根本就沒有任何罪證，只有一堆幾乎每個水手都有的尖刀，除此之外別無他物。但令我們感到欣慰的是，他一到警局，就一五一十地招供了，並不需要什麼證據協助審訊。速記員列印了三份他的證詞，隨信附上一份。事實表明，這件案子正如我所預料的那麼簡單。當然，閣下也給了我不少幫助，感謝。

你忠實的朋友

G．雷斯垂德

「嗯！他所作的調查的確很簡單，」福爾摩斯不以為然地說，「不過，他一開始邀請我們加入的時候，一定不是這麼想的。我們還是來看看吉姆·布朗納的口述吧。這是謝德威爾警局逐字逐句記錄下的、凶手對蒙特哥莫里警長所作的口供——」

我已無話可說？不，我還有很多話想說。我要一字不漏地全部說出來。你可以隨意處置我，絞死我，揍我一頓，或者不管我也行。坦白地說，自從做了那件蠢事後，我連睡覺也難以安穩，我再也睡不安穩了，總是半夢半醒著。他們兩人的臉一直在我眼前晃動，不是他的臉，就是她的臉；他的臉被陽光曬得黑黑的，緊皺著雙眉怒視著我，但出現在我眼前最多次的則是她那張驚恐的美麗臉蛋。唉，我溫柔的小綿羊，當她從我充滿愛情與遷就的臉上猛然發現凶殘的殺氣時，是多麼的吃驚！

但那完全是賽拉的錯，她一定會在被她毀滅的人詛咒下受到懲罰，她的鮮血已變成黑色的汙水。我並不想為自己開脫罪責。我很清楚，酒後的我就如同一頭猛獸，凶狠又殘忍。但我知道，她一定會原諒我，如果那個女人沒有走進過我的家，她會與我相親相愛地過一輩子，就如滑輪與滑輪繩那般親密無間。不幸的是，賽拉·庫辛也愛我，這是罪惡的根源，直到她明白我妻子留在泥土上的腳印遠遠超過我對她肉體和靈魂的愛情時，她對我的愛就變成了深刻的仇恨。

她們姐妹共三人。大姐踏實而安份，老二就像個魔鬼，老三則是位天使。賽拉三十三歲那年，我與瑪麗結婚了。當時瑪麗二十九歲，我們婚後過得幸福甜蜜，在我的眼中，全利物浦的女人都比不上我的瑪麗。後來，我們邀請賽拉到我們家來玩，她在我們家住了很久，從原本預定的一個星期變成一個月，於是，她幾乎成了家中的成員。我們的不幸也由此開始。

當時，我已經戒了酒，並且有了一小筆積蓄，一切都是那麼的幸福美滿。天哪！誰曾想過會有今天的結局？沒有，我做夢也沒有想過。

我能經常在家度過週末，如果遇到等待貨物上船的時候，甚至可以在家待上整整一個星期。於是我也就常遇見賽拉。她黝黑、消瘦，個子較高，性情暴躁，舉止俐落，昂著頭，顯得十分傲慢，目光總是充滿熱情。但是，我的心中只有小瑪麗，我從未對她動過情。我發誓，請上帝寬恕我！

她似乎很喜歡與我獨處，有時甚至會嚷著要我跟她一起出去散步，但我從來不曾有過什麼非份之想，直到某天晚上我才恍然大悟。那晚，我從船上回來，恰巧我的妻子不在家，我於是問道：「瑪麗呢？」

她隨口答道：「哦，去付帳了。」

我急著想見到瑪麗，便心煩地在屋裡踱步著。

「怎麼了？五分鐘沒見到瑪麗就這麼不開心嗎？吉姆。」她嫉妒地說道，「我真是不幸，你就連這麼一下子都不願與我待在一起。」

「女士，請別這麼想。」我回答道，然後善意地伸出一隻手去，她猛地用雙手緊緊抱住我。她的手熱得發燙，我看著她的雙眼，立即明白了是怎麼一回事。無疑的，我心裡十分反感，皺了皺眉頭，默默地抽出手來。她一聲不吭地在我身旁站了好久，最後輕撫著我的肩頭嘲弄地說道：「真是個好丈夫！」接著便冷笑著跑出屋去。

唉，從此以後，賽拉對我恨之入骨，她是個極端的女人。我真是傻，竟然讓她與我們同住，我真是全世界最笨的人了。我知道，要是瑪麗瞭解事情的真相，她一定會傷心欲絕的，於是，我嚴守這個秘密，一切如常。可是，一段時間後，我發覺瑪麗變了，變得古怪而多疑。我去過哪裡，做了什麼，誰寫了信給我，甚至我口袋裡裝了什麼之類的芝麻小事，她都要弄個一清二楚，我原來那個天真可愛的妻子似乎不見了。更嚴重的是，她越來越古怪，越來越暴躁，常常莫名其妙地與我大吵。現在，賽拉不再糾纏我了，卻與瑪麗形影相隨。我終於明白了一切，她是如何欺騙她，如何離間我們。但我當時竟像個瞎子，對此一無所知。在無比的痛苦中，我又開始酗酒，但是，如果瑪麗還像以前那樣來安慰我的話，我是絕對不會再喝酒的。我了解她的個性，她有理由討厭我，但我卻不敢告訴她真相。我們之間漸行漸遠，不幸的是，阿列克．費爾貝恩又在這個時候出現了。

起初，他是來找賽拉的，但後來就變成是來拜訪我們大家的了。這個人很有一套，無論走到哪裡，都能找到他的朋友。他很時髦高傲，人又長得帥氣，披著一頭捲髮跑遍了大半個地球。我不否認，這個小伙子見多識廣，健談且風趣。我想，這麼一個舉止斯文的男人，一定不是個普通水手，他肯定做過高級職員。他曾整整一個月在我家自由進出，我從不懷疑他那親切的笑容中帶有惡意。直到某天發生的事才終於讓我產生了懷疑，從此，我平靜的生活便一去不返了。

那其實只是件小事。我偶然來到客廳，推門而入，迎面看見妻子燦爛的笑臉，但當她看清楚是我時，那熱切的神情一下變成了失望，她竟一聲不吭地轉身就走。這令我痛苦不堪，她一定以為是阿列克·費爾貝恩來了，絕不可能是別人！如果他當時在場，肯定已經被我殺死了，當時的憤怒讓我失去理智，瑪麗轉頭看見我眼中的凶光，她跑過來，雙手緊緊拉住我的袖口。

「別這樣，吉姆！」她哀求道。

我惡狠狠地問：「賽拉呢？」

「廚房裡。」

「賽拉！」我甩開衣袖，邊說邊衝進廚房，「不准再讓費爾貝恩踏進家門半步！」

「為什麼？」她問。

「這是命令！」

「哦！」她說，「要是拒絕讓我的朋友進來，那我也只好搬出去。」

「隨你的便！」我說道，「但是，如果費爾貝恩再次出現在我家裡，我只好割下他的一隻耳朵送給你當作紀念。」我想，她肯定被我的神情嚇傻了，當夜就一聲不吭地搬走了。

哦，這個壞女人是怎麼想的呢？她是不是以為讓我的妻子對我不忠，我就會拋下妻子與她私奔？到現在我也搞不懂這個惡毒女人的想法。接著，她在離我家兩條街外的地方租了間房子，供他住宿。費爾貝恩當然常去那裡，瑪麗也常繞道去她姐姐那兒與他見面。她到底多久去一次，我也不清楚。有一天，我跟蹤她，我發誓，如果再讓我看見她們在一起，我會立刻殺死他。她回到家後，臉白如紙，顫抖著痛哭不已。我知道她恨我，而且怕我。我們之間的愛情之火已完全熄滅了。一想到這些，我忍不住借酒澆愁，她也更加鄙視我。

嗯，賽拉知道自己在利特浦待不下去了，於是一走了之，去了她姐姐在克羅伊登的家中。但我們家的不幸卻依舊遲續著。直到上週，一切的痛苦和災難全部降臨了。

我們的「五朔節」號在外航行了七天後，船上的一只大桶鬆了，使得一根橫樑移位，迫於無奈，我們延遲了十二個小時出發。我下船後，心裡很是高興，滿心歡喜地想給妻子一個驚喜，並盼望她發現我不期而歸時，心情能好一些。我就這樣一面想像著見面時的快樂情景，一面走進了家門前的那條街道。就在這時，一輛馬車從我身邊急駛過去。我無意中抬了頭，發現妻子正幸福洋溢地坐在車中，而她身邊的男人正是費爾貝恩！看著有說有笑的兩人，一股絕望湧上了我的心頭。

老實告訴你們吧！從那時起，我再也無法控制自己的情緒了。現在回想起來，那猶如一場惡夢。近來我一直在酗酒，想藉此減輕內心的痛楚，這兩件事把我攪暈了。現在，我的腦袋裡彷彿有一把船員用的那種鐵錘在敲擊著，但那天上午，我耳朵裡彷彿有整座尼加拉大瀑布在轟鳴。

唉，他們正談得忘我，根本就沒注意外面的情況，也沒發現我正悄悄地跟在後面。我氣得快暈過去，隨手撿起路邊一根沉重的橡木棒。我也學聰明了，只是遠遠地跟在後面，這樣一來他們就看不見我，但我卻能清楚看見他們。很快，我就跟著他們進了火車站。售票口到處是人，即使距離他們很近也不會被發現。我看見他們買了去新布萊頓的車票，我也馬上買了票，坐在距離他們三節車廂的位子。到達目的地後，他們沿著閱兵場走，我總與他們保持一百碼左右的距離。最後，他們租了一艘船，大概覺得搭船比較涼爽些。

看得出，我報復的機會來了。那天，上帝也幫著我，起了一點霧，幾百碼外的物體就看不清楚了。於是，我也租了艘小船，遠遠地跟著他們，隱隱約約能見到他們模糊的影子。兩艘船的速度差不多，如果我不立刻追上的話，他們就會在遠離海岸的濃霧中從我的視野裡消失。濃濃的霧氣圍住了我們三人，再外面便空無一人了。上帝啊，我怎能忘記那兩張驚恐的臉！那兩人發現我向他們划去時，他們是多麼的恐懼啊！她尖聲叫起來，他則瘋狂地用槳戳我，怒罵我。他肯定看出了我眼中的殺機！我低頭躲過他打來的船槳，回手將木棒打在他的頭上，他的腦袋頓時開花。儘管那時我已失去了理智，但我依舊深愛著瑪麗，很可能會饒她一命，可是她卻撲過去，拚命抱住他的屍體，哭叫著「阿列克」。我幾乎被嫉妒的烈火吞噬，也一棒把她打倒。當時，我簡直就像頭凶殘成性的野獸。我相信，如果賽拉也在場，她也會得到相同的結局。接著，我又抽出了刀——哎，不說了！這已經夠了。當我一想到賽拉看見她一手造成的慘劇會作何感想時，忍不住有種野蠻人般的快感。最後，我又將兩具屍體固定在船中，將船底打了個大洞，然後看著他們一同慢慢地沉入水裡。我相信，誰也不會瞭解這個事實，船老闆肯定也會以為他們在迷霧中划出了海。我整理了一下衣服後就上岸，繼續我的海員工作了。當晚，我把東西包好，準備寄給賽拉．庫辛小姐，第二天就從貝爾法斯特寄出。

這就是事情的全部經過。你們可以絞死我，或者任意處置我。不過，你們絕不能用我正承受著的折磨作為處罰。我無法闔眼，只要一闔上眼皮就會出現兩張驚恐的臉緊盯著我。就像我穿過霧氣，向他們划去時所見的一樣。我殺死他們只是一瞬間的事，但他們卻持續不斷地折磨我。如果再讓我經歷一次那晚的事，不用到天亮我就會瘋掉，或者死去了。先生，你們該不會讓我坐牢吧？拜託你們別這樣對我。我希望你們能讓我受到應有的懲罰，就用你們在極端痛苦時所希望的解決辦法。

「華生，你知道這意味著什麼嗎？」福爾摩斯輕輕放下那幾大張的供詞，嚴肅地說道，「這連續的痛楚、暴力與恐怖的行動，究竟是為了什麼？肯定有某種目的，不然，這個世界就等於完全被偶然控制了，這是不可能的。那麼，又是出於什麼目的？這個目的肯定是人類的思維所不可及的，而且是永遠存在的大問題。」

3 紅圈會

「嗯，親愛的瓦倫太太，我真不知道你為何如此焦慮不安。我也真不明白，我憑什麼要在百忙之中去處理那些小問題，我手邊還有很多事情。」福爾摩斯說道。接著，他又轉過身去編排剪貼簿的索引，那本簿子貼有他最近收集到的資料。

但房東太太相當固執，而且行事也相當藝術。她絲毫不肯讓步。

「你去年為我的房客處理了一件事情，」她說，「就是那位費戴爾．哈布斯先生。」

「哦，沒錯，我想起來了。那只不過是件簡單的事情。」

「但他卻不這麼認為，先生。他常對人們說，你是多麼的熱心與能幹，總能將沒頭沒尾的事情查個水落石出。當我自己也處於與他一樣的境況時，我就想起了他對我說過的這些話。我知道，只要你願意，這件事一點也難不倒你。」

對於別人的讚賞，福爾摩斯總是無法拒絕的，特別是當別人真誠相待時，他更會盡力替對方主持正義。即使自己還有一大堆事要做，他也會答應下來。他放下了手中的膠水和刷子，轉身拉開了椅子。

「好吧，就把你的事情說一遍吧，瓦倫太太。你不會反對我抽煙吧？謝謝。華生，請把火柴遞給我。我很清楚，你是因為看不到那位老房子裡的新房客而焦慮不安。但這並沒什麼啊！願上帝保佑你，瓦倫太太，如果我是你的房客，你甚至會接連幾個星期見不到我的人影呢。」

「你說的沒錯，先生，可是這一次有點蹊蹺，我害怕極了。福爾摩斯先生，我怕得睡不著。他急促的腳步聲從一大早一直響到三更半夜，但就是不見他出門。對此，我再也受不了了。我丈夫也和我同樣緊張不安，但他整日在外上班。但我可就難捱了，想躲也沒處躲。他到底有什麼事情瞞著我們呢？他究竟做了些什麼？除了一位小姐外，整間房子就只剩下我跟他兩個人了。我的神經緊繃得就要斷了。」

福爾摩斯上半身微微前傾，用他細長的手指輕拍著房東太太的肩頭。只要他願意，他便能用催眠術般的方式安慰人。房東太太恐懼的目光漸漸緩和下來，緊張的神態也漸漸消失了。最後，她終於恢復了理智，坐在福爾摩斯讓給她的那張椅子上。

「如果要我幫忙，你必須告訴我每一個細節，」他說，「別急，先想清楚。最小的細節往往有可能是最重要的。你是說，此人是十天前入住的，並預付了兩星期的食宿費？」

「先生，他一來就問我如何收費。我告訴他一週五十先令，並為他準備了一間配有小客廳的臥房，家具齊全，位於頂樓。」

「還有呢？」

「他說：『我每星期付你五鎊，但有一個條件，就是我可以按照自己的習慣生活。』我很窮，先生，瓦倫先生掙的薪水也少得可憐，我的確太需要錢了。他當場拿出一張十鎊的鈔票，我就收下了。『如果你能同意我的要求，你就能在相當長的一段時間內每半個月獲得一筆相同的金額。』他說，『否則，我就另找住處。』」

「是什麼要求？」

「哦，先生，他只不過想自己管理房間的鑰匙。這個要求並不過份，其他房客也常有這樣的要求。另外，他還有一個要求，就是要有完全屬於自己的私人空間，發生任何事情都不能去打擾他。」

「這應該沒問題吧？」

「照理來講，這的確沒什麼，可仔細一想，又覺得很不合理。入住十天來，我和瓦倫先生，還有那位小姐竟都不曾見過他一面。無論是早上、中午還是夜幕降臨後，都能聽見他在屋裡焦急地來回踱步。除了第一晚以外，他沒有踏出過房門半步。」

「哦，他在第一晚外出過？」

「是的，先生。他回來時已經很晚了，我們都入睡了。他剛入住時就告訴過我，他會很晚回來，請我替他開著大門。我聽見他回來時，已是半夜時分了。」

「那他吃飯怎麼辦？」

「他特地吩咐我們，聽到他的鈴聲後再將食物放在他房門外的那張椅子上。當他再按鈴時，我們會從同樣的地方收走餐具。如果他有什麼特別的需求的話，他會用印刷體寫在一張便條紙上。」

「印刷體？」

「沒錯，先生，是用鉛筆寫的，就只有一個單字，其他什麼都沒有了。紙條我帶來了，你看看，這張上面是『肥皂』，這一張是『火柴』。而他在第一個早上所留下的紙條上則寫著『每日新聞』。我每天早上都將報紙與早餐一同放在椅子上。」

「天哪，華生，」福爾摩斯萬分詫異地看著房東太太遞過來的幾張紙片，頭也不抬地說道，「這太奇怪了。足不出戶我還能理解，但有什麼必要寫印刷體呢？這可是很麻煩的寫法。為什麼不隨便寫就好呢？這是為什麼？華生。」

「他想隱藏自己的筆跡。」

「這又是為什麼？房東太太看見他的字，對他會有什麼壞處呢？或許就是你猜測的這個原因吧。還有，既然是留言，又為什麼要寫得這麼簡短呢？」

「我不知道。」

「這就得仔細分析一下了。他用的鉛筆很不尋常，是紫色的，筆尖很粗。你看，紙片是寫好後才撕下的，『肥皂』這個字的頭一個字母『S』被撕下了一部分。華生，這很能說明問題，對吧？」

「說明他很謹慎。」

「完全正確。顯然應該還有一些別的記號，比如指紋、頭髮等其他物品，那些也可以提供線索，有助於我們查清此人的身份。瓦倫太太，你說那人個頭中等，留著鬍鬚，皮膚黝黑。他的年紀多大？」

「很年輕，先生，頂多三十歲。」

「哦，沒有更具體的特徵了？」

「他的英語說得挺棒的，先生。但聽他的口音顯然是名外國人。」

「穿著講究嗎？」

「相當講究，先生，完全是紳士打扮。黑色的外套——我看不出有什麼特別的。」

「他不曾說過自己的名字？」

「沒有，先生。」

「沒有他的來信，也沒有人去拜訪過他嗎？」

「是的。」

「你，或者是那位小姐，想必都沒有進過他的房間？」

「絕對沒有，先生，一切都由他自己打理。」

「哦？太奇怪了。那他有行李嗎？」

「只有隨身攜帶的那只棕色大提包，除此以外就沒有了。」

「哦？這麼說來，有助於查出此人身份的線索還真不多呢！你的意思是，從未有東西被攜出過他的房間？你肯定一件東西都不曾帶出來過？」

聽到這裡，房東太太從錢包中取出一個信封，從裡面倒出兩根用過的火柴和一只煙頭。

「這些東西是他今天早上放在盤子裡的。我聽說你常從最小的事物中推斷出各種情況，所以我就將它們帶來了。」

福爾摩斯無可奈何地聳了聳肩。

「我看不出什麼，」他說，「當然，火柴肯定是用來點香煙的。你們看，火柴棒被燒得只剩下這麼一丁點了。點支雪茄或煙草常會燒掉一半，不過，嗯，這只煙頭倒也奇怪。我記得你提過那位先生的上下唇都留著鬍鬚？」

「是的，先生。」

「那我就不懂了。我認為，只有鬍鬚刮得乾乾淨淨的人才能將香煙抽到這麼短。哈！華生，這樣抽煙的話，就連你那麼短的鬍鬚也會著火的。」

「他會不會用煙斗呢？」我插了一句。

「不，不會的。這個煙頭已經被咬破了。房東太太，房間裡該不會有兩個人吧？」

「不會，先生，他的食量極小，我一直擔心這樣下去他會餓壞的。」

「哦，目前我還推測不出什麼，還得再收集更多材料才行。不過，你也不必埋怨什麼，他雖然有些反常，但也並未招惹是非，況且你已經收了房租。他開的價錢很高，倘若他真的想要隱瞞些什麼，也與你無關。如果沒理由證明與犯罪有牽連，我們絕不能干預別人的私事。不過，既然我已經答應了你，就不會放任不管的。有新消息務必通知我。必要的話，你隨時可以得到我的幫助。」

「這其中確實有幾處值得研究，華生。」房東太太走後，福爾摩斯對我說，「當然，這很可能是微不足道的小事而已——個人怪癖。但也極有可能比表面上離奇得多。最有可能的情形是屋裡現在住的人根本就不是租屋的那個人。」

「你怎麼會有這種想法？」

「哦，除了煙頭這個疑點外，還有另一個疑點。那就是租下房間後，房客馬上外出了一趟，而且僅此一次，這難道不是一條線索嗎？他回來時，或者說某個人回來時，並沒有一個人見到了他的臉。我們沒理由認定回來與出去的是同一個人。另外，租房間的人英語非常好，而寫紙條的人竟然忘了在『match（火柴）』後加上『es』。我認為，就連這個字也是他從字典中查到的，因為字典中只寫出基本名詞，沒有註明複數形。他之所以要這麼勉強自己，只是想掩飾自己不懂英語的事實。對，華生，我們有足夠的理由懷疑我們的房客已被別人頂替。」

「動機是什麼？」

「哦，這就是我們要搞清楚的問題。我有一個很簡單的調查方法。」他說著找出了一本厚厚的大本子，裡面貼滿了倫敦各大報的尋人啟事。「天哪！」他邊翻著書本邊說道，「這簡直就是噪音汙染源——呻吟、廢話和口號隨處可見！是個不折不扣的奇聞怪事錄！但對那些追求新奇的人來說無疑是最寶貴的研究資料！此人孤身獨處，假如是以通信的方式與外界聯絡的話，他的秘密很容易洩露出來。那他又是如何獲得外界資訊的呢？顯然，是透過報上的廣告，除此以外沒有別的途徑。幸運的是，我只要留意一份報紙就足夠了。這些摘錄都是近兩週來刊登在《每日新聞》上的資訊：『那位在王子溜冰俱樂部的圍著黑色羽毛巾的女士』——這個消息毫無用處！『不會令母親傷心的吉米』——這也與我們無關，『如果在布里斯頓公車上昏倒的這位女士』——她也不是我所關心的物件。『我每天都在期盼』——廢話！華生，全是些不著邊際的廢話！啊，這一段可能有助於我們的調查。你聽聽看：『有耐心點，將另尋更妥當的聯絡方式。同時，這一欄。G．』，這則廣告是在瓦倫太太的房客入住兩天後刊出的。這不就與我們調查的事很貼近嗎？這個奇怪的客人也許懂點英語，雖然不太會寫就是了。再看看，我們能否再找到別的線索。對，就是這裡，這是三天後刊出的。『正在進行妥當的安排。請耐心等候。烏雲就要過去了。G．』，這之後一個星期內都不再有類似的消息。這則啟事已說得相當明白了：『障礙已被掃除。一有機會就以信號告知。記住約定的暗號——一是A，二是B，以此類推。很快就有消息。G．』，這則消息刊於昨天的報紙上。今天的報紙沒有登出類似通知，這些都與瓦倫太太房客的情況相符。華生，如果我們耐心等待，事情就會有結果了。」

果然如此，一大早，我就發現我的朋友正背朝爐火，滿臉笑意地站在地毯上。

「華生，你看這個如何？」他見我出來，從桌上抓起報紙對著我喊道，「『紅色高屋，白色石門。三樓。左邊數來第二扇窗。天黑後。G．』，再清楚不過了。我想，早餐後我們一定要去探訪瓦倫太太的房客。哈！瓦倫太太，今天早上有什麼好消息呀？」

只見我們的委託人憤怒地闖了進來，她氣喘吁吁地告訴我們，事情有了重大變化。

「我現在不得不去報警了，福爾摩斯先生！」她大聲地叫道，「我再也忍受不了了！就讓他離開好了。我原本打算親自告訴他，請他拿著行李滾蛋，但想了一下，又覺得應該先來徵求一下你們的意見。但是我的耐心是有限的，我丈夫被無故毆打一頓，然後又——」

「瓦倫先生被打了？」

「怎麼說呢？至少可以說那些行為是相當粗暴的。」

「誰很粗暴？」

「哎！我也想知道呢！先生，就是今天早上發生的事情。我丈夫在托坦罕法院路的莫頓&威萊特公司當計時員，每天都得七點鐘前出門。但是今天早上他跨出門檻沒幾步，就從後面蹦出兩個男人，用一件衣服蒙住他的頭，將他強行拖進了路旁停放的一輛馬車中。馬車拉著他們走出約一個鐘頭，然後又將他推了下來。他躺在地上，嚇得魂飛魄散，根本沒看見馬車是什麼樣子。等他慢慢回過神來，才發現自己在漢普斯頓荒地，後來他搭公車回了家，現在還躺在沙發上呢！我立刻就跑來這裡找你們了。」

「太有趣了，」福爾摩斯說，「他有沒有看清楚對方的臉？有沒有聽到他們說話？」

「沒有，他當時都被嚇傻了。他只記得有人將他推進車裡，又將他扔到地上，就像魔術一般。對方至少有兩個人，又好像有三個人。」

「你將這事與你的房客聯繫在一起？」

「哎，你不知道，我們住在這裡已經十五年了，從沒出過這樣的事。讓他走好了！錢並不是最重要的。今天晚上就請他搬出去好了。」

「別急，瓦倫太太，別太輕率。我現在覺得這件事比我一開始所想的嚴重許多。很顯然，你的房客正遭受某種威脅。而且，他的敵人就藏在你的屋子周圍恭候著他。在朦朧的晨輝裡，他們誤將你的丈夫當成那位房客，後來才發現抓錯了人，於是就將你丈夫放了。如果他們抓到的是那名房客，那又會做什麼呢？這點我們只能猜想了。」

「我該怎麼做呢？福爾摩斯先生。」

「我很想去拜會你的這位房客，瓦倫太太。」

「但我不知該怎麼做，也許只能請你破門而入了。每次我放下盤子下樓後，才聽見他開門。」

「這沒關係。既然他要開門出來拿盤子，我們只要躲在某個能看見他出來的角落就行了。」

房東太太很猶豫。

「好吧，先生，他的門對面就是一間放箱子的房間。你們就躲在房門後，我再去拿一面鏡子來給你們，這樣一來或許可以——」

「這個主意妙極了！」福爾摩斯高興地說，「他什麼時候吃中餐？」

「大約一點，先生。」

「我與華生會準時趕到。就這樣吧，瓦倫太太，再見。」

十二點半，我們已經站在了瓦倫太太住房前的台階上。這幢房子由黃磚砌成，高大而單薄，坐落於大英博物館北角狹窄的奧梅大街上。它雖位於大街一角，但從樓上一眼就可望見霍伊大街及路旁的豪華住宅。面對這麼多的房屋，福爾摩斯並不感到眼花繚亂，他很快從整排的公寓中指出一幢來。

「看，華生！」他微笑著說，「『紅色高屋，白色石門。』那不正是暗號中的地點嗎？既然已知道暗號，又找到了地點，我們調查起來就輕鬆多了。看那扇窗口處有塊『出租』的牌子。顯然，這間空房正是那些人進出的地方。哈！你好，瓦倫太太，情況怎麼樣？」

「一切都準備就緒了。如果兩位都去的話，請將鞋子放於樓梯口的平台上。我馬上帶你們上去。」

我們的藏身地點恰到好處，鏡子也放得很合適。在門後黑暗的角落中，我們能十分清楚地看到對面房門的情況。瓦倫太太剛轉身離去，我們還沒佈置好，就聽見樓下的鈴聲響起。我們知道，對面的神秘鄰居按響了鈴。不久，房東太太托著食物上來，她將東西放在對面房門旁邊的一張椅子上，接著就下樓去了。我們靜靜地蹲在門後，直盯著牆上的鏡子。房東太太的腳步聲剛消失，對面就傳來了開鎖聲。門打開了一點，一雙白皙、纖巧的手迅速伸出門，從椅子上取走了東西。不一會兒，又將空盤子放回了原處。我們的鏡子裡出現了一張美麗但陰鬱驚恐的臉，那雙大眼睛緊緊地盯著我們所在房間的那一絲門縫。接著，房門「砰」地關上了，同時鑰匙也被轉動了一下。一切又恢復了平靜。福爾摩斯輕輕拍了我一下，於是我們悄悄走下樓去。

「我晚上得再來一趟。」福爾摩斯對房東太太說，「華生，關於此事，我認為我們還得回去好好研究一下。」

「沒錯，我的推測是對的，」他半躺在安樂椅上頗有些自豪地說道，「房客確實被人頂替了。但我完全沒想到頂替的人是個女的，而且是個很不一般的女人。華生。」

「她發現我們了嗎？」

「是的。她之所以驚恐，肯定是因為發現了特別的情形。整件事已經很清楚了，對嗎？一對夫婦正在倫敦避難，他們面臨著相當可怕和緊急的危險！他們越是謹慎，越說明了情況有多嚴重。丈夫有急事要辦，又想讓自己的妻子的安全得到絕對的保障。問題或許很複雜，但他的解決方法卻相當有創意，也卓有成效，即使是天天替她送飯的房東太太也不知情。現在有幾點已經很明白了，她寫印刷體是為了防止別人認出她的女性筆跡。她丈夫不能直接去找她，否則會引來敵人。於是他便利用了尋人啟事欄來和她保持聯絡。現在，一切都再清楚不過了。」

「但是，理由是什麼？」

「哦，對了，華生，這就是最嚴肅和現實的問題。是什麼理由？瓦倫太太確實將事情鬧大了。我們在調查中發現了另一個更嚴重的問題，我完全可以斷定，這絕非一般的愛情糾紛。你也看見了那個女人發現情況不對時那張蒼白而驚恐的臉，房東先生也遭到了別人的襲擊，這肯定是衝著這位房客來的。那種驚恐以及拚了命保密的舉動，都足以證明此事攸關生死。瓦倫先生被襲一事表明，不管敵人是什麼身份，他們也不知道對方已被一位女性頂替了。華生，此事很複雜，真是非比尋常呢！」

「那你為何還要繼續查下去？你想得到什麼？」

「是啊，為什麼呢？只是為工作而工作吧。華生，你在看病時，也只會想到病情而非收費價格吧？」

「那是為了積累經驗，福爾摩斯。」

「獲取經驗是沒有上限的，華生。一點一滴地積累，我們的工作就會越做越好。這件案子很獨特。我既不能從中獲得金錢，也無法獲得存款，但我們還是應該將它查個水落石出。到了天黑時，我們的調查便會更進一步。」

當我們再次來到瓦倫太太的住處時，冬日倫敦的傍晚顯得朦朧而陰沉，天空就如一塊灰暗的布幕，只有透過玻璃窗戶射出的昏暗燈光和路邊煤氣燈的淡淡輝暈才稍稍為這死氣沉沉的城市添了一些生氣。當我們藏身於一間漆黑的屋中向外窺視時，發現黑沉沉的夜色中又亮起一束淡淡的光柱。

「看，那間屋子中有人在走動！」福爾摩斯急忙壓低聲音說道，同時他那張削瘦的臉向窗前一探，「沒錯，我甚至看見了他的身影。看，又出現了！手中還舉著一段蠟燭。他正四處窺視，肯定是在防備什麼。注意，他手中的燈光晃動起來了，那是在發信號。一次，這是個字母A。華生，記下來，結束之後我們互相核對一下。你記了幾次？二十。對，我也是二十次。二十就是T。AT——TENTA。停住了。不會已經結束了吧？華生，ATTENTA沒有任何意義啊。或許是三個字——AT與TEN與TA，還是不對。或者T與A分別代表一個人的姓名開頭縮寫？注意，又開始發信號了。是什麼？ATTE——嗯，內容是相同的。奇怪，太奇怪了，華生！又停住了！AT——嗯，重複了三次，三次都是ATTENTA！他究竟要重複幾次？哎呀！結束了。他從窗口消失了。華生，你認為這是什麼意思？」

「是在用密碼進行聯繫，福爾摩斯。」

我的同伴沉思了兩三秒鐘，突然有所領悟地笑道：「不是什麼複雜的密碼，華生，沒錯，是義大利文！A是指信號發給女性。整個信號的意思就是『小心！小心！小心！』。華生，你覺得呢？」

「我認為你說得沒錯。」

「無庸置疑，這信號很緊急。他重複了三次，表明情況更為緊迫了。要對方小心什麼呢？等等，他又出現在窗口了。」

窗戶上又映出了一個人蹲著的側影。那點小小的火苗再度在窗口來回竄動，重新發出信號！這次的信號發得比上次快，我們幾乎記不住。

「PERICOLO——嗯，這代表什麼？華生，是不是指『危險』？對，沒錯，是指危險。他又出現了！PERI——哎呀，這究意是——」

那一團小小的火苗突然熄滅，方格窗又恢復了先前的黑暗，第四層樓就像是這幢建築的一條黑色帶子，而其餘各層都有明亮的燈光射出窗來。最後的危險信號中斷了。發生什麼事了？被誰打斷了？我們的腦海中同時冒出這樣的疑問。福爾摩斯從窗戶旁蹲著的地方一下子跳了起來。

「情況緊急，華生。」他叫道，「出事了！信號為何就此中斷？我們得通知警方——但是，沒時間了，我們無法離開。」

「那我去，可以嗎？」

「最要緊的是，我們得儘快多了解一些情況，也許能找到更合理的解釋。走吧，華生，我們得親自參戰，看是否有辦法。」

當我們匆匆走在霍伊大街上時，我不由得回頭看了一下我們剛離開的建築。我發現頂樓的窗戶旁有一個模糊的頭影，那是個女人，她正呆呆地仰望著黑沉沉的夜空。她肯定正焦急地期盼信號重新出現。在霍伊大街公寓的大門前，我們碰見一個身穿大衣，脖子圍著長巾的人斜倚在欄杆旁，當門廳的光映在我們臉上時，此人不禁嚇了一跳。

「福爾摩斯！」他叫了出來。

「啊，是葛雷森！」我的朋友也相當吃驚。他一邊與蘇格蘭場的偵探握手，一邊說道：「真是意外的巧遇。你怎麼會來這兒？」

「我想，我的目的與你相同，」葛雷森說，「但我實在無法想像你怎麼也知道了這件事？」

「線索倒有幾條，頭緒卻只理出了一個。我在記錄信號。」

「信號？」

「沒錯，從那個窗口發出的。不過，中途就停止了。我們來是想了解究竟發生了什麼事。既然有你在，應該就萬無一失了。華生，我們可以放心了。」

「等等！」葛雷森熱情地說，「老實說，福爾摩斯先生，只要有你的協助，我每次辦案都覺得無比的踏實。這屋子僅有一個出口，看來他是逃不掉了。」

「誰？」

「啊，福爾摩斯先生，這回我們搶先了你一步。你落後了，」他說完用手杖重重地敲了敲地面，一輛四輪馬車上的車伕立刻手揚馬鞭從街對面趕過來，「我有這個榮幸將你介紹給福爾摩斯先生嗎？」他對過來的車伕說道，「這位是平克頓美國辦事處的萊弗頓先生。」

「就是偵破長島山洞一案的英雄吧？」福爾摩斯上前一步說道，「幸會，先生。」

這是位精明沉著的美國青年，尖下巴上的鬍鬚刮得乾乾淨淨。聽到福爾摩斯的這番讚揚，他立刻漲紅了臉，說道：「我只是為了生活四處奔波罷了，福爾摩斯先生。假如我能抓到喬治亞諾的話——」

「你說什麼？是紅圈會的喬治亞諾？」

「嗯，他在歐洲應該是惡名昭彰吧？我們在美國也聽說了他的事蹟。知道他背負著五十幾條人命，但我們卻無法捉住他。我從紐約一路跟蹤著他，在倫敦的這一整個星期中，我都埋伏在他附近，想伺機逮捕他。葛雷森先生與我追蹤到了這座公寓，這道大門是唯一的出口，他逃不掉了。他進去後，曾有三個人出來，但他都不在其中。」

「福爾摩斯先生剛提到了信號，」葛雷森說，「他總是能掌握許多我們不知道的線索。我想這次也不例外。」

於是，福爾摩斯將我們的調查情況簡明扼要地敘述了一下。美國人聽後雙手一拍，顯得十分氣憤。

「看來我們被發現了！」他嚷道。

「何以見得？」

「哎！難道你還不明白？他正發送信號給他的同伙——他在倫敦是有一群幫凶的。正如你所見，他突然中斷了信號，告訴同伙有危險。他在窗戶發信號時，或許偶然發現了我們，或許意識到情況危急，於是就立刻逃走了。除此而外，不太可能還有其他可能性。福爾摩斯先生，你是怎麼想的呢？」

「所以我要親自前往，探個究竟。」

「但是我們沒有逮捕令。」

「情況十分可疑，而且這本來就是間空屋，」葛雷森說，「光憑這兩點就足夠了。剛才我們監視他時，還在等待紐約方面協助調查。不過，現在我可以逮捕他了。」

我們的官方偵探或許智力平平，但勇氣卻很不一般。葛雷森轉身上樓去抓人，他那副沉著幹練的神情極難模仿，也正是這種幹勁，使他在蘇格蘭場一路平步青雲。那個來自平克頓的美國人也曾想第一個衝上去，卻早已被拋在了後面。畢竟，倫敦警方對發生在倫敦的案件具有優先權。

四樓左側的一扇房門半掩著。葛雷森推門而入，裡面漆黑一團。我劃了一根火柴，點亮了手提燈。我們頓時對眼前的情景倒吸了一口涼氣。只見裸露的地板上，一條新鮮而殷紅的血跡怵目驚心，沾血的腳印一直通往一間房間。房門緊閉著，葛雷森用力撞開後，高舉著燈四處照耀。幾雙眼睛都緊張而著急地越過他的肩膀朝裡探視。

房間正中央躺著一具高大的屍體，倒臥在白木板上那灘圓形的血跡之中。死者皮膚黝黑，臉上的鬍鬚刮得乾乾淨淨，臉部卻因極度痛苦而扭曲得十分恐怖。腦袋四周是一圈鮮紅的血跡，他的雙膝彎成弓形，雙手不自然地外伸著，一把白柄的刀從他的喉嚨正中刺入身體。如此高大健壯的人，在遭受這致命一刀之前，一定早已像被斧頭砍倒的牛那樣倒在地上了。他右手附近的地上有一把牛角柄的雙刃匕首，匕首旁有一隻黑色皮手套。

「天哪！這傢伙就是布萊克．黑喬治亞諾！」美國偵探驚叫起來，「有人搶先我們一步了。」

「福爾摩斯先生，蠟燭在窗台上，」葛雷森不解地問，「嘿！你在做什麼呢？」

福爾摩斯這時已到窗邊點亮了蠟燭，而且在窗前不停地搖晃著，並且向前方黑暗中張望。接著，他吹熄了蠟燭。

「我認為這麼做有助於展開調查工作，」他走過來說道，隨即陷入了思考，兩位官方偵探則仔細地檢查著屍體，「你剛提到，你們在樓下大門口守候的時候，有三個人外出？」他問道，「你是否有看清楚這三人的長相？」

「看清楚了。」

「其中是否有個中等個子，黑皮膚、黑鬍鬚的青年？大約三十來歲。」

「沒錯，有這麼一個人。他是最後一個從我身旁走過去的。」

「我認為你要找的人就是他。我可以描述出他的模樣，另外，還有他留下的腳印。這些特徵應該夠了。」

「還不夠，福爾摩斯先生，全倫敦共有幾百萬人口呢！」

「確實不太夠。所以，我認為還得請這位夫人幫助你們。」

我們都詫異地轉過身去。只見門口站著一位修長而美麗的女子，她正是布盧姆伯里的神秘房客。她美麗的臉蒼白如紙，神情壓抑憂傷。她慢慢走過來，驚恐的目光落在地上那具黑色的屍體上。

「他被殺了！」她喃喃自語，「啊！上帝啊，你們把他給殺了！」接著，她深吸一口氣，歡樂地大叫起來，在房間裡情不自禁地手舞足蹈，美麗的黑眼中溢滿了興奮。她不停地說著義大利語中最優美的感嘆詞句。面對如此恐怖的景象，一個女人竟會如此欣喜若狂，這令人感到既驚奇又可怕，忽然，她冷靜下來，疑惑地盯著我們。

「你們！你們是警察？是你們把奎寨培・喬治亞諾殺掉了，對吧？」

「我們是警察沒錯，夫人。」

她向四周黑暗的角落看了看。

「那根納羅呢？」她著急地問道，「那是我丈夫，名叫根納羅．盧卡。我叫艾蜜莉亞．盧卡。我們來自紐約。我的根納羅呢？他在哪裡？他剛才在這個窗口發信號叫我來。」

「是我叫你來的。」福爾摩斯說道。

「是你？不可能的！」

「你們的密碼實在太簡單了，夫人，歡迎你大駕光臨。我很清楚，只要我發出『Vieni』的信號，你就一定會來。」

聽到這兒，這位美麗的義大利婦女惶恐不安地看著我的朋友。

「很難理解，你怎麼知道了我們的信號，」她說，「奎塞培．喬治亞諾是如何被——」忽然，她全明白了，一種自豪和喜悅的神情湧現在臉上。「我明白了！是我的根納羅！我英俊、偉大的根納羅，是他勇敢的行為讓我免於受傷害。就是他！他憑藉自己的智慧和力量殺死了這個惡魔！啊，我的根納羅，你是世界上最棒的男人！世上有哪個女人能配得上你！」

「嗯，盧卡夫人，」深感失落的葛雷森伸手抓住了女士的袖口，就像抓住一個諾丁山的女流氓似的。他不帶感情地問道，「你究意是誰，做了什麼，這些我一概不知。但從你口中說出的事實似乎已經很清楚了，我們得請你去一趟警局。」

「等一下，葛雷森，」福爾摩斯說，「我認為，這位夫人想將事情告訴我們的心情，與我們想了解事情經過的心情一樣急切。夫人，你很清楚，眼前的這個人是被你丈夫殺害的。因此，你的丈夫會被逮捕，而你的言語將作為呈堂證供。不過，如果你知道他這麼做只是為了查明真相，而不是存心犯法的話，你想幫助他的唯一途徑就是將實情告訴我們。」

「既然喬治亞諾已經死了，我們也就沒什麼好怕的了。」女士想了想，說道：「他是這個世上最惡毒的魔鬼！我相信，任何一個法官都不會因為我丈夫殺了他而判他有罪。」

「既然如此，」福爾摩斯說，「我建議鎖上房門，讓現場保持原樣。我們與這位夫人回去她的房間，聽完詳情後再作決定。」

不出半個鐘頭，我們已坐在了盧卡太太狹小的客廳中，靜靜地聽她講述那可怕的故事，故事的結局我們已經知道了。她的口語流利通暢，卻不標準。為防止誤解，我特地在語法上作了修改。

「我出生於那不勒斯附近的波希利波地區，」她平靜地講述著，「我父親是首席法官奧古斯都·巴雷利，他曾擔任過地方議員，根納羅則是我父親的下屬。我對他一見傾心，我想是別的女人也會如此的。儘管他無權無勢，甚至沒有人們所希望得到的任何東西，但他充滿朝氣和力量，人也很英俊。由於父親堅決不同意這門婚事。所以我倆私奔了，並在巴里結婚。婚後，我變賣了所有首飾，與丈夫一同到美國謀生。這是四年前的事了。從此以後，我們一直在紐約生活。」

「起初，我們的運氣不錯。根納羅在鮑爾里救了一位被暴徒圍攻的義大利人。我們因此交上了一個有勢力的朋友。那位先生名叫提托·卡斯塔洛帝，是卡斯塔洛帝&桑巴公司的重要投資人。這家公司是紐約市數一數二的水果經銷商。由於桑巴先生有病在身，公司的事務由我們的新朋友卡斯塔洛帝管理。公司共有三百多名員工，他為我丈夫在那裡安排了一份工作，主管一個門市，對我丈夫很是照顧。卡斯塔洛帝先生單身一人，我相信，他把根納羅當成了兒子。我與丈夫也都很敬重他，將他視為父親，不久，我們買下了布魯克林的一幢屋子，前途似乎一片光明。但就在這時，天空中忽然飄來了烏雲，遮住了我們的大陽。」

「那天晚上，根納羅下班後，帶回了一個同鄉，就是那個喬治亞諾！他來自我們的家鄉波希利波。此人高大健壯，你們也見到他的屍體了。他不僅塊頭大，而且似乎什麼都不同於常人，甚至令人不寒而慄。他在我們的小屋裡說話，聲音猶如雷鳴。同時，他揮舞那巨大的手臂時，我的小屋幾乎沒有足夠的空間讓他活動。他的思想、情緒都極怪異和偏激。他根本不是在說話，簡直就是獅吼！別人根本無法插嘴，只能洗耳恭聽。他的雙眼緊盯著你，讓你不得不隨他擺佈。他就是個魔鬼，感謝上帝！他總算死了！」

「他頻繁地來到我家。我很清楚，根納羅對他並不比我對他更感興趣。我可憐的丈夫每次都沉著臉，強打精神聽著他的鬼扯，他總是無止盡地聊一些政治和社會問題，根納羅也一言不發地坐著。當然，我很了解我的丈夫，他的臉上出現了我並不熟悉的神色，我最初還以為那只是厭煩的表情。漸漸地，我才明白，那不只是厭煩，還有恐懼——是那種隱藏在內心深處的、最無助的恐懼與絕望。就在我看透他內心恐懼的那天夜裡，我抱著他，真誠地央求他告訴我一切。為什麼這樣一個人會令他如此狼狽不堪？」

「他告訴了我一切真相，我立刻感到膽顫心驚。我可憐的根納羅，為什麼在那個混亂的歲月裡，整個世界都與他過不去？他被這不公平的世界逼得幾乎瘋了！他曾加入那不勒斯一個叫紅圈會的組織，與舊燒炭黨一脈相承。這個組織的制度十分可怕，一旦加入就永遠不能退出。我們逃到美國後，根納羅曾慶幸自己脫離了這個組織，但那天晚上，他不巧在街上碰見了喬治亞諾，當年就是他介紹根納羅加入組織的。在義大利南部，人們稱他『死亡』，這個綽號他的確當之無愧！他是個殺人惡魔，他逃到紐約就是為了躲避義大利警方的追捕。在這裡他又建立了一個恐怖組織的分支。根納羅將一切毫無保留地告訴了我，還拿出一張通知單給我看，單子的正上方顯眼處畫著一個紅圈，通知他某天前去集會，不得以任何藉口逃避。」

「這已經夠糟的了，但還有更糟的事情呢！我曾有好長一段時間注意到，喬治亞諾老愛在夜晚登門拜訪。而且，雖然他表面上是在與我丈夫聊天，但他那兩隻惡狼般的眼睛卻直盯著我看。有一天晚上，他終於忍耐不住了，我這才看清他那所謂的『愛情』——野獸般的淫欲。他上門時，碰巧根納羅還沒回來。他野蠻地闖了進來，將我粗暴地摟進他那黑熊般的懷抱中，強行親吻我。他求我跟他走，幸好，正當我無助的掙扎尖叫的時候，根納羅回來了，他朝喬治亞諾猛撲過去，卻一下就被打暈了。喬治亞諾離開後，便再沒有進過我的家門。也正是那晚，我們結下了樑子。」

「幾天後，根納羅參加完集會，疲憊地回到了家中。看他的神情，我立刻明白發生了可怕的事情。不過，這件事比我想像的還要來得糟糕。紅圈會的資金全是強行從富有的義大利商人那兒奪來的，如果他們拒絕，就會遭到暴力襲擊。原來，他們竟找上了我們的好朋友卡斯塔洛帝先生。他堅決不肯屈服，並報了警。紅圈會於是決定殺一儆百，以避免其他被勒索的商人群起反抗。經過集會討論後，他們決定用火藥炸掉我們朋友的屋子，並以抽籤決定由誰去執行。當根納羅伸手抽籤時，我們的仇人發出了一聲冷笑。無庸置疑，喬治亞諾在事前動了手腳。果然，根納羅抽到的正是那張畫有紅圈的殺人籤！這就是命令，他必須殺死自己的恩人與朋友，否則，我們倆就會遭到毒手。他們的組織那詛咒般的規矩令人寢食難安，一切紅圈會痛恨和懼怕的人，都會受到懲罰，而他們的親人也都難逃一劫。這種恐怖逼得我可憐的愛人坐立不安，幾乎發瘋。

「我們整夜相擁而坐，共同防備著即將降臨的苦難。執行命令的時間就在第二天晚上，到了中午時，我與根納羅下定決心逃往倫敦。由於時間緊迫，我們無法通知我們的恩人和警察，不知他們現在怎麼樣了。」

「先生們，後面的事情你們都知道了。我們很清楚，敵人會如影隨形。喬治亞諾對我們的報復雖然出於個人恩怨，但無論如何，他畢竟是個異常狡詐、殘酷的惡棍！義大利和美國都有他的勢力，現在發生的一切都足以證明他可怕勢力的存在。我親愛的丈夫在上天賜予的幾個好天氣中替我找到了一個安全的藏身之處，使我遠離危險。他本人也在極力擺脫他們的追蹤，以等待與義大利或美國警方取得聯繫。我不清楚他目前住在哪裡，怎麼生活。我與他的聯絡全部是通過報上的尋人啟事來進行的。有一天，我偶然向外張望，竟發現有兩個義大利人監視著這幢房子。我明白，喬治亞諾還是發現了我們。後來，根納羅在報上通知我，他將從某個窗戶發出信號，但除了一些警告信號，什麼也沒有，最後甚至中斷了。現在我終於明白，那時，他一定發現自己已被喬治亞諾盯上了。感謝上帝！當那傢伙向他逼近時，他已做好了最充足的準備。親愛的先生們，我想請問一下，從法律的角度來看，我們是否有害怕的理由？世上是否有法官會因為根納羅的行為定他的罪？」

「唉，葛雷森先生，」美國人瞄了一眼倫敦警官，說道：「我不是很清楚英國的習慣，不過我認為，如果是在紐約，這位夫人的丈夫會受到人們普遍的尊敬。」

「她還得跟我去見見局長，」葛雷森一本正經地說，「假如她所言屬實，我也不認為她或者她的丈夫有什麼理由害怕。但我不明白的是，你怎麼也被捲進這樁案子了？福爾摩斯先生。」

「這是學習，葛雷森，學習！我很願意從社會這所大學裡多學點本領。好了，華生，我得恭喜你，這又是一份你難得收集到的離奇而悲壯的故事題材呢！順帶一提，現在還不到八點，今晚在考文花園將上演華格納的歌劇，我們得立刻過去，說不定能趕得上第二幕呢！」

4 布魯斯－帕丁頓計畫

那時，正值倫敦濃霧迷濛的時節——一八九五年十一月的倒數第二週。我甚至懷疑站在我們的窗口是否能看到對面街道房子的輪廓。頭一天，福爾摩斯整日沉浸於編寫他那本巨大參考書的索引當中。週二和週三，他的興趣則完全轉移到了他剛剛迷上的中世紀音樂上。但到了週四，早餐後，我們照例將餐椅推回了餐桌下，那白茫茫、冷颼颼的濕潤霧氣不斷地飄進來，在窗台上結滿了晶瑩的水珠；面對這單調的景致，我的朋友終於忍不住了。他強壓著急躁的性情，在客廳裡不住地踱著步，不時咬咬指甲，或者敲敲桌子，以緩解內心的躁動。

「華生，報紙上是否有什麼特別的新聞？」他終於開口。

我很清楚，福爾摩斯口中的特別新聞，只限於犯罪方面的有趣案件。報上那些有關革命的、可能引發戰爭的、以及即將開會改組內閣的新聞，我的同伴一概不關心，而我所見到的犯罪報導又全是平淡無奇的。福爾摩斯無可奈何地嘆了口氣，繼續踱著他的步。

「倫敦的犯罪份子水平也太低了，」他不滿地發著牢騷，猶如在比賽中敗北的運動員，「看看窗外吧，華生，濃霧中的人影時隱時現，在這樣惡劣的天氣狀況下，竊賊和殺人凶手可以自由自在地在倫敦的大街小巷中穿梭，正如猛虎在茂密的森林中活動，沒有人能發現，除非他向受害者發起進攻。當然，即便如此，也只有受害者本人有可能看清楚他的真面目。」

「小偷確實不少。」我說。

福爾摩斯發出輕蔑的鼻音。

「這個陰氣沉沉的舞台可是為了比這重要得多的事情而搭建的，」他淡淡地說道，「值得整個社會慶幸的是，我不是個罪犯。」

「確實如此。」我由衷地說道。

「假如我不幸成為了布魯克斯或者伍德豪斯，或者那些有充分理由取我性命的五十個人中的任何一個，那麼在像我這般的搜索方式下，我還能存活多久？只要一張傳票、一次假約會就夠了。幸虧在那些充滿暗殺的拉丁國家中，沒有這種濃霧的季節！哈！好了，總算可以消磨這單調乏味的日子了。」話還沒講完，女僕已送進來一份電報。福爾摩斯拆開一看，不由得眉飛色舞。

「好了，好了！我還求什麼呢？」他高興地說，「我哥哥邁克洛夫特馬上就會來了。」

「這有什麼好高興的？」我不解地問。

「有什麼好高興的？你太不了解他了。這簡直就像在深山中遇見了電車一般稀奇。邁克洛夫特一直都按著他生活的軌跡行事，從未偏離。他在波爾大街有間寓所，第歐根尼俱樂部和白廳則是他的社交圈，這便是他全部的生活範圍。他只來過這裡一次，唯一一次。這回又是什麼原因讓他脫離了他熟悉的生活空間呢？」

「他沒有告訴你嗎？」

福爾摩斯隨手將那封電報遞給了我。只見上面寥寥數語：

想跟你聊聊卡多根．威斯特的事。馬上就到。

邁克洛夫特

「卡多根．威斯特？這名字似乎很耳熟。」

「我可沒印象。不過，能使邁克洛夫特親自出馬，確實非同小可！星球也有偏離軌道的時候，可不是嗎？對了，你知道邁克洛夫特是做什麼的嗎？」

我絞盡腦汁地回想，彷彿在《希臘譯員》一案中有所耳聞。

「你好像說過，他在政府中擔任一個小職位。」

福爾摩斯不禁哈哈大笑起來。

「那時，我並未十分了解你。所以談及國家大事時總是格外謹慎。你說他效力於英國政府，這一點沒錯。但如果你要說他就是英國政府，從某個角度來看也沒錯。」

「親愛的福爾摩斯！」我失聲叫出來。

「我就知道你會大吃一驚。邁克洛夫特的年薪只有四百五十英鎊，確實只是個小職員。他沒有任何野心，也不貪圖名利。但我們的國家卻少不了他。」

「這究竟是怎麼回事？」

「哦，他的身份相當特殊。這一切都是他憑著努力取得的。歷史上從不曾有過類似的事，以後也不太有可能出現。他非常聰明，又極有條理，記憶力特強，無人能及。我與他具有同樣的天才，只是我從事偵探工作，而他則從事著那個特殊的職業。各部門的分析都匯集到他那裡，他是情報的交換中心，對所有的資訊進行判斷和平衡。別人或許是某方面的專家，但他卻是各方面的專家。比如，某位權威人士需要海軍、印度、加拿大甚至金銀複本位制度方面的情報，他都可以分別從各不相關的部門獲得意見；但是，邁克洛夫特一個人就能匯整這些情報，並且指出各因素之間的聯繫及影響。最初，人們覺得利用他能夠達到更好的效率，但現在，他已經成為政府決策中不可或缺的重要人物了。在他那精明的腦袋中，分門別類儲存著各種資訊，隨取隨用。他的話一次次地影響著政府的決定。他就是這麼生活的，除了我偶爾為了一兩個小問題前去請教，他才稍稍放鬆一點外，其他的事一概不問。但今天丘比特卻從天而降了！這究竟意味著什麼？卡多根．威斯特又是誰呢？他與邁克洛夫特有何關係？」

「我想起來了，」我一下子撲向沙發上那堆報紙，大叫道，「對了，對了，就是這個。一定是他！卡多根．威斯特是個年輕人。週二早上他的屍體在地鐵軌道上被發現。」

福爾摩斯瞬間振作起精神，他坐了起來，手中揚起的煙斗停在了半空。

「華生，事情想必很嚴重，我哥哥竟為此改變了他的軌跡，看來此事非同小可。但與他究竟有何關連呢？據我所知，案情還沒理出個頭緒來。顯然，他是摔下火車死亡的，他並未遇劫，也無法確定遭到了暴力襲擊。

是這樣對吧，華生？」

「警方已檢查過屍體，」我回答道，「有許多新消息。我仔細想了想，覺得此案相當離奇。」

「從此事對我兄長造成的影響判斷，它一定非比尋常。」他慵懶地躺在安樂椅中，「華生，我們還是先了解一下事情的經過吧。」

「此人全名叫亞瑟．卡多根．威斯特，今年二十七歲，單身，受雇於烏爾威奇兵工廠。」

「是政府雇員。看，這就與邁克洛夫特扯上關係了。」

「星期一晚間，他從烏爾威奇不告而別。他的未婚妻維奧萊特．西伯里小姐是最後見到他的人。當天晚上七點半左右，當時濃霧瀰漫，他突然離她而去。他們並未發生爭吵，對於他的舉動，她也感到莫名其妙。有關他的第二件事就是鐵路工人梅森在倫敦地鐵的阿爾德門站外發現了他的屍體。」

「是什麼時候？」

「星期二早上六點，屍體躺在由鐵道向東去的軌道左側。那地方離車站很近，有一個隧道。當時，他的頭顱已經裂開了，傷勢極重，看樣子只可能是從火車上摔下來的。如果屍體是從附近的某個地方抬到那兒的，勢必要經過站台口，而那裡一直有檢查員站崗，似乎不太可能。」

「好的。情況已經很清楚了。無論此人當時是死是活，他都是從火車上摔下來的，或者說是被人從火車上扔下去的。我搞清楚這點了，繼續說吧！」

「屍體旁的軌道是東西向行駛的鐵路，有些是市區火車，有的是從威爾斯登或鄰近車站開出的火車。可以確定的是，被害的年輕人當天很晚才乘車朝這個方向駛去。但卻查不出他是在哪裡上車的。」

「車票。看看車票就明白了。」

「但他的口袋中並沒有車票。」

「什麼？華生，這太奇怪了，沒有車票根本進不了地鐵站。假如他有車票，那車票不翼而飛又說明了什麼呢？是為了隱瞞他上車的地點？很可能就是這樣。車票是否不小心掉在車廂裡了？也有可能。這點很有意思，很離奇。沒有被搶劫的跡象吧？」

「沒有。這裡是他的物品清單：錢包中還剩下兩鎊十五先令。另有一本首都至州郡銀行烏爾威奇分行的支票，由此可以推斷他的身份。還有兩張烏爾威奇劇院當晚的特座戲票。最後是一小疊技術類文件。」

聽到這兒，福爾摩斯滿意地說：「行了，先生。材料很齊全，我們都有了！英國政府——烏爾威奇兵工廠——技術文件——還有我的兄長邁克洛夫特，一個環節也沒少。不過，假如我沒聽錯的話，是他親自登門來了。」

不一會兒，邁克洛夫特．福爾摩斯被領了進來。他長得高大健壯、結實魁梧，看上去顯得有些笨拙，但肩頭上的那顆腦袋卻給人截然不同的感覺。深沉的鐵灰色眼睛靈敏機警，眉宇間透出一股威嚴，有稜有角的嘴唇顯出他剛毅的個性，神情十分聰穎機靈。看了他一眼後，誰也不會再去注意他那有些笨重的軀幹，反而會佩服他那超群的智力。

在他的身後，站著我們的老朋友，來自蘇格蘭場的官方偵探雷斯垂德，嚴肅的表情使他原本就瘦削的臉更顯乾癟。他們那陰沉的臉色彷彿使整個屋子的空氣都凝固了。官方偵探不發一言地與我們握了握手，邁克洛夫特則費力地脫下外套，然後坐在一張靠背椅上。

「夏洛克，此事讓我傷透了腦筋。」他說，「你很清楚，我最不願意改變我的生活方式了，但當局不允許。根據目前的情況看，我此時離開辦公室是最糟糕的安排。但是，危機真的降臨了，首相從不曾如此惶恐過。至於海軍部，那裡亂成一團，猶如被捅開的馬蜂窩！你知道此案的經過了嗎？」

「剛剛看過。技術文件是什麼？」

「啊，就是這個問題！幸好還沒公開，否則整個新聞界就熱鬧了。這個不幸的年輕人所攜帶的文件正是布魯斯—帕丁頓潛水艇計畫。」

邁克洛夫特．福爾摩斯嚴肅的表情充分說明了此事的重要性。他的弟弟和我期待著聽他繼續講述。

「關於潛水艇，你一定有所耳聞吧？我相信大家都聽說過。」

「只聽過這個名稱。」

「它十分重要，是政府的極密文件。我可以這麼說，在布魯斯—帕丁頓的有效區域內，根本不可能發生海戰。早在兩年之前，政府就為這項發明悄悄撥出了鉅額經費，並採取了一切保密措施。此計畫十分複雜，包括三十多個單項專利，每一項都是整個計畫中缺一不可的重要因素。計畫書被保存在與兵工廠相鄰的一個機密辦公室中，那個保險櫃是特地打造的，辦公室的門窗也都是防盜式的，無論採用什麼方法，都難以盜走計畫書。即使海軍總技師要查閱這份計畫，也只能到烏爾威奇的這間辦公室。但是，令我們震驚的是，竟然在倫敦的市中心，從一個死去的小職員口袋中搜出了這些機密文件。官方認為，國家安全受到了威脅。」

「但你們不是已經回收了嗎？」

「哦，不！夏洛克，沒有，還沒找回這些文件！這就是威脅所在。我們並沒有全部回收。從烏爾威奇文件室竊走的是十份計畫，而卡多根．威斯特的口袋中僅有七份。丟失的是最重要的三份。夏洛克，你得放下手中的一切事情，將全部精力用於偵查此案。別像以往那樣，為一些不足掛齒的小事費心了。你要處理的是一個極為重要的國際問題。卡多根．威斯特為什麼要盜走文件？那三份文件在誰的手裡？他是怎麼死的？案發第一現場應該是在哪裡？怎樣挽救這場災難？只要解決了這些問題，你就為國家立了大功。」

「邁克洛夫特，你為什麼不親自處理這些事？我做得到的事，你也完全可以做到呀！」

「夏洛克，或許你說的沒錯。問題是要弄清楚每一個細節，才能解決這個問題。我只能坐在安樂椅中，告訴你最專業的見解，但是，手握放大鏡四處奔走，到處打聽線索，那不是我的拿手工作，我也確實做不到；但你在這方面很有經驗。假如你想讓自己的名字出現在下期的光榮榜上，那——」

我的朋友笑著搖搖頭，說道：

「即使我答應了，也只是因為我想。不過，這個案件確實相當有意思，我很樂意去研究它。請再提供一些有用的資訊吧！」

「還有一些更為重要的情報我都記在這張紙上了。另外還有幾個地址，在辦案過程中，它們會對你很有幫助的。其中，管理秘密文件的詹姆士．瓦特爵士是政府官員以及專家。僅靠他的頭銜和所獲得的名譽，就佔據了名人錄中兩行的位置。他是位紳士，在上流社會中很受歡迎，在工作上也很熟練，當然，他有相當高的愛國情操。保險櫃的鑰匙由兩人共同掌管，他擁有其中一把。還有，在星期一的上班時間內，文件還在辦公室中。詹姆士爵士當天三點鐘就前往倫敦，並帶走了鑰匙。出事當夜，他一直在辛克萊爾海軍上將位於巴克雷廣場的家中作客。」

「關於這點，有人作證嗎？」

「是的。他的兄弟瓦倫汀．瓦特上校證實他確實離開了烏爾威奇；而辛克萊爾上將又證明他的確在倫敦。所以，詹姆士爵士已不再是這一案件的關鍵。」

「另一把鑰匙在誰手中？」

「由席德尼．詹森先生掌管。他是繪圖員及資深職員，已婚，四十歲，有五個孩子。他沉默寡言，但工作表現出色，與同事很少來往。據他所說，星期一下班後，他就一直待在家裡，鑰匙從沒離開過他的錶鏈。這些他的妻子都作了證。」

「那談談卡多根．威斯特吧。」

「此人已有十年工作經歷，表現不錯。但他性情急躁，易於衝動，不過倒也算率直忠誠，我們對他沒有什麼意見。在同事中，他略遜於席德尼．詹森。由於工作的關係，他每天都有機會單獨接觸計畫書。此外就再也沒人會靠近這些文件了。」

「當晚是誰將計畫書鎖進保險櫃的？」

「是席德尼．詹森先生。」

「哦，既然如此，情況就很清楚了。明眼人一看就知道是誰拿走了計畫書。實際上，在卡多根．威斯特的身上發現了計畫書，這不就很明顯了嗎？」

「沒錯，夏洛克，但有許多細節還沒弄清楚。第一，他為什麼要拿走計畫書？」

「我認為，計畫書可以賣出高價。」

「他可以因此輕易賺得幾千英鎊。」

「除了來倫敦賣掉計畫書以外，你還想得出其他動機嗎？」

「不，我想不出。」

「哦，就將這一點作為前提吧。年輕的威斯特竊走了計畫書，但他必須有一把複製的鑰匙才行——」

「不，是好幾把才對。他必須先打開大樓和房門。」

「那就假設他複製了好幾把鑰匙吧！他深夜前往倫敦出售機密，只是為了趕在隔天上午人們發現計畫書遺失前，提早將它放回保險櫃。但很不幸，他在中途丟了性命！」

「怎麼回事？」

「可以假設，他是在回烏爾威奇的途中被殺，並遭到棄屍。」

「他的屍體在阿爾德門被發現。此地距離倫敦橋車站還比較遠，他或許正打算從這條路回到烏爾威奇。」

「還可以假設，在經過倫敦橋時出現過各種情況。比如說，他在車廂中與人密謀，卻因意見分歧而發生衝突，因而送命。也許他是想離開車廂，卻不幸摔死在鐵路上。某個人將車窗關上，由於窗外的霧很濃，因此沒被發現。」

「根據我們目前掌握的線索分析，也沒有更好的解釋了。但只要仔細思考，你就會發現很多破綻，夏洛克。為了便於討論，我假設年輕的卡多根．威斯特早就擬定一套偷竊計畫，當然，他在動手前肯定已經與外國間諜接洽，並且作好充分的準備，使人無法懷疑到他頭上來。但事實並非如此，他當天晚上買了兩張戲票，雖然只陪著未婚妻走到半路，就不吭一聲地消失了。」

「胡扯！」雷斯垂德說道。他一直靜靜聽著我們的討論，早就不耐煩了。

「這種想法很特別，卻站不住腳。還有一點也說不過去：我們就假設他去過倫敦，而且也與間諜聯繫上了。他當然得趕在上班前將文件放回原處，否則就會露出馬腳。他拿走了十份文件，但口袋中只剩下七份。還有三份去了哪裡呢？他一定不是自願放棄那三份計畫書的，還有，出售機密獲得的錢又在哪裡？他的口袋中應該有一大筆現金的。」

「我認為事情再明顯不過了。」雷斯垂德說，「我毫不懷疑所發生的一切。他打算將文件賣掉。但他見到那名間諜後，因為價格無法達成共識，於是憤而離開。可是對方卻不放過他，在火車上將他殺害，並搶走其中最重要的三份文件，接著又將他拋出窗外。這不是很明顯嗎？」

「那他為什麼沒有車票？」

「車票會曝露那名間諜所在的位置，所以被帶走了。」

「說得好，雷斯垂德，非常好，」福爾摩斯慢條斯理地說道，「你的推論都很合理，也與事實相符。假如真是這樣的話，那此案就可以結案了。因為叛國者已經死亡了，而且間諜可能也帶著布魯斯─帕丁頓潛水艇計畫書返回歐洲了。我們已經無計可施了。」

「立即行動！夏洛克。必須立即行動起來！」邁克洛夫特一下跳了起來，大叫道，「我的直覺告訴我這種解釋是錯誤的！到案發現場去吧！使出你所有的本事！去訪問有關人士！在你的一生中，很難能到這樣一個為國效力的機會呢！」

「嗯，對，」福爾摩斯聳了聳肩，「來吧，華生，還有你，雷斯垂德先生，你能否與我們共度一兩個小時呢？我們將從阿爾德門車站展開調查。邁克洛夫特，再見了。傍晚我將發一份報告給你。不過，話說在前面，你可別抱太大期望啊！」

一個小時後，我們一行三人已經趕到了隧道和車站相交的地下鐵路。一位臉色紅潤、謙恭的老先生代表鐵路公司迎接我們。

「那個小伙子的屍體就躺在這裡，」他指著離鐵軌約三呎的地方說道，「他不可能是從地鐵上方的建築中摔下的。你看，這裡的牆沿沒有一扇門窗。所以，他只可能來自車上。關於這趟列車，據我們了解，是星期一深夜左右經過此地的。」

「檢查車廂後，是否有發現打鬥的跡象？」

「沒有，甚至沒有找到車票。」

「也沒發現打開的車門？」

「沒有。」

「今天上午，我們發現了新的線索，」雷斯垂德說道，「有位旅客曾搭乘星期一晚上十一點四十分的普通列車經過阿爾德門車站。他說，列車到站之前，聽見了像是有人摔在鐵路上的聲響。當時的霧很大，什麼也看不見，因此他也沒特別在意。嘿！福爾摩斯，你怎麼了？」

我的朋友神色緊張地站在那裡，注視著從隧道中延伸出來的鐵軌。阿爾德門是個鐵路樞紐，來自各方的鐵路交會於此。他的目光落在了鐵軌的交點上，神情疑惑而迫切。他那機敏警覺的瘦臉上雙唇緊閉，鼻翼微微抖動，又黑又濃的雙眉緊鎖著，這表情我再熟悉不過了。

「岔路，」他喃喃自語，「岔路。」

「有什麼線索啦？你是怎麼想的？」

「我認為其他鐵路上的分岔沒有這麼多吧？」

「確實如此，都相當少。」

「而且，分岔還位於軌道的彎曲處。岔路與彎道。老實說，如果真的只是這樣，情況就簡單了。」

「怎麼？福爾摩斯，你發現線索了？」

「我有一個設想——一種可能性，僅此而已。但是，這麼一來案情就更複雜了。太離奇了，完全超出想像。怎麼能不奇怪呢？我根本看不出路上有一點血跡。」

「的確沒有血跡。」

「但我明白受害人傷得並不輕。」

「頭骨粉碎，但外傷並不嚴重。」

「應該會有血跡的。我可否檢查一下那列火車？你說過，有旅客曾聽見有東西自那列火車上摔下來過。」

「十分抱歉，福爾摩斯先生，」雷斯垂德說，「列車已被拆散，各節車廂都掛到不同的列車上去了。況且，我們已仔細檢查過每一節車廂，是我親自檢查的。」

我的朋友總是對那些不如他機靈的人相當不客氣，這是他最大的缺點。

「或許是吧，」他說著轉身離去了，「從當時的情況來看，我想檢查的並不是車廂。華生，我們在此已做完了我們的工作。雷斯垂德先生，現在，我們不麻煩你了。我認為我們得立刻去烏爾威奇看看。」

走到倫敦橋時，福爾摩斯寫了封電報給他的兄長，發出去之前給我看了一下。上面寫著：

黑夜中射出一絲曙光，但可能會被烏雲遮掩。請立即將英國境內所有已知的外國間諜或國際特務的姓名與住所列出一則清單，並火速送至貝克街。

夏洛克

「這些資訊對我應該有些幫助，華生，」他說道，此刻我倆已踏上了開往烏爾威奇的列車，「其實，我們應該感謝我的兄長邁克洛夫特，是他將這麼一件離奇有趣的案件委託給我們。」

他那精力充沛的神情中掩飾不住微微的緊張與著急。我很清楚，某一條線索已經打開了通往希望之門的道路。當一隻獵犬毫無目標地蜷縮在狗窩裡時，牠總是夾著尾巴，垂著腦袋；但當牠開始尋找獵物的蹤跡時，就會立刻變得目光炯炯有神，毛髮豎立，肌肉緊繃；這兩種情況恰好可以說明福爾摩斯從今天上午以來發生的變化。幾小時前，他還慵懶無趣地套著睡衣，在被霧氣籠罩的屋中無所事事地踱步。前後比較下，他簡直判若兩人。

「有線索，也有活動空間，」他喃喃自語，「我真笨，怎麼會沒發現有這種可能性。」

「到目前為止，我依舊看不出什麼。」

「具體的情況我也不清楚，但我有一個想法，它很可能讓我們進展不少。那個人是在另一個地方死亡的，但他的屍體被放在了某節車廂頂部。」

「車頂！」

「很意外，對吧？」他仔細想像著當時的情景，「屍體落下的地方恰好是列車通過岔路時搖晃得最厲害的地方，這難道是巧合嗎？難道不是從車頂上掉下來的嗎？如果屍體是在車廂內，它是不會受到岔路影響的，要不就是從車頂掉下來的，要不就是太離奇的巧合！現在，我們來考慮血跡的問題吧，如果屍體的血早在別處就流掉了，軌道上當然不可能發現血跡。每個小細節都很有啟發性，把它們集中在一起，就能夠說明問題了。」

「那麼，車票也算是線索之一！」我恍然大悟。

「是的。雖然剛開始我們搞不清楚這是為什麼，但這麼一來就解釋得通了。每件事情都互相吻合。」

「事實上，即便如此，我們對他的死仍是一頭霧水。事情不但沒有簡化，反而更加複雜了。」

「也許你說得對，」福爾摩斯若有所思地說，「也許就是這樣。」隨即他便陷入了沉思，直到抵達烏爾威奇車站。下車後，他叫了輛馬車，從口袋中掏出邁克洛夫特的字條來看。

「今天下午，我們還得走訪好幾處地方，」他說，「我認為，詹姆士．瓦特爵士是最能吸引我們目光的一位。」

這位官員住在一幢十分漂亮的別墅中，與他那顯赫的身份相匹配。門前一大片綠油油的草坪一直延伸到泰晤士河畔。當我們到達時，霧氣正逐漸消散，微弱的陽光穿透濕漉漉的霧氣射向我們。聽見鈴聲後，管家立刻前來開門。

「詹姆士爵士？」他神情肅穆地說道，「先生，詹姆士爵士今天早上過世了。」

「上帝！」福爾摩斯失聲驚呼，「他是怎麼死的？」

「先生，我想你還是先和他弟弟瓦倫汀上校見個面吧。」

「好的，我也很想見他。」

我們跟著管家走進一間採光不佳的客廳。不一會兒，一個外貌英俊的高個子就出現在我們面前。他大約五十歲，留著一點鬍鬚，此人正是死去的這名科學家的胞弟。他那惶恐憂傷的眼神、沒有洗淨的臉頰，以及無暇梳理的頭髮都清楚地表示了，這一家人正面臨一次猝不及防的打擊。他在講述這件事時，聲音並不清晰。

「這是件絕對的醜聞，」他說，「我哥哥詹姆士爵士自尊心很強。這次事件對他而言是個致命的打擊，他一定傷心透了，他是無法承受這種噩耗的。你們知道，他一直為自己管理的部門表現感到自豪。」

「我們原打算向他求助，希望找到破案的線索。」

「我很了解他，我向你們保證，這件事對他而言也是一個謎。我們大家對此一樣一無所知。他已向警方提供了知道的所有細節。無庸置疑，卡多根．威斯特是有罪的。但是，其餘的事情都太令人困惑了。」

「你本人對這件事有其他看法嗎？」

「我只知道我聽說過的那些細節。我無意冒犯，但你知道的，福爾摩斯先生，我們現在的心情很糟。所以，請你們儘快結束這次訪問吧。」

「這真是太意外了，」當我們坐上返回的馬車時，我的朋友說道，「我對他的死亡抱持懷疑。是自然死亡，還是畏罪自殺？假如是後者，那他是否是因為失職而自責？現在暫且不深究這一問題，我們先去拜訪卡多根．威斯特的家人。」

死者的母親住在郊區一座小巧精緻的房屋裡。老太太因悲傷而神智錯亂，對我們的工作沒有任何幫助。不過，老太太的身邊卻陪著一位臉白如紙、神情哀淒的女士，她向我們介紹自己是死者的未婚妻維奧萊特．西伯里小姐，也就是死者遇害當晚最後一個看見他的人。

「福爾摩斯先生，太沒道理了，」她說。「自從悲劇發生以來，我就一直在思考，從早到晚一刻都沒停過，我就是搞不懂，這到底是怎麼一回事？恐怕世界上很難找出第二個像亞瑟那麼單純、仗義和愛國的人了。如果他有出賣國家機密的念頭，他肯定早就砍下自己的右手了。凡是熟識他的人，都會認為這簡直是不可思議的事！」

「但又要如何解釋這一切呢？西伯里小姐。」

「是啊，是啊，我也一直想不通。」

「他有金錢上的需求嗎？」

「不，他的生活很簡單，薪水又很高，他已存了幾百英鎊。我們原本打算新年的時候結婚。」

「他是否在精神或態度上表現出反常？嗯，請如實相告吧，西伯里小姐。」

說這句話時，我的朋友那老鷹般銳利的眼神捕捉到了這位女士的神態變化。她似乎有些拿不定主意，臉色也變了。

「當然，」她艱難地下定決心說道，「我感到他有什麼心事。」

「這種情況維持很久了嗎？」

「不，這是最近兩週才出現的，他變得有些急躁和鬱鬱寡歡。有一次，在我再三追問下，他才向我透露說他確實有心事，而且與工作有關。他還說：『對我而言，這件事太嚴重了，絕不能說，即使對你也不行。』除此之外，我就沒再追問出什麼。」

福爾摩斯的神情相當嚴肅。

「請繼續講，西伯里小姐。即使情況對他十分不利，也請繼續講下去。至於結果會怎樣，我們目前也無法預知。」

「但事實上，我真的已無話可說了。曾有一次，他似乎很想向我透露些什麼。那天晚上，他談及那件秘密的重要性時說道，外國間諜肯定會為此付出代價的。」

我的朋友臉色越來越難看。

「還有什麼？」

「他還說過，我們對這種事情太疏忽了，叛國者若要竊取計畫簡直易如反掌。」

「這是他最近說的嗎？」

「沒錯，就是最近說的。」

「現在，請你講講最後那一晚的情形吧。」

「當晚，我們正趕往劇院，因為霧太濃，無法坐車，只得步行前往。當他走到辦公室附近時，突然竄進濃霧中消失了。」

「他什麼也沒說？」

「是的。不過，當時他驚叫了一聲，僅此而已。我站在濃霧中等著，但他一直沒有返回，最後我只好自己回家了。第二天一早，辦公室剛開門，警方就上門詢問了。我是在十二點左右聽到噩耗的。唉，福爾摩斯先生，要是你能挽回他的名譽就好了！名譽對他而言可是至關重要的事！」

福爾摩斯沉重地搖了搖頭。

「走吧，華生，」他說，「讓我們再去別的地方想想辦法。下一個探訪的地點是文件失竊的辦公室。」

「原先的情況就對這個年輕人相當不利，我們的調查又使得他的嫌疑更重了。」馬車上路後，他接著說道，「即將舉行的婚禮肯定會花掉他一大筆錢。於是，他打起了國家機密的主意，走上了犯罪之路。他還打算將自己的計畫告訴她，害她也差點成了他的叛國同伙，情況真的太糟了。」

「可是，福爾摩斯，性格往往也能說明問題。再說，他為何要將女士留在原地裡，自己則一聲不吭地去幹這種事呢？」

「沒錯！肯定有說不通的地方。不過，他們遇到的卻是很難應付的情況。」

在辦公室裡，我們見到了高級職員席德尼．詹森先生。他面容憔悴、瘦骨嶙峋，舉止有些粗魯。他恭敬地接待了我們，這大概是我朋友的名片的功勞。他顯得很緊張，雙手不住地抽搐著。

「太糟了，福爾摩斯先生，太糟了！主管已經死了，你聽說了嗎？」

「我們剛去過他家。」

「這裡簡直糟透了。主管死了，卡多根．威斯特也死了，文件又被竊走了。但是，星期一晚上關門時，我們的辦公室與政府任何一個辦公室同樣小心謹慎。天啊！光想都讓人害怕！在我們的同事之中，那個威斯特竟會做出如此令人不齒之事！」

「那麼，你肯定他是犯人囉？」

「但我無法解釋這一點。我信任他就如同信任我自己一般。」

「星期一晚上，你們辦公室幾點關門？」

「五點。」

「是你關的？」

「我總是最後一個離開。」

「計畫書放在哪裡？」

「就在保險櫃中，還是我親自放進去的。」

「這個房間沒人看守嗎？」

「有的，但警衛同時看守好幾個部門。他是個忠實的老兵，相當可靠。當天晚上，他並未發現任何可疑之處。當然，那時霧氣很濃。」

「或許，卡多根．威斯特是趁下班後偷偷溜進來的，但他一定得擁有三把鑰匙才行，對嗎？」

「是的，要有三把，外屋、辦公室及保險櫃各一把。」

「這些鑰匙只有詹姆士．瓦特爵士跟你有？」

「我沒有另外兩道門的鑰匙，只有保險櫃的。」

「詹姆士爵士平時工作一絲不苟嗎？」

「沒錯，至少我是這麼認為。據我所知，他的這三把鑰匙是掛在同一個鑰匙圈上的，我常看到他的那串鑰匙。」

「他去倫敦時也帶著那串鑰匙嗎？」

「他是這麼說的。」

「你的鑰匙從不離身？」

「是的。」

「假如是威斯特做的，他肯定自行複製了鑰匙，但在他的身上並沒有搜到。還有，如果是這個辦公室的某位職員所為，那他複製計畫書遠比竊走要簡單且安全得多。」

「複製計畫書絕非易事，需要有專業的知識才行。」

「但是，我想對詹姆士、威斯特或者你本人而言應該輕而易舉吧？」

「當然，這對我們三人而言再簡單不過。不過，請別將我牽扯進來，福爾摩斯先生。實際上，人們已經從威斯特的身上搜出了計畫書，我們在這裡瞎猜還有意義嗎？」

「哦，他明明可以在家裡悠閒地複製，一樣可以達到目的，但他偏偏不顧危險地去偷竊，這太不可思議了。」

「確實令人不解。他本來可以做得相當隱密，卻偏要採取這麼冒險的方式。」

「每次調查總會發現令人不解的事實。現在仍有三份文件沒有追回，據我了解，這三份文件極其重要。」

「的確是這樣。」

「這是否意味著，只要有人取得了這三份文件，即使不需要其餘七份也可以打造出布魯斯—帕丁頓潛水艇？」

「關於這個問題，我已報告海軍部了。但是，我今天又重新翻閱了一下設計圖，我目前也無法確定有沒有這種可能性。雙閥門自動調節孔的設計圖已經找回來了，外國人如果想建出這樣的船，除非他們自己擁有這項發明。當然，他們或許能克服這方面的技術問題。」

「丟失的那三張圖是否最為重要？」

「正是最關鍵的。」

「我想，在徵得你的許可後，我得在這個房間裡看一看。我原先設想好的問題，現在一個也不記得了。」

他仔細察看了保險櫃門鎖、辦公室房門以及鐵窗上的窗扇。當我們來到室外的草坪時，他才又興致高漲。草坪靠窗處有一叢月桂樹，其中有幾枝似乎曾被人攀折過。他掏出放大鏡，將樹枝仔仔細細觀察了一遍。然後又俯身搜索樹下草坪上的幾個模糊印跡。最後，他要求那位辦事員關好鐵窗。他對我指出，窗扇中間密合不佳，縫隙太大，站在窗外就能窺探室內的情形。

「耽擱了三天，痕跡早已被破壞了。這些痕跡也許能夠提供什麼，也可能什麼都不能提供。華生，咱們在烏爾威奇的調查就此暫停吧，這裡對我們已經沒什麼幫助了。到目前為止，一切並不順利，只好回倫敦看看是否能沾上好運。」

不過，在我們離開烏爾威奇之前，又得到了一點線索。售票員非常篤定地說，他見過卡多根．威斯特。他清楚的記得就是那個星期一的晚上，他搭乘當晚八點十五分的列車去了倫敦。他是單獨一個人，買的是三等車廂的單程票。他當時舉止相當驚慌，售票員也忍不住感到詫異，他甚至握不住找回的零錢，最後還是售票員幫了他一把。查閱列車時刻表後，證明威斯特在七點半左右離開未婚妻後，能搭乘的第一班車就在八點十五分。

「華生，現在我們重新整理一下思路，」福爾摩斯沉默良久後，終於開口說道，「在我們兩人共同偵查的案件中，我幾乎想不出有哪件案子比這次更難的。每前進一步，就會發現有一個障礙擋在路中央。不過，我們的確也有了值得慶賀的進展。」

「在烏爾威奇的調查結果幾乎都對年輕的威斯特不利。但鐵窗下的痕跡卻衍生出一個對他有利的假設。假如，我們認定他曾與某個外國間諜接洽，或許還有過誓約，因此他不能將事情對外透露，但他的思想肯定受到了影響，這一點從他對未婚妻說的話就可以看出。既然如此，我們不妨設想，當他陪同未婚妻前往劇院途中，無意間發現那個間諜正朝辦公室奔去，強烈的責任感和急躁的性格使他毅然決然地作出了選擇，甚至無暇顧及未婚妻的感受。他追蹤到了窗前，發現那個間諜正在盜竊文件，於是就去抓他。如此一來，就可以解釋他為什麼不採取複製的辦法，而冒險行竊了。偷走了文件的其實是這名間諜，這些解釋目前為止都很合理。」

「接下來呢？」

「接下來我們就遇到麻煩了。按照我們的分析，年輕的卡多根·威斯特應該先抓住那個壞蛋，然後報警。他為什麼不這樣做呢？偷竊文件的人是否是他的熟人，例如他的上司？如果是這樣，那卡多根·威斯特的行動就容易解釋了。有沒有可能是這個上司半途甩掉了威斯特，威斯特又恰好知道他的住址，於是立刻去倫敦，想到他的住處攔截他？他來不及與未婚妻道別，讓她傻傻地站在霧中枯等，這表明當時的情況一定很緊急。到目前為止，我們假定的情境與被棄置在車頂的、口袋中塞著幾份機密文件的屍體之間，還有相當一段距離。憑著直覺，我們應該從另一方面下手。假如邁克洛夫特將名單交給我們，說不定能找出關係人士，然後兵分兩路，這樣一來，破案就指日可待了。」

不出所料，剛回到貝克街，就發現桌上有一封信，房東太太告訴我們，那是一位政府通訊員火速送來的。福爾摩斯看過後，隨手將它遞給我。

嫌疑者人數眾多，但能做這種事的人卻屈指可數。其中，阿道夫·梅耶住在西敏斯特，喬治大街十三號；路易斯·拉羅塞爾住在諾丁山，康普敦大廈；雨果·奧伯斯坦住在肯辛頓的考菲爾德花園十三號。據調查，後者星期一還住在那裡，但現在已搬離。聽說你已有頭緒了，內閣急盼你的最終調查結果。最高當局的查詢急件已送達，如有需要，全英國的警察都是你的強力後盾。

邁克洛夫特

「我擔心，」福爾摩斯見我抬起了頭，微笑著說，「即使出動女王的所有部下都無濟於事。」他攤開一張倫敦地圖，彎下腰著急地搜索著。「有了，有了，」他興奮地叫道，「事態總算轉到我們的思路上來了。哦，華生，我敢保證，我們終能獲勝。」他拍拍我的肩頭說道：「我現在就得去調查。如果沒有你這位忠實的伙伴兼傳記作者陪在身邊，我是不會盲目冒險的。你就待在這裡，過一兩個鐘頭我就回來。要是多耽擱了一會兒，你可以先著手準備寫我們是如何拯救了國家的。」

他快樂的情緒感染了我。我很了解他，他那一反常態的情緒一定有著某種原由。在十一月的這樣一個漫漫黃昏，我在急切的期盼與等待中度過。終於，九點鐘剛過，郵差送來了一封信：

我正在肯辛頓的格勞塞斯特路上的戈迪尼飯店用餐。請立刻帶上鐵撬、提燈及手槍趕來。

S．H．

對於一個正直、體面的公民而言，要帶著這麼一堆工具穿過霧氣濃濃的黃昏街道，那種感覺是很特別的。我小心翼翼地用大衣掩住身體，雇了輛馬車穿過街道，直奔戈迪尼飯店。那是家豪華的義大利餐廳，我的朋友就坐在靠近門口的一張小圓桌旁。

「吃過飯了嗎？來杯咖啡或橘子酒吧！老闆的雪茄也不錯，它不像人們所想的那樣有害健康。東西帶來了嗎？」

「帶來了，就放在大衣裡。」

「太好了。我先簡單地為你講述我的調查經過以及之後即將採取的行動。華生，你現在也肯定能接受我的觀點了：那具屍體是放在車頂上的，注意，是放上去的。當我確定屍體就是從車頂而不是從車廂裡摔下去這一點時，這個事實就十分清楚了。」

「難道沒有可能是從橋上掉下去的嗎？」

「我也這樣考慮過，但總覺得不太可能。假如你去檢查車頂，你會發現它呈圓弧形，兩側又沒欄杆。所以，我相信卡多根．威斯特一定是被放上去的。」

「為什麼要把他放上去呢？」

「這便是我們要弄清楚的問題。我認為只有一種可能，你也清楚，這條地鐵在西區的某幾處根本就沒有隧道。我曾有這樣的印象：當我有一次坐地鐵時，恰好發現車外一棟房屋的窗口就在我的頭頂。假設有一列火車就停在這樣的窗戶下，要放一個人在車頂上不是很簡單嗎？」

「好像不太可能。」

「我又想起了那句古老的格言：如果一切可能性都被排除了，那剩下的肯定就是真相，無論它有多麼令人難以置信。現在，我對這句格言深信不疑。在這件案子裡，其他的可能性都已排除了。那名剛從倫敦離開的危險外國間諜就住在鐵道旁的屋子裡，當我領悟出這點來時，簡直興奮極了，我知道，你當時也對我的瘋狂舉動十分吃驚。」

「哦，我有嗎？」

「是的，你有。我已經發現了自己要追逐的目標，他就是住考菲爾德花園十三號的那位雨果．奧伯斯坦先生。於是，我開始仔細搜索格勞塞斯特路車站。站上的一位工作人員幫了我大忙，他陪我沿著鐵軌搜查，使我查出了考菲爾德花園的後側窗戶竟正對著鐵軌，而且恰好位於鐵道主幹線的分岔處，列車常會在這裡停上幾分鐘。」

「你真是太聰明了，福爾摩斯！你太偉大了！」

「但這也只能到此為止——到此為止而已，華生。沒錯，我們正不停地向前邁進，但離目的地還有很長的一段路。好了，我馬上就來到考菲爾德花園的後面檢查，然後又查看了前面。於是，我斷定那傢伙已經離開了。這座住宅很大，裡面空蕩蕩的，據我推斷，他應該住在二樓。奧伯斯坦只有一個隨從，應該也是他的心腹。我們應該理解的一點就是，奧伯斯坦已經回到歐洲做那筆骯髒的交易了，但他沒打算逃走；他根本就不用害怕被逮捕，他絕不會想到自己的住處會被悄悄地搜查，而這一點也正是我們即將進行的工作。」

「難道我們就不能開張搜查令，按照正常程序走嗎？」

「不行，我們目前的證據還不充分。」

「我們還需要做些什麼呢？」

「看看他是否還保存著某些文件。」

「福爾摩斯，我不想這麼做。」

「親愛的伙伴，你就站在街上替我把風好了，這一切都由我來做。現在無暇顧及這些不重要的細節了。替邁克洛夫特想想吧，也替海軍部想想，再替內閣以及那些期待著消息的尊貴人士們想想。我不得不這麼做。」

聽了這番話，我竟有些動容地站了起來。

「你說得對，福爾摩斯。我們不能退縮。」

他激動得跳了起來，握住我的手。

「我就知道你最終會同意的。」他的眼中閃過一絲幾乎算得上是溫柔的目光。接著又恢復了嚴肅、幹練、專注的模樣。

「到那裡有差不多半哩的路程，但不用著急。慢慢走過去就行了。」他說，「千萬別把工具露出來。否則，要是你被當成可疑人士抓起來，事情就麻煩了。」

考菲爾德花園位於倫敦西區，是維多利亞時代中期的代表性建築，每排房子都設計有扁平的門柱和門廊。隔壁的房子裡似乎正進行著一個兒童聯歡會，不時傳來孩子快樂的呼喊和叮咚的琴聲，沉寂的夜晚因此而增添了活力，並溫暖了起來。我們身邊的濃霧完美地掩蔽了我們的行蹤。福爾摩斯點亮提燈，我們才看清楚面前這扇結實牢固的大門。

「這件事相當嚴肅，」他說，「門當然鎖上了，還加了閂。我想，我們還是去地下室好一些。那裡有一條拱形通道，萬一警察太過熱心而闖了進來，我們也方便躲藏。來吧，華生，幫我一下，我待會也幫你。」

在互相協助下，我們很快來到地下室的拱道邊。正想向前走去時，頭頂上忽然傳來了警察走動的腳步聲，他似乎正在濃霧中巡邏。我們屏住氣息，待警察漸漸遠去後，才又繼續行動。福爾摩斯彎腰開始撬門，只聽得

「咔」一聲，地下室的門被打開了。我們跳進漆黑的走道，隨手將門關緊。福爾摩斯舉燈在前方帶路，我緊隨其後。在左彎右拐了數次之後，不久便踏上了一條沒鋪地毯的樓梯。他停了下來，將微弱昏黃的燈光照向一扇低矮的窗戶。

「華生，是這裡——肯定就是這裡。」他說著伸出另一隻手去開窗。一陣沉悶刺耳的聲音從遠處傳來，漸漸變成了轟隆巨響，那是一列火車在黑暗中駛過窗前的聲音。福爾摩斯將燈靠近窗台。在昏暗的燈光下，依稀可見窗台上積了厚厚一層煤灰，那是往來的火車留下的，其中有幾處被抹去了。

「這下你也許能明白他們將屍體放在哪裡了吧？喂，華生！這是什麼？沒錯，是血跡！」他指著窗框上那片顏色很深的痕跡說道，「沒錯，樓梯上也有。哈！這下證據齊全了。我們就等列車停下吧。」

沒過多久，另一趟列車呼嘯著駛過隧道，然後慢了下來，最後是吱吱的剎車聲，它恰好就停在我們窗戶的下方，車頂距離窗台不到四呎。福爾摩斯輕輕關上了窗戶。

「我們的假設已被證實了，」他說，「華生，你還有別的看法嗎？」

「了不起，簡直了不起。」

「這個我可不敢當。我認為那倒棡的屍體是被放在車頂上的，這種看法其實很簡單。只要想到了這點，其餘問題也能迎刃而解了。假如此案不涉及國家機密，這些事實也沒多大用處。我們還會面臨許多困難，當然，說不定我們能在這裡發現一些對我們很有用的線索。」

我們從廚房的樓梯往上走，到了二樓的一個套房。第一間是餐廳，陳設簡樸，沒什麼引人注意的地方。裡面那間是臥室，一樣給人空蕩蕩的感覺。最後一間似乎還有些希望，於是我的伙伴開始了詳細的搜查。整個房間都是書報，顯然是間書房。福爾摩斯敏捷而沉著地逐一檢查著每只抽屜和小櫥櫃，但他的神情依舊沉著而嚴肅，看來，他還沒有找到想要的東西。一個小時過去了，搜查依舊進行著。

「這隻狡猾的狐狸做得太完美了，」他恨恨地說道，「能將他定罪的證物全被藏匿起來了，那些相關的信件不是被燒掉，就是被轉移了。這裡只剩下最後一絲希望。」

他將一只裝了現金的鐵匣子放在了書桌上，然後取出鑿刀撬開它。鐵匣裡只有幾卷滿是圖案和計算公式的紙，艱澀難懂。重複出現的「水壓」、「每平方英寸壓力」等辭彙，表明這些東西可能與潛水艇有關。福爾摩斯心煩意亂地將它隨手扔到一旁，匣子中出現了一只信封和幾張剪報。他將它們一一放置在桌上，臉上露出了期待的神情，我知道，他看見了希望。

「哦，這是什麼？華生，你看看，這是什麼？是報上的幾則消息。從印刷效果和紙質來看，應該是《每日電訊報》的尋人啟事。這幾則消息應該是登在報紙的右上端。沒有日期，這類消息通常如此。這張紙片一定是第一則：

想立刻得到消息，條件不變。按名片地址聯絡。

皮耶洛特

這應該是第二則：

難以敘述，需要詳細報告。交貨付錢。

皮耶洛特

接著是這樣：

情況緊迫。立即收回款項，除非交易完成。以信件約定，啟事確認。

皮耶洛特

這是最後一則：

星期一晚間九點。敲門兩下。勿猜疑，是自己人。交貨付錢。

皮耶洛特

華生，這些資訊很完整！如果我們能從另一方面下手揪出此人就太棒了！」他的手指無意識地敲著桌面，漸漸地陷入了沉思。最後，他一躍而起。

「哦，有辦法了，也許很簡單。華生，這裡也沒事可做了。我們還是找找看《每日電訊報》吧。我們一整天的辛苦工作也該結束了。」

第二天早飯後，邁克洛夫特和雷斯垂德如約而至。聽完福爾摩斯的敘述後，這位公家警官對我們的非法行為頻頻搖頭。

「福爾摩斯先生，警察是不能這麼做的，」他說，「難怪你的成就總是讓我們望塵莫及，不過，你以後或許會在不知不覺中走偏，到時你就會發現你和你的朋友是在自找麻煩。」

「為了我們的國家，以及美好的生活，我們不在乎。對吧，華生？我們甘願因此成為祖國神壇上的祭品。邁克洛夫特，你如何看待我們的行為？」

「了不起，夏洛克！你讓我感到驕傲！不過，下一步你打算怎麼走？」

福爾摩斯抓起桌子上的《每日電訊報》。

「你有沒有看見皮耶洛特今天的啟事？」

「什麼？今天還有他的消息？」

「是的，在這裡：

今晚相同時間、地點。敲門兩下為約。一切慎重。

皮耶洛特」

「天哪！」雷斯垂德激動得跳起來，「假如他回話，我們就能一舉捉住他！」

「這也是我的初衷。假如二位方便的話，請跟我們去考菲爾德花園走一趟，就約八點左右吧，我們或許可以獲得更多的線索。」

夏洛克·福爾摩斯有一個很特別的優點，他能輕易地控制自己的大腦活動，並在自認為難以立刻進行有效的行為時，將一切思維都轉移到另一件愉悅的事情上。我記得很清楚，那一整天，他都專心致志地撰寫有關拉絮斯以及他的和音讚美詩的評論。而我卻無法像他那般超凡脫俗，煩悶得認為那天漫長得永無止境。這個問題對國家安全的影響、最高當局的焦慮、我們即將發現的情況——毫無章法的亂成一團，刺激著我的神經。直到吃了那頓輕鬆的晚餐後，我才放鬆下來。終於，我們又踏上了探險之路，雷斯垂德和邁克洛夫特如約在格勞塞斯特路的車站外等候，奧伯斯坦的地下室門已被我們撬開，但邁克洛夫特無論如何也不願爬欄杆，我只得進去打開了大廳的正門。到了九點鐘的時候，我們一行四人已全都在書房中恭候我們的客人。

時間一個鐘頭又一個鐘頭地過去了。大教堂的鐘聲敲過了十一點，似乎在為我們滿懷的期望而悲哀。雷斯垂德和邁克洛夫特不禁煩躁起來，不停地抬手看錶。福爾摩斯則雙眼半睜，靜靜地坐著，顯得十分沉著而又警覺。忽然，他轉過頭來，低聲說道：「他來了。」

輕微的腳步聲從門外經過，隨即又折返回來。腳步聲平息後，門環被重重地叩響了兩下。福爾摩斯站起來比了個手勢，示意我們坐著別動。煤氣燈的火焰如一粒黃豆大小，悠悠地閃爍著。門開了，我看見一個黑影悄悄地鑽進來，然後關上了門，並上了閂。「到這裡來！」我們聽見他低聲說道。不一會兒，這位神秘的客人就站在了我們面前，福爾摩斯則堵在他的身後。當我們的客人看清了眼前的幾張臉時，不禁尖叫一聲，轉身想逃。福爾摩斯一把將他拖了回來，按在了房間中央，這個驚慌失措的傢伙還沒回過神來，門已關上了，福爾摩斯用背抵著門板站著。這個傢伙瞪大眼睛四下環顧，隨後便搖搖晃晃地暈倒了。他那頂寬沿帽掉了下來，領帶也滑向一邊，瓦倫汀．瓦特上校那淺棕色的長鬚和清秀的臉龐清清楚楚地呈現在我們面前。

福爾摩斯發出一聲意外的噓聲。

「我簡直就是一個笨蛋，華生，」他說，「我們要找的可不是這個傢伙。」

「他是誰？」邁克洛夫特急不可待地問道。

「潛水艇局的現任局長，已故詹姆士．瓦特爵士之弟。對了，對了！我明白了，他的確該來。就讓我來盤問他吧。」

我們將這個如一灘爛泥的傢伙弄到沙發上。此時他已清醒，慢慢坐直起來，慌張地四下張望著，又摸了摸自己的額頭，似乎不相信眼前的景象是真的。

「怎麼回事？」他問，「我是來探望奧伯斯坦先生的。」

「全都敗露了，瓦特上校，」福爾摩斯說，「作為一個高貴的英國人，竟幹出如此下流的勾當，真讓我震驚。關於你與奧伯斯坦的勾當，以及年輕的卡多根．威斯特之死，我們都相當清楚了，我提醒你不要錯過了你擁有的唯一機會，要誠實的招認與悔過。其中有些細節問題，只有你最清楚。」

這傢伙雙手捂著臉，長長地嘆了口氣。我們耐心地等待著，但他始終緘默不語。

「那就由我來說吧，」福爾摩斯冷冷說道，「這個事件的每一個關鍵環節都已一清二楚。你急需一筆錢，於是，你複製了兄長的那串鑰匙，並與奧伯斯坦接洽上，他透過《每日電訊報》的廣告欄與你交換訊息。你是趁著星期一晚上那場濃霧潛入辦公室的。不過，年輕的卡多根．威斯特發現了你的不軌行為，於是緊跟著你。或許，他對你早有警覺。他親眼見你偷走了文件，但他卻無法報警，因為你或許是替你兄長來拿文件的。他是一個正直的人，在這種情況下，他無法顧及自己的私事，在濃霧中一直跟蹤你到了這裡，並且進行勸阻。瓦特上校，你不僅叛國，還進行了凶殘的謀殺！」

「不！我沒有！沒有！我向上帝發誓，我沒有殺人！」這個可悲又可惡的壞蛋絕望地高喊著。

「老實說吧！在你將卡多根．威斯特的屍體放於車頂之前，你們是如何殺害他的？」

「我發誓，我全部都說出來。其他的都是我幹的，我願意招認，絕不隱瞞。你說得沒錯，我要還欠股票交易所的債，我急需用錢。奧伯斯坦願意出五千鎊搭救我。至於謀殺，我真的是無辜的。」

「還有呢？」

「威斯特早就在懷疑我了，他一直跟蹤我到了這兒。但我直到了這個大門口才發現他尾隨在後，因為當時霧很濃，三碼以外便看不見任何東西了。我如約敲了兩下門，奧伯斯坦打開了門，這時威斯特忽然衝上來，質問我們拿走文件做什麼。奧伯斯坦一向隨身攜帶防身武器，他見威斯特衝了進來，便迎頭一擊，正中他的腦門，幾分鐘後威斯特就死了。看著大廳裡的屍體，我們頓時不知所措。最後，奧伯斯坦想到了窗外的列車。當然，他先檢查了我帶來的文件，他要我挑出其中最重要的三份給他。

『不行』，我說，『要是不送回去的話，烏爾威奇肯定會雞飛狗跳的。』

『我一定要得到它們，』他說，『這三份很複雜，根本不可能立刻複製。』

『好吧，但今晚一定要還回去。』

他怔怔地想了一會兒，說有了主意，『這樣吧，這三份我得拿走，』他說，『剩下的全都放在這個年輕人身上。一旦他被人發現，這筆帳就會算到他的頭上了。』於是，我只好照辦。足足等候了半個鐘頭，才有一班列車在窗下停留。藉著濃霧的掩護，我們很輕易地將威斯特的屍體扔到車頂上，沒人會發現。我知道的就這麼多了。」

「你哥哥有什麼反應？」

「他什麼也沒說，但那次我偷鑰匙時就被他發現了，現在想起來，他當時肯定已經懷疑我了，我從他的眼神中感覺得到，他一定懷疑起我了。就像你知道的，他再也無法抬起頭做人。」

接下來，屋子裡一片死寂。終於，邁克洛夫特．福爾摩斯開口說話了。

「難道你不設法彌補嗎？那樣多少可以減輕你良心的不安，以及未來所受的懲罰。」

「我該怎麼做？」

「奧伯斯坦把文件帶到哪裡去了？」

「不清楚。」

「有沒有他的地址？」

「他要我把信寄到巴黎的洛雷飯店，那樣他就能收到。」

「是否進行補救，全取決於你。」福爾摩斯說道。

「只要可以，我都會盡力而為。我簡直恨透這個傢伙了，他讓我身敗名裂，毀了我的前途。」

「這是筆和紙。去，坐到桌邊。我口述，你寫。先寫上地址。對了，現在聽好：

親愛的先生：

你現在肯定發現了，在我提供的資料中，有一個重要的分圖被遺漏了。我現在弄到了一份複製圖。但我在辦這件事上遇到了極大的困難，必須索取五百英鎊。郵匯不安全，我認為以黃金或英鎊支付都行，其他的免談。本來想親自前往，但在這個敏感時機出國容易引起他人的懷疑。故希望能在星期六中午到查林十字街飯店吸煙間相見。請付黃金或英鎊，切記。

好了。要是這次再逮不到這傢伙，那我會很意外的！」

正如福爾摩斯預料的，行動十分順利！這是段歷史，也是國家機密。它比國家公開的大事記要親切得多，也曲折得多。奧伯斯坦貪婪囂張，急於完成自己畢生最大的交易，於是陷入我們佈好的網中，束手就擒。後來被判刑十五年。在他的皮箱中靜靜躺著布魯斯－帕丁頓計畫的文件，他曾大搖大擺地帶著它來回奔走於歐洲各國的海軍部。

瓦特上校入獄後的第二年在獄中死去。福爾摩斯又恢復了平靜，專心研究拉絮斯和他的和音讚美詩。他的文章發表後，被視為這個領域中的權威。幾週後，我在無意間了解到，我的朋友曾去溫莎度過一天，還帶回了一只精美的綠寶石領帶夾。他說那不是花錢買的，是一位熱情的貴婦饋贈的，他曾幫了她一些小忙，其餘的事他便三緘其口。但我心中很清楚這位貴婦人是誰，而且我相信，這枚寶石夾會時時讓我的朋友記住在布魯斯—帕丁頓計畫案中的那段冒險經歷。

5 臨終的偵探

長久以來，作為夏洛克・福爾摩斯的房東，哈德森太太的確吃盡了苦頭。她的二樓成天都有稀奇古怪、令人生厭的人進出。而她的那位聲名顯赫的房客也很特別、乖僻，他的生活毫無規律。面對這一切，房東太太付出了足夠的耐心。福爾摩斯的生活實在糟糕到不行：他會在令人難以置信的時刻播放音樂；會在屋內進行槍法實練；還常常搞些惡臭而神秘的科學實驗；他的周圍時常會充盈著犯罪和危險的緊張空氣。所有的一切，都使他難以擺脫全倫敦最糟糕房客的頭銜。不過，他所支付的房租卻是極為少見的。我深信，在我們兩人同居的那幾年，所有的租金總和，要買下這座住宅實在是綽綽有餘了。

一方面，房東太太十分畏懼他，不管他的行為有多麼不尋常，她都不會進行任何干預；另一方面，她又十分喜歡他，儘管他並不喜歡也不信任婦女，但他卻會相當有禮貌地對待她們，永遠是那副騎士風範。我很清楚，房東太太是真心地關懷著他，在我結婚後第二年，當房東太太將他那悲慘的狀況向我描述時，我對此十分重視。

「華生醫生，他恐怕會死去，」她憂慮地說，「他已經臥床三天了，或許很難熬過今天。他拒絕任何醫生，我再也忍受不住了，當你看見他那消瘦的臉上一對失神的大眼睛怔怔地望著你時，你是無法控制自己的感情的。我說：『不管你是否願意，福爾摩斯先生，我都會立刻叫醫生來。』他氣若游絲地回答道：『好吧，就叫華生來好了。』先生，不能再浪費時間了，我們得救他，別耽擱一分鐘，否則你可能永遠無法再見到精力充沛的福爾摩斯了。」

我當場嚇傻了，我從未聽他提起自己生病的事。來不及思考了，我兩三下就穿戴好衣帽。一路上，我請她將事情原委詳細地講了一遍。

「先生，我知道的也不太多。他前些日子一直待在羅塞海特研究一種病毒，地點是在河邊的一條小巷子裡。後來，他帶著這種病回來了，自從星期三下午病倒後，就一直不曾走動。三天三夜滴水未進。」

「天哪！你怎麼不去請醫生呢？」我十分生氣。

「先生，他堅決不要。你很了解他，他要是固執起來，誰也勸不動，我不敢違背他的心意。他在世上恐怕沒幾日好活了，你見了他就會明白。」

他的模樣的確慘不忍睹。現在正值十一月多霧的季節，昏暗的燈光在霧氣中搖曳著，讓狹窄的臥室更顯陰沉晦暗。但真正讓我怵目驚心的是我的朋友，他靜靜地躺在病床上，早已沒了往日堅毅的神情，他那張乾癟、消瘦的面孔正望著我，他的嘴唇結了一層黑痂，雙頰和眼睛因發燒而泛紅。那雙眼睛也沒了昔日的光彩，見我進了房間，他空洞的眼神中有了一絲欣喜，以表示認出了我。

他枯槁的雙手在床單上不住地抽搐著，聲音急切卻又有氣無力。

「哦，華生，看來霉運降臨啦。」他用那氣若遊絲的聲音滿不在乎地講道。

「我親愛的朋友！」我抑制不住自己的情緒，向前撲去。

「走開！快走開！」他喘著氣吼道。他那份緊張，彷彿到了某個生死攸關的緊急時刻，「你要是不聽我的話，華生，我只好請你離開！」

「為什麼，親愛的朋友？」

「沒有為什麼，因為我想。不行嗎？」

沒錯，哈德森太太說得沒錯，病入膏肓的他比任何時候都更蠻橫。但他那孱弱的模樣又令人格外憐憫。

「我只是想幫你。」我盡量柔聲地解釋道。

「那就再好不過了。真的想幫我就按照我的話去做。」

「好的，福爾摩斯。」

他的神情緩和了下來。

「你不會生我的氣吧？」他氣喘吁吁地問我。

老天，面對一個如此虛弱可憐的病人，我能生氣嗎？

「我這麼做也是為了你好，華生。」他含糊不清地說道。

「為了我好？」我感到十分不解。

「我清楚我的狀況。我染上了來自蘇門答臘的一種苦疫病。荷蘭人最清楚它的危害性了，儘管他們也對它束手無策。但有一點很清楚，這是能致人於死的不治之症，而且極易傳染。」

他似乎正發著高燒，說話時神情有些恍惚。兩隻骨瘦如柴的手不住抽搐，又一邊竭力揮動著，示意我離他遠一點。

「接觸到就會被傳染，華生。沒錯，是接觸。只要離遠一些就不會有事的。」

「天啊！親愛的福爾摩斯！你以為這樣就可以阻止我嗎？即使面對陌生的路人，我也不會放棄我的職責，何況躺在我面前的是我最親密的朋友！」

說著，我繼續向前，顯然，我的行為激怒了他，他立刻大發雷霆。

「假如你停下腳步，我會據實以告；否則，請你離開！」

對於福爾摩斯誠摯博愛的高尚品質，我極為推崇。要是在平日裡，哪怕我並不明白他的心思，我都會將他的話一一照辦。但是，現在我的立場是名醫生，他是病得很嚴重的病人。出於職業道德，在這件事上，他得聽從我的安排。

「福爾摩斯，」我溫和地對他說，「你病得太厲害了，病人應該聽醫生的話。我不會捨棄你的，無論如何，我都會堅持替你診斷，然後對症下藥。」

他的雙眼憎惡地盯著我。

「假如非得看醫生，那也要找個我信得過的醫生吧？」他淡淡地說道。

「你信不過我？」

「對你的友情，我當然很信賴，但是事實不會因此而改變。華生，你終究只是一名普通醫生，經驗和醫術都很有限。本來，我並不想這麼講，但你讓我沒有選擇了。」

他的話使我的自尊心受到了很大傷害。

「這些話似乎不是你本人說的，福爾摩斯。你的言語證明了你目前的精神狀態。如果我的醫術使你無法信賴，我當然不會勉強。我會替你請來賈士珀．密克爵士或潘羅斯．費雪，以及倫敦其他最有聲望的醫生。無論如何，福爾摩斯，你必須看醫生，我無法對你視而不見。假如你認為我能對此不聞不問的話，那你就看錯你的朋友了。」

「你很好，華生。」他的聲音像呻吟，又像嗚咽，「但你非得逼我指出你的無知嗎？請問，你聽說過塔帕奴里的熱病嗎？知道福爾摩沙的黑色敗血症嗎？」

「我不知道。」我誠實地回答道。

「華生，東方的疾病十分複雜，許多病理學都十分稀奇古怪。」他停頓了一下，喘了口氣繼續說，「我這段時間一直在研究醫學犯罪問題，感悟頗深。我的病就是在研究中不慎染上的。別瞎忙了，你無能為力的。」

「或許你說得對。可是，我得知愛因斯特利博士現在剛好就在倫敦，他可是目前尚在人世的熱帶病權威之一。別再推辭了，福爾摩斯。我這就去請他過來。」我果斷地轉身準備出門。

他的反應令我非常震驚！他如同一隻猛虎般從床上躍起，拚力攔住我。我聽見了鑰匙在鎖孔中扭動的聲響。不一會兒，病人又搖搖擺擺地重新爬回床上躺下，他大口地喘著氣，似乎耗盡了體力，癱軟地躺著無法動彈。

「你不可能從我手中搶過鑰匙，華生，我留下你了，我親愛的伙伴。假如沒有我的同意，你休想離開。但是，我不會為難你的。」他每說一句就停頓一下，大吸一口氣，「我很了解你，你是為我好。在這裡，你可以隨心所欲地做你的事情，但是，給我一些時間，好讓我恢復體力。你還不能走，現在是四點鐘，等到六點我就會放你出去的。」

「福爾摩斯，你真的瘋了！」

「就兩個鐘頭，華生。我同意讓你六點鐘走，我能做到的。你願意等嗎？」

「也只好聽你的了。」看他那虛弱的樣子，我只好同意。

「華生，真是謝謝你了。我的被褥不需要你整理，請離我遠點。華生，我還有個要求。你可以請人來幫助我，但不要你推薦的那些醫生，你得去找我指定的人。」

「當然可以。」

「這才是你說得最中聽的一句話，華生，我沒力氣了，那裡有書，你自己看吧。我不知道當一組電池的能量都送入了一個非導體，電池自身會產生怎樣的感覺。華生，我們六點鐘再談吧。」

但是，在六點前就進入交談是不可避免的，而這一次，我吃驚的程度絕不亞於他跳到門前那一次。我在他病床前站了一會兒，他把棉被幾乎拉過了頭頂，彷彿睡得正香。我焦慮地在屋中慢慢踱步，不時抬頭望著牆壁上那些惡名昭彰的罪犯照片。我漫無目的地在屋中走動，最後到了壁爐台前。台子上滿是些亂七八糟的煙斗、煙絲袋、注射器、小刀、手槍子彈和其他雜物。其中有一只黑白相間的象牙小匣子，匣子上面有一個精巧的活動小蓋。我很好奇，剛伸過手去取，突然——

他猛地狂吼起來，這喊叫聲在街上肯定也能聽得見。這一聲吼叫令人毛骨悚然，我愣了一下，渾身冰涼。當我慢慢轉過身去，看見了一張正在抽搐的臉和恐怖的眼睛。我捧著匣子一動也不動地呆站著。

「放下！快放下，華生——我命令你馬上放下！」他的頭重新躺回了枕頭。我趕緊將小匣子放回了壁爐台。他長長吁了口氣，說道：「我特別討厭別人碰我的東西，華生。非常討厭！你應該了解我。你讓我再也忍受不了了！你是個醫生，但你分明是想將病人往避難所裡趕。坐下吧，我的朋友，我要休息了！」

這個意外的插曲弄得我十分不悅。一開始是粗暴的行為和無緣無故的激動，接著又是如此無禮的言語，這與平日裡那個和藹可親的福爾摩斯簡直判若兩人。由此可見，他的思維有多麼混亂！在所有的不幸之中，聰明的頭腦發生問題是最讓人痛惜不已的。我相當沮喪，靜靜地坐著，等待約定好的時間到來。我不時地看錶，他似乎也在關注著，因為時鐘剛指向六點，他就開口講話了，就像平常一樣有生氣。

「六點了，華生，」他說，「你身上有帶零錢嗎？」

「有。」

「有銀幣嗎？」

「不少。」

「半克郎的有幾枚？」

「五枚。」

「哎！不夠！不夠！真是不幸，華生！就這麼一點點，你還是把它放回錶袋吧，剩下的全放進你右邊口袋裡。謝謝，這樣你就能保持平衡了。」

簡直是瘋言瘋語。他開始顫抖，那聲音像咳嗽，又像嗚咽。

「華生，現在點亮煤氣燈，但千萬要小心些，只能點亮一邊。我求你了，好了，這樣就好，謝謝。不，不要打開百葉窗。請把信和報紙放在桌子邊上，讓我能搆到就行了。謝謝。把壁爐台上那些亂七八糟的東西也拿一點過來。太好了，華生！那裡有把方糖夾子，你用它把那只象牙小匣子夾到這張報紙上面。好極了！現在，麻煩你去請柯佛頓．史密斯過來，他就住在下伯克大街十三號。」

坦白地說，見福爾摩斯神智混亂到這個程度，我實在不太想去請醫生來了，我擔心一旦離開，他就會有危險。可是，他堅持要我去請他指定的那個人來，這種急切的心情如同一開始阻攔我去請醫生那樣，固執而不可改變。

「我從來沒聽說過這個人。」我說。

「或許你沒聽說過，但要是我告訴了你他的事情，你絕對會大吃一驚的，我的好朋友。治我這種病的高手並非醫界人士，而是一名植物園主。柯佛頓．史密斯先生出生於蘇門答臘的名門望族，現在正好在倫敦。他的植物園中曾發生過一場疫病，因為無藥可醫，他被迫親自動手研製配方，成效顯著。他的生活非常有規律，我之所以不要你六點之前去找他，是因為當時去也見不到人。假如你能請得動他，憑他的經驗和配方來救治我，那就有把握多了。研究這種疾病是他的最大嗜好，所以，我深信他會出手相救的。」

福爾摩斯的這段話思維清晰，條理分明。當然，他中途不斷地停下來喘氣，由於疼痛，他也不時地揚起雙手又抓又捏。在與他相處的這幾個小時裡，他的狀況越來越差，病毒斑點更為明顯清晰。從他那深嵌的眼窩中射出的目光更為刺人，額頭上冷汗直冒。但是，他說話依然是那樣漫不經心。就算到了臨終關頭，他依舊會用意識支配自己的言行。

「把你離開時看到我的情形告訴他，」他說，「要把對我的印象準確地表達出來：處於死亡邊緣、神智不清、思維混亂。真的，我無法想像，為什麼海灘不會是一整隻牡蠣。哦，我暈了！太奇怪了！幹嘛要用思維控制思維！我說了些什麼，華生？」

「叫我去請柯佛頓．史密斯先生來。」

「哦，是的，我想起來了。我的性命就指望他了，華生，去求求他。我與他彼此都無好感。華生，他有個侄兒，我曾經懷疑他做了不正當的事，而且我讓他知道了這一點。後來那孩子死得很慘，史密斯肯定恨死我了。華生，你要去請他，哀求他，要打動他的心，想盡一切辦法把他帶到這裡來。他能救我，只有他能！」

「真是這樣的話，用拉的也要將他拉進馬車！」

「千萬別這樣做。你要說服他，讓他心甘情願地來。然後你得趕在他到達之前回來。你可以隨便編個什麼藉口，總之不要與他同行，千萬記住，華生。你不會讓我失望的，你從來就沒讓我失望過。萬物的生長肯定會被天然的敵人控制著。華生，我倆都是正直本分的公民，為我們各自的事業盡力了。那麼，我們的世界是否會被泛濫的牡蠣所淹沒？不，不會，那實在太恐怖了！你一定要將內心的一切感受表達出來。」

他像個傻子般胡說八道，喋喋不休。然後伸手遞過來鑰匙，我趕緊接住，心中不禁竊喜，若非如此，也許還會繼續被他鎖在房間裡。哈德森太太一直站在走道中，她不停地顫抖著，淚水不住地流下。我走出了房門，還能聽到福爾摩斯的胡言亂語。當我來到街上叫馬車時，濃霧中走來一個人。

「先生，福爾摩斯先生的近況如何？」他問。

我定睛一看，才發現是蘇格蘭場的莫頓警長。他沒有穿制服，身著一套花呢便衣。

「他病得相當重。」我擔憂地答道。

他看我的眼神很奇怪。事實上，他在燈光下的表情甚至看起來像是一派欣喜，只是我覺得這麼想未免太過份了。

「關於他生病的事，我也聽說了。」他又補充了一句。

馬車緩緩開動了，我恨不得快點離去。

下伯克街擁有許多漂亮的房子，位於諾丁山與肯辛頓的交界一帶。馬車停在了一座住宅前面，房子的鐵欄杆古老而結實，兩扇大門厚而牢固，加上那閃亮的銅把手點綴，讓整座房子自然地顯出高貴的氣派來。一個嚴肅的管家開了門，他的身後射出淡淡的黃色電燈光。這一切都顯得相當和諧。

「柯佛頓．史密斯先生在家。哦，華生醫生！好的，先生，我先幫你把名片遞進去。」

在醫學界，我只是個小人物，柯佛頓．史密斯先生是不會把我放在眼裡的。透過半開的房門，我聽到了一個暴躁而尖銳的聲音。

「他是誰？想幹什麼？噢！史坦波，我不知告訴過你幾次了，在我研究時，絕不允許有人打擾！」

管家溫和地、安慰般地解釋了一會兒。

「哦，請他離開，史坦波。我不會停止我手中的工作。就說我不在家！如果他非得見到我，你就叫他早上再來！」

我的眼前浮現出福爾摩斯在病床上輾轉反側的樣子，他正焦急地望著鐘期待我的救援。於是我也顧不得禮貌了，他的生命經不起拖延，我必須及時搬回救兵，對主人聲聲致歉的管家還沒來得及傳達主人的意思，我已經推開他闖進了屋子。

有人從爐火旁的一把靠椅上猛地站了起來，憤怒地吼叫著。那個傢伙膚色泛黃，滿臉的橫肉在燈光中油油膩膩地發亮；肥大的下巴掉著一疊褶皺；淡淡的眉毛下那雙眼睛陰沉得駭人；光禿禿腦門上的一頂天鵝絨吸煙小帽下壓著一大卷紅色頭髮，很是彆扭。他的腦袋很大，但當我看見了他的身軀時，不禁大吃一驚，他的軀幹又瘦又小，雙肩與後背彎成弓形，似乎曾患過佝僂症。

「怎麼回事！」他拉開嗓門尖聲高叫，「你闖進來幹什麼？我不是叫你明早再來嗎？」

「很抱歉，」我說，「不能再耽擱了。夏洛克·福爾摩斯先生他——」

一聽到我朋友的名字，這傢伙的態度立刻變了。憤怒的表情瞬間消失，取而代之的是緊張而警覺的神色。

「是福爾摩斯叫你來的？」他探詢地問。

「是的，我剛從那兒來。」

「他還好吧？」

「他已經生命垂危了。」

他對著一張椅子指了指，示意我坐下，他自己也坐回了靠椅上。此時，我無意間從壁爐上嵌著的一面鏡子中窺見了他那張臉正掛著陰險惡毒的笑意。不過，我懷疑自己是否是因精神緊張而看走了眼，因為當他轉身望著我時，臉上流露出了真摯的關懷之情。

「我很不安，」他說。「在做那幾筆生意時，我偶然結識了福爾摩斯先生。我很敬重他的人品和才能。我們兩人有許多共同之處：他無師自通地研究犯罪學，我則在工作之餘研究病理學；他追捕罪犯份子，我消滅病菌。看，那就是我的監獄。」他順手指向桌上那排瓶瓶罐罐。「在我培養的膠質中，就有世界上最凶狠的罪犯在服刑呢！」

「正因為如此，福爾摩斯才特別地想見到你。他對你非常有信心，認為全倫敦只有你能救他一命。」

這個矮小的傢伙嚇了一跳，竟將那頂時髦的吸煙小帽抖落在地下。

「我不明白，」他說道，「為什麼他相信我能救他？」

「因為你懂東方疾病。」

「他怎麼會認為自己染上的是東方疾病呢？」

「因為在他進行職業調查時，曾與中國水手在碼頭上一起工作。」

柯佛頓．史密斯先生笑了，俯身拾起落在地上的那頂吸煙小帽。

「哦，原來是這樣——嗯？」他說，「不過，也許他的病並非你所想像的那麼糟糕。他病了幾天？」

「有三天了。」

「神智不清嗎？」

「有時候。」

「哦！哦！看來已經很嚴重了，如果不去探視就太不人道了。但我很不願中斷我的研究，華生醫生。不過，這次例外，我立刻跟你去。」

這時，我想起了福爾摩斯的叮嚀。

「很抱歉，我得另赴一個約會。」我說。

「沒關係。我一人去好了，我有他的住址。你放心吧，最晚會在半小時之內趕到。」

我忐忑不安地回到福爾摩斯身邊。我擔心自己離開後會出什麼狀況。還好，他的情形已比先前好了許多，我懸著的一顆心這才放了下來。雖然他的臉色依舊蒼白，但人已清醒。他用微弱的聲音問道：

「哦，見到他了嗎？華生。」

「見到了。他馬上就來。」

「太好了，華生！簡直太好了！你是全世界最棒的郵差。」

「他原本想跟我一起來。」

「不行，華生，那絕對不行。他問過我是怎麼染病嗎？」

「我提到了倫敦東區那些中國工人。」

「沒錯！好極了，華生，你是最盡責的朋友。你可以離開了。」

「不，此刻我不能離開你，福爾摩斯。」

「那當然了。可是，如果只有我與他兩個人在，我相信他會更坦率，對我也更有幫助。我的床頭後面恰好有塊空間，華生。」

「我親愛的老兄！」

「這也是沒辦法的事，華生，委屈一下好嗎？這地方雖不適合藏人，但也不會讓人起疑。華生，你就躲在這裡吧。」他突然坐了起來，精疲力竭的臉上露出一副嚴肅專注的神情，「快！華生，我聽見車輪聲了。快點，老弟，如果你是我的朋友，就別動了。不論發生了什麼事，千萬別動，聽見沒有？別出聲！別動！在一旁聽著就行了。」他那突如其來的精力瞬間又消失了，果斷的聲音又變回神智不清的咕噥聲。

我立刻躲起來。接著就傳來上樓的腳步聲，然後又聽到了開門聲和關門聲。我十分驚訝：屋子中除了病人急促的呼吸和喘氣聲，簡直是一片死寂。我可以想像，一定是來客在仔細地觀察症狀。終於，他開口說話了。

「福爾摩斯！」他叫喊著，「福爾摩斯！」他似乎急著要叫醒這個沉睡的人。「能聽見我說話嗎，福爾摩斯？」接著是一陣窸窣的響動，我知道是他在搖晃病人。

「史密斯先生來了嗎？」福爾摩斯用微弱的聲音問道，「你能來，真讓我吃驚。」

那人笑了起來。

「我可不這麼想，」他說，「你瞧，我這不是來了嗎？這就叫做以德報怨，懂了嗎？福爾摩斯，我可是不計前嫌啊。」

「你真是太高尚了。我很欣賞你所掌握的特殊知識。」

來客噗哧一聲笑了起來。

「你是該欣賞我。而且，你是整個倫敦唯一對我表示欣賞的人。你可知道自己患了什麼病？」

「相同的病。」福爾摩斯簡單地答道。

「啊？你看出來了？」

「我很清楚。」

「哦，我對此並不驚訝，福爾摩斯。即使是相同的病，我也不會感到奇怪。假如真是這樣的話，那你就前途末卜了。倒楣的維克特是個身強力壯、朝氣蓬勃的年輕小伙子，可是一得到這種病，四天後就完蛋了。你也知道，他竟會在市中心染上這種罕見的亞洲病，簡直令人無法置信。我也專門研究過這種病，真是太巧了，福爾摩斯，你太了不起了，居然會注意到這件事。不過，我得坦白地告訴你，這是有因果關係的。」

「我知道是你搞的鬼。」

「哦？你知道了，是吧？但你已經無法證明了。你曾造謠中傷我，現在卻又求我救你一命，你有什麼感想呢？你到底在玩什麼花招，嗯？」

我聽見生命垂危的福爾摩斯吃力而急促的喘息聲。「給我水！」他喘著粗氣說。

「你的生命已經進入倒數計時了，我親愛的朋友。不過，我會讓你死得明白，所以我會給你水喝的。拿好！別打翻了！好了。你能聽到我說的話嗎？」

福爾摩斯痛苦地呻吟著。

「救救我吧，別老是記仇，」他低聲請求道，「我一定忘掉我曾說過的話，我發誓，我一定會忘掉它。只要你救我一命，我就永遠地忘掉它。」

「忘掉它？」

「哦，我是指維克特．薩維奇之死。事實上，你剛才也承認是你幹的。不過，放心，只要你救我，我一定把它忘了。」

「你想記住還是忘掉都隨便你吧！反正我絕不會在證人席上看到你了。我相信，我親愛的福爾摩斯先生，如果要見你，肯定也是在另外一種情境下，而且是在不一樣的地方相見了。就算你清楚我侄兒的真正死因，你又能怎麼處置我呢？現在最關鍵的問題是你，而不是他。」

「當然，當然。」

「來請我的那個傢伙，嗯，我忘了他的名字，他說你是從東區的水手那裡傳染的。」

「我只能這麼解釋。」

「你認為自己絕頂聰明，對吧？福爾摩斯。你自以為是，對吧？但這次，你碰到對手了，他比你還要高明得多。仔細想想吧！福爾摩斯，難道這種病不會有別的原因？」

「哦，我想不起來了，我的大腦不中用了。看在上帝的面上，救救我吧！」

「對，我要救你。我要讓你明白自己目前的處境，以及事情的起因。我想讓你死得明白些。」

「請為我做些什麼，減輕我的痛苦吧！」

「你感到痛苦？對，那些工人在將死之際也會痛苦地哀嚎幾聲。我看你好像抽筋了？」

「對，對，我抽筋了。」

「哦，但是你依然能聽見我說話。聽著！你是否記得，在症狀出現之初，曾有過什麼不尋常的遭遇？」

「沒有，沒有，絕對沒有。」

「仔細想想。」

「我頭痛得很厲害，想不起來了。」

「哦，那讓我來幫幫你。你有沒有收到什麼郵件？」

「郵件？」

「例如偶然或者意外地收到一只小匣子？」

「我的頭要裂開了——我快死了！」

「聽我說，福爾摩斯！」接著是一陣響動，一定是他在使勁搖晃將死的病人。我心如刀割，卻只能靜靜地蹲在那裡。「聽我說，你一定要聽我說。你記得那是只匣子——一只精巧的象牙匣子對吧？是星期三收到的。你打開了它——你應該記得吧？」

「對，對，我打開它了。那裡面還有一只尖尖的彈簧。那是有人在開玩笑——」

「那不是什麼玩笑，笨蛋！你被騙了。傻瓜，是你自找的。你竟敢惹我！如果你不那麼做，我也不會想要傷害你。」

「我想起來了，」福爾摩斯喘著氣急切地說，「那只彈簧！它刺破了我的皮膚。就是這個盒子——桌子上這只。」

「是的，就是它！放心，我會把它裝進口袋帶走。你現在全明白了，福爾摩斯先生，但你連最後的證據也沒有了。是我害死了你，沒錯，你就明明白白地死去吧。你對維克特．薩維奇之死知道得太多了，讓你也親自感受看看！你快死了，福爾摩斯。我會在這裡看著你死亡的全部過程。」

福爾摩斯那微弱的聲音幾乎快聽不見了。

「你在說什麼？」史密斯問道，「把煤氣燈開大一點？哦，夜晚來臨了，我說得對嗎？好吧，開大一點，也好讓我把你看得更清楚。」他走開了，屋內頓時變得明亮一些。「朋友，還有什麼事需要我效勞的嗎？」

「火柴，還有香煙。」

我忍不住一陣狂喜，幾乎要歡呼出聲了，他的聲音又恢復了往日的鎮靜沉著。當然，依然還有一點虛弱，但那的確是我所熟悉的聲音。接著是長久的沉默，我彷彿看見柯佛頓．史密斯驚恐萬分地愣在那裡。

「你是什麼意思？」他終於開口了，聲音中帶著明顯的恐懼。

「導演一幕好戲的最佳辦法就是親自當演員，深入角色。」福爾摩斯平靜地說道，「我早就告訴你了，這三天中我滴水未進。多謝你的好意，竟然肯幫我倒一杯水。但是，我最渴望的還是煙草。哦，這裡有香煙。」我聽到了劃火柴的聲音。「嗯，舒服多了，喂！喂！我聽見朋友的腳步聲啦！」

門外果真傳來了腳步聲。門開之後，莫頓警長走了進來。

「一切都在預料之中，這就是你要找的人。」福爾摩斯說道。

警官發出了嚴正的警告。

「你現在因謀害維克特．薩維奇被捕了。」

「還得加上一條——試圖謀害夏洛克．福爾摩斯。」我的朋友笑著說，「他是來『救人一命』的，警長，柯佛頓・史密斯先生太有趣了。他轉亮了氣燈，替我發出信號。哦，對了，他的右上衣口袋中還有只小匣子。對，還是替他脫下外套為好，謝謝。假如我是你的話，一定會小心地捧著它。就放在這裡好了，法庭上也許還用得著。」

接著傳來一陣亂哄哄的扭打聲、鐵器相撞聲和一聲無奈的吼叫。

「掙扎是沒用的！」警長嚴肅的喊道，「別動，聽見沒有！」隨即是銬上手銬的聲音。

「這個圈套實在是天衣無縫啊！」只聽到犯人一聲怒吼，「站上被告席的應該是福爾摩斯，不是我。是他叫人請我來為他看病。我很擔心他，所以趕來了。他當然會說他的瘋言瘋語是出自我口，以證明他是清醒的。福爾摩斯，隨你怎麼誣陷。我們的話同樣可信。」

「天呀！」福爾摩斯大叫起來，「我親愛的華生，我怎麼把你忘記啦？真是抱歉。不用再介紹了，你與柯佛頓・史密斯先生早已見過面。外面有馬車等著嗎？等我換好衣服就隨你們一起走，我去警局可能會有些幫助。」

「我可不想再這樣偽裝自己了。」福爾摩斯說道。他在梳洗的空檔吃了些餅乾，喝了杯葡萄酒，精神頓時好了許多。「你是了解我的，我的生活一向不規律，這麼做對我的健康傷害並不大，要是換成別人或許就承受不住了。這齣戲的關鍵就是要讓哈德森太太對我患病之事深信不疑，因為我的事得由她轉告你，然後你再去轉告他。華生，你不會恨我吧？我很清楚，你不太會說謊，如果知道了實情，絕對無法將他騙到這裡來。恰好這一點又是我們行動的關鍵。我肯定他會來報復，他一定會來看看他的傑作。」

「但是你的模樣，福爾摩斯——如何解釋你這張蒼白的臉呢？」

「華生，禁食了三天，我當然不可能表現得容光煥發。至於其他的，我只要一塊海綿就能全部解決：額頭塗上凡士林，眼睛中滴入顛茄水，顴骨抹點胭紅，嘴唇再加點蠟；這不就是天衣無縫的化妝效果嗎？至於裝病，我的腦中常常會有一種衝動想將它寫成文章，例如冷不防地說說半個克朗、牡蠣以及類似的話題，就能給人一種神智混亂的印象！」

「既然並無病毒，為何拒絕讓我接近？」

「我親愛的華生，你在懷疑這點？你真以為我鄙視你的醫術？無論我裝得有多麼虛弱，但我的脈搏與體溫並不受意識的支配，這一切恐怕難逃你的慧眼。我只得請你留在我四碼以外，這樣你才不至於發現真相。如果我無法做到這點，又有誰能將史密斯帶入我設下的圈套中？只有你，我親愛的華生。但你無法知道那只盒子的惡毒，當你打開它時，你能從側邊看到一只尖銳的彈簧如一隻毒蛇牙齒從中伸出！我絕不會去碰它的。我敢說，薩維奇就是因此斃命的，他可是唯一妨礙這個魔鬼繼承財產的人！你也清楚，寄到我這裡的郵件很多，我對它們向來都是小心翼翼、十分警覺的。我很清楚他的動機，我只能假裝上當，這樣才能出其不意的獲得證據。我是懷著藝術家的精神來表演的。華生，謝謝你，還得請你幫我穿衣服。等我去警局辦完事以後，我要去辛普森飯店補充一下營養。」

6 法蘭西絲・卡法克斯女士的失蹤

那天，我非常愜意地躺在靠背椅上，雙腿舒服地向前伸著。沒想到，我的這雙腳竟引起了夏洛克・福爾摩斯的關注。

「為什麼是土耳其？」他的雙眼正盯著我的靴子。

「不，是英式的。」我驚訝道，「我這雙鞋來自牛津大街的拉蒂默鞋店。」

福爾摩斯笑了笑，顯得有些不耐煩。

「是澡堂！」他說，「我在談論澡堂！為什麼要去洗那種浪費錢而又讓人鬆懈的土耳其浴呢？洗一個本國風格的澡不是更令人精神振奮嗎？」

「由於這幾天氣候不佳，我的風溼病又犯了，總覺得有些體力不支。據說土耳其浴對風溼病很有效，這可是一個新的嘗試，可以說是身體的清潔劑。」

「哦，對了，福爾摩斯，」我繼續說，「我相信，對於你這樣精密的腦袋而言，要連接靴子與土耳其浴兩件事應該十分容易。但是，如果你能向我逐步解釋，我會非常感激。」

「道理很簡單，華生，」福爾摩斯有些得意地眨眨眼睛，說：「還是我那套老方法。我必須先問，你今天早上是跟誰坐車回來的？」

「我可不認為這個奇怪的提問是我所想要的解釋。」我故意激他。

「好吧，華生，你的抗議合情合理。你想知道答案？嗯，我先從最後的結論講起吧，馬車——你低頭瞧瞧，你的左衣袖和肩上有些泥漬，如果你坐在座位正中央就不會這樣了，要是一個人坐在車裡卻還是有泥漬的話，那肯定兩邊都會有。所以，你一定坐在車子的一側，而且還有同伴，這一點是再清楚不過的事實。」

「這並不深奧。」

「很簡單，對嗎？」

「但是如何解釋靴子與洗澡的關係呢？」

「一樣很簡單。你總是有自己的一套穿鞋方式，但你的鞋帶現在卻打著雙結，而且很精緻，這不是你的習慣。看來，你曾脫過靴子，那又是誰替你繫好的呢？鞋匠？或者是澡堂的服務生？你的靴子還很新，想必不是鞋匠的傑作。哦，還能有別種解釋嗎？沒有，那當然是去了澡堂。很荒謬，對嗎？但是，洗土耳其浴肯定是帶有目的的。」

「有什麼目的？」

「因為你說你想有個改變。我建議你一種方式好了，我親愛的華生，你不會拒絕去一趟洛桑吧？坐頭等車廂，衣、食、住、行都將享受高規格待遇。」

「好的！但是為什麼呢？」

福爾摩斯重新躺在安樂椅上，掏出一個筆記本。

「世界上最危險的人，」他緩緩地說，「就是那些四處漂泊的孤獨女人。當然，她們本身對社會無害，甚至有用，但總會讓那些有貪心之人萌生邪念。這些女人無依無靠、四海為家，她們之中有一個女人，她很富有，不管是去任一個國家，或住進任一家旅館，都是輕而易舉的。事實上，她就如同掉進狐群中的一隻小雞，很容易迷失在偏僻的公寓和旅店之中。她一旦被吞沒，就很少會有人去想起她。我正在擔心法蘭西絲．卡法克斯女士的安危。」

他總能將那些無聊而抽象的概念轉移到具體問題上，這令我很感興趣。他繼續翻著他的筆記本。

「法蘭西絲女士是已故拉福頓伯爵在世上的唯一後代。你或許也知道，他把遺產都留給了兒子。現在她的手中只有一些古老而稀有的西班牙銀飾和作工精巧的鑽石，她對這些東西愛不釋手，總是隨身攜帶，不肯存在銀行裡。法蘭西絲女士十分美麗，人已中年，卻依舊容光煥發。她是個多愁善感的人。二十年前，由於一場意外，使得那個繁榮如一支偉大艦隊的家族只留下了這一葉孤舟。」

「那麼，她出了什麼事？」

「哎，法蘭西絲女士出了什麼事？她還活著或已遭不測？我們還得努力去查證。她有一個習慣，每兩個禮拜就會寄一封信給她的老家庭教師杜布妮女士，四年來從未間斷。杜布妮小姐住在坎伯韋爾，很久以前就退休了。她兩天前來找過我，說法蘭西絲女士已經有五個星期沒有音訊了。她所收到的最後一封信寄自洛桑的全國飯店。現在，法蘭西絲女士好像已經離開，而且沒留下任何地址。女教師一家焦急萬分，他們十分富有，只要能查出真相，他們願意支付高額賞金。」

「難道與她來往的人只有杜布妮小姐嗎？她一定還寫信給其他人過。」

「沒錯，華生，她還寫給銀行過。單身女人也要生活，她們的存摺往往就是最簡略的日記。這位女士的錢存於希爾維斯特銀行。我已經調查了她的銀行戶頭，最後一次取款用的是支票，是用來付清在洛桑的帳目，金額較大，也許她手裡還留有一筆現金；再後來就只開出一張支票。」

「開給誰？在什麼地方？」

「是給瑪麗．戴凡小姐的，目前還不知道它的下落。這張支票兩週前在蒙皮立的里昂信貸銀行兌現，共有五十英鎊。」

「瑪麗．戴凡小姐與這位女士是什麼關係？」

「這一點我已經查出來了。她曾是法蘭西絲．卡法克斯女士的僕人，雖然我們目前還無法得知她開這張支票的原因，但我深信，你的調查會很快地解答這一問題。」

「我的調查？」我大惑不解。

「是啊。你去洛桑休養的目的就在於此呢！你也知道，老亞伯拉罕對自己的安危憂心忡忡，因此我離不開倫敦了。還有，如果沒有特殊情況，我最好不要出遠門，蘇格蘭場會因為沒有我而顯得格外寂寞，當然，我的離去肯定會令罪犯們興奮不已，這可不利於社會安定呢！親愛的華生，我把這件事托付給你了，去吧。假如我的建議值兩便士一字的話，那它會在大陸電報局的這一端恭候你的差遣。」

兩天後，我來到了洛桑的全國飯店，那位大名鼎鼎的經理莫瑟熱情地接待了我。他介紹說，法蘭西絲女士曾在這裡度過幾週，人們都非常喜歡她。雖然她已不年輕，但仍相當受歡迎，可以想像她年輕時有多麼地美麗。莫瑟並不知道她帶了什麼珠寶，但曾聽服務生提起，在她的臥房中有只笨重的皮箱，總是上著鎖。她的僕人瑪麗・戴凡小姐也與大家相處得極為融洽，並與飯店的一個服務員訂了婚，要找到她並不困難，地址是蒙皮立的特拉揚路十一號。我把所有資訊都記了下來，我對自己的成果相當有自信，特別是收集情報方面，就算福爾摩斯也不過如此。

還有一點沒弄明白。這位女士為何突然離去？照理來說，她在洛桑的這些日子過得十分愉快。很多跡象表明，她原打算在這座豪華的湖濱飯店度過一整個季節，但是，訂房後的第二天她就離開了，白白浪費了一週的住房費。女僕的未婚夫儒勒・維巴對此有一套看法，他想起一兩天前曾有位又高又黑、留著鬍鬚的人來拜訪過，「那是個野蠻人，標準的野蠻人！」儒勒・維巴忍不住高喊道。那個人也住在城裡，他曾與法蘭西絲女士在湖邊的走道上聊過一次天，後來，他又來拜訪她，但她卻拒絕與他見面。他看起來也是個英國人，但沒人知道他的姓名。之後，女士就突然離去了。儒勒・維巴，甚至他的情人瑪麗・戴凡小姐全都認定，女士的離去與那人的來訪有直接關連。還有一點，就是瑪麗離開女主人的原因；儒勒・維巴對此絕口不提，他不願、也無法透露什麼。如果真的想了解其中的原委，就必須去蒙皮立找到當事人瑪麗小姐。

我所調查的第一階段就此結束。第二階段要調查的是法蘭西絲・卡法克斯女士離開洛桑後前往的地方。關於這點，我隱約感覺到，她之所以前往某地，目的就是為了甩掉糾纏她的某人。要不然，沒辦法解釋她的行李為何不貼上去巴登的標籤？她居然是繞道萊茵河遊覽區前往的。我費了好大一番周折，才從庫克的當地辦事處經理那裡查詢到這些資訊。接著，我將獲得的所有情報電告福爾摩斯，他迅速地回了電，並幽默地讚揚了我一番。由於時間緊迫，我隨即前往巴登。

在巴登的調查並不費力。法蘭西絲女士在英國酒店待了整整半個月，並結識了來自南美洲的傳教士施萊辛格博士及他的妻子。法蘭西絲女士對宗教十分虔誠，就像其他的單身女性一般。施萊辛格博士也全心全意地獻身於宗教，他曾在傳教時不幸染上重病，目前依舊處於恢復階段，他的這種高尚人格使法蘭西絲女士深為感動。於是，她主動幫助施萊辛格太太照顧這位可敬的聖人。經理說道，這名傳教士白天時總是在遊廊上的躺椅上度過，他讓一個服務生陪侍在側，自己則專心繪製一幅介紹米甸王國的天堂地圖，並一邊撰寫相關論文。後來，他的身體完全康復，就與妻子去了倫敦，虔誠的法蘭西絲女士也與他們同行。這是發生在三週前的事，此後經理就再也沒有她的消息。至於女僕瑪麗，她在法蘭西絲女士動身之前就大哭著離去了，她曾對女伴們說絕不會再去服侍別人。施萊辛格博士在動身前，將所有相關人員的帳目一併付清了。

「哦，我想起了一件事，」經理說，「來這裡打聽法蘭西絲．卡法克斯女士的人還不只你一個呢！大約一週前，還有人來詢問過消息。」

「你知道他的姓名嗎？」

「不知道。雖然他的模樣很特別，但我敢說他是英國人。」

「像個野蠻人？」我試著模仿福爾摩斯將相關的事物聯繫起來。

「是的。這種說法很貼切。那是個留著鬍鬚、高大魁梧的傢伙，皮膚很黑。似乎是習慣住的鄉村旅館而非高級飯店的那類人。他看起來異常凶殘，我可招惹不起。」

我的調查逐漸有了眉目，迷霧正逐漸散開，人物關係越來越清晰地浮現出來。美麗而虔誠的女士正被一個危險的傢伙跟蹤，她到哪裡，他也會立即出現在那裡。她非常害怕，於是逃離了洛桑。但他仍然不肯放棄，總有一天會追上她的。或許他已經追上她了？這就是她一直沒有消息的原因？難道與她同行的善良之人會對此視而不見，放任她遭受暴力或敲詐？他的追蹤究竟隱含了什麼不可告人的秘密？所有這些問題都急需我去解決。

我寫了信給福爾摩斯，告訴他調查的進展狀況，我認為自己已查到了案件的根源。但福爾摩斯的回電卻令我失望極了，他居然還有心情問我施萊辛格博士的左耳長什麼樣子，他的幽默來得真不是時候，在如此緊急的時候開玩笑也未免太冒失了，於是我並未理會。事實上，在接到他的電報前，為了追上女僕瑪麗，我已搶先來到了蒙皮立。

沒花什麼工夫，我就找到了這位被辭退的女僕。她對主人忠心耿耿，最終卻離開了那位女士，因為她相信主人已有人照料，另外，由於自己就要結婚了，遲早必須離開。她回憶道，在巴登時，女主人曾無緣無故地對她發火，令她痛苦不堪。最令她失望的是，女主人似乎開始懷疑她的忠誠，甚至曾經質問過她。她想藉著這個機會離開，認為這樣或許能更堅定自己的決心，要不然，她對主人的情感幾乎是難以捨棄的。於是，法蘭西絲贈送了五十鎊作為她結婚的禮金。瑪麗小姐懷疑主人的突然離去與在洛桑相遇的男人有密切關連，她曾親眼看見他竟在湖濱走道旁凶狠地拽著主人的手臂。那人模樣凶殘，瑪麗小姐認為，法蘭西絲女士之所以與施萊辛格夫婦同去倫敦，肯定是想躲避那個人。關於這點，主人從未向她提及，但許多跡象表明，她的主人一直處於憂慮之中。說到這裡，她突然驚恐地從椅子上一躍而起。「看！」她朝著窗外喊叫道，「這個壞蛋居然找到這裡來了！看！他就是我說的那個人。」

客廳的窗戶一直敞開著，我清楚地看見一個留著濃密鬍子、高大黝黑的男人正慢慢朝街心走去。一看就知道他跟我一樣，正在打聽女僕的下落，因為他正著急地逐一查看門牌號碼。我一時控制不住情緒，衝上了街頭。

「嘿！你是英國人。」我說。

「那又如何？」他瞪著雙眼反問我。

「我可以請問你的姓名嗎？」

「不，不行！」他堅決地拒絕了。

我感到很尷尬，但我認為在這種情況下，開門見山地問話是最好的方式。

「告訴我，法蘭西絲·卡法克斯女士現在在哪？」我直視著他。

他聽到這句話，驚疑不已。

「你把她怎麼了？為什麼要跟蹤她？老實說！」我憤怒地靠近他，逼得他往後退了一步。

忽然，這傢伙惱羞成怒，像隻猛虎般怒吼著向我撲來。我的一生中曾參加過無數格鬥，一次都沒有輸過。但是今天，眼前這個人簡直狂暴得如同魔鬼，他的雙手如兩隻鐵鉗般用力地掐住了我的喉嚨，我幾乎要暈過去。就在這緊要關頭，對面的一間小酒店衝出了一位穿著工人服的鬍鬚佬，他用手中的短棍猛地敲向這個魔鬼的手臂，那人才不得不鬆開了幾乎令我窒息的雙手。這傢伙站起身來，餘怒未消地怒視著我，然後對我大喊一聲，便轉身走掉了。我看著他走進我剛離開的那座小別墅。我的救命恩人還沒走，就站在我的身旁，於是我趕緊向他道謝。

「唉，你把事情變複雜了，華生。」他笑著說，「我看，我們還是搭乘今夜的快車回倫敦吧。」

一小時後，夏洛克．福爾摩斯已換上了平常的服裝，坐在我跟飯店訂的房間裡。他依舊是我熟悉的那位沉著、幹練且自信的朋友。他向我解釋為什麼突然出現在這裡：他認為自己終於可以離開倫敦了，於是立即趕去我的目的地攔截我，那些地點我已清楚地告訴過他。因此，他扮成了酒店侍者恭候我的出現。

「親愛的華生，你這麼認真地調查，確實不簡單。」他淡淡地說，「我甚至想不出你有什麼遺漏。你的成果就是到處發警報，卻一無所獲。」

「換成是你，大概也好不到哪裡去！」我感到無比的委屈。

「不是『大概』。我已經比你做得更好了！尊敬的菲力普．格林就與你住在同一間飯店，你竟然不知道？我相信，他應該是我們進一步調查的起點。」

侍者送進一張名片。接著走進來一個人，他就是我剛才在街上遇到的那個魔鬼。一見到我，他吃了一驚。

「福爾摩斯先生，這是怎麼回事？」他問，「我接到你的通知就立刻趕來了。這與他有什麼關係？」

「他是我的老朋友兼同行，華生醫生。他正在協助我們破案呢！」

陌生人伸出一隻黑黝黝的大手，連聲道歉。

「希望沒有傷到你，我一聽你指控我傷害了她就忍不住發火。坦白地說，幾天來我無論做什麼事都沒去思考後果，因為我的神經已到了崩潰的邊緣。但我不懂的是，福爾摩斯先生，你們是如何找到我的呢？」

「我與法蘭西絲女士的家庭教師杜布妮小姐聯繫上了。」

「哦，是老愛戴著一頂頭巾的老蘇珊·杜布妮嗎？我還記得她。」

「她也記得你。就是在你去南美洲發展的前幾天。」

「哦，你很了解我？那我也不必再隱瞞什麼了。我向上帝發誓，福爾摩斯先生，世界上再也沒有比我更痴心於法蘭西絲女士的人了。我知道自己狂野成性，但我絕不會比那些年輕人來得壞。她的心純潔如雪，不能忍受絲毫的汙點，所以，當她聽完我的經歷後，就再也不想理會我了。但無論如何，她是真心愛我的，這的確奇怪，她是如此地愛我，她之所以在那些聖潔而孤苦的日子中保持單身，就是為了我。那之後的幾年，我在巴伯頓發了大財，於是我想機會成熟了，或許我能找回她、打動她的心。我聽說她依舊單身，感到興奮不已，就立刻趕到了洛桑，並嘗試了各種努力。我想，她的情感或許已變得十分脆弱，但意志卻相當堅強。我第二次去找她時，她已離開洛桑；我好不容易追到了巴登，終於打聽到她女僕的下落。可是，儘管我剛脫離野蠻的生活，但多年來狂野慣了，因此當華生醫生質問我的時候，我頓時被激怒了，難以自制。看在上帝的份上，請告訴我法蘭西絲女士的現況吧！」

「我們會調查清楚的，」福爾摩斯嚴肅地說，「格林先生，請告訴我你在倫敦的住址。」

「去朗豪酒店就可以找到我。」

「我建議你待在那裡，別離開。我們隨時都可能找你，可以嗎？我不想讓你的希望落空，但你必須相信，為了法蘭西絲女士的安全，我們會盡一切力量，不惜一切代價地搜查。現在，沒別的事了，拿著一張我的名片吧，保持聯絡。收拾一下東西，華生，我去給哈德森太太發一封電報，以便明早七點能飽餐一頓。」

當我們趕回貝克街時，早已有電報恭候著，福爾摩斯看完後興奮得手舞足蹈。他將電報遞給我，只見上面寫著「有被撕裂的痕跡。」電報發自巴登。

「什麼意思？」我迷惑地問。

「耳朵！」福爾摩斯回答道，「你應該沒忘記，我曾向你問過看似與本案無關的問題——傳教士的左耳。

遺憾的是，你對此置之不理。」

「我當時已經不在巴登了，無法回答你的問題。」

「是啊，所以我又去詢問了英國飯店的經理，這就是他的回電。」

「這又能說明什麼？」

「說明我們的對手是一個十分狡猾而危險的人物，親愛的華生。牧師施萊辛格博士是來自南美洲的傳教士，他正是澳大利亞最無恥的流氓之一，本名叫荷利·彼得斯。他的拿手絕活就是利用單身婦女的宗教情感去誘騙她們。他那名『妻子』也是英國人，名叫弗雷澤，其實是他的得力助手。他對法蘭西絲女士使用的手段讓我看穿了他的身份。另外，他的身體特徵也使我對此深信不疑。一八八九年，阿得雷德的一家酒吧裡發生了一次鬥毆事件，他在這次事件中受了重傷，左耳從此殘缺。可憐的法蘭西絲女士竟然落到了這一對惡魔般的夫妻手中，華生，這位女士很有可能已遭不測。就算沒發生最壞的情況，至少也已是被軟禁的狀態，她已經無法與外界取得聯繫。她很可能根本就沒到倫敦，或者已經離開了倫敦。不過，仔細想想，也未必是這兩種可能性。第一，歐洲大陸有完善的登記制度，外國人想矇蔽警方很難；第二，沒有證據能說明他們已經離開了倫敦，因為那幫流氓很難找到地方囚禁她。我感覺到，她一定在倫敦的某處，只是我們目前無法找到她。當前我們要做的事就是大吃一頓，養精蓄銳，耐心等待著。晚上，我會去蘇格蘭場找雷斯垂德老兄交換一下看法。」

無論是正規的警察，還是聰明的福爾摩斯偵查小組，都對這一點束手無策。在倫敦幾百萬的茫茫人海中，這三個人簡直就是滄海一粟，毫無蹤影。我們刊登了啟事，也追查過各種線索，但全都一無所獲；也曾在施萊辛格可能的作案地點守候過，一樣無濟於事；我們又監視了他的同伙，但他們早已變得安份守己，不再與他聯絡了。整個一週就這麼一晃而過，我們終於在黑暗中看見了一線光明；據說，有人曾在西敏斯特路的波文頓當鋪中典當一只老式的西班牙銀耳環，他是個高個子，臉刮得乾乾淨淨，一身教士打扮。經過調查，他登記的姓名和地址都是假的，至於他的耳朵則沒人注意過；但根據已知線索來判斷，此人肯定是施萊辛格。

我們那位住在朗豪酒店的黝黑大漢朋友已經來過三次，都是為了打聽法蘭西絲女士的下落。第三次來的時候，我們剛得知上述的新線索，這可憐的朋友身上的衣服似乎越來越寬鬆，他本人也越來越憔悴且消瘦，他正逐漸衰弱，並不時對我們哀求道：「也讓我幫忙吧！」這一次，福爾摩斯終於點頭答應了他的請求。

「這個傢伙開始去典當首飾了。現在，我們應該將他抓起來。」

「這是否意味著法蘭西絲女士已遭遇不測？」

福爾摩斯十分嚴肅地搖搖頭。

「或許，她現在已被他們控制住。很顯然，她一旦擺脫控制，就會為他們招來麻煩。我們得作好最充足的準備，以面對最糟的情況。」

「我能幫上什麼忙？」

「那伙人不認識你，是嗎？」

「是的。」

「他或許會去找別間當鋪，這樣一來，我們又得從頭找起了。不過，他這次典當的價錢十分合理，老闆也不曾追問他什麼，所以，假如他急需用錢，很有可能仍然前往波文頓當鋪。我寫張便條給你，你將它交給老闆，他們就會准許你在店裡等候。只要這個傢伙出現，你就去追查他的住處。不要衝動，千萬別使用暴力，你得向我保證做到這一點：沒有我的同意，不可隨意行事。」

兩天過去了，尊敬的菲力普・格林（我必須補充一點，他是某著名海軍上將之子。這位海軍上將曾在克里米亞戰爭中指揮過阿佐夫海軍艦隊）並沒傳來任何消息。到了第三個晚上，他臉色慘白地闖進了公寓的客廳，魁梧的軀體因激動而不住地顫抖。

「我們找到他了！終於找到他了！」他幾乎是用吼的。

他太激動了，根本無法將話說得完整。福爾摩斯安慰了他幾句，將他推到椅子上坐下。

「好了，現在詳細地說明事情經過吧。」他說。

「就在一個鐘頭前，她出現了，這次來的是他的妻子。但是，她典當之物正是那對耳環中的另外一只。她的個子瘦高，臉色蒼白如紙，一雙小眼睛賊溜溜地如同老鼠。」

「就是她！」福爾摩斯插嘴道。

「她離開商店後，我立刻盯緊了她。她到肯辛頓路後，鑽進了一家店鋪。福爾摩斯先生，那可是一家殯儀店哪！」

我的朋友聽到這裡不禁愣住，「真的？」他問道，語音微微有些顫抖。我知道，在他那平靜消瘦的外表下，那顆心是何等的焦急不安！

「我跟進去時，她正與一個女店員洽談事情。我好像聽見她說『太遲了』或者類似的話，而女店員正在解釋。『早就該送去了。』她埋怨道，『那可得多花些時間，和平常的不一樣。』女店員小心地陳述。見到我走進店裡，她們閉口不再說話。我只好假裝問了幾句話就出來了。」

「你做得很棒！後來呢？」

「出來後，我躲進了一個門道。或許她已起疑了，我發現她出了店門後，先四下張望了一下，確定沒人注意後，才叫了輛馬車離去。幸虧我恰好也叫到一輛馬車，所以我緊緊跟著她，見她在布里斯頓的波特尼廣場三十六號下了車。於是，我讓自己的馬車駛過這扇門，在廣場的轉角處停下，監視著這棟房子。」

「發現了什麼情形？」

「除了一樓有個窗戶透出燈光以外，整棟房子簡直一片漆黑。連百葉窗也被拉下來了，無法窺見室裡的情形。我正站在那裡考慮該怎麼做，恰好有輛帶篷的貨車開了過來。車上跳下兩個人，從貨車卸下一件東西放在大門前的台階上。福爾摩斯先生，那是一口棺材！」

「啊！」福爾摩斯有些失態地叫道。

「我差點就控制不住自己撲過去的衝動。這時，門開了，那兩個人抬著棺材走進去。開門的正是我跟蹤的女人。她瞥了我一眼，大吃一驚，連忙關上門，她肯定認出了我。我想起你的叮嚀，就趕緊回到這裡來了。」

「你做得棒極了，」福爾摩斯隨手寫了張便條交給他，「但是，沒有搜查令，我們的行動就是違法的。請你替我辦這一件事，將它送到警局，然後弄一張搜查令來。或許有點麻煩，但我相信光是典當珠寶這個理由就很充足了。至於細節，雷斯垂德會想辦法的。」

「但是，他們現在很可能正在傷害她。那口棺材是給誰的？不是為她準備的又是為誰呢？」我們朋友的焦慮之情全寫在臉上。

「格林先生，我們會盡力而為。一分鐘也不能浪費，就把這件事交給我們吧。」當我們的委託人匆忙地離去後，福爾摩斯接著說：「華生，現在雷斯垂德正在調動警力協助。至於我們，還是老樣子，屬於編制外人員。所以，我們只需要按自己的方式行動。情況緊急，必須冒險行事，但即使是這樣，我們也有正當理由。馬上趕往波特尼廣場，不能再耽擱了。」

「我們再仔細分析一下狀況吧。」當我們的馬車從議會大廈和西敏斯特大橋飛奔而過時，他說：「這群壞傢伙挑撥法蘭西絲放棄她那忠心耿耿的女僕，然後將她騙到了這裡。如果她曾寫過信，毫無疑問一定全被扣下了。他們透過當地的流氓租到了這一棟房子，並將她關在裡面。她的珍貴珠寶已被這群壞蛋據為己有了——這就是他們與她接觸的真正目的。他們已經開始處理贓物，絕不會想到還有人在關心著這位善良的女士，所以不會特別警覺。但他們絕不會放她走，因為她一定會告發他們；可是，將她一直囚禁著也不是辦法，所以最後還是會殺掉她的。」

「看來，案情比較明朗了。」

「我們再從另一條線索來分析。如果你沿著各自不同的兩條思路考慮問題的話，華生，你會驚訝地發現，它們將相交於某點。而這個交點則最接近真相。我們先暫時撇開女士不談，而來考慮這口棺材。這或許表明，這位女士恐怕已經遇害。但他們居然明目張膽地打算按照慣例下葬，這說明他們肯定持有醫生的死亡證明，也通過了正式的批准手續。假如這位女士顯而易見地是被謀殺的，他們只會將她偷偷地埋在後花園。但是他們居然這般大張旗鼓，這究竟意味著什麼？很顯然，他們是用某種特別的方式殺死她的，然後再矇騙醫生，謊稱她是病死的。對了，說不定是毒藥！但這也說不通，他們怎麼肯讓醫生接近她呢？除非醫生就是他們的同伙！不過，這個假說很難成立。」

「他們會不會直接偽造死亡證明？」

「不，華生，太危險了，這樣就更危險了。不，他們是不會採取這個方法的。車伕，停下！那家當鋪已經過了，這家店顯然就是那間殯儀店。華生，願意去打聽一下嗎？你去會安全一些，去打聽廣場上那一家人會在明天什麼時候舉行葬禮。」

店老闆爽快地告訴我，那場葬禮將在清晨八點準時舉行。「看，華生，他們並未隱瞞什麼，全部都是公開進行的！毫無疑問，他們弄到了一切合法的許可，所以什麼都不怕。嗯，沒辦法了，只好正面進攻了。你帶上傢伙了嗎？」

「我帶了手杖。」

「夠了，夠了，這樣的準備夠充足了。『全副武裝，才會勝利。』我們絕不能坐等警察的支援，當然也不要讓法律的框架束縛了我們的手腳。車伕，你可以走了。華生，我們的組合總會帶來好運，一如我們過去的經歷。」

那是波特尼廣場中心一棟黑暗的建築。福爾摩斯使勁地按了好一會兒門鈴，才有人來開門。透過玄關黯淡的燈光，我們看清了這個瘦高蒼白的女人。

「做什麼？」她厲聲問道，那雙鼠目在黑暗中打量著我們。

「我要找施萊辛格博士談談。」福爾摩斯平靜地說。

「走錯了，這裡沒這個人！」她說著就要關門，卻被福爾摩斯的腳抵住了。

「不管他如何更名換姓，我就是要見住在這裡的人。」福爾摩斯的態度十分堅決。

她略微遲疑了一下，敞開了大門。「好吧，請進！」她說，「我丈夫並不怕見誰！」她轉身關好大門，帶我們進了大廳右邊的房間，打開煤氣燈就走了，走之前說了一句：「彼得斯先生馬上出來。」

果然，還未等我們看清眼前這間充滿灰塵、破舊不堪的地方，門就又被打開了。一個身材魁梧，臉刮得乾乾淨淨的禿子悄無聲息地走了進來。他兩頰下垂，一張大紅臉使他看來道貌岸然，但那凶殘的嘴角卻洩露了他心底的真實面目。

「先生們，你們肯定搞錯了，」他漫不經心地說道，「我想你們走錯地方了。你們可以去街對面問問，也許——」

「本來是可以的，但我們已經不能再浪費寶貴的時間了。」我的同伴堅定地說道，「你原是阿得雷德的荷利．彼得斯，後又自稱是來自南美洲和巴登的牧師施萊辛格博士。我對此深信不疑，就如同我從不懷疑自己的名字——夏洛克．福爾摩斯一樣！」

彼得斯緊緊地盯著我的同伴，不由得大吃一驚，隨即又恢復了鎮定。「你的名字嚇不倒我的，福爾摩斯先生，」他一臉滿不在乎，「只要一個人心平氣和，你就無法激怒他。你到我家來有何貴幹？」

「我要知道，你是如何對待法蘭西絲．卡法克斯女士的。就是你把她從巴登帶到了這裡。」

「要是你知道她的下落，我會十分高興，」他依舊一副不在乎的模樣，「她欠了我將近一百鎊，卻只留下了一對虛有其表的耳環，然後便不知去向了。當鋪給這副耳環開出的價錢極低，我的損失也不小。當初在巴登時，她與我們夫婦倆住在一起，那時，我確實用了另外一個姓名，這是事實。是她不願離開我們，才一同來到倫敦。我替她支付車費和其他一些費用。沒想到她到倫敦後竟悄悄地溜了，只留下這些破銅爛鐵抵債。福爾摩斯先生，如果你找到了她，請告訴我一聲，我將感激不盡。」

「我的確想要找到她，」夏洛克冷冷地說，「只要讓我搜索這棟房子就能找到她。」

「搜查令呢？」

福爾摩斯將手槍抽出一半。「在正式的搜查令下來之前，這個可以將就著用。」

「什麼，你這個強盜！」

「我並不介意這個稱呼，」福爾摩斯愉快地說，「我的伙伴也是個危險份子。我們要一起搜索你的住處。」

我們的敵人打開一扇門。

「安妮，去叫警察，」他朝門口說道。走道裡頓時響起婦女奔跑時衣裙的響聲。大廳的門被打開，接著又重新關上。

「華生，時間有限，」福爾摩斯說，「彼得斯，假如你敢妨礙我，後果不堪設想。棺材在哪？」

「你是何居心？那裡面正裝著屍體呢！」

「我一定要看看屍體！」

「不行，絕對不行！」

「由不得你。」福爾摩斯一把將這個傢伙推到一旁，快步走進了大廳。大廳的另一側有一扇半開的門，我們一步跨了進去，原來那是間餐廳。棺材就放在一張桌上，一盞昏黃的吊燈陰沉沉地懸於半空。福爾摩斯將燈光調亮，並揭開了棺蓋。深深的棺材中躺著一具乾癟的小屍體，在天花板燈光的照射下，我們清清楚楚地看出那是具枯槁的老人屍體。即使受盡虐待、欺侮、飢餓甚至疾病的摧殘，也絕不可能讓那位美麗的法蘭西絲女士變成眼前這幅模樣。福爾摩斯不禁又驚又喜。

「感謝上帝！」他鬆了口氣，「這是另外一個人。」

「天哪。夏洛克．福爾摩斯先生，你犯了個天大的錯誤！」彼得斯此時已跟著進了屋。

「這是誰？」

「哦，你真想知道？好吧，她曾是我妻子的保姆，名叫蘿絲．史賓德。我們在布里斯頓救濟院的附屬診所中發現了她，於是將她接到這裡，並請來了費班克別墅十三號的霍爾森醫生，以盡到基督教友最後的責任。記好這個姓名及地址——費班克別墅十三號，霍爾森醫生。沒想到，她第三天就死去了。我們有醫生的證明，她的確是年老自然死亡。當然，這可是醫生的觀點，你懂的。我們接著就去委託肯辛頓路的史丁森公司辦理喪事，定於明晨八點下葬。福爾摩斯先生，你想挑出什麼毛病？你得承認，你犯了一個可笑的錯誤。你希望看到棺材裡躺著法蘭西絲・卡法克斯女士，沒想到卻是一具乾癟的九十歲老太婆的屍體。如果將你當時那種目瞪口呆的神情定格下來，那可能會成為不朽的攝影作品！」

面對敵手的冷嘲熱諷，福爾摩斯的神情一如平日般冷漠鎮定。但那雙緊握的手表明了他內心的憤怒。

「我要搜你的房子。」他冷冷地說。

「你還想搜？」彼得斯大吼起來，他沒想到我的朋友如此固執。就在此時，走道上傳來了女人的說話聲和沉重的腳步聲。「馬上就可以證明誰對誰錯了。警官們，請往這邊走。這兩人擅自闖入我家，我無法叫他們出去，請你們把他們趕走吧。」

一名警長和一名警員出現在門口。福爾摩斯上前一步，遞過名片。

「我的姓名與地址，」他又轉身對著我說，「我的朋友，華生醫生。」

「哎！先生，久仰大名。」警官客氣地說，「但是沒有搜查令，你就不能留在這兒。」

「當然，我也十分明白這點。」

「逮捕他！」彼得斯叫嚷著。

「如果有必要，我們會盡到職責的，」警官嚴肅地說，「但是，福爾摩斯先生，你得離開這裡。」

「沒錯。華生，我們該走了。」

很快地，我們又回到街上。福爾摩斯依舊一副滿不在乎的模樣。但我卻憋了一肚子的氣，恨不得立刻爆發。

「對不起，福爾摩斯先生。但是，法律是這麼規定的。」警官跟在我們後面說道。

「沒什麼，警長，這不是你的錯。」

「我想，你到這兒來一定有自己的理由。假如需要我幫──」

「一位女士失蹤了，警長。我懷疑她被軟禁於這棟房子中。我正在等候搜查令，馬上就會到了。」

「那就讓我來監視這棟房子吧，福爾摩斯先生。一有動靜我就通知你。」

此時才晚上九點。於是，我們分秒必爭地全力追查線索。首先，我們去了布里斯頓救濟院。院長告訴我們，幾天前確實來過一對慈善夫婦，並接走了一名痴呆的老太婆，他們一口咬定那就是他們家的老僕人。對於老太婆的死，救濟院的工作人員並未覺得可疑。

接著，我們又找到了那位醫生。他說，他前往診斷時，就發現那個老女人極度衰弱，並親自守在她身邊，看著她死去，然後才開出了正式的死亡證明。「我保證，他們沒有動手腳，一切都很正常。」他向我們說道。而且，也不曾有什麼異樣令他起疑。不過，像他們那樣富有的家庭，居然沒有一個僕人，這一點有些奇怪。醫生能提供的情報就這麼多。

最後，我們親自去了蘇格蘭場。由於手續上的原因，搜查令的核發不得不耽擱一點時間。因為治安官的簽字最快也要第二天才能收到。假如福爾摩斯在九點左右直接去拜訪的話，就能與雷斯垂德一同前往辦理搜查令。於是，這一天就這樣無所事事地過了。快到半夜時，我們的那位警長朋友來訪，他告訴我們，那棟黑暗的大房子的許多窗口都有燈光閃爍，只是沒有任何人進出。我們只好耐著性子等到天亮。

整整一個晚上，福爾摩斯都不曾睡過。他來回踱步，焦躁不安，一句話也不說，只是猛吸著煙斗，並神經質地用白皙修長的手指不停地敲打椅背或桌面。或許，他的腦袋中正在思考這一道奇怪的難題，後來我就睡著了。隔天清晨，我剛睜開眼睛，他就衝到我的床前。他雖然穿著睡衣，但那蒼白的臉和深陷的眼窩顯示他又熬夜了一整晚。

「葬禮是什麼時候？是八點對嗎？」他著急地搖晃著我，「啊，現在已經七點半了。華生，快！天哪，上帝給了我一顆怎麼樣的腦袋啊！快，老兄！人命關天哪！要是晚了，我永遠不會饒恕自己，永不！」

不出五分鐘，我倆已乘馬車飛馳而去。即便如此，在經過大笨鐘時已經是七點三十五分了，趕到布里斯頓時，時鐘正好敲響八點。幸好我們的對手也遲到了，時間已是八點十分，靈柩車依然停於門邊。就在我們累得滿口吐沫的馬兒停下的一瞬間，有三個人抬著棺材走出了大門。福爾摩斯一個箭步衝上前去，堵住了他們的去路。

「抬回去！」他的語氣不容違抗，同時伸出一隻手抵住了最前面那個人的前胸。「立刻抬回去！」

「你在搞什麼鬼！我問你，搜查令呢？」彼得斯在棺材的另一頭破口大罵，那張大紅臉漲得更紅了。

「搜查令立刻就到！棺材不許出屋，等候搜查令！」

福爾摩斯的威嚴震懾了每一個抬棺的人，而彼得斯卻悄然溜進了屋子。於是，棺材被重新放回了桌子上，

「快，華生，螺絲起子！」他又朝那三個人喊道，「老兄，你拿這一把！一分鐘內打開棺蓋，賞一鎊金幣！別問，快動手！快！很好！另外一個！再開一個！一起用力！快開了！噢！開了！」

我們合力掀開棺蓋時，一股令人頭暈的強烈氯仿氣味撲鼻而入。棺內躺著一具身軀，頭部纏著浸過麻藥的紗布。福爾摩斯解開纏繞的布條，一張美麗的臉龐露了出來，如雕塑般令人愉悅。他立刻將她抱了出來。

「華生，她死了嗎？還有呼吸吧？我們肯定沒有來遲！」

看來，我們這回真的晚了一步。她受困足足有半小時了。由於有毒的氣體進入體內，再加上窒息，此時的法蘭西絲女士已完全失去了知覺。我趕緊對她進行人工呼吸，並一邊大量地注射乙醚。我使出了渾身解數，終於，那張死氣沉沉的臉上有了一絲生氣，她的眼皮抽動了一下，瞳孔中閃出一絲微弱的光澤，我們才長長地舒了一口氣，她正逐漸清醒！外面有馬車漸漸駛近，福爾摩斯站起來，掀開了百葉窗，「雷斯垂德帶著搜查令來了！」他說，「可惜他要抓的人已經逃走了。當然，同行的還有一個人。」走道上響起了沉重而急促的腳步聲。「那個人最有資格照顧這位女士。」他轉身對著來人說，「早安，格林先生。得立刻將法蘭西絲女士送走，越快越好！當然，葬禮繼續舉行。讓棺材中那位可憐的老人安息吧。」

「親愛的華生，當你將本案寫入你的記錄本時，」當晚，福爾摩斯對我說：「你得將它當作一個暫時受到矇蔽的奇特案例，這是最聰明的人也難免會出現的情況。這種過失許多人都曾犯過，但要及時發現並補救卻難以做到。至於我是如何挽回了這一過失，我還得補充幾句；那一晚，我的腦中隱約有一個想法，我覺得自己應該曾注意到某個線索、某句話或某種不尋常的現象。我拚命回憶著經歷過的每一幕，直到快天亮時，我突然注

意起幾句話，那就是格林曾對我說起的殯儀店老闆的話——『早就該送去的。那可得多花些時間，和平常的不一樣。』她是指棺材。它的尺寸特殊，和一般的不同。為什麼？為什麼不同？我想起了那口棺材的模樣：很深，卻只裝一個普通的矮小屍體。為什麼要用那麼大又那麼深的棺材呢？照理說用一般的就足夠了！除非為了再裝進另一具屍體。這種想法一下子抓住了我的心。沒錯，他們是想利用一張死亡證明埋葬兩具屍體，本來這些都是顯而易見的，只可惜我的腦袋當時沒有轉過來。一到八點，法蘭西絲女士就會被埋葬，我們唯一的機會就是在下葬前將她救出。當然，她或許還活著，但這只是萬分之一的希望，但結果表明，希望畢竟還是希望。我很了解這伙人，他們十分狡猾，從不直接將人殺害。直到最後，他們仍盡量避免真正的凶殺。他們把她活埋後，她的死因就無從查起。即使將她從地下掘出，也許還是無法將他們繩之以法，他們大概就是抱著這種心態作案的。仔細回憶一下當時的情況，你一定看見了樓上那個小房間，那就是囚禁法蘭西絲女士的地方。當天早上七點半，他們忽然衝了進去，用氯仿捂住她的口鼻，使她昏迷，然後將她放進棺材。為了防止她中途醒來，在闔上棺蓋前，又倒入了大量的氯仿。這個手段太高明了，華生，我有生以來第一次見識到。假如這個前傳教士僥倖逃脫雷斯垂德的追捕，那麼，他們會不斷上演更為新穎而刺激的好戲。」

7 魔鬼之足

福爾摩斯的性格造成他不喜歡將自己公之於眾，他討厭繁文縟節，憎恨人們的一切褒揚。所以，我自己有時也十分為難，不知是否該將一樁我倆曾共同經歷過的、奇異而有趣的往事介紹給大家。當每一個案件結束時，他都不得不呈交破案報告，然後假裝滿臉笑容地去接受官方那套文不對題的賀詞，對此，我的朋友總感到哭笑不得。當然，積聚在我心中那些有趣事件依然蠢蠢欲動，不時引誘著我用自己的筆將它們一一敘述出來。我曾親身參與了好幾次冒險事件，這顯示了我的朋友對我的信任，因此我必須慎重考慮這件事，於是，我打算繼續保持沉默。

但是，上個星期二時，事情突然有了轉機，我意外地接到了福爾摩斯的一封電報。當然，每次發電報時，他從不浪費筆墨，全部電文如下：

為什麼不把我所偵破的那樁離奇神秘的康瓦爾恐怖事件告知讀者？

我實在不知道他是在追憶哪件往事時忽然想起了這樁案子，也有可能只是因為一時衝動，使他有了將這事告訴大家的念頭。無論如何，只要他反悔的電報還沒發來，我就該儘快將本案的詳細情況公諸於世。不能再猶豫了，我立即翻開了當年的筆記本。

一八九七年春，日夜操勞的福爾摩斯漸漸有些體力不支，再加上他平日不太注意身體狀況，所以健康逐漸惡化。三月的某一天，住在哈雷街的穆爾．阿加醫生（關於他與福爾摩斯戲劇性般相識的情節，我以後再詳加敘述）命令我們這位著名的私人偵探放棄一切工作，徹底休養一段時間，假如他還不想完全垮掉的話。在過去的日子裡，他一心忙於案件的偵破，一點也不關心自己的健康狀況。不過，他的確擔心病倒後再也不能從事自己熱愛的工作，因此不得不聽從醫生的勸告，決心放下手頭的案件，外出透個氣。於是，初春時節，我們前往康瓦爾半島盡頭的波爾都海灣附近，住在一所舒適的小別墅中。

這是個世外桃源，特別適合病人惡劣的心境。我們這幢雪白的小屋矗立於綠油油的海岬上。從窗口俯瞰，整個蒙茨灣險要的半圓形地勢盡收眼底。它的四周全是些黝黑的懸崖和無數的暗礁，船隻經常在這裡失事，也曾有無數的水手葬身於此。每當北風吹起，海灣表面的平靜與隱蔽的地勢會引誘遭受風暴襲擊的船隻前來避風。可是，風勢往往忽然逆轉，瞬間變成猛烈的西南風，凶猛的海浪無情地拍打著鐵錨和背風的海岸。

我們四周的陸地也與這一片海域一樣陰沉。到處是連綿起伏的沼澤地，陰鬱孤寂，偶爾冒出的教堂鐘樓，表明了那裡是古老的鄉村遺址。在這一大片沼澤地中，隨處可見早已被淹沒的某個民族遺跡。例如，一個模糊的石碑、埋有骨灰的散落土堆，以及能表明史前時期發生過戰爭的奇特自製武器。這地方十分神奇且魅力無窮，加上那些消失的民族所遺留下的不祥氣氛，大大地刺激了我朋友的想像力。他經常長時間在沼澤地中漫步，獨自思考問題。他對古代康瓦爾語產生了興趣。他斷定康瓦爾語和迦勒底語系一脈相承，應該都是由從事錫器貿易的腓尼基商人傳來的。他已經收集了一大堆語言學書籍，正潛心研究這一專題。但是，忽然間，在這應該遠離犯罪的夢幻之地，一件就發生在家門口的怪事還是不由自主地將我們捲了進去。我忽然為福爾摩斯的健康擔憂起來，因為他顯然對此很感興趣。這事件比起令福爾摩斯健康惡化的任一個案件都更為緊張刺激，當然也更為神秘和怪異。我們平靜的假期被徹底破壞了。在那一系列震驚康瓦爾以及英格蘭西部的重大事件中，我們不可避免地被牽連了進去。許多人可能還對當年的「康瓦爾恐怖事件」有些印象，儘管倫敦的報導都是些支離破碎的片段。現在，這件事已過去整整十三年了，我重提此事，只想讓大家對此案有更完整的認識和了解。

我在前面也講了，沼澤地中偶爾出現的教堂鐘樓說明了康瓦爾一帶還散落著小村莊。離我們最近的就是崔登尼克，沃拉斯。在那裡，長滿青苔的古老教堂周圍住著幾百戶村民，這個教區的牧師是個考古學家，人們稱他為朗德海先生。福爾摩斯會認識他，也是因為他的考古學知識豐富；他是個性情溫和的中年人，外貌英俊，非常熱愛自己的工作，對整個教區的情況瞭若指掌。他曾邀請我們去他的住處喝茶，而且在那裡認識了一位單身的紳士莫蒂默．崔金尼斯先生。他租下了牧師的幾個房間，由於牧師的房子又大又分散，自己根本用不到，因此可多少貼補一下他那微薄的收入。牧師是位單身漢，雖然個性與這名房客大相逕庭，但也對此表示歡迎。崔金尼斯先生給人的第一印象並不好，沉默陰鬱，皮膚呈現病態般的黝黑，戴著眼鏡，個子瘦瘦的，有些駝背。那天，在我們的短暫拜訪之中，牧師喋喋不休地說話，而他的房客自始至終沒說一句話。他的眼睛一動也不動地盯著某處，顯然正在想自己的事。

三月十六日，星期二。早飯過後，我與福爾摩斯正在抽煙，準備去沼澤地做每日的例行散步。忽然，這兩人闖進了我們的客廳。

「福爾摩斯先生，」牧師的聲音因激動而顫抖，「出事了！昨夜發生了悲慘而奇怪的事，那可是前所未有的事件！幸好你在這裡，這肯定是上帝的安排。在整個英格蘭，只有你能幫助我們了。」

我帶著敵意打量著這位不請自來的牧師，但福爾摩斯的反應卻與我大不一樣，他猶如一隻老練的獵犬聽見了主人的召喚一樣。他從嘴角抽出煙斗，從椅子上一躍而起，示意那位驚魂未定的來訪者和他焦慮不安的同伴坐下。莫蒂默．崔金尼斯先生比牧師較會控制自己的情緒。但是，他那不斷抽搐的雙手和發亮的眼球表明，他的情緒並不比牧師來得平靜。

「由我來說，還是你說？」他問牧師。

「哦，看來是你先發現的，牧師也是從你那裡聽說的。不論發生了什麼事，還是由你說來比較恰當。」福爾摩斯重新坐回椅子上說道。

我轉身望著牧師，發現他來之前是匆匆忙忙穿上衣服的。而他旁邊的房客則衣著得體。看著他們對福爾摩斯的這幾句推斷感到驚訝，我不覺暗自發笑。

「還是讓我先說吧，」牧師開口道，「然後你再決定是否聽崔金尼斯先生講述詳情，也許我們先別急著去事發現場。我首先聲明一點，我們的朋友昨夜與他的兩個兄弟歐文和喬治、還有他的妹妹布蘭妲，共四人，在位於崔登尼克・瓦薩的房子裡玩樂，這棟房子在沼澤中的一個石頭十字架旁。他們兄妹四人高興地玩著牌，這幾個人的身體狀況一向不錯。晚上十點他就回家了。他有早起的習慣，今天早餐前，他前去看望他們，但理察醫生的馬車超在了他的前面，醫生告訴他，有人請他火速趕到崔登尼克・瓦薩去看急診。於是，莫蒂默・崔金尼斯先生也與他一同前往。到了崔登尼克・瓦薩後，他們發現了一樁古怪的事：他的弟妹們仍像他昨夜離去時那樣圍坐桌邊。紙牌放在桌面上，蠟燭已燒盡，而他的妹妹卻僵死在椅子上，他的兩個兄弟則分坐兩側，瘋瘋顛顛地又笑又跳。這三個人，其中一個死去了，剩下兩個又神經錯亂，他們臉上滿是驚恐的神色，那副模樣怪異得讓人不敢直視。當晚，整座宅邸除了廚師兼管家的波特太太外，沒有任何人上門。波特太太說，當晚她睡得很熟，沒有聽到有什麼異常的聲音，也沒有東西遭竊，甚至根本沒被動過。究竟是什麼恐怖的東西，居然能將兩名體格健壯的男子逼瘋，而且還嚇死了一名女士？這樣的恐怖簡直讓人無法理解。大致情況就是這樣，福爾摩斯先生。假如你能抽出一點時間和精力幫助我們偵破此案，那你可就做了一件大好事了！」

我原本還想通過某種方式將我朋友的注意力引開，讓他繼續休養，但一見他雙眉緊鎖、滿臉興奮的表情，我就明白我的一切努力都白費了。他靜靜地坐著，陷入了沉思。

「我來分析一下，」過了好一會兒，他才抬起頭來說道，「從表面上看來，這個案件有點與眾不同。不過，你親自去過案發現場嗎？朗德海先生。」

「沒有去過，福爾摩斯先生。崔金尼斯先生一跟我提起這件事，我就立刻跟他趕到這裡來了。」

「案發現場距離這裡多遠？」

「往沼澤中心的方向過去，大約一哩。」

「那麼我們一起走過去看看。不過，莫蒂默・崔金尼斯先生，我得先弄清楚幾個問題。」

崔金尼斯一直在旁不發一語。但很顯然，他正竭力抑制住的內心的激動，甚至比牧師外露的情緒更加強烈。他皺著眉頭，臉色慘白，兩隻瘦弱的手神經質地緊握著，他那不安的目光中略帶著某種恐懼。當聽著別人講述自己家中不幸的遭遇時，他蒼白的嘴角不住地抽動著，深陷的黑眼珠中閃著一種怪異而恐慌的光芒。

「你想了解什麼？儘管問吧，福爾摩斯先生，」他熱心地說，「雖然這件事令我傷心不已，但我會盡可能詳細地告訴你。」

「就談談昨夜的情形吧。」

「好的，福爾摩斯先生。昨天我與我的兄妹們一起吃晚餐，牧師也說了，我哥哥喬治當時建議大家玩一局撲克牌。到了九點鐘左右，我們就圍在桌邊玩了起來。到了十點十五分，我起身返家，當時他們都還坐在桌邊，興致很好。」

「有人送你出門嗎？」

「沒有。波特太太已經睡了，於是我自己開門出去，然後將門關好。屋子的窗戶關得好好的，百葉窗也沒有放下來。今天早上我過去時，發覺門窗還是我離開時的樣子，不可能有人進去過。但是，他們雖然還坐在那裡，卻被嚇瘋了，布蘭妲還被嚇死了，她的頭就靠在椅子扶手上。那種淒慘恐怖的景象，我一輩子也無法忘記。」

「你所描述的景象的確十分離奇，」福爾摩斯靜靜地說，「我想，就算是你也想不出原因吧？」

「是魔鬼！福爾摩斯先生，肯定是魔鬼！」莫蒂默．崔金尼斯失聲叫道，「這一定不是我們所能看見的這個世界的東西。某種鬼怪悄然進屋，矇蔽了他們的理智之光！人類是無法做到這點的！」

「我擔心，」福爾摩斯說，「假如這件事是鬼怪所為，那我就無計可施了。不過，在不得已相信這一解釋之前，我們必須盡量用合乎自然的思維去分析。關於你本人，崔金尼斯先生，你一定和他們分家了吧？要不然，為什麼他們共住一處，而你卻單獨搬到外面住？」

「你說得沒錯，福爾摩斯先生。但是，事情都已經過去了，已經結束了。我們原本是一家錫礦工人，住在雷德魯斯，後來，我們將這個有風險的企業轉賣了出去，不再幹這行，但經濟狀況仍然相當好。我承認，過去曾有一段時期，我們為了這筆錢鬧得不太愉快。不過，這件事已經過去了，大家都不再放在心上，成了很要好的家人。」

「請仔細想想當夜的情形吧。你是否能回憶起什麼可疑之處？認真想想，崔金尼斯先生，因為任何一點線索對我而言，都可能很有幫助。」

「沒什麼可疑的，先生。」

「你家人的情緒都很正常吧？」

「他們的情緒狀況都很良好。」

「他們是否有點神經質？或者有某些預示到危險即將來臨的憂慮情緒？」

「完全沒有。」

「你沒有其他有利於破案的線索了嗎？」

「我想起了一件事情，」莫蒂默．崔金尼斯認真地考慮了一會兒，說：「當時我是背朝窗戶坐在桌旁的，我的哥哥喬治與我搭檔，面向窗戶。有一次，我注意到他老是朝我身後望去，我覺得有點奇怪，也回頭張望。窗戶是關著的，但百葉窗沒有放下來。透過玻璃窗，我發現草坪上的那片樹林中有什麼東西在動。我不知道那到底是人還是動物，但那裡肯定有某種東西。我問他看見什麼了，他的回答跟我一樣。我所能提供的事實就是這些。」

「你沒有過去確認？」

「沒有，我當時根本就沒在意。」

「後來你就走了。你沒有發現任何預兆？」

「沒有。」

「我真不明白，你今天早上怎麼那麼快就得到了消息。」

「我習慣早起，每天早飯前都會外出散個步。今天早上我還沒來得及去散步，就看見醫生乘馬車來了，他說波特老太太叫一個小孩送了一封急信給他。我立刻跳進他的馬車，與他一起去了那裡；我們發現那個恐怖的房間裡，蠟燭和爐火早已燒盡，他們三人就在黑暗中一直等到天明。醫生檢查後，發現布蘭妲早在六個鐘頭前就死去了。屋子中沒有發現打鬥的痕跡。她的頭斜靠著扶手，一臉驚恐的模樣，很是嚇人。喬治和歐文則斷斷續續地呻吟著，口齒不清地嚷著什麼，猶如兩隻痴呆的大猩猩。啊，那情景既悲慘又恐怖！我簡直受不了。醫生的臉忽然變得蒼白如紙，他暈倒在一張扶手椅上，差點必須連他也一起照顧了！」

「奇怪，簡直太奇怪了！」福爾摩斯說著，然後伸手拿過帽子站了起來，「我想，我們最好還是先去現場看看再說。快點，別再耽擱了。我不得不承認，像這麼離奇的開場，在我承辦的案件中的確不多。」

那天早上的調查並沒有結果。但是，有一點值得講一下，在剛開始調查時，一個小插曲給了我很不好的印象。要去案發現場，必須經過一條蜿蜒狹窄的鄉村小巷。當我們正向前趕路時，一輛破舊的馬車吱吱嘎嘎地向我們駛來。從馬車的窗戶中，我看見了兩張可怕的臉。他們歪著脖子，眼睛瞪得大大地，張著嘴，咬緊牙，彷彿魔鬼的影子。

「是我的兩個兄弟！」莫蒂默．崔金尼斯大叫起來，恐懼使他的嘴唇都發白了，「他們正被送往赫爾斯頓！」

我們不安地望著這輛破舊的馬車遠去。然後繼續前行。

這是一座高大明亮的住房，完全是一棟小型別墅，而非一般的農舍。它的後面是一座大花園，因為這裡的氣候溫暖潮濕，園中已百花盛開。客廳的窗戶開向花園，據莫蒂默．崔金尼斯先生說道，那個鬼怪就出現在花園中，頃刻間就造成了悲劇。福爾摩斯沒有進屋，他獨自在花園中漫步沉思，然後又沿園中小徑來回巡視，最後我們才進了門廊。福爾摩斯由於太過專心，竟不小心踢倒了澆花用的水壺，把小徑弄得濕漉漉的。進屋後，我們找到那位老管家波特太太，只有一個女孩協助她管理家務。老太太似乎還沒從慘劇的陰影中恢復過來，臉上帶著明顯的恐懼神情，但她認真地回答了福爾摩斯的全部問題。她說，當晚她沒聽見什麼聲音，也沒發現什麼可疑的跡象，主人的心情都很好，甚至從來沒這麼好過。但是，她今天一早進屋，就發現了屋裡的可怕景象，當場昏了過去。甦醒後，她立即打開窗戶，然後去村裡叫一個小孩捎信給醫生。她還告訴我們說，如果我們想見見那名死去的女士，她就在樓上。另外兩個瘋了的主人則被四個強壯的青年塞進馬車，送往精神病院了。她不想在這裡多待一分鐘，當天下午就要回到位於聖艾伍士的家。

我們上樓仔細檢查了屍體。布蘭妲·崔金尼斯小姐已屆中年，但仍然美麗端莊。人雖死了，那張臉卻依然清秀，五官也依然端正。不過，美麗的臉上還遺留著驚恐的表情，這應該是她臨死前最後一絲人類情感的表露。我們離開她的臥室後，又來到了慘案現場。客廳中，昨夜的炭灰還留在爐柵裡，桌上的四支蠟燭早已燒盡，紙牌散在桌子中央，椅子已被搬到牆邊，其他的東西都沒有動。福爾摩斯在客廳裡來回走動著，逐一坐那三張椅子，將它們挪動一下又放回原處。他站在桌旁，嘗試能看到花園的多大範圍。接著，他又逐一檢查了地板、天花板和壁爐。但是，我始終沒有發現他那雙眼睛放出光芒。這表明他並未在黑暗中看見任何希望。

「為什麼生起爐火？」他曾經問崔金尼斯，「他們在春季的夜晚，總會生爐火嗎？」

莫蒂默·崔金尼斯解釋說，那天晚上又濕又冷，所以他們坐下後就生起了爐火。「你準備如何尋找線索？福爾摩斯先生。」他問。

我的朋友對他回以一笑，伸手拍著我的肩膀說：「華生，你指責得對，我是該研究一下煙草中毒的問題了。」又說：「先生們，很抱歉，我們得回去了。待在這裡不會對我有任何幫助的。我得好好考慮，崔金尼斯先生。當然，如果有需要，我會通知你和牧師的。好了，祝二位早安！」

我們一回到波爾都別墅，福爾摩斯就改變了他那一貫的沉思神情。他蜷縮在椅子上，拚命的吸煙，濃濃的煙霧在他面前悠悠升騰，簡直要遮住他那憔悴的面孔。他雙眼茫然地盯著前面，兩道濃眉緊鎖，額頭露出了許多深深的皺紋。終於，他放下煙斗，從椅子上一躍而起。

「不能這樣待著，華生，」他笑著對我說，「走吧，去懸崖邊看看，然後撿些古代的火石箭頭，這可比尋找這樁慘案的線索輕鬆多了。憑空想像就如同讓引擎空轉，終究會變成碎片的。只要有了大海、陽光，再加上耐心，那麼，華生，我們會找到希望的。」

「現在，我們得冷靜地分析一下目前的事實，華生，」我們沿著懸崖慢慢走時，他說，「我們得緊緊把握住我們了解到的這麼一點事實，一旦出現新線索，我們就可以對號入座。首先，我倆都不會承認鬼怪之說。我們應完全排除這種想法的干擾，然後再繼續調查。顯然，這三個人同時受到了人類某種有意或無意的襲擊，這有很充足的理由。那麼，這種情況是何時出現的呢？假如莫蒂默．崔金尼斯先生的證詞屬實，那麼，這肯定是他離開後不久發生的，這很關鍵。慘劇發生時，桌上的牌還散落著，他們的位置還沒來得及交換，椅子也在桌子下面，那時又過了睡覺時間。這表明，慘劇一定是發生在他離開後的幾分鐘內。我強調一下，最晚不超過晚上十一點。」

「接下來，我們要做的就是摸清楚莫蒂默．崔金尼斯離開後又做了些什麼事。要弄清這一點很容易，而且事實上也沒發現什麼可疑之處。我的方法你應該也知道了，你看到我故意弄翻了水壺。這樣一來，我就取得了他的腳印，這比用其他方法得到的更為清楚。腳印被印在潮濕的泥土上，與昨夜潮濕地面上的腳印相比較，很快就能推斷他的行蹤。原來，他出門後就直接回到了牧師的住宅。」

「假如莫蒂默．崔金尼斯不在現場，而是外來的某人驚動了他們，那我們又如何證實這一點？當時又是怎樣的一種恐怖景象呢？波特太太完全可以排除，她顯然是無辜的。是否有某人站在窗前，製造出恐怖的景象嚇住了玩牌的人？但這部分的唯一證據，只有莫蒂默．崔金尼斯單方面的口頭敘述。他說他的哥哥發現花園中有動靜，這令人不解；當晚，天空下著雨，烏雲密佈，外面簡直一團漆黑，屋中的人隔著玻璃窗應該看不見屋外的情形。除非有人將臉緊貼窗玻璃，故意嚇唬人。遺憾的是，這種假設難以成立，因為窗前根本就沒有腳印。太令人疑惑了，外面的人要怎麼樣做才能產生如此恐怖的效果？而且他也沒有這麼做的動機啊！華生，你看清我們面臨的困難了嗎？」

「的確是太困難了。」我答道。

「但是，如果我們能再多得到一點線索，就能很輕易克服這些困難，」福爾摩斯說，「華生，在你的所有記錄中，或許也能找出幾樁模糊不清的案例吧。現在，先不考慮這個案子，等我得到更多的資料後再作分析。今天上午還有些時間，讓我們追蹤一下新石器時代人類的生活軌跡吧。」

我很想描述一下我的朋友那專注於思考的認真表情，可是，面對康瓦爾春天的陽光，我卻感到有點失望。整整兩個小時，他沒有再提及這樁案子，全部在談論古代的石鑿、石箭和瓷片等等，心情十分愉快，彷彿慘案根本不曾發生過。我對福爾摩斯這種快速轉移注意力的方式簡直嘆為觀止！直到下午我們才回去，卻發現早有客人恭候多時，他將我們的注意力又重新轉移到案件之上。我們一眼就看出了這位來客的身份，他身材魁梧，神情嚴峻的臉上佈滿深深的皺紋，一對深陷的眼睛令人望而生畏，有著鷹鉤鼻，頭髮花白雜亂，高大的身軀幾乎要頂到天花板了，腮邊那兩道金黃色的鬍鬚與唇邊白色的鬍鬚連成了一個圈，這個形象對於倫敦和非洲的人們而言再熟悉不過了，他就是偉大的獵獅人兼探險家——里昂．史登戴爾博士。

我們早已聽說他到了這一帶，也曾在鄉間小路上遠遠地瞥見他高大的身影。當時我們離他很遠，因此沒想過要接近他；大家都知道他是喜歡隱居生活的。他目前住在布尚阿蘭斯森林的一間小屋中，在成堆的書籍和地圖中滿足著那簡樸的欲望，從不過問世事。所以，當我聽到他如此熱情地關注著案子的進展狀況時，我感到非常迷惑。「郡中的警察全是些蠢貨！」他說，「只有你斷案如神。也許，你已經查明了真相。我希望你能把我當成朋友，我常在這一帶活動，很了解崔金尼斯一家。而且，說起來他們還跟我有親戚關係呢！因為我母親是土生土長的康瓦爾人。我對他們一家慘遭不幸深感痛心。老實說，我原打算去非洲，而且已經到了普利茅斯。但今早一得到消息就又立即趕回來了。」

福爾摩斯抬起頭平靜地望著他。

「那你錯過船班了吧？」

「我準備搭下一班船。」

「哎！友情真是偉大！」

「我們是親戚。」

「沒錯。他們是你母親的遠親。對了，你的行李上船了？」

「是的，船上裝了幾件，但大部分行李還在旅館中。」

「我明白了。但是，這件事應該還沒在普利茅斯晨報上登出吧？」

「沒錯，我是接到電報才知道的。」

「誰發的？」

我看見探險家臉上掠過一絲陰影。

「看來你非得追根究柢了，福爾摩斯先生。」

「這是我的工作。」

「那好吧，也沒什麼關係。」史登戴爾博士定了定神說道，「是牧師朗德海先生發的電報。」

「謝謝。現在由我來回答你的問題：關於此案的主軸，我還沒有完全弄清楚，但要作出某種結論倒是很有可能的。不過，要作出詳細的說明還為時過早。」

「假如你已經有了某種懷疑，總不至於不肯告訴我吧？」

「不，這很難說。」

「那我是白走一趟了，就此告辭。」這位大名鼎鼎的博士掃興地離去了。不到五分鐘，福爾摩斯就追出門外跟蹤他。直到晚上，福爾摩斯才拖著疲憊的身子回來，我明白，他這次外出沒有多大收穫。他拿過桌上的電報，看了一眼，隨手將它扔進了壁爐。

「華生，這是來自普利茅斯一家旅館的電報，」他說，「我從牧師口中打聽到旅館的名字，就發了電報去查證。看來，里昂．史登戴爾博士沒有說謊，他昨天晚上的確待在旅館中，有一些行李確實已用船運到非洲了。而他自己則來到我們這裡。華生，你對此有何看法？」

「這件事與他有利害關係。」

「對，是有利害關係。還有一條線索我們沒抓住，它很可能引導我們理清這些雜亂的事實。華生，打起精神，只要找到了這條線索，我們面前的困難就解決了。」

我並沒有去考慮福爾摩斯的話要多久才能實現，要打開通向成功的路有多艱險。我只關心他的健康狀況。

隔天早晨，我正在窗前刮鬍子，就聽見一輛馬車疾速向我們這裡駛來。一抬頭，發現它已停在了門口，我們那位牧師朋友匆匆跳下車，朝花園小徑跑來。福爾摩斯已穿好了衣服，我們一同迎了出去。

我們的朋友激動得說不出話來。過了好一會兒，他才喘著氣、斷斷續續地講出了另一件悲劇。

「不得了了！福爾摩斯先生，魔鬼纏住我們了！我這個可憐的教區將永無寧日了！」他絕望地喊道，「撒旦施展巫術了！我們落入他的魔掌了！」他情緒激動地跳著，假如沒注意到他那蒼白的臉色和驚恐的眼神，他簡直像在演一齣滑稽劇。最後，他好不容易稍微控制住情緒，告訴了我們這個消息。

「昨天晚上，莫蒂默．崔金尼斯先生又死了。死狀和他的兄妹一樣！」

福爾摩斯瞬間打起精神，神情緊張地站了起來。

「你的馬車能再裝兩個人嗎？」

「可以。」

「華生，別吃早飯了。朗德海先生，快，我們得趕去現場。趁它還沒被破壞之前！我們得抓緊時間！」

這位房客租用了牧師上下各一間房間，位於整棟房子的一角。下面是間寬敞的客廳，上面一間作為臥室。這兩個房間外是一大片打槌球用的草坪。警察還沒趕到，現場的東西完全沒有被動過，一切如舊。三月的清晨總是霧氣朦朧，那天早晨我所見到的景象深深地烙印在我的腦海中。

房間中的氣氛陰森恐怖。幸好先進屋的僕人打開了窗戶，要不然我肯定無法忍受。這可能是因為房間正中的桌子上的那盞燈還在冒著青煙的緣故。屍體就仰躺在桌旁的一張椅子上，稀稀落落的鬍鬚沖天豎起，眼鏡也落到了前額，他那張黑瘦的面孔朝向窗戶。他與自己妹妹的死相一樣，臉因恐懼而扭曲得變形。他四肢痙攣，十指纏在一起，似乎因極度驚恐而死；他衣著完整，但明顯是在慌亂中穿上的。經調查，證明他曾在床上睡過，死於凌晨。

只要發現福爾摩斯在踏進這間屋子時，那轉眼即逝的瞬間變化，你就會明白，他那嚴峻的外表下有股熱血正在沸騰。他板起了面孔，神情緊張而警惕，雙眼發光，四肢因為激動而略微顫抖。他一下子在草坪上走動，一下子從窗口鑽進來，一下子又圍著房屋巡視，或者又上樓查看臥室。他跑上跑下，猶如一隻正在尋找獵物的獵犬。他在臥室裡快速掃了一眼，似乎發現了希望的光芒，激動地推開窗子，探出半截身子歡呼起來。接著他衝下樓，從窗戶鑽了出去，把臉緊貼在草坪上，然後又站起來，衝進屋裡。那充沛的精力，就像獵人正在追逐自己的獵物。桌上的燈很普通，他仔細地檢查了一遍，又測出燈盤的尺寸。然後，他掏出放大鏡認真觀察燈罩上的雲母擋片，並將上面的灰塵刮了些下來，然後裝入一只信封，夾在筆記本之中。當醫生和警察趕到的時候，他示意牧師和我們一同來到外面的草坪上。

「我很滿意，我的調查總算有了結果，」他說，「我沒時間陪警官們閒聊了，不過，朗德海先生，假如你能代我向他們致意，並提醒他們仔細查看臥室的窗子及客廳的燈，那我會十分感激的。臥室的窗戶對破案很有幫助，客廳的燈也很有啟發性，將二者結合起來分析，答案基本上就出來了。如果警方想了解更詳細的情形，我會在住所等候。華生，我覺得我們現在最好再去別處看看。」

也許是警方對私家偵探的介入深感不滿，也可能是警方找到了別的偵破途徑。無論如何，在接下來的兩天中，我們沒有得到警方的任何消息。在這兩天裡，福爾摩斯就待在小別墅中抽煙、思考，或者在鄉間漫步，但他每次外出都是好幾個鐘頭，回來後也不曾提及他去過哪裡。在我的記憶中，我清晰地記得我們曾做過一次殘酷危險的實驗，它讓我對福爾摩斯的調查進度有了些認識。他首先買了一盞燈，就跟莫蒂默·崔金尼斯陳屍處發現的燈完全相同。他裝上牧師房間裡用的燈油，記錄下燈火燃盡的時間。接著做了另一個令我終生難忘的實驗。

「華生，你仔細想想，」那天下午他對我說，「在我們調查的這兩件案子中，只有一點相似之處。那就是先進入案發現場的人都感受到的那種氣氛。莫蒂默·崔金尼斯在講述他最後一次去他兄妹家的情況時，提到醫生一進屋就暈倒在椅子上。你應該還記得吧？忘了？女管家波特太太也說過，她一進屋也暈了過去，醒來後才開了窗。在調查第二件案子——也就是莫蒂默·崔金尼斯之死時，我們一走進現場就感覺有些鬱悶，不過當時僕人已開了窗，而那個僕人開窗後就覺得身體不適而去睡覺了。你必須承認，華生，這些都很有啟發性。它們說明了這樣一個事實：案發現場存在某種有毒氣體。同時，我們還發現了一個共通點：兩個案發現場都有燃燒著的東西——火爐和油燈。當然，生爐火也許是必要的，但大白天還點燈就很奇怪了。這點從油燈的耗油量就可以知道。但為什麼要這麼做呢？很顯然，是為了製造毒氣！再聯想到兩案中的受害者要不死亡、要不發瘋的事實，這難道還不夠清楚嗎？」

「有道理。」

「至少，我們可以先作這個假設。然後，我們再假定，兩案中都有某樣東西燃燒產生毒氣。那麼，發生在崔金尼斯兄妹家的慘案現場，這種有毒物質是放在火爐中的。由於窗戶緊閉，火爐中的煙霧有一部分從煙囪擴散到了屋外，因此，中毒情況就不如第二件案子那麼嚴重。而在第二個案子中，由於門窗緊閉，沒有任何通風口，所以煙霧全部被鎖在了屋內，毒氣濃度相當高。事實也能證明這點：在第一案發現場，只死了一位女性，這可能是因為女性的身體較敏感；另外的兩名男性則瘋了，這顯然是毒氣造成的效果。在第二個案子中，它充分發揮了效用，順利讓莫蒂默．崔金尼斯斃命。看來，我的這個假設是成立的。」

「我作出了這一系列的推論後，就在莫蒂默．崔金尼斯的屋子內仔細檢查，希望能發現毒物的殘渣。最有機會找到的地方就是油燈的雲母罩和防煙罩，不出所料，我在那裡發現了一些可疑的粉末，它們是煤油燈邊緣一圈褐色的東西，你也看見我取了一些裝入信封。」

「為什麼只取一些呢？」

「親愛的華生，如果證據全被我們帶走了，那麼警方要怎麼破案呢？因此，我得將我目前發現的物證全部留給他們。只要他們能仔細偵查，就會在雲母罩上發現毒物。華生，我們現在點燈，開始作一個實驗吧。不過，首先得打開門窗，否則兩名對社會很有用的人或許永遠都不會再醒過來了。你把旁邊的窗戶打開，坐在椅子上，這是個極其危險的實驗，聰明人是不會冒這個險的。哦，你會參加，會堅持到底的，是吧？我想我很了解我的朋友。我就將這張椅子放在你對面，我們相對而坐，裝毒藥的燈放在你我之間，我再將房門半開。我們互相照應著，只要沒有出現危險症狀就不停止。明白我的意思了嗎？好了，我現在把藥粉——也就是從現場裝回的藥粉撒在燈焰上。嗯，就是這樣，華生！現在，坐好吧，看看結果如何。」

僅過了兩三分鐘，症狀就出現了。燈焰中飄散出一股濃濃的麝香味，令人眩暈、噁心。剛一聞到這種氣味，我的思維和想像力就不受控制了。望著面前繚繞的黑煙，我心中清楚地意識到，在這一片黑煙中，潛藏著一種我無法看見的一種極其恐怖、怪異、無法想像的邪惡力量它正向我的理性猛襲而來。恍惚中，有個幽靈在濃郁的煙霧中遊蕩、變幻著，預示著有危險逼近。接著，一個模糊的人影出現在門口，我的心嚇得幾乎炸裂開來。一種陰森恐怖的情緒控制住了我。我感到頭皮發麻，髮絲倒豎，眼球突出，嘴唇張開，舌頭發硬。我的腦子一片混亂，彷彿有東西被折斷了。我想喊叫，卻發不出聲，隱約中我感覺到我那嘶啞絕望的吼聲彷彿來自遙遠的山谷、來自心靈的深處，卻不像是自己的聲音。此刻，我忽然有了強烈的求生欲望，我想逃出去，於是拚命衝出了令人窒息的雲煙。我一抬頭看見了福爾摩斯的臉因為恐怖而僵硬、呆板、蒼白如紙——簡直是一副死人的模樣！這一景象傾刻使我從惡夢中醒來。不知從哪裡生出一股力量，我一下甩開椅子，將福爾摩斯從惡夢中拖了出來。我們舉步維艱地走出了屋子，倒在屋外清新的草地上。溫暖明亮的陽光從天空直射而下，穿透了那曾圍困我們的地獄般陰森恐怖的煙霧，我們的心靈頓時煥然一新，就如雲開霧散後那青翠的山頭。理性又逐漸回到了我們的身上，我們從草地上坐了起來，擦乾了被冷汗浸濕的冰涼額頭。兩個人面面相覷，臉上還掛著這次歷險後的疲憊。

「華生，老實說，」由於害怕，福爾摩斯的聲音還在發顫，「我很抱歉，也很感激你。就算是對我本人而言，這麼做也是不應該的，對於我的朋友就更不應該了。我真的十分抱歉！」

「你很清楚，」我激動地答道，我與福爾摩斯的心靈從未像現在這麼貼近過，「能對你有所幫助，我感到特別滿足，特別驕傲！」

他很快恢復了常態，又變回那種我早已習慣了的譏諷與幽默的樣子。「我親愛的華生，我們兩人如此瘋狂，完全是自找的，」他說，「在準備開始這個野蠻的實驗時，如果有觀眾，他們肯定會以為我們是從瘋人院中偷溜出來的。我承認，我根本就沒有預料到會有這樣突然和猛烈的效果。」他轉身進了屋，舉著那盞還在燃燒的燈跑出來。為了盡可能避免吸入毒氣，他將手臂直直地伸向一側。最後，他將燈扔進了荊棘叢中，「得讓屋子換些新鮮空氣。華生，我相信，你想必對這起慘劇有一定的瞭解了吧？」

「是的。」

「不過，我仍然還沒有徹底弄清楚。我們還是到那個涼亭中討論好了，我的喉嚨裡似乎還殘留著那些可惡的氣體。我們得認清這一點：一切悲劇都是莫蒂默・崔金尼斯一手造成的，儘管他在第二起悲劇中是受害者。首先，我們知道一個事實：他們兄妹間曾有過矛盾，後來又和好了。至於矛盾到什麼程度，和好後的情感又到什麼程度，我們暫時無從得知。我剛與莫蒂默・崔金尼斯接觸時，就覺得他並不是一個厚道的人。你想想，他的臉上自然地流露著狡詐的神情，躲在鏡片後的兩隻小眼睛既陰險又殘忍。不，憑著直覺，我認為他並不厚道。而且，案發後，他又跟我們說花園中有什麼鬼怪之類的話，他是想藉此引開我們的注意力，因而忽視悲劇發生的真正原因，由此可見他用心良苦。另外，假如不是他臨走時將藥粉撒進火爐的，又會是誰呢？很顯然，他剛一離開就出事了，如果有誰進來的話，那玩牌的人肯定會站起來的，然而，他們卻依舊保持著坐姿。還有，在這偏遠僻靜的康瓦爾，人們是不習慣在晚上十點以後拜訪別人的，而莫蒂默・崔金尼斯的行動卻例外。所以，根據這點，我首先認定他有重大嫌疑。」

「那麼，他是自殺的？」

「哦，看來，這種假設不無道理。他給自己的親人帶來如此深重的災難，於是承受不住良心的譴責而自殺，以求從精神上的痛苦解脫。不過，我們有鐵一般的證據能推翻這一假設。在英格蘭有個人了解全部真相，我已安排好，他今天下午就會將一切細節告訴我們。哎呀！他居然提早到了。我在這裡，里昂・史登戴爾博士！我們剛在室內進行了一次化學試驗，那裡現在還無法接待像你這樣的貴賓呢！」

隨著一陣聲響，花園的門打開了，非洲探險家高大魁梧的身影出現在我們眼前。他略為遲疑了一下，便轉身朝我們所在的涼亭走來。

「福爾摩斯先生，是你請我來的。我在一個鐘頭前收到信就立刻趕來了，但我並不知道你有什麼事。」

「或許，在我們離別前就能把事情弄清楚。」福爾摩斯說，「我非常感謝你的光臨以及接受我的邀請，原諒我們招待不周。我的朋友華生和我即將為《康瓦爾的恐怖》一文劃上一個完美的句號。我們剛做完實驗，十分需要新鮮空氣。我們即將討論的問題或許與你有很大的關係，所以，我認為選擇一個僻靜的地方比較好。」

探險家聽到這兒，不自覺地從口中抽出了雪茄，臉色陰沉地望著我的朋友。

「先生，我不明白，」他冷冷地說，「你的事與我有什麼關係？」

「是關於莫蒂默．崔金尼斯之死。」

一瞬間，我真希望我手裡有武器。史登戴爾博士冷漠的臉一下子漲得通紅，雙目圓睜，額上青筋暴起。他握緊拳頭朝我的朋友衝去，卻又猛地停住，竭力讓自己保持鎮定，這種壓抑的模樣比他動起手來甚至更為危險。

「由於終年與野獸為伍，我內心不曾有過法制的觀念，」他說，「我自己就是法律，我已經習慣這樣的生活方式了。希望你能明白這一點，福爾摩斯先生，因為我並不想傷害你。」

「史登戴爾博士，我對你也是這樣的態度。最好的證據就是，雖然我已經知道了全部真相，但我還是直接與你談判，而沒有驚動到警方。」

史登戴爾博士重重地坐了下來，口中直喘粗氣。在他的整個冒險經歷中，這樣畏縮的情況應該還不曾有過。福爾摩斯那沉著自信的神態總能震撼人的心靈，我們的客人頓時無話可說，急躁又焦慮地搓著雙手。

「你是什麼意思？」他終於開口問道，「如果想威脅我，那你找錯人了，福爾摩斯先生。別拐彎抹角，直說吧！」

「好吧，」福爾摩斯說，「那我就以坦誠回敬你的坦誠吧。我下一步要怎麼走，全看你如何辯解。」

「我的辯解？」

「是的，先生。」

「辯解什麼？」

「為殺害莫蒂默・崔金尼斯的指控而辯解。」

史登戴爾博士掏出手帕擦了擦額頭。「哈，你編的故事越來越有趣了！」他竭力使自己保持鎮定，「難道你輝煌的成就就是這麼虛張聲勢出來的嗎？」

「不，是你在虛張聲勢，」福爾摩斯嚴肅地說，「里昂・史登戴爾博士。我將我的推斷依序講給你聽，讓事實證明一切。你從普利茅斯回來，而大部分財物又運往非洲了。僅從這一點就讓我懷疑你是這樁戲劇性事件的一個重要角色——」

「我回來是為了——」

「是的，我已經聽你講述過你的理由，但這不能使人信服，也不充分。你後來詢問嫌疑犯是誰，我當時沒有告訴你，於是你去找了牧師先生。但你只在他家外面待了一下子，最後就直接回到自己的住處。」

「你怎麼知道？」

「我跟蹤了你。」

「我怎麼沒發現？」

「被你發現了還叫做跟蹤嗎？你待在屋裡，一整夜坐立不安。你還想出了一個計畫，準備在早上實施。天剛亮時，你就走出了房門，在屋外那堆淡紅色石子中隨手抓了幾顆放入口袋。」

史登戴爾博士驚得目瞪口呆，怔怔地望著福爾摩斯。

「你的住處與牧師家相距只有一哩，所以你很快就到了他家。我注意到，你當時穿的鞋就是腳上這雙鞋底有稜紋的運動鞋。你穿過牧師家的花園，到了崔金尼斯臥房的窗外。這時，天色已亮，但他還在呼呼大睡，於是你從口袋中掏出小石子，撒向窗戶。」

史登戴爾博士驚愕得一下子站了起來。

「你就像魔鬼一樣無聲無息。」他嚷道。

福爾摩斯淡淡一笑。「崔金尼斯走到窗邊之前，你一共扔了兩三把小石子。你要他下樓，於是他匆忙穿好衣服，來到樓下的客廳。他為你打開窗戶，然後你鑽了進去，在屋裡不停地來回踱步。你們見面的時間很短，你出去後，他就關好了窗戶。但你沒立刻離開，而是點著雪茄站在窗外的草地上觀察屋內的情形。看到崔金尼斯已經死去，你才又從原路返回。現在，史登戴爾博士，你如何解釋自己的行為？動機是什麼？假如你不如實回答，那麼，我發誓，這件事情就絕不會僅僅由我經手了。」

只見客人臉色慘白，忽然，他雙手捂住臉埋下頭去。過了一陣子，他又變得激動，並從口袋中掏出了一張照片，扔到了我們面前這張粗糙的石頭桌上。

「我做的這一切都是為了她。」他悲切的說。

那是張半身照。照片上的女人有一張十分俊美的面孔。福爾摩斯彎腰細看。

「布蘭妲．崔金尼斯。」他抬頭說道。

「是的，布蘭妲．崔金尼斯，」客人喃喃地重複著，「這麼多年來，我愛著她，她也深愛著我，這也就是人們百思不解的我在康瓦爾隱居的真正原因。這樣的生活讓我能接近我最心愛的事物，所以我一直這麼堅持自己的隱居生活。但我不能娶她，因為我有妻子，儘管已離開我很多年了，我仍無法與她解除婚約，這就是英國法律的可悲之處。布蘭妲與我一起等待了這麼久，但現在，瞧瞧我們等來的結果！」他再也忍不住，開始沉痛地嗚咽起來，他那巨大的軀體也因悲痛而顫抖著，好不容易才伸出一隻手抵著斑白鬍鬚下的喉嚨，止住了哭泣。他竭力忍著內心的悲痛，繼續講下去。

「牧師了解我，他知道我們的秘密。他會告訴你，她是一位多麼令人快樂的天使。所以，出事後，牧師就發電報通知我。我最心愛的人慘遭不幸，非洲和行李又算得上什麼？於是我匆忙地趕了回來。後來的事，福爾摩斯先生，你全部都明白了。」

「請繼續。」我的朋友嚴肅地說。

史登戴爾博士從口袋中取出一只紙包，放在桌子上。只見紙包外有「Radix pedis diaboli」字樣，並印有一個紅色標記，表示有毒。他將紙包推到我面前。「先生，你是醫生，但你是否聽說過這種藥劑？」

「魔鬼之足！沒有，從沒聽說過。」

「這也不能怪你專業知識不足，」他說，「在整個歐洲，只有匈牙利的布達佩斯實驗室中擁有唯一的一具標本。藥典和毒品資料中都沒有關於它的記載。這是一種植物的根，很像一隻腳，前半部像人腳，後半部像羊腳，最早發現它的傳教士因而給它取了這個名字。在非洲西部，有些地方曾把它當成神裁法的毒藥，嚴格保密。我在烏班吉探險時，意外地獲得了這麼一點稀有的標本。」他說著打開了紙包，裡面露出一堆像鼻煙一樣的黃褐色粉末。

「先生，還有呢？」福爾摩斯冷靜地望著他。

「福爾摩斯先生，我會如實相告的。你說對了，這件事顯然與我有利害關係，我會告訴你一切細節。至於我與崔金尼斯一家的關係，我已經講過了，我愛他的妹妹，所以與那幾個兄弟也相處得不錯。家中曾因分產而起爭執，莫蒂默因此與大家疏遠，後來似乎又和好了，所以，我和他的關係也像與其他兩兄弟的關係一樣親近。但他生性陰險狡詐，我曾在幾個疑點上懷疑過他，卻找不到任何確切的根據。」

「兩週前的一天，他又到我的住處拜訪，當時我拿出了一些非洲古玩向他展示，當然也包括這種藥粉。我還告訴他這種藥粉如何控制中樞神經。我講述了非洲神裁法的幾個例子，告訴他受害人不是被嚇瘋就是被嚇死，而且，整個歐洲的科學家都無法檢測出這種毒物的成分。那天我從未離開過房間，真不知道他是如何弄到手的。現在回想起來，他很可能是在我彎腰打開櫥櫃時，趁機偷走了一些。我記得很清楚，他當時詳細地向我請教了這種藥粉的用量、時間和產生的效果。但是，我萬萬沒想到他竟有這樣惡毒的居心。」

「後來我也就忘了這件事。當我在普利茅斯收到了牧師發來的電報，才又想起它來。這個惡棍一定認為我早已遠離歐洲，而且一到非洲便會好幾年沒有音信，他以為我無法得知這一消息！我迅速趕了回來，聽完慘案現場的詳情後，我立刻斷定那是我的藥粉產生的症狀。但我還是希望有別的解釋，所以才來找你。我感到很失望，因為根本沒有別的可能性！莫蒂默．崔金尼斯是凶手，我敢向上帝發誓，他是謀財害命！假如家裡的人全都神智不清，那麼，他就是財產唯一的合法繼承人。為了達到這個目的，他殘酷地使用了魔鬼之足，使兩個兄弟發瘋，並害死了唯一的妹妹布蘭妲。她是我一生中最愛的人，她也深愛著我。那傢伙犯了法，我該怎麼辦？」

「將他告上法庭？證據呢，證據在哪？我相信這是凶殺，可是，由同鄉人構成的陪審團成員也會相信這樣古怪離奇的事嗎？也許會，也許不會，但我卻非贏不可。失去愛人的悲痛折磨著我，我的心靈吶喊著要討回公理。我也告訴過你，福爾摩斯先生，我的一生從不受法律約束，我有我自己的一套原則和法律。現在我明白了，我必須使用自己的法律武器，讓他加諸別人的災禍降臨到自己頭上。既然英國的法律無法懲治他，我只有親自來主持正義了！反正，整個英國沒有人比我更不愛惜生命了。」

「我將一切都和盤托出了，剩下的你也都很清楚。我坐立不安地度過一晚，隔天一早就出門去了牧師家。我預料在那個時間難以叫醒他，於是在出門時從門口的石堆中撿了幾粒石子，用來敲窗吵醒他。他下樓來，讓我從窗口鑽進去。我揭露了他的罪行，並告訴他，我既是法官又是劊子手。接著我掏出了手槍，這個可惡的傢伙立刻癱坐在椅子上。我點燃了桌上的油燈，將藥粉灑在火焰上，然後在窗邊守候著。我當時想，假如他逃跑，我就要直接開槍。結果，他在屋裡不到五分鐘就死去了！啊！上帝，他死了！但是，我並不後悔，他受到的痛苦正是他強加給我愛人的那樣。福爾摩斯先生，我的故事講完了，假如你全心地愛著一個人，在這樣的情況下，你或許也會跟我做一樣的事。不過，我接受你的懲罰。無論你做出什麼處置，我都心服口服。正如我說的，我是全英國最不怕死的人。」

福爾摩斯低頭默不作聲。

「你打算怎麼辦？」好一會兒，他才抬起頭問。

「我在非洲的工作只完成了一半，我原打算把自己的屍骨留在非洲。」

「那繼續你的工作吧，」福爾摩斯平靜地說，「至少，我不打算阻止你。」

史登戴爾博士站直了魁梧的身軀，嚴肅地點了點頭，並對我們鞠了一躬，轉身離開了涼亭。福爾摩斯重新點燃了煙斗，又將煙絲袋遞給我。

「無毒的煙可真讓人心情愉快，」他說，「華生，你一定也同意放棄這個案子吧？我的調查是獨立的，我的行動也是自由的。我想，你也不會去告發他吧？」

「當然。」我真誠地答道。

「華生，我不曾戀愛過。但是，假如我心愛的女人也遭此橫禍，我或許真的會像這位獵獅人一樣拋開法律的，這種事我也無法預料呢！華生，有些事實其實相當明顯，我就不再提及了，以免擾亂你的思路。窗台上的小石子是偵破此案的切入點，牧師花園中的小石子與那些小石子顯然很不相同。當我將注意力集中到史登戴爾博士和他的住處時，才找到了這些石子的來源。大白天點燈以及燈罩上的藥粉則是破案的關鍵，親愛的華生，我想，這事不勞我們費心了，我們問心無愧。繼續研究迦勒底語的字根吧，我斷定，從偉大的凱爾特方言的康瓦爾分支中能查出它們的蹤影。」

8 最後致意

八月二日晚上九點——世界史上最可怕的一刻。也許是因為上帝的詛咒，使得這個墮落的世界沉悶而抑鬱，猶如一只大蒸籠，一種可怕的寂靜和渺茫不安的感覺飄蕩在空中。太陽已經落下山坡，只在天際留下一線血紅的晚霞，猶如一道血淋淋的傷口低垂在山巔。青石板一樣的天幕中早已繁星閃爍，黑沉沉的海面也被船隻上的燈光點綴得金光閃耀。花園人行道的石欄旁，斜倚著兩個著名的德國人，他們正俯瞰著石灰巨崖下那片碎金閃動的海面。在他們的身後，有一排低矮隱秘的人字形房屋。那是馮·波克的棲身之處。四年前，他像一隻四處遊蕩的蒼鷹，如獲至寶地發現了這處隱蔽的懸崖。馮·波克與他的同伙靠在石欄邊低聲交談著，那兩只閃著紅光的煙頭遠遠看去恰似惡魔的眼睛。它就像是貪婪之光一般，在黑暗中窺探、閃動著。

馮·波克稱得上是個傑出人物。在為德皇盡忠的間諜中，他應該是最出色的一員。正因如此，當初選派諜報人員去英國執行一項重要任務時，政府首先想到的就是他。不過，在他去了英國以後，他的精明能幹才被真正了解內情的那五、六個人所真正認識到。這其中就有站在他身邊的大使館一等秘書——馮·赫林男爵。此刻，男爵那輛一百馬力的賓士車正等候在鄉村小巷中，隨時聽候命令送他的主人去倫敦。

「據我分析，也許你這一週就能返回柏林，」秘書說，「我想，親愛的馮·波克，你一到那邊就會對那隆重的歡迎儀式感到驚奇不已。我曾經偶然聽到過最高當局對你的評價。」秘書身材魁梧，語音沉著緩慢。他之所以能在政界中混到這個位置，這兩個特點應該是他的重要資本。

馮·波克聽到這話笑了出來。

「要騙過他們再容易不過了，」他說，「他們的溫順單純無人能及。」

「這一點我倒不太了解，」秘書若有所悟地說道，「他們有獨特的限制，我們必須學著適應這點。對於陌生人而言，他們表面的單純正是致命的陷阱。剛接觸他們，覺得他們性情極其溫和，但不久後，你又會突然發現他們的原則性極強。所以，你必須使自己去適應，因為你已經達到了極限。例如說，對他們那無法理解的偏執習俗，你就必須遵從。」

「我指的是他們各種稀奇古怪的偏見。我就曾犯了一個錯，一個大錯——我最有資格評論自己的過錯，如果你很了解我的工作，也就知道我所獲取的成就。那是我剛到這個地方的時候，我應邀參加了在一位內閣大臣別墅中舉行的週末聚會。那裡的人們毫無防備的談話簡直讓我驚愕。」

馮．波克點了點頭，淡淡地說：「我也去過。」

「當然，我將情報彙報給了柏林。不幸的是，我們的好首相卻對這事不太慎重，在一次廣播談話中提及了這份情報的內容。理所當然，英國人就追查到了我頭上。你也許不太了解這事對我的影響有多大。坦白地說，在這種情況下，我們的英國主人絕對不溫和也不單純。你知道嗎，為了消除這件事帶來的影響，我整整花了兩年的時間。現在，看看你那像運動員一樣的架式——」

「不，不，不是架式。架式是人們刻意的做作。我生來就是個運動員，我有這個嗜好，那是一種自然的流露。」

「嗯，那樣會有更好的成效。你與他們賽艇、打獵、打馬球，參與他們的各種運動，你還在奧運的四馬單人賽獲了獎。我甚至聽說，你還與年輕軍官進行過拳擊比賽！結果呢？你得到信任了嗎？一個『運動老隊員』、『體面的德國佬』、『酒鬼』、『流連夜總會的不知天高地厚的小子』！你的這間僻靜住所是個指揮中心，對英國進行的破壞行動有一半出自這裡。想不到，像你這樣酷愛體育的傢伙竟然是歐洲最機智的諜報人員。真是天才！你真是天才，我親愛的馮．波克先生。」

「男爵，你過獎了。但我敢說，在這裡的四年我總是對得起自己的國家。你還不曾看過我那個小小的庫房呢！你願意進來待一會兒嗎？」

這段階梯直通向書房的門。馮．波克開了門，在前面引路。他先打開了電燈，然後轉身關緊了房門，他的身後跟著那名身材高大的秘書。他細心地將窗簾放下來，確認保密措施做得密不透風後，才將那張曬得黝黑的陰沉臉龐轉向客人。

「有一些文件已經轉移了，」他說，「昨天，我安排妻子和家眷去了法拉盛。那些不太重要的文件我已經讓他們帶走了，剩下的這些我要求使館給予保護。」

「我已將你列入使館私人隨員。你和你的行李不會受到阻擋。當然，同樣的，我們也不一定要離開這裡。英國很有可能不顧法國的死活，我們能肯定，英法兩國並未簽訂具有約束力的條約。」

「比利時也是？」

「沒錯，比利時也一樣。」

馮・波克搖搖頭：「我真不明白怎麼會這樣，明明簽了條約才是啊。這下子比利時永無擺脫屈辱的一天了。」

「她至少可以暫時求得和平。」

「那榮譽呢？」

「哈！我親愛的先生，我們所處的是一個功利主義的時代，榮譽是中世紀的奢侈品。另外，英國並沒作出任何準備。這一群傻瓜！我們徵收了高達五千萬的戰爭特別稅，我們的目的顯而易見，絲毫不亞於《泰晤士報》頭條的宣傳效果，但英國人卻偏偏沒有意識到，這太令人困惑了。現在，到處都在討論這個問題，我就得去尋找它的答案。當然，要是到處都是群情激憤的話，我就得去平息憤怒。但是，我能向你保證，在一些關鍵問題上，例如軍需品的儲備、潛水艇的佈置、強烈炸藥的生產等等，他們都毫無準備。尤其是當我挑起了愛爾蘭內戰時，簡直是一片混亂，英國自己都疲於奔命，哪裡還有精力參戰呢？」

「她肯定會考慮自己的前景。」

「哦，這又是另一碼事。我想，等她走到那一步時，我們已經擬好了對付她的周全計畫。那時候，你所提供情報的準確性就會成為問題的關鍵。對於約翰牛（英國的綽號）而言，這只不過是遲早的事。假如她今天從沉睡中醒來，但我們早已作了準備；假如明天醒來，那就更不成問題了。我認為，英國應該採取自保的態度，與其參與盟國作戰，還不如置身事外為妙。好了，不談這個了，這是他們國內的事，他們會做出什麼決定，這一週就會見分曉。你剛才提到了文件吧？」他舒展地躺在椅子上，含在口裡的雪茄煙頭一閃一閃地發著紅光，燈光直射而下，使他那光禿禿的腦門泛著光亮。

這是個大房間，四周是滿滿的一圈書架，遠處的一角掛著落地幕簾。掀開幕簾，鑲著橡木板的牆壁上赫然嵌著一只巨大的黃銅保險櫃。馮．波克從錶鏈上取下一支小鑰匙，對著鎖孔一陣撥弄，沉重的櫃門就打開了。

「瞧！」他站在旁邊，指著保險櫃很是得意。

保險櫃被燈光照得通明，望著裡面排列齊整的滿滿分類架，使館秘書的眼睛都花了。每個分類架上都貼著標籤，上面註明了類別，例如「淺灘」、「港口防禦」、「愛爾蘭」、「飛機」、「埃及」、「普茲茅斯要塞」、「羅塞斯」、「海峽」、以及其他軍用名詞等。每一個分類架上都塞滿了文件和計畫。

「了不起！」秘書激動的語調是發自內心的。他取下雪茄，兩隻肥大的手輕輕鼓起掌來。

「四年來的戰利品，男爵。對於一個嗜酒、愛騎馬的傢伙而言，這成績還不賴吧？但是，我的珍品還沒到。不過也快了，我已預留了位置。」他指向一個空格說道。空格的標籤上寫著「海軍信號」幾個字。

「你這裡不是已經有了一份文件嗎？」

「對。但它過時了，只是幾張廢紙而已，海軍部發現後已經把密碼改掉。男爵，這可是我受到的一次沉痛打擊——所有戰役中最徹底的一次失敗。幸好我的存摺還沒空，再加上我的好幫手阿爾塔蒙，今晚就可以將這一格填滿。」

男爵看了看錶，很失望地輕嘆一聲。

「唉，我不能再耽擱了。現在，大事正在卡爾頓大街中如火如荼地進行中，你能體會我的心情，我們必須堅守自己的崗位，我原想將你取得重大成就的消息早點帶回去。跟阿爾塔蒙約好時間了嗎？」

馮．波克在書架中一陣翻找，拿出了一封電報。

今夜一定將火星塞帶到。

阿爾塔蒙

「哦，火星塞？」

「是這樣的。他對外的身份是汽車專家，而我則是汽車行老闆。這些汽車配件實際上就是我們的聯絡暗語。散熱器代表戰列艦，油泵代表巡洋艦等等。火星塞就是指海軍信號。」

「是今天中午從普茲茅斯發來的，」秘書一邊說，一邊查看姓名地址，「哦，那你準備支付多少酬勞？」

「辦好這件事，付五百英鎊。當然，是在薪水之外。」

「貪婪的傢伙。他們這些叛國賊對我們而言還是有用的，但是，給他相當於殺死某人一樣多的賞金，我感到有些不甘心。」

「只要是給阿爾塔蒙，我沒有什麼捨不得的，他幹得相當不錯。用他自己的話來說，只要有足夠的賞金，就沒有弄不到手的東西。還有，他並不是叛國賊，我發誓。與一個真正的愛爾蘭裔美國人相比，哪怕是我們最激烈的泛日爾曼貴族，在對待英國的情感這一問題上也只是一隻未成熟的鴿子而已！」

「哦，他是愛爾蘭裔美國人？」

「只要你一聽他的口音，你就絕不會有任何懷疑了。我也無法完全瞭解他，他似乎是在對大英帝國宣戰，也對英國人擁戴的國王宣戰。你就要走了嗎？他或許很快就到。」

「對不起，我沒辦法，我在這裡停留太久了。我們明天早晨會等著你，等你從約克公爵那裡拿到那本信號冊。那時，你在英國的任務就算順利完成了。哎！匈牙利葡萄酒！」他指向一支沾滿灰塵的密閉酒瓶說道，這支酒瓶旁邊放著裝有兩只高腳杯的托盤。

「在你上路前，喝一杯怎麼樣？」

「不，謝了。看來你是想痛飲一番了？」

「阿爾塔蒙很愛喝酒，特別是我的匈牙利葡萄酒。他性子急，我不得不敷衍一下這些小細節。我向你保證，我會多留意他的。」他們到了屋外的階梯上。在階梯盡頭處，男爵的司機踩動了油門，賓士大轎車轟隆隆地發動了。「我想，那就是哈里奇的燈光吧？」秘書邊說邊披上了風衣，「這一切都顯得如此平靜，但一週後或許就是另一番情景了。英國的海岸不會再如此寂寞了！假如發明飛船的齊伯林兌現了他答應我們的事，就算是天堂也會熱鬧起來的。咦，她是誰？」

他們轉過身去，黑漆漆的一排房屋中，只有一個窗口亮著燈光。一位面色紅潤的老太太正坐在桌旁彎腰織著東西。她戴著一頂鄉村小帽，顯得十分慈祥，不時會停下手中的針線活，撫摸一下腳邊的那隻大黑貓。

「她是瑪莎，我留下的唯一僕人。」

秘書咯咯地笑起來。

「她簡直就是大不列顛的化身：悠閒自在，不問世事。嗯，再見了，馮．波克！」他揮了揮手，轉身鑽進了車內。汽車開動了，兩道金色的光柱穿透了黑暗。秘書安穩地躺在豪華汽車的後座上，腦海裡滿是歐洲即將面臨的悲慘場景。他並未注意到，當汽車行駛在鄉間小道上時，一輛福特小型汽車迎面與他擦身而過。

直到汽車的燈光已完全消失在黑暗之中，馮．波克才慢慢回到了書房。他經過那排矮房屋時，發現管家太太已經熄燈就寢了。在這佔地極廣的住宅中，到處是一片黑暗和死寂，馮．波克心中湧上一種新的感觸。是啊，他事業有成，家中的親人們又都平平安安，除了那個老太太，這地方完全由他獨佔，於是，他又頓覺欣慰。書房中還有許多東西等待處理，他開始動手燒毀不再需要的文件，火光把他那張俊美的臉龐烤得通紅，桌旁的那只旅行包也被照得閃閃發亮。燒了好一會兒後，他又開始著手清理貴重物品，準備將它們裝入提包。就在這時，他那如犬般靈敏的耳朵聽到了遠處開來的汽車聲。他得意地吁了一口氣，將提包拉好，並鎖上了保險櫃，然後趕到了屋前的階梯上。在這裡，他正好看見一輛小汽車朝自己駛來，沒過多久，小汽車就在階梯前停住了，一個人從車中跳下來，迅速朝他跑來。司機一臉灰白鬍子，已上了年紀，但身體仍然健壯結實。他警覺地坐在車內，似乎準備值通宵的班。

「你好！」馮·波克急著迎上去。

來者洋洋自得地搖晃著手中一個黃紙包，臉上流露出勝利者的喜悅。

「你得熱情地歡迎我，先生，」他顯得有些得意，「我終於凱旋歸來了。」

「是信號？」

「沒錯，就是電報中提到的東西。信號機、燈的密碼、馬可尼式無線電報，啊，種類都齊全啦！不過，這些都是複製品，不是正本，要是那樣做會很危險。但你儘管放心，這些都是絕對可靠的真貨。」他說完，豪邁地拍了拍德國人的肩頭，顯得很親熱，但被德國人一閃躲開了。

「請進，」他說，「現在就剩我一個人了，正在等你的這件東西呢！複製品比正本好。如果他們發現正本不見了，會將信號密碼全部換掉的。這些複製品可靠嗎？」

這名愛爾蘭裔美國人進了書房。他又高又瘦，大約六十歲左右，尖尖的下巴上留有一撮山羊鬍，酷似山姆大叔的漫畫像。他修長的四肢舒展地擱在靠椅上，嘴角叼著一支雪茄，由於含在口中的時間太長，煙蒂都被唾沫浸濕了。他重新點燃了只剩一半的雪茄，抬頭四下打量著。「準備撤走啦？」他一眼看見了保險櫃，盯著它問道，「你的文件就藏在這裡面？」

「不行嗎？」

「哎！就放在這麼一個玩意兒裡，他們很容易查出來的，難道你不怕被當成間諜嗎？哈，一個美國小偷只要拿一把小刀就能輕易地撬開它。如果我知道自己的貨也被放在這樣一個危險的櫃子中，我肯定不會寫信給你！」

「再專業的小偷面對這只櫃子也只能望洋興嘆，」馮·波克自信地答道，「這種金屬是無論如何都鋸不斷的。」

「那鎖呢？」

「一樣。鎖分為兩層，你知道其中的奧妙嗎？」

「不知道。」美國人老實地回答道。

「要想打開這只鎖，你首先得知道一個字和一組號碼。」他站起來，指著鎖孔周圍的兩層轉盤說道，「外面這層撥字母，裡面一層撥數字。」

「哦，那麼，這下就安全了。」

「明白了吧？這個櫃子可不像你想的那麼簡單。那是我四年前請人專門打造的。我選定的密碼，你覺得是否安全？」

「我不懂。」

「哈！我選的字是『八月（August）』，數字是『1914』。看這裡。」

這名美國人表示讚賞和驚訝。

「唷！真了不起！你的這玩意兒可真厲害！」

「沒錯。能猜到這個日期的沒幾個人，現在再加上你一個。不過，我明天一早就搬走，不幹了。」

「那我怎麼辦？你也得為我安排個出路啊！我可不願意孤零零地待在這個令人窒息的國家裡。我推測，只要一週，甚至用不到一週，約翰牛就要抬起後腿發威了，我最好還是隔岸觀火。」

「你是美國人啊！」

「美國人也不保險呀！傑克．詹姆士不也是美國人嗎？結果呢，還不是乖乖地在波特蘭的監獄中待著。你對英國警方說自己是美國人根本毫無用處，他們會說『這裡是英國法律和秩序所管轄之地。』哦，對了，講到傑克．詹姆士，先生，我得插個嘴，你似乎並沒有對他採取掩護措施？」

「你是什麼意思？」馮．波克嚴厲地質問。

「嗯，你是老闆，他們是你的下屬，對吧？你不能讓他們失敗。可是，他失敗了。你有採取過營救行動嗎？例如詹姆士——」

「那是他自己的錯。你自己也了解，幹這一行應當小心謹慎，可是他太愛自作聰明了。」

「我承認，他真是個笨傢伙。還有荷利斯。」

「他是個瘋子！」

「對，他後來是有些糊塗了。他必須從早到晚與百來個想用警察的辦法對付他的人打交道，這真的很瘋狂！但是，現在的史坦納——」

馮．波克猛地愣住了，臉色刷地變得蒼白。

「他又怎麼了？」

「哎，被他們抓住了，就這樣。昨晚，他們搜查了他的店鋪，連人帶文件全進了普茲茅斯監獄。你還好，一走了之，他卻沒辦法，這隻可憐蟲能保住命就不錯了。所以，要是你走了，我也得走。」

馮．波克是個堅強又有自制力的人，但顯然這個消息震驚了他。

「他們是如何抓到他的呢？」他喃喃自語，「這個打擊真是太慘重了。」

「更慘的還在後頭呢！我相信，他們的下一個目標就是我了。」

「不會吧？」

「不會錯的。他們已經開始盤查房東太太佛雷頓了。我一聽到這件事，就明白自己得加快腳步了，這可不是鬧著玩的。不過，我很想知道，警察是從哪裡查到的呢？先生。自從我隸屬你的手下辦事後，史坦納已是你損失掉的第五位得力幹將了。我不得不抓緊時間了，我很清楚他們要抓的第六個人是誰。你對於這些有何解釋？看見自己的下屬一個個被抓，你難道不羞愧？」

馮．波克的臉瞬間由白轉紅。

「你竟敢如此放肆？」

「我要是沒有敢做敢當的個性，是絕不會替你效勞的，先生。不過，不必拐彎抹角了，我直截了當地告訴你好了。我聽說，當一個諜報人員的任務完成了，就必須拋棄他們，這對你們德國政客而言是毫不足惜的。」

馮．波克猛地站了起來，憤怒得連額頭的青筋都暴了起來。

「你竟如此放肆，誣賴我出賣自己的情報員！」

「我可沒這個意思，先生。不過，總會有一個陷阱或是一場騙局的。你們去仔細查清楚吧，我不想再玩命了。我馬上就會去荷蘭，越快越好。」

馮．波克極力控制住自己的情緒。

「我們一直合作愉快，在即將勝利的時刻，我們不要爭吵。」他說，「你冒了許多風險，又做得很好，我不會忘掉這些的。盡量設法逃去荷蘭吧，再由鹿特丹乘船去紐約。下週內，坐其他的航線都會有危險。你帶來的這本書由我保管，和別的東西包在一起。」

美國人手中緊握著那只小包，並不想交出去。

「錢呢？」他問。

「什麼？」

「酬勞！現金！五百鎊。那個槍手最後翻臉了，強行加價一百鎊。如果不答應，我們都不會有好處的。他說『沒得商量！』這倒是真的。不過，再加上這最後的一百鎊就搞定了。我前後共墊了兩百鎊，就這樣讓我交出東西，恐怕不太合理吧？」

馮．波克無可奈何地笑了笑。「看來，我在你心中並沒有多大的信用啊，」他接著說：「你的意思是先付錢，再給書吧？」

「對，先生，交易嘛！」

「好吧，就依你。」他撕下一張支票，寫上幾筆，但沒有遞給他的同伴。「阿爾塔蒙先生，既然你我的關係到了這個地步，」他說，「你不信任我，我也沒理由信任你。明白了嗎？」他轉過頭望著身後那個美國人。「支票我先放在桌子上。在你拿走它之前，我得先看看你帶來的東西。」

美國人一聲不吭地遞過紙包。馮．波克解開繩子，又將外面包裹著的兩層紙打開，他一下子愣住了。他看見的是一本藍色封面的小書，書上是幾個燙金的大字：《養蜂實用手冊》，與他所期待的東西完全沾不上邊。

這個間諜頭目還沒從驚訝中回過神來，他的後頸已被一隻大手緊緊掐住了，同時，一塊浸透氯仿的海綿捂住了他那張扭曲得變形的臉。

「華生，再來一杯！」福爾摩斯舉起一支帝國牌葡萄酒瓶說道。

桌旁那個上了年紀但很結實的司機趕緊將酒杯湊了上去。

「好酒，福爾摩斯。」

「不錯，貨真價實的美酒，華生。躺在沙發上的這位朋友曾經說過，這酒絕對是從法朗茲．約瑟設在美泉宮的酒窖中運來的。請把你身旁的窗子打開，這氯仿味會壞了我們品嘗美酒的興致。」

保險櫃的門半掩著，福爾摩斯上前取出一本本卷宗，逐個查看，然後整整齊齊地放進馮．波克的那只旅行提包中。這名德國人此時正鼾聲如雷地躺在沙發上睡覺。他的胳膊和雙腿分別被一根皮帶牢牢捆住。

「華生，別急。沒人會來打擾我們。請按鈴，好嗎？屋裡就剩下瑪莎一人。瑪莎真是令人敬佩，我剛著手處理這件案子時，就將這裡的所有情形告訴了她。哦，瑪莎，一切安好。你知道了一定會很興奮的。」

滿臉笑容的老太太走過來了。她對福爾摩斯鞠了一躬，看了看沙發上的主人，有些不安起來。

「不用擔心，瑪莎，完全沒傷到他。」

「那我就放心了，福爾摩斯先生。從我的角度來看，他還算是個和氣的主人。他昨天安排我與他的家人一起前往德國，但那樣一來就無法配合你的行動了，對吧，先生？」

「沒錯，瑪莎。只要你還在這裡，我就放心了。今晚，我們等你發信號等了好久。」

「那個秘書當時在這裡，先生。」

「我知道。我們在半路上還與他擦肩而過呢。」

「我以為他不走了，害我十分焦急，先生。我知道，只要他在，我們就無法行動。」

「沒錯。但半個鐘頭後，我們就發現你房裡亮起了燈，知道已經沒有阻礙了。瑪莎，你明天就趕到倫敦，我在克拉瑞治飯店聽你彙報。」

「好的，先生。」

「我想你準備好離開了。」

「是的，先生。他今天寄出的七封信，我照例記下了收信地址。」

「做得好極了，瑪莎。我明天再詳細研究，祝你晚安。」當老太太離去後，他接著說：「這些文件不很重要。因為每份文件的內容早已傳到了德國政府手中。當然，這些正本是無法帶出這個國家的。」

「那麼，它們都沒用了？」

「華生，不能這麼說。它們至少能向我們表明，哪些是已經洩露的，哪些情報還是安全的。另外，其中有很多是由我送來的，當然了，那些文件根本不可靠。要是能夠讓一艘德國巡洋艇按我提供的圖樣從索倫特海峽進入水雷區，那我的晚年將會過得很有意義。至於你，華生——」他放下手中整理的文件，拍著老朋友的雙肩，「我還沒看到你真實的生活呢！你這幾年過得好嗎？看起來並沒什麼改變，還是像個無憂無慮的小孩。」

「我感覺自己一下子年輕了二十歲，福爾摩斯。當我接到你的電報時，我很久沒有那麼興奮過了，趕緊開車到哈里奇與你會合。不過，福爾摩斯，你也沒變，當然，除了那一小撮山羊鬍以外。」

「華生，這只是為祖國作的一點小小犧牲罷了，」福爾摩斯自豪地捋了捋小鬍子，「但明天這就會成為不愉快的回憶了。等我去理髮，順便修一修它，明天出現在克拉瑞治飯店的我，就會與扮演這個美國人之前的福爾摩斯一模一樣。不過，請原諒，華生。在扮演這一角色之際，我的英語已經完全走樣了。」

「沒關係，你已經退休了，福爾摩斯。我聽說你過著隱居生活，在南方草原與蜜蜂及書本為伍。」

「沒錯，華生。這就是我這幾年隱居生活的成果！」他拿起桌上那本藍色封面的書，念著它的全名：《養蜂實用手冊，兼論隔離蜂王研究》。「它是我單獨完成的，是我幾年來細心觀察和研究的成果。我觀察這些辛勞的小傢伙，就像我當年觀察倫敦的罪犯世界一般。」

「那你為什麼又重新踏入這一行？」

「是啊，我也覺得很奇怪。如果只是外交大臣一人的話，我還能推辭。但首相大人也準備光臨寒舍——哦，華生，是這樣的，沙發上的這位先生真是對我們的人民太仁慈了，他手下有一伙人。當初我國的好幾件大事都失敗了，卻無法查出原因。於是開始懷疑一些諜報人員，甚至逮捕了一部分人。但還是沒用，他們背後有一股秘密的強大核心力量，揭露這一切的真面目是有必要的。一股強烈的責任感迫使我著手偵查此事。華生，我花了整整兩年的時間呀！不過這並非毫無樂趣，等聽完我的講述，你就知道這事有多複雜。我最初從芝加哥出發遠遊，在布法羅加入一個愛爾蘭秘密組織，給斯基巴林警方製造了不少麻煩。後來，馮．波克的一名手下注意到我，認為我很能幹，就向他的上司舉薦。接著，我設法取信於馮．波克，讓他大部分的計畫都神不知鬼不覺地出錯，以至於他手下的五名得力幹將相繼被逮。華生，我一直密切的關注他們，只要時機成熟，就一舉出手。哦，華生。祝你一切安好！」

最後一句是對著馮．波克說的。他已經醒來，經過了一番徒勞地掙扎後，現在正安靜地躺在沙發上聽福爾摩斯高談闊論。現在，他忽然狂叫起來，用德語謾罵著。他的臉因憤怒不停地抽搐。福爾摩斯沒有理睬他，只顧著快速查看著文件。

「德語雖然缺乏音樂感，但卻是所有語言中最富表現力的一種，」當馮．波克罵得直喘粗氣時，福爾摩斯慢吞吞地說道，「喂！喂！」接下來他提高了音量，眼睛緊盯著還未放進提包的一張複製圖的一角。「還漏掉了一個，我竟沒想到這位財務主任其實是個無賴，儘管我已經盯了他好長一段時間。馮．波克先生，我有許多問題要問你呢！」

這名俘虜掙扎著坐了起來，他既憎恨又驚訝地看著抓住他的人。

「阿爾塔蒙，我要跟你較量，」他緩慢而鄭重其事地說，「即使耗盡畢生時間，我也要跟你較量到底。」

「真是老掉牙的台詞，」福爾摩斯說，「過去我聽得夠多了。已故的傷心的莫里亞蒂教授總愛這麼說；塞巴斯欽．莫蘭上校也這麼說過。但我依然活著，還在南方草原上養了一大群蜜蜂。」

「我詛咒你，雙面的賣國賊！」德國人咬牙切齒地咒罵著、掙扎著，眼睛中閃著殺氣。

「不，你搞錯了，我沒那麼壞。」福爾摩斯淡淡地笑了，「告訴你吧，芝加哥根本就沒有阿爾塔蒙先生這個人。我只是扮演他一下，現在他已經消失了。」

「你究竟是誰？」

「這不重要，但既然你好奇，我不妨告訴你吧。這可不是我第一次與你們家族的人打交道了，我以前在德國做過大宗生意，你也許聽過我的名字。」

「我倒想聽聽看。」這名普魯士人陰沉地說道。

「當你的堂兄海因里希擔任帝國公使時，使艾琳．艾德勒和波希米亞前國王分開的人就是我；使你的舅舅葛拉芬斯坦伯爵逃出虛無主義者克洛普曼魔掌的人也是我。還有——」

馮．波克驚得挺直了腰。

「原來都是你。」他喃喃地說。

「沒錯。」

馮．波克嘆了口氣，無奈地倒在沙發上。「那些情報大多是由你送來的，」他嚷道，「那算是哪門子的情報？瞧瞧我是怎麼辦事的？我毀了，永遠地毀了！」

「的確靠不住，」福爾摩斯說，「需要再仔細查證一番才是，可惜已經來不及了。你們的海軍上將可能會發現，新式大炮實際上要更大些，而巡洋艦實際上也要更快些。」

馮．波克絕望地掐住了自己的喉嚨。

「其他細節都會水落石出的。但是，馮．波克先生，你身上具有一種德國人罕見的素質。你是位運動員。當你意識到自己想以智慧取勝，卻被他人以智慧愚弄的時候，你對我仍無惡意。無論如何，我倆都是在為各自的國家效力，沒有什麼比這更合乎常理的了。當然，」他將手放在這位垂頭喪氣的人的肩上，客氣地說道，「這總比在某些卑鄙的對手前倒下要來得好些。華生，所有文件都處理掉了。如果你能幫忙處理一下這個人，我們馬上就可以前往倫敦。」

要移動馮．波克可不容易。他身強力壯，又拚命掙扎，我們費了好人的力氣才分別抓住他兩隻手臂，將他吃力地拖上花園小路。就在幾個小時前，他曾驕傲自信地在這裡接受了那位著名外交官的祝賀。他雖然竭力掙扎，但一切都是白費力氣，他被塞進了福特小汽車的空位上。那只重要的提包就放在他身旁。

「我們會盡可能使你舒服一點，」我們坐好後，福爾摩斯說道：「假如我為你點支雪茄，這不算是放肆吧？」

然而，面對這個怒氣衝衝的德國人，所有照顧似乎都沒有必要了。

「夏洛克．福爾摩斯先生，你一定明白，」他說，「你們這樣對待我，如果這代表你們政府的意思，那將可以理解成戰爭行為！」

「那你的政府和你所做的一切又該如何解釋？」福爾摩斯輕輕敲打著提包說道。

「你只代表你本人，根本無權拘留我。這一切程序完全是不合法的、粗暴的。」

「完全？」福爾摩斯輕蔑地說。

「是綁架德國公民。」

「並且盜竊他人文件。」我插了一句。

「哼，你們也清楚自己在做什麼。你，還有你的同伙。一經過村莊，我就會呼救——」

「親愛的先生，那可是最愚蠢的舉動。你知道嗎？那時我們就會多一塊路標——『懸吊的普魯士人』，這樣會讓我們的鄉村旅店聲名大噪的。英國人是很有耐心的，但現在卻有些生氣了，最好不要招惹他們。馮．波克先生，你明白其中的利害了吧？千萬別這麼做，還是安份地跟我去蘇格蘭場吧。到了那裡，你可以叫人去請你的朋友馮．赫林男爵，儘管如此，你依然會發現，在使館隨員中替你保留的空缺，你再也無法填補了。至於你，華生，我們還是一起幹我們的老本行，倫敦是離不開你的。好了，我們在這階梯上站一會兒，或許，這是我們兩個最後一次的寧靜交談了。」

兩個朋友比肩而立，一起回憶著過去並肩戰鬥的每一個日夜。而他們的俘虜在車中徒勞地掙扎著。當他們走向汽車時，福爾摩斯指著身後月光照耀的大海，輕輕地搖了搖頭。

「華生，要刮東風了。」

「不會的，福爾摩斯，天氣很好。」

「親愛的華生，你真是這個多變時代中不變的一點。東風會刮起來的，華生，這股風又冷又狠，過去從未登陸英國。風刮過來，會有好多人消失，但風依舊是上帝之風。風過之後，世界會更加純潔、美好，更加強大的國家將在燦爛的陽光下巍然屹立。華生，開車吧！該走了。我這一張五百鎊的支票還得趕快兌現，如果開票人想止付的話，他是有這個權利的。」

新探案 1921～1927

The Case-Book of Sherlock Holmes

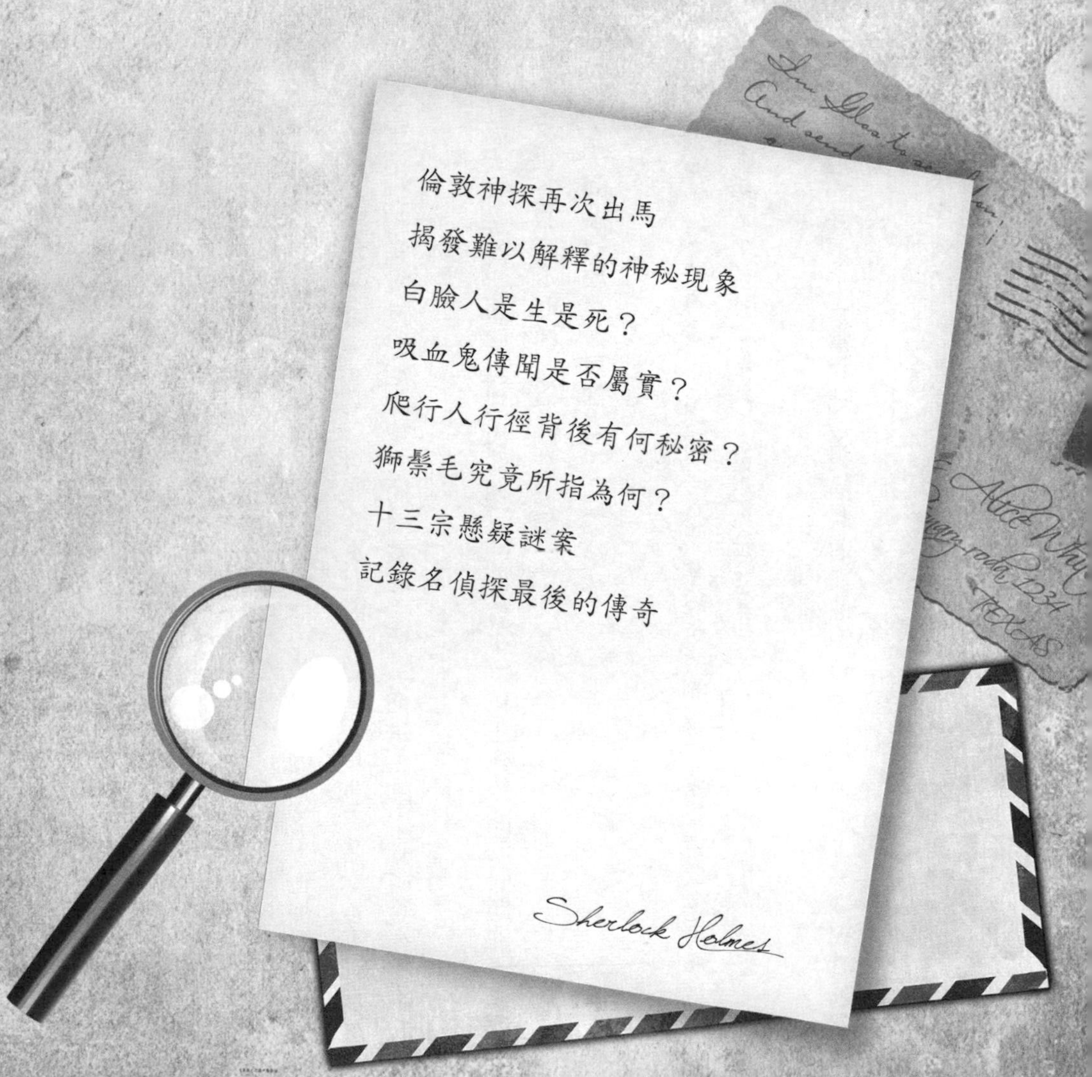
倫敦神探再次出馬
揭發難以解釋的神秘現象
白臉人是生是死？
吸血鬼傳聞是否屬實？
爬行人行徑背後有何秘密？
獅鬃毛究竟所指為何？
十三宗懸疑謎案
記錄名偵探最後的傳奇
Sherlock Holmes

1 顯赫的委託人

「現在無所謂了。」夏洛克・福爾摩斯說道。這是十年來，我第十次要求披露我的朋友這一生中一段較為緊要的經歷時所得到的答案。他終於答應了我的請求，現在，就讓我把這一段離奇的故事告訴大家吧。

福爾摩斯和我一樣有著洗土耳其浴的嗜好。在那蒸氣瀰漫的浴室裡安閒舒適地躺著，我覺得他在這時比在別的地方更容易親近一些，也更健談。在北安普敦街一處浴場樓上，有著一個十分悠靜的角落，在那裡並排放著兩張躺椅，我的敘述便是由我們躺在那裡開始。那是一九〇二年的九月三日，當時我問他手邊有沒有什麼有趣的案件，他沒有立即回答，而是站起來走到牆角，伸出他那瘦長而靈敏的手臂，從掛著的上衣口袋裡掏出一個已經拆開過的信封來。

「或許這只是一個狂妄自大、喜歡誇大其辭的蠢蛋，但也可能他真的面臨了一個生死攸關的難題。」福爾摩斯一面說著，一面把信遞給了我，「反正，我知道的僅有信上說的這麼多。」

信是前一晚從卡爾頓俱樂部寄出的。上面恭敬地寫著幾行字：

詹姆士・戴默雷爵士向夏洛克・福爾摩斯先生致意。今遇到一件十分棘手的事情，希望請教福爾摩斯先生，將於明日下午四點半登門拜訪。如蒙允諾，煩請打電話到卡爾頓俱樂部告知。

「華生，當然，你應該想到我已經和他約好了，」當我把這封信遞還給他的時候，他說道，「你知道戴默雷的來歷嗎？」

「我只知道他是一個在社交界無人不曉的名人。」

「嗯，不錯。我還可以告訴你一點，他是一個以善於處理那些不方便登上報紙的棘手問題而出名的人。不知你還記不記得，他在辦理哈默福特遺囑案時與路易士爵士的交鋒？他是一個老成世故、具有很強應變能力和外交手段的人。看來，他這次真的遇到難題了，但願不是在故弄玄虛考驗我們。」

「我們？」

「是啊，華生，如果你願意幫我的話。」

「那我非常榮幸。」

「別這麼說，既然你答應了，就請記住，時間是四點三十分。現在，我們姑且把這個問題擱在一邊不談吧。」

當時，我住在安妮女王街的寓所裡，四點半之前就趕到了貝克街。剛好四點半的時候，詹姆士爵士到了。當時許多人都記得他豪爽豁達的性格，以及剃得非常乾淨的寬闊臉頰，特別有吸引力的是他那沉穩而略帶磁性的聲音、流露著真誠與坦率的灰色愛爾蘭眼睛，以及從那富於表情的微笑中不經意流露出來的機智和幽默。再配以他那發亮的禮帽和深黑得體的燕尾服，這一切無需我們再贅述。總之，他全身上下，從黑緞領帶上鑲珍珠的別針到發亮的皮鞋上的淡紫色鞋罩，無不顯示出他對衣著的講究。這位身材魁梧、穿著華麗的高貴爵士成為了這個小房間裡的焦點。

「正好，我也打算見見華生醫生，」詹姆士爵士鞠了一躬後禮貌地說道，「他的合作或許是非常有必要的，福爾摩斯先生，你可知道，我們這次所面對的是一個肆無忌憚且慣用暴力的人。也可以說，他算得上整個歐洲最危險、最狠毒的人物了。」

「是嗎？我以前碰到的幾位對手似乎都曾享有這一殊榮啊，」福爾摩斯極富挑戰性地微笑著說，「你不抽煙吧？能允許我抽一點嗎？如果你所說的這個人真的那麼厲害，甚至比已故的莫里亞蒂教授、或是還在世的塞巴斯欽．莫蘭上校還要凶惡狡猾的話，那我倒想會一會他。他究竟是誰？」

「你曾經聽說過格魯納男爵嗎？」

「哦，你是說那個奧地利的殺人犯嗎？」

戴默雷上校拍了拍戴著羊皮手套的雙手，大聲笑道：「果然，什麼事情都逃不過你的法眼，真有你的！所以，福爾摩斯先生，你已經認定他是殺人凶手了？」

「可以這麼說，我的職業註定了我必須留意大陸上的所有犯罪動向，凡是讀過了關於布拉格事件報導的人，還有誰會懷疑這個人的罪惡呢？但由於一條純理論的法律條款和一個見證人莫名其妙地死亡，這個狡猾的罪犯得以逍遙法外。其實，早在普盧根峽谷的那次『事故』發生時，我就斷定他是殺害妻子的凶手了，這就如同我親眼目睹一樣明顯。我也知道他已經到了英國，並且預感到他會打破我暫時的寂寞和無聊。只是我還不知道你與他究竟發生了什麼糾葛，該不會是那個舊悲劇又重複上演了吧？」

「不是，但這次卻更為嚴重。懲罰犯罪者固然十分重要，但是我認為，事先預防犯罪的發生或許更為要緊吧？福爾摩斯先生，你想想，如果你眼睜睜地看著一件十分殘酷而且可怕的事情正在發生，同時也知道這樣發展下去將會帶來怎樣的後果，你雖心急如焚，卻又無法制止，這是多麼可怕的事啊。一個人一生之中還有比這種處境更難受的嗎？」

「是啊，你說得十分有道理。」

「這麼說，你是同情這位受害者的了？我是代他前來找你商談的。」

「沒料到你還只是一位代理人，那委託你的是誰呢？」

「福爾摩斯先生，你可以不追問這個問題嗎？我想我必須替他保密，他不願意披露他的姓名，我也不願把他牽連到這個案子裡去。其實，委託人的姓名是無關緊要的，對吧？請你相信這裡面並沒有什麼不良的動機，你完全可以自由的行動。」

「既然是這樣，那我只能對你說一句抱歉了。」福爾摩斯冷冷地說，「一直以來，我只習慣案子的一端是謎，現在，卻要我處理一個兩端都是謎的案子，我想，就算是我也會搞糊塗的。詹姆士爵士，請恕我不能接下這樣一個來歷不明的案子。」

來訪的客人有些慌了，他原本那開朗的面孔由於突如其來的失望和激動而變得陰沉起來。

「福爾摩斯先生，你知不知道這個決定會帶來多麼嚴重的後果！」他沮喪地說，「你真令我左右為難，我敢說，如果你知道了所有的事實之後，你一定會為承接這個案子而感到驕傲的。但是，我的諾言使我無法將實情向你和盤托出，這樣吧，我只能最大限度地介紹一些情形，可以嗎？」

「看來也只有這樣了，不過，我必須強調，我並未承諾你什麼。」

「這我知道。嗯——你一定對德．梅爾維爾將軍這個人有所耳聞吧？」

「你是說在開伯爾戰役中名揚四方的梅爾維爾將軍嗎？我聽說過。」

「對，就是他。他有一個年輕、貌美且多才多藝的女兒，叫維奧萊特．德．梅爾維爾，她可是一個難得的、天真可愛的好女孩。然而，她卻被一隻魔爪抓住了，我們所要設法營救的就是她。」

「你是說，她現在已被格魯納男爵控制住了？」

「沒錯，這是一個男人對一個女人最強而有力的控制——心靈的控制。你見過格魯納這個傢伙嗎？他是一個外表十分英俊、舉止得體，聲音又極其溫柔的迷人男子。尤其是那浪漫而又神秘的神態，會使任何一個年輕的女性受其擺佈，這是十分可怕的事情。然而更可怕的是，這個傢伙懂得如何充分利用這一點。」

「可是，像他這樣一個殺人犯和流浪者，又怎麼能邂逅上維奧萊特小姐這樣身份高貴的女士呢？」

「這還得從那次在地中海的遊艇旅行時談起。遊艇對遊客的身份是有限制的，可是，由於一些工作人員的疏失，再加上主辦者當時也不太瞭解這位男爵的品性，就讓他上了船。結果，這個壞蛋纏上了梅爾維爾小姐，等大家發現時已經太遲了，他已經徹底地騙取了小姐的芳心，她完全被他迷住了！她對他傾注了滿腔的熱情，到了一種幾近瘋狂的地步，彷彿整個世界除了他之外，再也不存在其他人了，她甚至決定下個月與他結婚。由於她已到了合法的結婚年齡，又十分固執，我們都沒有辦法阻止這場悲劇上演。」

「她聽說過他在奧地利的事嗎？」

「聽說過，那個狡猾的魔鬼已經把自己以前所犯的每一件醜事都告訴了她，然而，他卻總是假裝成一個無辜的受害者。可憐的女孩也被騙得團團轉，居然毫不懷疑地相信了他，對於其他人的話，她一句也聽不進去。」

「啊！詹姆士爵士，你已經在無意間洩露了委託人的名字！他一定就是梅爾維爾將軍吧？」

客人顯得有些躊躇。

「唉！我本以為可以瞞過你的。現在，這位堅強的將軍已經被弄得意志消沉，一蹶不振了。他那在戰爭中勇猛無敵的氣概已經喪失，一下子變成了一個頹廢不堪、步履蹣跚的衰弱老人，再也沒有勇氣和精力去和這個英俊強悍的異國惡徒較量了。我的委託人並非將軍，而是將軍的一位頗為要好的朋友。他是看著將軍的女兒長大的，並且像慈父一樣關愛著她，絕不能眼睜睜地看著這個悲劇發生而置之不理。他知道，這樣的案子不方便交給蘇格蘭場插手，於是，他想到了你，是他提議找你承辦這件案子的。但是，他特別強調，不願把自己也牽扯進這件事。當然，我清楚地明白，福爾摩斯先生，以你的能力，不用花多大力氣就能查出我的委託人是誰。但是，你認為有那個必要嗎？因此，我要請求你以自己的名譽擔保，千萬不要去查，不要硬生生地拖出一個不願拋頭露面的好心人。」

福爾摩斯善意地微微一笑，說道：「這一點我當然可以保證，我還可以告訴你，對於你的這件案子，我已經產生了一些興趣，並且準備馬上著手調查。那麼，以後我該如何與你聯繫呢？」

「哦，你可以到卡爾頓俱樂部來找我。萬一有什麼緊急情況的話，你還可以打這個電話——『ＸＸ．３１』。」

福爾摩斯掏出通訊錄把電話號碼記下，然後，他又微笑著問道：

「不知格魯納男爵現居——」

「金斯頓旁的佛爾諾宅邸。一所非常大的宅子，不知道這個傢伙幹了什麼非法的勾當，竟能一夕致富。唉，這樣一來，他又更難對付了啊！」

「你能確定他現在還住在那裡嗎？」

「當然。」

「除了這一點，你還能提供一些關於他的其他資料嗎？比如生活習慣之類的？」

「他有一些十分奢侈的愛好。他很喜歡養馬，而且時常到赫林罕打馬球，直到布拉格事件被傳得沸沸揚揚之後，他才不得不離開那裡。他還喜歡收藏一些古畫和書籍，似乎十分愛好藝術。我還知道，他是一個中國陶瓷研究者，在這一方面有著極高的權威，似乎還寫過一本談論陶瓷的專門書。」

「非比尋常的才能，」福爾摩斯說道，「較有名的罪犯在某些領域都有著奇特的愛好。我的老對手查理·皮斯就是一位出色的小提琴演奏家，溫萊特也算是一個不錯的藝術家，還有好幾個……就這樣吧，詹姆士爵士，請你轉告你的委託人，就說我已著手準備調查格魯納男爵了。我還有自己的一些情報來源，相信不久以後就會找到一個突破口的。」

客人走了，福爾摩斯深深地陷入了沉思之中，似乎已忘記了我的存在，過了許久，他終於回過神來。

「華生，你有什麼意見要發表的嗎？」

「我認為你得先去會一會這位高貴的小姐。」

「哎呀，我親愛的華生，你想想看，就連她最尊敬的老父親都無法說服她，難道你還指望我——一個與她素昧平生的人去打動她嗎？我想，我們還是從另外的地方下手吧。比如尚維爾·詹森或許可以給我們提供一點幫助。不過，在沒有其他辦法的情況下，你的這個建議也是可以採納的。」

我在整個福爾摩斯的回憶錄中，大概還未曾介紹過尚維爾·詹森這個人吧？這是由於我很少從我朋友的晚期生活中取材。詹森原來是個惡名昭彰的壞蛋，曾進出過巴克赫斯特監獄兩次。然而，後來他竟然改過自新，效力於福爾摩斯，成為福爾摩斯安插在倫敦黑社會中的一個最為有效的監視者。他提供的情報往往快速又真實。由於得到他「參與」的案子從不直接上法庭審訊，所以他的活動也一直沒有被那些機警的同伴們識破。而他兩次被判刑入獄的狼藉聲名，也足以使他能隨意地在倫敦的任何一家夜總會、賭場或小酒吧出入。再加上像他這樣的人，天生就具有靈活的頭腦和敏銳的洞察力，於是，他便成為了一個最為理想的、專門收集罪證的便衣偵探。這次，福爾摩斯想找的就是他。

因為我還有一些自己的醫務需要處理，因此不能及時了解我的朋友採取的具體措施，也不知道事情的最新動態。直到一天晚上，他約我在辛普森餐廳會面。我們坐在樓上一個臨街的小桌旁，俯視著史特蘭大街上來來往往的人流，他向我講述了最近的一些收穫。

「詹森正加緊打聽，」他說道，「在這個社會的陰暗面裡，我想還是能夠找到一點閃爍的東西，也只有在這個罪犯的大本營裡，我們才能找到所需要的。」

「是啊。可是，這位固執的小姐連許多既定事實都不肯相信，那麼，就算你找到再多的新事實，又能對她產生多大的作用呢？」

「這倒未必！華生，女人的心思是難以捉摸的，一個罪大惡極的人也許會得到她的諒解甚至是寬恕。但是，極小的冒犯也許會剛好刺到她的痛處而銘記在心。格魯納男爵告訴我——」

「什麼？他跟你說過話了？」

「是的。哦，對了，還沒有告訴你我的計畫呢，華生。我喜歡和我的對手較勁。我想當面觀察一下他究竟是什麼樣的角色，於是我給了尚維爾一些指示之後，就雇了一輛馬車到金斯頓去會了會這位英俊的男爵。」

「那麼，他認出你來了嗎？」

「是啊，不過那是在我把名片遞給他之後的事。他是一個難得的對手，沉著冷靜、談吐優雅，就像是你的一位上流社會的顧問醫生一樣。他是一個有教養的人，可以稱得上是一個真正的犯罪貴族。然而，在那一層社交禮儀的面具之後，卻隱藏著有如從墳墓裡透出的陰森氣息來，這是一條善於偽裝而又極其凶狠的眼鏡蛇。正如詹姆士爵士所說的那樣，我確實很高興接下這個案子。」

「你剛才說他談吐優雅是嗎？」

「沒錯。可是，某些沉穩優雅的人往往比那些外貌凶殘的暴徒更恐怖。就像一隻貓在逮住了老鼠後所發出的滿足叫聲。他的寒暄非常獨特：『福爾摩斯先生，我早料到你會來找我，』他得意的說道，『你一定是梅爾維爾將軍請來阻止這場婚禮的對吧？』」

「我沒有回答。他接著說道：『先生，你們偵探是不應該隨便受理一件小事的，我勸你還是早點退出，別讓這件事而毀了你半生的名譽。我告訴你，對於這個案子，你毫無成功的希望。你沒必要給自己引來不必要的麻煩和危險。』」

「『太巧了，』我說，『我也正想勸你及早放棄，免得給自己帶來不必要的麻煩。男爵先生，事實上，我很敬重你的才智，冒昧的說一句，過去的事已經過去了，誰也不願再把它抖出來，你現在可以走得瀟瀟灑灑，我們也相安無事；如果你執意蠻幹的話，他們是絕不會放任你這樣下去的，你在這裡又會樹立一群勁敵，弄得自己在英國沒有棲身之地，這又是何必呢？聽我的勸告，離開吧。你想，如果你過去的所作所為都傳到她的耳裡，那對雙方來說都會是不愉快的結局。』」

「這位英俊的男爵蓄著兩撮黑得發亮的鬍鬚，就像某種昆蟲的觸鬚一樣，當他聽完我的話，這觸鬚似乎在搜索著什麼似的不停地顫抖著，終於，他發出了一陣低沉的笑聲。」

「『恕我失禮，福爾摩斯先生，』男爵收起笑容說道，『看著你手裡明明沒牌卻要擺出一副攤牌的樣子，確實有些好笑。但我知道，沒有人能做得比你更好了，儘管還是一樣地可悲。老實說，福爾摩斯先生，我敢打賭，你手裡連一張最起碼的花牌也沒有，你憑什麼威脅我？』」

「『你真的這麼想？』」

「『事實就是這樣。告訴你實話，我的牌實在太好了，給你看也無妨，反正你輸定了。我已經得到了維奧萊特小姐的全部愛情，並且也把我過去的每一件事情都說給她聽了，還特別指出，有一些別有用心的壞蛋想找她告密，以拆散我們的婚姻，她知道該如何去對付這些人。福爾摩斯先生，你大概聽說過催眠術中的潛意識支配吧？你將會看到這種暗示的作用是多麼強大，對於一個有個性的人使用催眠術，比採用那些庸俗和無聊的手法要有用得多。現在，她對你們這些人是有所戒備的。不過，如果你要求見她，毫無疑問，她是會接見你的，因為她一向對她父親的意志十分順從，除了婚姻大事之外。』」

「哈哈，華生，這還有什麼可說的呢？我盡量裝得若無其事向他告辭，當我剛把手放到門把上時，他又叫住了我。」

「『哦，福爾摩斯先生，』他說，『你認識那個曾經十分活躍的法國偵探勒布倫嗎？』」

「『算得上認識。』」

「『你知道他現在的情況嗎？』」

「『哦，我聽說前幾天他在蒙馬特區被一群流氓打成了殘廢。』」

「『沒錯，真是巧啊。一週之前，他還在偵辦我的案子呢，真可惜。算了吧，福爾摩斯先生，我勸你也別來管這件倒楣的差事了，在你之前已有好幾個人引火焚身了。我最後再給你一回忠告：我們各走各的，互不相干。再見。』」

「嗯，就這些了，華生，這就是事情當前的進展。」

「看來這是一個十分危險的傢伙。」

「是啊，的確非常危險。不過，我並不怕他的威脅，這種人也算得上是危言聳聽的高手了。」

「你真的不願放棄這件案子嗎？我認為他娶不娶這個姑娘也沒太大差別。」

「不，華生，他確實親手殺死了他的前妻，這事關係重大。再說，我們也不能讓這個不尋常的委託人失望啊。算了，不說這些了，喝完咖啡，我們趕快回去吧，說不定尚維爾正等著向我彙報呢！」

果然，我們一回去就見到了他——一個魁梧、粗魯、紅臉的壞血病患者。唯一能顯露出他靈活狡猾的就只有那雙生機勃勃的黑眼睛，但更多的還是他從黑社會所帶來的那股氣息。在他旁邊坐著一位身材苗條的漂亮女人，看得出她的性情十分暴躁。她臉色蒼白，雖然十分年輕，臉上卻顯露出因頹廢和長期的憂慮壓抑所造成的憔悴，她有些緊張和不安。

「請允許我介紹吉蒂．溫德小姐，」尚維爾攤開他那寬厚的手掌，朝那名女子指了指說道，「她對格魯納的情況十分了解。我接到你的通知後不到一小時就把她帶來了，你想知道什麼，儘管問她吧。」

「我是很容易找到的，」那個女人說道，「胖子尚維爾和我是老朋友了，我們都住在倫敦的地獄裡面。可是，該死的，那個混蛋！他應該住在地獄的最深處，如果有地獄的話！你知道我說的是誰嗎？福爾摩斯先生。他正是你要對付的那個格魯納！」

福爾摩斯淺淺一笑。「看來你是站在我們的這邊的，溫德小姐？」

「我只希望他能得到應有的懲罰，既然我們有共同的利益，我當然願意盡我的最大努力，為你們提供所需的一切。」她蒼白的面孔因過於激動而有些發紅，眼睛裡閃耀著火一般的仇恨目光。「福爾摩斯先生，你不用了解我的過去，我現在這副模樣，也完全是格魯納這個畜牲造成的。唉，我恨不得殺死他一萬次啊！」她兩手激動地揮舞著。「上帝啊！你知道他殘害了多少的無辜女子嗎？如果有一天我能親手把他推下深淵該有多好！」

「溫德小姐，你知道他目前的情形嗎？」

「胖子已經對我說了，這個傢伙又盯上了另一個傻女孩，而那女孩正嚷著要與他結婚，對嗎？福爾摩斯先生，你一定要阻止這件事的發生，絕不能讓這個壞蛋得逞，絕不能再讓他傷害那些純潔的女子了！」

「但是，這個女孩現在有些不正常了，她已經瘋狂地愛上了那個人面獸心的傢伙。雖然她已經聽說了關於他的所作所為，但她卻毫不在乎。」

「連那樁謀殺事件都告訴她了嗎？」

「是的。」

「天啊，她膽子可真不小！」

「她認為那些都只是對他的毀謗。」

「那就把證據擺在這個傻女孩面前，讓她好好地瞧瞧。」

「是啊，我們正努力這麼做，你能幫我們嗎？」

「這有什麼難的，我不就是活生生的證據嗎？如果讓我站到她的面前，親口告訴她那傢伙的——」

「你願意這麼做嗎？」

「有何不可？」

「那好，我們就這樣試試看吧。不過，我聽他提起，他已向她懺悔過了，並且得到了她的寬恕。現在，我們這樣做還有用嗎？」

「我堅信，他絕對不敢、也不願意把一切都毫無保留地告訴她。」溫德小姐激動地說，「除了那件轟動一時、眾人皆知的謀殺案之外，他還犯下其他謀殺案，或許你也知道一點。他習慣以那種冷靜的方式談到某人，然後盯著你的眼睛若無其事地說：『他一個月前死了。』這並非虛張聲勢。可是，我當時正像現在的這個傻孩子一樣瘋狂地愛著他，對這些事並不在意。可是，終於有一件事震驚了我。若不是他甜言蜜語、連哄帶騙地拚命解釋與安慰我，也許我當天夜裡就離開了他。照我來看，他那天夜裡大概喝醉了，才會讓我看到那些東西。」

「究竟是什麼？」

「告訴你吧，福爾摩斯先生。那是一本日記——一個帶鎖的黃皮冊子，封面還有他的金色族徽。你知道那個傢伙在裡面都記了些什麼嗎？他把那些與他有過瓜葛的女人的事情，像收集蝴蝶標本一樣完整地記錄下來，包含姓名、照片，以及其他細節。這算得上一本極其下流的禽獸記錄了，我想，再也沒有人幹得出這樣的事情來。儘管如此，阿德爾伯特．格魯納卻對自己的『事蹟』感到十分的驕傲，他甚至想在這個筆記本的封皮上寫下『被我毀滅的靈魂』。不過，這些對你來說都沒什麼用處，即使有用，你也無法得到它。」

「也不一定，告訴我它放在什麼地方？」

「我離開他已經有一年了，只知道那個時候是放在什麼地方。他絕對比得上一隻機警的貓，因此現在它是不是還放在書房的那個舊櫥櫃裡就不得而知了。對了，你知道他住在哪裡嗎？」

「我不但知道，而且還到過他的書房。」

「你確定？你不是今天早上才開始著手調查的嗎？你的速度真是驚人，看來，這個混蛋這回可真是遇到對手了！擺著中國瓷器的那間是外書房，兩扇窗子間有一個高高的玻璃櫃。書桌後有一扇門，可以直通內書房，那就是他放文件一類資料的小房間。」

「他不怕被搶劫嗎？」

「他不是一個膽小鬼，連最憎惡他的敵人也絕不會這樣稱呼他。他有足夠的自衛能力，況且還裝有防盜警鈴。話說回來，誰又想去偷那些不怎麼值錢的笨重瓷器呢？」

「那些瓷器一點用都沒有，」尚維爾用古董鑑賞家般的口氣武斷地說道，「只有笨蛋才會要那些既不能吃又不能賣的東西。」

「有道理。」福爾摩斯說，「那好吧，溫德小姐，明天下午五點鐘還能來這裡一趟嗎？我想安排你與那位小姐見個面。非常感謝你的合作，不用懷疑，我的委託人一定會大方地答應——」

「不用了，福爾摩斯先生，」這個年輕女人提高了嗓門，「我並不是為了錢才來的。我只希望看到這個惡魔得到應有的懲罰，那樣就心滿意足了。我要看著他跌倒在糞堆裡，然後從他臉上踩過去，這就是最好的報酬了。只有你能扳倒他，不管是哪一天，只要有用得到我的地方，我隨時會來。你只要給胖子捎個信就行了，他知道我在哪裡。」

第二天晚上，在史特蘭大街的那家餐館裡，福爾摩斯和我又坐在了一起。當我問及會談的情況時，他聳了聳肩，然後把事情經過告訴了我，我把這些都記在了筆記本上。不過，他的敘述有些簡略而且生硬，我還得稍稍加以整理，才能顯示出生活的原貌。

「安排見面的事進行得還比較順利，」福爾摩斯說，「因為這位小姐在終身大事上嚴重違背了她父親的意願，於是便竭力在一些小事上表現她的順從。將軍很快就打電話來說一切安排就緒，而溫德小姐也按時趕了過來。下午五點半，我們乘坐一輛馬車趕到了這位將軍的住處——貝克萊廣場一〇四號。那是一座比教堂還要來得莊嚴肅穆的灰色古堡，當僕人把我們帶到一間寬敞的、掛著鵝黃窗簾的大廳時，那位待嫁的小姐正坐在那裡等著我們，她莊重、鎮定、臉色蒼白，就像一座冰封多年的雪山一樣凜然不可直視。」

「華生，我竟找不到好的辭彙來形容她的樣子，在了解此案之前，你也許會見到她的，那樣就可以自己描述了。總之，她是非常美麗的，具有一種天堂那些超凡脫俗的女神的美。唉，老天爺真會開玩笑，竟讓一個禽獸的爪子搭在了這樣一位名媛身上。難道這就是兩個相反的極端互相吸引的例證嗎？就像精神對肉體的吸引，魔鬼對天使的吸引？相信你不會看到比這更糟糕的事了。」

「不用說，她知道我們此行的意圖，因為那個流氓在此之前早已給她打了預防針。她對於溫德小姐的來訪倒是有點意外，見到我們後，她就像女修道院的院長打發兩個要飯的一樣招呼我們坐下。華生，如果你想在生活中省去許多麻煩的話，應該好好向維奧萊特小姐學習一下。」

「『尊敬的先生，』她以一種彷彿來自冰山底層的聲音說道，『我早已熟悉你的鼎鼎大名，但像你這樣一個名人竟來離間別人的婚姻！我是因為遵從父命才接見你們的，我必須先表明自己的立場，無論你們說出什麼事來，都不會動搖我的決心的，它根本不會對我造成任何影響！』」

「華生，聽到這話，我真替她感到難過。見到她之後，我感覺她就像我自己的女兒。我不是一個能言善道的人，不善於運用感情來打動人心。但那天，我確實對她講出了我的一切肺腑之言，我把一個婚後才發覺丈夫是一個大壞蛋的女人所要承受的羞辱、恐懼、痛苦、絕望等全都講給她聽了。我試圖讓她想像不得不屈從於那雙沾滿血跡的手擁抱的情景，可這一切都是白費力氣。我急切的關懷語言並沒有使她蒼白的臉上增添一絲血色，她那呆滯的目光中也沒出現任何情緒的波動。於是，我想起了那個流氓說的催眠術，她的樣子清楚地表明，她正生活在狂熱的夢幻之中。終於，在我百般勸告之後，她開始果斷地回答。」

「『福爾摩斯先生，你終於講完了吧！』她說，『我現在的想法與見到你們之前並無兩樣，我知道我的未婚夫阿德爾伯特的曲折經歷，這引來了太多的強烈仇恨和惡意誹謗。你不是第一個，也不會是最後一個。也許你是出於好意吧，因為你是一個私人偵探，反對男爵或受雇於他並沒有什麼本質上的區別。在此，我再一次向你表明：我們十分相愛，就算是全世界的人都起來反對我們，我們也只會當它是耳邊風。就算你們說的是真的——他的高貴品格偶爾有一些小瑕疵，那麼，我就是上帝特地派來幫助他洗刷汙名的。請問——』，說到這裡，她的眼光停在我帶來的同伴身上，『請問，這位小姐是誰？』」

「我正準備回答，不料這位女士早已像點燃的鞭炮一樣炸開了。如果你想知道什麼叫水火不容，看看她們兩人便明白了。」

「『讓我自我介紹吧，』她彈簧似的一下子從椅子上彈起來，嘴都氣歪了，『我是那個混蛋的最後一個情婦。是被他引誘、糟蹋後再丟棄到垃圾堆裡的上百個女人其中之一，你知道嗎，你也正在走我所走過的路，如果說你的最後歸宿是墳墓的話，那已經算相當不錯的了。你這個沒大腦的笨女人，你要是執意嫁給這個壞蛋的話，不久你就會嘗到苦頭的——他很快會讓你心碎，甚至使你喪命；除了這條路之外不會再有別的路了。我對你說這些話並非出於關心和同情，純粹是出於對他的憎恨。我要向他報復，他是怎樣對我的，我也會讓他雙倍償還。你不必這樣瞪著我，尊貴的大小姐，過不了多久，你會變得比我更加狼狽、更不值錢。』」

「『我們可以結束這次談話了，辱罵和恐嚇絕不能使我退縮，』德．梅爾維爾小姐冷冷地說道，『我知道，我的未婚夫一生中曾三次被奸詐的女人糾纏，他早已對我說過了。我相信，即使他真的不小心犯過什麼錯誤，現在也早已誠心悔過了。』」

「『三次！』溫德小姐尖聲叫道，『你這個傻子，十足的蠢蛋！』」

「『尊敬的先生。』梅爾維爾小姐一臉漠然地說道，『我再重複一遍，這次會談結束了。我是看在父親的面子上才接見你們的，但沒有義務陪這個瘋女人胡鬧。』」

「溫德小姐叫罵著就要衝過去，要不是我搶先拉住她的手腕，她一定已經揪住了那位令人惱火的小姐的頭髮了。我使勁把她拉到了門口，她才終於平靜了一些，氣呼呼地回到了馬車上。華生，我當時也是非常生氣啊！儘管表面上仍裝得十分冷靜。你想想，你出於好意想去拯救一個可憐蟲，她卻表現出極端的自信和無畏。這樣的執迷不悟實在令人痛心和反感。這就是事情的經過，我都告訴你了。看來，這步棋已經徹底失敗了，不得不另想辦法。華生，我會隨時和你保持聯繫的，說不定還會需要你的幫助。不過，我想下一步主要由他們決定，而不是我們。」

確實如此，格魯納很快就採取了他的行動。那正是我和福爾摩斯二度見面後的第三天。現在我還清楚地記得，那天我站在人行道的那塊方磚上，目光忽然觸及一個瘸腿賣報人正陳列出的晚報上，赫然入目的大標題使我怵目驚心：

福爾摩斯遇襲

當時，我覺得自己彷彿掉入深淵，呆若木雞地站了幾分鐘。然後跑過去抓起一份報紙，竟忘記了付錢，還被賣報人斥責了幾句。最後，我站在一家藥店門口，反覆地看了幾遍這一段文字，上面是這樣寫的：

我們獲知了一個不幸的消息，著名的私人偵探福爾摩斯先生於今日中午十二點左右，在里金大街羅亞爾咖啡館門外遭到了兩名持棍歹徒的襲擊，頭部及身上多處受傷。出事後，他立即被送到查林十字路醫院，據醫生診斷，傷勢十分嚴重。在經過初步處理後，由於他本人一再要求，福爾摩斯被送回了他在貝克街的寓所。兩名襲擊者的衣著十分講究，肇事後慌忙穿過羅亞爾咖啡館朝葛拉斯豪斯街逃去。據初步分析，凶手大概是屢遭福爾摩斯破獲的犯罪集團成員。目前，此案正在進一步的調查中。

隨後，我便匆匆地跳上一輛馬車，直奔貝克街。在門口，我遇見了著名的外科醫生雷斯利．奧克夏爵士，他的馬車正停在門外。

「沒有太大危險，」他朝我點點頭說道，「有兩處傷口和幾處嚴重的瘀青，傷口已縫合。剛剛已注射過嗎啡，需要好好地休息一下，不過，簡短的談話是不要緊的。」

我輕輕推門進去，黑暗的臥室裡傳來一個微弱但熟悉的聲音，他正呼喚著我的名字。窗簾拉下了四分之三，一縷夕陽的餘暉正好落在福爾摩斯那顆纏著繃帶的頭上，一片殷紅的血跡浸濕了潔白的紗布。我低下頭來，默默地看著他。

「好了，朋友，別這樣愁眉不展，」他的聲音非常微弱，「事情並沒有看上去那麼嚴重。」

「上帝保佑，但願如此！」

「你知道，我精通棍術及拳擊。一個傢伙我可以很輕易的應付，直到第二個上來我才有點招架不住。」

「我知道，這一定是那個壞蛋做的。需要我為你做點什麼嗎？只要你一句話，我立刻去找他算帳！」

「老朋友，你怎麼能這麼做呢？我們只能讓警察去對付他們。雖然我敢說，他們早已準備好如何逃脫法律的制裁，但我有我的計畫。現在，你得盡量誇大我的傷勢，他們一定會向你打聽的，你就大肆地渲染一番。就是什麼腦震盪啊，昏迷不醒啊，能活一週就算幸運之類的話。總之，說得越嚴重越好。」

「但是，他們一定也會找雷斯利．奧克夏爵士打聽的。」

「哦，這沒什麼，我會讓他看到我最嚴重的情況。」

「還有別的事需要我辦嗎？」

「嗯，你儘快通知尚維爾．詹森，叫他設法請溫德小姐躲一躲，那幫傢伙一定會找她麻煩的。他們當然會知道她做了我的助手，既然他們敢攻擊我，一定也不會放過她。這件事你必須儘快去辦，不然就來不及了。」

「好，我立刻就去通知他，還有其他的嗎？」

「請幫我把煙斗和裝煙葉的拖鞋放在桌子上，謝謝。明天上午到這兒來，我們研究一下行動計畫。」

我點著頭走了出去，那天夜裡，我陪同詹森把溫德小姐送到偏僻的郊區去了。

這六天來，報紙上不斷地刊載著一些關於福爾摩斯傷勢惡化的報導。診斷報告上也描述得相當嚴重，不列顛的大眾都以為這位大名鼎鼎的偵探已瀕臨死亡。但是，我每天的造訪使我清楚地知道事情恰好相反；他消瘦但結實的身體連同他那堅強的意志正在創造著一個奇蹟，他恢復得非常快，我甚至懷疑他實際恢復的狀況比在我面前展示的還要好。他的保密工作做得相當不錯，有時連他最親密的朋友都猜不透他究竟在做些什麼。這往往能引起一些戲劇性的結果，因為他深信，只有獨自一人實施的計畫才是最安全的。雖然，沒有人比我與他關係更密切了，但是，我仍時時感到我們之間有一層隔閡。

喜劇仍在持續上演著：到了第七天，福爾摩斯的傷口已經拆線，而報紙卻報導他罹患了丹毒。同時，我也從報紙上得到了一條必須告訴他的重要消息，這條消息是關於阿德爾伯特．格魯納男爵的，說他將乘坐本週五由利物浦開往美國的丘納德輪船「盧里塔尼亞」號，到美國去處理他的重要資產，然後再回來與維奧萊特．德．梅爾維爾小姐成婚。當我向福爾摩斯唸這則消息的時候，我看見他那蒼白的臉上顯露出一種全神貫注而又沉靜的表情，我知道他一定非常不安。

「這個星期五！」他大叫出來，「只剩三天了！我看這惡棍是想逃避懲罰。但是，他失算了，華生，我一定不會讓他跑掉的！現在，我需要你的幫忙。」

「我就是為了這個才來的。」

「那好，從現在起，請你用一天一夜的時間去研究中國瓷器。」

他不必對我作出具體的解釋，我也無須去追問這樣做的原因，因為長期以來的經驗使我學會了服從他的安排。在我離開他的房間重新走上大街以後，我不得不去盤算怎樣才能完成這一奇特的任務。後來，我終於拿定了主意，便坐上一輛馬車來到了聖詹姆士廣場的倫敦圖書館，讓我的朋友洛馬克斯副管理員來幫我解決這個問題，沒過多久，我就帶著厚厚的一疊書回我的住所去了。

據說，那些在週末記下案情，週一就質問證人的律師，往往不用到週六就會把他硬背下來的知識給忘掉了。那天整整一個晚上，以及第二天的整整一個上午，除了短暫的休息之外，我都在死記硬背那些陌生的辭彙。雖然，我不能說經過這大半天的時間，我已經完完全全地變成了一個陶瓷專家，但確實學了不少知識，比如著名燒陶藝術家的印章，高深莫測的甲子紀年法，洪武和永樂的標誌，唐寅的書法以及宋元初年的鼎盛歷史等等。第二天晚上，我帶著幾分喜悅和得意的心情，來到了福爾摩斯的住處。這時的他已經能下床走動了，見到他時，他正用手托著那顆纏滿繃帶的腦袋，坐在安樂椅上晃動著。

「哈，你還挺會享受的，」我說，「你看過報紙了嗎？他們報導說你快嚥氣了呢！」

「嘿，」他微笑著說，「我們演得還不錯吧，噢，你的學習成果如何了？」

「反正我已作出了最大努力。」

「很好，那你應該能就這個話題進行內行人的對話吧？」

「應該沒問題。」

「好極了，請你把壁爐架上的那個小匣子拿給我好嗎？」

他打開匣子，小心翼翼地揭開一個用東方絲綢嚴密裹著的小物件，原來是一個精美圓潤的深藍色小茶碟。

「對這玩意兒必須十分小心，」他說道，「這是一件真正的中國明朝雕花瓷器，就算到克莉絲蒂市場上也找不出一件比這更好的了，據說一套共有六個，可說是價值連城。但是除了北京的紫禁城之外，還存不存在其他的完整一套是很難說的。凡是真正的收藏家，見到它無不眼紅。」

「你要我拿它做什麼？」

福爾摩斯微微一笑，遞給我一張印有「希爾．巴頓醫生，半月街三六九號」的名片。

「這就是你的身份，今晚請你去拜訪一下格魯納男爵吧。我知道他晚上八點有空接待你，你可以先寫一封信給他，說你今晚將帶上一件珍貴的明朝瓷器去拜訪他，你還是當醫生好了，因為這個角色會使你更為自然。你還得說自己是一個業餘的收藏家，有幸得到這套珍品，然後又聽說男爵在這方面有著很深的造詣，想跟他交流一下，還說你考慮出售這批瓷器，如果價格合適的話。」

「我該開出多高的價錢呢？」

「這是個好問題，要是你真的不知道手上的貨值多少錢的話，那你這個收藏家也太失敗了。這個碟子是詹姆士從他的委託人那裡拿來的，說它價值連城並不過份。」

「那我建議讓專家來估價好了。」

「高明！華生，你今天的思路倒是非常敏捷。你自己沒把握提出合適的價錢，那就請克莉絲蒂或其他的專家來就行了。」

「可是，要是格魯納不中計呢？」

「不會的。他對瓷器的收藏幾乎到了痴迷的地步，絕對可以稱得上是一個瓷器的權威鑑賞家。坐下吧，我唸出信的內容，你來寫。不必要求他回信，只說你即將去拜訪，並說明原因就行了。」

在福爾摩斯的口述之下，這封簡短得體的信很快就寫好了，它非常能夠引起一個收藏者的好奇心，並激發他的收藏熱情。寫完之後，我立刻委託一個街道送信人送去。當天晚上，我帶著特製的名片和這件精美的瓷碟冒險拜訪了格魯納。

從宅子和庭園的規模與佈置來看，格魯納的確相當富有。進入庭園的通道兩旁種著不知名的珍貴灌木，花園裡有座白玉石的雕像。這所宅子原是一個南非金礦礦主在他的全盛時期修建的，從建築風格來看，這座宅子顯得有些古怪，它營造出一種陰森的氣氛，但就其規模和堅固性來說，卻是相當不錯的。一個有主教般儀表的男管家將我領到大廳，然後轉交給一個穿著華麗長絨衣的男僕，再由他把我帶到了男爵那裡去。

此時，格魯納男爵正站在位於兩扇窗子之間的一個敞開大櫥櫃前，櫥櫃裡琳琅滿目地擺滿了各種瓷器，聽到腳步聲，他轉過身來，手裡還拿著一個棕色花瓶。

「請坐，醫生。」他說道，「我正在把玩我的這些寶物，我不知道是否還出得起高價來添置一些珍品。你瞧瞧，這是七世紀左右的唐朝出產的，瓷釉也非常的好，你或許對它也有些興趣吧？對了，你信上提到的那個碟子帶來了嗎？」

我小心翼翼地打開包裹，雙手托著瓷碟遞給了他。因為當時天已黑了，他坐到書桌旁，把頭湊近燈光，仔細地鑑賞起來。桔黃色的燈光映在他的臉上，使我可以從容地觀察他。

他確實是一個英俊的男人，堪稱是名歐洲美男子。他中等身材，體格結實而靈活；膚色略深，近似東方人，一雙黑色大眼裡隱藏著對異性的無限誘惑。他有著一頭烏黑油亮的頭髮，並留著短短的翹鬍，的確充滿雄性魅力。唯一美中不足的是，他那平薄的嘴唇總讓我把它與一個殺人犯的嘴聯想在一起——那是一道冷酷的切口，口角緊繃，冷漠無情，讓人望而生畏。並且，他的鬍角向上翹起，正好使他的嘴角顯露無疑，我認為這相當不明智，容易使別人警惕起來。他穿著時髦而大方，談吐文雅，舉止得體。從外表看來不過三十出頭，但後來我才知道，他已經四十二歲了。

「很好，非常好！」他興奮地叫道，「你說你有完整的一套？還有五只？奇怪，我從沒有見過如此卓越的珍品，我知道，在英國有一個人擁有這樣的瓷器，但他絕不會拿去賣的。巴頓醫生，若你不見怪的話，我倒很想知道它的來歷。」

「有必要嗎？」我裝出一副無所謂的樣子說道，「你絕對不會懷疑它的真實性，我相信你的眼光。至於價錢方面，我想，找個專家評估一下，我們雙方便無需爭議了。」

「你這樣也太神秘了，」他烏黑的大眼裡閃現著懷疑的目光：「我並不懷疑它的真偽，但是，對於這樣的珍品，我當然得了解它全部的資訊，你是否有權出售呢？」

「我保證，是你多慮了。」

「當然，你的話又能引出一個問題來——你的擔保究竟有多大價值呢？」

「那麼，我以銀行信用作為擔保。」

「但我還是覺得這筆交易太可疑了。」

「既然你這麼說，那就隨你吧，」我漫不在乎地說，「要找到別的買家還不容易嗎？之所以先考慮你，是因為我知道你是一位有名的鑑賞家和收藏家。」

「你怎麼知道的？」

「因為我聽說過你寫的一本相關著作。」

「哦，那麼你讀過了嗎？」

「沒有。」

「這就更讓我疑惑了，你自稱是一個鑑賞家兼收藏家，卻不去翻一下唯一一本能告訴你收藏品價值的著作，這合理嗎？」

「你知道的，我是一個開業醫生，很忙的。」

「你如果真的有這個嗜好，那不論多忙都會抽空去研究的。而且，你在信中說自己是一個鑑賞家。」

「我是鑑賞家沒錯，難道你懷疑這點？」

「那容我請教幾個問題吧，說實話，醫生，如果你真的是一個醫生的話，那情況就更可疑了。請問，你能說出聖武天皇以及他在奈良的正倉院之間的關係嗎？哦，不知道？那你知道北魏在陶瓷史上有什麼重要地位嗎？」

我假裝憤怒地跳了起來。

「我說，先生，你這樣未免太過分了。我的陶瓷知識也許不及你豐富，但是，我絕不能容忍別人拿這麼無禮的問題考我，我不是三歲小孩。」

他瞪大眼睛盯著我，先前那種慵懶的眼神一下子蕩然無存，目光變得銳利起來，森森的白牙從凶殘的唇縫間露出。

「不用再裝腔作勢了，我知道你是福爾摩斯派來的奸細，那傢伙不是快嚥氣了嗎？哦，他自己不能行動，便派你來探聽我的底細。既然你自投羅網，那就別怪我了，哼！進來容易，出去可就沒那麼簡單。」

他忽然從椅子上跳了起來，我立即退後一步做好了抵抗的準備。他已經怒不可遏，或許是他一開始就懷疑我，也或許是我的演技欠佳而露出馬腳。總之，已經瞞不下去了。他打開一個小抽屜，胡亂地翻找著什麼。忽然，他似乎聽到了一點動靜。

「好傢伙！」他喊道，「原來你還有幫手！」他迅速衝進了側邊那間小屋。

我也一個箭步衝到了門口，卻看到了一個令我十分震驚的場景：敞開著的窗子前，一個頭上纏有血跡斑斑的繃帶的人影，像鬼魂似的一閃而過，轉眼就消失了。我聽見了他身體摩擦樹枝的沙沙聲，在那一瞬間，我已認出這個人就是福爾摩斯！接著，宅邸的主人也大吼著衝到了窗戶外。這時，樹叢中突然竄出一個女人的身影來，只見她手臂一揮，就在此時，格魯納男爵發出了一聲慘叫，接著是一連串充滿了無限恐懼的可怕尖叫，只見男爵雙手掩面，四處亂竄，頭在牆壁上撞得砰砰作響，接著他便倒在地上嚎叫不已。

「水，水！天哪，快拿水來啊！」他尖叫著。

我急忙從桌上拿起一個水壺跑過去。此刻，幾個僕人和男管家也聞聲趕來了。當我蹲下身子把傷者的臉轉向燈光時，一個僕人立刻昏了過去，我也不忍再看第二眼。硫酸已經腐蝕了他整張面孔，一些渾濁的液體正從下巴往下滴著。他一隻眼睛又紅又腫，另一隻則已蒙上了白翳。我不久前還在暗自讚嘆的這張俊俏面孔，瞬間已變得異常可怖。就像一幅美妙的油畫被人用粗海綿粗魯地胡亂塗抹過一般。

我簡短地向管家解釋了剛才看到的潑酸經過，幾個僕人便追了出去，有的爬上窗口，有的跑到了草地上。但是，因為天色早已暗了下來，又下起了小雨，大家都一無所獲。傷者在痛苦地狂叫之餘，還不忘痛罵那個狠毒的復仇者。「一定是那個女魔鬼溫德！」他狂怒地叫喊著，「她跑不掉的，我一定要讓她嘗到更痛苦的滋味！啊！天啊，痛死我了！」

我用油敷在他的臉上，簡單地包紮了一下，然後又給他打了一劑嗎啡。在這場災難之後，他消釋了對我的疑惑，並一直緊緊地抓著我的手。我知道他已將我當成了救星，彷彿我有能力使他復原似的。如果我不知道他那些邪惡經歷的話，也許真會流下幾滴同情的淚水，但此刻握著他那滾燙的手，我感覺到的是一陣莫名的噁心與厭惡。因此，在他的家庭醫生和一個會診專家趕來之後，我終於鬆了一口氣。接著還來了一名警官，於是我把我的真實名片遞給了他，我知道這麼做是有必要的，因為蘇格蘭場的這些警官對我的面貌幾乎就像對福爾摩斯一樣熟悉。後來，我便匆匆離開了這座陰森可怖的豪宅，來到了貝克街。

福爾摩斯仍舊坐在安樂椅上，只是他的臉色十分蒼白，人也顯得疲憊不堪。這不僅是由於他的傷勢，就連他的神經都被這突如其來的意外給震撼了。他麻木地聽我敘述男爵的情形。

「這就是因果報應，罪惡的代價，華生。」他說道，「他早已註定會有這樣的結局。」隨後，他順手從桌上拿起一個黃色封面的冊子，說道：「這就是溫德所說的那個日記本，如果它還不能讓這位固執的小姐死心的話，那就再也沒有任何東西能阻止他們結合了。但我深信，這次我們一定會達到目的，這個本子記載的內容只要是還有自尊心的女人都絕不能接受的。」

「他的戀愛史？」

「稱它為淫亂史可能更適合些。那個女人在第一次提到它的時候，我就意識到它是一個有力的武器；只要我們能拿到它，那就萬事大吉了。但我怕這個急躁的女人會打亂我的計畫，所以我當時並沒有表現出懇切的模樣，只是暗自盤算著如何得到它。巧合的是，後來他們把我打傷，讓我有機會使男爵放鬆警惕，這是一個非常好的機會。我本打算再多等幾天，但他去美國的計畫使我不得不提前行動。因為，我料想他絕對不會把這樣一本滿是秘密的日記留在家中。就算半夜去偷也難以得手，他的防範是非常嚴密的。我只好找一個能吊他胃口的東西去吸引住他的注意力，然後找機會下手，於是便想到了你和這個藍色瓷碟。我知道，我能運用的時間取決你陶瓷知識的多寡，因此，我得儘快找出這個本子放在什麼地方。不得已，我帶來了這個女人，但怎麼也沒想到，她在配合我執行任務的時候，自己也另有盤算，唉，她胸中的怨恨實在不淺！」

「最重要的是，他居然猜到我是你派去的。」

「我就是擔心這一點。不過，你纏住他的時間已夠我將日記拿到手了，只是，無法在他發現前安全逃走——啊，詹姆士爵士，快請進，歡迎，歡迎！」

這位彬彬有禮的紳士準時應邀而來，看來，他已聽見了福爾摩斯剛才敘述的經過。

「你真是一個偉大的創造者，創造出這樣的奇蹟！」他一面走過來一面說道。「哈！如果他的傷勢真如華生醫生描述的那麼嚴重的話，看來，不用靠日記我們也能夠達到目的，取消這場婚禮了。」

福爾摩斯搖著頭說道：「不，沒這麼容易，像德．梅爾維爾這樣的女孩絕不會這麼做的，就算心愛的人被毀容，她仍會把他當做一個殉道者，而更加的憐愛他，她是用心去愛一個人的，而不是眼睛。因此，我們面臨的任務不是去摧毀擺在她眼前的那座美麗雕像，而是讓她知道這種雕像不是用美來塑造的，而是一堆糞土。這本日記會使她醒悟過來，這是世界上唯一一件能使她清醒的東西了，這是他親筆寫的日記，她不得不相信。」

詹姆士爵士把日記和那只珍貴的瓷碟拿走了，因為我還有自己的事要去辦，便和他一起回到街上。一輛馬車正在等著他，他跳上車，對著戴帽徽的車伕說了一句什麼話，車伕便駕車匆匆地離去了。他將大衣掛在窗口以遮住車廂上的徽章，但我早已藉著一束射來的燈光看得一清二楚。我大吃一驚，急忙跑回了福爾摩斯的房間。

「我知道我們的委託人是誰了！」我像發現了新大陸似的大喊，「原來他就是——」

「是一位真誠的朋友和寬厚的紳士。」福爾摩斯搖著手打斷了我的話，「不必多說了。」

後來，關於他們如何使用這本罪惡的日記，我便不得而知了，也許仍是由詹姆士爵士代為處理，但更有可能是由小姐的父親親自出馬。不論如何，結果非常完美。三天之後，晨報上登出了一條消息，說阿德爾伯特．格魯納男爵與維奧萊特．德．梅爾維爾小姐的婚禮已經取消了。還有一則消息則是說吉蒂．溫德小姐正面臨刑事法庭的審訊，她被控惡意潑硫酸傷人。但是，在最終弄清了事情的來龍去脈後，她只被判了此類犯罪的最輕刑責。夏洛克．福爾摩斯先生也被指控有偷竊行為，但出於他的正當動機和其委託人的顯赫聲勢，一向執法嚴明的英國法庭這次也機警地網開一面，他最終沒有受到傳訊。

2 皮膚變白的軍人

我的朋友華生多次慫恿我寫一篇辦案記錄，我每次都藉機奚落他，說他的描述是多麼的生硬，指責他不嚴格遵守事實和資料，而是去迎合世俗的閱讀趣味。他偶爾會強力地反駁：「你為何不自己試試？」於是，我終於提起了筆，就這樣，我很快地發現了華生言語的正確性。的確，內容必須要用一種吸引讀者的方式來表達才是。下面將要展示給讀者的這件案子，內容十分引人入勝，不僅因為它算得上是我經歷過最稀奇的案子，而且碰巧華生也沒有收集到它。說到我的老朋友——傳記作者華生，我要在此說明一下，我之所以選擇他作為我偵破工作的合作伙伴，絕不是感情用事或異想天開，而是因為華生確實有他獨到的地方，只是由於他對我的過高評價及自身的謙虛，隱沒了他的特色。一個老是能預見你行動和想法的合作伙伴是相當危險的，只有那些對你的未來行動感到迷糊和驚訝的人，才是一位理想的伙伴。

根據我筆記本上的記錄看，那是在一九〇三年一月——布林戰爭剛結束。一個叫做詹姆士．M．杜德的先生忽然跑來找我。他是一個身材高大挺拔、皮膚黝黑、充滿活力的道地英國公民。那個時候，華生已經結婚並且離開了我。

在我的會客室裡，我習慣於背靠窗子而坐，因為這樣讓我可以看清對面坐著的客人的臉。詹姆士．M．杜德先生似乎不知道該從何談起，他有點拘束，我也無意去引導他打破沉默，因為我想在他作自我介紹之前先好好地觀察他。我覺得在我的委託人發言之前，讓他感受到我的才能是有好處的，終於，我開始證實我的觀察結論。

「先生，你是剛從南非回來的吧？」

「是啊！」他眼睛裡充滿了驚奇。

「如果我沒看錯，你曾在義勇騎兵部隊服役。」

「沒錯。」

「應該是密德塞克斯軍團吧？」

「一點沒錯。福爾摩斯先生，你給我的腦袋裝入了一個大大的問號。」

我勝利似的微微一笑。

「當一位強健的紳士進入我的房間，他黝黑的皮膚超過了英國氣候所能造成的最高限度；並且，他的手巾是放在袖口裡而非衣袋中，我就不難判斷出他是從哪裡來的了；你留著短鬚，說明你不是正規軍；從你的體態可以看出你是騎手；至於密德塞克斯，則是你的名片告訴我的，上面介紹說你是斯羅格莫頓街的股票商，那當然是屬於密德塞克斯軍團了。」

「你的確具有非凡的洞察力。」

「其實人人都看得到這些東西。只是經過長期的鍛鍊，我能更加注意，並能將它們聯繫在一起。嘿，當然，你絕不是來跟我討論觀察術的——告訴我吧！塔克斯伯里舊莊園發生了什麼事？」

「哎！簡直太神奇了！福爾摩斯先生。你是如何——」

「這沒什麼好奇怪的，先生。你信上的郵戳是那裡的，既然你如此迫切地約我見面，顯然是發生了什麼要緊的事。」

「高明，的確是這樣。我昨天下午寄出信件之後，又發生了許多事情，要不是艾姆斯沃斯上校把我踢出來的話——」

「踢出來？」

「嗯，差不多就是那樣。這個鐵石心腸的艾姆斯沃斯上校，在那個流行罵粗話的年代，他可算得上是一個最厲害的軍紀官了。哼，要不是看在葛佛瑞的面子上，我是絕不會這樣忍氣吞聲的。」

我點起煙斗，仰靠在椅背上。

「你能否說得更清楚一點呢？」

這位先生諷刺似地笑了笑，「我已經習慣性地認為，不用解釋太多你就什麼都知道了。看來，我還得把我所看到的情形都陳述一遍，不過，我也不知道它們到底能說明什麼問題。我努力想了一整夜，卻越想越糊塗。」

「我是在一九〇一年一月投軍的，正好與艾姆斯沃斯上校的獨生子——葛佛瑞．艾姆斯沃斯在同一個中隊。上校曾因在克里米亞戰爭中表現出色而榮獲維多利亞勳章，虎父無犬子，他的兒子也非常優秀，在我們軍團裡，再也找不出比他更強的小伙子了。漸漸地，我與他成為了生死與共的好兄弟。在一年的戰鬥生涯中，我們同甘共苦，出生入死。後來，在普勒托利亞境外的戴蒙德山谷附近的一次戰役中，他被一顆大號的獵槍子彈射中，進了醫院，不久後，我陸續收到兩封信，一封是從開普敦醫院寄來，另一封則從南安普敦寄來。從那之後到現在，已經過了六個多月，卻再也沒有一點音訊了。福爾摩斯先生，你知道嗎，他是我最親密的朋友啊！」

「戰爭終於結束了，我也回到了家鄉。我寫了一封信給葛佛瑞的父親，問他葛佛瑞在什麼地方，可是沒有回音。我等了很久，忍不住又寫了一封，這次總算收到回信了，但卻只有寥寥數語，說葛佛瑞坐船環遊世界去了，並且至少一年之內不會回來。」

「福爾摩斯先生，葛佛瑞絕對是一個夠義氣的小伙子，他絕不會這麼快就把一個昔日一同出生入死的戰友與知心好友給忘了。我相信，他在遠行前一定會和我聯繫。於是，我懷疑他的老父親在對我撒謊。碰巧我聽說他是一大筆遺產的繼承人，過去還時常對我說他與父親處得不太好。這位老頭子喜歡事事約束著他，而他的脾氣又比較暴躁，他們之間常有爭吵。我不願相信那封回信，決定把事情查個水落石出。但是，由於剛剛返國，還有許多事情需要處理，因此，一直拖到上星期才抽出空來。現在，既然決定了要查這件事，我已把其他事情暫時放下，先專心研究這件事。」

詹姆士．M．杜德先生看來也是那種頑固的人，你最好別與這種人為敵。

「那麼，你這一週以來都做了些什麼呢？」

「我首先就是直接到他的家——塔克斯伯里舊莊園，我要親眼看看到底是怎麼回事。於是我先寫了一封信給他母親，說我是葛佛瑞的好朋友，碰巧路過附近，想順路上門拜訪，聊聊我們過去共同生活的趣事。之所以寫信給他母親，是因為我對那個蠻橫而倔強的老頭已失去了信心。很快，我便收到了一封熱情洋溢的回信，說可以留我住宿。於是，星期一我就動身前往。」

「塔克斯伯里舊莊園是個偏僻的地方，離火車站至少有五哩遠。車站顯得很冷清，甚至連馬車都沒有，我只得步行過去，而且還要提上一只沉重的行李箱。直到傍晚，我才看到那棟大房子，那是個雜七雜八的建築群，有伊莉莎白時期殘存的半木結構的地基，還有維多利亞式的長廊。屋子裡到處都是嵌板、壁毯和褪了色的古畫，整棟建築透出一股陰森而神秘的氣息。我首先見到了老管家拉爾夫，我曾經聽葛佛瑞提過他，知道他的妻子是葛佛瑞的奶媽，葛佛瑞每次提到她時總是充滿了感情，她在他心目中的地位僅次於他的母親。因此，儘管我覺得她的模樣十分古怪，但仍對她懷有好感。然而，相比之下，我更喜歡葛佛瑞的母親，她是一位慈愛、高貴、溫柔的女人。總之，這一家之中，只有上校讓我看了十分不舒服。」

「一見面我們馬上吵了起來，我本來想立刻返回車站，但轉念一想，這樣豈不正中他的下懷？於是我只好厚著臉皮留了下來。事情經過是這樣的：當管家把我帶到主人的書房之後，我發現亂糟糟的書桌後面，坐著一個身材高大、膚色黝黑，有點駝背的人。他那雙灰色的眼睛閃著凶光，從那濃黑的眉毛底下直射過來，泛紅的鼻頭像鷹嘴一樣凸起，下巴上還蓄著一大把蓬亂的鬍子。這時，我才明白為什麼葛佛瑞總是不願提起他的父親。」

「『先生，』他尖刻而無禮地說道，『我得知道你這次來訪的真正目的！』」

「『我不是在寫給你妻子的信中寫得很清楚了嗎？』」

「『沒錯，你說你是葛佛瑞在非洲的戰友，但這只是你的一面之詞！』」

「『你懷疑我在說謊？我這裡還有他以前寫給我的信可以證明。』」

「『給我看看。』」

「我把兩封信一起遞給他，他接過去看了一遍，隨手扔還給我。」

「『好吧。但我也已經說得很明白了。他旅行去了，至少一年內不會回來，你還想做什麼？』」

「『先生，你應該知道，我和葛佛瑞是患難與共的好朋友，他突然中斷了與我的聯繫，我怎麼會不希望得到他的消息呢？』」

「『但我已經將他的情形告訴你了——他受傷回來後，身體一直不好，我和他母親都認為他應該換個環境好好休養一下，於是我們鼓勵他完成環遊世界的計畫。謝謝你的關心，請你把這件事轉告給那些關心他的朋友們吧！』」

「『我會的，』我說，『不過，我希望你把船名及航線告訴我，當然，還有啟航時間，這樣的話，說不定我能與他聯繫上。』」

「沒想到我這一個並不過分的小小請求竟激怒了他，他顯然十分生氣，低垂著眉毛忍耐了幾秒鐘，最後就爆發了。」

「『杜德先生，你怎麼這麼糾纏不清？我簡直無法忍受你的無禮！』」

「『先生，請見諒，但這完全是出於對你兒子的真摯友誼。』」

「『我當然知道！但是，你也應該體諒我的難處啊，每個家庭都有些秘密不適合讓外人知道。我妻子非常想聽你講葛佛瑞過去的事，至於你，我請你不要再去打聽葛佛瑞的現在以及將來了，因為這樣是沒有任何益處的，只會讓我們感到難堪。』」

「嗯，福爾摩斯先生，對於這樣強硬的釘子，我不得不暫且避開它。因此，我表面上同意了他的要求，暗自盤算著回頭再想辦法，否則，我相信我會當場被他攆出去。我暗暗發誓，不查出葛佛瑞的下落絕不罷休。那天晚上的氣氛十分沉悶，在進餐的時候，女主人非常熱情地向我詢問兒子過去的一些事蹟，但老人那板起的面孔讓我覺得十分不悅。因此，晚餐結束後我便回到了自己的房間。我住的是樓下一間非常寬敞的房間，佈置得十分隨便。但是，對於一個在南非生活過一年的人來說，還有什麼好挑剔的呢？我打開窗子朝外望去，明朗的夜空中，半圓的月亮正將銀輝傾瀉下來，帶有幾分寒意。後來，我回到火爐旁邊坐下，隨意翻開一本小說閱讀起來，我想這或許可以消除我心中的不快。可是，老管家沉重的腳步聲打斷了我的思緒，他送來了一些備用煤。」

「『先生，夜裡非常冷，這屋子又不保暖，我為你準備一點煤備用。』」

「放下煤之後，他並沒有立刻要走的意思，當我回頭看他的時候，發現他也正看著我，滿腹心事的樣子。」

「『對不起，先生，我聽說你是葛佛瑞少爺最好的朋友，我妻子曾是他的奶媽，所以我也幾乎算是他的義父了。我是看著他長大的，他是一個不錯的小伙子……』」

「『他是我們軍團裡最勇敢的人，哈！那次要不是他冒著槍林彈雨把我從布林人的槍口下救出來，我現在就不會在這裡了！』」

「老管家神情關切，興奮地搓著雙手道：『嘿！少爺就是這樣的，他什麼都不怕。小時候他就非常勇敢，莊園裡的每一棵樹他都爬上去過，唉，他曾經是多麼棒的一個小伙子啊！』」

「我一下子跳了起來，兩手緊緊抓住這個老人的肩膀，一面用力搖晃一面大喊，『你說什麼？葛佛瑞出了什麼事？快說！』」

「老人不由自主地往後退縮，緊張地說：『先生，有什麼事情直接去問主人吧，我不方便談論主人的家事。』」

「他驚慌地想溜走，我卻把他抓得更緊。『聽著，』我說，『你必須告訴我，葛佛瑞是不是死了？你不說，我今晚就一直拉著你不放！』」

「老人就像是一個被敵人捉住的俘虜一般，垂著腦袋無可奈何地從嘴裡擠出一句話：『他不如死了更好！』說完，便猛地掙脫開來，迅速消失在走廊中。」

「你無法理解我當時的心情，福爾摩斯先生。看來我的朋友一定是遇到巨大的麻煩了，我想，他大概是捲入了什麼犯罪事件之中，要不就是做出了損害他們家庭名譽的事，他父親在憤怒和無奈中決定把他囚禁在某個隱密的地方。我知道葛佛瑞是一個直率的人，他做事往往不經大腦，我想他一定是受到壞人的教唆，在無意中犯下了不可饒恕的罪過。如果真是這樣的話，我就更有責任去弄清事實的真相，看自己是否能否幫得了他。正當我焦急地思考著的時候，猛然一抬頭，我看見葛佛瑞就站在我面前！」

講到這裡時，我的委託人忽然停了下來。

「接著說吧，」我說，「這件案子十分有趣。」

「他站在窗外，臉貼在玻璃上打量著我。我剛才說過，進到房間之後我曾到窗前朝外望過，之後一直沒拉上窗簾，那是一扇落地窗，所以我能將他從頭到腳看清楚。他的樣子簡直太讓我吃驚了，身體明顯消瘦了許多，臉色是我從未見過的那種慘白，我想殭屍也不過如此！當他看到我抬起頭來盯著他時，便一閃身消失在黑暗中。」

「其實最讓我吃驚的並不是他那蒼白的臉，而是他的舉動——一個我熟知的、坦率堅強的小伙子，怎麼一下子變得像一隻偷吃的小老鼠一樣？一個從槍林彈雨中走過、置生死於度外的勇者，怎麼一下子變得那麼怯懦不安、鬼鬼祟祟呢？難道還有什麼比死亡更可怕的嗎？在葛佛瑞逃走的那一瞬間，我也立刻起身追了出去。但由於窗子的開關老舊，我花了點時間才把它打開，我沿著花園的小徑向前飛跑。這條小路很長，光線又被花草樹叢所遮擋，因而十分昏暗，我只感覺前面有人在奔跑，就一路追了上去，後來，在我面前出現了幾條岔路，盡頭又都有一些小房子，我感到頗為躊躇。這時，我清清楚楚地聽到了一扇門迅速關上的聲音。福爾摩斯先生，你不會懷疑這是我的幻覺吧？葛佛瑞一定就藏身在這幾間小屋中的某一間！」

「要是他閉門不出，我就毫無辦法了。我沮喪地回到住處，把見到的每一個細節都琢磨了一番，但怎麼也想不通。第二天見到老上校時，我覺得他的態度明顯緩和了許多，當我聽到女主人說附近有幾個很好玩的去處時，便趁機向她請求，希望可以多留一晚。這次老頭雖沒有表現出歡迎的態度，但也沒有反對。就這樣，我又爭取到了一天時間。」

「這座建築寬大而結構複雜，就算在裡面藏了一個軍團也看不出來。我很擔心葛佛瑞就藏在其中的某一個地方，因為這下要找出他來會十分困難。但是，根據昨晚聽到的關門聲來判斷，他應該不在這裡，而在莊園裡才對。如果真在莊園裡就好辦了，因為我就能很容易避開那幾個遲鈍而忙碌的老人而去進行一番偵查。」

「除了這幾間小屋之外，莊園的盡頭還有一座稍具規模的建築，這是供園丁和護林人居住的。或許那晚我聽見的關門聲就是從這裡傳來的。我裝成散步的樣子，若無其事地走了過去，正好遇見一個身穿黑色便服、頭戴圓頂帽的矮男人從屋子裡出來，他隨手把房門反鎖上，轉過身來時，正好發現了我，便立刻警覺起來。」

「『你是這裡的客人嗎？』他問道。」

「『是的，葛佛瑞是我的好朋友，』我回答說，『只可惜他父親說他遠遊去了，不然，他見到我一定會很高興的。』」

「『沒錯，他旅行去了。』他極不自然地說道，『以後再來吧，或許你會見到他的。』說完便匆匆地走開了，當我回頭去看他時，發現他正躲在一棵樹後面窺視著我。」

「我仍舊裝出一副漫不經心的樣子走著，同時仔細地留心起這棟房子來，但由於門窗全都緊閉著，而且裡面一點生氣都沒有，似乎是間空屋。我知道我的一舉一動都可能被人監視著，因此只好回到了自己的住處，等到晚上再繼續調查。在夜深人靜之後，我又從窗口悄悄溜了出去，來到了那棟神秘的房子前。屋子裡的人終於稍稍放鬆了一些戒備，或許只是為了通風吧？有一扇窗子裡透出了些微燈光。我輕輕走過去，扒在窗台上往裡一看，只見燈光十分明亮，壁爐裡火光熊熊，我的正對面就坐著早上的那個矮個兒男人，他一面吸著煙斗一面讀報——」

「是什麼報紙？」我問道。

正講得投入的委託人似乎對我突然的提問感到相當不滿。

「這很重要嗎？」他不高興地反問道。

「當然，十分重要。」

「哦，那我遺憾地告訴你，我沒注意。再說，當時的距離有點遠，很難看清楚。」

「你應該看得出那是大張的報紙還是小本的週刊？」

「哦，對了，我認為那是像《觀察家》一樣的小本週刊。不過，我當時真的沒心思去注意這些小事，因為裡面還有另一個人，正背對我坐著，我無法看見他的臉，但我相信他就是葛佛瑞，那肩膀的形狀對我來說太熟悉了！他面向著壁爐，用手支著頭一動也不動地坐著。我正準備設法進去，突然有人在背後重重地拍了我一下，我猛地轉過身來，發現上校就站在我的面前！」

「『跟我來，』他壓低聲音說道，然後轉身往回走，我只得緊跟著他一直走回我的住處。這時，他掏出一張火車時刻表來對我說道：『你知道嗎？這裡已經非常不歡迎你了，明天早上八點半有一班火車開往倫敦，早上八點鐘馬車會在大門口等你。』」

「我看見他氣得臉都白了，只得結結巴巴地說了幾句道歉的話，並用我曾經說過的擔心朋友之類的話來掩飾這尷尬的場面，但他用手勢堅決的打斷了我無力的解釋。」

「『你用不著再講這些了，』他憤怒地說道，『你可恥的行為侵犯了我們家庭的權利，我就知道你到這裡來不懷好意。現在你的可疑行徑已經曝露了，你也沒有必要再作任何解釋，我只有一句話，那就是我們再也不想見到你！』」

「我一瞬間被他激怒了，於是對著他大喊：『我看見你兒子了，我知道是你把他囚禁起來的，你到底有什麼不可告人的秘密瞞著外人呢？我告訴你，上校，在沒有得到想要的答案——確定我的朋友是安全和健康的之前，我是絕不會罷休的，我不會屈服於你的任何恐嚇。』」

「一剎那，這個老傢伙變得像魔鬼一樣凶殘，他的雙眼快要噴出火來，我真以為他會立刻動手。我說過，他是一個瘦削而高大的老頭，雖說我也不是弱者，但想要對付這樣一個狂怒的人也不是容易的。但是，在瞪了我半天之後，他終於還是轉身走了。這下我當然無法再待下去了，第二天一大早我就離開他們家，接著，我想到可以找你幫忙，於是就趕來了。」

我並不覺得這個案子有多麼難以解決，之所以把它記錄下來，是因為它有些新奇有趣。我又開始使用我的邏輯推理來分析和追尋那個正確的答案。

「他們家一共有幾個僕人？」我問道。

「似乎就只有那個老管家和他的妻子兩人，而且上校一家的生活十分簡樸，不需要太多的僕人。」

「那花園裡的小屋呢？」

「沒有，除非我見到的那個矮個兒是僕人。但從他的穿著神態來看，他應該不是僕人。」

「哦，那麼你看過有人送食物到那裡去嗎？」

「食物？不知道，不過我倒是看過老拉爾夫提著一個籃子往莊園另一頭走去，但沒注意裡面裝了什麼。」

「那麼，你還向附近的其他人打聽過什麼嗎？」

「是的，我曾向當地火車站的站長和村裡一家旅館的老闆打聽過，但他們也都說葛佛瑞坐船環遊世界去了，看來，這個說法早已被大家所接受了。」

「你沒有向他們說出你的疑惑吧？」

「沒有。」

「那就好，看來，我們還得一起到塔克斯伯里舊莊園去一趟。」

「今天就去？」

當時我手裡還有兩件案子尚未結束，一件就是華生敘述過的修道院公學案，另一件是受託於土耳其蘇丹的案子，如果延誤的話，將會帶來極嚴重的政治後果。所以，又拖了一週之後，我才著手處理詹姆士．M．杜德先生的這件案子；我約他一同踏上了前往布拉福德郡的旅程。在路過伊斯頓區的時候，我把事先約好的一位朋友迎上了車，並向杜德介紹道：

「這是我的一位好朋友，也許他對我們的事能產生決定性的作用，但也可能一點用處都沒有。好了，我們暫且不談這個。」

在華生記錄的那些案件之中，描述我辦案時沉默寡言，不洩露自己想法的形容語句很多，相信讀過他著作的讀者們不會陌生。杜德先生有些摸不著頭腦，但他什麼也沒有問，我們三個人繼續趕路。為了讓後來的這位朋友對事情有所了解，於是我又問了杜德一些問題。

「你說你曾親眼看到你朋友的臉貼在玻璃窗外，你能肯定那就是他本人嗎？」

「當時燈光正照著他的臉，我看得很清楚。對於這一點我深信不疑。」

「但也可能是另一個與他長得很像的人？」

「不會的，確實是他！」

「你不是說他的樣子變了嗎？」

「是啊，他變瘦了，還有臉色——唉，怎麼形容呢？就是那種魚肚白吧！」

「你是說整張臉？」

「或許不是，因為我看到最白的是他的前額——當時正貼著玻璃。」

「那你叫他了嗎？」

「沒有，我當時感到非常吃驚和害怕。還沒來得及反應，他就逃走了。後來我也只顧著追趕，並沒有喊他。」

至此，我的偵查工作已告一段落，只要再一個小環節就可以全部完成。我們不必擔心馬車的事，因為我已答應付給車伕一整天的租金。等到了目的地之後，我讓老朋友留在車上，等到需要他時才請他去。老管家拉爾夫出來開門，他是一個身材矮小、臉上佈滿皺紋的老頭兒，穿著質樸的黑色上衣和帶灰點的褲子。我注意到他戴著一雙黃皮手套，見了我們之後，他把手套脫下來放在玄關的桌子上。我出奇敏感地嗅到屋子裡有一種刺激性的氣味，而這種氣味正是從桌上發出來的。我摘下帽子，隨手往桌子上一扔，卻又故意讓它掉在了地上。當我俯下身子去撿帽子的時候，趁機湊近那雙手套聞了聞，果然不出我所料，那股類似柏油的怪味正是從手套上發出的。我暢快地吐了一口氣，然後轉身進入了書房。艾姆斯沃斯上校此時並不在這裡，但在聽到管家的通報之後就匆匆趕來了。我們能聽到他急促而沉重的腳步聲從走廊裡傳來。門猛地被推開，映入眼簾的是一張老頭子凶狠的臉，他眉毛倒豎，眼睛瞪得像要凸出來一般，嘴裡還呼呼地喘著氣。當我把名片遞給他時，他看也沒看便撕了個粉碎，然後用力地踏上幾腳。

「我不是告訴你不要來多管閒事嗎？你這混蛋，偏偏要來與我作對，你要是沒經我允許就闖進來，當心我宰了你！」然後他又轉頭對我說道，「還有你，先生，我一樣警告你！我知道你那可恥的職業，但這裡沒有你的用武之地。你們都快給我滾蛋！」

「我不會走的，」我的委託人頑固地說道，「除非你讓葛佛瑞出來，讓他親口告訴我，他的人身自由沒有被你限制。」

屋子的主人氣急敗壞地按下了鈴。管家拉爾夫急忙走了進來。

「拉爾夫！」主人以一種極不情願的口吻命令道，「你去報警！就說有兩個無賴來這裡找麻煩，請他們派兩名警察來將他們帶走。」

「等一等，」我急忙說道，「杜德先生，你不能否認艾姆斯沃斯上校是有權這樣做的，沒經過他的同意，我們無權進入他的住宅。但是，上校，你也應該理解杜德先生的心情，他完全是出於對你兒子的關心。我冒昧地提出一個請求，上校先生，請給我五分鐘的時間，我們倆好好談談，相信你會改變對我們的看法。」

「你死心吧！我是沒那麼容易說改就改的，」老上校固執地說道，「拉爾夫，你還站著做什麼？快去報警！」

「不行！」我退過去靠在門上，「你難道不怕這件事鬧大嗎？報警將會帶來你所懼怕的結局。」我從日記本上撕下一頁紙，匆匆寫下幾個字，然後遞給上校，「這就是我們來的原因。」

老頭子凝視著紙條，臉上流露出驚慌的神色。

「你怎麼知道的？」他精神完全崩潰了，一屁股跌坐在椅子上。

「從事這『可恥的職業』，我當然有我的一套辦法。」我說。

老頭子坐在椅上，用他那瘦削的手痛苦地搓著臉。

「好吧，既然你們非要見到葛佛瑞不可，那就跟我來吧。」老頭子無可奈何地說，「拉爾夫，去告訴葛佛瑞和肯特先生，就說我們五分鐘後去見他們。不過，是你們逼我的。」

五分鐘之後，上校帶領著我們穿過花園，來到了那座神秘的小屋前。一位留著鬍鬚的矮個兒男人站在門口，臉上顯露出十分驚訝的神情。杜德小聲對我說，這就是他上次見到的男人。

「這是怎麼回事？上校，」男子迎上前來，一臉困惑的表情，「你這樣完全打亂了我們的計畫了啊！」

「有什麼辦法呢？肯特先生，我是迫於無奈才這麼做的，葛佛瑞呢？」

「他在裡面，上校。」中年男人領著我們一起走進了那間寬敞但陳設非常簡陋的房子。一個人正背對著壁爐站在那裡，杜德先生立刻熱情地衝了過去。

「嗨！葛佛瑞，太好了，我們又見面了！」

但是，葛佛瑞一面後退一面揮手制止杜德先生靠近他。

「不要過來！吉米。千萬別碰我！我已不是B隊那個強壯的一等兵艾姆斯沃斯了。你很驚訝，是嗎？」他的臉色確實十分異常。他應該是一個被非洲的強烈陽光曬得黝黑的男子（就像眼前的杜德先生一樣），然而呈現在我們面前的卻是一張蒼白的面孔——在那黝黑的皮膚上長出了一些怪異的白斑，他的皮膚變白了！

「現在你知道我不願見你的原因了吧！其實我大可不必瞞著你的。我知道你的意圖和你的心情，但我父親卻說要做到萬無一失——」

「我只是急著想知道你究竟出了什麼事，葛佛瑞！那天晚上透過窗子看到你的臉，真令我擔心，我決心把事情查個水落石出。」

「我聽老拉爾夫說你來了，於是忍不住想去看看你，豈知竟被發覺了，於是只好跑回了這間屋子。」

「這到底是怎麼回事？你怎麼會變成這個樣子？」

「這件事還得從頭說起，」葛佛瑞點上一支煙說道，「你還記得在布佛斯普特的那場戰鬥吧，那天早上，我在普勒托利亞外的鐵路西線的激烈戰鬥中受了傷，你知道嗎？」

「是啊，不久我就聽說了，但具體情況我並不清楚。」

「哦，那天我和另外兩個人——禿頭辛普森和安德森在一起，我們與總部失去了聯繫。由於不熟悉地形，我們在追擊布林人時反而中了他們的埋伏。經過一番激烈的槍戰，我的兩個同伴都陣亡了，我的肩上也中了一槍。我騎著馬拚命突圍而出，後來終於因失血過多而昏了過去。」

「等我恢復知覺時，發現天已黑了。我掙扎著站起來，感覺到頭暈目眩，渾身無力。但眼前一間寬大的房子令我重拾了生存的希望，它建有南非式的遊廊和許多窗子。夜幕早已降臨，寒氣使我覺得整個身體都已冰涼，飢寒交迫，但那一絲求生的欲望始終支撐著我。我知道，只要一步步挨到那棟房子前，就有活下來的希望。但我的雙腿似乎失去了知覺，整個身體除了大腦之外好像都已經不是自己的了。我終於爬上了最後一級台階，然後搖搖晃晃地走進一扇敞開的門，我看見裡面擺著幾張床。那時我實在支撐不住了，拉過被子蓋住顫抖的身軀，便沉沉地睡去了。」

「第二天醒來後，看見陽光正從那寬大無簾的窗口射進來，讓這間寬敞的白色房間顯得更為明亮刺眼。但此刻，我卻覺得自己進入了一場惡夢之中，在我面前站著一隻奇形怪狀的侏儒，碩大的腦袋猶如一顆鱗莖球，一雙海綿般的變形大手不停地揮舞著，口裡嘰嘰呱呱地唸著什麼。他的身後站著一群和他長得差不多的人，他們都好奇地盯著我，我不由得打了一個寒顫。天啊！這裡竟沒有一個正常的人，他們全都是歪七扭八的變形怪物，這些醜八怪的尖銳笑聲讓人聽了毛骨悚然。」

「看來這些怪物都不會講英語，他們胡亂地對著我鬼叫著，見我沒反應，他們越說越生氣，後來竟揪住我往床下拉，無視殷紅的鮮血正從我的傷口中流出。這些小怪物力大無窮，要不是有一位年長者聞訊趕來，不知他們會把我怎樣！這位長者用荷蘭語訓斥了他們幾句，這些小怪物就全躲開了。然後他睜大眼睛看著我，驚訝得張大了嘴。」

「『別動，你的傷口需要緊急處理一下，我是醫生，我馬上找人來替你包紮。小伙子，你怎麼跑到這裡來了？要知道，這裡比戰場上更可怕，這是麻瘋病院！你知道嗎？你昨晚在麻瘋病人的床上睡了一夜！』」

「他說，他對麻瘋病有一定的免疫力，但仍不敢像我一樣在他們的病床上過夜。後來，他把我安排在一間單獨的病房中，並細心地護理了一個星期，然後我就被送回普勒托利亞總醫院了。」

「這就是悲劇的開始。起初我還存在一些僥倖的心理，但等我回到家以後，可怕的症狀終於在我的忐忑不安下慢慢顯露出來了，我終究難逃這可怕的厄運。就這樣，我面臨著兩個選擇：一個是被送進麻瘋病院，和那些素不相識的人一起被隔離開來，直到死亡；這是十分可怕的，我和我的家人都不希望是這個結局。另一個選擇就是躲在花園那間僻靜的房子裡。兩個僕人是誠實可信的，還有外科醫生肯特先生，他說在保證絕不洩密的前提下，可以陪我同住。這是我們能接受的唯一方式，但它需要絕對的保密，否則，就是在這窮鄉僻壤也會引起軒然大波的。所以，我們決定對你也不透露，但不知怎的，我父親居然作出了讓步！」

艾姆斯沃斯上校無奈地指著我。

「這位先生迫使我不得不讓步，」他拿出我遞給他的那張紙條來，「他已經在紙條上將你的病寫出來了，我們還瞞得下去嗎？現在最安全的辦法就是告訴他真相。」

「是啊，但你們這樣做也未必不好呢，」我說，「大概只有肯特先生一個人給病人看過病吧？請問，肯特先生，你是專門治療這種病的醫生嗎？我建議你讓他複診一下。」

「對於這種病，我還是有基本常識的！」肯特醫生板著臉說道。

「先生，我並未懷疑你的能力，但是我認為聽聽專家的意見也是有益的，你不要為了無益的自尊而拒絕交出病人。」

「好吧，這樣也好，」上校說，「不過——」

「儘管放心，」我解釋說，「我帶來的這位朋友是絕對值得信任的，我以前曾為他出過力，我們的友誼由來已久。今天，他是以一位朋友而非專家的身份來看診，他就是詹姆士·桑德斯爵士。」

聽到這個名字，肯特先生一下子流露出驚喜的表情，他高興的樣子就像一個下級軍官將獲得將軍的接見一般。

「哦，既然是這樣，那我感到萬分榮幸。」他小聲說道。

「那我們就請詹姆士爵士進來吧，他正在門外的馬車上等著呢！上校，還是先回你的書房吧，讓我來作一些解釋。」

在這個時候，華生的作用就顯得很重要了。他能用略微誇張的手法和適當的詞句來把我這簡單的偵查術說成是偉大的奇蹟。遺憾的是他不在這兒，那我只好靠自己敘述了，我知道這將會非常平淡乏味的。書房裡有好幾個人，其中包括葛佛瑞的母親。

「我是怎麼知道的？嗯，其實我也只是靠推測而已，」我說，「我把所聽到的情況聯繫起來，然後以各種假設去套用它。當那些不可能的選項被排除了之後，那麼剩下的，不論有多麼離奇、多麼不可思議，它都一定是事實。就這樣反覆推理、排除，直到剩下最後一個答案。我們就以眼前的這個案子為例，運用這個方法來分析一下吧。一位先生忽然把他的兒子隔離並禁錮起來，我想大致有三種可能：一是他兒子犯了罪，他們為了逃避懲罰而這麼做；二是他兒子忽然精神失常，他們又不肯把他送到瘋人院去；第三呢，就是他兒子患了某種特殊疾病而必須被隔離開來。下面就需要針對這三種可能逐一推論了。」

「我之所以要排除犯罪的可能，是因為我十分清楚該地區並沒有未破獲的犯罪案件；如果是尚未曝露出的犯罪案件，那麼從家族的利益考量，應該會讓他離開這個地方——到國外去，而不是躲在家裡。」

「至於精神失常這種可能性還是比較大的，屋裡的另外一個人——肯特先生，可能就是負責看護他的。而且，他出門的時候將門反鎖上，這更顯示出這一假設的合理性，說明這是強制囚禁。但有一點可以表明，這種強制並不是很嚴格的，否則葛佛瑞先生當晚就無法跑出來看他的好朋友。我曾問過杜德先生那天他從窗戶裡看到肯特先生讀的是什麼報紙，如果說是《手術》或是《英國醫學》之類的期刊，那麼又會出現一個疑點：根據英國法律，如果有醫生陪同並報告當局，那麼，把一名瘋子留在家中是合法的，你們沒有必要這樣拚命保密。因此，看來精神失常的假設也不太可能成立。」

「剩下的便是第三種假設了，雖然有些稀奇古怪，但卻完全符合事實。麻瘋病在南非是較常見的疾病，葛佛瑞先生可能因為某種意外而被感染上，而你們又不願將他交到麻瘋病院長期隔離，這樣，就使你們全家陷入了艱難的處境。為了不受到當局的干涉，你們處處小心，嚴格保密。膚色變白是這種病的基本症狀。當然，只要有適當的酬勞，要找到一位忠實的醫生來護理病人是不難的。這些假設與杜德描述的事實十分吻合，於是我決定把它當成一種既定的事實來證明。剛到這裡的時候，我發現替小屋送飯的拉爾夫戴著消毒手套，這打消了我最後的疑慮。於是我便向上校出示了我的結論，之所以秘密地寫在紙條上遞給你，就是要你相信，我一定會為你保密的。」

正當我結束分析的同時，門被推開了，那位一向嚴肅的皮膚病專家進來了，他那雕像般生硬的臉上居然流露出一絲笑意。他大步走到上校面前，與他握起了手。

「我常常告訴別人壞消息，但是，今天卻給你帶來了一件不算壞的消息。你應該感到高興，上校先生。」

「怎麼回事？」

「你兒子患的是一種典型的類麻瘋病——也就是魚鱗癬。這是一種頑固的皮膚病，但有痊癒的可能，也沒有傳染的風險。沒錯，福爾摩斯先生，這確實是一種巧合，但也並非全是巧合，其中大概還有一些未知的因素發揮了作用，或許正是這位年輕人在接觸過那些病人後產生的恐懼心理，正好造成了這種症狀，但是，我以我的名譽擔保，他沒什麼大問題了。可是，夫人卻休克了，或許是她聽到這個消息後太高興了吧？我建議肯特先生快去護理她，直到她康復為止。」

3 王冠寶石案

華生醫生很高興又回到了貝克街這個雜亂的房間裡，在這裡，華生醫生和他的朋友福爾摩斯曾一起策劃過許多冒險活動。他習慣性地環顧了一下四周，牆上貼滿了科學圖表，屋角擺滿了各類化學藥品，還有那只被強酸嚴重腐蝕的藥品架子；小提琴在那裡安靜地立著，那支熟悉的煙斗裡依然盛著煙草。最後，華生將目光停在了小畢利那帶著微笑的臉上。別看這個聽差年紀輕輕，有他在這裡，足以驅散這位著名偵探的陰鬱身影所帶來的孤寂感。

「哈！好久不見了，一切都還是老樣子。畢利，你也沒有變，他變了嗎？」

畢利有點擔心地望了望臥室的門。

「我想他一定是睡著了。」

此刻正是盛夏的下午七點，天還沒有黑，但華生已經習慣了這個怪人毫無規律的生活，對此一點也不感到奇怪。

「他手上有案子嗎？」

「有的，先生。還是一件非比尋常的案子呢！我真擔心他的身體是否承受得住。他越來越蒼白消瘦了，而且不怎麼吃飯。我總是聽到哈德森太太與他那一成不變的對話：『福爾摩斯先生，你什麼時候要吃飯？』『後天七點半。』他總是這樣亂回答。你也知道他在專心辦案時是什麼樣子的。」

「是的，我很清楚。」

「這幾天來既緊張又有趣。昨天他扮成了一個找工作的流浪漢，今天又化妝成一個老太太，哈！差點連我都被騙了。瞧，這就是老太婆的道具之一。」畢利指著沙發上一把弄得皺皺的雨傘說道。

「他到底在做什麼？」

畢利壓低聲音說道：「跟你說也沒關係，但千萬要保密——就是那樁王冠寶石案。」

「什麼！就是那樁價值十萬英鎊的寶石失竊案？」

「一點都沒錯。那天，首相和內務大臣都親自來了，他們焦急地說一定得找回寶石。福爾摩斯答應了他們。我覺得這兩位先生很有禮貌，我並不討厭他們，可是跟他們一起來的還有一個人，是坎特利米爾勳爵——」

「哦，他呀，我知道。」

「就是他，這個勳爵大人真讓人受不了。福爾摩斯先生似乎也有點受不了他——他根本就不相信福爾摩斯先生，並極力反對讓他辦理這件案子。在我看來，他巴不得福爾摩斯先生失敗呢！」

「福爾摩斯看出來了嗎？」

「他應該看得出來吧，我並不覺得我比他聰明。」小畢利幽默地說道。

「管他的，隨這個坎特利米爾勳爵高興吧！我們倒希望他能儘快破了這件案子，對嗎？哦，畢利，這裡掛著簾子做什麼啊？」

「哦，這個，是三天前按照福爾摩斯先生的吩咐掛上的，那後面蓋著一個有趣的東西。」

畢利跑過去，把遮在凸肚窗凹處的簾子掀了起來。

「啊！」華生不禁驚呼一聲，那不正是他的朋友嗎？那人穿著睡衣，臉偏向窗子的一邊，頭微微下垂著，正捧著一本書在安樂椅上認真地閱讀。然而，畢利把那顆頭摘了下來，高高舉起。

「這是先生的蠟像，我們花了整整一個上午為他設計造型，只為了更加逼真。不拉上窗簾我是不敢碰他的，因為在馬路那頭也看得見。」

「我和福爾摩斯以前也使用過蠟像。」

「那時我還沒來吧？」

畢利一面說著，一面伸手拉開簾子朝窗外張望，「你看，對街那個窗戶裡有一個傢伙正在監視我們呢！」

華生醫生正準備湊過去看，臥室的門猛地打開了，福爾摩斯從裡面快步走出。他的面色蒼白而緊張，但動作仍是那般敏捷而矯健。他衝到窗口，迅速把窗簾拉上。

「傻小子，你不要命了嗎？我可還需要你啊，你知道剛才有多麼危險嗎？華生，很高興見到你，你來得正是時候，我們正需要你的幫忙呢！」

「那可真是巧。」

「好了，畢利，既然華生來了，那你可以離開了。我不想讓你冒這麼大的危險。」

「什麼危險？」華生問道。

「死亡的危險。今晚已到了最緊要的關頭。」

「到底怎麼了？」

「我們正面臨被暗殺的危險，華生。」

「你在開什麼玩笑！福爾摩斯。」

「你認為我在開玩笑是嗎？是啊，雖然我的幽默感是有限的，但也絕不會拿生命來開玩笑。好吧，危險歸危險，我們還是先輕鬆一下好了，要喝點酒嗎？煤氣爐和雪茄都還在老地方，你還能適應我那糟糕的煙草味吧？來一點是不錯的，它們最近可取代了我的三餐。」

「你怎麼不好好吃飯呢？看你——」

「華生醫生，你應該知道飢餓是可以改善人的體能的，人在消化過程中所需的供血就是大腦損失的供血。我現在非常需要用大腦來思考問題，而軀體只是一個附件。所以我首先得滿足大腦的需要才對。」

「這是什麼歪理！那你所謂的生命危險又是怎麼回事呢？」

「也好，趁著還沒出事，先讓你把凶手的姓名和地址記在腦子裡，至少不會死得不明不白。說不定你還可以把它報告給蘇格蘭場，並順便捎去我對他們最後的問候和祝福。記下來吧，他就是住在莫爾賽花園街一三六號的尼格雷托．希爾維亞伯爵。」

這一下華生終於明白福爾摩斯不是在開玩笑了。他清楚他的朋友此刻所冒的危險有多麼巨大，剛才所說的那番話與其說是誇大不如說是收斂，華生的心微微有一點顫抖，但還是下定了決心。

「福爾摩斯，我這兩天正好有空，今天的行動也算我一位吧！」

「華生，這可不太好啊。這麼久不見了，你的人格不但沒什麼長進，反而又添上了一個說謊的毛病。我很清楚，你每個小時都有病人，簡直就是忙不過來。」

「那些又不是什麼要緊的重症。說起來，你怎麼不讓警察去逮捕這個傢伙呢？」

「的確可以這麼做，所以他也因此焦躁不安呢。」

「那你怎麼還不下手？不擔心被他們滅口嗎？」

「可是，這樣就很難找到那顆寶石了。」

「哦，就是那顆王冠寶石？」

「沒錯，一顆碩大的藍寶石。現在魚兒已在我的網中，可是這顆寶石還沒有著落，現在收網的話，雖然可以為社會除去一個禍害，卻不能達到我最主要的目的——找回寶石。」

「那個希爾維亞伯爵就是你網裡的魚嗎？」

「是的，他是一條狡猾而凶殘的大鯊魚。不過另外還有一隻，就是那個拳擊手山姆．莫爾頓，這個呆頭呆腦的傢伙只能算是一條大的傻白楊魚。他的本性倒不壞，只可惜被伯爵利用了。他也一樣在我的網子裡。」

「你不擔心他們逃走？」

「這一點我當然預料到了，今天上午我一直在他身邊。你以前也看過我化妝成老太婆的樣子，不過今天表現得又更出色。他把我的傘碰掉了，還滿臉歉意地替我撿起來。這個希爾維亞有著一半的義大利血統，他在高興的時候總是充滿著南方的紳士風度，但有時卻又變成了一個地獄的魔鬼。這兩種極端性格竟能融合在一個人身上，世界真是無奇不有啊！華生。」

「是啊，人生本來就像一個戲劇舞台。」

「今天上午的跟蹤倒是使我提高了警覺，我看到他去了米諾里斯的老史特勞班商店。那是一家專賣汽槍的商店，商品做得十分精良。我猜現在就有一支正架在對面的窗口呢！我們這個蠟人的腦袋隨時都可能被子彈射穿！」

正說著，小畢利急急忙忙地走了進來，將一張名片遞給福爾摩斯。福爾摩斯接過看了一眼，臉上露出了微笑。

「這傢伙終於坐不住了，看來他已感覺到我在收網了吧，這倒是有點出乎我的意料。對了，華生，你聽說過他在一場大型射擊比賽中的成績嗎？要是他今天把我也收入他的射擊記錄裡，這也許是一件好事。」

「我們得趕快報警！」

「的確要報警，但不是現在，先和他們玩玩吧。華生，到窗口看看，街上是不是有一個人在那裡蹓躂？」

我小心地從簾子的縫隙往樓下眺望。

「沒錯，有一個彪形大漢在門口遊蕩。」

「他就是那條呆頭呆腦的傻白楊魚，一個忠實而愚蠢的傢伙。畢利，客人在哪？」

「正在會客室裡等著呢。」

「哦，你先過去，聽到我按鈴的聲音就帶他上來。」

「好的，先生。」

「要是你發現我不在房間裡，也讓他進來，知道嗎？」

「知道了，先生。」

等畢利走出去後，華生著急地對福爾摩斯說：「你這樣做太危險了，你也知道，他可能是來謀殺你的啊！」

「所以我叫你趕快走！」

「不，我不會一個人逃走的。」

「你留下來只會壞事的。」

「是的，壞他的事。」

「不，華生，是壞我的事！」

「不管怎樣，我不能在這時候拋下你！」

「你走吧，華生，沒關係的。你從沒讓我失望過，我相信你會一直這樣。他雖然為了自己的目的而來，但反而能讓我達到我目的。」說著他掏出日記本來，匆匆地寫了幾行字，「你快走，把這個送到蘇格蘭場偵查處的尤格手上，然後和警察一起再到這兒來，那時我們就勝利了。」

「如果你能保證自己的安全，我很樂意按你的吩咐去做。」

「華生，我保證沒事的。在你回來之前，我或許會知道那顆寶石的去處。」說著他按響了鈴，「跟我來，我們從臥室的旁門出去，我想先偷窺這條凶殘的老鯊魚。放心，我會有辦法對付他的。」

一分鐘後，小畢利將希爾維亞伯爵領進了空房間。這位有名的獵手、運動員兼花花公子，是一個體格魁梧、皮膚黝黑的男子，薄薄的嘴唇上方有一排濃密的黑鬍鬚，再上面是一個鷹嘴似的鼻子。他的服飾考究而華麗，但是那花色的領結、閃閃發光的別針，以及那顆碩大的鑽戒卻給人一種浮華的感覺。當他身後的門關上之後，他警惕而凶惡的目光四下搜索著，彷彿擔心這裡佈滿了地雷一樣。當他猛然發現窗前安樂椅上的人頭和睡衣領子時，先是吃了一驚，接著又四下打量了一番，在確信沒有其他人後，他舉起了手仗，躡手躡腳地朝蠟像走了過去。正當他要用力砸下去的時候，突然從臥室門口傳來一個沉著而威嚴的聲音：「別把它打壞了，伯爵。」

這個暴徒大吃一驚，他猛地轉過身來，驚恐的臉上瞬間又佈滿了殺機，但當他看到福爾摩斯那鎮定的神態時，舉起的手杖又垂了下來。

「這玩意兒不錯吧？」福爾摩斯走到蠟人旁邊說道，「這是法國塑像家塔韋歐尼手工打造的，他做蠟像的技巧，看來並不亞於你朋友史特勞班製做汽槍的技術啊。」

「什麼汽槍？我不知道你在說什麼。」

「請把手杖放在桌上吧，嗯，請坐！你不習慣把帽子摘下來嗎？好吧，隨你的便，你來得時間很巧，我也正想和你聊聊。」

伯爵揚了揚眉毛，說道：「好吧，我之所以會來，就是準備和你談判，福爾摩斯，我不否認我剛才是想要狠狠揍你一頓。」

「是嗎？哈！我也看出來了，不過你能說說原因嗎？」

「因為你專門找我的麻煩，還派爪牙來跟蹤我。」

「你憑什麼誣賴我呢？我哪來的爪牙啊？」

「不用再裝蒜了，你以為只有你會這招嗎？老實告訴你，我也找人跟蹤了他們呢！」

「隨你的便，反正不關我的事，希爾維亞伯爵。不過我得提醒你，你在叫我名字的時候最好加上稱呼，因為只有流氓才會直呼其名地稱呼別人。連最基本的禮節都不懂是不好的。」

「那好，我就叫你福爾摩斯先生吧。」

「很好！老實說，我真的沒有派人跟蹤你。」

伯爵輕蔑地笑了。

「昨天有一個糟老頭，今天又有一個半死不活的老太婆，他們跟了我幾乎一整天。你不承認就算了，反正我心知肚明。」

「哎呀，怎麼連伯爵你也來恭維我呢？昨天道森老男爵還半開玩笑地說，我這個人明明走法律這行，卻又同時涉足戲劇界。難道我那小小的化妝術真的那麼了不起嗎？」

「難道——那是你本人？」

福爾摩斯聳了聳肩。「不信嗎？看吧，你替我拾起的那把雨傘還在這裡呢，不需要我再表演一次吧？」

「哼，算你走運，要是我當時認出是你，那你可就——」

「我就再也回不來了，對嗎？嘿，我也明白這一點。誰叫你不把握這個好機會呢？現在後悔了吧，要是那樣的話，我們今天也不用再見面了，真是麻煩啊！」

伯爵皺起眉頭，「這麼說來——哼，你這該死的傢伙，為什麼要跟蹤我？」

「沒什麼，伯爵，我聽說你曾在阿爾及利亞獵過獅子？」

「那又怎樣？」

「那是出於什麼原因呢？」

「原因？為了好玩——為了冒險——為了刺激。」

「也為了替國家除一害？」

「沒錯。」

「這也正是我的理由！」

伯爵一下子跳了起來，手迅速地朝背後的褲口袋裡摸去。

「別亂動！先生，我叫你坐下！我還有一個更具體的理由，我要那顆王冠上的藍寶石。」

「原來是為了這個。」伯爵往椅背上一靠，臉上露出了狡猾的獰笑。

「你的表演功力也不錯啊，伯爵。你明明早就知道我是為這個盯上你的，你還裝什麼呢？你今晚來的目的就是為了探聽虛實，看我究竟掌握了多少線索吧？告訴你，我什麼都知道了，除了一件事。不過，這件事你馬上就會告訴我的。」

「你是要問我那顆寶石在什麼地方嗎？我也正想知道呢。」

「你是一個聰明人，我相信你會告訴我的。」

「哈！」

「你瞞不過我的，伯爵。」福爾摩斯盯著他，炯炯有神的目光彷彿要刺穿他的腦袋一般，「你知道嗎？你就像一塊玻璃磚，我能看穿你的大腦。」

「是嗎！那你看得出寶石藏在哪裡嗎？」

福爾摩斯拍了一下手，叫道：「哈！也就是你承認自己知道寶石在哪了？」

「我承認什麼了嗎？我什麼都不知道。」

「嗯，伯爵，你最好誠實一些。那樣我還能為你作打算，否則你會後悔的。」

伯爵仰頭望著天花板，說道：「你以為我在騙你？」

福爾摩斯默默地盯了他一陣子，就像一位奕棋高手在思考關鍵的下一步。然後，他拉開抽屜，從裡面取出一本厚厚的日記本。

「想知道這裡面記著什麼嗎？」

「記什麼都不關我的事。」

「不對，伯爵，這全是關於你的記錄。」

「我的？」

「對。是你的所有經歷——你每一件不光彩的事都記錄在這裡面。」

「嗯，我可以告訴你，我的忍耐是有限度的！」伯爵的眼睛彷彿要噴出火來。

「別急，讓我慢慢告訴你吧，伯爵。哦，這裡是哈羅德老太太的死亡真相，她把產業留給了你，但你很快就把它賭光了。」

「你在說夢話吧！」

「這裡是瓦倫黛小姐的事蹟。」

「你從這些事情中查不出什麼的。」

「還有很多呢！這是一八九二年二月十三日發生在里維耶拉頭等車廂上的搶案記錄。這裡還有同年里昂銀行的偽造支票案。」

「這點你說錯了。」

「也就是其他的都說對了！伯爵，你是一個擅長賭博的人，既然你知道所有的王牌都已在我的手上，現在，直接攤牌認輸對你是最好的。」

「可是，你剛才說的這些與寶石有什麼關係呢？」

「嘿！伯爵，要是你認為我手裡的牌只有這幾張，那未免太低估我了。事實上，我十分清楚你和你的幫手在王冠寶石案中扮演的角色。」

「哦？那就洗耳恭聽。」

「那我就隨便告訴你幾點吧。我找到了帶你離開白金漢宮的馬車伕；還有出事地點的看門人也說曾看過你；我也知道艾奇．桑德斯不肯幫你分割寶石的事情。艾奇已經向警方自首了，哈！你的事情也已經完全敗露了，現在，你最好合作一點，這是你唯一的辦法！」

伯爵面如死灰，似乎有話想說，卻一個字也擠不出來，只有額頭上的青筋不停地跳動。

「你現在不會懷疑我在騙你了吧？」福爾摩斯說道，「我已經攤出所有的牌了。唯一的遺憾是，我還差一張牌，就是那張方塊K——我不知道你把寶石放在什麼地方！」

「我不會告訴你的！」

「真的嗎？伯爵，你應該清楚，我根本不用求你說出來。衡量一下吧！光憑眼前的這些證據，就足以判你二十年徒刑。還有山姆，他也難逃法網。這樣的話，那寶石對你還有什麼用呢？不過，你要是識相一點，把寶石交出來的話，我可以考慮不起訴你，因為我真正的目的就是要找出寶石，並不一定要將你送進監獄，不是嗎？」

「如果我堅持不說呢？」

「那將會導致一個兩相為難的後果。要是那樣，我就不得不先放棄寶石而把你送進監獄裡。」

就在雙方僵持不下的時刻，畢利大概是聽見了鈴聲，走了進來。

「伯爵，你不是還有一個朋友在樓下等著嗎？他的切身利益決定了他也該擁有發言權。畢利，去把大門外那個高大的先生請上來，讓他們兩個商量一下。」

「如果他不上來怎麼辦？先生。」

「哦，我們當然不能強迫他。不過，你只要告訴他說希爾維亞伯爵有事找他，我想他會來的。」

「你打算把我們怎麼辦？」畢利走出去後，伯爵立即問道。

「不久前我才對我的朋友華生說道，我已經網到了一條鯊魚和一條白楊魚，現在我就要收網了。」

伯爵站了起來，一隻手迅速向背後伸去，但福爾摩斯早已握緊了自己睡衣口袋裡鼓起的東西。

「福爾摩斯，你不會有什麼好下場的。」

「與其對未知的將來擔心受怕，不如盡情享受眼前的快樂。哼，伯爵，如果你想要在這裡動手的話，我想你躺下比站著的可能性更大。」

這位犯罪高手此時猶如一隻困獸，眼裡雖然仍閃爍著凶光，但已沒有了那份霸氣，反而是一副驚惶失措的樣子。

「朋友，別枉費心機了，」福爾摩斯鎮定地說道，「就算我給你足夠的時間取槍，你也未必敢開槍，哈，沒帶汽槍吧？手槍的槍聲可不小，你認為你逃得掉嗎？正好，你的伙伴來了。你好，莫爾頓先生，一個人站在大街上很悶吧？請進來談談。」

不用說，這位拳擊運動員的身體十分結實，一看就是那種四肢發達、頭腦簡單的人物，執拗的臉上透出幾分傻氣。他茫然地站在門口，探著頭望向他的朋友，想從他那裡得到一點指示。對於福爾摩斯這種親切的招呼，他感到不知所措。

「喂，伯爵，你們究竟在演那一齣戲啊？他要幹什麼？發生什麼事了？」他的聲音著急而沙啞。

伯爵聳了聳肩，彷彿也不知道從何說起，於是福爾摩斯回答了他。

「哦，很簡單，莫爾頓先生。如果用一句話來概括，那就是事跡敗露了。」

拳擊運動員彷彿不願意相信福爾摩斯，他仍然對著他的同伴講話。

「伯爵，這傢伙在開玩笑嗎？我可沒心情和他說笑。」

「莫爾頓先生，你認為我有空和你說笑嗎？哦，伯爵先生，你或許不知道吧，我可是一個大忙人呢！我還非常喜歡拉小提琴，現在我得去練琴了，那支《威尼斯船夫曲》還拉得不夠熟練。這樣吧，你們不必客氣，坐下來慢慢聊，五分鐘後，我再來聽你們的答覆——看你們打算把寶石交給我，還是把自己交給我！」

福爾摩斯順手從牆角拿起小提琴，走出了房間。不一會兒，臥室裡便傳出了淒婉、悠揚的琴聲。

「到底是怎麼回事？」莫爾頓著急地問道，「難道他真的知道寶石——」

「該死！這傢伙掌握了太多線索！我不敢說他是否全都知道了？」

「我的天！」拳擊運動員一下子面如死灰。

「他說艾奇已經自首了，他出賣我們了！」

「什麼？真的？這個畜生，我一定要宰了他！」

「我們現在必須決定該怎麼辦！」

「慢著，」這名拳擊手謹慎地朝四周瞧了瞧，「這傢伙狡猾得很，他會不會在偷聽我們的談話呢？」

「哦，他正在拉琴。那麼大聲，怎麼可能聽得見？」

「說得也是。但說不定這簾子後面有人在偷聽呢！混蛋，這傢伙掛這麼多簾子在房裡做什麼？」說著他伸手掀起了簾子，立刻發現了福爾摩斯的蠟像，他不由得嚇得倒退兩三步，吃驚得連話也說不出來。

「哎，那是蠟像！」伯爵說。

「蠟像？該死的，嚇了我一大跳，真的跟他一模一樣，還穿著睡衣。伯爵，你看這些簾子——」

「我們沒有多少時間了，他隨時可以把我們拘押起來，還管什麼簾子！」伯爵不耐煩地說道。

「那該怎麼辦？」

「他說只要我們交出寶石，他就不起訴我們！」

「什麼？交出寶石？交出十萬鎊？」莫爾頓使勁地揪著自己的短髮，「我們乾脆幹掉他算了！」

伯爵無力地搖了搖頭。

「他已經有充分準備了，他還有槍。何況，在這麼熱鬧的大街上，警察一聽到槍聲就會立刻趕過來的，我們逃得掉嗎？還有，我聽他說曾與華生商量了些什麼，也許警察已經掌握一些證據了。嗯？什麼聲音？」

在窗口處似乎有一聲沉悶而模糊不清的響聲，兩個人立即轉過身來，但什麼也沒有發現。

「大概是街上的聲音吧，」莫爾頓說道，「主人，你是個有頭腦的人，一切由你決定吧，我都聽你的。」

「比他更強的對手我都打敗過，」伯爵驕傲地說，「把寶石藏在任何地方我都不放心，還是放在我的口袋裡最安全。今晚就可以把它運出英國，在星期天之前，我們就可以在阿姆斯特丹把它切割成四塊，到時就沒有人認得出來了。看來，這傢伙還不知道范．薩達爾這個人。」

「我以為薩達爾下週才會走。」

「原本是計畫在下週。但事情已經走到這一步，你我之中必須有一人溜到萊姆街，把寶石交給他，讓他立刻帶走！」

「可是那個假底座還沒有完成啊。」

「來不及了，現在一刻也不能耽誤。」伯爵四下張望了一下，接著說，「至於福爾摩斯這個混帳，他現在正急著得到寶石。很好，就讓我來陪他玩玩，我告訴他一個假線索，讓他去追查，等他發現上了當，我們早已在荷蘭了，到時他也無計可施。」

「這主意不錯。」莫爾頓興奮地說。

「好了，就這麼決定了，你去告訴荷蘭人，我留下來對付這個狡猾的傢伙。該死，這音樂真煩人。快過去，避開鑰匙孔，我把寶石交給你。」

「你真的一直把它帶在身上？」

「是啊，這樣不是挺安全的嗎？既然我們能把它從白金漢宮裡拿出來，別人當然也能把它從我們的住所裡拿走。」

「快給我看看，該死，自從得手之後，我還沒正眼瞧過它一次呢！」

伯爵把寶石握在手裡，並沒有理會同伴伸過來的那隻髒手。

「混帳，你以為我會據為己有嗎？跟我來這一套。」莫爾頓惱怒地吼道。

「好了，好了，別生氣，山姆，我們不能在這個節骨眼上起內訌。過來，來窗口對著光線看，喏，拿去。」

「謝了！」

就在這一剎那，椅子上的蠟像一躍而起，一把搶走了寶石。同時，一支手槍已指著伯爵的腦門。這突如其來的變故使兩個流氓目瞪口呆，過了好一會兒他們才如夢初醒。這時福爾摩斯早已按響了門鈴。

「我警告你們二位，警察現在就在樓下，此時反抗等於是自取滅亡。請你們合作，我會遵守諾言的。」

伯爵心中的困惑早已超過了他的憤怒和恐懼。

「你……你……怎麼——？」他結巴地問道。

「確實有些令人吃驚吧？」福爾摩斯說道，「你們想必沒注意到，我的臥室裡還有另外一個出口通到這個簾子的後面。當你們在商量的時候，我趁機弄走了這座蠟像，雖然不小心發出了一點聲響，幸運的是，你們居然沒有來察看。這樣我便聽見了你們全部的談話內容了。哈！要是你們知道我坐在那裡的話，還敢那樣暢所欲言嗎？」

伯爵立刻像一顆洩了氣的皮球一樣。

「真有你的，福爾摩斯先生。我相信你就是魔鬼撒旦的化身。」

「說得真過分啊！不過，我想我跟他的確相去不遠。」福爾摩斯微笑著答道。

頭腦遲鈍的山姆．莫爾頓仍然反應不過來。直到沉重的腳步聲從樓梯口響起，他才疑惑地問道：

「那琴聲是怎麼回事？現在還在響。」

「留聲機的確是一項了不起的發明，它的功能還真不少呢！」福爾摩斯說。

警察們蜂擁而入，一陣手銬扣上的聲響後，兩個犯人被押著帶上了馬車。華生舒了一口大氣，高興地恭喜福爾摩斯在自己的探案史上又增添了光彩的一頁。這時，小畢利再度拿著一張名片走了進來。

「坎特利米爾勳爵來訪。」

「請他上來吧，畢利。他是一位代表最高階級的貴族名人。」福爾摩斯說道，「雖然他是一個忠實的人，但卻有些迂腐，我們來捉弄他一下好了。」

門開了，一位瘦削而高挑的人走了進來，一臉莊嚴。他的鬢角垂著維多利亞中期盛行的黑頰鬚，油油亮亮的，與他的拱型肩膀極不相稱。福爾摩斯熱情地迎了上去，握住了那隻僵屍般缺乏反應的手。

「幸會，坎特利米爾勳爵，外面很冷吧？不過屋裡還挺不錯的，來，我幫你脫掉大衣吧！」

「不用了，謝謝。」

但福爾摩斯仍然拉著他的袖子不放。

「勳爵大人，不必客氣，還是讓我替你脫下來吧。華生醫生說過了，氣溫驟變對人的健康不太好。」

這位勳爵不耐煩地甩開福爾摩斯的手。

「先生，我這樣很舒服，不用勞煩了！我只是來問問案子的進展，我待會還有事。」

「很麻煩——非常地麻煩。」

「我就知道你會這麼說。」

這位大人的語氣和表情明顯透露出一種輕視和諷刺。

「我並不否認人的能力都是有局限性的。」這位勳爵大人嚴肅地說，「但是，得意忘形這種毛病應該改一改。」

「哦？你是在說我嗎？我確實相當得意。」

「怎麼說？」

「我還想請求你幫一點忙呢！」

「哦？你這個足智多謀的人還用得著我幫忙嗎？況且，現在才提出未免太晚了。」

「不算晚，現在我們就可以起訴盜竊者了。」

「但你得先捉住他們！」

「當然。不過，我在想，我們該如何起訴收贓者呢？」

「你不覺得談這樣的問題太早了嗎？」

「是嗎？不過周到一點也沒什麼不好，你認為，對收贓者予以懲罰的依據是什麼？」

「實際握有寶石。」

「你會逮捕握有寶石的人嗎？」

「法不容情。」

在我的記憶中，從來不笑出聲的福爾摩斯這次居然哈哈大笑起來。

「哈！先生，我不得不遺憾地告訴你，你將面臨被逮捕的命運。」

坎特利米爾勳爵臉氣得發白，他用顫抖的手指著福爾摩斯說道：

「你太放肆了！福爾摩斯先生。在我這五十年的公職生涯中，還沒有誰敢這樣說我。誰不知道我的公正——算了，先生，我是一個公務繁忙、職責重大的人，沒有時間和精力來跟你開這些無聊的玩笑。說實在的，我從來就沒有相信過你的能力，我一向主張把這個案子交給正規的警察去辦。我覺得那樣會更安全，也更有把握。你的辦事能力現在也已證明了這一點。再見！」

坎特利米爾勳爵轉身正要出門，福爾摩斯又擋在了門前。

「等一等，先生。」他說，「如果你硬要把寶石帶走，那將構成比暫時持有更嚴重的罪行。」

「簡直太不像話了！讓開！」

「我會讓你走的，大人。不過，你得先摸摸你大衣右邊的口袋。」

「我為什麼要那麼做呢？先生。」

「摸就是了，說不定會有什麼新發現。」

「啊？這——這是怎麼回事！福爾摩斯先生？」

「哈！真抱歉，勳爵大人，真是抱歉。」福爾摩斯笑容滿面地說道，「正如你所說的，我確實有一個局限性，就是愛搞點惡作劇，我喜歡戲劇性的結果。剛才，我在要求為你脫大衣時，冒昧地將寶石放入了你的口袋裡。」

老勳爵興奮地看著寶石，又看了看福爾摩斯。

「哎！先生，的確十分戲劇性，我感到有些困惑。不過，這正是那顆丟失了的王冠寶石。不管怎麼說，福爾摩斯先生，我們應該對你表達感激之情！至於你的幽默感，正如你自己所說的，確實有些不足，而且來得特別不是時候。哦，對了，我必須收回剛才對你作出的草率評價，很抱歉，先生。但你究竟是如何——」

「案子還沒完全結束呢！細節暫時還不能說，坎特利米爾勳爵。你現在可以回去向上頭報告好消息了，這就算對你剛才遭遇惡作劇的一點補償吧。畢利，送客人出門。順便告訴哈德森太太，請她儘快送兩個人的餐點上來。」

4 三角牆山莊

在我與福爾摩斯以往所有的冒險經歷中，沒有比這一次更為突然、更富有戲劇性的了。我已經有很長一段時間沒有見到他，因此不知道他最近又在忙什麼，還是無所事事地整日待在家裡抽煙。這天，我覺得該去看望一下老朋友了；當我在壁爐邊的舊沙發上剛坐下（福爾摩斯銜著煙斗坐在我對面），闖進來一個粗暴的拜訪者。如果說他是一頭發狂的公牛，也許還更貼切一些。

「砰」的一聲，門被撞開了，一個高大的黑人怒氣衝衝地闖了進來。他的打扮十分滑稽可笑，一身顏色鮮豔的花格西裝，胸前垂著一條橙紅色的領帶，這與他那黑黝黝的皮膚形成極大的反差。他那碩大的腦袋傾斜著，若不是看到那猙獰的面目和幾乎要噴出火來的眼睛，我幾乎要笑出聲來。

「你們哪一個是福爾摩斯？」他問。

福爾摩斯懶洋洋地把手中的煙斗晃了晃。

「哦，就是你嗎？」這位粗暴的來訪者快步繞過桌子，站到福爾摩斯面前，「聽著，福爾摩斯先生，我勸你最好別去管與自己無關的事，大家各走各的路。你明白我的意思嗎？」

「接著說下去，」福爾摩斯說道，「你的話很有意思。」

「哈！你認為有意思？」這頭蠻牛咆哮道，「等我給你點顏色瞧瞧，你就不會這樣想了。對付你這種愛管閒事之人，正是我最拿手的！」

他那碩大無比的拳頭在福爾摩斯眼前揮舞著。福爾摩斯好奇地看著那隻拳頭，「你生來就是這樣的嗎？」他問，「還是鍛鍊的結果？」

不知是由於福爾摩斯的極度鎮定，還是由於我撿起了火鉗，這傢伙的囂張氣焰逐漸收斂了一些。

「總之，我已經警告過你了，」他說道，「我有個朋友對哈羅那邊的事很感興趣，不用我說你也明白我指的是什麼，你少管這些閒事！再說，你又不代表法律。多事的人總是不會有好下場的。」

「我早就想找你談談了，之所以沒有請你坐下，是因為我不喜歡你濃厚的體味。你是史帝夫．迪克西，一名拳擊手。」

「知道就好，你要是不聽勸告的話，我就會收拾你！」

「輪得到你收拾我嗎？」福爾摩斯輕蔑一笑，說道，「我還想知道你在荷伯恩酒店外是怎樣殺死小伙子柏金斯的呢！」

這名大漢一下子退縮了回去，滿臉驚恐。「少來這套！」他嚷道，「柏金斯的死關我什麼事，我當時正在伯明罕的鬥牛場訓練。」

「當然，你也可以這樣對法官講，」福爾摩斯說道，「我一直密切關注著你和邦尼．史托克戴爾的那些勾當。」

「老天！你在說什麼，福爾摩斯先生？」

「算了。等有必要的時候再說吧。」

「請容許我告辭了，福爾摩斯先生。我希望你別去計較這些小事，就當我沒來過吧！」

「那也可以，但我認為你應該告訴我是誰請你來這裡的。」

「這不是很明顯嗎？福爾摩斯先生。你剛剛已經提到他了。」

「那他又是受誰指使的呢？」

「關於這一點，說實在的，福爾摩斯先生，我真的不知道。他對我說：『史帝夫，你去找那個愛管閒事的福爾摩斯，告訴他，如果他一意孤行前往哈羅，將會有生命危險。』我就知道這麼多了。」還來不及往下問，這名黝黑大漢已一溜煙跑了出去，消失得無影無蹤。福爾摩斯笑呵呵地敲了敲煙斗。

「華生，其實你不用拿火鉗的。別看那傢伙渾身肌肉，實際上只是一個沒頭沒腦的傻子，很容易就能將他唬住。他是斯賓塞．約翰流氓集團的一個新成員，最近才開始幹那些卑鄙的勾當，等我把這手邊的事忙完後再去料理他們。他們的首領邦尼，是一個難以對付的傢伙。他指使手下的那些小流氓幹一些襲擊、恐嚇之類的事。不過，在他的背後似乎還有些幕後黑手，這才是我希望挖掘的。」

「他們為什麼要威脅你？」

「我現在正在調查那樁哈羅森林的案件。既然有這麼多人來干涉我的介入，看來這件案子大有來頭。」

「那到底是樁什麼樣的案件呢？」

「哦，我剛才正準備告訴你，那個野蠻人就跑進來了。瞧瞧吧，這就是麥伯利太太寄來的信。如果你不介意，我們這就去發一封電報給她。」

我看了看信，上面寫著：

福爾摩斯先生：

最近我遇到了一件與我住所有關的怪事，希望能得到你的幫助。如果你明日能來，我將一整天在家恭候大駕，寒舍位於哈羅車站旁。我是你過去的忠實顧客莫蒂默・麥伯利的遺孀。

瑪麗・麥伯利

地址是「三角牆山莊，哈羅森林。」

「如果你沒別的事，我們現在可以一起上路。」福爾摩斯說道。

我點了點頭。

經過一段並不算長的火車旅程後，我們在哈羅車站下了車，然後又上了一輛馬車，很快就抵達了目的地。這是一棟磚木結構的別墅，周圍是足足一英畝的天然草坪。三小垛尖形的山牆位於上層窗子上方，這應該就是「三角牆山莊」這個名稱的由來。屋後是一叢不高的松樹，長得鬱鬱蒼蒼。從外表看來，這座山莊並不怎麼賞心悅目，但室內的裝飾和家具卻十分講究，接待我們的那位夫人也頗具貴族風采，談吐優雅得體。

「你好，夫人。」福爾摩斯禮貌地鞠了個躬，「我對你丈夫的印象還很清楚，雖然那只是多年前我為他辦一件小事時留下的。」

「哦，是嗎？」夫人微笑著說道，「不過，我想或許你對我兒子道格拉斯更熟悉一些吧！」

福爾摩斯好奇地打量著她。

「啊！你就是道格拉斯・麥伯利的母親嗎？」福爾摩斯頗感意外，「我與他也有過一面之緣。當然，他在倫敦城內大名鼎鼎，是位少見的英俊紳士！對了，他現在去哪裡了呢？」

「他死了！上個月因肺炎在羅馬病逝，他是駐羅馬的外交人員。」

「啊？死了？真是太可惜了！真難以想像，誰會將這樣一個充滿活力的年輕人和死亡聯想在一起呢？」

「是啊，都是他太愛逞強了，才毀了自己。福爾摩斯先生，你大概以為他一直是個瀟灑的男人，一定無法想像他變得沉默寡言後的情形。他的心被徹底傷透了，短短的一個月內，他就變得委靡不振且憤世嫉俗。」

「是為了——女人？」

「應該說是一個魔鬼。好了，別談這個了，我請你來有更重要的事。」

「請說吧，夫人。華生和我都在聽著。」

「我搬到這裡已有一年多了。因為失去丈夫的緣故，我一直想清靜的度日，於是閉門謝客，與鄰居的往來也不多。可是，最近幾天卻發生了一些離奇的事。三天前，一個自稱房屋仲介商的人找到我，說有一名委託人看中了這間宅子，如果我願意轉讓的話，他會開出令我滿意的價格。我知道，在我的這棟宅邸附近，也有幾間條件差不多的宅子待售，於是我感到有些詫異。不過，我對他的這個提議還是有一些興趣，於是便故意開了一個高價，比我當時買下這所宅子時花的價錢要高了五百鎊。沒想到他毫不討價還價，當場就成交了。他又說他的委託人還需要家具，問我是否願意再開個價。這些家具都是我從老家搬過來的，都是些上等的家具，於是我又說出一個相當划算的高價，他同樣一口答應了。我原本打算到國外去旅行一趟，因為這次交易讓我大賺一筆，看來今後應該不愁吃穿了。」

「昨天，這名房屋仲介商把寫好的合同拿來請我簽字。我把合同給我的律師蘇特羅先生審閱了一下，他對我說，這個合同非常古怪，一旦我簽了字，那麼這裡的所有東西，包括我的個人物品都不能帶走了。於是，當晚上那個人來取合同的時候，我指出了這一點，並強調說我只賣家具。」

「『不，我們說的是所有物品。』他說。」

「『那我的衣服、首飾呢？難道我只能兩手空空地離開自己的家？』」

「『這也不至於，你可以帶走你的私人用品。但是，這些東西得先經過我們的檢查才能帶走。我的委託人說了，要買就全部買下，不然就什麼也不買。』」

「『既然如此，那就別買了。』我說道。於是，這件事就這樣擱下了，但我卻開始有一種莫名其妙的擔心——」

福爾摩斯突然舉起手，示意她別再說下去，然後大步走到門口，猛地把門拉開，一把拖進一個又高又瘦的女人。當這個女人像一隻雞一樣被拎進來的時候，她還在拚命地掙扎著。

「放手！你這混蛋，你想做什麼？」她嚷道。

「蘇珊，這是怎麼回事？」女主人問道。

「太太，我正準備進來問你客人是不是要留下來用餐，他就……」

「我知道你躲在外面已經有五分鐘了，但我不想打斷你主人的話。蘇珊，你有氣喘病吧？你做這種工作是不恰當的。」

女僕仍試圖裝出一副委屈的樣子，喊道：「你是哪位，憑什麼這樣抓著我？」

「麥伯利太太，我想問你一個問題，你曾對你的女僕說過要寫信給我並請我幫忙的事嗎？」

「沒有，我不喜歡向僕人徵求意見，福爾摩斯先生。」

「你寫好信後，是親自寄出去的嗎？」

「不，我請蘇珊替我寄的。」

「哈，這就對了。蘇珊，你向誰報信說你的女主人要找我？」

「我沒報信，你胡說！」

「蘇珊，說謊是沒有好處的，而且氣喘的人壽命都不長。你究竟對誰講了？」

「蘇珊！」女主人突然生氣地喊道，「你這個狡猾的壞東西。哦，我想起來了，和你在籬笆旁說話的那個男人是誰？」

「這是我的私事，你沒有權利過問。」女僕咄咄逼人，一點也不退讓。

「你不說我也知道，那個人就是邦尼！」

「哦，既然你已經知道了，那何必問呢？」

「我本來還不確定，但經福爾摩斯先生這一提醒，我立刻就明白了。好吧，蘇珊，告訴我邦尼背後有什麼人，我就給你十英鎊。」

「我才不稀罕，那個人花一千鎊就像你花十鎊一樣輕鬆。」

「也就是說，他是一個富有的男人？你笑了？哦，也就是說那是個女人！好了，我們都知道這麼多了，你還是說出來吧！我立刻給你十英鎊。」

「我寧願看著你下地獄！」

「你瘋了，蘇珊！」麥伯利太太大聲說道。

「我不想再幹下去了。明天我就叫人來把我的行李取走。」女僕說著徑直朝門口走去。

「再見，蘇珊。記住按時服用樟腦鴉片酊——」門重新關上後，福爾摩斯立刻收斂住幽默的表情。「這些傢伙鬼鬼祟祟的，而且又很緊急，看來他們是準備做一樁大買賣。你給我的信上郵戳是上午十點，蘇珊又立刻向邦尼報了信，邦尼立刻找到他的主人請示下一步。於是他們找了一個黑人拳擊手史帝夫來威脅我，一切都是這樣迅速。看來，他們是一群有組織的傢伙。」

「是啊，他們究竟有何目的呢？」

「這就是我們必須先弄清的問題。對了，在你之前，是誰住在這裡？」

「是一位姓佛格森的老海軍上校。」

「這個人有沒有什麼特別之處，例如說，非常富有？」

「我從未聽說過。」

「我懷疑他是不是在這裡埋了什麼東西。當然，現在許多人都將黃金埋在郵政銀行裡了，但世界無奇不有。不過，如果真是那樣的話，他們要你的家具做什麼呢？是不是你家裡有什麼貴重的東西，例如拉斐爾的真跡或是莎士比亞的首版本，而你自己卻不知道？」

「不會，除了一套皇家德比茶具外，我想沒有什麼值錢的東西了。」

「雖然那套茶具十分珍貴，但對方犯不著採取如此神秘的行動，直接出高價買下就是了，何必連鍋碗瓢盆都不放過呢？依我看，你家裡一定有一件連你自己都不知道的貴重物品，如果你知道了，就不會輕易放手了。」

「我也覺得是這樣。」我說。

「哈，你看，華生也這樣想，那就不會錯了，」福爾摩斯高興地說，「我們運用邏輯分析法來縮小一下範圍。你住在這裡一年了吧？」

「差不多兩年。」

「很好。以前一直沒有人向你提出過類似的要求是嗎？那麼在這三四天內突然遇到一位如此急迫的買家，這能說明什麼呢？」

「說明他們需要的東西是在最近幾天內才進入這所宅子的！」我說。

「沒錯！」福爾摩斯說道，「那麼，麥伯利太太，最近有什麼新鮮的玩意兒進入了你家嗎？」

「沒有，我已經很久沒有買什麼新東西了。」

「哦？這就奇怪了。看來我們還需要取得一些線索，並進一步關注事態的發展。你的律師是個精明能幹的人嗎？」

「他很不錯。」

「蘇珊已經不幹了，你還有其他女僕嗎？」

「哦，還有一個女孩。」

「我建議你請蘇特羅到這裡來住上幾天。你或許需要保護。」

「有那麼嚴重？」

「誰知道呢？這個案子現在還很模糊。既然我們連他們的目的都不知道，看來只能一方面加強防範，一方面尋找破案線索，揪出主謀。那個自稱房屋仲介商的傢伙留下聯絡地址了嗎？」

「沒有，他只留了一張名片，上面印著『海恩斯詹森，拍賣兼估價商』。」

「看來也不用枉費心機在電話簿上找他了，正當的商人絕不會隱瞞經營地址的。那麼，夫人，你的案子我一定會追查下去，如果有什麼新的線索和情況，請立即通知我。」

當我們告辭走出門廳的時候，福爾摩斯那老鷹般銳利的眼睛迅速環視著。忽然，他的目光停在大廳角落的幾個箱子上。上邊還貼著各色的海關標籤。

「『米蘭』、『盧塞恩』，這些是從義大利運來的？」

「是啊，是我那不幸的兒子道格拉斯的遺物。」

「運來多久了？你打開看過嗎？」

「上週運到的，我還沒打開過。」

「但你剛才說——哦，說不定線索就在這裡面呢！誰知道箱子裡有什麼珍貴的東西呢？」

「不可能的，福爾摩斯先生，道格拉斯就只有薪水和小筆年金。哪可能會有什麼值錢的東西呢？」

福爾摩斯低頭沉思了一會兒。

「不管怎樣，我覺得你有必要儘快檢查一下箱子裡究竟裝了什麼。再見了，麥伯利太太，我明天再來聽聽你的檢查結果。」

當我們走出莊園，拐過路邊的高籬笆時，看見黑人拳擊手史帝夫正站在那裡。在這樣偏僻的地方突然冒出一個面目猙獰的傢伙，確實有些令人心驚。顯然，這座山莊已處於嚴密的監視當中。福爾摩斯的手朝口袋摸去。

「哦，掏槍嗎？福爾摩斯先生。」

「不，找鼻煙盒，史帝夫。」

「嘿，你真有意思，福爾摩斯先生。」

「是嗎？如果我跟蹤你的話，你就不會這樣想了。不過，今天早上我已有言在先。」

「沒錯，福爾摩斯先生，我也考慮過，我不想有人再去提那些舊事。有需要我效力的地方，請儘管吩咐。」

「那麼，告訴我你的主人是誰。」

「天哪！難道你還以為我在騙你嗎？福爾摩斯先生，只要我知道的事，就一定會告訴你的。我現在是直接聽從邦尼的命令，就這些。」

「好吧，史帝夫，我告訴你，這棟宅邸以及它的主人目前都是歸我保護的，你可別亂來。」

「哦，福爾摩斯先生，我會記住的。」

「看來，這傢伙為了自保，暫時不會做出對我們不利的事，」當我們往前走的時候，福爾摩斯對我說道，「如果他真的知道幕後黑手是誰，相信他一定會開口的。還好，我已掌握了一點約翰集團的情報，而史帝夫正是這個集團的一員。華生，現在我們很需要找藍道爾．帕克幫忙，有了他，事情就好辦了。」

藍道爾．帕克可說是一個社會消息的資料庫，他能夠向福爾摩斯提供各方面的謠傳。這位古怪懶散的人在頭腦清醒的時候，通常會待在聖詹姆士大街一家有凸肚窗的俱樂部裡，在這裡接收並傳播首都的一些小道消息。據說，他那四位數的收入全都來自給那些小報投稿的稿費，而這些小報則專供那些好事之徒用以消遣。在倫敦社會的陰暗面裡，只要一有風吹草動，就會被這個人準確生動地記錄下來。當福爾摩斯對某些事情不太明瞭時，就會把藍道爾當作他的百科全書來查閱。

第二天清早，我又來到了老朋友的房間。從他的表情來看，事情進展得還算順利，但我沒想到的是，有一個意外正等著我們——福爾摩斯收到了一封電報：

請立刻動身，住宅遭竊。警察已到。

蘇特羅

「啊，沒想到這麼快，現在劇情已進行到高潮了，這個集團的勢力果真不小。這位叫蘇特羅的就是麥伯利太太的律師吧？看來他也是一個靠不住的傢伙。唉！昨天應該讓你留在那裡守衛的。沒辦法，今天又得到哈羅去一趟了。」

當我們再次趕到三角牆山莊時，這裡的秩序已和昨天完全不一樣了。兩名警察正在檢查窗戶和種有天竺葵的花壇，花園門口站了許多湊熱鬧的群眾。我們一走進大廳，就看見一位白髮蒼蒼的老紳士和一位滿面紅光的警官正在那裡交換著意見。一看見我們，警官立刻擺出一副老熟人的模樣和福爾摩斯打起招呼來。

「嗨，福爾摩斯先生。這回你白跑一趟了，這種普通的竊案，一般警察就能應付，用不著專家插手。」

「當然，案子已經被有能力的警察接手了，」福爾摩斯不以為然地說道，「你認為這只是一樁普通的竊案嗎？」

「是啊。我們已經知道了犯人是誰，以及他們現在在哪。是邦尼集團幹的，還有一個黑人，有人在附近看過他。」

「非常好！那麼，你知道他們偷走了什麼嗎？」

「這個當然得問主人自己，麥伯利太太被他們麻醉了，住宅裡——哦，她過來了。」

麥伯利太太由一個女僕攙扶著走了進來，這位昨天還精神奕奕的老婦人，一下子變得蒼白而虛弱。

「真後悔啊！我沒有按照你的建議去做，福爾摩斯先生。」女主人苦笑了一下說道，「我以為不會有什麼事，所以不想去麻煩蘇特羅先生，結果——唉！」

「我也是今天早上才聽說的，便急忙趕了過來。」律師說道。

「福爾摩斯先生昨天曾勸我請你過來留宿，加強戒備，我沒有聽從，以致有這種結果。」

「別過於自責了，夫人，」福爾摩斯說，「你看上去很虛弱，能不能振作一下，把事情經過敘述一番？」

「事情已經很明顯了！」警官敲著筆記本說。

「不過，我還是想聽夫人親口敘述一下，如果她撐得住——」

「其實也沒什麼經過。我看到蘇珊把他們帶進來，因此他們對這棟房子十分熟悉。我不知道我昏迷了多久，只感覺到嘴巴被沾了氯仿的紗布罩住。當我甦醒過來後，看見兩個人，一個站在床邊，另一個則從我獨生子的行李堆中鑽出來，手裡拽著一卷紙，行李被打開並翻得一片狼籍；福爾摩斯先生，我聽了你的建議之後，就把這些行李搬到臥室裡去了。我看他們拿著這些東西要逃走，便掙扎著爬起來抱住了其中一人。」

「你這樣做太危險了。」警官說。

「他用力把我甩開，另一個人朝我頭上猛擊了一下，我立刻失去了知覺。女僕瑪麗可能聽到了聲響，她跑了過來對著窗外大喊，警察很快就趕過來，但歹徒已逃走了。」

「他們拿走了什麼嗎？」

「我已檢查過，我兒子的行李箱裡沒什麼值錢的東西。」

「那麼，他們有留下線索嗎？」

「哦，地上有張很皺的紙，上面是我兒子的筆跡，這是我從那個人手中奪來的。」

「那張廢紙也沒什麼用，」警官說，「如果犯人——」

「或許是這樣，」福爾摩斯說，「不過我還是想看看上面寫了些什麼。」

警官將一大頁書寫紙從筆記本裡抽了出來。

「雖然只是一些瑣碎的細節，但我也不會忽略，」警官鄭重其事地說，「我從事這行已經二十多年了，還算得上有經驗。我認為，或許這上面留有犯人的指紋。」

福爾摩斯接過這張紙來仔細看了看。

「警官，你有什麼看法？」

「這肯定是一本小說的結尾部分。」

「或許是一個離奇故事的結尾，」福爾摩斯說，「這是二百四十五頁，那麼，其他的二百四十四頁去哪了？」

「很明顯是犯人拿走了，」警官說，「女主人不是說這一張是她奪回來的嗎？」

「沒錯，但是大費周章地偷走這樣的東西卻有些奇怪。你不覺得嗎？」

「這也不一定，或許他們在慌亂中抓到什麼就拿走什麼，沒有選擇的時間，因為麥伯利太太發現了他們。」

「為什麼他們偏偏要去翻我兒子的遺物呢？」麥伯利太太問道。

「誰知道他們進入屋子有多久了？說不定他們已經先在樓下找了一陣子，但沒找到什麼值錢的東西，所以就上樓來了。福爾摩斯先生，你認為呢？」

「我需要再想一想。華生，過來窗戶這裡。」我走過去，他把那張紙上的內容慢慢讀了一遍。上面寫著：

——臉上的傷口淌著血，他抬頭去看那張他願為之犧牲的臉，但這張臉面對他的悲痛和屈辱卻是那樣的漠然。這一刻，他臉上所流的血與心裡淌的血相比，又算得了什麼呢？後來，她竟然笑了，笑得那樣坦然，這完全是一個沒有人性的魔鬼的笑！那一剎那，愛意消失了，取而代之的是無窮無盡的憎恨。人總是為某個目的生存著的，如果現在不是為了擁抱你，我的愛人，那就為了毀滅你、為了復仇而活！

「真是奇怪的語法！」福爾摩斯微笑著說，「注意到了嗎？前面一直使用第三人稱，在結尾處卻一下子變成了第一人稱，看來作者相當激動，他完全讓自己代替了故事中的主角。」

「像這樣邏輯混亂的文章，雖然感情濃烈，卻令人不敢恭維，」警官一面把這張紙放回筆記本，一面說，「哎！福爾摩斯先生，你要回去了嗎？」

「是啊，有了你這樣能幹的人處理這件案子，我待在這裡還有什麼用呢？噢，對了，麥伯利太太，你好像說過你很想出國去旅行吧？」

「那是我長久以來的夢想，福爾摩斯先生。」

「你希望到什麼地方去呢？開羅？馬德里？還是里維耶拉？」

「如果有足夠的錢，我想要環遊世界。」

「哦，很不錯！再見，或許下午我會來信。」說完，福爾摩斯拉著我一同離開了現場。經過窗口的時候，我朝裡面望了望，看見那個警官站在那裡微笑著搖了搖頭，彷彿在說：「福爾摩斯大概有點瘋了。」

「好了，我們的這趟旅程也差不多該結束了。」當我們回到倫敦市中心時，福爾摩斯對我說道，「不過，還有一點事情得馬上去辦。華生，你最好和我一起去，因為和伊莎杜拉．克蘭這樣的女士打交道時，需要有一個見證人在場，這樣比較安全。」

於是我們又雇了一輛馬車，向克勞斯凡諾廣場方向疾馳過去。福爾摩斯沉默了好一陣子後，忽然說道：

「你明白這是怎麼回事了吧？」

「或許吧，至少我知道現在是去找那位藏身幕後的女士。」

「沒錯！你聽過伊莎杜拉．克蘭這個名字嗎？她可是一位出了名的美女！你一定沒有見過比她更美麗的女人了。她具有純正的南美征服者——西班牙的血統，她的家族十分顯赫，在伯南布哥已出任好幾次領導人了。

這位美麗的女人在嫁給年老的德國糖業大王克蘭後，不久即成為世界上最富有的寡婦，之後便不斷傳出有關她的緋聞。她有許多情人，而道格拉斯．麥伯利這位很有前途的年輕人便是其中之一。但可以肯定的是，這位堅強而驕傲的年輕人並不是一個情場上的花花公子，他對她的追求也不是出於一時的衝動和興致，他付出了自己的一切，同時也希望能得到她的一切。可是，這個痴情男所面對的卻是一個冷酷無情的女人。她在滿足了自己的需要後，便一把推開了他。她是一個冷酷的人，會不擇手斷地強迫對方接受她的意見。」

「這麼說來，那些紙上記錄的是他自己的經歷——」

「你終於想通了。聽說這位美人現在正要嫁給一位幾乎能當她兒子的年輕公爵。洛蒙公爵的母親或許並不介意她的年齡，但很注重名聲，如果那些醜聞傳出去將不堪設想，因此——哦，我們到了。」

馬車在一幢豪華的住宅前停了下來，這是倫敦西區的最講究的住宅之一。我們把名片遞了進去，動作緩慢的僕人進入大廳後又出來，告知我們女主人不在家。然而福爾摩斯還是堅決地說：「那我們就在這裡等她回來！」

「她說的不在家，是對『你們』來說不在家。」僕人說道。

「那好，」福爾摩斯說，「既然這樣，我們也不必等候了。請把這張便條交給你的主人。」

於是他從日記本上撕下一頁紙，匆匆寫了幾個字後交給了僕人。

「你寫了些什麼？」我問道。

「只有一句話：『交給警察去辦？』我想看了這張紙條後，她一定會讓我們進去的。」

果然不出所料，僕人很快就出來了。一分鐘後，我們已進入了一間彷彿出現在天方夜譚中的客廳，寬闊的客廳佈置得美輪美奐，粉紅色的燈光看上去很柔和，我猜是考量了女主人的年齡，到了這個年紀，再美麗的女人也不敢將自己曝露於明亮的燈光下。我們一進入客廳，她便從靠椅上站了起來，修長絕美的身材宛如一尊雕像，或許這個世界上也只有雕塑家能塑造出這樣完美的身材來。但是，從那雙美麗動人的眼睛裡射出來的，卻是兩道寒光。

「你們為何要干涉我？還寫字條威脅我！」她舉著那張紙條吼道。

「夫人，憑你的智慧，應該不需要我解釋了吧？雖然我也承認，近來你的思路並不太清晰。」

「怎麼說？」

「你以為雇幾個流氓就可以阻止我了，但卻適得其反。」

「我不知道你在說些什麼，先生。」

「那就再會了，看來是我低估了你的智慧。」福爾摩斯轉身就走。

「等等，你們要去哪裡？」

「當然是蘇格蘭場。」

還沒等我們走到大門口，這位女士便著急地追了上來，拉住了福爾摩斯的手臂，剛才盛氣凌人的她轉瞬間變得如天鵝絨般溫順。

「先生們，請回來坐下，讓我們好好談談吧！福爾摩斯先生，我知道你是位紳士，你知道女人總是很感性。我可以把你當成好朋友來對待，你不會讓我為難吧？」

「當然，我不能代表法律，因此，無法保證像法律那樣一絲不苟地處理事情。但是，我微薄的能力至少代表著公理。我願意聽聽你的故事，這將決定我下一步的行動。」

「毫無疑問，威脅你是最愚蠢的方法，你是個勇敢的人。」

「更大的錯誤是你把自己交給了一群可能藉此敲詐或出賣你的流氓集團。」

「你這樣想的話就是你的錯了，福爾摩斯先生。我既然已決定說出實話，便不會再隱瞞什麼，況且也未必能瞞得過你。告訴你吧，除了邦尼和他老婆蘇珊之外，沒有第三個人知道他們的委託人是誰。至於他們夫婦，我能絕對地信任他們。這也並非第一次了，我知道他們是絕對忠於我的。」她滿意地點著頭，微笑說道。

「你這麼信任他們？」

「他們是絕不會走漏風聲的忠實獵犬。」

「可是狗急也會跳牆。他們因為這次竊案已被警方盯上了，一旦他們被捕，就會把你招出來！」

「不會的。他們寧可自己承擔所有責任，這是我們早已達成的協定。」

「這麼說來，只有我能使你出面了？」

「我相信你不會這樣做的，因為你是一位正直的紳士。你不會無聊地去揭發一個女人的隱私。」

「那你必須歸還那些手稿。」

她爆發出一陣笑聲，然後走到壁爐旁，拿起火鉗在爐子裡撥弄著灰燼。「你要的東西就在這裡，它還有用嗎？」看著她那副勝利似的無賴表情，我感覺到眼前這位算得上福爾摩斯接觸過的最狡猾的罪犯之一了。然而，福爾摩斯卻是一副無動於衷的表情。

「你的動作很快，不過，這次你卻做得太過火了，你知道這麼做的後果嗎？」

只聽得「啪」一聲，她扔掉了手中的火鉗。

「你真是冷酷！」她說道，「你堅持要知道全部的經過嗎？」

「我認為我有責任弄清事實。不過，說不定我也可以講給你聽。」

「我相信你的能力。但是，福爾摩斯，你能從我的角度來看待這件事嗎？這是一個野心勃勃的女人眼看自己的一生即將被毀掉時，而實施的自我保護。這麼做難道有罪嗎？」

「罪惡是因你而起。」

「沒錯，是的，我承認。道格拉斯確實是一個不錯的小伙子，但是他不適合我，我不能把命運交給他掌握。他要求我與他結婚，但我怎麼甘心嫁給一個平民？我斷然拒絕了，然而他卻不肯接受其他安排。後來，他變得越來越固執，當我終於無法容忍他的時候，便不得不讓他面對現實。」

「你就雇了流氓在屋外痛毆他一頓。」

「你真是深藏不露，福爾摩斯先生。沒錯，我讓邦尼和幾個小伙子把他弄走了，他們確實是粗魯了一點。但是，我怎麼也沒有想到，那樣一個有自尊心的紳士會做出這種事來：他寫了一本書，記錄了自己的經歷，並把我描述成一匹狼，他自己則成了一隻受傷的羊。當然，故事裡的人名都是改過的，但倫敦城的居民有誰會看不出來呢？」

「無論如何，這都是法律容許的權利。」

「他那義大利血統遺傳下來的殘忍性格註定了他不會放過我。他寄給我一份複製本，然後說將把原稿交給出版商。他想讓我徹底崩潰。」

「那麼，為什麼書遲遲沒有出版呢？」

「我當然不會讓他得逞。我知道出版商是誰，因為他以前也投稿過。我打聽到出版商還未收到從義大利的來信，道格拉斯卻突然因病去世了，當然，稿件會作為遺物被寄回他母親那裡。但只要那本原稿還留著，我就一刻也不得安寧。我反覆地思考，本來想用正當的手段買下來，哪怕是用天價，但最終沒有成功。因此，我不得不出此下策。這下你全都知道了，福爾摩斯先生，其實對於道格拉斯的死，我也感到十分的心痛和後悔！但是，在這個命運的轉捩點上我又能如何抉擇呢？」

福爾摩斯嘆了一口氣。

「好吧，看來我又得像之前一樣弄個賠錢了事了。最高級別的環遊世界需要花多少錢？」

女主人睜大眼睛，疑惑不解地望著他。

「五千鎊應該夠了吧？」

「我想應該夠了，真的！」

「那就請你開一張五千鎊的支票，由我轉交給麥伯利太太吧，你有責任替她換換環境。除此之外，」福爾摩斯搖了搖手指說道，「當心啊，女士，玩火者必自焚！」

5 吸血鬼

福爾摩斯剛收到一封信，當他將信的內容看完之後，竟啞然一笑，把信遞給了我。

「華生，你看看吧，」他對我說，「這封信可是帶有神秘色彩的，它融合了現代與中古、現實與幻想，十分有趣。」

信上寫著：

十一月十九日寄自老裘瑞街四六號

關於吸血鬼

尊敬的福爾摩斯先生：

敝公司的客戶，明辛街的佛格森&穆爾海德茶葉貿易公司的羅伯特．佛格森先生，今日來信諮詢有關吸血鬼的事。由於敝公司僅經辦機械估價業務，此類諮詢並不在本公司經營範圍內，但得知福爾摩斯先生承辦瑪蒂妲．布瑞格斯案件成果不凡，故建議佛格森先生與你聯繫，勞煩你為此特殊案件釋疑。

莫瑞森，莫瑞森&杜德公司

經辦人E．J．C

「瑪蒂妲．布瑞格斯可不是哪個少女的名字，」福爾摩斯說道，「那是一艘船。這件案子與蘇門答臘巨鼠案有關，公布出來確實有些讓人吃驚。但這與吸血鬼沒有絲毫關係啊？真令人摸不著頭腦，我們進入童話世界了嗎？華生，查查V開頭的檔案，看看有些什麼解釋。」

我轉過身去，把那本索引拿下來遞給了他。福爾摩斯把書攤在膝蓋上，開始認真地查閱舊案記錄，那裡頭包含著他畢生累積的資料。

「『光榮蘇格蘭』號的航程，」他喃喃自語道，「這件案子你作過記錄，但結局不怎麼樣；製造偽鈔的維克特．林區；毒蜥蜴——哦，這個案子非常了不起！馬戲女演員維多利亞；凡德貝爾特和竊賊；毒蛇；傑出的鐵匠維格——哈！我的索引真是包羅萬象啊，哦，華生，看看這個，匈牙利吸血迷信！還有，特蘭西瓦尼的吸血鬼！」他又仔細地看了看這兩個案件的記錄，突然失望地哼了一聲，把書扔在桌子上。

「胡扯，純粹是胡扯！鬼才相信這些東西，真會有那種非得用夾板釘在墳墓裡才能停止活動的殭屍嗎？」

「不能這麼說，」我說道，「所謂的吸血鬼不一定是死人，有些活人也會有吸血的嗜好。我以前就曾在書上看過，說有的老人專吸年輕人的血以保持青春。」

「你說的沒錯，這本索引裡就有類似傳說的記載。但是你相信嗎？這位E．J．C．先生也擺脫不了地球的引力。這個世界已經夠大的了，人們何必再去管靈界的事呢？我不相佛格森的鬼故事！哎，這裡還有一封信呢，它或許能把我們從童話中拉出來。」

他從桌子上拿起另一封信，這封信由於他對前一封信的過度關注而被忽略。他攤開信讀了起來，臉上的微笑慢慢消失了，表情變得凝重起來，後來便陷入了沉思。過了好一會兒，他才從思考中驚醒。

「蘭伯利的奇斯曼莊園。華生，蘭伯利在哪？」

「哦，蘭伯利位於蘇塞克斯郡，就在霍爾森河的南邊。」

「不會很遠吧？」

「我對那個地區的鄉間還算熟悉。那裡的許多古老住宅都是以最初的屋主姓氏來命名的，比如奧德利莊園、凱立頓莊園、哈維莊園等等，那些家族早就消失或被人們遺忘了，但是他們的姓氏卻透過這種特殊的形式保存了下來。」

「哦，」福爾摩斯冷冷地答道。他雖然也把這些還不曾了解的知識準確地裝入了大腦，但他那驕傲冷漠的氣質卻使他不屑向這些知識的提供者流露一絲謝意。「我們很快就會得到更多的資訊。這封信是佛格森親手寫的，他還提到自己認識你呢！」

「真的？」

「不信你自己看吧。」

他把信遞給我。信的開頭就是剛才他唸的地址，內容是：

福爾摩斯先生：

我的律師推薦你為我解決問題，這件事情實在太過離奇，或許你會以為我被嚇糊塗了。事實上，我只是代替一位朋友前來求教的。五年前，我的一位朋友和一位來自秘魯的小姐結婚，這位小姐是一個企業家的女兒，模樣十分俏麗，我的這位朋友是在一筆進口硝酸的生意中與她認識的。起初他們的感情還不錯，但是國籍和宗教的差異給他們帶來了一些隔閡。最後，我的這位朋友對他妻子的熱情逐漸冷卻了下來，開始意識到他們的結合或許是一個錯誤，他無法理解她性格中的某些成份。然而妻子卻一如往常地深愛著她的丈夫，仍然是那麼的溫柔與勤勞。這使我的這位朋友陷入了極端的痛苦和矛盾之中。

這是他們目前的感情狀況。接著我再來談談現在發生的可怕問題；我先在這裡說個大概，如果你願意的話，我想面談後或許能說得更明白些。不久前，這位女士開始表現出一些異常的行為，這與她之前的溫柔本性極不相稱。我的朋友結過兩次婚，前妻為他留下了一個兒子。現在已經十五歲，是一個十分討喜的孩子，只可惜小時候受過一些外傷。最近，有人看見這位繼母兩次無緣無故地體罰孩子，一次是用手杖，以致孩子的手臂現在還留有一大塊瘀青。

這還不算什麼，更讓人吃驚的是她對自己親生兒子的行為。大約在一個月之前，有一次保姆剛放下嬰兒去忙其他事情，幾分鐘後卻聽到嬰兒啼哭起來，她急忙趕回來，發現女主人——嬰兒的母親正彎下腰，像是在咬小主人的脖子！保姆嚇呆了，正想去找男主人來，卻被女主人發現了，她反覆地央求保姆替她保密，還給了她五鎊錢，於是保姆只好忐忑不安的答應了。

雖然事情過去了，但卻在保姆的心中留下了陰影；況且她對這個從小照顧的嬰兒有著深厚的感情，於是，她總是暗中留意著女主人的行動，防止她再次傷害嬰兒。但是她很快發現，女主人也同樣在監視她，只要她稍一疏忽，這個母親就會像餓狼一般撲向嬰兒！保姆終於忍不住向男主人說出了一切，但男主人認為這個離奇的故事太過荒誕——或許你現在也有這種想法；他深知妻子是愛他的，而且對繼子也相當不錯。他想，她那次打他，一定也是孩子將她激怒的緣故。這樣一個溫柔的女人，又怎麼會去傷害自己的親生兒子呢？他相信是保姆產生了幻覺，要不就是出了什麼毛病。正當他訓斥保姆的時候，突然傳來了嬰兒的哭聲。男主人和保姆發瘋般地朝嬰兒室跑去，只見他妻子搖搖晃晃地從搖籃邊站了起來，嬰兒的脖子上正冒出殷紅的鮮血。當他妻子驚恐地轉過身來時，她的嘴唇周圍也都是鮮血！他嚇得叫了出來，這可是他親眼看見的，自己的妻子竟然是一個吸血鬼……

這就是大致情形。她現在一直把自己關在臥室裡，而這位丈夫也幾乎快要發瘋了。雖然我們以前也曾聽說過吸血鬼，但是都把它當成了一個消遣的話題，誰知道它現在就在英國的蘇塞克斯出現了呢？福爾摩斯先生，你能接受這件近似荒誕的案子嗎？你不會拋棄一個瀕臨崩潰的人吧？如蒙不棄，請回電至蘭伯利的奇斯曼莊園，我會於上午十點上門拜訪。

羅伯特．佛格森

附言：如果我沒記錯的話，你的朋友華生曾是布萊克希斯橄欖球隊的隊員，當時我在里奇蒙德隊擔任中衛。在私交方面，這是我唯一可以作出的自我介紹。

「的確，是有這麼一個人，」我放下信說道，「里奇蒙德隊最優秀的中衛——大個子羅伯特．佛格森，一個十分厚道的人。從這封信上就可以看得出他對朋友的關心，他一向古道熱腸。」

福爾摩斯卻不可置信地搖了搖頭。

「華生，相處這麼久了，我還是無法徹底摸清你的想法，」他說，「你總有令我吃驚的時候。好吧，有勞你去拍一封電報，就說『我同意承辦你的案件。』」

「『你的』案子？」

「這當然是他本人的案子，既然答應承辦，就不能讓他覺得我們是沒大腦的偵探。你儘管去發吧，明天上午就會見分曉了。」

次日上午十點鐘，佛格森大步地走進了我們的房間。在我的記憶裡，他身材高大且非常靈活，速度奇快，常常能繞過對方後衛的攔截。對於能和一位曾經聲名遠播的運動健將重逢，我感到有些興奮。但當我站起來時，才發現佛格森強壯的骨骼已經塌陷，雙肩低垂，頭髮變得淡黃且十分稀疏。我擔心他也是這樣看我的。

「嗨！你好，華生，」他仍然是那麼熱切而深情，「你看起來跟當年我在老鹿球場把你丟到觀眾席時的樣子截然不同了，我想我自己也變了不少。不過，我是最近才變成這副德性的。福爾摩斯先生，你是一個精明的人，我無法再隱瞞下去了。」

「是啊，說實話更有利於解決問題。」福爾摩斯講道。

「當然。但是你可以想像，作為一個家庭的支柱，面對這種情形是多麼為難啊！我該怎麼跟警察陳述？我還得顧及孩子的安危！福爾摩斯先生，你辦過這麼奇怪的案件嗎？有過這方面的經驗嗎？她是不是患有精神病或是遺傳呢？求求你，福爾摩斯先生，你一定要幫幫我。」

「我非常理解你的處境和心情，佛格森先生。請你坐下來，冷靜一下，我來問你幾個問題。我可以保證，你的案子並不會使我束手無策，我有自信能找到答案。你目前採取了什麼措施？你的妻子還與孩子有接觸嗎？」

「我和她發生了爭吵。福爾摩斯先生，看得出來她還是深愛著我的，知道我發現了這個不可告人的秘密之後，她痛不欲生。對於我的責備，她只是默默地承受著，以一種絕望的表情盯著我，然後就躲進房間裡閉門不出。從此，她就再也不肯見我了。只讓隨她陪嫁來的女僕桃樂絲給她送飯。那是她最貼身的僕人，或許更像是位朋友。」

「這麼看來，目前孩子不會再遇到危險了吧？」

「保姆梅森太太發誓說，在我回去之前，她會日夜守在嬰兒旁邊。但我卻有點擔心傑克，就像我信中所說，他已經遭到兩次毒打。」

「可是沒有受傷？」

「沒有，但她打得很重。更可怕的是，他是個沒有反抗能力的殘疾人，」佛格森臉上帶著無限憐愛的神情說，「任誰看了他都會心軟的，小時候他摔傷了脊椎，從此便變得有些跛。雖然如此，他卻是一個懂事、可愛的孩子。」

福爾摩斯再次將桌上那封信拿起來，反覆看著。

「佛格森先生，你家裡還有其他人嗎？」

「屋裡除了兩個新來的僕人和一個叫麥可的馬伕之外，就只有我和妻子、兩個兒子、女僕桃樂絲，以及保姆梅森太太了。」

「你與妻子結婚的時候，對她的了解有多少呢？」

「我們那時才認識幾個星期呢！」

「女僕桃樂絲跟隨你的妻子多久了？」

「很多年。」

「我想她可能比你更了解你的妻子吧？」

「我想是的。」

「看來我還得親自去你那裡調查一下，」福爾摩斯說，「正好女主人閉門不出，我們在莊園裡也不會打擾到她。當然，我們會在旅館投宿。」

佛格森終於長長地吐了口氣。

「太好了，福爾摩斯先生，這正是我所希望的。兩點鐘就會有一班舒適的列車從維多利亞車站出發。」

「我一定會去。目前我手頭正好沒什麼大案，我會全力以赴，華生當然也會同行。不過，還有幾個問題我得先弄明白。根據你的陳述，你妻子對你的兩個兒子都有所傷害，但傷害的方式卻不同，她是如何對待你的大兒子呢？」

「一次是用手杖打，另外一次則是用雙手狠狠地打。」

「你沒責問她為什麼要打他嗎？」

「我問了，她只說她恨他，一次又一次地重複說道。」

「嗯，這是繼母常犯的毛病，她們嫉妒前妻生的孩子。她的個性容易嫉妒嗎？」

「沒錯，她的嫉妒心極強——就像其他的熱帶女子一樣。」

「據我所知，你的大兒子已經十五歲了，由於他的身體有點殘疾，肯定會讓心智較為早熟。他沒有向你提起過被毆打的原因？」

「沒有，他只說是無緣無故遭到毒打。」

「他和繼母的關係如何？」

「他們之間一向沒有任何感情。」

「但你說他是一個討喜的孩子？」

「是啊，世界上再也沒有像他這麼懂事的孩子了。我的生命就是他的生命，他對我的所作所為完全信服。」

福爾摩斯默默地出了一會兒神。

「再婚前，你和兒子感情一定很深。你們一直生活在一起嗎？」

「幾乎沒有分開過。」

「哦，看來在他母親去世之前，他們母子間的關係也是非常親密？」

「沒錯。」

「真是一個有趣的孩子。那麼，她對你兒子的毆打和對嬰兒的怪異行為是同一天發生的嗎？」

「第一次是這樣。她似乎突然中了邪，並通通發洩在孩子身上。第二次卻只有傑克被打，保姆並沒有說嬰兒發生了什麼意外。」

「這樣說來，情況就更為複雜了。」

「怎麼了，福爾摩斯先生？我有點不明白你的意思。」

「我只是作出了一些推測，還需要一些新的線索和時間去證實。或許推測是一種錯誤，也可以說是一種壞習慣，人總是或少或多有些壞習慣。只是，華生把我的這一習慣加以誇大與美化了。無論如何，我可以告訴你，你的案件並不離奇，今天兩點鐘我們得趕到維多利亞車站。」

這是個十一月的多霧黃昏。我們把行李寄放在蘭伯利的查克旅館，然後驅車穿過泥濘蜿蜒的蘇塞克斯馬路，來到了佛格森擁有的這座偏僻古老的莊園。那是一棟龐大的建築，中間的部分古老而陳舊，兩翼是一些新建築，有都鐸式的高聳煙囪和傾斜的霍爾森石板瓦。大門外的階梯已經凹凸不平，長廊牆壁上嵌著過去屋主的圓形圖像。室內的天花板被巨大的橡木柱支撐著，地板上有很深的凹痕。這座搖搖欲墜的古老莊園散發出一股陰森的恐怖之氣，也可能只是心理作用。

佛格森把我們引進一間寬敞的大廳中。這裡立著一座罩著鐵屏的寬大古式壁爐，上面刻著它的製造年代「一六七〇」，壁爐裡正生著熊熊的爐火。

我四下打量了一下，這座房子的裝飾風格可說是跨越了時代和空間。牆壁是雕花的木板，大概是十七世紀原莊主遺留下來的。牆壁下半部掛著一排極為美觀的水彩畫，上方卻掛滿了來自南美的武器和器皿，這些顯然是那位秘魯太太的飾物。福爾摩斯仔細地打量著這些物品，隨後慢慢地坐了下來。

「嘿！」他突然興奮地大叫起來，「牠怎麼了？」

一隻西班牙長毛狗原本待在屋角的狗窩裡，這時正慢慢地朝牠的主人爬過來。牠拖著後腿，爬得十分吃力，但仍親熱地舔著主人的手。

「這隻狗有什麼毛病？」福爾摩斯問道。

「大概是一種痲痺症，獸醫也搞不太清楚，他說很可能是腦膜炎引起的。不過，病情正在消退，已經比前幾天好多了。啊，可憐的卡羅，好些了嗎？」男主人溫柔地撫摸著這隻狗。

「這種病是突然發作的嗎？」

「是的，一夕之間就變成這樣子了。」

「有多久了？」

「大概四個月了吧。」

「這點很奇怪，相當具有啟發性。」

「你認為這與我們目前面臨的問題有關連嗎？福爾摩斯先生。」

「它剛好能證實我的推測。」

「你在說什麼呀？我就像在與你猜謎一樣，你能說得更明白一些嗎？你知道，我的心裡有多麼著急啊！我的妻子也許是殺人犯，我的兒子隨時有生命危險，這一切是多麼地可怕啊！」

這個疲憊不堪的男人全身不停地哆嗦著，眼裡充滿了悲哀與乞求。福爾摩斯拍了拍他的肩膀。

「我認為，即使這個結論與你現在所想的完全相反，也會使你痛苦不已。目前，我還不能貿然作出結論，但相信不久就會找出答案。我會盡最大的努力來減輕你的痛苦。」

「那我先謝謝你了，容我先到樓上去看看有沒有新的狀況。」

他離開之後，福爾摩斯又開始打量起牆上懸掛的那些器物。不一會兒，主人回來了，他顯得有些無奈和沮喪，看來事情並沒有什麼進展。他後面跟著一個面色黑黃的瘦長女僕。

「桃樂絲，把這些茶點送去給她吧，」佛格森說道，「希望你能幫助她。」

「她病得很重，什麼都不吃，」女僕怒視著男主人，大聲嚷道，「應該請個醫生來。沒有醫生，我待在她身旁十分害怕。」

佛格森遲疑地看了看我。

「如果有需要，我願意效勞。」

「哦，他就是一位非常優秀的醫生，你的女主人願意見他嗎？」

「我帶他進去。她的確需要醫生，這不必徵得她的同意。」

「那就走吧。」

女僕因為激動顯得有些微微顫抖，我跟著她上了樓，然後經過一條長長的走廊，在盡頭的一扇鐵門的大門前停了下來。女僕從口袋裡掏出鑰匙插入鎖孔，然後就聽見那沉重的橡木門板發出吱嘎的聲響。門開了，我走進去，她也立即跟了進來，並隨手把門關上。

床上躺著的就是這所宅邸的女主人，此時，她正處於一種高燒的迷糊狀態。一看見有人進來，她立即睜大了那雙驚恐而美麗的眼睛，緊張地瞪著我。看到進來的是一位陌生人，她彷彿鬆了一口氣，重新安靜地躺下了。我走過去柔聲地安慰她幾句，她便順從地讓我檢查脈搏與體溫。她的脈搏非常快，體溫也很高，看樣子是神經性而非傳染性的發燒。

「她就一直這樣躺著，什麼也不吃，我擔心她會死。」女僕淚汪汪地說道。

女主人把那張緋紅的臉轉向了我，這張臉仍然十分美麗動人。

「我丈夫呢？他現在在哪？」

「樓下，他剛才還想上來見你呢。」

「我不要見他，我不要見他。」她的神智又開始模糊起來，「魔鬼！魔鬼！我該怎麼辦？」

「夫人，或許我能幫你做些什麼？」我說。

「不！沒有人能幫忙。完了，完了，完了，不管我怎麼做，一切都完了！」

我想她一定是燒糊塗了，這裡還有誰能稱得上是魔鬼呢？總不會是佛格森吧？

「夫人，你的丈夫是深愛你的，他正為這件事寢食難安呢。」我說。

她又一次把漂亮的眼睛轉向我。

「沒錯，我知道他還愛我。難道我還不夠愛他嗎？我寧願犧牲自己也不想讓他傷心，他知道嗎？我這樣保護著他，他卻把我當成一個——」

「他現在極為痛苦，他不明白——」

「不明白，但至少應該信任我。」

「你不願再見他一面嗎？」

「不，不，我忘不了他對我說過的話，忘不了他的表情。我不想再見到他。你也幫不了我，請你離開這裡吧。你就轉告他一件事，請把我的孩子還給我，我要我的孩子，我有權利得到他！這是我的唯一要求。」她把頭扭過去朝著牆壁，再也不肯說一句話。

我不得已回到了樓下，佛格森和福爾摩斯還在壁爐旁坐著。佛格森憂鬱地聽著我的敘述。

「我還敢把嬰兒交給她嗎？」他說道，「每當我想起那次的情景就會不寒而慄，嬰兒在保姆那裡非常安全，我絕不會再把他送到危險裡去，他必須留在保姆那裡。」

一個可愛的女僕端著茶點走了進來，她是這座莊園裡打扮得最時髦的人物。在她的身後，一個皮膚白皙、頭髮淺黃的少年跟著走了進來。一看見他的父親，那雙淺藍色的眼睛裡立刻閃爍一種激動而喜悅的光芒，他一跛一跛地衝上前去，用雙手摟著他父親的脖子，就像一個熱情的女孩那樣。

「爸爸，你終於回來了，我真想你！」他叫道，「我不知道你會回來，否則我會一直在這裡等你的。」

佛格森有點尷尬地輕輕拉開了兒子的手。

「好孩子，」他慈祥地輕撫著男孩淺黃的頭髮，說道，「因為我的朋友福爾摩斯先生和華生先生願意到我們這裡住一個晚上，所以我才提早回來。」

「你就是偵探福爾摩斯先生嗎？」

「是的。」

這個孩子用一種充滿洞察力、但又不太友善的眼光打量著我們。

「佛格森先生，」福爾摩斯說道，「我們能否看看你的小兒子呢？」

「當然可以。」佛格森轉向他的兒子道，「去叫梅森太太把弟弟抱來。」這個孩子便蹣跚著走了出去，從他的走路姿勢看來，他患有脊椎軟骨症之類的疾病。不一會兒，他又折了回來，身後跟著一個又高又瘦的女人，懷裡抱著一個面目清秀的嬰兒，有著黑色眼睛與金色頭髮，是撒克遜和拉丁血統巧妙結合的典型。佛格森立刻站了起來，小心翼翼地將嬰兒接過來抱在懷裡，然後湊上去輕輕地吻了一下，看得出他十分疼愛這個小兒子。

「真搞不懂，她怎麼忍心傷害他，」他喃喃自語地說道，一邊輕輕地撥開嬰兒的衣領，去看那天使般粉嫩脖子上的小紅傷痕。

我無意中一轉頭，看見福爾摩斯莫名專注地看著這位父親和他的小兒子。過了一會兒，他的目光移開了，又盯著某一處怔怔出神，猶如一座雕像。我好奇地將目光移到那個方向，卻只看見一扇窗戶，它的百葉窗是關著的，什麼也看不見；但他的眼光的確是盯著那扇窗子。終於，他站了起來，微笑著走到了嬰兒身邊，仔細地觀察了那塊紅色的小傷痕。然後，他握了握嬰兒那隻在空中不停晃動的小拳頭。

「再見吧，小乖乖。你的生命有著奇特的起點。保姆，我希望能跟你單獨談談。」

福爾摩斯和保姆走到一旁去，然後小聲地說著些什麼。我只聽見最後一句是「你的重重顧慮馬上就會迎刃而解」，保姆似乎是一個沉默寡言、脾氣倔強的人，她一聲不吭地走了。

「梅森太太為人怎樣？」福爾摩斯問道。

「她是一個忠厚老實的人，雖然表面上不苟言笑，但她非常疼愛這個嬰兒。」

「傑克，你喜歡弟弟的保姆嗎？」福爾摩斯突然問那個大孩子。傑克那表情豐富的臉立刻變得陰沉起來，他搖了搖頭。

「這個孩子對人的愛憎十分強烈，」佛格森把孩子摟在懷中說道，「幸好我在他眼裡是受歡迎的。」

傑克親暱地把頭埋到父親的懷裡。佛格森輕輕拉開了他。

「去玩吧，乖孩子，」他用憐愛的眼光看著兒子走出去，然後轉向福爾摩斯說道：「福爾摩斯先生，我知道你盡力了，可是，對於這樣複雜和敏感的案子，你除了能表示一些同情之外，還能做些什麼呢？」

「的確敏感，」福爾摩斯笑道，「但未必複雜。對於我來說，這完全是一個推理過程，當最初的推理在這裡被一步步證實之後，那些主觀的想法也就成了客觀的事實。我現在就對你直說吧——我的目的已經達到了。事實上，在來此地之前我就想到了這個結論，只是需要進一步的證實而已。」

佛格森驚愕地按住佈滿皺紋的額頭。

「福爾摩斯先生，拜託你別再隱瞞了吧，」他急得聲音都變了調，「如果你真的知道了事情的真相，就別再吊我胃口了！目前我身在什麼樣的處境下？該怎麼辦？只要能告訴我真相，我不在乎你是怎麼找到的。」

「當然，我會對你說清楚的，但我在想該以什麼形式告訴你。華生，女主人的健康狀況怎麼樣？她能見我們嗎？」

「病得很重，不過，她現在應該是清醒的。」

「很好。我們上樓去見見她吧，請她當眾把事實澄清。」

「她不會讓我進去的。」佛格森大聲說。

「她會的，」福爾摩斯說道，他從日記本上撕下一張紙，匆匆寫了幾行字。「華生，我們之中至少還有你有通行權，有勞你將這張紙條遞給她。」

我又回到了樓上，桃樂絲警惕地打開了門，我把紙條交給了她。一分鐘後，我聽到屋裡傳出了一陣驚喜的呼聲，接著桃樂絲從門裡探出頭來。

「請他們上來吧，她同意了。」她說。

佛格森和福爾摩斯聽到後立刻朝樓上走來。一進門，佛格森便向床頭靠近兩步，但他的妻子立刻半坐起來用手勢示意他停下，他只好頹然坐在一張沙發上。福爾摩斯也跟著走了進來，朝著女主人鞠了一躬，便坐到了佛格森旁邊。女主人十分驚奇地盯著福爾摩斯。

「我想我們可以請桃樂絲先離開，」福爾摩斯說道，「噢，好吧，夫人，如果你希望她留下的話。好了，佛格森先生，我還有許多事要做呢，現在就用最簡明扼要的方式來解釋吧。就像動手術一樣，進行得越快，痛苦也就越少。我首先為你打一劑定心針——你的妻子是一個非常溫柔、善良的好妻子，但卻蒙受了極大的委屈。」

佛格森挺起腰來，高興地驚呼了一聲。

「福爾摩斯先生，如果你能證實這一點，我會一輩子感激你的。」

「這很容易證實，但這麼做的話，在另一個方面又會深深刺傷你。」

「只要你能驅逐我心中的陰影，我就什麼都不在乎了。我認為沒有什麼比這更重要了。」

「那我就把我的推理假設告訴你。我認為吸血鬼的說法是荒誕不經的，這種事在英國的犯罪史上也未曾見過。但你所見到的——女主人從嬰兒床邊站起來，滿嘴是血，當然也不是幻覺。」

「是的，我很肯定。」

「但是，只從這點現象就做出結論的話，那就大錯特錯。你知道吸吮傷口的血還有什麼意義嗎？在英國歷史中，不就有用嘴吸吮傷口中的毒的故事嗎？」

「毒！」

「我剛才在樓下時，留心看了看牆上掛著的那些飾物，當我看到一架小鳥箭旁邊的箭桶是空的時候，我的推測便得到了證實，在此之前我就希望看到這件東西。如果將這種沾了馬錢子的毒箭用來刺傷嬰兒後，不立刻把毒液吸出來，是會致命的。」

「哦，還有那條生病的狗，它是試驗毒藥威力的犧牲品。這條狗原來不在我的預料之中，但一見到牠，就使我對原來的推測更有了幾分把握。」

「現在你明白是怎麼回事了吧？你的妻子親眼看見了這種傷害的發生，於是她救了自己的孩子，但又抑制不住內心的憤怒，於是——唉，她之所以要瞞著你，是因為她知道大兒子在你心中的份量，不願傷害你們父子間的關係，她怕你會傷心。」

「天哪，是傑克！」

「應該是這樣的，剛才你抱著嬰兒的時候，我偷偷的觀察了傑克。他的表情清晰地映在了窗玻璃上。我從他臉上看到了由嫉妒而引起的強烈仇恨。」

「真的是傑克？」

「佛格森先生，你必須面對現實。傑克因為母親去世，便把對母親的愛全加諸你的身上。在這個世界上，你便是他的一切，而這個健康可愛的嬰兒就成了他最大的敵人。這種扭曲的心態一方面是出於你那病態的溺愛，另一個方面也出於他的殘疾和缺陷。」

「天啊，這可能嗎？」

「我說的這些是事實嗎？夫人。」

女主人哭泣著把頭從枕頭上抬起，轉向她的丈夫。

「我都看見了，但我能對你說些什麼呢？我一想到你可能會遭受的打擊，就怎麼也說不出口。那時候，我多麼希望有人能站出來把事情說清楚！但我知道這是一種妄想，因此當這位福爾摩斯先生在字條上說他完全知情的時候，我的心裡有多麼高興啊！這位先生彷彿有神奇的魔力，他終於為我洗刷了冤屈。」

「讓我來開處方的話，我認為該把傑克送到國外一年。」福爾摩斯說著站了起來，「還有一件事沒弄明白，夫人。我能理解你為什麼出手打傑克，畢竟一名母親的耐心是有限度的。但是，你這兩天怎麼會願意離開嬰兒，把自己關在房裡呢？」

「我把一切都告訴梅森太太了，我請她加強防範。」

「哦，原來如此。」

這時佛格森已站到了床前，他伸出顫抖的雙手摟住妻子，淚流滿面。

「現在，我們該退場了，華生。」福爾摩斯悄悄對我說道，「你牽著忠實的桃樂絲的左手，我牽右手，我們一起出去吧。」門關上之後，他繼續說道，「剩下的問題最好讓他們自己去解決。」

事情至此宣告結束，我還有一點需要補充的是，福爾摩斯對在本篇開頭收到的第一封信作了回覆，全文如下：

關於吸血鬼

敬啟者：

自收到足下十九日的來信之後，我已調查了貴公司的顧客——明辛街的佛格森&穆爾海德茶葉貿易公司的羅伯特．佛格森的案件，現已圓滿解決。承蒙貴公司引薦，深表謝意。

夏洛克．福爾摩斯

6 三個同姓人

這可以算是一齣喜劇，也能算是一場悲劇。有一個人喪失了理智；我因此負了傷；還有一個人受到了法律制裁。不過，這之中的確有喜劇的成份。不過，還是交給讀者自己評斷吧。

發生這件事的時間我記得十分清楚，因為那時福爾摩斯剛拒絕了爵士的封號——那是大英帝國對他立功的獎賞。關於這些功績，也許有一天我會將它寫出來。我只在這裡稍微提一下，以免冒失地製造出不必要的麻煩。那是一九〇二年六月底，南非戰爭剛平息不久。福爾摩斯已在床上躺了好幾天了，倒不是因為某場意外事故，而只是他不時表現出來的頹廢行為。一天早晨，他突然從床上跳起，手裡拿著一封大頁書寫紙的文件，灰色的眼睛裡滿是諷刺的光芒。

「嘿！華生，我為你想到了一個賺錢的好方法，」他說道，「你知道加里德布這個姓氏嗎？」

我迷惑地搖了搖頭。

「如果你能找到一個姓加里德布的人，就會得到一大筆錢。」

「為什麼呢？」

「這不是一兩句話解釋得完的，而且我還認為有點異想天開。在人類的許多複雜問題中，這應該算得上是比較新鮮的了。哈！和這個奇怪問題有關的人馬上就要來了，在他到來之前，我們還是先查查這個姓氏吧。」

我漠然地翻開放在桌上的電話簿。心中根本不相信有這個姓氏，然而使我詫異的是，在它該排列的位置上，還真的有這麼一個姓。我高興地叫了一聲。

「找到了！福爾摩斯，在這裡！」

我把簿子遞過去。

「N．加里德布，」他小聲唸道，「地址是西區小賴德街一三六號。唉，真令人失望，華生，這正好是寫信給我們的人。再找一個吧。」

就在這時，哈德森太太端著托盤進來了，盤裡有一張名片，我拿起來看了一眼。

「哈，得來全不費功夫，我又找到了。」我不可思議地說道，「這可不是同一個名字。這個人叫——約翰．加里德布，是來自美國堪薩斯州梅爾維爾的一位律師。」

福爾摩斯微笑著把名片接了過去。「華生，你今天的運氣不錯，不過，你還得再找一位出來，因為這一位也早在預料之內，但我沒想到他這麼快就來了。也好，或許他能告訴我們一些有用的訊息。」

沒過多久，這位律師進來了。他中等身材、健康結實，一張潔淨的圓臉看上去氣色不錯。如同多數的美國事務家一樣，他的體型圓潤，充滿孩子氣，是一個面帶笑容的年輕人。他的雙眼富有生氣，十分引人注意，如同一扇心靈的窗戶，時刻流露出思想的變化。他講話帶有美國口音，聽起來十分悅耳。

「請問，哪一位是福爾摩斯先生？」他在我們兩個人的臉上來回打量著，「哦，是你對吧？我看過你的照片。恕我冒昧，據我了解，我的一個同姓者寫了一封信給你，是嗎？」

「請坐下來談吧，先生。」福爾摩斯指著一張椅子說道，「我正好有一些事情想請教你。」他拿出那一疊書寫紙，「你就是這裡面提到的約翰．加里德布先生吧。你到英國的時間一定不短了，對嗎？」

「你在暗示什麼呢，福爾摩斯先生？」

我從他明亮而機警的眼神中捕捉到了一絲狐疑。

「你的服裝十分英國化。」

加里德布笑得有些勉強。「我從書上見識過你的那些技巧，但沒想到今天自己也成了你研究的物件。你是怎麼看出來的？」

「這還不簡單？從你靴子的尖部、上衣的肩形，誰都能看得出來。」

「我身上真沾染了那麼多英國人的氣息？沒錯，我因公務來到英國已有些時日，不過，我知道你不是一個閒人，也沒有那麼多時間來談論無關緊要的瑣事。我們還是聊聊你手裡的這份文件吧。」

這位來訪者顯然有些生氣，他那孩子氣的面孔不再像剛才那麼隨和。

「別著急，加里德布先生。」福爾摩斯安撫道，「華生醫生可以證明，這些小插曲有時候很能解釋問題。對了，納森．加里德布先生怎麼沒有和你同行呢？」

「我真不懂他為什麼要把你牽扯進來！」客人憤怒地說道，「這本來是我與他之間的私人問題，與一個偵探有什麼關係呢？今天早上我見到他，才知道他做了這件蠢事，因此急忙趕來。可是，無論如何，我很不喜歡這種作法。」

「你大概對這件事有些誤會吧？加里德布先生。應該說此事對你們兩人同樣關係重大，他也是迫切希望你達成目的，才會找上我。因為他知道我的情報來源比他來得廣泛，再說，找一位偵探幫忙也並不算一件丟臉的事啊？」

來客的怒容漸漸舒緩下來。

「好吧，那就另當別論了，」他說，「今天早晨我一見到他，他就說已把這件事委託給偵探了，我想這種私事無須讓警察插手，便立刻要來了你的地址。既然如此，你只需幫我們找出第三個姓加里德布的人。」

「你早該這麼做了，」福爾摩斯說道，「先生，既然你已不再介意，最好能親口敘述此事，我的朋友華生對此還一無所知。」

加里德布以一種審慎的目光向我望了望。

「這位先生有必要知道嗎？」他問。

「他是我最好的合作伙伴。」

「那好吧，其實也並沒有什麼需要保密的，我盡量簡明扼要地把大致情形說明白。對於一個堪薩斯人來說，他一定會知道亞歷山大．漢密爾頓．加里德布是一個什麼樣的人——他是靠房地產起家的，後來又在芝加哥經營麥倉致富。他還在道奇堡以西的堪薩斯河流域買下了大片土地，包括牧場、森林、耕地、礦區等等，這些土地又成了他的搖錢樹。」

「對於這樣的大富豪來說，唯一的遺憾的是他竟然沒有親屬和後代。他對自己的稀有姓氏頗感自豪——這也正是我與他相識的原因。我本來在托皮卡從事律師業務，有一天，這個神秘的老人突然登門造訪，當我得知他也是這個稀有姓氏中的一員時，便熱情地接待了他。他對我說，他一直在找那些姓加里德布的人，想知道這個世界上究竟還有沒有這個姓氏的人，他說：『我希望你能幫我再找一個姓加里德布的人！』我說我很忙碌，沒有時間去找這些同姓人。他說：『無論如何，我說了什麼你都必須去做，無論你想不想。』我以為這只是玩笑話或是賭氣的話，但不久就發現他的話有多少份量。」

「他在拜訪我之後不到一年就去世了，並留下一份遺囑，那是本地區有史以來絕無僅有的奇怪遺囑。他打算把所有財產平分成三份，如果我能再為他找到兩個姓加里德布的人，那麼我們三個人就可以各得遺產的一份，不多不少，正好值五百萬美元，但條件是必須三個人全部到齊，否則就視為無效。」

「這可是一筆可觀的財產，我靠律師業務賺得的微薄薪水完全無法與之相提並論。因此，我乾脆放下了工作，四處尋找姓加里德布的人。可是，我在美國一個也沒有找到，沒辦法，只好回到家鄉來碰碰運氣了。我查了一下倫敦的電話簿，發現上面真的有這個姓氏。兩天之前，我找到了他，向他說明了事情的經過，碰巧的是他也跟我一樣單身。雖然有幾位女性親人，男性卻一個也沒有。這樣一來就還缺少一個人，我便請他一起幫忙找。現在，既然又得到了你的協助，只要你能替我們再找一個出來，我們會重重地酬謝你。」

「華生，」福爾摩斯笑盈盈地說，「我不是在跟你開玩笑吧！剛剛我是怎麼說的？是不是有些異想天開？不過，加里德布先生，如果在報紙上登一則啟事，這件事一定能夠事半功倍。」

「我當然也試過了，但毫無回應。」

「哦？這就有些奇怪了。好吧，我會在工作之餘幫你留心一下。對了，你是托皮卡人？我過去有一個朋友——已故的萊桑德．史塔爾博士，他曾擔任托皮卡市的市長，大概是在一八九〇年的時候。」

「哦，你是說老史塔爾博士！」客人說，「他是一位值得敬重的紳士，人們至今仍對他念念不忘。嗯，福爾摩斯先生，我所能提供的資訊就這麼多了，我會隨時靜候你的佳音。」說完後，這個美國人便禮貌地朝門口走出去。

福爾摩斯慢慢地點燃了煙斗，他靠在椅背上，臉上掛著古怪的笑容。

「你有什麼看法呢？」我終於忍不住問道。

「我只是覺得非常奇怪，華生。」

「他不是說得非常清楚了嗎？」

「可是，這或許都是些謊話。我剛才原想單刀直入地問他為什麼要撒謊，那樣會使他措手不及，這招有時十分有效。但我還是改變了主意，就讓他暫時覺得瞞過我們了吧。這個人穿了一件磨毛了邊的英國上衣和膝頭凸起的英國褲子，卻說自己是剛來英國的美國人。何況，尋人欄裡根本從來沒有登過他的尋人啟事，我怎麼會知道？因為那一欄是做我們這一行最應該留意的，透過它往往能找到一些獵物。還有，我從不認識托皮卡市的什麼史塔爾博士。你看，到處都是破綻，我認為他的確是一個美國人，只是在倫敦待了幾年，還沒忘記家鄉口音罷了。那麼，他這樣說謊到底有什麼目的呢？假裝找加里德布又有什麼動機呢？如果他真是一個惡人，那也一定是個詭計多端、心機很深的狡猾傢伙。華生，我們來瞧瞧另一位是不是假的，打一通電話給他試試。」

我撥通了電話，聽到一個虛弱的、略微發顫的聲音。

「沒錯，我就是納森．加里德布。我希望能與福爾摩斯談一下。」

我把電話遞給了我的朋友，在一旁聽他那斷斷續續的話。

「哦，對，他剛走不久。你以前不認識他？——哦，多久了？——才認識兩天！——當然，任何人都會心動的。今晚你在家嗎？——他會不會來？——好吧，我只是不想當著他的面跟你交談，我和華生醫生一起過去——這麼說來你一向深居簡出——好的，我們在六點左右上門拜訪。不要告訴那個美國律師——好的，再見！」

暮春的黃昏，晚霞的餘暉為狹小的賴德街染上了一層淡淡的金黃。這條街是從艾奇華路延伸下來的一個小分支。我們即將造訪的這棟老式房子是喬治時代早期的建築，前面是平坦的磚牆，只有一樓有兩個突出的窗戶。加里德布先生就住在這裡面，那兩扇凸窗正對著他的客廳。福爾摩斯指了指門口那個刻有這個姓氏的小銅牌。

「這個牌子有些年代了，」他望著那個褪了色的銅牌說道，「看來他並不是一個冒牌貨。」

這幢房子的樓梯間是公用的，每一家大門上方都標著住戶的姓名及門牌號碼，其中有辦公室，也有私人住房。這裡沒有成套的住宅，只有一些生活無規律的單身漢的寄居處。納森．加里德布先生親自出來開了門，他說他的女僕四點鐘就下班回家了。我仔細打量了這位擁有奇怪姓氏的先生，他高大但瘦弱、背有一點駝，肌肉鬆弛，頭也有些禿了，看來不只六十歲。這位先生似乎從來沒有運動過一樣，臉色蒼白，毫無一點血色。雖然看上去怪怪的，但還算得上一個和藹的老者。

屋裡的擺設也十分古怪，就像一個迷你博物館。房間又深又大，各式各樣的櫥櫃擺滿四周，上面陳列著地質學和解剖學的標本；房門兩側放著裝有蝴蝶和蛾的小箱。在屋子中央的一張大桌上，堆滿了一些零碎的小東西，一台大型銅製的顯微鏡放在中央。我被房間主人的廣泛興趣給吸引住了，甚至看到了一箱古幣跟一架子打火用具。此外，桌子後方靠牆處還有些化石，有一排石膏頭骨，上面標有「尼安德塔人」、「海德堡人」、「克羅馬儂人」等名稱。這簡直就是一個小型的展覽館，房間的主人顯然是一個學識淵博的人。此刻他正用一小塊羊皮擦拭著一枚古錢。

「西那庫斯——最鼎盛的時代，」他揚了揚手中的古錢說道，「晚期鑄造的色澤就差多了，我認為這是它全盛時期的最完美錢幣，雖然大多數人更喜歡亞歷山大時期的。請坐下吧，福爾摩斯先生，請允許我將這些骨頭清掉。這位——哦，是醫生吧——請你挪開旁邊的日本花瓶。瞧瞧吧，這些是我的愛好。我的醫生老是說我應該多出門呢！他當然不知道我在這裡的樂趣了，既然這裡有這麼多吸引人的東西，我還出去做什麼呢？我敢說，就是把這櫥櫃裡的東西整理出一個目錄來，也得花上三個月的時間。」

福爾摩斯只是好奇地四處張望著。

「你說你從來不出門？」他問道。

「我很少出門，一來因為我的身體不太好，二來我為了研究花費了不少時間。不過，有時我還是會到蘇富比商店或克莉絲蒂商場去看看的。嘿，福爾摩斯先生，你不知道，當我聽說有這樣的好事降臨到我身上的時候，我是多麼興奮——雖然聽起來很離奇——一大筆財富從天而降，而只需要再找出一個加里德布就行了！我相信這並不會很困難。我曾有一個兄弟，但已經去世了，而女親屬又不符合條件。但我相信，這個世界上一定還有姓加里德布的人。我知道你是善於處理那些疑難事件的人，所以就想到請你來幫忙了。當然，那位律師先生說的也沒錯，我是有一些得意忘形了，應該先徵得他的同意後再告訴你。」

「不，你這樣做恰好是最適當的，」福爾摩斯說。「不過，你真的希望得到這筆遺產嗎？」

「我當然不是單純衝著這筆為數不小的遺產，我所做的一切都是為了我的收藏。目前，市場上有十多種標本是我想得到的，要是我有了幾百萬美元，就可以讓夢想成真，那是多麼幸福的事啊！我甚至可以擁有自己的『國家級博物館』，人們會把我視為當代的漢斯．斯隆。」

他的眼睛在厚厚的鏡片後閃爍著光芒，看來他肯定會不惜一切地去尋找第三個同姓的人。

「我們沒有必要久留，以免影響你的研究，我只是習慣和委託人面對面地交流一下。其實這件事你已經在信中講得夠清楚了，後來那位美國先生又補充了一些細節。哦，對了，在這星期之前你並不認識他，是嗎？」

「沒錯。上星期二他才來找我的。」

「他把見到我的事告訴你了嗎？」

「是的，他也許是直接從你那裡過來的。」

「他還在生氣嗎？」

「沒有了。他原本很生氣，好像我把他的醜事告訴了你一樣。但後來他又變得春風滿面了。」

「他對你提出了新的行動計畫嗎？」

「沒有。」

「他從你這裡得到過什麼？例如說金錢——」

「沒有，什麼也沒有！」

「在你看來，他會不會有另外一種目的？」

「我想不會吧。」

「你告訴他我們通過電話了嗎？」

「是的。」

福爾摩斯開始沉思起來，他似乎正陷入一團迷霧當中。

「你的這些收藏品中有價值昂貴的嗎？」

「當然沒有。我只是一個普通人。雖然有收藏的愛好，但只能買一些便宜貨。」

「你不擔心被偷嗎？」

「誰會來偷這些笨重而又不值錢的東西？」

「你在這裡住多久了？」

「差不多五年。」

福爾摩斯還想繼續追問下去，但一陣急促的敲門聲打斷了他。主人剛把門閂拉開，那個美國人就異常興奮地蹦了進來。

「哈！納森．加里德布先生，讓我們恭喜對方吧！我們的事情已經取得了成功，你發財了，親愛的先生。啊，福爾摩斯先生，真是抱歉，我只能遺憾地對你說，我們讓你白跑了一趟，太對不起你了！」

說著，他掏出一張報紙遞給房間的主人，房主站在原地瞪大眼睛看著報紙上的那則大字廣告。我和福爾摩斯也湊了過去，只見上面寫著：

霍華德．加里德布

農機製造商

製造紮綑機、收割機、蒸氣或手推犁（plow）、播種機、耙土機、農推車、四輪馬車（buckboard）及多種設備

自流井估價

地址：阿斯頓，格羅斯溫納建築區

「太好了！」房主人激動地叫起來，「這下總算把三個人湊齊了。」

「我每到一處，都會找一些忠實的代理人或朋友幫忙打聽，」美國人說，「今天終於收到了伯明罕這位代理人寄來的廣告。既然第三位加里德布已經浮出了水面，那我們就抓緊時間了結這件事吧。我已經發了信給這個人，通知他你會在明日下午四點造訪，地點是他的辦公室。」

「你打算讓我去見他？」

「哦，福爾摩斯先生，你認為呢？我只是一個遠道而來的美國人，無論講得多麼動聽，都很難使人信服。而你——納森．加里德布先生就不同了，你是一個忠厚的長者，又有一定的社會地位，他不可能不相信你的話。我本來可以陪你一起去的，但明天我還有許多私事要辦理，因此只好麻煩你一個人走一趟了，如果在那裡遇到什麼麻煩的話，請立刻電話通知我，我隨時聽候你的召喚。」

「但是，我已經多年沒做過長途旅行了。」

「別一副憂心忡忡的樣子，加里德布先生，我已經替你安排好了。你明天中午十二點動身，下午兩點就能抵達，晚上就能趕回來。你要做的事不多，只要見見他，並說明情況，再弄一張法律宣誓書來證明他的身份即可。老天，你就別再推辭了吧！」他激動地說，「我可是千里迢迢地從美國趕來，你走這點路又算得了什麼呢？」

「沒錯，」福爾摩斯開口說道，「這位先生說得對。」

納森．加里德布無奈地聳了聳肩，說道：「既然你堅持要我去，我的確難以推辭。再說，這將給我的生活

帶來巨大的變化！」

「非常好，你們終於達成共識了，」福爾摩斯說，「我等著聽你們的好消息。」

「謝謝你的關心，我們得到好消息一定會通知你的，」美國人說，「我先走了，納森先生，明天上午我會來送你。福爾摩斯先生，可以和我走一程嗎？好吧，再見，明晚一定讓你聽到我們的好消息。」

美國人離開後，福爾摩斯臉上的迷茫神情逐漸消失，變得一派輕鬆。

「加里德布先生，我能看看你的收藏品嗎？」福爾摩斯說，「做我們這一行的，任何陌生的知識都值得學習，說不定有一天用得上。你家真是一座知識的寶庫啊！」

房主人聽了非常高興，鏡片後的眼睛又閃出了光芒。

「你的才智我早有耳聞，」他說，「如果你有興趣，我很樂意帶你參觀一遍。」

「時候已經不早了，我還是明天再抽空過來吧。這些標本都已分類，又貼了標籤，就不勞煩你講解了。我明天只是來看一下，不會打擾到你吧？」

「怎麼會打擾到我呢？儘管來吧！我不在家的話，門通常會關上；不過要是你在四點鐘之前過來，桑德爾太太還沒下班，她會在地下室。」

「那麼，我明天下午正好有空，如果你能記得跟桑德爾太太說一聲，那就沒什麼問題了。順便問一下，你的房東是誰？」

加里德布先生顯然對這個問題感到出乎意料。

「哈洛維&史迪爾房屋仲介商，辦公室在艾奇華路。你問這個做什麼？」

「哦，我對這棟建築有些興趣，」福爾摩斯笑著說，「我在猜測這座建築究竟是安妮女王時期的還是喬治時期的。」

「毫無疑問是喬治時期的。」

「或許是吧。不過，我覺得似乎還要更早一些。不過沒關係，搞清楚這個問題並不難。再見了，加里德布先生，祝你明天的旅途一帆風順。」

在回去的路上，我們順便去拜訪那名房產仲介人，但他已下班了，我們只好返回貝克街。晚飯之後，福爾摩斯才開始談論起這件事情來。

「事情已經有一些眉目了，」他說，「我已經初步擬好了行動計畫。」

「什麼行動？我還一頭霧水呢！」

「真相的一頭已經露出來了，尾巴則必須等明天才能見到。你沒注意到今天他拿出來的那張廣告有什麼特別之處嗎？」

「我發現『犁（plow）』字的拼法有錯誤。（英式拼法為plough）」

「華生，看來你並不是一個粗心的人啊！沒錯，這種拼法是美式英文，排版工人是照原文排的；『四輪馬車（buckboard）』也是美式英文；自流井則在美國比較普遍。總而言之，這應該是一則美國廣告，那為什麼卻自稱是英國公司呢？你看出端倪了嗎？」

「也就是說，廣告是這個美國人自己登的。他這樣做有什麼目的呢？似乎有點令人不解。」

「這種行為可以有好幾種解釋。不管怎樣，他的首要目的是將那個老頭騙到伯明罕，這是毫無疑問的。我本想提醒他不必白跑這一趟，但是仔細一想，還是讓他去好了，這正好給了我們可趁之機。華生，明天就可以揭開謎底了，順著狐狸的尾巴一定能把狐狸給揪出來！」

一大早，福爾摩斯就出去了，直到中午才回來。我看見他的神情十分嚴肅。

「事情比我原先設想的還要嚴重得多，」他說，「我很了解你，雖然知道對你說出來也無法阻止你陪我去冒險，但我還是要勸勸你。」

「福爾摩斯，這已不是我們第一次的冒險經歷了，當然，我也不希望它是最後一次。老實說吧，這次我們面臨的究竟是什麼危險？」

「我們的對手不是一個好對付的人。我已查明了約翰・加里德布律師的真實身份，他就是殺人王伊旺，一個凶惡而且狡猾的歹徒。」

「你是如何把這兩個身份連結在一起的呢？」

「華生，你的行業不需要將紐門監獄的大事記背得滾瓜爛熟。我今天上午去拜訪了警署的老朋友雷斯垂德，雖然那裡有時是個缺乏想像力的場所，但他們辦案的技術卻是領先世界的。我想，在他們的檔案裡或許可以找到一些有用的東西。果然不出所料，我在那貼滿罪犯相片的房間裡，發現了這位美國朋友天真的臉。詹姆士·溫特，化名莫爾克洛夫特，綽號殺人王伊旺——這是我從照片上抄下來的姓名。」福爾摩斯將一個信封從口袋裡掏出來時說道，「還有一些從他的檔案裡抄錄的重點：四十四歲，原籍芝加哥。先後在美國槍殺過三個人，透過某些有政治影響力的人幫助而順利逃獄；一八九三年流亡至倫敦；一八九五年一月在滑鐵盧路一家夜總會因賭博與人發生爭執，開槍打死一人，死者為羅傑·普萊斯考特，是芝加哥惡名昭彰的偽幣製造者，有人證實兩人的爭執過程中是伊旺先動手的；一九〇一年伊旺再次獲釋，從此便成為了警方的監視對象，但沒有再度犯案。他是一名極度危險的人物，隨身攜帶武器，易於衝動。華生，這就是我們面臨的對手。」

「他現在又在圖謀什麼呢？」

「華生，事情正變得明朗起來。我今天上午還到房屋仲介商那裡去過，他說，現在的房主已在那裡住了五年了，在此之前，這房間曾荒廢了一年。上一名房客名叫沃爾德倫，是一個無業者。據房產經紀人回憶道，那人高個子、面色黝黑、臉上蓄滿鬍鬚。他住了一段時間後就忽然失蹤了，再也沒有出現過。而我在警局了解到，那個被伊旺槍殺的普萊斯考特，長相與這個仲介商描述的相差無幾。我們設想一下，來自美國的假鈔製造者普萊斯考特，過去的住所正是被加里德布先生當作博物館的那個房間。哈！這不就與眼前的事實接上線了嗎？」

「那下一步該怎麼做呢？」

「去查清楚真相。」

我接過福爾摩斯從抽屜中取出的槍。

「這位西部朋友的綽號提醒我們應該小心些，我就帶我常用的那支舊槍吧。華生，你有一個小時的時間可以好好休息，然後我們就出發去賴德街。」

當我們再一次來到納森·加里德布的住處時，剛好是下午四點鐘。看門人桑德爾太太正準備下班回家，她打開門上的彈簧鎖請我們進去，並叮嚀福爾摩斯走時把門鎖好，然後就戴上帽子關門走了。我們看著她的身影從窗外出現又消失，屋子裡就只剩下我與福爾摩斯兩個人了。他立刻叫我一起檢查這個房間，不過並未發現異樣。屋角一個櫥櫃與牆之間有一些空隙，我倆便躲在裡面，福爾摩斯小聲告訴我他的想法。

「事實上，這傢伙利用老人的奇怪姓氏編出一連串謊言，無非是為了達到一個目的，就是將深居簡出的房主人騙出去。這個傢伙真還有一些小聰明，居然能夠編造出這樣容易使人上當的謊言來。」

「他有什麼目的？」

「這正是我們要找出的答案。不過，我認為大概與這個倒楣的老頭沒多大關係，反而與被槍殺的普萊斯考特有關，說不定他們原來是一伙的。我原以為此事與他某件連自己也搞不清價值的收藏有關。但後來得知普萊斯考特也曾在這裡住過，這下事情就不單純了。我們先靜觀其變吧，很快就會有答案了。」

時間一分一秒地過去。大門外終於有了響動，我們立刻躲進了櫥櫃後縫隙的深處。在一陣鑰匙的扭動聲之後，那個美國人走了進來。他輕輕地關上了門，並警覺地四下環顧了一陣，然後脫掉大衣，徑直向屋子中央的大桌子跑去。他用力挪開桌子，然後將桌下的一塊地毯捲了起來，隨即又掏出一支隨身攜帶的小撬棍，使勁地撬起地板。「砰」的一聲，木板被撬開了，地板上出現了一個方形的洞口。伊旺點亮了一支蠟燭，隨即便從洞口消失了。

福爾摩斯碰了碰我的手腕，我們便朝那個洞口躡手躡腳地走過去。儘管我們把腳步放得很輕，但是地板還是發出了一些細微的響聲，美國人突然將他那圓圓的腦袋從洞口伸了出來，驚奇地張望著；當他發現我們時，雙眼中露出了憤怒的目光，但又立刻化為一絲苦笑，因為兩支黑色的槍口正對著他的腦袋。

「好吧，好吧，我算是栽在你的手上了，福爾摩斯先生。」伊旺一面爬上來一面說道，「你們比我多一個人。你是不是一開始就看穿了我的詭計？嗯，遇上了你，我算是徹底輸了。」

話還沒說完，這位殺人王已抽出手槍射了兩發。我感覺大腿上一陣徹骨地劇痛，如同一把燒紅的烙鐵緊貼著皮膚一樣。接著又聽到一聲重擊，伊旺立刻倒在了地上，鮮血順著他的臉流了下來，福爾摩斯走過去繳了他的械。然後用他那結實的手臂把我扶到了椅子上。

「華生，你還好吧？」

看到這張表面冰冷的臉上那緊張而關切的眼神時，我的心瞬間被感動了，他那深刻而忠實的友愛使我覺得，就算再受一次傷也是值得的。我看到那雙明亮而深遂的眼睛有些濕潤了，那堅強的嘴唇也有些顫抖。這是唯一一次，我真切地感受到，他除了偉大的頭腦之外，還有一顆偉大的心靈。多年來我微薄而忠實的幫助，都在這一刻獲得回報。

「沒事的，福爾摩斯。只是些皮肉傷。」

他用小刀將被鮮血粘住的褲管小心地割開。

「你的運氣還不錯，只傷到了表皮，」說完他便將如石刻般堅毅的臉轉向伊旺，「你的運氣也不錯，要是你傷害了華生，恐怕就別想活著走出去了。你還有什麼話要說嗎？」

他躺在地上盯著我們不吭一聲，福爾摩斯扶著我走到那個小地窖的入口往裡看。半截蠟燭還穩穩地立在裡面，我看見一堆鏽跡斑斑的機器、一捆捆的紙張和一排瓶子，小桌上整齊陳列著許多小包裹。

「印鈔機，這就是你們製造偽鈔的全部用具？」福爾摩斯說。

「沒錯，先生，」我們的俘虜費力地坐了起來。「這是倫敦最偉大的偽鈔機，是普萊斯考特的機器。桌上的包裹中放了兩千張一百鎊的偽鈔，可以在各地流通，完全看不出破綻。我們打個商量吧！放我走，那些錢隨你們取用。」

福爾摩斯哈哈大笑起來。

「伊旺先生，我們的辦事方式完全不一樣。在這個法制的國家裡，不會有你的容身之地。普萊斯考特是被你殺死的，對嗎？」

「沒錯，先生，但我已因此被判了五年徒刑，而且是他先企圖開槍的。其實，我倒認為應該給我頒發一枚大獎章。誰也看不出他製造的偽鈔與英國國家銀行發行的有什麼差別，要不是我除掉他，偽鈔早已充斥了整個市場。我是唯一一個知道他秘密的人，當我發現無法將這個收藏破爛的老傢伙弄出去時，便編造了那麼一個故事。當然，直接殺掉他會更簡單一些，但我從來不對手無寸鐵的人開槍。福爾摩斯先生，我沒有動這裡的任何東西，也沒有傷那個老傢伙一根毫髮。你能把我怎麼樣呢？」

「你的罪名是蓄意殺人。」福爾摩斯說，「但我並不受理這種業務，有人會來辦理。華生，打通電話到警察局，他們對有前科的犯人一定會有所準備的。」

這便是殺人旺伊旺和他那異想天開的三個同姓人故事。後來聽說，那位老實厚道的老傢伙經不起夢想的破滅而精神失常了，最後進入了布里斯頓的療養院。警方一直在追查普萊斯考特的印鈔設備，雖然他們知道這東西的存在，但在他死後一直無法查獲，這回終於在伊旺的「協助」下尋獲了。伊旺的確立下大功，使好幾個情報人員終於可以高枕無憂，因為偽鈔是現今危害社會最劇烈的嚴重犯罪。他們十分願意頒發給伊旺一枚盤子大的獎章，只可惜法庭似乎並不喜歡他，於是這個殺人王只好回到他曾待過五年的那個地方。

7 雷神橋之謎

考克斯有限公司位於查林十字路。在它的銀行保險庫中，有一個因常年搬運而顯得陳舊的金屬文件箱，上面印著我的名字：約翰．華生，獲醫學博士學位，曾在印度服役。箱子中裝滿了資料，幾乎全是夏洛克．福爾摩斯的破案記錄，它們根據不同的時期進行了分類。其中有些十分有趣的案件是未能成功偵破的，因此不便敘述。例如詹姆士．費里摩爾案——當這位先生返家拿傘時，就莫名其妙地人間蒸發了。還有關於小汽艇艾莉西亞號的案子，它在一個春日的清晨駛入一團霧氣之中就消失了，船上的人也音訊全無。再來就是伊沙杜拉．伯森諾案，他是一個優秀的記者，還以擅長決鬥著稱，但某天這個勇敢的人卻突然精神失常，兩眼直直地瞪著一個裝有不知名昆蟲的火柴盒發呆。此外，還有一些涉及社會名流的隱私，如果公之於眾的話，將導致某些上流社會人士的極度恐慌。我並非一個洩密者，這不是我的行事風格。由於福爾摩斯先生現在正好有時間整理這些資料，於是便把一些記錄拿出來銷毀了。另外還有相當多的有趣卷宗，也是可以編輯出版的，但我擔心過量的出版物也會導致某位讓我尊敬的先生名譽受損，因此便放棄了。在這些案件之中，有我親自參與偵破的，因此我能作為目擊證人發言；也有聽他口述的。以下將要介紹的故事便是我親身經歷的。

十月的一個早晨，狂風正無情地在窗外狂舞。當我從床上起來時，看見狂風如肆虐殘雲般將後院那棵傲然挺立的法國梧桐僅剩的樹葉帶走。我朝樓下的餐桌走去，心想福爾摩斯此時一定又鬱鬱寡歡了，因為他和所有非凡的藝術家一樣，情緒會受到周圍的環境影響。然而見到他時，我感到有些意外，快要吃完早餐的他表現得一派輕鬆，還帶有幾分古怪的雀躍之情。

「又有新案子了吧？」我問道。

「你也開始用推理法來研究我了，華生，」他回答道，「沒錯，經過了一整個月的芝麻小事後，我都快變得痴呆了，幸好現在又有事可以做了。」

「我能參與嗎？」

「目前能做的事不多，不過可以一起討論。哦，快來嘗嘗新廚師煮的雞蛋，我昨天才在走廊上看見一本《家庭》雜誌，據說煮雞蛋這類小事也要計算時間，這可與它另一單元中的戀愛故事互相矛盾。」

十五分鐘後餐具已擺齊了，我們相視而坐。他將一封信從口袋裡掏出來。

「你聽說過金礦大王尼爾．吉布森嗎？」他問道。

「哦，我知道，他好像還是個參議員？」

「沒錯，他曾是美國西部一個州的參議員，但當人們提起他時總稱他為金礦大王。」

「這個人在英國住了不短的時間，他的名字聽起來十分熟悉。」

「是啊，五年前他在漢普郡買下一座很大的農莊。還有，你聽說了他妻子的死訊嗎？」

「噢，這兩天的報紙上有不少報導。只是都不知道具體的原因和細節。」

「我也沒有想到這件案子會落在我的頭上，否則我早就把摘要整理出來了。」福爾摩斯朝椅背上一靠，說道：「實際上這個案子的情節很簡單，雖然它十分轟動，被告在性格方面也有奇特之處，但仍無法掩蓋證據的確鑿性。這是警察、法庭及驗屍陪審團的共同觀點。此案目前已移交溫徹斯特巡迴裁判庭審理，我擔心辦理此案是一件吃力不討好的事。我能將事實從煙霧中找出來，卻無法改變它。除非得到一個嶄新而意想不到的新發現，否則委託人的希望將成為泡影。」

「你的委託人？」

「哦，我還沒告訴你呢。我怎麼也染上了那種隨意倒敘的習慣呢？你看看這封信吧。」

我接過信打開一看，這是一封字跡粗獷的手札，寫的是：

福爾摩斯先生：

我無法眼睜睜看著世上最善良的女人被送上絞架，而不去解救她。我確信她無罪，卻無力替她辯護，心地善良的鄧巴小姐，連一隻蒼蠅都不忍心殺死，又怎會殺害一個活人呢？此事已成為人盡皆知的消息，相信你也有所耳聞，但是居然沒有人站出來為她主持正義，我實在難以容忍。我將於明日上午十一時登門造訪，也許你能撥開烏雲，讓光明重回人間，福爾摩斯先生。也許有一條重要線索正盤旋在我的腦海中，而我卻沒有意識到它的重要性，無論如何，我將把我知道的一切，甚至生命，都交給你運用，只要你能伸出援手拯救那個可憐的女子。請把你的一切才能發揮在這件案子上吧，我向你發出最誠懇的請求！

尼爾．吉布森

十月三日寄自克拉里奇飯店

福爾摩斯將剛抽完的一斗煙灰敲了出來，又重新裝上了煙絲。

「如果你對這件案子感興趣的話，那我就利用等候這位先生來訪的空檔，為你簡單地說明大致情形。這位世上最大的金融巨頭，是一個暴躁得令人生畏的人物。他的妻子已過中年，他們為兩個孩子請了一名年輕的家庭女教師，日子一久，便演變成一場愛情糾紛。地點就在那座古老的莊園府邸，位於英國過去政治與歷史的中心。事情經過是這樣的：女主人被發現倒在離家半哩遠的園地裡，一顆子彈打穿了她的腦袋，她身著晚禮服，裹著披肩。凶案現場沒有發現武器和謀殺的線索。案子可能是在夜裡發生的，護林人於當晚十一點發現了屍體並報案。屍體被送回家前曾受到警方及醫生的檢查。這麼說會太簡略了嗎？」

「很清楚。但有什麼證據控告女教師呢？」

「當然有。在她衣櫥的地板上搜出一支發射過一枚子彈的手槍，子彈的型號正好與屍體內的那枚相符。」他若有所思地拉長了聲調：「衣櫥的地板上——」接著又陷入了一陣沉默。我能感覺到一股思維正活躍在他的大腦中，此刻打擾他無疑是冒失的。忽然他又回過神來。「沒錯，華生，凶器找到了。另外，死者的手裡還握著一張紙條，那是女教師寫的，內容是與女主人約在出事地點見面。手槍、署了名的字條都成了有力的證據，兩個陪審團對此看法一致。吉布森參議員是一個成功的男人，對一些貪圖金錢和享樂的女人來說，他無疑有著巨大的吸引力。如果他的妻子死了，這位女老師相當可能成為他的第二任妻子，因為早有各種跡象指出，男主人對這位年輕女士懷有極大好感。名利、愛情——若想得到這一切，就必須除掉一位年老色衰的女人。可怕，的確可怕！」

「是的，福爾摩斯。」

「此外，她本人也沒有不在場證明。反而承認了在案發那段時間內曾到過雷神橋——也就是凶案發生的地點。這一點也被當地的一個村民證實了。」

「這一來就無庸置疑了。」

「可是，華生！你知道雷神橋嗎？那是一座有著石欄杆的寬石橋，它橫跨又長又深的雷神湖的最狹窄部分，岸邊長滿了蘆葦。而屍體就躺在橋頭。這就是大致情形——瞧，我們的委託人來了，比約定的時間還要早。」

畢利開門進來，報出了一個令我們十分意外的名字：瑪洛．貝茨先生。隨後進來了一個消瘦而有些神經質的人，他眼神驚恐，神情慌張而猶豫不決。我和福爾摩斯都不認識他。以一個醫生的眼光來看，他是一個處於精神崩潰邊緣的人。

「請坐吧，貝茨先生。」福爾摩斯說道，「很抱歉，我只能與你聊一會兒，因為在此之前我已與人有約，就在十一點鐘。」

「我明白，」來訪者氣喘吁吁地說道，彷彿呼吸困難一般艱難地吐出了幾個字。「我知道吉布森先生就快來了。我受雇於他，是農莊的經理。你知道，他是一個十足的惡霸！福爾摩斯先生。」

「你言過其實了吧？貝茨先生。」

「這是十分公正的評價。他大概快到了吧，時間有限，他並不知道我來了這裡。我實在沒辦法再早了，他的私人秘書佛格森先生今早才將他要來找你的事告訴我。」

「你是他農莊的經理？」

「我已遞交了辭呈，再過兩個星期我們的地位就相等了。這個冷血動物，他對任何人都一樣冷酷無情。他對慈善事業的熱中，只是為了掩飾內心的罪惡，試圖獲得一點慰藉。他的妻子不幸成為了他的犧牲品，他對她異常殘酷。我不知道她究竟是被誰殺死的，但我敢說她在死之前，就對自己的未來感到絕望了。她來自熱帶地區的巴西，這些你都知道吧？」

「這點我還沒有聽說。」

「她具有典型的熱帶性格——坦率、奔放、大膽、熱情。她將這種熱情毫無保留地傾注在他身上，但在她年老色衰之後——她年輕時的確是個漂亮的女人——就失去了他的寵愛。我們大家都非常喜歡她，出於對她的同情，更對他感到憎惡不已。這個傢伙花言巧語、老奸巨滑，這就是我所知道的。千萬別相信他的話，他滿肚子都是壞心眼。好了，我得避免遇上他，我先走了。」

客人惶恐不安地看了一下時間，就匆忙地朝門外跑去。

「這就怪了，看來吉布森先生給人的印象不太好，」福爾摩斯若有所思地說，「不過，我們還是先保留這個警告吧。然後再看看他本人。」

時針剛到十一點，樓梯上便響起了沉重的腳步聲，這位遠近馳名的百萬富翁走了進來。他給我的第一印象相當深刻，我不僅明白了農莊經理對他的憎惡和懼怕，也相信他一定遭受過無數同行的批評。如果我是一位雕刻家，想塑造一個成功的企業家形象（那種具有鋼鐵意志和鐵石心腸的人物），那模特兒一定非尼爾・吉布森先生莫屬。他那高大而瘦削的身體，猶如一張永遠也吸不飽水的海綿，給人無比貪婪的感覺。他與亞伯拉罕・林肯有幾分神似——如果把林肯總統的高貴特質全部去掉的話。他那冰冷的眼睛精明地在濃眉下方來回掃視著我們。福爾摩斯向他介紹了我，客人只是微微點了點頭，然後威嚴地拉過一把椅子坐下，膝蓋幾乎要碰到我的朋友。

「福爾摩斯先生，我就開門見山的說了，」他像是在談一筆交易一樣，「對於這個案子，我不會去計較它的開銷。這名女子絕對是無辜的，她的冤屈必須被洗刷，這是你應該承擔的義務。如果你需要尋找隱藏在黑暗背後的真理，那我願意用鈔票為你做火把。開個價吧！」

「我的業務酬勞通常是固定的，」福爾摩斯淡淡地說，「除了有時免費之外，都不會變更。」

「看來，你對金錢並不看重，那就想想名聲吧。如果你能改變這個案子的判決結果，我保證你能登上所有英國和美國報紙的頭條新聞。屆時你將成為兩大洲最炙手可熱的風雲人物。」

「多謝你的美意，吉布森先生，但我不喜歡被吹捧。我只對問題的本身感興趣，我寧願沒沒無聞地工作。好了，請別再浪費時間了，談談事情的經過吧。」

「其實報紙上已經差不多把事情說得很清楚了，我想我也沒什麼好補充的。這樣吧，你還需要知道什麼細節，我會負責為你說明。」

「哦，有一個疑問。」

「什麼？」

「你和鄧巴小姐究意是什麼關係？」

這名金礦大王猛地一驚，他從椅子上站了起來，但隨即又坐下並恢復了鎮定。

「我能理解你為什麼提出如此敏感的話題，我知道你是出於好意地履行你的職責，福爾摩斯先生。」

「很高興你能這樣想。」

「我可以拿我的名譽擔保，我和她只是普通的雇傭關係，我甚至只有當著孩子的面才會與她談話。」

福爾摩斯不動聲色地站了起來。

「對不起，吉布森先生，」他說，「你寶貴的時間不允許我進行如此無意義的閒談。再會。」

客人不安地站了起來，灰黃的臉頰顯露出一種進退兩難的尷尬表情，隨即又轉化成滿腔的怒火。他瘦削而高大的身體正居高臨下地望著福爾摩斯。

「你想怎樣，福爾摩斯先生？不願承接我的案子嗎？」

「我一向對富有挑戰性的案子來者不拒，但我可能會拒絕某些人。」

「為什麼？怕我出的錢不夠？還是其他的原因？我總有權利知道被拒絕的理由吧！」

「沒錯，」福爾摩斯說，「我願意說明原因。這個案子已經夠複雜了，如果你再給我一些錯誤的事實，那只會難上加難。」

「你認為我在說謊？」

「我不喜歡說得那麼直接，但我並不否認你的說法。」

他頓時跳了起來，他的面孔正流露出那種被激怒後的凶殘，並朝福爾摩斯揚起了拳頭。福爾摩斯卻視而不見，懶洋洋地伸手去取煙斗。

「飯後爭吵大概不利於消化吧？」福爾摩斯笑著說，「別生氣，吉布森先生。應該到外面去散散步，冷靜地思考一會兒，這對你沒有壞處。」

很明顯，金礦大王正竭力控制滿腔的怒火。我不得不佩服他的自制力。轉瞬間，那憤怒的火焰已化為一臉的漠然。

「好吧，隨你高興。你有選擇的權利，我不能強迫你接下此案。但是，我得警告你，那些跟我作對的人，沒有一個有好下場。福爾摩斯先生，我擊敗過比你更厲害的人。」

「哈！那我也老實說吧，我聽到這種話也不知有幾次了，但我依然好端端的活著，」福爾摩斯微笑著說道，「那麼，就這樣，再見，吉布森先生。還有很多東西值得你學習。」

客人悻悻然離去。福爾摩斯無動於衷地吸著煙，凝望著天花板好一會兒。

「你對此事有何看法，華生？」他問道。

「哦，說實話，他是那種會無情地掃除自己道路上一切阻礙的人，或許他的妻子已無形中成為了一個障礙。我覺得剛才那位貝茨先生說的話是真的。」

「沒錯，我也這麼認為。」

「你怎麼看出他和那位女教師的關係非比尋常呢？」

「我也不確定，只是想試探他一回。你看他那封信的措辭是多麼地激烈，而當他面對我們時又十分冷靜，這不符合邏輯。很明顯他是動了感情的，但不是為死者，而是為了被告。弄清這三人之間的關係，是解決此案不可或缺的條件。對於我單刀直入的提問，他表現得多麼鎮定啊！我試探他一下，讓他以為我已經知道了他們的關係，而事實上我僅是懷疑。」

「或許真的不是這麼一回事，他不是生氣地走了嗎？」

「他會回來的，我相信他不會就此作罷。聽！門鈴不是又響了嗎？對，是他的腳步聲。啊，吉布森先生，我們正在說你大概快到了。」

金礦大王此時已經平靜了下來，他的眼睛裡還殘存一絲傷痕累累的驕傲，雖然極不樂意，但理智告訴他，想達到目的就得作出讓步。

「我重新考慮了一下，我剛才對你有些誤會，福爾摩斯先生。不管事實怎樣，你都有理由弄清楚，我應該尊重你的提問。但我認為，我與被告的關係和此案沒有任何關連。」

「有沒有關連應該由我決定，對吧？」

「沒錯，我也這樣想。你就像一名醫生，只有弄清楚病人的症狀後，才能對症下藥。」

「當然。如果一個病人要隱瞞病情，那得先騙過醫生。」

「也許我是該信任你。但你不得不承認，福爾摩斯先生，當有人毫不客氣地詢問你和某個女人的關係時，多數人都會持有戒心——特別是純真的感情。誰願意將自己內心深處的秘密告訴別人呢？我想你應該能體諒我的心情。當然我也瞭解你，所以已經決定不再對你有所隱瞞了，只要你答應盡力搭救她，想知道什麼就問吧。」

「事實。」

金礦大王遲疑了一會兒，彷彿在思考如何應付一個棘手的問題一般，他那冷酷的臉變得更加憂鬱和陰沉。

「對於那些痛苦而又難以啟齒的事情，我實在不願再觸及。我就簡略地說說吧，」金礦大王說道，「我是在巴西採金的時候與我的妻子相識的。瑪麗亞·賓托是馬諾斯官員的女兒，人長得很漂亮。那時的我充滿激情，即使現在再回憶，我仍然認為她的美是令人吃驚的。她的性格更是與我所熟悉的美洲人截然不同，她熱情奔放、性格開朗且易於衝動，這種典型的熱帶氣質強烈地吸引著我。我愛上她並娶了她。直到那詩意的浪漫逐漸消褪，我才開始清楚地意識到，我和她之間沒有共同語言，但那已是結婚幾年後的事。我開始變得對她冷淡，希望能破壞掉自己在她心中的形象，或者說讓她傷心失望。如果她的熱情能因此消散，那事情就容易解決了。可是，不管我如何對她，依然無法改變她對我的感情。女人的毅力有時真是一種奇蹟！我冷漠地面對她，甚至和人們說的一樣，殘酷無情地折磨她，因為我希望將她心中的愛變成恨，那才是最好的結果。但這一切都是徒然，她仍然深深地愛著我，如同走在二十年前的亞馬遜河岸，英國的森林並沒有改變她。不論我怎麼做，她始終把我當作偶像般崇拜。」

「為了孩子的成長，我決定聘請一位家庭教師，鄧巴小姐從此便闖入了我們的生活。你應該從報紙上看過她的照片，她確實是一個公認的美人。我不會裝出一副比別人更高尚的姿態，也不否認經常與這樣的一位女子接觸，會對她產生一種強烈的好感。誰沒有愛美之心呢？福爾摩斯先生。」

「單單是有好感的話當然沒關係；但要是向她表白的話，那我就不得不責備你了，因為我認為她正在你的保護傘下生活。」

「也許你是對的，」這位富翁又開始流露出一絲怒火，「我不用假裝很高尚，我的一生中，想要什麼總是直接伸手去取。她是我心愛的女人，我想要佔有她。我也是這樣跟她說的。」

「哦，你對她說了，是嗎？」

福爾摩斯激動的樣子很是嚇人。

「我對她說，如果可能，我一定會娶她，但決定權不在我的手裡。我不在乎金錢，只要能給她帶來快樂，什麼事我都肯做。」

「的確慷慨。」福爾摩斯充滿嘲諷的說道。

「聽著，福爾摩斯先生，我只是希望你能幫我辦案，無須探討我的道德問題。難道你認為我想聽你的批評嗎？」

「我並不想和那些妄自尊大的有錢人打交道，」福爾摩斯嚴厲地說道，「我認為鄧巴小姐所面臨的困境遠比你承認的某些事情要糟，她幾乎被你毀了，她只是一個寄人籬下的弱女子。像你這樣有錢有勢的人，真該受點教訓，讓你們知道並非所有人都能被收買來為你們贖罪。」

我認為這幾句有份量的話會將金礦大王刺激得跳起來，沒想到他卻十分平靜。

「在你之前，她已讓我得到了一次教訓，現在，連我自己也意識到了這一點。感謝上帝，我最終沒有強迫她。她並沒有答應我，本來她已經決定要辭職回家了。」

「後來為什麼又不走了呢？」

「首先，這個工作對她來說相當重要，況且家裡還有其他人靠她養活，放棄工作當然不是個輕鬆的決定。再說，由於我後來發誓絕不會再去騷擾她，於是她終於答應留下來。此外還有一個理由，她十分清楚自己對我的影響力，只有她能利用這個影響來促使我做一些善事。」

「什麼善事？」

「我擁有十分龐大的事業，其規模是一般人所無法想像的。我掌握著企業的命脈，出於對自身利益與發展的考量，我總是在破壞其他的人或是集團，甚至涉及城市和國家。企業利益是一場弱肉強食的殘酷鬥爭，只有強者才能生存，每一個人都得全力以赴。對此，她有自己的觀點，我認為她看到了超越金錢價值的、更崇高、更長遠的東西。她說，一個人的財富如果超過他所需要的，就沒有必要建立在千百個人的破產和飢餓上。她知道自己對我的巨大影響力，想勸我多為大眾做一些好事。於是她放棄了辭職的念頭。可是後來卻發生了這件事。」

「你能說說這件事嗎？」

黃金大王兩手捧著頭，沉吟了片刻。

「現在的一切證據對她來說都非常不利。我不否認女人的某些內心行為是我們難以了解的，但我始終不能相信她會激動到完全悖離了人的本性。我有這樣一個念頭，不論能否幫得上忙，我認為都應該講出來：我的妻子是一個嫉妒心特別強的女人，雖然她沒有理由嫉妒我和這位家庭教師之間的純潔關係——我想我妻子也應該明白這一點，但她確實也感覺到了鄧巴小姐對我思想和行為的巨大影響。儘管這種影響是良好且充滿善意的，她仍然不能容忍。她對我們精神關係的嫉妒，遠比對肉體關係的嫉妒更加強烈。她的血液中始終流淌著亞馬遜的血液，再加上本身易於衝動的性格，我想她可能想致鄧巴小姐於死——或是用槍威脅她離開我們家。這些行為終於導致了兩人的扭打，因而擦槍走火，結果打死了自己。」

「我也想到了這種可能，」福爾摩斯說，「這是一種比較合理的，也唯一能洗脫蓄意謀殺罪名的說法。」

「我問了鄧巴小姐，可是她推翻了這種假設。」

「否認並不能代表事實真相。我們可以想像，一個經歷了這種恐怖事件的女人，被嚇得魂不附體地回到家，手裡還握著一支槍。她甚至還迷迷糊糊地把它放在了衣櫥下而不自知，當槍被找出來之後，她只能否認這一切，因為她可能認為越是解釋，就越會弄巧成拙。有什麼能推翻這個假設？」

「鄧巴小姐的人品。」

「或許吧。」

福爾摩斯又看了看錶。「我想，我們如果抓緊時間的話，今天上午就可以拿到必要的許可，並搭乘晚班車到溫徹斯特。我想親自見見這位女士，這樣才可能發揮更大的作用，雖然我並不能保證結果會和你預期的一樣。」

但是，由於在獲取官方許可的問題上耽擱了一下，我們未能在當天趕往溫徹斯特，而是去了尼爾・吉布森先生位於漢普郡雷神湖地區的莊園。由於他臨時有事需要處理，所以未能陪同我們，但給我們留下了那個最先檢查現場的地方員警薩金特・考文垂的地址。他是一個皮膚白皙的瘦高個兒，神色有些詭秘，彷彿知道許多秘密而又不敢說出來的樣子。他說話時偶爾會突然把聲音放低，似乎怕被別人偷聽到，但其實他說的都是一些稀鬆平常的話。幸好我們很快就發現這只是他的一種壞習慣而已，事實上，他是一個誠實、正派的人，並非傲慢地以為自己無須借助外力便可辦妥此案。

「與那些蘇格蘭場的警官相比，我更希望是你來，福爾摩斯先生，」他說道，「因為一旦他們插手，我們這些地方警察就只有圍著他們轉，完全幫不上忙；如果辦案不力，還會受到指責。而你的公正一向為人所知的。」

「我並不在乎名聲，」福爾摩斯對那個可憐兮兮的警官說道，「即使問題圓滿解決，我也不會要求署名。」

「你是一位少見的淡泊名利之人，這位華生先生也是。哦，我有一個問題想單獨請教你，福爾摩斯先生，我們邊走邊談好嗎？這些話我只能告訴你一個人，」他四下張望了一下，然後小心地問道：「你認為這案子會不會牽扯到吉布森本人呢？」

「我有想過。」

「你還沒有見過鄧巴小姐本人吧？她確實是一個很好的女人。據我推測，吉布森先生很可能是因為嫌棄妻子而——我知道那些美國人比英國人要來得衝動，那支槍就是他的！」

「有什麼證據能說明？」

「有的，先生，因為那支手槍原本是一對。」

「一對？那另一支呢？」

「這正是奇怪之處，我們沒能找到另一把槍，但那個槍盒證明它原本是一對的。」

「這就有些奇怪了。」

「他擁有各種武器。他的槍都擺放在櫥櫃裡，你可以自己去看看。」

「這件事可以先擱著，我們還是先到現場去看看。」

這段話他們是在警官的小屋裡說的，這邊已成為了地方警察的聯絡站。從這裡再往前走半哩路，那是一片秋風瑟瑟、滿地都是凋零的金黃色羊齒植物的草原，能看見一扇直通雷神湖的籬笆門，它由許多乾樹枝編織而成。我們順著雉雞禁獵區上的小路來到了那塊空地，便看見了土丘上那座古老的、半木結構的住宅，它既保存了都鐸時期的形式，又有喬治時期的風格。離我們不遠處有一個長滿蘆葦的狹長小湖，湖邊是一些長滿了水草的小池沼，湖的最狹處有一座古老的石橋橫跨上方，這就是有名的雷神橋。警官帶著我們在橋頭停了下來，他指著一處說道：

「這就是吉布森太太遇害的地方。」

「你來的時候，屍體還沒被移動過吧？」

「是的，他們一發現屍體就立即跑來報案了。」

「是誰報案的？」

「吉布森先生。他說他聽見有人大聲呼叫，當他得知情形後就立刻跑來報案了。在警察抵達前他不允許別人移動任何東西。」

「這樣就好。我從報上得知凶手是近距離開槍的。」

「沒錯。」

「是右太陽穴嗎？」

「一點都沒錯，只偏了一點點而已。」

「屍體是如何倒下的？」

「仰面倒下。現場並沒有打鬥的痕跡，只是死者手裡緊抓著一張鄧巴小姐寫的便條。」

「緊抓著？」

「沒錯，她握得很緊，以致我們很難掰開她的手。」

「這一點非常重要。至少可以排除有人故意放紙條偽造證據這一可能性。據我所知，紙條上寫著：我九點會準時到雷神橋。G・鄧巴。」

「是這樣沒錯，福爾摩斯先生。」

「這紙條是鄧巴小姐寫的嗎？」

「是的，她自己也承認了。」

「那她如何解釋呢？」

「她說她會在巡迴裁判庭上進行辯解。現在她什麼也不肯說。」

「這個案子確實有些撲朔迷離。尤其是這張便條，意義非常含糊。」

「哦，先生，」警察說，「我倒認為在整個案情中，這是最顯而易見的一點。」

福爾摩斯輕輕地搖了搖頭。

「事情並不像看起來那樣簡單。」福爾摩斯說道，「假如紙條真的是鄧巴小姐給死者的，那一定在事前就收到了——也許是一兩個小時前，那麼她為什麼要緊緊抓著這張紙條？為什麼要小心的隨身帶著？她沒有必要帶著它作為約會的證據。這難道還不奇怪嗎？」

「聽你一講，我也開始覺得有點奇怪了。」

「讓我再仔細想想，」福爾摩斯坐在石欄杆上說道。他那灰色的眼睛機警地四處游移。忽然，他一個箭步奔向對面的欄杆處，用放大鏡仔細觀察著石頭。

「這很奇怪。」他喃喃自語道。

「你是說欄杆上的鑿痕嗎？我也看見了，我想這也許是過路人隨手留下的。」

石頭都是灰色的，但鑿痕卻是白色，這個印痕只有一枚六便士的硬幣大小，肯定是猛擊後的結果。

「留下這樣深的印痕需要很大的力氣，」福爾摩斯用手杖猛敲了幾下石欄，卻沒有留下絲毫痕跡。「但為什麼鑿在欄杆下方，而不是上方呢？」

「這裡離屍體差不多有十五呎呢！」

「是的。也許這與本案毫無關係，但還是應該注意一下。嗯，該看的都看了。附近有沒有足跡之類的東西？」

「足跡？地面就像生鐵一樣乾硬，根本就沒有一點痕跡，福爾摩斯先生。」

「那我們走吧。屋裡的那些武器應該看看，然後，我還想到溫徹斯特去見鄧巴小姐。」

吉布森先生此時還沒回來，迎接我們的是上午來訪的那位固執的貝茨先生。他強壓著一股怨氣，帶領我們去看雇主的那一排排整齊陳列的可怕武器，主人的冒險生涯和經歷由此可見一斑。

「吉布森先生是一個狂暴的人，見過他的人沒有不怕他的。就連剛去世的夫人也時常受到他的恐嚇，」經理忿忿地說道，「他一生樹敵不少，這也為他自己帶來了不少麻煩，每晚睡覺時，他床頭的抽屜裡總是放著一支上膛的手槍。」

「他對妻子動過粗嗎？」

「這倒沒有。但他的言語之中時常流露出厭惡和憎恨，這並不比動手好到哪去。就算有僕人在場，他也不會有所收斂。」

「看來這位事業上的強人在處理家庭關係上似乎相當笨拙，」在往車站去的路上，福爾摩斯說道，「華生，雖然我們遠遠沒有達到預期的目的，但此行還是掌握了一些新的事實。儘管貝茨先生十分討厭自己的雇主，但他卻告訴我們，當有人發現屍體時，吉布森確實待在他的書房裡。他在八點半用完晚餐，直到這時還沒有什麼異常狀況發生。事件顯然是在紙條上寫出的那個時間之後發生的；而根據僕人們的證詞，吉布森先生下午五時從城裡回來，到在晚餐後出事的這段時間裡，幾乎沒有到戶外去過。相反地，鄧巴小姐自己卻承認在這段時間裡曾和吉布森太太約好在橋邊見面。現在她又不肯替自己辯解，因為她的辯護律師認為將申辯留到開庭時才是明智之舉。我有幾個疑點，相信只有她能解開，因此我非見她不可。毫無疑問，此案對她十分不利，只有一點除外。」

「哪一點？」

「放在她衣櫥裡的手槍。」

「什麼！」我驚訝地說，「這麼關鍵的證據你卻認為對她有利？」

「當然，我剛了解到這一事件的時候就覺得有些奇怪，在熟悉整個案情之後，我覺得這是唯一有利於鄧巴小姐的證據，我們所要的並不是自相矛盾。任何自相矛盾的地方都是突破口。」

「我不太明白。」

「華生，假設你預謀除掉你的一個情敵，你一定得先擬定行動計畫。你寫便條將對方約了出來，然後用手槍殺掉了他，一切做得乾淨俐落。作完案後你總不會不知道該如何處理你的凶器吧？你好歹會把手槍扔到附近的蘆葦塘裡，怎麼可能帶回去藏在衣櫥？衣櫥肯定會被搜查。華生，熟悉你的人肯定不會覺得你是一個工於心計的人，如果連你都不會做這種蠢事，那一個犯下如此巧妙案件的凶手又怎麼會這樣呢？」

「或許是凶手疏忽了。」

「不可能，不可能，我無法想像凶手會犯這樣低級的錯誤。凶手在做案之前，肯定已經想好了湮滅證據的辦法。因此，我擔心我們正在被人誤導。」

「按照你的這一想法，還有許多疑點需要解決。」

「沒錯，是必須解決。但是，一旦你的觀點轉變過來了，你就會發現原來最不利的證據正是指向真理的線索。如同這支手槍，被告聲稱自己根本就不知道是怎麼回事。假如她所言屬實，那一定是有人將手槍放到了她的衣櫥中，這個人不正是企圖栽贓嫁禍的真凶嗎？看吧，一條重要線索就找到了。」

當天，由於辦理手續花費了太多時間，我們未能見到鄧巴小姐。直到第二天早晨，我們才在鄧巴小姐的律師喬伊斯．卡明斯先生的陪同下獲准到監獄裡見她。關於她的傳聞我曾聽了不少，也做好了充分的心理準備去見這位美人。事實上，她給我的印象難以忘懷，難怪連那位殘暴的金礦大王都會受到她的控制和影響。她那清秀溫柔的面龐流露出一種剛強、果敢的氣質，性格中潛伏著一種難以言表的高貴，這很容易使人接受她並受其影響。她膚色微黑，身材修長而勻稱，全身上下充滿了女性的魅力。然而，這位美麗女士的眼睛卻正被一種無助的哀怨所填滿，猶如一隻正被包圍的野獸那般絕望。當她得知眼前就是有名的偵探福爾摩斯時，眼裡閃現出一絲希望的火花。

「你已經從尼爾．吉布森先生那裡了解到我和他的一些事情了吧？」她低垂著睫毛，小聲問道。

「沒錯，」福爾摩斯答道，「你不用強調哪些是不便說出的了。你的外表正努力說服我去相信吉布森所說的話——無論是你對他的影響，還是你們之間那種純潔的關係。但是，我不明白你為什麼不在法庭上把這些說出來呢？」

「因為一開始我認為這種無中生有的指控根本無法成立，只要耐心地等待，謠言就會不攻自破，根本用不著去解釋那些難以啟齒的家庭事務。然而，我沒想到會變成這個樣子。」

「小姐，」福爾摩斯焦急地說，「你千萬不要抱有這樣的幻想，你的律師可以作證，現在全部情況都是對我們極為不利的，即使竭盡全力也未必能贏得這場官司。要是此時我認為你沒有危險，那就是自欺欺人。你得盡全力配合我們釐清真相。」

「我不可能再隱瞞什麼。」

「那好，講講你和吉布森太太的關係吧。」

「我知道她恨我入骨，福爾摩斯先生。她是一個倔強而偏執的人，我想她一定曲解了我和她丈夫之間的關係。因此，她對丈夫的愛有多深，對我的恨就有多深。她的愛情觀是完全建立在肉體意義上的，根本不相信我留下來的目的只是為了對他施加善意的影響。後來我總算發現了自己的錯誤，既然留在她家裡會給她帶來那麼多的煩惱和不快，那我何必再賴著不走呢？但換個角度來想，就算我退出，她也不會得到更多的快樂，或是減少一絲痛苦。」

「請你再講講案發當天的情形。」福爾摩斯說。

「我只能把我知道的事情如實告訴你，但對於某些事情的原委，我也無法作出解釋。」

「沒關係，也許別人能作出解釋。」

「好吧。你們一定以為是我主動約她到雷神橋見面，其實，我是在收到她的紙條之後才回覆她的。那天上午，我在給孩子上課的課桌上發現了一張她寫給我的紙條。她要我在晚餐之後到橋頭去等她，說有重要的事情相告，還叫我確定時間之後，就把回條放到花園的日晷上，並說不想讓第三個人知道這件事。她要求我看完紙條後就把它燒掉。我不知道她為什麼要這樣鬼鬼祟祟地約我，我知道她非常害怕她的丈夫，大概是不想讓他知道吧，於是我就按照她的要求做了。」

「然而她卻將你給她的回條小心翼翼地保留著？」

「是啊。這的確很奇怪，聽說她死的時候手裡還緊緊抓著這張紙條。」

「你去見她了嗎？」

「是的。當我按照約定的時間趕到那裡時，她已經久候多時了。我以為她有什麼話告訴我，沒想到等待我的卻是一陣狂風暴雨似的謾罵，她像發狂了一樣，用最惡毒難聽的話宣洩她的滿腔怒火。這時我才明白她心中的恨意是那樣的刻骨銘心。她平時對我的那種冷漠背後竟藏著如此深刻的仇恨，這使我不得不懷疑她精神是否正常，通常只有瘋子才能看得見虛幻世界，並不停地欺騙自己。當時我又驚又怕，一句話也說不出來，只是用雙手堵住耳朵，轉身就跑。過了一會兒，我還能聽見叫罵聲隱隱約約從橋頭傳來。」

「就是後來發現屍體的地方嗎？」

「差不多就在幾米之外。」

「也許你剛離開，她就死了。你往回跑的途中聽見槍聲了嗎？」

「沒有。老實說，福爾摩斯先生，我被她罵得煩透了，便徑直回到自己的房間，只覺得滿腹委屈，根本就沒心思留意周圍發生的任何事情。」

「從你回到房間後到第二天早晨，你還有再離開過房間嗎？」

「當我聽說出事了之後，就和別人一起跑去看。」

「你遇到吉布森先生了吧？」

「是的，我看見他正從橋頭回來，差人去請醫生和警察。」

「你能從他當時的神情感覺出什麼嗎？」

「他雖然有些粗暴，但遇到重大變故時仍然非常冷靜。作為一個十分了解他的人，我看得出他的內心受到了極大的震撼和打擊。」

「還有一點得弄清楚，你曾見過在你衣櫥裡尋獲的那支手槍嗎？」

「我可以發誓，從來沒有看過。」

「他們是什麼時候發現的？」

「第二天早上，警察發現那張字條後就到我的房裡進行了搜查。」

「在你的衣櫥裡發現的？」

「是的，在衣櫥的地板上，上面用我的衣服包著。」

「對此你有什麼看法？」

「福爾摩斯先生，我對天發誓，在他們搜出這支槍之前，我連見也沒見過它。我想一定是有人企圖栽贓陷害我。」

「你是說有人潛入你的臥室中，把槍放在那裡？」

「除此之外沒有別的可能了。」

「那你認為這件事是在什麼時候發生的呢？」

「要不就是當天吃飯的時候，要不就是我在給孩子們上課的時候。」

「也就是說，是在收到紙條那段時間？」

「沒錯，從那時到整個早上。」

「你為什麼那麼肯定呢？」

「因為當天早上起床後我曾整理過衣櫥，當時並沒有發現什麼異樣。」

「很好，這很重要。謝謝你，鄧巴小姐，你還有什麼要補充的嗎？」

「我想沒有了。」

「哦，我們在石橋的欄杆上發現了一處嶄新的痕跡——是猛擊後留下的，離屍體不太遠。對此你能聯想到什麼線索嗎？」

「或許只是巧合吧。」

「很有可能。但既然在出事地點發現，也應該引起相應的重視才對。」

「是有點奇怪，沒有特殊目的的人會花那麼大的力氣去毀損橋欄嗎？」

福爾摩斯陷入了沉思，他嚴肅而蒼白的臉因過於專心而顯得緊張且迷茫，根據我的經驗，這正是他奇異的天才聯想迸發的時刻，那種千鈞一髮的表情從他的臉上流露出來。所有人都不再說話，律師、嫌疑犯與我都默默地盯著他，一動也不動。忽然間，他從椅子上彈了起來，由於過於激動，他的聲音有些沙啞。

「走，華生，快走！」他喊道。

「怎麼回事，福爾摩斯先生？」鄧巴小姐不安地問道。

「哈，不用擔心，小姐。正義之神已給予我力量，我決心要偵破一個讓全英國都歡呼雀躍的案子。烏雲正在消散，我已看到一絲曙光。你和卡明斯先生就等著聽我的好消息吧，我不會讓你們等太久的。」

溫徹斯特距雷神湖並不遠，但對於一個急於求證的人和他的朋友來說，一路上能做的無非埋怨火車太慢或是距離太遠。由於過於興奮，福爾摩斯不停地在車廂內來回踱步，或是用他修長的手指無意識地敲打身旁的坐墊。快到目的地的時，他忽然坐了下來，將雙手搭在我的膝蓋上，用一雙頑皮的眼睛打量著我。

「華生，」福爾摩斯笑道，「我覺得你像是一個稱職的保鏢，你不是每次和我辦案時都帶著武器嗎？」

「是啊，」我回答說，「事實證明，我這麼做是非常明智的，我們不是有好幾次都靠著它脫離險境的嗎？我覺得你是一個不要命的傢伙，每當思考起來就忘了自身的安全。」

「沒錯，這是我的弱點。這次你也帶著傢伙吧？」

我點點頭，從後面的褲袋中把槍取出來，這是一把小巧靈便的手槍。福爾摩斯把槍拿過去，打開保險，把子彈一顆顆取了出來。

「這槍真重，份量十足。」他說。

「沒錯，它夠結實了。」

「華生，我試圖透過這把槍來找到真正的凶手。我認為，它與我們偵辦的案子緊緊地聯繫在一起。」

「你在開什麼玩笑？」

「我不是開玩笑。我要用它來做一個實驗，如果我的假設被證實，就可以結案了。拿出一顆子彈，把剩下的重新裝好，別忘了鎖上保險，很好！這樣既安全又能增加手槍的重量，實驗起來更有效。」

他把我弄得一頭霧水，也不解釋什麼，只是面無表情地坐著。最後，我們在漢普郡站下了車，一輛破舊不堪的馬車載著我們繼續前行，十五分鐘後，就到了上次陪同我們一起調查現場的那位警官家中，他已成為我們的朋友。

「有進展嗎，福爾摩斯先生？」

「華生醫生的手槍可以幫我一個大忙。」福爾摩斯微笑著說，「還有你，你能幫我弄一條十碼長的繩子嗎？」

警官帶我們到本地的商店，買了一團結實的細繩。

「現在一切就緒，我們可以儘快完成最後一個步驟。」

太陽正逐漸西沉，黃昏的漢普郡曠野猶如一幅連綿的秋日畫卷。警官十分勉強地陪著我們走向雷神橋，他對我朋友的古怪行動和雀躍心情抱著懷疑的態度。而我能從我朋友那故作鎮靜的表情中一眼看出，其實他的內心非常激動。

「或許你的思維正在戲弄你，將你引向歧途。」我潑了他一瓢冷水，想使他保持冷靜。

「是的，」他回答說，「雖然我對這類事情總是有一種特別的本能，但這種本能還是不時地引誘我上當。

你也曾目睹過我的失敗。不過，剛才在溫徹斯特的監獄中，當我腦海中閃現出這一想法之後，我便對它深信不疑了。我並不否認人腦的複雜性，對於同一件事它總能作出多種不同的假設來，並且往往都能自圓其說。唉，先不管這麼多，等一下試了就知道。」

福爾摩斯不再說話，他一面往前走，一面打開繩子，將它的一端牢牢地繫在了槍柄上。到達出事地點之後，在警官的幫助下，我們又仔細測量了屍體倒地的位置。然後福爾摩斯在灌木叢附近搜索了一圈，找來了一塊大石頭。他把繩子的另一端繫在石頭上，再把石頭從橋欄的空隙處放下，使它懸在半空中。然後他拉著連接手槍的另一端走到了出事地點，把手槍舉到了頭部，這時繩子已被拉得筆直了。

「現在開始！」他喊道。

他猛地鬆開了手，下沉的石頭拉動手槍，只聽得「啪」的一聲脆響，手槍重重地撞在了橋欄上，轉眼間便消失了蹤影。福爾摩斯歡呼一聲，立刻跑了過去，在手槍和橋欄相撞的地方跪下。我們也立刻圍了上去，從他那激動的表情，我可以推斷出答案。

「快來看！華生，你的手槍創造了奇蹟。還有誰能找出比這更好的證據呢？」福爾摩斯激動地嚷道。在他手指著的地方，我看見了一塊與先前幾乎一模一樣的鑿痕。

「今晚我們就住在旅店裡等候你的消息，」福爾摩斯站起來對驚訝不已的警官說，「請你準備一些打撈器具，把我朋友的手槍打撈上來。另外，你還能撈到另一支用繩子和石頭連著的手槍，這就是那位存心報復的聰明女士嫁禍他人的證據。請你順便轉告吉布森先生，就說明天上午我要見他，以處理釋放鄧巴小姐的相關事宜。」

這一夜，福爾摩斯在當地旅店中吸著煙斗時，又與我談到了那件事情。

「華生，就算你把這個案件記錄到你的故事裡去，我想它也很難增加我的名聲。我的頭腦太遲鈍，憑著石欄上的痕跡，本應該更快地得出結論才對，可是我的想像力卻沒能儘快地將它和現實連接起來。不過，我們不得不承認，這個熱帶女人非常精明和狡猾。無論是在精神上還是在肉體上，她都把鄧巴小姐當成了情敵，並且把丈夫對她的一切粗暴舉動都歸咎到鄧巴小姐身上，她要讓這位無辜的女子遭到比立刻死亡更可怕的報復。同時，為了不給自己留下惡名，她採取了這個辦法，而不是直接殺掉情敵。」

「至此，我們已能十分清楚地把她的各種步驟和行為聯繫起來。她非常狡猾地從鄧巴小姐那裡弄來一張紙條，讓人誤以為是鄧巴小姐主動約她。由於她希望別人能立刻發現這一點，所以至死仍緊緊抓著它。她這麼做實在太過刻意，只需稍微思考一下就能看出不合理之處。」

「我們已經知道她所使用的手槍是一對的，她把一支拿來自己使用，而把另一支取出一顆子彈，悄悄地放到了鄧巴小姐的衣櫥裡。佈置好這一切之後，她又提早來到了橋頭，設置了這個聰明的處理凶器的辦法。當一切就緒之後，鄧巴小姐如約而至，她便決心在最後時刻把深埋在心中的仇恨全部傾瀉出來。而當鄧巴小姐在不堪忍受這樣的謾罵，落荒而逃後，她便完成了那可怕的最後一步。每一個環節都很清楚，現在已經沒有任何疑問了。雖然一切都解決了，但那些苛求的人並不會就此停止對我們的責難，也許報上不久就會問，怎麼沒一開始就想到在湖裡打撈呢？在弄清一切之後，事情往往顯得太過簡單。再說，這麼大一個蘆葦叢生的湖邊，若沒有明確的目標，還真不知該從何下手呢！值得欣慰的是，華生，我們拯救了一個非凡的女人，也幫助了一個與眾不同的男人。如果他們能聯合起來的話——這也並非是不可能的——金融界的人士將會用一種全新的眼光來看待他。驕橫的吉布森先生從人生的課堂上學到了許多新東西，雖然是令人傷心的一課。」

8 爬行人

夏洛克．福爾摩斯先生多次催促我將普萊斯伯利教授的事件公諸於世，因為這樣的話便可以闢除二十年前曾經震驚大學並傳遍倫敦學術界的謠言。我雖然作出了一些努力，但仍難以克服某些阻礙，因此事實的真相一直未能走出我那個裝滿福爾摩斯案件記錄的鉛皮盒子。直到今天，我們才獲准發表這個福爾摩斯在退出偵探界不久前辦理的案子。就算是此刻，我仍需保持冷靜的頭腦，以免說出不必要的言論。

在一九〇三年九月的一個星期天晚上，我收到了福爾摩斯的一張條子：

華生，不管你有沒有時間，都請立即過來。

S．H．

對於這種沒頭沒尾的訊息，我早已見怪不怪。經過這麼多年的配合和相處，使我深深了解他的習慣，比如說他的小提琴、板煙絲、用了多年的老煙斗，舊案索引等等，而我也明白，他甚至把我也納入了他的習慣之中。當他遇到難度較大的案子時；當他需要一個充滿勇氣的伙伴依靠時，我的作用就更明顯了。如果把他的思想比作一把尖刀的話，我就成了它的一塊磨刀石。我是他思維的興奮劑，這一點在他的晚年表示得尤為明顯。他可以毫無顧忌地在我面前整理思緒，甚至當著我的面自言自語，而我的表情和輕嘆，甚至是使他煩躁的遲鈍，都能恰到好處地刺激他並使他的靈感迸發出來。

當我來到他在貝克街的住所時，我的朋友正以一種奇怪的姿勢蜷縮在沙發上。他的腿高拱著，嘴裡吸著煙斗，眉頭緊鎖，看來又遇到了一個難以解決的問題。他伸手指了指我習慣坐的位子後，便沒了反應。這樣過了足足半小時，他才突然回過神來，並用親切的微笑向我致意。

「對不起，華生。讓你等了這麼長的時間。」他說，「大約在二十四小時之前，有人告知我一件異常古怪的事情，再加上我以前對這方面問題的思考，我打算寫一篇論文來論證一隻狗在偵查過程中所發揮的作用。」

「你怎麼會冒出這麼老套的想法呢？」我說，「這種事早就有人論證過了啊，例如獵犬、警犬、還有——」

「我說的不是這個，華生，」他大聲說道，「這方面的問題當然誰都知道，我想論證的事更加微妙，就像你用那種聳人聽聞的方式處理紅櫸莊案一樣。還記得嗎？我曾經以小孩的頭腦活動來推論出那個獨斷父親的犯罪習慣。」

「當然記得。」

「我對於狗的研究也與之類似，我認為狗的性格能反映一個家庭的氣氛。舉例來說吧，你見過歡樂的家庭有隻憂鬱的狗，而沉悶的家庭有隻歡樂的狗嗎？一定沒有吧。所以我認為危險人物養的狗也是危險的，喜歡怒罵的人養的狗也愛咆哮，狗能反映出主人的性格特徵。」

我忍不住搖搖頭，「這一點未免太牽強了。」

他又重新裝好了一管煙絲，對我的質疑充耳不聞。

「我剛才所說的那個理論正好可以套用在目前的這件怪事上，我打算將這團亂麻理出一個頭緒。那就是：普萊斯伯利教授的狗洛伊居然會咬傷他，這不是很奇怪嗎？」

這個他認為十分奇怪的問題不免讓我感到失望。我真沒想到，他居然會為了這麼一個無聊的問題打斷我繁忙的工作。他似乎看出了我的不滿。

「華生，經過這麼多年你怎麼仍然一點長進都沒有呢？你總是忽視那些細微的問題，要知道，重大的問題往往需要從不起眼的小處著手。劍橋大學著名的生理學教授普萊斯伯利對你來說並不陌生吧？對於他那種德高望重的學者，一向被他寵愛的狼狗怎麼會突然咬他呢？你有什麼看法？」

「也許他的狗病了。」

「這種可能性當然存在。但在這裡卻不能成立，因為這條狗一向是非常聽話的，從不亂咬人。它雖然咬了普萊斯伯利教授，但對家裡其他人一如往常，這怎麼會是狗生病了呢？哦，門鈴響了，看來伯內特先生比約定的時間早了些，我本打算在他來之前先跟你談談。」

富有節奏感的腳步聲很快地來到了門前，接著便響起了急促的敲門聲，我過去開了門，走進來的是一位衣著得體、舉止大方、學者模樣的人。他身材修長、容貌俊秀，大約只有三十歲左右。他禮貌地和福爾摩斯握了手，而對於我的在場似乎存有疑慮。

「福爾摩斯先生，」他說道，「我請求你的幫助，但我的問題有些敏感，我和教授的關係非常密切，我不想——」

「你不用擔心，」福爾摩斯說，「華生醫生是一個非常謹慎的人，我們常一起工作，況且，這個案子我也正需要一個幫手。」

「那好吧，請原諒我的謹慎。」

「華生，這就是伯內特先生，我剛提到那位教授的助手，也是教授女兒的未婚夫。他住在教授家裡。理所當然，他是對教授最忠實的人。然而，表達忠實的最好方式便是設法澄清一切。」

我微笑著點了點頭。

「華生醫生已瞭解基本情況了嗎？」

「沒有，我還沒來得及對他說。」

「那還是先把事情重複一遍吧，然後再陳述新發生的狀況。」

「那就由我代勞，」福爾摩斯說，「這樣可以檢驗一下我對事實掌握得是否準確完整。華生，普萊斯伯利教授在整個歐洲都十分有名。遺憾的是夫人已經過世，他和獨生女愛迪絲一起生活。他的性格剛強、果斷，甚至有一些好鬥。他今年已六十一歲了，近來卻突然發生一些奇怪的變化——他訂婚了，和解剖學教授墨菲的女兒。愛麗絲．墨菲是一位才色俱佳的少女，而且還有其他幾個追求者。因此，教授的行為似乎缺乏他這個年齡應有的理智，反而多了年輕人的那種狂熱，這樁婚姻並沒有得到所有親屬贊成。」

「我認為，他這樣做有點太過份了。」

「或許是有點過份。但是，女孩的父親並不反對這樁婚姻，因為教授很富有，而且愛麗絲本人對教授頗有好感，甚至可以說是喜歡他，唯一的遺憾就是他們的年齡差距過於懸殊。」

「從此以後，教授的生活開始發生了一些奇怪的變化。首先是他離家出走，不知去向。這可是他一生中從未有過的怪事。兩個星期之後，他疲憊不堪地返回了家中，但對於之前的行蹤卻隻字不提，儘管他以前是一個十分坦誠的人。碰巧，伯內特先生一個在布拉格工作的同學給他寄來了一封信，說他在那裡見到了教授，但未能與他說上話。因此，他的家人才終於知道了他的行蹤。」

「現在教授已安全回來了，原本已沒什麼值得擔心的事。可是，家裡人卻發現他彷彿變了一個人似的。雖然他的智力沒受到影響，講課也還是那樣才華洋溢，但是他卻由一個正直磊落的人變成了一個鬼鬼祟祟的人。人們總是從他身上感到一種意外的不祥預兆。他們父女倆原本親密無間，可是現在兩人漸漸疏遠。女兒多次接近父親，試圖了解父親的變化，卻都未能如願。而你，伯內特先生，也嘗試了同樣的努力，但一切都是白費力氣。好了，伯內特先生，現在由你來講講信件的問題吧。」

「好的。由於我和教授的特殊關係，他一向沒有任何秘密瞞著我，即使是他的親弟弟也未必比我知道得多。他的信件都由我經手，但自從他由布拉格回來後就發生了一些變化；他告訴我將有一些從倫敦寄來的信件，這些信件都有著特殊的標記——就是在郵票下面畫有十字，這些信必須挑出來，只有他能夠拆閱。的確有這樣的幾封信，上面蓋有倫敦東區的郵戳，從信封上的字跡可以看出，這是出自一個沒受過太多教育的人之手。我不知道教授是否寫過回信，總之他並未叫我去寄信。」

「還有那個小匣子，」福爾摩斯提醒道。

「對，還有小匣子。教授回來時，帶回了一個小木匣子——一個雕有精緻花紋的漂亮木匣，我認為這應該是德國的手工藝品。他把木匣放在工具櫃內。有一次，我在找插管時無意間發現了它，於是隨手拿起來瞧了瞧，不料卻被教授看見了，他因此大發雷霆，並用各種粗魯的言語斥責及威脅我。我又驚又怕，極力向他解釋，他才勉強放過了我；但我覺得，整個晚上他都一直惡狠狠地瞪著我，顯然對此耿耿於懷，我的自尊心也因為這件事受到了極大的傷害。」說到這裡，伯內特低頭從口袋裡掏出一個記事本。「這件事發生在七月二日晚上。」

「很好。」福爾摩斯說，「你真是一位細心的人，你記錄的這些時間可能非常重要。」

「這種系統研究的方法正是教授教我的。當我發覺他的行為異常後，就覺得有必要為他作一份病歷。就是這一天，當他從書房裡出來走廊時，洛伊居然咬了他；同樣的事情在七月十一日又發生了一次，我們只得將洛伊關進馬廄。我覺得洛伊是一條非常聽話、乖巧的狗，不知牠為什麼——怎麼了？福爾摩斯先生，我說的這些事情是不是太無聊了？」

伯內特似乎不太高興，因為他看見福爾摩斯正緊鎖眉頭盯著天花板出神。過了一會兒，他才努力從思緒中掙脫出來。

「奇怪，真是奇怪，」福爾摩斯喃喃地說道，「哦，伯內特先生，原先的情形介紹完了吧？你剛才說又有了什麼新的發現？」

「是的，這就是我正要講到的，它發生在前天晚上，」客人嚴肅地說，「那時是半夜兩點，我一覺醒來，忽然聽見樓梯傳來輕微的聲響。我輕輕地打開門，看見一團漆黑的東西在地上爬行，我知道只有教授住在樓梯的那一端，正當我驚疑不定時，那個黑影已爬到了有光亮的地方，我終於認出那就是教授本人，他以一種奇怪的姿勢輕快地爬著。他的手和腳著地，臀部高拱，腦袋卻向下垂著。我被他這種奇怪的行為嚇傻了，怔怔地站在那裡，直到他爬到我面前的時候，我才趕緊地走過去問他是否需要我扶他起來。沒想到他卻一躍而起，罵了我一句很難聽的話後就下樓去了。我只好回到房間裡，卻再也睡不著，等了一個多鐘頭也不見他回來。我想他大概是天亮後才回來的。」

「這事越來越離奇了。」福爾摩斯說道，「華生，你有什麼看法嗎？」他看上去就像一個病理學家在探討某種疾病一樣。

「我想可能是腰椎病吧，我見過一個病人走路就是這樣的。而且，患這種病的人往往暴躁易怒。」

「哈！華生，你真行，總能找到合理的解釋。不過，我卻不太贊同你的說法，因為教授爬得很輕快，而且能一躍而起。」

「是的，他的身體好像比以前更結實了。」伯內特說，「我以前從未見過他像現在這樣精力充沛。不過，我卻隱約地感到一場災禍就要來臨。我和愛迪絲小姐都覺得不能再這樣下去了，可是又毫無辦法，像這樣的事總是不方便去找警察。」

「是啊，這確實是一個奇怪的案子。華生，我想再聽聽你的見解。」

「我是以一個醫生的角度來看待問題，」我說，「我認為應該將老教授送到精神病院去，他一定是因為受了戀愛的刺激而精神有些失常。他到外國去旅行是為了擺脫情感上的煩惱，而木匣子裡或許裝著他的情書和那些奇怪的信件，信件可能與他的私事有關，例如股票證券、借款之類。」

「那麼狗呢？牠是反對教授的證券交易還是需要和他住進同一家醫院？不對，華生，你的想像太膚淺了，我可以提示一點——」

福爾摩斯話未說完，門突然被推開了，一位年輕的小姐被引進屋來。伯內特立即跑過去拉住她的手。

「親愛的，你怎麼來了？沒出什麼事吧？」

「噢，傑克，我被嚇壞了，不敢一個人待在那個地方！」

「福爾摩斯先生，」伯內特轉過身來說道，「這位是我的未婚妻愛迪絲小姐。」

「你好，普萊斯伯利小姐，」福爾摩斯微笑著朝她點點頭。「你來這裡是否想告訴我什麼新的消息？」

這一位典型的漂亮英國女士站在伯內特身旁。

「當我發現伯內特先生不在旅館時，就知道他一定是到這兒來了。他曾對我說過想請你幫忙，福爾摩斯先生。你一定要幫幫我們，我父親究竟怎麼了？」

「別著急，小姐，事情一定會得到解決，」福爾摩斯說，「但此刻我們還需要了解更多的情形，你能補充些什麼嗎？」

「哦，在伯內特先生離開後，昨天晚上又發生了一件事。我覺得我父親像是變了一個人似的，儘管他的外表沒有什麼變化。但我懷疑他的記憶力受損，有時連自己剛做過的事都會忘記。」

「請你把昨晚發生的事告訴我吧。」

「好的。由於我父親的古怪舉止，我們都有一種不祥的預感。入夜後，我總是把門鎖好之後才敢睡覺。昨晚，我憂心忡忡地就寢，卻忘了拉上窗簾，窗外的月光很美。夜裡，我被狗叫聲驚醒，睜開眼睛往窗口一看，差點被嚇得昏死過去。我住的是二樓，但竟看見父親的臉出現在窗外。只見他將臉貼在玻璃上，將一隻手扶著窗框，正往屋裡瞧著。我擔心窗子被他打開，幸好他只是張望了一下子，而沒有別的舉動。差不多過了二十秒後，他便消失了，我癱軟在床上，本想到窗戶旁觀察他的行蹤，可是一點力氣也沒有。早餐時，他就像什麼事也沒發生一樣，或許已經忘記了自己做過的事，他的態度很粗魯，我也不敢提起昨晚的事，只是隨便撒了個謊便來到這裡了。」

「你剛提到自己的房間在二樓。那麼花園裡是否有長的梯子呢？」

「沒有，但他卻出現在窗口，這正是我害怕的原因。不過，我可以保證，福爾摩斯先生，那絕不是我眼花了，也絕不是幻覺。」

「昨天是九月五日，」福爾摩斯說道，「這使問題更加複雜了。」

「福爾摩斯先生，」伯內特說道，「你總是提到時間，難道時間對此案很重要嗎？」

「或許——或許是——但我目前還沒有充分的把握證明它。」

「你該不會是在研究教授的古怪行為與月球週期的關係吧？」

「當然不是。可以把你的記事本留下，讓我核對一下日期嗎？華生，我們的行動計畫可以定下來了，小姐說她懷疑父親有時會忘記自己做過的事，我同意她的看法。因此，我們要找一個這樣的時間去見他，就說是他約我們去的，也許他會以為是自己想不起來了。我們可以接近他，對他進行觀察和研究，或許能得到意想不到的成果。」

「這確實是一個好辦法，」伯內特說，「但是，我得提醒你們，教授的脾氣是非常暴躁的，你們可得小心應付啊。」

福爾摩斯淺淺一笑。「如果我沒想錯的話，就用這個藉口，相信教授不會過分為難我們的。伯內特先生，在劍橋附近有一間切克旅館，那裡的葡萄酒還不賴，床單也不算太髒。好了，我們明天一定會到劍橋去的。華生，說不定往後幾天我們會住到一個比這裡更糟糕的地方。」

星期一清晨，我們已經在通往著名大學鎮的路上了。對於福爾摩斯而言，他能毫無後顧之憂地迅速行動，但我卻必須匆忙地對手邊的一大堆工作做出安排，經過多年的努力，我的診所生意大有提升。一路上，他一直保持沉默，直到抵達那家旅館、擱好行李之後才開始說話。

「華生，教授十一點有課，中午很可能待在家裡休息。我們就趕在午餐前去拜訪他吧。」

「我們該找什麼樣的理由呢？」

福爾摩斯翻出筆記本來看了看。

「根據記錄，教授在八月二十六日曾有過一段狂躁期。我們假設他那個時候大腦並不清楚，你可以一口咬定是某人邀請我們來的，也許他也無法否認，至於面子就暫時放在一邊吧。」

「沒辦法，只好這麼做了。」

「那就這樣了！無論如何都必須試試。找一個本地人帶我們去，應該可以找到教授的家。」

我們雇了一輛由當地人駕駛的漂亮雙輪馬車，馬車載著我們來到了一排古老的建築前，然後又轉進了一條可供三輛馬車並排行駛的車道，最後在一棟華麗的住宅前停了下來。宅邸四周的草坪種滿了紫藤，看來教授的生活環境相當舒適。

我們剛下馬車，就發現一個頭髮花白的人正在窗口打量著我們。當我們把名片遞進去之後，便被帶進了教授的書房。他是一位體格高大、面目端莊嚴肅的老人，身穿晚禮服，具有一個大學教授應有的風度。最引人注目的是他那雙威嚴而犀利的眼睛，透露出一種敏銳得近似於狡猾的目光。

他看了看我們的名片，然後又打量了我們一下。「請坐，兩位。請問你們有何貴幹？」

福爾摩斯故作驚訝地說道：

「啊？我正打算問你呢。」

「問我？我不明白你的意思。」

「但我聽說劍橋大學的普萊斯伯利教授需要我的服務。也許是弄錯了吧。」

「原來如此，」教授那敏銳的灰眼睛射出了一股邪惡的光，「請問是誰告訴你這件事的？」

「哦，既然沒這回事，我只好說抱歉了，這其中大概有些誤會。打擾了，教授。」

「你不必道歉。我覺得這件事很有趣，你有什麼信件或電報可以表明來意嗎？」

「沒有。」

「那你要我如何相信呢？也許你是在提醒我，你是受到邀請才來的？」

「你這麼說令我很為難。」

「當然為難了，」教授厲聲說道，「你不願說出這個人是嗎？我自己會找出答案的。」

他走過去按了電鈴，很快地，伯內特先生走了進來。

「伯內特先生，這兩位從倫敦來的先生說是我們這裡的人約他們來的。我的信件一向都是交由你處理，你曾經見過一封給福爾摩斯先生的信嗎？」

「沒見過，先生。」伯內特的臉微微一紅，雖然他並沒有說謊。

「這就對了，」教授忽然把身子往前一探，瞪著我們說道，「我懷疑你們別有用心。」

福爾摩斯聳了聳肩。

「我已經說過了，這可能是一個誤會，打擾你了。」

「慢著，福爾摩斯先生！」教授大喊道，他的臉上掛著一股邪惡的怒氣。他迅速地走到了門前擋住了我們的去路，雙手在空中瘋狂地亂揮著。「想走可沒那麼容易！」他面露凶光，臉上的肌肉因過於激動而抽搐起來，我想他就要向我們開戰了。

「尊敬的教授，」伯內特見狀急忙說道，「你應該注意你的身份以及你在學院的影響力！這位福爾摩斯先生也算位有名望的人，你們應該好好相處才是。」

這一句話終於喚回了教授的理智，他無可奈何地讓出了道路。我們終於又回到了太陽底下，走在乾淨的馬車道上。福爾摩斯臉上帶著笑意，似乎覺得很有趣。

「這位老先生的神經大概出了點毛病，」福爾摩斯一面走一面說道，「也許我們拜訪他的理由是有點不著邊際，但總算達到了與他近距離接觸的目的。我想，他此刻一定跟蹤我們來了。」

福爾摩斯話還沒說完，我們身後就傳來了一陣急促的腳步聲，我驚訝地回頭一看，那並不是令人生畏的教授，而是他的助手伯內特。他正筆直地朝我們追來。

「真是不好意思，我必須向二位道歉。」伯內特氣喘吁吁地說道。

「有什麼關係呢？我們能和一個神經不太正常的人計較嗎？況且，這也是我的工作不可避免的。」

「他的脾氣越來越暴躁了，這下你應該知道我和普萊斯伯利小姐為什麼那麼擔心了吧？他剛才還算是清醒呢！」

「是啊，清醒，」福爾摩斯說道，「沒想到第一步就碰了釘子，看來他的記憶力比我想像的要好得多。對了，你能為我們指出普萊斯伯利小姐的房間嗎？」

伯內特撥開花園的藤蔓，帶領我們往前走了幾步，然後指了指樓上。

「就是左邊的第二個窗戶。」

「的確很高。但是，上面有水管連接著，還有藤蔓可以用來攀登。」

「我想我爬不上去。」伯內特說道。

「是的，也許只有猴子爬得上去。」

「噢，福爾摩斯先生，我趕來還有一個消息要告訴你。我找到了和教授保持連絡的那名倫敦人的地址，是從他書房的廢紙簍裡發現的，印在他使用過的吸墨紙上。作為一名私人秘書，我這樣做也許十分可恥，但也沒有其他辦法了。」

福爾摩斯接過紙片，將它放進了口袋裡。

「多拉克這個姓氏有點稀奇，應該是斯拉夫人吧。很好，這可是一個重要的發現。伯內特先生，我想我只能先回倫敦去，因為我們目前還不能對教授採取任何行動。他沒有犯罪，因此既不能逮捕他，也不能限制他的自由。」

「難道我只能這樣擔心受怕地等下去嗎？」

「再忍耐一下吧，伯內特先生，我想不會太久的。推算起來，下週一應該又是一個危險的時間，到時我們會來幫助你。還有，等待的這段時間也許會很不愉快，如果能讓普萊斯伯利小姐在倫敦多停留幾天的話——」

「這並不難。」

「那好，為了不讓她受到更多的驚嚇，就讓她留在倫敦。等危險過去了，我們再通知她回家。務必記住，讓他任意行動，不要去打擾或是限制他，你會沒事的。」

「他過來了！」伯內特驚恐萬分地說道。透過濃密的枝葉，我們看見一個高個子從玄關走出來，正在四處張望著。伯內特急忙向我們揮手告別，然後一溜煙地消失在樹叢中。沒過多久，我們就看見他繞到了教授身邊，兩個人似乎正激烈地爭論著什麼，過了一會兒才走回屋裡。

「華生，他一定看出我們的目的了，」福爾摩斯在回旅館的路上說道，「我認為教授的思維仍然非常清晰且有邏輯性。以他敏銳的洞察力，會發那麼大的火也不奇怪，你想，忽然有偵探找上門來，自然猜得出是家人做的好事，看來伯內特的日子可有些不好過呢！」

當我們路過郵局時，福爾摩斯進去發了一封電報。當天晚上就收到了回電，他把回電遞給了我。

已去過商業路，見到了多拉克。他是波希米亞人，上了年紀，和藹可親，擁有一家雜貨店。

麥希爾

「麥希爾是我在你離開後請的一個僕人，替我管理日常事務。弄清教授的秘密信件是我們揭開謎團的另一個突破口，他的國籍與布拉格之行有關。」

「感謝上帝！總算又找到了一條出路。可是，我們仍面臨一大堆難以解釋的問題。例如說，狗為什麼要咬他？他又為什麼要在樓梯上爬行？這些事有什麼關連呢？還有，我不明白你為什麼老是提到日期，這真的很重要嗎？」

此時我們正坐在那間古老旅館簡陋的客廳裡，桌上擺著一瓶口味還不錯的葡萄酒。

「好吧，我們就討論一下日期的問題，」他放下酒杯，把十指交叉在一起，就像在發表演說一樣。「從伯內特先生的記錄來看，從七月二日開始，之後每隔九天會出一次事，雖然有一次例外，但就最近幾次來看，大致符合這個規律。你看，八月二十六日出過事，再來是九月三日。我看這絕不是巧合。」

我不得不佩服他的細心。

「如果我們假設教授每九天服用一次藥；這種藥是烈性藥物，藥效短暫但副作用較大，他的性格就是受這種藥物刺激而改變。且這種藥物正是他去布拉格後經人介紹服用的，目前正由倫敦的一個波西米亞商人為他供貨。這樣不就能把這些奇怪的事實聯繫起來了嗎？」

「那又該如何解釋教授在樓梯爬行、狼狗咬人和在窗口露臉這些怪異的現象呢？」

「華生，不要指望一下子就把全部搞懂。無論如何，事情總算有了些頭緒，要弄清楚其他疑問，只得等到下週二了。目前，我們只能關注事態的變化，同時盡情享受這座著名城鎮的美麗風光。」

第二天早晨，當我們正準備返回倫敦時，伯內特匆忙地趕到旅館來。他向我們報告了昨天我們走後的情況。正如福爾摩斯預料的，他的日子確實有些不好過，教授的態度異常粗暴，雖然沒有明確地指責他把我們帶去。今天早上教授又恢復了正常，「他正在給學生們作生動豐富的演講呢！」伯內特說，「撇開那些不愉快的事不談，他倒是顯得比從前更有活力了，似乎年輕了許多。」

「我相信在一週內不會發生什麼事。還有許多病人正等著華生醫生，而我也並非閒人。這樣吧，我們約好下星期二在這裡碰面，如果下週我們離開這裡前仍不能給你一個滿意的答案，那我將會感到相當意外。在下次見面之前，如果發生什麼事情，請立刻通知我。」

從劍橋返回之後，我一直沒空去找我的朋友。我不知道他這幾天都在忙些什麼，直到星期一晚上才收到了他的一張便條，請我七點鐘到火車站去等他。在再次前往劍橋的路上，福爾摩斯提到伯內特先生的來信，告訴他這幾天教授家裡很平靜，教授本人也很正常。當晚，我們剛在切克旅館住下來，伯內特就趕來了。「今天又有一封從倫敦寄給教授的信，還有一個小包裹，上面有十字標記，教授叫我不要拆開。其他就沒什麼了。」

「我看差不多了。」福爾摩斯神情凝重地說道，「伯內特先生，你今晚可不能閒著，我們快讓一切真相大白了。你必須監視教授的行動，我建議你今晚別睡了，如果聽見教授經過你的門口，就悄悄地跟在他後面，不過千萬別讓他發現了。我和華生醫生會隱藏在花園中的適當地點。對了，你知道教授那個小匣子的鑰匙在哪裡嗎？」

「他把它拴在錶鏈上。」

「這就有些麻煩了，不過我想我們總有辦法把它弄開。這裡有沒有比較強壯的男人？」

「有個車伕，叫做麥考菲。」

「他睡在哪裡？」

「馬廄的樓上。」

「也許我們用得到他。好了，伯內特先生，你先回去吧，不然教授又要發脾氣了。請記得我的叮嚀，我相信明天早上之前會再見面的！」

午夜時分，我和福爾摩斯悄悄潛入教授家玄關對面的樹叢裡。夜色靜謐，但氣溫很低，幸好我們都穿了大衣。此刻微風拂過，灰白色的雲朵從空中飄過，雖然在寒夜裡的漫長等待十分難熬，但是出於對教授那怪異舉止的強烈好奇，加上福爾摩斯說今晚案子就會有結果，所以我並沒有怨言。

「按照九天的週期規律，教授的奇怪症狀今晚又會發作，看來他是按時服藥的，」福爾摩斯小聲對我說道，「下一個事實能證明同一結果，他恐怖怪異的行為是從布拉格回來後才有的。」

「他與足以代表布拉格某個人物的波希米亞商人保持聯繫，伯內特提到的包裹便是此人寄來的。雖然我還不清楚他服藥的原因，但那東西一定來自布拉格。他總是按照九天的週期服藥，這引起了我的注意；他的症狀十分奇怪，你注意到他的手指了嗎？華生。」

我不得不佩服他非凡的洞察力。

「華生，看一個人必須先看他的手、袖口、褲膝還有鞋。他是一個受人敬重的大學教授，但他的指關節卻又粗又大，而且還長滿了老繭，這不是做他這一行應該有的手——」說到這裡，福爾摩斯忽然用手拍一下腦袋。「哎！華生，我怎麼會這麼笨呢？這雖然有些難以置信，但一定是這麼回事。所有線索都指向同一結果，粗大的指關節！還有那隻狗！藤蔓！哈！一切都串聯起來了！嗯，華生，我的確該找一個寧靜的農莊開始新生活了。看！他出來了，讓我們親眼瞧瞧吧。」

玄關的門慢慢打開了，屋裡射出的燈光映襯出一個高大的身影。教授穿著睡衣出現在門口，他的身子向前微傾，兩手下垂，慢慢地走到了馬車道上。這時，奇怪的事情發生了，只見教授突然彎下身子，開始在地上爬行。他一直沿著房子往前爬，不時跳躍一下，後來又轉了一個彎，爬到屋角去了。這時伯內特也從玄關溜了出來，悄悄地跟了上去。

福爾摩斯朝我揮了一下手，示意我跟他過去，於是我們躡手躡腳地在樹叢中穿梭，來到了一個能看見屋角的地方。在明亮的月光下，我們能清楚地看到教授。他在長滿常春藤的牆角停了下來，開始攀著常春藤往上爬。他從一根藤爬到另一根，抓得十分牢固，就像一隻擅長攀爬的猿猴一樣靈活。看來，這對一般人來說十分危險的事，對他而言卻是一種有趣的遊戲。他的睡衣被藤蔓扯開了，看上去就像一隻巨大的蝙蝠，在牆上投下一大片陰影。過了一會兒，他似乎厭煩了這種遊戲，便又從藤蔓上攀下來，依然以那種古怪的姿勢朝馬廄爬去。

狼狗開始狂吠起來，一見到主人就吠得更凶了。牠不停地跳躍猛撲，鎖鏈因此錚錚作響。教授故意趴在狗搆不著的地方，以各種姿勢故意激怒牠，偶爾還抓起一些石塊朝牠擲去。我從來沒有見過這樣奇怪的事情，一個堂堂的大學教授，竟然像蟾蜍一樣趴在地上去激怒一隻狗。他用盡各種可笑的方式挑釁對方，讓狗不顧一切地向他瘋狂亂叫。

突然，意想不到的事情發生了！只聽得啷噹一聲，鐵鏈掉在了地上，狗和人瞬間滾作一團，接著是狗的咆哮聲夾雜著人的尖叫聲。教授幾乎快沒命了，狼狗用牙齒狠狠咬住了他的喉嚨。當我們趕過去將他們分開時，教授已昏死過去，他的頸部血肉模糊。其實我們的處境也很危險，幸好伯內特的吆喝聲讓牠逐漸恢復了平靜。睡眼惺忪的馬車伕從馬廄樓上走下來，說道：「他近來總是這樣逗狗，我就知道總有一天會出事的。」

伯內特重新把狗的項圈戴上，然後我們一起把教授抬進了臥室。這名擁有醫學學位的助教協助我為教授進行手術。他的傷勢非常嚴重，頸動脈幾乎被咬斷。經過半小時的緊急搶救，傷者終於脫離了險境，我又給他注射了一劑嗎啡，他便沉沉地睡去了。至此，我們大家才鬆了一口氣，開始考慮下一步的行動。

「應該替他找一位權威的外科醫生來治療。」我提議說。

「不！」伯內特大聲說道，「基於教授在大學的地位，以及他在歐洲的聲譽，還有他女兒的情感，我們絕不能讓這件醜聞傳出去。當然，我對你們兩位是絕對信任的。」

「沒錯，是有保密的必要，」福爾摩斯說，「當然，更重要的是防止類似事件再次發生。伯內特先生，請你把他錶鏈上的鑰匙取下來。病人暫時交由麥克菲照顧，我們一起去看看那個神秘的木匣子吧。」

匣子打開了，裡面的東西並不多，但已足夠解釋我們所有的疑問——兩個小瓶，其中一只是空的，而另一只幾乎還滿著；一個注射器；幾封外國人寫的字跡歪斜的信，信封上都有十字記號，並附有「多拉克」的簽名，內容都是郵寄藥瓶的清單以及貨款收據。但匣子最底部的那封信卻出自另一個人之手，從字跡來看，顯然是一個受過良好教育的人，郵票是奧地利的，郵戳則是布拉格的。

「這就是最好的說明，」福爾摩斯急忙掏出了信紙，「這就是我們需要的解釋！」信紙上是這樣寫的：

同行的前輩你好：

自從你到舍下拜訪以來，我反覆考慮了閣下的請求，深感不便拒絕，但就過去的治療結果表明，此方法具有相當的危險性，需謹慎行事，切不可疏忽。

類人猿血清有較好的療效，但我使用的是黑面猿，因為適合的只有這類標本。黑面猿善於匍匐爬行及攀爬，而類人猿為直立行走，故後者更為接近人類。

另外，請閣下當心，切勿在未成熟階段將此療法外傳，否則會帶來諸多不良影響。我在英國還有另一位委託人，亦交由多拉克代理。

請嚴格按規定用藥，並每週報告療效及病情。

H·勞恩斯坦

「勞恩斯坦！我想起來了，」我大聲喊道，「我曾在報紙上看到過關於他的報導，說他正在研究返老還童的藥。他有一種可以使人強壯的血清，但拒絕公布處方，而這種藥物卻是醫學界禁止使用的。」

伯內特從書架上翻出一本動物學手冊，他翻到一處，讀道：「『黑面猿，棲息於喜馬拉雅山麓的黑面猿類，是體型最大、最接近人類的爬行猿。』哦，還有許多詳細介紹。福爾摩斯先生，謝謝你，我們終於找到一切的根源了。」

「不，」福爾摩斯說道，「真正的根源是教授那不合時宜的戀愛，由於年齡太過懸殊，教授一心想恢復青春、返老還童。但是，大自然的定律是不可違背的，任何人想逆天行事，只會遭受規律的懲罰。」福爾摩斯沉默下來，他拿起那個裝有透明液體的小瓶子瞧了一會。「我得寫一封信給這位自以為是的科學家，告訴他使用違禁藥品是犯法的，這件事就會結束了。可惜的是，我們阻止了這件事，卻不能阻止它繼續發生。還會有人想出更高明的方法來進行這種危險的遊戲，這個世界就是這樣，一味追求物質和感官享受的人延長了他們毫無意義的生命，而將精神生活視為一切的人卻不肯違背自然的規律。長此以往，這個世界豈不變成了一個汙水坑？」在發表完他的人生領悟之後，福爾摩斯站了起來，「伯內特先生，這下我們終於查清了每個細節。其實狗比我們更早發現了變化。牠從教授身上嗅出的是猿猴的氣息，因此牠也認為自己咬的是猿猴，而挑釁牠的同樣是猿猴。當然，攀爬更是猿猴的一種本能，至於他將頭伸到女兒的窗口張望，那只是一個偶然的舉動。華生，清晨有開往倫敦的火車，我們還來得及回旅館去喝杯熱茶。」

9 獅鬃毛

真沒想到，在我退休後居然還會辦上一個案子，並且案子的難度不亞於過去我所經辦的任何一件。那時，我已從貝克街搬到了位於蘇塞克斯的小別墅中，過上了舒適、恬靜的田園生活，這是我過去生活在喧囂的倫敦時所盼望的。現在，我的朋友華生幾乎快從我的世界中消失了，他只會偶爾在某個週末出現，因此我不能指望他為我的偵探故事增添色彩。經過他那特有的手法渲染過的情節緊張離奇，但現在只能以我拙劣的文筆來呈現事情的經過了。

我的新家位於蘇塞克斯丘陵地帶的南面，在這裡可以望見遼闊的英吉利海峽。海岸邊全是石灰的峭壁，如果要到海邊去，得經過一條蜿蜒崎嶇的小路。在路的正前方，即使當時正在漲潮，佈滿卵石的海灘仍足有好幾哩長，到處是深淺不一的凹處，並形成了許多天然的泳池。可是，在長達數哩的海岸線上，只有一個叫伏爾沃斯的小海灣切斷了這條直線。

我的別墅孤零零地座落在一邊。這裡住著我、老管家以及我們所養的一箱蜜蜂。幸而在離我們半哩遠的地方有哈羅德．史坦赫斯特建立的一所私立學校——三角牆學校，它為我們這裡增添了一些生氣。那是一幢頗為高大的建築，裡面住著幾名教師與幾十名進行職業培訓的學生。史坦赫斯特過去曾是劍橋大學著名的划船運動員，算得上是一名很不錯的學生。自從我移居到此之後，他漸漸成為我在這個新環境中最好的朋友。

一九〇七年七月底，這裡刮過一次大風，巨浪一直沖到峭壁底下，等潮水退去之後，這大大小小的湖泊裡又注滿了清新的海水。天氣變得異常晴朗，暖烘烘的太陽照得大地金黃燦爛。在這樣美麗的早晨，待在家裡無疑是一種浪費，於是我便決定在早餐之前出來散散步，享受一會兒清新甜潤的空氣。我在從峭壁通往海灘的小路上緩緩地前行，忽然聽見身後有人喊我的名字，聽到這熟悉的聲音，我就知道是史坦赫斯特先生。

「早上好，福爾摩斯先生！」史坦赫斯特興致勃勃地說道，「我就知道會遇到你。」

「你正要去游泳，對嗎？」

「沒錯，」他微笑著拍拍鼓鼓的口袋。「梅菲爾森出來得比我還早些，我想應該遇得到他。」

弗茲羅伊．梅菲爾森是三角牆學校為數不多的幾名教職員之一，他原本是一個十分活躍的青年，但後來得了心臟病，大大削弱了他的運動能力；但他仍然酷愛一些不太激烈的運動，而且相當傑出。他認為游泳對他的心臟很有好處，因此從不間斷。由於我對游泳也有相當的愛好，所以常常會在海灘上遇到他。

我們正往前走著，忽然看見小路前端的峭壁旁冒出了一顆腦袋，接著便看見了梅菲爾森，他像醉漢一樣左右搖晃著。在距離我們大約五十公尺處，他突然大叫了一聲，向前撲倒在地。史坦赫斯特和我急忙跑過去，把他扶了起來。他已奄奄一息，臉色發青，眼裡失去了光澤，他以微弱而含糊不清的聲音說了「獅鬃毛」。這沒頭沒腦的話把我們弄糊塗了，正當我要追問時，他掙扎了一下，兩手一攤，倒在地上死去了！

史坦赫斯特被這情景嚇傻了。而我彷彿早已忘記自己是一個退休的人，又立刻行動起來。我站起身來四處張望，在很遠的地方有兩、三個人影正向伏爾沃斯緩慢地移動。我又蹲下來仔細地觀察死者，一件帛柏莉雨衣胡亂地披在他身上，帆布鞋的鞋帶也沒繫上。當他倒下時，身上唯一可以蔽體的雨衣滑落了，露出的身體不由得使我大吃一驚。如果那真是鞭子抽的痕跡，那這條鞭子肯定很有彈性，因為鞭痕繞過了他的肩部和肋骨。他的嘴角淌著血水，那是在極度痛苦下咬破了嘴唇的關係。從他那痙攣扭曲的臉上，可以看出他曾是多麼地痛不欲生。

正當我仔細查看死者的時候，數學教員伊恩．莫多克走了過來。他是一個瘦高個兒，皮膚很黑，性格陰沉內向，除了在課堂之外，幾乎很少說話，也沒什麼親近的朋友。他的生活裡似乎只有圓錐曲線和根號，與正常的生活相差很遠。他在學生的眼裡如同一頭怪物，然而卻無人當面嘲弄他。因為除了他那偶爾發作的脾氣外，他充滿異鄉特質的黑眼睛和黝黑皮膚也十分與眾不同。據說有一次，梅菲爾森的狗把這位怪人惹火了，他竟拎起小狗從窗戶扔了出去。他的脾氣也曾得罪過一些人，要不是他的數學課講得還不錯的話，史坦赫斯特早就把他打發走了。這個怪人正走到我們面前，雖然扔狗事件讓他與死者之間沒什麼來往，他仍毫不掩飾地睜大了驚恐的眼睛。

「太悲慘了！我能幫上什麼忙嗎？」

「你剛才跟他在一起嗎？你清楚發生的一切嗎？」

「不，我剛離開學校，正準備要到海邊去。唉，我能為你們做點什麼嗎？」

「請你立刻趕到伏爾沃斯報警。」

他迅速地跑開了。史坦赫斯特仍然呆立在屍體旁，我已經決定要接下這個案子。首先要做的當然是觀察海濱周圍是否有人，答案是否定的。於是，我又朝前方走去，發現小徑上只有一個人的兩排腳印。看來，除了梅菲爾森之外，今天早晨還沒有人來過海灘。我從小路下去，看到有一處手掌按出的痕跡，這說明了梅菲爾森曾在這裡跌倒。還有一些圓形的小窩，是膝蓋跪下的痕跡。再前方便是漲潮時注滿了水的湖泊，湖邊的一塊岩石上放著梅菲爾森的毛巾，毛巾是乾燥的，也沒有打開過，看來他還沒有下過水。但當我在岩石四周搜尋時，又發現了一些赤腳的腳印，這說明他曾脫掉了鞋子和衣服準備下水。

呈現在眼前的事實就是這些，這應該算得上一件十分怪異的事。梅菲爾森來到海邊不超過十五分鐘，因為他出來時史坦赫斯特曾目擊過他。當他脫掉鞋襪正要下水時，卻遭到了意外的襲擊，但襲擊並不是突然發生的，因為他還能在匆忙中穿上衣服和鞋子。他被人用鞭子打到只能咬破嘴唇苦撐，之所以能爬到嚥氣之處，完全是靠著僅存的求生欲望支撐。到底是什麼樣的人會下此毒手呢？初升的太陽正照射著峭壁上的小洞穴，那裡頭不可能藏得了人。海濱的遠處有幾個若隱若現的人影，他們也不可能涉及此案。海面上只有兩、三艘漁船，而且離得較遠，等警官到達後可以盤問一下船上的人。

當我重新回到死者身邊時，這裡已聚集了幾個人。史坦赫斯特仍在那裡守護著屍體，莫多克正好帶著警察趕到。這是一名身材高大，留著黃髭的典型蘇塞克斯人，他的頭腦隱藏在略顯遲鈍的外表下，正默默地記錄著我們的陳述，之後，他把我拉到一邊小聲說道：

「福爾摩斯先生，我沒有處理這種大案子的經驗，你得幫幫我。如果出了什麼差錯的話，我會被上頭責罵的。」

我希望他能將上司請到現場來，並建議他去找個醫生。為了避免現場遭到破壞，不允許任何人移動東西，不相關的腳印能少則少。趁著此刻，我翻了翻死者的口袋。找出一個折疊式的皮夾。我從名片夾中找到了一張紙條。上面是女性的字跡：

好的，我一定會來。

莫蒂

看來，這是死者與情人訂下的約會，只是時間和地點都不清楚。警察從我手中接過紙條看了看，然後又把它放入了名片夾裡，再塞回死者的口袋。我又建議警方搜索一下峭壁底部，接著便回家用早餐。

一個多小時後，史坦赫斯特來通知我屍體已經運回學校，將進行驗屍。此外，他還告訴我警察在現場進行了更為仔細的搜索，結果仍是一無所獲。他們又檢查了梅菲爾森的臥室，希望能夠得到意外的發現，最後在書桌裡發現了幾封非比尋常的信，信是伏爾沃斯村的莫蒂．貝拉密小姐寫的。她應該就是便條上的署名人莫蒂。

「可惜你現在看不到信，」他說，「警察把信都帶走了。從這些信看來，他們正嚴肅認真地談著戀愛呢！梅菲爾森的死該不會與這個女孩有關吧？不知這場約會與那場飛來橫禍有無關係？」

「不管怎樣，他們總不會選在一個人家常去的地方約會吧？」我說。

「而且不應該選在早晨，因為這是梅菲爾森和那些學生平常一起游泳的時間。今天那些學生只是出於一個偶然的原因才沒去。」

「偶然的原因？」

史坦赫斯特沉思了一會兒。

「莫多克說昨天的課有一點內容沒講完，他要在今天早餐前將它補齊。他在教學上是非常認真的。這個人看起來很冷漠，但他還是很樂於助人，看他今天表現得多麼難過啊！」

「但是，據我所知，他們之間曾有些不愉快。」

「那只是過去的某段時期。最近一年來，梅菲爾森和莫多克走得比較近，這對莫多克來說可不簡單，因為他不是一個容易相處的人。」

「原來如此。我好像聽你提過，他們曾為狗發生爭執。」

「那已是陳年往事了。」

「也許有人會記恨。」

「怎麼可能！我看他們仍然是一對好朋友。」

「關於那位小姐的事查清楚了嗎？她是誰？」

「她是位有名的美人，沒有人不認識她，不管她走到哪裡都會成為人們關注的焦點。我對於梅菲爾森愛上她的事略有耳聞，但沒想到竟已發展到在信上使用那些親密語句的程度。」

「她的家庭情況呢？」

「她父親叫湯姆．貝拉密，擁有伏爾沃斯的漁船以及泳池更衣室。他從前是個漁民，現在已經很富有了。他的產業由他本人和兒子威廉共同管理。」

「你認為有必要到伏爾沃斯去拜訪他們嗎？」

「用什麼理由？」

「找理由並不難。不論如何，梅菲爾森不可能是自虐身亡吧？如果我對凶器的判斷沒錯的話，總會有一隻甩動鞭子的手。在這樣一個人煙稀少的地方，他所能結交的人十分有限。如果我們查證每一種可能性，一定能發現犯罪動機。如此一來凶手便無法隱藏了。」

我漫步在浸滿麝香草芬芳的綠草地上，被那場意外攪得十分惡劣的心情至今仍無法平復。伏爾沃斯村位於海灣附近的圓孤地帶，在古樸的村莊背後，幾幢新式房屋順著地勢的起伏矗立著。我在史坦赫斯特的帶領下朝著其中一間走去。
「對於白手起家的財主而言，能擁有這樣一幢多層樓的青石瓦房屋已經十分了不起了。他把房子命名為『海港山莊』。」
花園的門打開了，一個看上去有些懶散的瘦高個兒從裡面走了出來，這人竟是莫多克。我們立刻和他打了招呼。
「你好！」史坦赫斯特朝他揮手說道。他點頭示意，並用那雙與眾不同的黑眼睛瞥了我們一眼，然後就準備離開，但校長拉住了他。
「你來這裡做什麼？」史坦赫斯特問。
莫多克的黑臉漲得通紅，他看上去很生氣，「親愛的校長，這裡並不屬於你管轄的範圍，我沒有義務向你報告個人隱私。」
經歷了驚悚的一天，史坦赫斯特一慣的耐心早已被一觸即發的怒火取代。他再也控制不住。
「你太放肆了，莫多克先生。」
「你也不差。」
「我實在無法忍受你的傲慢無禮，再也忍不住了。請你另謀高就吧！」
「我早就想走了。就在今天，我失去了唯一讓我留下的理由。」
我認為，莫多克正好抓住了一個機會離開這個是非之地。我開始對他警覺起來，一種還不確定的想法在我腦海中盤旋。也許今天的來訪將有助於我釐清一些疑問，校長又打起了精神，我們一起朝住宅走去。
貝拉密先生已過中年，留著火紅的落腮鬍。他看上去怒氣衝衝，談了沒多久，只見他的臉已紅到耳根。
「對不起，先生們，我沒興趣瞭解那些事。威廉也是，」他指了指屋角一位表情冷漠、十分健壯的年輕人，「他也認為那傢伙對莫蒂的追求是我們家族的恥辱。你們看看，除了一連串無聊的約會和通信外，他對結婚一事毫無誠意，此外還有一些我們看不慣的做法。她只有父親和哥哥，我們是唯一可以保護她的人。我們認為——」

當莫蒂小姐走進來時，他的談話立刻停止。毫無疑問，她的容貌足以使任何地方蓬蓽生輝。誰能想像得到，如此嬌嫩的一朵鮮花竟生長在這樣的家庭裡？對我而言，異性的光輝根本沒有吸引力，那是由於我是一個十分理性的人；但當我面對這位如草原陽光般動人的女性時，我心想任何一位紳士都會拜倒在她的石榴裙下。此刻，她正好奇地睜大眼睛看著校長。

「我知道他已經死了，」她看去楚楚可憐。「請別為我擔心，告訴我一切吧。」

「是另外一名教師來通知我們的。」她父親連忙說道。

「請別把我的妹妹牽扯進去！」威廉大吼道。

莫蒂瞪了他一眼，「我認為我有權處理自己的事，威廉。根據現場情況來看，他的確是被殺害的。如果我能為揪住凶手略盡心力的話，我相信死者也會感到欣慰的。」

校長將事情經過簡短地敘述了一遍。她專注而鎮定的眼神流露著堅毅的個性，那美麗與堅強想必將在我的腦海裡永遠留下完美的印象。看來她十分清楚我是誰，於是說道：

「無論如何，福爾摩斯先生，請你務必將罪犯繩之以法。無論他們是誰，我都會義無反顧地助你一臂之力。」我似乎已經感到她的話意有所指。

「非常感謝，」我說道，「我向來十分重視女性特有的直覺。你剛提到『他們』，是否代表著你認為凶手不只一人？」

「我對梅菲爾森十分了解，他勇敢而強壯，如果對方只有一個人，根本無法制伏他。」

「我可以和你私下聊聊嗎？」

「我警告你，莫蒂，」貝拉密先生氣呼呼地嚷道，「別把自己捲進這件事裡去。」

莫蒂無奈地望著我，「我能幫上什麼忙嗎？」

「媒體很快就會讓所有人都知道這件事，我就在這裡說出來也沒什麼不好，」我說道，「我本打算和莫蒂小姐私下談談，但既然你父親不願意，那我只好邀請他一同參與討論。」之後我提到了名片夾中的紙條。「相信它馬上會被公布出來。我希望你能先解釋一下。」

「這本來就不是什麼秘密，」她講道，「我們之間有婚約。由於梅菲爾森擔心他叔父剝奪他的財產繼承權，因而遲遲不敢宣布。他叔父一直希望可以親自安排他的婚事，除此之外就沒有別的原因了。」

「你為什麼不早說？」她父親大喊道。

「如果你的態度能溫和一點，我根本不會這麼做。」

「我絕不會將女兒嫁給出身卑賤的人！」

「正是你那可怕的偏見阻止我說真相，至於那次約會——」她將一個紙團從口袋裡拿出來。「這是我寫的回信。」

我的摯愛：

週二日落時在海邊老地方見。只有這個時間我才能溜出來。

F．M．

「今天就是星期二。我們本來約好要見面的。」

我將紙條反覆查看，「這顯然不是透過郵局寄送的。你是怎麼收到的呢？」

「其實我不想提及此事，它與本案無關。但一切與這件案子相關的問題我都會回答。」

她的確說到做到，但沒提供有用的線索。她認為梅菲爾森不可能有潛在的對手，雖然她也承認自己曾被好幾個年輕人熱烈追求過。

「我想知道，這幾個人也包括莫多克先生嗎？」

她露出了慌亂的神色，臉漲得通紅。

「的確是。但當他得知我和梅菲爾森的親密關係後，事情就不同了。」如此一來，我對這個怪人的懷疑便更加確定了。除了準備私下搜查他的房間，我還打算調查他的個人資料。校長十分願意配合我展開工作，因為他也認為十分可疑。於是，我們沿原路返回，心裡似乎感到已握住了這團亂麻的一個頭緒。

一週的時間很快過去。驗屍報告並未提供什麼新的線索，法庭的審理工作只能暫時擱下，破案還需要新的證據。校長對那名下屬進行了周密的調查，並粗略地檢查了他的臥室，但毫無所獲。我又去現場檢查了一遍，同樣沒有找到線索。親愛的讀者們或許已經意識到了，我遇到了偵探生涯中從未遇過的難題，就連我那豐富的想像力也派不上用場。然而，這時卻發生了一件與狗有關的插曲。

「先生，一個讓人震驚的消息——梅菲爾森先生的狗也死了。」傍晚，管家從收音機裡聽到這則消息。

「能說得更詳細點嗎？」我問。

「大家都在討論這件事呢！唉，這隻小狗和主人的感情很深，自從梅菲爾森死後，牠就一直不肯進食。今天，幾名學生在海濱發現了牠，就趴在主人死去的地方。」

「也在那個地方？」我不禁感到十分震驚。雖然狗的本性忠實，但怎麼會那麼巧，竟死在同樣的地方呢？難道牠也遭到了毒手？否則這個荒涼的海邊為什麼對一隻狗也有危險性呢？或許——我突然有了一種模糊的想法。幾分鐘後，我趕至學校找到史坦赫斯特，在我的要求下，他立刻找來發現小狗的兩名學生——沙德伯利和布朗特。

「沒錯，牠就躺在水塘邊，」其中一人說道，「我想牠一定是循著主人的足跡找去的。」

接著，我去看了那隻忠實的艾爾戴爾獵犬，牠被放在大廳裡的一張蓆子上。屍體已經僵硬，凸出的兩眼似乎還淚汪汪的。牠四肢痙攣，看來也是在痛苦中死去。

離開學校後，我徑直走到了海濱。太陽已慢慢西沉，被晚霞染紅的雲彩也漸漸地消褪，峭壁陰森的黑影投向湖面，湖水猶如一塊陰沉的鉛板，閃著暗暗的光。四下一片寂靜，只聽得見空中傳來的小鳥鳴叫聲。我繞著梅菲爾森曾經放過毛巾的那塊石頭走著，依稀可見到小狗在這裡刨出的爪痕。我沉思良久，一個個想法在腦海中翻騰，又很快被我清掃出去。我相信每個人都有過這種思緒堵塞的煩惱，明知答案就在你的腦子裡，卻無法把它找出來。

夜晚的海風輕輕拂過，我不禁感到一絲涼意。也許是被海風刺激到了，我的頭腦一下子變得靈活起來，一個念頭一閃而過。讀者們都知道，在我的頭腦中裝了一大堆冷僻的知識，它們彷彿被裝在一間雜亂無章的倉庫裡，即使是我也無法整理出一個規則，只留有一些模糊的印象，但當我遇到難題時，它們就會跳出來給我一些提示。當我有了模糊的印象之後，就必須儘快將它明朗化，於是我急忙回到了家中。

經過一個多小時的翻找，我終於在書架的頂層找到一本咖啡色的書。我急忙打開它，找出了依稀記得的那一節。果然，這是一個不著邊際、異想天開的想法，但無論如何都必須去證實一下。不僅是因為我從不願放棄任何可能性，也因為眼下實在沒有別的辦法。這一夜，我很晚就寢，迫切希望明天的實驗能證明我的奇想。

隔天一早，當我匆匆地吞下早餐，還沒來得及起身前往海邊，就聽到蘇塞克斯警官巴德爾沉重穩健的腳步聲。他非常困惑地看著我。

「福爾摩斯先生，我此行是非正式的拜訪，」警官說，「我對梅菲爾森的案子一點辦法也沒有，我不得不承認你的經驗比我豐富，而且你也是目擊證人之一。我想請問你，是不是應該逮捕莫多克呢？」

「你能解釋自己的推論嗎？」

「雖然我還沒能找到確切的證據，但是種種跡象表明，莫多克是最可疑的。首先，他曾因小狗的事與梅菲爾森吵過架，像他這樣性格內向的人一向容易記仇。其次，在對貝拉密小姐的追求問題上，他可能存有強烈的嫉妒情結。再說，在這樣一個偏僻的地方，可疑的人就那麼幾個，除了他還有誰呢？」

「老實說，我也曾經這麼想過，」我說，「但我後來又思考了一下，這仍然存在很多漏洞，甚至可以說無法成立。你想想，在梅菲爾森出事後幾分鐘，莫多克就從我們身後的小路走來了——那可是唯一一條通往海邊的路；再說，他的所有學生都可以證明他早上有課；還有，要是一對一地較量，他未必能制伏強壯的梅菲爾森，況且，凶器仍舊是個謎。」

「凶器有什麼問題？」

「你研究過傷痕了嗎？」

「是的，我看過了。」

「憑肉眼是看不出來的。但是，如果用放大鏡來看，你就會發現特別的地方。」

「福爾摩斯先生，你發現什麼了？」

我從抽屜中拿出一張放大的照片遞給他。「或許你能從這上面看出些什麼。」

「福爾摩斯先生，你確實比我們仔細得多。」

「要不然我早就因失業而流落街頭了。我們一起看看圍繞著右肩的那條傷痕，它有什麼特別的？」

「我看不出來。」

「你看，這裡是一個出血點，這裡也是。還有，幾乎每一條傷痕的深度都不同。你能想到什麼嗎？」

「我想不出來，你知道嗎？」

「我也許想到了，也許沒有，也許很快就會有更多的線索。只要能確定是什麼東西造成了這樣的傷痕，那就離逮到凶手不遠了。」

「當然，我有一個異想天開的想法，」警員說道，「如果將一隻燒紅的網放在背上，那麼在網線交叉的地方，血痕會更深。」

「這是一個很好的比較。或許我們可以假設，那是一條堅硬的九尾鞭，而且鞭上還有許多凸起處。」

「你的推測很有道理，福爾摩斯先生！」

「推測終歸是推測，說不定根本是另外一種情況。總之，我們目前所掌握的證據還不充分。死者臨終時曾提到『獅鬃毛』，我們還沒弄清楚這是什麼意思。」

「福爾摩斯先生，你認為他會不會是把『伊恩（Ian）』說成了『鬃毛（Mane）』？」

「這一點我也想過。但是第二個字完全不像『莫多克』，況且我相信自己的耳朵不會聽錯。」

「你好像還有其他想法？」

「是的，但在找到更確切的證據之前，我不想將它拿來討論。」

「你還需要多久才能找到證據？」

「順利的話，一個小時應該足夠了。」

警官用手撫摸著下巴，懷疑地看著我。

「你認為是那些漁船上的人嗎？」

「不，漁船離現場太遠了。」

「但我認為貝拉密和他的兒子也許有作案動機，他們十分討厭梅菲爾森。」

「你可以去調查一下，」我說，「如果你中午再來也許會更好，我們都還有很多事要忙——」

就在此時，房門被人重重地撞開了。由此，我們朝結案邁出了第一步。伊恩．莫多克跌跌撞撞地走了進來，他面色發青，衣服凌亂，就像我們上次見到的梅菲爾森那樣。他像一個醉漢一般，剛進屋來就摔在了地上。「白蘭地！快，拿白蘭地來！」說完，他呻吟著倒在沙發上。

門口還有一個人。那就是同樣衣衫不整的史坦赫斯特，他正靠在牆上喘著粗氣，帽子也不知掉到哪去了。

「快，拿白蘭地！」他也喊道，「要不然他會死的！他剛剛已經昏過去兩次，我好不容易才把他弄來。」

烈酒下肚之後，莫多克就像充了電一樣。他用雙手支撐著爬起來，順手脫掉了衣服。「趕快拿油來，還有嗎啡！」他喊道，「無論用什麼方法，幫我治治這可怕的傷口！」

我們都被眼前的情景嚇呆了，不禁異口同聲地喊了出來。只見他的背上，全都是縱橫交錯的鞭痕，就跟梅菲爾森身上的一樣！

莫多克的臉因為痛苦而扭曲發青。看來他的創傷並不只在局部，因為他汗如雨水，呼吸困難，隨時有生命危險。我們一次次地將白蘭地灌進他的口中，好讓他保持清醒。當我用沾滿菜油的棉花清理過他的傷口後，他似乎顯得不那麼痛苦了。最後，他的頭重重地跌在了椅墊上。當人體極度疲乏之時，只有睡眠才是最好的良藥。他昏睡過去，暫時脫離了痛苦。

「這究竟是怎麼回事？」史坦赫斯特稍稍平靜下來之後問道。

「你在哪裡看到他的？」

「就在海邊，梅菲爾森倒下的地方。要是他的心臟也像梅菲爾森一樣脆弱的話，也許早就沒命了。回學校太遠，所以才到你這兒來。」

「你是在海邊發現他的？」

「我正在小徑上走著，忽然聽見一聲慘叫。我急忙跑過去，發現他站在水邊像發了瘋一般嘶叫著。我急忙替他披上衣服，扶著他就往回跑。福爾摩斯先生，這簡直太可怕了，你應該盡最大的努力抓住凶手。總不可能連你都毫無辦法吧！」

「我不會讓你失望的，我們馬上就行動，警官，我們一起去吧！」

我讓管家暫時照顧昏迷不醒的病人，然後帶著兩個同伴朝那個可怕的海灘走去。莫多克的毛巾和衣服還放在那塊石頭上，我繞著湖邊慢慢地走著，仔細觀察水裡的情況，其餘兩個人跟在我的後面。終於，我在一處有大塊石板的水淺處停了下來，這裡的水深只有四五呎，而且清澈見底，相信每個游泳的人都會到這裡來小憩一會兒。峭壁的下端有排石塊，我順著它們往前走，然後朝水裡望去。就在最深處，我發現了我要找的東西，它就在水面下三呎的地方。

「獅鬃毛！我找到獅鬃毛了！」我大聲喊道。

兩個伙伴立即湊過來。只見一束束黃毛在水中飄動著，黃毛下泛著銀色的光芒。這個怪物規律地收縮著，長得就像一團從獅子身上扯下來的鬃毛。

「它作惡多端，我們應該了結掉它了！」我叫道，「史坦赫斯特，幫我一把！」

我們找到了一塊大石頭，對準那個怪物推了下去。待水面重新恢復平靜之後，我們看見大石壓住的地方滲出了一團黃色的粘液，這可憎的東西再也無法作惡了。漸漸地，一股充滿油質的粘液從水底浮上來，汙染了水塘。

「噢！原來是這傢伙搞的鬼，」警官喊道，「但我也是在這一帶長大的，怎麼從未聽過這種怪物呢？」

「但願沒有，」我說，「大概是被西南風給吹來的。先回到我家吧，我讓你們看看一段可怕的經歷，有個人也遭遇了同樣可怕的事情。」

我們回來後發現，莫多克已經恢復到可以自己坐起來了。他仍然感到渾身疼痛，頭暈目眩，但已沒有先前那麼嚴重。當我問他當時的情景時，他斷斷續續地答道，自己也不知道是怎麼回事，只是突然感到渾身刺痛難忍，便拚盡全力爬上岸來。

「全靠這本書，」我從書架上取出一本小冊子，「這是著名的自然觀測家J·G·伍德先生在親身經歷後所寫的《戶外》。有一次，他就碰上了這種毒性不下眼睛蛇的殺手，幸好僅觸及到一點，但也幾乎讓他喪命。我為你們唸上一段：

如果游泳者看到一團蓬鬆的圓形黃棕色軟膜或纖維狀物體，猶如一大把獅鬃毛和銀紙時，應該小心警覺，因為這就是令人望而生畏的劇毒螫刺動物氰水母。

「還有更詳細的敘述嗎？」

「他接著提到有一次他在肯特海岸游泳時，親身經歷遭遇這毒物的情形。他發現這玩意能夠將觸手悄悄地的延展至五十呎外的距離，在這範圍之內的任何人都有死亡的危險。即使伍德是在遠距離遭到襲擊，也差點死去。

無數的細觸手會在皮膚上造成淺紅色的傷痕，仔細觀察，會發現是由一個個小點或小疱組成，每一小點就像一根燒紅的針扎在神經上。

局部的痛楚就像這樣，但那只是最大痛楚中最輕微的一部分。

劇痛擴散至胸部，使我像被子彈擊中般倒下。脈搏彷彿停止，接著心臟又猛烈跳動六、七次，似乎要破胸而出。

雖然他是在潮水起伏的海中被遠距離刺中，而不是在靜止的水塘中近距離遇襲，但也差點沒命。他提到在被刺中後，他幾乎認不出自己來，他的臉色發灰、起皺，而且不停抽搐。幸虧他帶著一瓶白蘭地，那救了他一命。警官先生，這本書記錄得十分詳盡，我把它借給你，你可以用它來解釋梅菲爾森的悲劇。」

「而且可以洗刷我的嫌疑，」莫多克說道，「我不會怪你的，警官，還有你，福爾摩斯先生。我想，我嘗試了我朋友經歷過的痛苦，也因此洗清了自己的罪嫌。」

「你說的不對，莫多克先生，」我說，「其實早在你出事之前我就想到這個問題了。如果能早一點到海灘去證實我的想法，那麼你就不會受這種罪了。」

「那你是怎麼知道的呢？」

「剛才我不是唸給你聽了嗎？我是一個什麼書都讀的人，讀過的書都會在我腦中留下一些印象。對於梅菲爾森臨死時所說的『獅鬃毛』，我彷彿覺得有點耳熟，它一直在我腦中盤旋，直到昨天晚上我才想起，似乎曾在哪本書上看到過。」

「現在問題已經解決，」莫多克說，「你們對我的懷疑也解除了。不過，我還得為自己辯解兩句，我知道你們打聽了些什麼。我承認自己確實曾喜歡莫蒂小姐，但當她選擇了我的朋友梅菲爾森後，我便自願退出了，並真心祝福他們。他們也把我當成知心的朋友，並讓我為他們傳遞書信。梅菲爾森出事之後，我親自去向她通報這一不幸的消息，一方面希望能安慰她，另一方面不希望別人用冷酷的方式告知她真相。至於她為什麼拒絕回答送信人是誰，只是怕讓我惹上麻煩。好了，我要回學校休養一天了。」

史坦赫斯特友好地伸出手說道：「莫多克，前幾天我們的神經都為了這件事繃得太緊，讓我們忘掉過去的誤會和不快吧。這場矛盾才讓我們真正了解彼此！」說完兩人相視一笑，相互攙扶著走了出去。

警官們站在原地不動，睜大眼睛看著我。「哎！你又破了一件案子，」警官大聲說，「我常拜讀關於你的破案事蹟，但一直半信半疑，這回才終於眼見為憑。」

我若無其事地搖了搖頭，我已不需要任何恭維。

「要不是我太過遲鈍，莫多克先生就不會嘗到痛苦了。如果梅菲爾森的屍體是在水裡發現，那我會立刻破案的。但那塊乾毛巾誤導了我，讓我以為梅菲爾森尚未下過水，其實他只是來不及擦乾身上的水。哈！過去我常揶揄蘇格蘭場的先生們，沒想到這次氰水母幾乎為你們報了仇。」

10 蒙面的房客

福爾摩斯已在他那極富挑戰性的工作中度過了二十三年；其中的十七年間，我一直都是他的合作伙伴兼記錄員。我收集且整理過的材料數量相當龐大，在我的書架上，有一長排按時間先後順序排列的案情記錄，還有許多塞得滿滿的文件箱，這些文件及記錄不僅對犯罪研究者來說是一手難得的好資料，對於那些鑽研維多利亞晚期社會和官方醜聞的歷史學者及政治家來說，也是一個相當完整的資料庫。也正由於它涉及的人物眾多，而且都大有來頭，因此福爾摩斯常會收到一些言辭懇切的信，要求為他們的家族榮譽或父輩名聲保守秘密。我要在這裡告訴他們，我的朋友福爾摩斯對我所選的材料會嚴加限制，這是出於他那高度的職業道德。我也要順便告訴那些企圖從我這裡竊取或銷毀文件的人，我是絕對不會屈服他們的，如果再有此事發生，我就會讓某些政客、燈塔、馴養鸕鶿之類的醜聞公諸於世。對此，至少有一位讀者心知肚明。

值得一提的是，福爾摩斯並非在每一個案件中都能顯示他非凡的才華，這些我在回憶錄中已經毫不隱瞞地揭露過。正如採果子一樣，他有時不得不費很大的力氣去採摘；有時果子又會自己掉入他的懷中。下面這個案子的主角一直承受著巨大的痛苦，直到她死前不久，才將真相公之於眾。在此，我得稍稍改變一下故事主角的名字及事件發生的地點。

那是在一八九六年末的一個上午，我再度接到福爾摩斯的通知，他說希望我能立刻到他那裡去。於是，我稍作安排之後便匆匆出門了。當我推門進去的時候，一位上了年紀、身體微胖的婦人正坐在那裡喋喋不休，福爾摩斯則靜坐在一邊，一面仔細聆聽一面抽著煙。

「你終於來了，華生，」我的朋友親切地說，「為你介紹一下我的客人吧，她是從南布里斯頓區來的麥利婁太太，她正在為我講一件有趣的事，你也來聽聽吧。」

「如果方便的話，我不會介意。」

「麥利婁太太，如果朗德爾太太希望我去訪問她，我得再帶上一個見證人去。她會同意嗎？」

「這沒有問題，福爾摩斯先生，」客人說道，「她非常希望儘快見到你。我想，就算你把整個教區的人都請來，她也會同意的。」

「那我們下午就動身。但是在出發前，再把事情敘述一遍吧，這樣也可以讓華生醫生明白一些。你剛才對我提起，你當朗德爾太太的房東已有七年了，但只看過一次她的臉，對嗎？」

「確實如此，不過我倒寧願一次也沒看過！」麥利婁太太心有餘悸地說。

「她的臉真的那麼可怕？」

「只要你有機會看上一次你就知道了，福爾摩斯先生，那是多麼恐怖的一張臉啊！我還記得有一次，送牛奶的人看見她解開面紗朝樓下張望，立刻嚇得連奶桶都扔了，一溜煙逃得無影無蹤。又有一次，我無意中瞥見了她的臉，她立刻戴上面紗，然後說：『麥利婁太太，你現在不會再好奇我為什麼總是罩著面紗了吧。』」

「你聽說過她從前的經歷嗎？」

「不，她從不向任何人提起。」

「她剛來租你的房子時，沒有附任何推薦信嗎？」

「沒有，先生，她付現金。她是一個出手大方的人，一點也不討價還價，當場就繳了三個月的房租。這年頭，像我這樣的窮女人，怎麼捨得拒絕如此慷慨的房客呢？」

「那她為什麼偏偏選擇你的房子呢？」

「哦，她說需要找一個僻靜的地方安享晚年，而我的房子正好具備了這種條件。我家離大街較遠，又只有我一個人居住，沒有其他家眷。」

「事實上，你除了替她邀請我之外，難道不希望我順便幫你調查一下這位神秘的房客嗎？」

「對我來說並沒有這個必要，」客人平靜地說，「我只要能按時收到她的房租就行了。有那樣一位安靜、不惹事的房客，我已經很滿足。」

「那還有什麼問題呢？」

「因為她的健康狀況糟透了，大概不久於人世了，而且她似乎還有很重的心理壓力。我在夜裡常被她的喊叫聲驚醒。剛開始曾聽過她喊道：『救命啊！』我還以為發生了什麼事呢！等我衝上樓去，才知道她是在做惡夢。後來我又聽過她喊：『你這個魔鬼！這個十惡不赦的混蛋！』她的聲音很大，幾乎整個房子都聽得到，我想她一定有過可怕的經歷。有一天，我鼓足勇氣向她說道：『朗德爾太太，如果你有什麼壓力或難處，不妨去找牧師或是警察吧，他們會幫助你的。』她說：『不，我不想和警察打交道，牧師也只會聽人懺悔。我只希望在臨死之前，把一些不愉快的經歷講給一個人聽，這樣我就沒有怨恨了。』我說：『你不想找正式的警察是嗎？我可以向你推薦一位有名的偵探，報紙上時常提到他。』她一聽十分高興：『哎！真是太好了，我怎麼沒想到呢？』然後又興奮地說道，『謝謝你的提醒，麥利婁太太，你快去把他請來吧，要是他不肯來，就告訴他我的丈夫是馬戲團的朗德爾。還有，請把這張字條交給他，這個地名一定能喚起他的記憶。』說著，她把這張寫著『阿巴斯．巴爾哇』的字條交給了我。」

「是的，我會去，」福爾摩斯盯著紙條陷入了沉思。「好吧，我們吃過午飯就到你那兒去，麥利婁太太。現在我得先跟華生醫生談一談。」

我們的客人起身告辭。福爾摩斯也一躍而起，他鑽入書房，開始在那一大堆摘錄中搜尋起來，只聽見滿屋子的翻書聲。大約十多分鐘之後，福爾摩斯歡呼了一聲，隨即就坐在地上閱讀起來。他叉著雙腿，膝蓋上放著厚厚的一個大本子，身旁四處散落著書籍。

「找到了，華生，」他興奮地喊道，「這個案子曾經讓我非常沮喪，後來也一直沒有找到正確的答案，你可以從這註解中猜想到我當時的心情。雖然我當時深信那個驗屍官的結論一定是錯誤的，可是卻找不出證據。華生，你還記得發生在阿巴斯．巴爾哇的悲劇嗎？」

「我一點印象也沒有。」我說。

「你當時也曾與我一起去。不過，你也不必為你的記憶力感到憂慮，連我都差不多要忘掉了。我想這還有另一個原因，就是當事人當時並沒有直接請我們幫忙，所以我們的印象都不深刻。你要看看案情記錄嗎？」

「算了，還是由你來講吧，這樣也可以喚起你的回憶。」

「好吧，也許我一提你就會想起來。朗德爾這個姓氏家喻戶曉，並不是因為這個家族本身的威望，而是因為它是當時最有實力的馬戲團。它已成為桑格和沃姆韋爾最大的競爭對手，是當時最大的馬戲團之一。可是好景不常，團長朗德爾後來沾染了酗酒的習慣，而馬戲團也開始走下坡。後來終於在伯克郡的一個小村莊——阿巴斯．巴爾哇發生了悲劇。」

「他們本來是想到溫布頓去的，中途經過阿巴斯．巴爾哇村。由於村子太小，所以並沒有打算在那裡表演，只是作為一個宿營地。馬戲團馴養著一頭名為撒哈拉之王的北非雄獅，朗德爾和他的妻子就是以一場場驚險的籠內演出為馬戲團贏得了名聲。瞧，這裡還有一張他們演出時的照片，從這上面可以看出朗德爾是一個魁梧強悍的人，而他妻子則是一個漂亮的女人。由於他們常常和獅子一起表演，餵食獅子的事也是由他們倆負責，所以當獅子表現出獸性時，並沒有引起他們的重視。」

「七年前的那個夜裡，也就是他們在阿巴斯．巴爾哇宿營的那個晚上，他們倆又一起去餵獅子，沒想到竟發生了慘劇。午夜時分，整個馬戲團的人都被一陣女人的尖叫聲和獅子的吼叫聲驚醒，當人們拿著武器趕來時，呈現在他們面前的是令人怵目驚心的畫面。朗德爾撲倒在離籠子十米左右的地方，後腦凹下去一大塊，上面有深深的爪痕，他死了。而他的妻子仰面臥倒在籠旁。籠門大開，獅子正蹲在她身邊吼叫著。大力士里奧納多與小丑演員格里格斯帶著其他人，用長竿子小心翼翼地將獅子趕回了籠中。當大家將門關上後，再看朗德爾太太時，她的臉已被撕扯得血肉模糊，但還是奇蹟般地活了下來。奇怪的是，沒有人知道獸籠的門是怎麼被打開的。當時，大部分的人都認為是他們夫妻打算進到籠裡，但剛把門打開，獅子就撲了出來。所有的一切都沒什麼值得注意的，除了那名受傷的女人在被抬回馬戲團的車子時，曾在極度的痛苦下拚命地叫喊著：『懦夫！懦夫！』這個字。六個月後她才回復到可以出庭作證的狀態，但此案的偵訊工作早已結束，法庭將此案定調為意外死亡。」

「難道有什麼問題嗎？」

「是啊，伯克郡警察局的年輕警官艾德蒙對此並不滿意。他是個有智慧的人，現在已調到了阿拉哈巴德。當時他曾來向我詢問一些問題，我們在煙草的煙霧中長時間地討論那件案子。」

「哦，就是那個黃髮的瘦子嗎？」

「嘿，我就知道你會想起來的，華生。」

「你們覺得哪裡值得懷疑呢？」

「我們都覺得那種說法有許多地方難以解釋。假設，獅子從籠子裡跑出來時，朗德爾嚇得轉身就逃，但被獅子追上去把他撲倒在地；然後，牠不往前走，而是返回了籠子旁的女人那裡，啃咬她的臉。但從她的囈語中聽出，似乎是她丈夫丟下她逃走，可是，朗德爾一開始就遭到了襲擊，根本不可能去幫她啊，你明白其中的矛盾嗎？」

「是有點難以解釋。」

「對了，還有很重要的一點。當時有許多人能證實，在聽到獅吼的同時，還聽見了一個男人的驚呼聲。」

「那當然就是朗德爾了。」

「如果是他受到襲擊時發出驚呼，那也不太可能。因為從屍體的狀況來看，他是瞬間死亡的。而有證人提到那個男人的叫聲和女人的尖叫聲混雜在一起。」

「這一點並不能證明什麼，也許當時整個馬戲班的人都開始叫喊。至於其他疑點，我也想到了一種解釋。」

「說來聽聽，華生。」

「夫妻兩人一起去餵獅子，當他們走到離籠子十米遠的地方，獅子突然衝了出來。聰明的妻子很清楚自己的奔跑速度遠遠不及獅子，此時最好的避難場所莫過於獅籠內了，於是她朝籠子跑去。獅子衝過來將她撲倒，然後又去追趕她丈夫。她見朗德爾轉身逃走，反而加倍刺激了獅子的獸性，便罵他懦夫。她認為，如果兩人勇敢一些，也許可以將牠嚇住。」

「很不錯，華生！但如果他們在離籠子十米遠的地方，那又是誰來打開籠門的呢？」

「會不會是他們的仇人？」

「和他們一直相安無事的獅子為什麼突然獸性大發呢？牠平常與他們同台獻藝，還常一起嬉戲呢！」

「也許有人故意激怒了獅子。」

福爾摩斯陷入了一陣沉默。

「這很有可能。朗德爾是一個酒鬼，他酗酒之後會變得殘忍暴躁，並為此結下了許多仇怨。剛才客人說聽見朗德爾太太在夜裡喊叫，她大概就是夢見了死去的丈夫。嗯，不必再胡亂猜測了，直接問朗德爾太太不是快多了嗎？」

當我們的馬車在麥利婁太太的家門前停下來時，我們看見她正在門口守著，看見我們，她立刻迎了過來。她十分憂慮地叮嚀我們不要做任何可能害她失去房客的事，我們點頭之後，她便領著我們走上一段鋪著破舊地毯的直式樓梯，來到這位神秘房客的房間。

這是一間陰沉、通風不良的房間。房主人正坐在一張破舊的沙發上，隨手翻著當天的報紙。她大概不常出門，看得出她的身材因不活動而變得臃腫，但仍然豐滿動人，從前想必是個風姿綽約的女人。她頭上罩著一層黑色的厚面紗，但剪裁得很短，剛好露出圓滑的下巴和一張線條優美的嘴。她講話的聲音圓潤動聽。

「請坐，福爾摩斯先生。」她說道，「我知道你會來的，你還沒有忘記我的姓氏吧？」

「我還記得，夫人，不過你怎麼會認為我對你的事有興趣呢？」

「是年輕的偵探艾德蒙告訴我的。在我恢復健康之後，他曾找我聊過，但我並不想把實情告訴他，也許我應該多信任他一些。」

「為什麼要隱瞞呢？」

「因為這與另一個活著的人有莫大關係。雖然那個人是忘恩負義的，但我還是不願親手毀了他，我要讓他一輩子受到良心的譴責。唉，我們曾經是那樣的情投意合。」朗德爾太太說到這裡，無限感傷地嘆了一口氣。

「那麼，現在為什麼又願意對我講了呢？」

「因為已沒有再隱瞞下去的必要了——那個人已經死了。我想把事情的真相說出來，這樣心裡會好過些。」

「你可以告訴警察，他們能為你洗刷冤屈。」

「我並不想和警察打交道，也沒有必要再重新審理這個案子。我只是想卸下隱藏在心裡的重負，輕鬆地度過餘生，我想我已經沒多少日子好活了。你不知道，那是多麼可怕的一個惡夢呀！」

「太太，我想我並不適合充任這一角色。我是一個肩負社會責任的人，當我知道真相之後，並不能保證不向警方透露。」

「福爾摩斯先生，你是一個誠實的人，我了解你的工作方式和你的人格，這幾年來，我幾乎都是在這間屋子裡度過的。閱讀是我唯一能做的消遣，我拜讀了你所有的事蹟。社會上發生的事情我也都很清楚。因此，我並不介意你怎樣運用我的故事。我只想把它對一個有誠信的人說出來罷了。」

「這麼說來，你也不介意我的朋友在場？」

「當然。」說著，這位婦人起身從抽屜裡拿出了一張照片遞給我們。照片上是一個健壯的小伙子，他光著上身，渾身肌肉凸起，看上去像一名職業特技演員。他俊美的臉上展露出足以征服異性的自信微笑。

「這就是里奧納多，」

「哦，就是那個大力士嗎？」

「是的。瞧，這裡還有一張，他是我的丈夫朗德爾。」

這次我們見到的是一張令人生厭的面孔，那張醜陋無比的臉上流露出野蠻和凶殘的表情。人們甚至能在腦中構思出一幅圖畫來——一頭野豬似的怪物，張著血盆大口，嘴角流淌著貪婪的口水，兩隻小眼睛射出凶惡的光芒。

「先生們，看了這兩張照片，你們就不難理解我的處境了。我是 個從馬戲團搭篷時的鋸屑中成長起來的馬戲演員，艱難的生活迫使我刻苦地訓練，十歲時我已成為了馬戲團重要的一員。當我還未成年時，那個惡魔就佔有了我，後來又理所當然地成為了他的妻子。從那之後，我便生活在地獄裡，而他則是在地獄裡折磨我的惡魔。全戲班的人都知道他對我的虐待，他們同情我，都在心裡暗暗咒罵我的丈夫，但又有什麼辦法呢？大家都怕他。他有一次因為打人而受到傳訊，但在交付罰款後很快就獲釋了。我們這裡的演員無法忍受他的專橫，紛紛離去。只有里奧納多、小丑格里格斯和我留下來苦撐，勉強把戲班維持了下來。」

「漸漸地，里奧納多走進了我的生活。你們已經看到他的長相，現在我已了解那個俊美身軀下的醜陋靈魂，但當時，跟我那惡魔般的丈夫相比，里奧納多簡直就像個天使。他同情我、幫助我，最後我們陷入了愛河，但我只能幻想而無法實際感受這份愛。我丈夫終於起了疑心；但他不僅是個笨蛋，還是個懦夫，他畏懼里奧納多，為了報復，他更加瘋狂地虐待我。有一天，里奧納多聽到我的尖喊聲後趕來，幾乎鬧得不可收拾。終於，我們了解到不能再這樣下去，必須殺死我的丈夫。」

「里奧納多很聰明，他計畫了一切——我這麼說並不是要把責任推給他，因為我已決心與他同進退。他製作了一根棒子，並在一端裝上了五根鋼釘，尖端朝外，正好是一個獅爪形狀。他想用它打死我的丈夫，然後製造出獅子傷人的假象。我當時只想擺脫那個魔鬼，因此並沒有反對。」

「就在那天夜裡，我和丈夫去餵獅子。當我們提著一桶生肉走向獅籠的時候，我看見里奧納多正躲在篷車的轉角處。也許他有點緊張，當我們走過去的時候，他猶豫了一下，沒來得及出手。於是，他又悄悄跟在我們後面，直到我聽見了棒子擊碎頭骨的聲音。我的心底立刻歡呼起來，但隨即又感到一陣緊張。我衝向獅籠，打開了那扇關獅子的鐵門，沒想到那也正是通往死亡的門！」

「可怕的事情就這樣發生了。獅子向我撲了過來，我根本沒有想到獅子會咬我，長期的接觸使我有些大意；後來我才明白，凶猛的野獸一聞到血腥味就會獸性大發。那張血盆大口朝我的臉咬過來，濕熱的氣息立刻使我麻木了。我拚命想推開那張黏滿血汙的獅嘴，但只是徒勞。要是里奧納多在那時趕來救我的話，說不定能把牠嚇退，因為他手上有武器，只需花幾秒鐘，等我們退回籠中就安全了。可是，這個懦夫已被嚇破了膽，他大叫一聲，拔腿就跑。等我的尖叫聲把那些人驚醒時，我已幾乎失去知覺。」

「後來的事你都知道了。我在病床上躺了好幾個月，等我恢復健康，再看看自己這張臉時，我是多麼痛恨那隻獅子啊！它為什麼要留下我的命呢？生命對我已沒什麼意義了。當時我只有一個想法，那就是將我的臉遮起來，然後到一個偏僻而陌生的地方去度過痛苦的餘生。這就是我——尤金妮亞．朗德爾最後的歸宿。福爾摩斯先生，這與一隻受傷的動物爬回洞穴裡等死有什麼兩樣呢？這樣的人生還有什麼意義呢？」

屋子裡沉靜下來，我們就那樣默默地坐了幾分鐘。福爾摩斯伸出修長的手臂拍了拍婦人，眼光中流露出真摯的同情。

「可憐的女孩！」他嘆道，「可憐的女孩，人的厄運真是難以理解。如果真有死後的世界，上帝一定會給你相應的補償的。里奧納多後來怎樣了？」

「當我的生命受到威脅時，他拋棄了我。我終於看透了他的虛偽本質，這也是我遠走他鄉的原因。後來我再也沒有見過他。」

「可是，你怎麼知道他已經死了呢？」

「我是在報紙上看到的。瞧，這是上個月的報紙，說他在馬吉特附近游泳時溺斃了。」

「在調查過程中，我們始終沒有發現你所說的那根棒子，你知道它的下落嗎？」

「我也不知道，福爾摩斯先生。不過，我記得在我們宿營處有一個石灰礦坑，下面是一個小水潭，也許是在那個潭裡——」

「算了，算了，」福爾摩斯似乎是在自責，「案子已經結束，這沒有任何意義了。」

「是啊，」婦人黯然地說道，「一切都結束了。」

我們正準備走出屋子，這裡沉悶的空氣使人幾乎要窒息，但那婦人的語調似乎有些異樣。福爾摩斯立刻轉過身來，說道：

「夫人，你不能這樣輕率，」他說，「生命並不只屬於你一個人。」

「難道對別人還有什麼用處嗎？」

「怎麼會沒有呢？」福爾摩斯憐憫地說道，「在這樣一個缺乏耐性的世界上，能夠忍受痛苦而堅韌地活著，這種精神對世人來說就是一筆最寶貴的財富。」

婦人的反應十分激動。她摘掉了面紗，站在光線充足的地方。

「我懷疑你忍受得了嗎？」她問道。

那情景實在太恐怖了。一張被毀掉的臉，沒有任何合適的辭彙可以形容它。在凹凸扭曲的臉底，兩隻曾經動人的大眼睛幽怨地望著遠處，這的確使人毛骨悚然。福爾摩斯無限同情地向她道別，我們又重新回到了陽光下。

兩天後，當我再次來到朋友家中時，他十分自豪地將我帶到壁爐前，壁爐上方有一個藍色的小瓶。瓶上標有「劇毒」字樣，我打開瓶蓋，有一股杏仁般的甜味。

「氰酸？」

「是的。郵寄來的。還附有一張字條：『我把這東西寄給你，我想我已經用不到它了。』華生，不用我說，你也應該知道這封信是誰寄的吧？」

11 蕭斯科姆別墅

福爾摩斯躬著身子在一個低倍率顯微鏡下觀察了很久，最後他終於抬起頭，滿意地望著我。

「華生，是膠水，」他說，「我敢確認這些是膠水。你來看看吧。」

我把眼湊近觀察孔。

「這是花呢上衣的纖維，那些灰色的不規則塊狀是灰塵，左邊分佈著上皮細胞，其中的咖啡色物質無疑是膠水，它看上去黏黏的。」

「沒錯，是膠水。」我說，「那又怎麼樣呢？」

「這就是證據啊，」他答道。「你不記得聖潘克萊斯案了嗎？凶手否認那頂在警察屍體邊找到的帽子是他的，但帽子上有膠水，而作為一個畫框商人，膠水是他常用的東西之一，這下問題就解決了。以前蘇格蘭場的人並不重視顯微鏡，直到有次我從被告的衣袖縫裡找出鋅和銅的碎末，並證明此人正是可惡的偽幣製造者，他們才開始重視顯微鏡的功用。」

「這件案子是你承辦的嗎？」

「不，是我在蘇格蘭場的一個朋友——梅爾維爾警官承辦的，但他請我幫忙。」他不停地看著錶，「我從沒遇過一位不準時的委託人。華生，你懂賽馬嗎？」

「略知一二。我在退役後領到的撫恤金有一半都投入了其中。」

「哦，那我可要把你當成賽馬手冊查閱了。你還記得羅伯特·諾伯頓爵這個人嗎？」

「記得。他住在蕭斯科姆別墅，我曾在那裡度過整個夏天，因此十分熟悉。他有一次差點就進入了你的業務範圍。」

「是嗎？說來聽聽。」

「他曾在新市場，用馬鞭把一個在科森街上放高利貸的人幾乎活活打死。」

「噢，這麼說來他還挺有趣的！他常常幹出這種事來嗎？」

「算是吧。他是一個極端危險的人物，在賽馬界，大家都知道他的膽大妄為。他曾在幾年前榮獲利物浦障礙賽的亞軍，我認為全英國很難再找到像他一樣具有冒險精神的騎手了。只可惜他生在這個年代，要是在攝政時期，他便可以盡情展現他的才華，成為一個絕對的冒險家、拳擊手、運動家、玩命的騎手以及拜倒在美人裙下的貴公子；還有，一定是個負債累累，翻不了身的人。」

「太好了，華生！你的描述簡單明瞭，我就像看到他本人一樣。請你再告訴我一些有關蕭斯科姆別墅的事吧。」

「蕭斯科姆別墅位於蕭斯科姆公園內，旁邊是著名的蕭斯科姆馬場與訓練場。」

「馬師名叫約翰．梅森，」福爾摩斯笑著對我說道，「別太驚訝，華生，我手裡這封信正是他寫來的。我們繼續剛才的話題吧，我似乎挖掘到一處寶藏。」

「英格蘭最優良的犬種——蕭斯科姆長毛垂耳狗，就生長在那個地方，那是蕭斯科姆的女主人最引以為傲的事物。」

「女主人？是羅伯特．諾伯頓爵士的夫人？」

「不，羅伯特爵士並沒有結婚。是他守寡的姐姐畢翠絲．福爾德夫人。」

「你是說，他姐姐也住在蕭斯科姆別墅？」

「沒錯。這所宅邸是畢翠絲．福爾德夫人的前夫詹姆士爵士的。他去世前與夫人有一個約定，那就是在夫人去世前，她將能使用靠這些產業經營而得的利潤，等到她去世後，一切地產由丈夫的兄弟接管。而羅伯特爵士在那裡並沒有產權。夫人的收入來源主要靠收租。」

「我猜，羅伯特把這位倒楣的夫人的年金都花光了？」

「差不多吧。有這樣一個可惡的傢伙在身邊，她一定過得很不安寧。不過，我聽說她對自己的親弟弟非常好。難道那裡出了什麼事嗎？」

「我也正想知道呢。馬場的馬師來信說道，他想和我面談一件重要的事。瞧，他來了。」

門打開了，房東太太領進來一個鬍子刮得乾淨的高大男人，從那堅決而嚴厲的表情看得出管理者的氣勢，無論是對馬還是不聽話的男孩。他向我們鞠了躬之後，就在福爾摩斯示意的位子上坐了下來。

「對不起，福爾摩斯先生，我比約定的時間晚了些。」

「是的，可是不算太久。到目前為止，我還不知道能幫上你什麼忙呢！」

「是啊，我本來該先告訴你的，但由於事情敏感而複雜，不便寫在紙上，這也是我要求和你面談的原因。」

「那好吧，這是我的朋友兼助手華生醫生，你可以說了。」

「福爾摩斯先生，我認為我的雇主羅伯特爵士瘋了——」

「這裡是貝克街，不是哈雷街，」福爾摩斯說，「梅森先生，你不能妄下結論。」

「我知道，先生。如果一個人偶爾做一、兩件不合邏輯的事，是可以理解的。但如果他做的每一件事都那麼古怪，你就無法把他視為正常人了。我想，大概是蕭斯科姆王子和賽馬大會使他緊張過度而出了問題。」

「就是你們要參賽的那匹小馬？」

「是全英國最好的馬，福爾摩斯先生，我很清楚這一點。現在，我坦白地跟你們說，羅伯特爵士必須贏得這場比賽，他已孤注一擲，把所有湊得到的錢都押了下去，這是他最後的機會了。而且賠率也高得嚇人！原本是一比四十，但他將錢押下去之後，就暴增到了一比一百！」

「如果那匹馬實力堅強，那又有何不可呢？」

「但別人對牠並不了解。羅伯特爵士狡猾地避開了那些馬探子，他用王子的異母兄弟去跑，雖然一般人分辨不出，可是一上馬場，只要跑個兩百米便能看出差距。他幾乎把整個生命都投入進去。高利貸主正虎視眈眈地盯著他，如果那匹馬輸了，他也就完了。」

「確實是一位不顧一切的冒險家，但是這怎麼能說是瘋了呢？」

「他整天待在馬棚裡，兩眼盯著馬出神，心裡似乎充滿了恐懼。我覺得這不該是一個勇於冒險的人會表現出的神情。而他對姐姐畢翠絲夫人的態度也完全改變了。」

「他們的感情不是一直都很好嗎？」

「是啊，他們有共同的興趣，畢翠絲也愛馬。自從得到那匹好馬之後，她每天都要坐車來看牠一次。一聽見車輪輾過碎石路的聲音，王子便會豎起耳朵，然後一路小跑來到夫人面前吃一塊糖。可現在一切都變了，雖然她仍然每天駕車經過馬廄，但她似乎再也不愛馬了，甚至連招呼也不打就直接駛過去。」

「難道他們吵架了？」

「一定吵得非常厲害，要不然羅伯特爵士怎麼會把他姐姐心愛的小狗送給了別人呢？幾天前，他把牠送給了三哩外克倫達爾的綠龍旅店老闆老巴恩斯。」

「確實有點古怪。」

「夫人患有心臟病與水腫，當然不能像弟弟那樣整天往外跑。所以，羅伯特爵士每晚都要抽出兩小時到房裡去陪她。她是他少有的親人，他們可以在一起談一些開心的事情。可是，他現在也不再去找她聊天了，夫人很傷心。由於心情抑鬱，她開始酗酒。」

「她以前喝酒嗎？」

「喝過，但以前只會小酌，現在卻是整瓶地喝。管家史帝芬看到這一切，也覺得有些異樣。福爾摩斯先生，一切都和從前不同了。還有，羅伯特爵士竟然在深夜獨自溜到老教堂的地穴裡去！難道有人在那裡等他嗎？」

「請繼續說下去，」福爾摩斯迫不及待地說，「我覺得越來越有趣了。」

「那天晚上，管家發現主人冒著大雨出去了。他感到非常奇怪，於是把這件事告訴了我。第二天晚上，我們一直小心地等候著，午夜時分，主人果然又出去了。我和史帝芬就跟在他後面，我們不敢跟得太近，萬一被他發現的話就慘了，大家都瞭解他的脾氣。令人吃驚的是，他去的地方竟然是那個經常鬧鬼的地穴，而且我們還看見有另一個人在那裡等著他。」

「這個地穴在哪裡？」

「在花園裡一個廢棄的教堂底下，它因年久失修而破敗不堪。那裡就算是白天也十分陰森可怕，晚上更無人敢靠近，甚至謠傳那裡鬧鬼。可是我們的主人卻在半夜前去，這不是瘋了嗎？」

「慢著，你說有人在那裡等他？」福爾摩斯問道，「你們有看清楚那人是誰嗎？也許是僕人、馬伕或家裡的某個成員？」

「看清楚了，但我們都不認識他。」

「你們不是站得比較遠嗎？」

「但我們的確看到他了，福爾摩斯先生，是在第二次跟蹤的時候。當我們的主人轉了一圈再從我們身旁經過時，冰冷的月光照著他的臉，我和管家被嚇得像兩隻兔子那樣顫抖不已。接著便聽見了另一個人的腳步聲。我們給自己壯了壯膽。當羅伯特先生走遠後，我們便站起來，假裝在月色下漫步般不經意地繞到那個人面前，問道：『老兄，你是誰呀？』也許因為在想事情而心不在焉，他猛地回過頭來，像見到鬼一樣大叫一聲，然後便跑得沒影了。至於他是誰？來做什麼的？我們根本來不及問。」

「但是你卻在月光下把他看清楚了？」

「是的，我們清清楚楚看到了他那張黃臉——應該說，像條卑賤的狗。他和爵士究竟有什麼關係呢？」

福爾摩斯沉思起來。

「是誰照顧畢翠絲．福爾德夫人的生活起居？」最後他問道。

「一個叫卡莉．艾文斯的女僕。五年來一直是她在服侍夫人。」

「那麼她想必很忠心了？」

「她的確很忠心，」梅森先生顯得有些局促不安，「但我不敢說她是對誰——」

「怎麼了，梅森先生？」福爾摩斯問道。

「我不能隨便揭露別人的隱私。」

「我瞭解了，梅森先生，你不必再說什麼，我已經明白了。我知道羅伯特爵士是一個很有魅力的男人，他會對所有女性構成威脅。這大概就是他們姐弟之間爭吵的原因吧？」

「這個傳言對蕭斯科姆的人來說並不是新鮮事。」

「傳言雖然滿天飛，但女主人未必會知道。一來她有病在身，很少單獨走動，而女僕也一直在她身邊，別人沒機會向她提起；二來也未必有人想告訴她。所以我們假設某一天，這位夫人自己發現了這個秘密，她覺得這是有辱家名的醜事，於是便和弟弟大吵了一架。倔強的羅伯特爵士不肯讓步，於是矛盾進一步激化。羅伯特一怒之下將姐姐最心愛的狗拿去送給了別人，而體弱多病的畢翠絲夫人只有借酒澆愁。這樣還說得過去嗎？」

「是的，到此為止還能說得通。」

「到此為止！也就是說，我們還得把羅伯特爵士晚間去地穴的事與之聯繫起來，但這又該如何解釋呢？」

「這確實難以解釋，但更奇怪的還在後頭呢。你知道他去墓穴做什麼嗎？他挖出了一具屍體！」

「屍體！」福爾摩斯吃驚地站了起來。

「這是我寫信給你後發生的事。昨天羅伯特爵士到倫敦來了，我和史帝芬抓住這個機會下去查看一番，並沒發現什麼異樣，只是在角落找到一小堆屍骨。它們被人用一塊木板蓋著，之前並沒有這些東西。」

「你們通知警方了嗎？」

「有必要嗎，福爾摩斯先生？」梅森先生冷笑著說，「這只是一具古屍的遺骸，也許有好幾百年的歷史了。不過，它從前並不在那裡，管家能作證。這又不是什麼謀殺事件，警察才不會接受報案呢！」

「那你們做了什麼？」

「我們什麼也沒動就回來了。」

「很好。羅伯特爵士回去了嗎？」

「今天應該回去了吧。」

「他是什麼時候把姐姐的狗送給別人的？」

「正好一個星期前。那天早上，小狗在倉庫外不停地吼叫，當時羅伯特正大發脾氣。他一把將狗拎了起來，我們以為他會把狗摔死。但他卻把騎師桑迪．貝斯叫來，說自己不想再見到這隻小狗，叫他把牠送給綠龍旅店的老巴恩斯。」

福爾摩斯又重新坐了下來。他點燃了那支油亮的煙斗，沉默了一會兒。

「事情除了有一點古怪之外，並沒什麼重大影響，」他最後說道，「梅森先生，你能不能說得明白一點，你究竟希望我做什麼？」

「如果你再看看這個，也許就不會覺得這僅是件古怪的事了，」梅森先生把一個紙包從口袋裡拿出來，小心地打開，裡面包的竟是一根燒焦的骨頭。

「這是從哪裡弄來的？」福爾摩斯仔細地看著。

「別墅內有一只暖氣爐，它位於夫人臥房的地下室裡，已經很久沒有用過了。但前幾天羅伯特爵士抱怨天氣太冷，就把它打開了。今天早上，哈維——我的助手，把這些東西拿來給我，說是在清理爐灰時發現的。他認為這東西在爐子裡被發現，一定不會是什麼好事。」

「也許這根本沒有什麼好奇怪的，」福爾摩斯說，「還是由你來辨認一下吧，華生。」

骨頭已被燒成了黑炭，但對於一個有解剖學知識的人來說，辨視它並不難。

「這是人腿的髁骨。」我說。

「的確！哈維會在什麼時間點燃爐子？」福爾摩斯的表情已變得十分嚴峻。

「他每天傍晚會去把爐子的火生起，然後就離開了。」

「這麼說任何一個人都可以進去，是嗎？」

「當然，先生。那並不是一塊禁地。」

「從屋外可以通往地下室嗎？」

「外面有一道門，另外，從畢翠絲夫人房門外的走廊也可以下去，那裡有一段樓梯與地下室相連。」

「你說得沒錯，梅森先生，這件事情並不只是古怪而已，我已經嗅出了一點血腥的氣味。你說羅伯特爵士昨晚沒回家？」

「是的，先生。」

「那麼放骨頭的就不會是他，應該還有別的人，對了，那間旅店叫什麼？」

「綠龍旅店。」

「那附近有一個釣魚的好去處，對吧？」

「河裡有鱒魚，霍爾湖裡還有梭子魚。」

「太棒了。華生，我們今晚就到那裡去釣魚吧！梅森先生，你不必到那裡找我們，如果我對今天的事能想出一個合理答案的話，我一定會告訴你的。」

於是，在涼爽的初夏之夜，我和福爾摩斯登上了去蕭斯科姆的火車。我們頭頂的行李架上擺著多得誇張的釣魚器材。我們在一個小車站下了車，然後朝綠龍旅店駛去。在說明來意之後，店主賈西亞．巴恩斯熱情地加入了我們的討論。

「聽說霍爾湖的梭子魚不少啊，到那裡去釣如何？」福爾摩斯問道。

店主的臉沉了下來。

「算了吧，先生。小心魚沒釣上來，你們先掉進湖裡了。」

「為什麼？」

「是羅伯特爵士。先生，他很討厭馬探子，如果你們兩個陌生人那麼接近他的訓練場，他一定會給你們顏色瞧瞧的。」

「我聽說他有一匹馬也會參加大賽。」

「是的，而且是匹極好的小馬。我們把錢都押在了牠的身上，」店主忽然警惕起來，「你們該不會是馬探子吧？」

「當然不是，我們只是來伯克郡呼吸新鮮空氣的而已。」

「哦，那你們可算是來對了，這裡的空氣十分清新。不過，你們千萬別去訓練場，羅伯特爵士是個狠角色。」

「好的，巴恩斯先生。看，大廳裡那隻小狗的模樣多可愛呀！」

「當然。那是蕭斯科姆的名犬，整個英格蘭再也找不出比牠更好的狗。」

「我也是個愛狗人士，」福爾摩斯說，「也許這樣問很沒有禮貌，但我還是很想知道這隻狗值多少錢？」

「只有富人才養得起它，我哪裡會知道啊！牠是羅伯特爵士贈送的，因此我只能一直拴著牠。要是我放開繩索，牠馬上就會跑回原來的主人那裡去。」

「華生，我們今晚應該到那個禁地走一趟，」店主離開後，福爾摩斯對我說道，「眼前的情況還不能說明問題，但我相信一、兩天內便會水落石山。目前爵士還在倫敦，應該不必擔心挨打。」

「你想去那裡證實什麼？」

「華生，我猜一個星期前，這裡一定發生過一件大事，它對蕭斯科姆別墅裡的人來說具有深遠的影響。但由於某種特殊的原因，人們似乎又避免談到它。弟弟突然不再去探望病弱的姐姐，並把她寵愛的小狗送給了別人。這其中難道沒有問題？」

「這只能說明羅伯特爵士是一個無情的人。」

「這只是其中的一種可能，但我認為還有一種可能性。如果這一切是因一場爭吵而起，那讓我們好好考慮吵架後發生的事：那位女士一反常態，除了跟女僕駕車出去之外，她寸步不離房間；也不再去馬廄看自己的愛馬；而且開始酗酒——這就是全部了，對嗎？」

「還有地穴的事。」

「那是另外一種想法了，請不要把兩者搞混。第一種想法是有關畢翠絲夫人的，有些險惡，是吧？」

「我不知道。」

「好吧，現在來看看第二種想法，是跟羅伯特爵士有關：他發瘋似地想贏得馬賽；他被高利貸控制著，隨時有破產的可能，馬廄也被債主凍結；他是個天生的冒險家；他靠姐姐的收入過活；他姐姐的女僕是幫手。目前為止，我們的推測似乎都很正確，是嗎？」

「但是地穴呢？」

「噢！對了，地穴。華生，讓我們來假設——只是個惡意的假設，為了自圓其說的假設：假設羅伯特爵士已經不再需要他姐姐了——」

「老天，福爾摩斯！這太過份了。」

「人心難測啊，華生。雖然羅伯特爵士出身高貴，但誰能保證鷹群裡不會出現一、兩隻烏鴉呢？他的姐姐體弱多病，一旦她去世，家產將會歸她丈夫的兄弟所有，那時羅伯特要依靠誰呢？所以他想在失去支柱前狠狠賺一筆，這樣以後就不愁沒錢花了。而且，他有作案的條件，可以隱藏犯罪事實。」

「什麼條件？」

「華生，和他姐姐接觸的幾乎就只有他和那個女僕，而女僕正好又是他的心腹。因此，讓女僕來假扮女主人也並非不可能。而在鍋爐灰中發現的人骨，則正是他毀屍滅跡的證據。」

「你的推測讓人越聽越害怕。」

「是啊，但這僅僅是一個推測，我們還得進一步去證實它。華生，我們今晚就用店主自己的酒來招待他，然後聊聊釣魚技巧，他一高興就有可能打開話匣子。而我們或許可以從中打聽到一些有用的線索。」

次日清晨，福爾摩斯驚訝地發現，我們居然忘了帶釣鱒魚用的餌，於是只好放棄了釣魚的打算。十一點的時候，我們打算出去呼吸一點新鮮空氣，熱情的店主竟同意我們帶上小狗。我們徑直來到了豎著鷹頭獅身標記的公園大門前。

「是這裡，」福爾摩斯道，「巴恩斯先生說夫人每天中午都會坐馬車經過這裡，華生，當她的車駛出大門時一定會慢下來，那個時候你就走上去叫住車伕，隨便問一些問題。這樣我就可以藏在冬青樹叢後看個明白了。」

十五分鐘後，我們看見一輛黃色的敞篷馬車從遠處駛來，它由兩匹高大矯捷的灰色駿馬拉著。福爾摩斯立刻牽著小狗繞到了樹叢後面，我若無其事地站在大門中間。門開了，馬車緩慢地駛出來，我仔細地看了看馬車上坐著的人，左邊是一個臉色紅潤的年輕女子，她有一頭亞麻色的頭髮，一雙不怕羞的眼睛正打量著我。她身旁坐著一個脊背略彎的老婦人，她的頭和臉都被一件圓形披肩遮掩著，看來體弱多病。我迎上前去，向車伕打聽羅伯特爵士的事。

我看見福爾摩斯把那隻小狗放了出來。狗輕快地朝馬車跑去，一下撲到了老婦人的懷裡。但一瞬間，牠那滿懷的親熱之情變成了狂怒，一面吠著，一面撕咬著老婦人的黑色長裙。

「快離開這裡！」一個低沉的聲音氣急敗壞地命令道，車伕立即朝馬背甩出了一記結實的鞭子。

「華生，這下你相信了吧，」福爾摩斯一面激動地給小狗套上鏈子，一面說道：「狗是不會認錯的。當它撲上去後，才發現那是一個陌生人！」

「我認為剛才聽到的是一個男人的聲音。」我說道。

「是的。華生，這一局可要好好打，我們手裡又多了張好牌。」

那天下午，福爾摩斯的興致特別高，他建議我們一起去釣魚，當天的晚餐因此多了一道魚料理。飽餐一頓後，福爾摩斯又變得精力充沛了，我跟著他再度來到公園前的大路上。身材高大的馬師約翰·梅森已經等候在那裡，一看見我們便急著迎了上來。

「晚上好，兩位先生，」他說，「我接到便條就趕來了，福爾摩斯先生。遺憾的是，我不能陪你們去，因為我聽說羅伯特爵士今晚就會回來。他每次從外面回來都會問我那匹馬的情形。」

「這裡離地穴有多遠？」

「差不多四分之一哩。」

「梅森先生，你先把我們帶去那個地方，然後再趕回來。」

這是一個月黑風高的夜晚，我們跟著梅森先生穿過牧場，來到一片巨大的黑影前，梅森先生告訴我們，這就是那座廢棄的教堂。我們從殘留門廊的一個缺口處進去，我們的嚮導在黑暗中跌跌撞撞地摸索著，穿過教堂角落的一堆碎石後，一條直通地穴的陡峭樓梯便出現在我們眼前。梅森先生劃亮了一根火柴，我們看清楚這陰森的地方到處是殘破石牆，無數只散發著惡臭的棺材擺放在地上，其中有鉛刻的，也有石刻的，它們順著一面高牆重疊擺放著，幾乎快堆到陰暗處的房頂。福爾摩斯提著一只油燈，一道桔黃色的光線不停顫動著。燈光照亮了每一副棺材上的鷹頭獅身族徽，它似乎在生與死的邊緣保持著某種尊嚴。

「梅森先生，你發現的那堆骨頭在哪？」

「在這個角落。」梅森先生接過油燈走過去一照，卻大吃一驚。「怎麼不見了？」他充滿恐懼地四處張望著。

「我已經猜到了，」福爾摩斯說道，「我想此刻在爐子裡仍能找到未燒盡的骨頭呢！」

「他們為什麼要燒這具千年古屍的遺骸呢？」約翰．梅森不解地問道。

「我們正要解答這個問題。你趕快回去吧，天亮前一切都會弄清楚。」

約翰．梅森匆匆地離開了，福爾摩斯提著燈仔細地查看墓碑，這個家族曾經勢力鼎盛，從撒克遜時代、諾曼時代，一直到十八世紀去世的威廉．丹尼斯及費勒。就這樣看了一小時，我開始感到有些厭煩，就在這時，我聽見福爾摩斯歡呼起來，從他興奮的叫聲裡，我知道他已經有了新發現。他正用放大鏡查看一具鉛棺的棺蓋邊緣。接著他將一根撬棍從背包中拿出來，用力插入棺蓋的縫隙。棺蓋慢慢地移動開來，並發出吱吱聲響，就在這緊要關頭，我們聽見上方響起了一陣腳步聲。那個人似乎對這裡很熟悉，沒過多久就出現在樓梯口，我們來不及找隱蔽，一束燈光已射在了我們身上。

「你們是誰？」這個高大的人怒吼道，「你們在這裡做什麼？」他眼睛四處掃射了一下，最後惡狠狠地盯著我們。

福爾摩斯沒有作聲，只是與這雙狂怒的眼睛對視著。

「快說！你們到我的地盤上做什麼？」這個大漢舉起了他隨身攜帶的那根沉重的手杖。

「羅伯特爵士，我也正想問你，這裡面躺的是誰？這究竟是怎麼回事？」福爾摩斯嚴厲地說。

在兩盞燈光的照射下，福爾摩斯掀開了棺蓋，我看見一具裹著布條的女屍，那模樣著實可怕，她尖尖的鼻子扭向下巴，毫無人色的面孔上有一雙呆滯的眼睛。

男爵失魂落魄地倒退了幾步，靠在了一具石棺上。

「你怎麼會知道的？」轉眼間他又恢復了凶惡的模樣，「這關你們什麼事？」

「我叫做夏洛克．福爾摩斯，」我的朋友說道，「也許你聽說過我的名字，我的責任就跟任何一個好公民一樣——維護法律。在我看來，你有不少問題必須回答。」

羅伯特爵士的臉色變得異常難看，他沉默了一會兒，似乎是在作出一種艱難的選擇。

「福爾摩斯先生，我發誓，我真的沒做任何壞事，也許你很難相信，因為這一切從表面上看都是那樣合乎邏輯。」

「也許是吧，但你必須向警察解釋一切。」

「看來你是不會相信我的。這樣吧，福爾摩斯先生，請你回莊園去，我會讓你明白究竟是怎麼回事。」

十五分鐘後，羅伯特爵士帶領我們回到了莊園，他請我們坐下等著，然後就出去了。這是一間武器陳列室，玻璃罩後是一排排擦得發亮的槍管。沒過多久，羅伯特爵士回來了，身後跟著兩個人，一個是我們曾經見過的馬車上的女僕；另一個卻是獐頭鼠目的矮個子男人。他們臉上都顯露出一種驚疑的神情，看來男爵還沒來得及把發生的事情告訴他們。

「這是諾萊特夫婦，」羅伯特爵士指著那對驚恐不安的男女說道，「諾萊特夫人是我姐姐的女僕。她跟著我姐姐很多年了，只有他們兩個知道事情的真相，並可以為我作證。」

「爵士，你在做什麼？」女僕有點焦急地喊道。

「警察知道了嗎？」矮個子男人問道，「我沒有任何責任，我只是聽命行事。」

「不用你負責，」羅伯特爵士鄙夷地瞥了他一眼，「福爾摩斯先生，你能在我毫不察覺的情形下追查到這一步，我相信你已經了解很多了。你一定知道我用來參賽的那匹黑馬吧？我把一切全寄託在牠身上。如果牠輸了，那我——唉！我無法想像。」

「我知道你目前的處境。」福爾摩斯說。

「我一直依靠姐姐生活著，但這裡的地產既不屬於我，也不屬於她。只要她一死，那些債權人立刻就會湧到這裡來，像禿鷹分食一樣拿走一切——包括我的馬。福爾摩斯先生，我姐姐就在上星期過世了。」

「而你卻向外界隱瞞這一事實。」

「我能怎麼辦呢？只要消息一走漏，我就會立刻破產。要是我能夠將此事隱瞞三個禮拜，情況就不同了。於是，我計畫讓諾萊特先生扮成我姐姐，雖然他是一個男人，但這並不難。因為我姐姐除了每天坐著馬車出去一趟之外，幾乎都在家裡待著，而且她又沒什麼朋友，只有女僕會出入她的房間。我姐姐死於長期以來一直折磨她的水腫病。」

「應該讓驗屍官來下結論。」

「她的醫生幾個月前就證明了這一切，我們早就知道會有這麼一天。」

「你還做了些什麼？」

「她死後的第一晚，我和諾萊特就把屍體搬到了一個密閉的倉庫裡。但她的小狗總是跑到門口不停地大叫，迫於無奈，我只好把牠送給了綠龍旅店的巴恩斯。我擔心屍體放在倉庫裡不安全，而且時間久了會散發屍臭，於是又把它移到了教堂下的地穴。事情就是這樣，福爾摩斯先生，我並沒有做任何對不起死者的事。」

「但我認為你的這些行為是無法原諒的。」

「用說的很容易，福爾摩斯先生。」男爵不耐煩地說，「你沒經歷過我的處境。要是你身處我的立場下，就不會這樣看待問題了。一個人眼看他的全部希望和計畫即將破滅，他能不竭力去挽救嗎？我將她安置在祖先的棺材裡只是暫時的，這沒什麼不妥，況且那個地方神聖而莊嚴。我們移走了棺材裡的遺骸，如你所見的那樣安置她。至於那堆遺骸，我和諾萊特已經把它塞到鍋爐裡燒掉了。你知道，目前我不便為死去的姐姐購買一副棺材，但也不忍心就那樣把她放在地上。福爾摩斯先生，你是怎麼知道我把她放在那裡的？」

福爾摩斯並沒有回答他這個問題。

「你的證詞中有個小小的漏洞，爵士，就算你的債權人奪走了你的財產，也不會影響你的比賽吧？」

「蕭斯科姆王子也是財產的一部分。你以為他們會那麼仁慈嗎？也許他們根本就不會讓牠參賽。我最大的債主就是那個曾經被我用馬鞭狠狠抽過一回的人——新市場的山姆．布魯爾，這個仗勢欺人的無恥之徒。如果落到他手裡，他會同情我嗎？」

「好吧，羅伯特爵士，」福爾摩斯站起來說道，「我的工作就是尋找真相，現在任務算是完成了，以後的事就交給警察去辦，由他們來裁決這是道德問題還是法律問題。華生，已經午夜了，我們儘快趕回貝克街吧。」

這件案子到此水落石出。值得一提的是，羅伯特爵士的結局並不像他的行為那樣糟糕，他的愛馬贏得了馬賽冠軍，因此賺得了八萬英鎊。債主們並沒有在賽前打擾過他，比賽一結束他便償還了所有債務，如此一來仍不影響他原有的優裕生活。警方及驗屍官對此事採取了十分寬容的態度，僅僅就拖延登記死亡一事做了一些譴責。幸運的爵士逐漸將此事淡忘，相信他的晚年會過得十分體面。

12 退休的顏料商

那天早晨，我到貝克街去看望我的朋友。當我推門進去的時候，一個老頭兒正好從屋裡出來，我們互相點了點頭。福爾摩斯正鬱鬱寡歡地坐在椅子上，顯然，他的心情剛受到來訪者的影響。

「你見到他了嗎，華生？」

「你是指剛出去的那位先生？」

「沒錯。」

「是的，我在門口差點撞到他。」

「你對他的印象如何？」

「一個窮困潦倒的可憐蟲，一生碌碌無為。」

「你眼光不錯，華生，但少了一些憐憫。在這個世上，有多少人不是可憐而碌碌無為的呢？我想他僅能算是大多數人類的縮影罷了。我們也曾追求、企圖挽留過，可最後留下的是什麼呢？——是幻影、痛苦和無止境的悔恨。」

「算了吧，哲學家。他是你的委託人？」

「是的。但他是蘇格蘭場介紹來的。」

「為什麼？」

「就如同束手無策的大夫將病人推薦給江湖郎中一樣。他們對此已盡了力，這是一個病入膏肓的病人。」

「這麼說，又是一件棘手的案子？」

福爾摩斯遞給我一張油膩膩的名片。「賈西亞・安伯利，一個顏料商，他自稱在布里克福爾及安伯利公司都擁有股份。你在市面上看到的顏料盒上面，都能見到這間公司的名字。他賺了一些錢，六十一歲時就退休了，在路易薩姆買了棟房子，這樣看來他可以安穩舒適地度過晚年了。可是，在退休後的第二年，他娶了一位比自己年輕二十歲的漂亮女人，深感未來充滿希望。沒想到，兩年之內他就變成了現在這樣子——窮困潦倒、頹廢不堪。」

「發生了什麼事？」

「沒什麼新鮮的，他遇上了一個忘恩負義的朋友和一個蕩婦。安伯利非常喜歡下棋，離他家不遠處住著一個年輕的醫生，叫雷·恩斯特，也是一個下棋高手。兩人經常在一起切磋技藝，這位醫生和安伯利太太之間的關係也越來越密切。沒想到上星期兩人竟私奔了，臨走時還帶走了老頭的文件箱，那裡面有著他全部的積蓄。這可是安伯利晚年的唯一依靠！能否將錢找回來看起來是個普通的問題，但對安伯利而言卻極為重要。」

「那你打算怎麼辦呢？」

「親愛的朋友，這就得看你的了。你知道我現在脫不開身，科普特主教的案子正處於緊要關頭。我無論如何也抽不出時間去路易薩姆。可憐的老人又一再堅持要我去，我只好對他說先派個代表去調查，他也勉強同意了。」

「既然你都答應了，那我還能說什麼呢？雖然我並不保證我能勝任，但我會盡力而為。」就這樣，我於當天下午去了路易薩姆，讓我始料未及的是，這樁我辦理的案子在一週之內竟成了全英國的熱門話題。

這一晚，當我匆匆地趕回貝克街時已很晚了。福爾摩斯深深地陷在沙發裡，伸展著瘦削的四肢，略帶辛辣的煙草氣息飄蕩在空氣中。他睡意朦朧，如果不是他在我敘述偶爾停頓時抬一抬眼皮，我真會以為他已經睡熟了。

「賈西亞·安伯利先生的房子叫做『天堂』，」我解釋道，「我覺得你一定會對那房子感興趣的，福爾摩斯，那就像是一位沒落的貴族搬進了部下所住的區域。單調的郊區公路中間座落著那幢老宅，就像個擁有古老文化與舒適設備的孤島。房子四周由一圈長了苔蘚的高牆護著，牆面被太陽曬得發硬——」

「別像作詩一樣，華生，」福爾摩斯嚴肅地說，「我知道那是座高牆。」

「沒錯。若不是向路邊一個正在抽煙的閒人打聽，也許我很難找到這間『天堂』寓所。我認為有必要在這個閒人身上著墨；他皮膚黝黑，個子很高，留著濃密的鬍鬚，看上去像名軍人。當聽清楚我的詢問後，他點頭向我示意，然後用一種奇異的目光瞥了我一眼，那是種讓人久久無法忘懷的目光。」

「當我還在門外時，就看見了走下車道的安伯利先生。強烈的日光照耀著他，使他看上去十分反常，正如早上給我的印象一樣。」

「很高興你能意識到這一點，華生，我也研究了一下他的外貌，不過還是十分願意聽聽你的看法。」福爾摩斯說道。

「他那無法挺直的腰桿彷彿真的是被生活壓彎的，但卻不像我想像的那樣弱不禁風。兩腿雖然有點細長，肩膀和胸部的骨架卻很大。」

「左腳的鞋面有皺摺，而右腳卻是平坦的。」福爾摩斯插嘴道。

「這一點我沒注意。」

「是的，你沒看到，我注意到他裝有義肢。請繼續說吧。」

「他頂著一頭灰白色的頭髮，佈滿皺紋的臉上流露出殘忍的神情。他領著我朝他家走去，我仔細看了看周圍的環境。老實說，我從沒見過比那兒更糟的地方。花園變成了野草坡，房屋破舊不堪，我不知道一位女士怎麼能夠忍受這種環境。也許這個倒楣的人已意識到了這一點，他正試圖改善。大廳放著一個綠色的油漆桶，室內的木造部分已有幾處塗了油漆。顯然他剛放下手中的工作。」

「我們在光線很差的書房坐了下來，他不停地向我訴苦。沒見到你本人令他相當失望，『我不敢奢望福爾摩斯先生能親自前來，』他說道，『像我這樣卑微的人，尤其又遭到了慘痛的經濟損失之後，更不會受到別人的重視。』」

「我告訴他這與地位沒有任何關係。『我知道，』他說，『福爾摩斯先生有執著而高尚的理想，如果從犯罪學的藝術領域進行研究的話，此事也許有十分寶貴的現實意義。華生醫生，忘恩負義的確是人類最可怕的缺點！你知道，天底下沒有哪個女人比她更受寵愛了，我從未拒絕過她的任何一個請求。我把一切都毫無保留的奉獻給她。還有那個男人，我將他視如己出。他能隨時出入我的家門。然而，他們居然這樣背叛我！華生醫生，這個世界上還有比他們更喪盡天良的人嗎？』」

「一個多小時就這樣過去了，他不停地訴苦，看起來不像有什麼陰謀。他們家中只有兩個人居住，不過還雇了一個女僕，她晚上六點鐘就會下班。出事的那天晚上，安伯利為了讓妻子高興，特地在一家戲院的二樓訂了兩個位子，但那晚妻子忽然說頭痛而不願去，他便獨自前往了。他還給我看了那張沒用過的票呢！」

「你記住座位號碼了嗎？」

「我就知道你會問這些細節的問題，所以我特別留意了一下，」我難掩驕傲的情緒，「那個號碼剛好和我的學號相同——三十一號，所以毫不費力就記住了。」

「太棒了，華生！這麼說來安伯利自己的位置只可能是三十號或三十二號了，對吧？」

「沒錯，是第二排。」我有些不解地回答道。

「做得很好。他還告訴過你什麼？」

「他帶我察看了存放財物的保險庫，那是一間裝有鐵門窗的屋子，像銀行一樣安全，他說這是為了防盜專門設計的。但那個女人大概偷偷複製了一把鑰匙，兩人一共拿走了七千英鎊的現金和有價證券。」

「有價證券！他們會怎麼處理那些證券呢？」

「他已給警察開了一張清單，這樣一來，那些被盜的債券就難以脫手了。當他午夜從劇院回來時立刻發現了異樣：妻子不在家中，保險庫的門已被打開了，存錢的箱子不翼而飛。於是他馬上去報警。」

福爾摩斯沉思起來。

「你說你上門的時候他正在刷油漆？」

「是的。屋子裡到處都瀰漫著一股油漆味。所有的門和木造部分都被漆過。」

「一個人在極度憤怒和痛苦的情況下做這種事，你不覺得反常嗎？」

「他解釋說：『為了擺脫被背叛的痛苦，我總該做點事情。』這的確有點反常，但他本來就是一個怪人。他情緒激動地將妻子的照片撕得粉碎，一邊尖叫道：『我痛恨那張下賤的臉！』如果要為他每一種行為都找到一個合理的解釋，恐怕十分困難。」

「華生，還有別的嗎？」

「還記得我說過在剛去的時候遇上了一個皮膚黝黑、個子很高的人嗎？後來我回到布萊克希斯火車站搭車，當火車正要開動的時候，我看見那個人跳進了和我相鄰的那節車廂。不要懷疑我的眼睛，後來我在倫敦橋又看見他一次，此後便消失了。我可以肯定，他是在跟蹤我。」

「華生，你的進步真不小。」福爾摩斯笑著說，「好一個神秘的人。他是不是還戴了副灰色墨鏡？」

「福爾摩斯，你怎麼知道的？」

「他的領帶上別著共濟會的別針？」

「太神奇了！你該不會也在跟蹤我吧？福爾摩斯。」

「你以為我會分身嗎？好吧，現在我們談點實際的東西。一開始的時候，我以為那只是一樁不值一提的小案子，但很快我就意識到自己錯了。事情正展現出它非比尋常的一面。儘管你在進行調查時忽略了許多重要細節，然而你提供的某些資料還是很有意義，我可以把它們結合起來思考。」

「你指的是什麼？」

「華生，你已經做得很好了。雖然的確忽略了一些重要的東西，例如鄰居們對安伯利夫妻的看法，這非常重要；恩斯特醫生的為人也是必須考慮的因素。華生，想打聽到這些毫不困難，女士們會很樂意助你一臂之力的。我不難想像你會如何用一堆溫言軟語換回有價值的情報；而談話的內容可以是水果商的太太，或是負責發電報的女士。但你卻什麼都沒做。」

「現在彌補我的過失還不算晚吧？」

「沒關係，這當然還得感謝蘇格蘭場的協助和電話提供的方便，我足不出戶便弄清楚了一些基本情況。安伯利的鄰居都認為他是一個吝嗇而苛求的丈夫，至於那個年輕的醫生常去他家中下棋則是事實，也許這個未婚的小伙子還常和他妻子鬧著玩。這些看起來都不是大問題，也許一般人都能接受，然而對安伯利來說——」

「問題的關鍵是什麼？」

「我們的思路還有很大的差異，現在還只是想像。好了，讓我們暫時擺脫這一切吧。今晚卡琳娜在艾伯特音樂廳有一場演唱會，趕緊吃完飯換衣服應該來得及。」

隔天一早我起床後，在桌上發現了兩個空蛋殼和一些麵色屑，看來福爾摩斯又早起了。桌上有一張他留下的便條。

親愛的朋友：

我有一點事情需要向安伯利求證，目前尚未正式接下此案。請於下午三點做好準備，到時候我需要你的幫忙。

S．H．

我按照他的吩咐好好休息了一個上午。三點左右，福爾摩斯趕回來了，他表現得嚴肅而安靜。

「華生，安伯利先生來過了嗎？」

「沒有。」

「嗯，我想他應該來了。」

他剛在沙發上坐下來，那個老頭兒就匆匆忙忙地趕來了，他露出一臉的困惑。

「福爾摩斯先生，有人發了一封奇特的電報給我，」他焦急地說，「它讓我有些摸不著頭腦。」說著，他掏出一封電報遞給福爾摩斯，上面寫著：

請立即來找我，我可以提供你損失財物的消息。

教區牧師艾爾曼

「電報是下午兩點十分從位於埃塞克斯的小帕林頓發來的，」福爾摩斯皺著眉頭思考著，「離弗林頓不太遠。查查我的名人錄，啊，找到了：『J．C．艾爾曼，文學碩士。擔任小帕林頓及莫斯穆爾教區的牧師。』看來這是一條很重要的線索，一個有名的牧師是不會欺騙人的。華生，看看火車時刻表。我們應該立即出發。」

「五點二十分有班車從利物浦出發。」

「太好了，華生，有勞你陪安伯利先生走一趟了。他十分需要熱心的人幫助。看來我們已遇到此案的重要關鍵。」

然而安伯利先生看上去並不著急。

「福爾摩斯先生，你不覺得這樣的決定有些唐突嗎？我不想把我的時間和金錢浪費在一件毫無意義的事情上。」安伯利不高興地說道，「我並不認識什麼艾爾曼，他又怎麼會知道我的處境呢？」

「安伯利先生，如果沒有掌握一些消息，他也不會發電報給你。回電給他，就說你隨後就到。」

「我認為沒必要。」

福爾摩斯的表情十分嚴肅。

「安伯利先生，要是你拒絕追查這一條可靠的線索，那我們和警方會對你留下極壞的印象，認為你並不想調查這件事。」

「好吧，我去，」安伯利有點慌了，「我只是覺得這個人不可能知道什麼，不過，既然你認為——」

「我的確這樣認為。」福爾摩斯斬釘截鐵地說道。於是安伯利極不情願地跟我出發了。下樓梯的時候，福爾摩叫住了我，他神色凝重地叮嚀著，讓我感覺此行的意義非比尋常。「華生，無論你遇到什麼事，都一定要想辦法把他拉去，如果他中途逃跑或是硬要返回的話，請到附近的電話局通知我，就說『跑了』，我就明白了。我會把事情安排妥當。」

處於支線上的小帕林頓，交通十分不便，雖然旅程並不遠，但火車很慢，天氣又十分炎熱，再加上我的旅伴陰沉著臉，並不時吐出一句挖苦的話，令我覺得十分難熬。之後又坐了兩哩的馬車，總算來到了牧師的住所。一個身材高大、儀表端莊、有些傲慢的牧師在書房裡接待了我們。我們發來的那份電報就擺在他的面前。

「先生們，」他說道，「不知道兩位有何貴幹？」

「哦，我們正是你想找的人。」我急忙解釋道。

「我想找的人？我不知你在說什麼，先生。」

「你不是發了一封電報請賈西亞·安伯利先生來這裡，談一談關於他太太和經濟方面的事嗎？」

「你不是在開玩笑吧？先生，」牧師氣沖沖地說道，「我完全不認識你說的那位先生，也沒有發過任何電報！」

我和安伯利先生面面相覷。

「也許是一個小小的誤會，」我說，「或許這裡還有另一位叫艾爾曼的牧師。這就是他發給我們的電報，地址一欄上很清楚地寫著艾爾曼牧師府邸。」

「在我們這區只有一名牧師，也只有一座牧師府邸。這一定是一個冒牌貨幹出的惡劣勾當，我覺得我們的談話可以結束了，應該把這封電報交到警察局，請他們查清楚它的來歷。」

疑惑的我與滿腹牢騷的安伯利回到了路邊，這裡幾乎算得上是全英格蘭最荒涼的地方了。當我們找到電報局時，它的大門已經鎖上。幸虧我們在路邊的警衛所找到了電話，才終於和我的朋友聯繫上。他對此也深感震驚。

「怎麼會這樣呢？」福爾摩斯說道，「看來又讓你白跑了一趟，華生。更讓我不安的是，今天晚上已沒有返回的火車了。唉，看來只得委屈你在那邊糟糕的旅店住上一夜。不過，有安伯利先生與大自然陪伴著你，至少不會覺得孤獨。」當他掛電話的時候，我聽見了他在那一頭發出的笑聲。

安伯利先生是個十足的吝嗇鬼。他不但對旅途的開銷心痛不已，還堅持買三等車廂的票，並對旅店的帳單提出質疑。當我們於次日清晨回到倫敦時，心情都十分糟糕。

「順便跟我去一趟貝克街吧，」我說，「也許福爾摩斯會有一些新的想法。」

「這次我絕不會輕易上當了，我相信自己有時更正確。」他惡狠狠地說道，但還是跟著我去了貝克街，雖然我已將回來時間事先通知了我的朋友，但仍看到門上貼著一張字條，說他已到路易薩姆去了，並且希望我們回來後也立即趕去。

他鬼魅般的行蹤令我們感到十分吃驚，但更讓我們驚奇的是，當我們的委託人打開他客廳的房門時，發現已有兩個人坐在裡面。一個是福爾摩斯，另一個則是我曾經見過的那名皮膚黝黑、戴灰色墨鏡，並別著一枚共濟會別針的神秘男子。他面色冷峻，毫無表情。

「我來介紹一下，這位是我的朋友巴克先生。」福爾摩斯說，「安伯利先生，我的朋友對你的案子也非常感興趣，儘管我和他各自進行著調查，但卻同時產生了一個疑問，需要由你來解答。」

「什麼疑問，福爾摩斯先生？」安伯利神情緊張地坐了下來，他已感到了一絲不妙。

「你把屍體弄到哪裡去了？」

安伯利猛地從座位上跳了起來，他渾身顫抖、臉色蒼白，似乎連呼吸都要凝滯了。他張大了嘴，看上去如同一隻落網的鷹隼。就在這一瞬間，我們看到了安伯利先生那醜陋相貌下的骯髒靈魂。他迅速用手捂住了嘴，似乎要抑制還未發作的咳嗽。福爾摩斯忽然像一隻矯健的獵豹，撲上去掐住了他的脖子，把他的臉按在了地上。他喘息著吐出了一粒白色藥丸。

「別著急，安伯利先生，要按規矩來。」福爾摩斯說道，「巴克，你覺得如何？」

「我的馬車就停在院子裡。」冷靜的巴克答道。

「這裡離車站並不遠，我陪你一起去吧。華生，留在這裡等我，三十分鐘之內我就會回來。」

儘管老顏料商的身體強壯有力，但在兩名搏擊高手的手下卻一點辦法也沒有。他不情願地被兩個人押上了馬車，這棟寂靜陰森的房子裡頓時剩下我一人。沒過多久，福爾摩斯回來了，跟著他的還有一位年輕而精明的警官。

「一切都交給巴克去辦了，」福爾摩斯輕鬆地說，「華生，你還不知道巴克這個人吧？他是一個冷靜而敏銳的傢伙，是我在薩里海岸最強大的對手。哈！當你告訴我，你懷疑那個皮膚黝黑的高個子跟蹤你時，我不禁感到好笑。我能輕鬆地描述他的模樣，是因為我知道他是誰。他也曾辦過幾樁漂亮的案子。對吧，警官？」

「算是吧。」警官語帶保留地回答道。

「無疑，他的工作方法跟我一樣難以捉摸。我們必須承認，某些案子無法用正規的方法解決。就拿這件案子來說，無論你如何指出那個流氓的話有多麼地自相矛盾，都不能讓他招供。你不得不使用一些特殊手段來對付他，甚至是玩弄他。」

「沒錯，福爾摩斯先生，」警官說，「你有你的工作方法，我們也有我們的見解，要不然也不會插手這件案子了。但當你用一種我們無法使用的方法介入，並搶走我們的榮譽時，那是一件多麼令人惱火的事啊。」

「別擔心，麥金諾。我不是那種沽名釣譽之徒，我保證從現在起不會再出面了。還有巴克，除了我吩咐他的之外，他什麼也不會做。」

警官似乎放心了許多，凝重的臉上也有了笑容。

「福爾摩斯先生，你真是太慷慨了。不過對你來說，讚揚和譴責都不重要，重要的是，我們該如何去應付那一大堆記者？」

「是啊。他們一定會提出許多問題，所以你們要有充分的準備。如果一位機智精明的記者問你，是什麼引起了你的懷疑，又是什麼使你確認那就是事實，你該如何回答呢？」

「別開玩笑了，福爾摩斯先生。」警官無奈地說，「如果我們能回答出這些問題的話，那還用得著請你來幫忙嗎？我們目前尚未掌握住任何證據。只知道罪犯企圖當著三個證人的面自殺，我們總不能憑這點指控出他謀殺了妻子及她的情人吧？」

「確切的證據還沒浮出水面，你準備搜查了嗎？」

「蘇格蘭場派來的三名警察正在路上。」

「很好，事情馬上就會水落石出。屍體應該就在附近，仔細搜搜地窖和花園，那是最可疑的地方。如果沒有的話，那周圍一定有廢棄的水井，這棟房子比自來水管要古老得多了，試試看吧！」

「福爾摩斯先生，請問你是怎麼開始懷疑他的？又如何知道犯罪的經過呢？」

「我先講講破案經過，再給予解釋，而對於作出重大貢獻的華生應該說明得更詳細一些。首先，要了解一個人做過的事，就必須研究他的為人及心理。安伯利是一個什麼樣的人呢？一個不折不扣的守財奴、吝嗇鬼。他與現代英國格格不入，他應該生活在中世紀的義大利。他的自私和吝嗇使妻子難以忍受，她討厭他，因此隨時可能跟任何男子私奔。與她接觸最多的醫生自然贏得了她的好感，兩人產生了曖昧的關係。安伯利喜好下棋，這說明他工於心計。另外，如同每一位守財奴，安伯利具有強烈的佔有欲，他把妻子視為私有財產。只要讓他發現一點點的越軌行為，嫉妒心都會使他發狂。他懷疑妻子與醫生私通，於是決心報復，並進行了一番精心的策劃。來這裡看看！」

福爾摩斯領著我們來到了安伯利所謂的保險庫前，那裡的門仍敞開著。

「多麼濃的油漆味，太難聞了！」警官嚷道。

「是有些難聞，但無論對安伯利還是對我們來說，它都是非常有用的。他想用它掩蓋另一種可疑的氣味，而我們則藉由它看穿了安伯利的詭計。這得感謝華生，正是他小心觀察的結果，才使我獲得了這一條重要的線索。循著這一思路下去，我又趕到乾草市劇院調查了一下，查明當晚包廂第二排三十號和三十二號兩個位置都是空著的——這當然又得給華生記下一筆功勞，這表明安伯利根本沒去過劇院。他去哪了？為什麼要說謊？這一個接一個的疑問使我覺得有必要親自去檢查一下他的屋子。要怎樣才能隨心所欲地檢查而又不引起他的疑心呢？於是我想到了一個辦法，這也是你們警方不方便使用的『詐欺』手法。我把他引到一個與此案沒有半點關係的村莊去，為了保險起見，我請華生一路跟著他，這樣我就可以放心地進行我的計畫了。至於那位德高望重的牧師，不過是我從名人錄中找出來的。這下你們都明白吧？」

「真了不起！」警官欽佩地說。

「當然，如果不用這種詐欺的手法，而選擇夜間潛入也是可以的，但那樣就少了輕鬆舒適的工作氣氛了。我在屋裡檢查了一遍，你們知道我發現了什麼嗎？安置於牆角的煤氣管，沿牆而上，在角落處裝有開關。管子的一端伸進了保險庫，另一端則被天花板上的圓形花窗擋住了，閥門大開著。因此只需在外面打開開關，很快地，整個保險庫裡就會充滿煤氣。照這種情況，假如外面的人關上門窗，那裡面的人用不了兩分鐘就會昏迷不醒。但我不知道他是如何將他們騙進去的，這得問安伯利本人。」

警官饒富興趣地檢查煤氣管，「我的部下在檢查現場時，曾說聞到過煤氣味，但那時門和窗戶都打開了，並且牆上也正在粉刷油漆——據說他是在出事的前一天就開始粉刷了，所以這一點並沒有引起足夠的重視。還有呢？福爾摩斯先生。」

「哦，後來還發生了一件有趣的事。當我清晨從一個房間的窗戶爬出來時，竟有一隻大手揪住了我的脖子，一個人粗聲粗氣地說道：『混蛋，你想做什麼？』我用力反抗，竟發現對方是我的對手——戴墨鏡的巴克先生。經過談話我才得知，他是受雷．恩斯特醫生的家人之託前來調查的，他也認為恩斯特遭到了謀害。他已經在附近監視了好幾天，華生還曾被他當作可疑分子進行跟蹤呢！我把發現的線索告訴了他，於是我們決定一起調查這件頗為有趣的案子。」

「你為什麼選擇他而不選擇與我們合作呢？」

「因為是我想出了這個方法，並得到了意外的結果。我想你們還沒查到這一步。」

警官笑了。

「沒錯，也許還沒有。不過，據我了解，福爾摩斯先生，你答應將獲得的成果拱手讓給我們。」

「請你放心，我並不是第一次這樣做。」

「那好，我以警方的名義向你致謝。在你說了這些之後，我們已掌握了全部事實，相信不久之後就能找出屍體。」

「讓我再給你一些證據，」福爾摩斯說，「也許安伯利本人都還沒察覺。警官，如果你把自己當成被害人，假設自己被關在一間充滿煤氣的小屋內，逃生已無希望，在臨死前你會怎麼做？」

「我一定會把凶手的名字寫下來。」

「沒錯。你一定想告訴人們是誰害死你的，如何害死你的。但這顯然不能寫在一個明顯的地方，因為事後凶手肯定會湮滅證據。現在請仔細看看這裡！」福爾摩斯指著牆腳的一處說道，「我仔細檢查了每一個角落，終於讓我發現了死者用紫色鉛筆寫下的幾個字：『我們是——』，字跡軟弱無力。」

「這又怎麼解釋呢？」

「很明顯，這是醫生躺在地上寫的。他無法撐到寫完整句話。」

「看來他本來是想寫『我們是被謀殺的』。」

「應該是這樣。如果你們留心一點，一定能在屍體上找到那支紫色鉛筆。」

「好的，我們會留意。但我還有一個疑問：我們已經證明他確實擁有那些證券，難道這個吝嗇鬼忍心讓那麼多錢作廢嗎？」

「他當然不會那麼大方的，他一定把那些證券藏在什麼地方了。這個狡猾的傢伙，他一定會在風頭過去之後，說自己突然找到了那些證券，或者說對方終於悔悟，在良心的譴責下把證券給寄回來了。」

「如果說他來找我們只是為了掩人耳目，那又為什麼要去你那裡自投羅網呢？」

「可笑的賣弄！」福爾摩斯輕蔑地說，「他自以為聰明絕頂，把一切做得天衣無縫。也想以這種方式來向那些懷疑他的鄰居證明說：『我真的是一個受害者。我不但報了警，甚至還向福爾摩斯求助呢！』」

警官又一次笑了。

「福爾摩斯先生，」他說，「雖然你這『甚至』一詞用得讓人有點難堪，但我願意原諒你。畢竟，這算是我所知的案子中最奇特的一件。」

兩天後，我的朋友丟給我一份著名的雙週刊——《北薩里觀察家》。在一串由「凶宅」開頭，以「警方神奇的破案」為結尾的系列標題下，有一整欄對於此案經過的報導。文章結尾一段這樣寫著：

麥金諾警官以其非凡的觀察力和敏銳的邏輯思考能力，推斷出油漆的氣味是用來掩蓋另一種氣味，例如煤氣；又由煤氣管的方向推測出保險庫就是行凶現場；在他的指導下，警察很快地在一口以狗窩掩飾起來的廢棄水井中找到了兩名被害者的屍體。這一精密的犯罪至此宣告結案，而麥金諾警官的卓越才智也將作為典範而載入犯罪學史冊。

「華生，麥金諾真是一位神奇且了不起的警官，」福爾摩斯善意地說，「不過我們不能扭曲事實的真相，還是把它寫進我們的檔案裡吧。它總有一天應該被世人所知悉。」

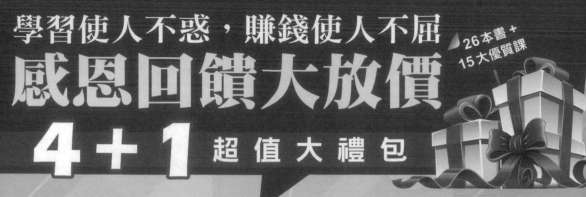

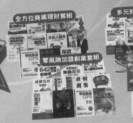

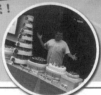

國家圖書館出版品預行編目資料

世紀神探：福爾摩斯經典全集 / 亞瑟・柯南・道爾 原著.
-- 初版. -- 新北市 : 典藏閣 , 2012.09-
冊； 公分

ISBN 978-986-271-257-3 (下冊 : 平裝)

873.57 101013132

典藏閣

世紀神探：福爾摩斯經典全集（下）

出 版 者 ◤典藏閣
作 者 ◤亞瑟・柯南・道爾　　編 譯 ◤丁凱特
品質總監 ◤王寶玲　　文字編輯 ◤Helen
總 編 輯 ◤歐綾纖　　美術設計 ◤蔡瑪麗

台灣出版中心 ◤新北市中和區中山路2段366巷10號10樓
電 話 ◤(02) 2248-7896　　傳真 ◤(02) 2248-7758
I S B N ◤978-986-271-257-3
出版日期 ◤2024年最新版

全球華文市場總代理／采舍國際有限公司
地址 ◤新北市中和區中山路2段366巷10號3樓
電話 ◤(02) 8245-8786　　傳真 ◤(02) 8245-8718

全系列書系特約展示
新絲路網路書店
地址 ◤新北市中和區中山路2段366巷10號10樓
電話 ◤(02) 8245-9896
網址 ◤www.silkbook.com

線上pbook&ebook總代理／全球華文聯合出版平台
主題討論區 ◤www.silkbook.com/bookclub　● 新絲路讀書會
電子書平台 ◤www.book4u.com.tw　● 華文網雲端書城
紙本書平台 ◤www.silkbook.com　● 新絲路網路書店

本書係透過華文聯合出版平台自資出版印行。
本書採減碳印製流程，碳足跡追蹤並使用優質中性紙（Acid & Alkali Free）通過綠色環保認證，最符環保要求。